中国当代
长篇小说
绘画评点本
野莽 主编

乱世蝴蝶

Luan Shi Hu Die

王祥夫 著
远人 评点

中国工人出版社

第一卷

一

从东北赶回来过年的冬禄是在正厅家宴席上见到嫂子兰馨的，兰馨穿着青莲色裙袄，面孔显得有些苍白*。不少人都说兰馨至今依旧还是女儿身是因为她嫁过来的第三天就守了寡，寡言少语，性格温柔的兰馨确实让人想到一株幽兰，这株幽兰侍候在老爷与马姨娘身后形成了杜家的风景之一。冬禄出门在外常常想起的人就是兰馨，这很怪，连冬禄自己都觉得很怪。兰馨轻轻慢慢的行动总让人感到有一种说不尽的忧忧怨怨。每天吃饭的时候，兰馨都要把下人端来的菜一道一道轻轻接过来放到老爷跟前。她是杜家儿媳，按规矩她应该这样，她也愿意这样，愿意侍候公婆，愿意获得家里上上下下的欢心，因为她明白杜家最孤单的不是别人正是自己。

“你也坐下吃吧。”马姨娘对兰馨说。马姨娘吃饭时手里有用没用总攥着一方紫手帕。她似乎从没年轻过，也不会更老，简直像院子里那株老石榴树几十年风姿如昔。** 马姨娘进杜家小二十年了，不少人记着马姨娘初来杜家的样子：穿着一身月白镶紫花绦的高领苏式旧衣裤，袖口都有些磨毛了，从杜家小边门无声无息像片落叶一样轻轻飘进来。她可能没想到外边看上去不显山不显水的王府花匠的院子会三进三出格格局局那么漂亮。她在院子

* 任何一部小说的第一句话都异常重要，这部小说的首句采用复合句，言简意赅地交代出时间、地点、人物。充满画面感和动态，立刻将读者吸引住，显示了大家的手笔。

** 比喻的作用便是让人物鲜明。此处对马姨娘的描写极为传神，令人难忘。

里站了好久，却没人上前和她说话，后来她的视线就落在正房前那株老石榴树上，有人看见她笑了笑，石榴树上那时果实密集状如千灯万盏，不知向马姨娘暗示了什么？

那天下午就有人目睹马姨娘欠着一双小脚吃力地往石榴树枝上系一根红绳，这个目击者就是兰馨的死男人夏禄。那年夏禄十岁，兰馨还没有嫁过来，那时老爷的正室——夏禄、冬禄、春禄的母亲还没去世。[*]马姨娘往石榴树枝上系红绳的当天下午，夏禄、冬禄、春禄的母亲就扶病坐在正室的雕花大床上指挥下人用锯把那系了红绳的石榴树枝锯去。嚓嚓的锯声吸引了不少人来看，马姨娘也从自己的屋子里慢慢走出来，但她是几时站到石榴树旁的却没人知道。“其实这老枝不锯还能待多久！枝老了还会有什么用！”[**]马姨娘突然这么一字一字说。她的话说给谁听？奇怪的是锯掉的地方不久又爆发了新枝，而且愈发愈旺。不久冬禄他们的母亲就去世了。有人说马姨娘在没进杜家门之前是个“半开门”，但世界上说甜说咸说什么话的人没有呢？

兰馨在八仙桌边坐下来，把手中的白手帕轻轻展开，她的手帕上绣着一只孤孤单单的黄蝴蝶，她把手帕搁在手边开始吃饭。冬禄的媳妇秀芝和春禄的媳妇菊雪互相看看也坐下来。

家宴虽然丰盛，有从东北带来的鳇鱼鼻和鹿脯，但气氛有些不对，每个人都像有一深潭的心事闷在肚子里。老爷和马姨娘照老习惯早早离开饭桌。“你们慢慢吃。”马姨娘跟在老爷后边说。老爷没说话，脸色沉沉的。

“老爷子怎么啦？”冬禄问。

“老爷这一向不是骂孙文就是骂袁世凯！”春禄笑笑说。[***]

“你还闹着要去日本吗？”冬禄问春禄。冬禄已经有半年多没回家了。

“我想做什么都做不成！”春禄说，“你不是也一样，你想开你的臭皮货庄？”

* 这笔补叙让读者进一步体会杜家的昔日热闹。

** 妙语！话中有话。见性格。

*** 时代的氛围一笔可见。

春禄闹着要去日本留学已非一天半天，春禄喜欢标新立异，他喜欢穿皮鞋穿洋服，平时他很少在家，在家就总和菊雪怄气，菊雪总在背地埋怨老爷，说老爷这么宠爱春禄往后的日子可怎么过！

兰馨也随着从饭桌边站起来，她要去侍候老爷和马姨娘吃茶，还要给老爷去装水烟，还要给老爷念报，老爷很喜欢看那份专会搬弄是非的《大白话报》，每天吃过饭后都要让兰馨把报纸念给他听。秀芝悄悄对菊雪说老爷这是学的王府王爷的谱儿，“自己有眼不看要人念！王爷学的是谁呢？王爷学的是洋鬼子！”*

兰馨低着头走过冬禄，青莲色的暖裙下的蓝缎鞋一点一点、一点一点像两朵幽蓝的花，冬禄盯着兰馨看时，被秀芝在脚上用力踏了一下。

兰馨没事就总爱在自己的小偏房里静悄悄地描绣花的纸样。用那种薄薄的竹纸和细细的眉笔，纸薄墨淡从进杜家门那天开始到现在已描了厚厚一大摞。后来兰馨就把这些绣样细心地一张张订起来。杜家上下都知道兰馨有一本很厚的绣样，下人陈妈向兰馨讨绣样给干闺女。“寡妇的花样也讨得吗？”兰馨说。“你心净手净比谁都净，** 你的花样怎么讨不得！”陈妈说。

“倒像一本幽幽怨怨的大书！”这天菊雪突然来了，她还从没来过兰馨这里，她一进屋就左看看，右看看，看兰馨挂在墙上的玻璃油画，画上画的是西洋风景。菊雪惊奇地发现兰馨的桌上有那么多的书，有《李太白集》，有《漱玉词》，还有《随园女弟子诗》，菊雪又发现兰馨还有不少小盒子，各种美丽的小盒子，漆的、木的、银的收了不少。后来菊雪就哗哗翻动那薄薄的竹纸，突然就嚓地撕去一张，*** 笑眯眯盯着兰馨。“这张送我好吗？我抽空想绣一幅湖色大窗帘。”

* 这段描写将老爷的形象勾勒得活灵活现。

** 一连三个『净』。下人的态度比任何人都看得准。

*** 心思复杂。

兰馨还没见过洋式窗帘，杜家窗上冬日只有老式木板护窗，夏天是湘妃竹帘，兰馨慢慢走到窗前。“看你的花样描得有多好！”菊雪突然笑了，把那张撕下来的绣样抖给兰馨看。

“怎么会是张白纸！”兰馨有些吃惊，“我为什么要把白纸订进去？”

“你不知道你为什么？”菊雪盯着兰馨白白的面孔，“我知道！女人最知道女人的心，你我都是女人所以我知道。”

兰馨的脸就慢慢红起来，她慢慢抬起手捧住自己的脸。菊雪把那张白纸扔到桌上：“我知道你为什么，我迟早会告诉你的，女人不是靠粮食活的，女人靠什么活我们女人不知道谁知道？”*

菊雪说话的时候兰馨就把那张白竹纸越叠越小，脸也越来越红，最后那个小纸方块儿就啪地从兰馨手中跳起来掉到地上。

这天下午，菊雪忍不住把这事告诉了秀芝。秀芝正在自己的屋里染指甲，奓着十个手指，凤仙花膏子猩红猩红的糊满十个指甲。

“你怎么想起去她那儿？”秀芝问。

“我心烦！”菊雪说，原地慢慢儿转了一个圈儿，“心烦就想到处走，我进杜家快一年了，我哪儿也不愿去也没去过兰馨那儿。”

“你想去就去吧，与我有什么关系。”秀芝吹吹自己手指上的凤仙花膏。

“你是不是不高兴？”菊雪说。

“谁不高兴！”秀芝不停地吹指甲。**

“兰馨活着是骗自己。”菊雪想想又说。

“管她骗不骗自己！反正要过年了，年节一过谁都要老一岁，谁也不会骗自己不老这一岁！”秀芝说，突然笑起来。

“你又描了几张好花样？”这天吃晚饭，老爷和马姨娘一离

* 女人的确知道女人的想法，读者不一定知道，伏笔见情节，见人性。

** 动作轻，心思重。

桌，秀芝就皮笑肉不笑地问兰馨。兰馨看看菊雪，脸就一下子红起来。“你把你的好绣样借我用用好吗？”秀芝又说。

兰馨站起来，把手帕叠好离开饭桌朝外走。“你急什么，急着回去描花样啊？”兰馨走过菊雪身边时带倒了一只凳子，凳子正好倒在菊雪脚上，菊雪没吭声，秀芝倒又说：“凳子倒了你也不扶起来，你急着描花样也不能这样啊！”* 兰馨已经走出去，走得挺快，装着没听见。“你的嘴不像锥子谁像锥子！”菊雪对秀芝说，“你这么对她有什么好处？”“好处？”秀芝说，“锥她就是锥马姨娘！”“我的嘴要像你就好了，我只会哭！”菊雪说。

“你哭有谁怕？你哭死马姨娘才高兴呢！”秀芝说。

“你知道老爷为什么不高兴吗？”菊雪把话岔开，看着秀芝。

“为什么？”秀芝说，“谁知道为什么！”

“春禄和玉贞那个骚货在花窖里给花神像画了两只耳朵！”菊雪想想，把话悄悄告诉秀芝，“那小婊子让春禄带她去花窖看花神像，说花神怎么有胡子倒没耳朵！”

“他俩去花窖？”秀芝看着菊雪，“一男一女钻花窖？”

“那小婊子说花神没耳朵怎么听风听雨号令百花，就随手给花神画了两只大耳朵！”菊雪说，摸着自己的耳垂，“老爷还能不生气？老爷这回要是不生气就不是老爷了。”菊雪发现秀芝盯着自己的耳垂看。**

“这下有好看的！”秀芝说，“马姨娘的贱嘴正闲得慌呢！”

* 两次说『描花样』，声东击西。

** 又两次写到『耳垂』，意在言外。

二

“你怎么会带玉贞格格去钻花窖？”晚上春禄果真给老爷唤了去。老爷披了件灰鼠皮袍两脚蹬在白铜火盆上，看上去像是有些气虚但兴致勃勃。老爷刚和一位送洋表来的朋友又喝了些酒。他盯着春禄，一只手拿着洋表捂在耳朵上听。“你怎么敢在花神像上乱画耳朵？乱弹琴！”老爷说，“干什么不好，和格格钻花窖！

你在花窖里干什么？孵小蝴蝶？”

听了这话，春禄忍不住想笑，看老爷的神情春禄明白老爷并没生气。春禄从小厮福官那里知道老爷刚得到一块德国小洋表，老爷不喜欢别的，就是喜欢小洋表，每逢得到一块新洋表，老爷总是兴高采烈。*

“咱们家世代是王府花匠，你不想去养蝴蝶你到底想干什么？”老爷盯着春禄，三个儿子里他最喜欢春禄。

“我不会，我也不愿当花匠养花。”春禄说。

“你会做什么？会穿洋服会放洋屁就是还不会吃洋饭！”老爷把身子靠近春禄，他看见儿子上唇柔软的胡须，“你不愿做奴才？你爷爷的爷爷都是王府的奴才，你有什么办法？别人想做还做不来呢，王府的奴才七品官！”

“皇上都倒了，蝴蝶想生想灭由它自己去好了，和我有什么关系？”春禄说。

老爷突然奇怪自己怎么一点儿也不生气，“你是谁？你以为你是袁大头的公子？”老爷说。

“我迟早让他们知道我是谁！”

“小心我揍你！”老爷把手里的小洋表放下来。

“我想办报馆。”春禄又说。

“办报馆？登什么？登‘白狗放屁香，黑狗放屁臭’吗？”老爷笑起来。

马姨娘那边手里的剪子突然“吧嗒”一声很重地落在桌上，马姨娘在剪桌上那几盆疯长的水仙，把水仙叶子剪成宝剑的形状。春禄很讨厌水仙，春禄明白自己不是讨厌水仙而是讨厌马姨娘。春禄也明白剪子掉在桌上的意思，就调过脸去说：“这水仙怎么这么臭！”

“是你嘴臭！”老爷说，老爷很怕家眷们斗嘴。

马姨娘马上赔着笑脸从桌后转过来：“那你三少爷就不要过这

* 人皆有癖。老爷喜欢小洋表，隐喻颇多。一是当时的小洋表乃新鲜事物，老爷对新事物不排斥但又只限在物上，未能、也不可能还伸到人身上；二是小洋表无论怎么说也是时间的代表，是否喻示着某种一去不返或某种将要来临的事物，读到此处，可拭目以待，细节是不可忽视的。

边来，反正我爱闻，水仙比什么都香，我可是最讨厌菊花！”

“别胡说！你不喜欢菊花谁喜欢菊花！”老爷回过头说。

马姨娘对老爷莞尔一笑：“还是老爷知道我，人喜欢菊花梅花，可菊花梅花怎么会知道人喜欢它？”

“胡说，你怎么也越说越远！”老爷说，“花不通灵什么通灵！”*

春禄在旁边忍不住笑起来，露出白白的好看的虎牙。

“你笑什么？”老爷说，“杜家没财神，花神就是财神，你知道不知道？没有花神就没有杜家没有这处大院子就没有皮货庄南药店，你知道不知道！”

“我们杜家养蝴蝶与花神又有什么关系？”春禄说。

“蝴蝶不归花神管又归谁管？”老爷说，“你怎么说话像三岁孩子！”

马姨娘在一边突然笑出声，她把鼻子凑近水仙，水仙便轻轻摇动若有风吹。

“你怎么也笑！”老爷说。

“老爷说话我哪敢笑？”马姨娘说，“我笑三少爷不相信有花神才敢给花神画两只大耳朵呐！”**

“春禄你还不给花神磕头请罪！”老爷把小洋表轻轻搁到桌上，“我叫你来就是让你给花神磕头请罪的。连你哥的皮货庄都供花神你敢不信？”

“花神在花窖，让我朝什么地方磕头？”

“心有则灵！你得罪花神你不磕头谁替你消灾？”老爷撩起袍子站起来，把春禄往地上按。春禄闻见父亲身上浓重的酒味和皮袍里撩人的骚味和别的什么味。***

“老爷，既然家里没有花神像就让春禄对水仙磕头好啦。”马姨娘在一边捂着嘴笑着说，“我种的水仙有多香！”马姨娘走过来，也用手按春禄的肩，春禄一把推开马姨娘：“磕头归磕头，你

* 旧时代的老爷自然有旧时代的烙印，一家之主必当威严，威严中也有固执。

** 轻描淡写的话里蕴含伏笔。

*** 春禄闻到那些气味，作者不说春禄是否反感，读者自能心领神会。

放尊重些！”

“我是怕你不会下跪不会磕头，我的水仙别人想磕头我还不答应呢。”马姨娘觉得很开心，撇撇嘴说。

“你也跪下磕！”老爷突然说。

“什么？老爷您说什么？”马姨娘的脸立刻挂下来，“老爷您太抬举我了，老爷要不要也磕几个？”

“我替我爹给花神磕好了，这叫子替父磕。”春禄高兴起来，“有没有子替母磕我不知道也不想知道。”

马姨娘突然眯细了眼睛，她斜睨地上那两个暗红的拜垫，浑身突然抖起来。老爷听见马姨娘咬牙切齿地把字一个一个吐出来，像狗吐骨头*：“老爷，终归你是要我侍候的！”

老爷没搭理马姨娘，老爷调过脸对春禄说：“你也不小了，别让菊雪整天找我告状，你是有妻室的人，你怎么不好自为之呢？”

春禄和玉贞格格秘密地雇了小驴车去西山看雪，菊雪是当天下午才从小厮福官那里知道的。这天是腊月二十五，离大年三十还有五天，杜府上下是一片忙碌。**

菊雪穿了一袭黑斗篷走出屋门，她准备去找老爷，想去问问老爷怎么不管一管春禄，这么下去还像个人家吗？谁家的男人总是和外头的女人乱跑呢？天开始下起了小雪，菊雪觉得自己六神无主，她慢慢走进杜府后边的园子，又慢慢从园子走回来，在雪地上留下不少凌乱的脚印。她走到前院正房前在梅树边幽幽地绕了一圈，然后又去找小厮福官，福官告诉她老爷真是去了后园花窖看蝴蝶。“我不是告诉你了吗，三少奶奶你怎么不信。”菊雪就又走到后边的园子里。

腊月二十五这一天对菊雪来说是特别晦暗特别阴冷的一天，这一天对杜家来讲也是特别晦暗阴冷，老爷在花窖里看到不少破茧即死的蝴蝶一如腐朽的叶片。

* 有些比喻看起来不无粗俗之感，却携带了生活的原汁原味。该比喻用在马姨娘身上极其恰当，也极其形象，让读者如见其人。

** 再次点明杜家在当时的热闹，只是时代的变化来临，越是热闹越是让读者觉得难再持续。悲剧的影子若隐若现。

菊雪慢慢走上后园的那个雪花纷乱的亭子，亭子里不久前还摆满菊花，老爷还请过不少人在这里喝酒赏菊，还写了不少长长短短的诗发表在小报上。菊雪想起前不久自己剪菊花时的情景，菊花干了抱成一团儿的样子很憔悴，菊雪把干萎的菊花一朵一朵剪下来装了一个花枕头。菊雪明白自己此刻的心也正像一朵菊花一样在渐渐憔悴掉。*她慢慢在亭子里的冰凉的石凳上坐下来，她想就这么坐着等老爷从花窖里出来，除此之外她没别的办法。她想问一声老爷到底管不管春禄，难道真想看着春禄和玉贞格格私奔到日本去吗？再说皇上也倒了，什么格格不格格，婊子格格！

“别去想西山、想驴车、想春禄、想玉贞！”菊雪在心里对自己说。可那通往西山的雪地蹄痕密密麻麻不断涌入她的脑子而且越来越乱，一如漫天飞雪。一种莫名的恐惧像一口井，一口深深的黑井，菊雪明白自己正在这口井里慢慢陷落。再过几天就是小年了，菊雪一想到杜家即将姗姗而来的小年夜就又新奇又激动又觉得不能愉快。菊雪还没在杜家过过除夕，这将是她在杜家过的第一个年。菊雪明白今年除夕自己是杜家的主角，她已经让裁缝给自己做了一身大红俄罗斯呢的大褶裙袄准备到时候穿。“你做衣服穿给谁看？给春禄吗？”菊雪觉得哀伤像一块冰压在心上**。

“你是不是不喜欢我？”菊雪总是在枕边这么问春禄，但问来问去却似乎是在费力吹一管无孔之箫，得不到一丝一毫回响。春禄总是背朝自己侧身躺着在一边看书。“春禄你为什么总是看书而不看我一眼呢？”菊雪问。菊雪常常想是不是自己的事情被春禄发现了呢？菊雪一次次问福官，一次次把钱塞给福官，福官一次次发誓说没有。

“他是不是不喜欢我？”菊雪那天夜里去和秀芝做伴，她在枕边这么问秀芝。秀芝穿着红抹胸正在菊雪胸上做一件事。“难道你自己还不知道，这种事也要问别人？”秀芝说。菊雪觉得自己

* 身为杜家少奶奶，菊雪的个性开始与环境格格不入，表面看是因为春禄，深入体会却能感觉杜家隐含的不祥意味。

** 比喻似简单实奇崛。

给揉搓疼了，就哎哟起来。“不要搓了，再搓我就不过来给你做伴让你夜夜守空房！”秀芝停了手，说：“真是的，我就弄不清春禄，有你这么漂亮的妻子，怎么还会去爱别人！”*

“春禄这会儿在干什么？”菊雪突然说，她想知道春禄这会儿在干什么？

“可惜太晚了，”秀芝说，“要不咱们可以去看看。”

秀芝突然又坐起来：“我也不知道怎么回事，我想和你去看看！”

秀芝的行径有时候不可理喻，其状如网，菊雪明白自己就是秀芝的网中之物。但菊雪不明白自己是给秀芝网住的还是自己甘愿撞进去的。那夜的行踪接下来便如梦如幻。她俩蹑手蹑脚来到菊雪自己的卧室窗前。秀芝放轻脚步把菊雪使劲往自己前边推：“你的男人你先看，你先看看他在做什么。”菊雪心怦怦乱跳贴近窗子，却看到春禄搂着小厮福官在喝酒，福官脸红红的，春禄一会儿把酒壶嘴儿往自己嘴里塞，一会儿把酒壶嘴儿往福官嘴里塞。秀芝就在菊雪头上轻轻拍一下，低低说：“想不到春禄倒和下人这么亲热，男人就是怪！”**

菊雪突然觉得索然无味，又突然有些记恨福官。

“不知道别的女人会不会像咱们一样？”又躺上床后，秀芝在暗里睁着两只大眼问菊雪，菊雪觉得没什么意思，没意思她就不想说话，她大睁着眼看着屋子里无边的黑暗。

“兰馨——”秀芝突然在暗中一下子坐起来，“兰馨不会看男人谁会！她没男人还不想男人吗！”

菊雪从亭子里站起来，她忍受不了石凳的彻骨的寒冷。她明白自己不会等到老爷的，她明白自己在杜家做什么都不顺。

菊雪慢慢走下亭子，在凉亭台阶上留下一个又一个脚印。***她不明白自己心绪为什么会这么乱！她觉得自己该去恨而又不知该去恨谁！菊雪边走边把黑斗篷拢拢紧，这样暖和得多。走下凉亭

* 女人总以为男人喜欢的只是漂亮。

** 一个『怪』字体现了秀芝和菊雪对男人的难以理解。作者直捣核心，惜墨如金。

*** 用形象说话，句子有力！

往前院走的时候她突然在雪地上蹲下身去，她顺手把一根枯树枝捡到手里，她很想在雪地上写一个很大很大的“恨”字，大得杜家都容不下！*

“没人陪我我自己哭了好半天！”从后园出来，菊雪去了秀芝那里。她挑开秀芝屋子大云字头蓝缎的暖门帘出现在秀芝面前，显得很疲倦的样子。秀芝马上伸出手攥住菊雪冰凉的手：“你为什么总是哭！哭有什么用？”秀芝正守着火盆吃炒栗子，“这事你该去找老爷，老爷不管谁管？”秀芝说。“你坐下和我吃栗子！”秀芝又说。

“我不要！”菊雪说。

“你要什么？”秀芝问菊雪。

“我要什么？我只要春禄爱我！”菊雪的眼里又涌上泪水。

“你去找老爷！”秀芝站起来。

三

老爷这天心情特别阴晦，他从花窖踩着积雪回到屋里瘫坐在铺了皮褥的竹榻上，他觉得自己正在陷入一种莫名其妙的恐惧，他在花窖里发现了不少死蝴蝶，怎么会有死蝴蝶？死蝴蝶给老爷心上投下很大的阴影。**“老爷你怎么了？”马姨娘把沏好的普洱茶轻轻送到老爷手里。老爷摇了摇手。“真的……”马姨娘又说，“我也不知道是怎么回事，我觉得花窖里迟早要出事的，春禄和玉贞一去花窖我就明白要出事！”

老爷奇怪地看着马姨娘。

“我做梦啦，我梦见花神……”

“你做梦？”老爷最相信梦，老爷每做一个怪梦都要翻梦书。

马姨娘看着老爷，用手摸着自己的额头，她没事总爱抚摸自己的额头，她相信手能抚平皱纹，结果皱纹却越来越多。***“我在梦里看得清清楚楚，我梦见花神，花神还对我说‘拿耳朵

* 充分反映了菊雪对杜家的憎恨，也为后文埋下伏笔。有伏笔在，情节就分明暗，双向推动发展。

** 书名的『蝴蝶』为隐喻，花窑里的『蝴蝶』为明喻，老爷从明喻的蝴蝶中感觉阴影，也为全书布下不祥的隐喻特征。

*** 细节大妙！作者对人心的理解太深，否则也写不出这些生动的细节。

来'！我闭着眼也看得见花窖，不像有的人睁眼也不看花窖！”马姨娘的身子突然抖了一下。

菊雪就是这时候带着一肚子气重重一推门进来的。“什么事？”老爷看着从外面撞进来的菊雪有些着恼，从竹榻上欠起身。他不希望这时候有人进来，更不愿看到菊雪那张气呼呼的脸和那件莫名其妙的大黑斗篷。菊雪进来就站到门前，她不说话，两道黑黑的细眉颦蹙着，肩头上的薄雪在屋里暖气的滋润下慢慢化掉，滴落下来。

“春禄又走了！”老半天，菊雪才半哽半咽地说出这句话。

“人就怕把心坏了！”菊雪又说。

“你说清楚一点！”老爷皱皱眉，“他总是走！他走来走去哪一次能真走，他去日本了吗？”

“他跟王府的婊子走了、跟王府的婊子走了！”菊雪说，忍不住眉头一松就抽泣起来。菊雪奇怪自己当初怎么会嫁到杜家来，做这么一个不死不活的挂名媳妇！春禄喜欢玉贞格格是明里的事，杜家上下谁不知道！

“你怎么给我添乱呢！”* 老爷把茶杯往茶几上一蹾，老爷也说不清自己是在说春禄还是在说菊雪。

马姨娘在一边冷冷地看着菊雪抽泣，看了一会儿，不耐烦了，撇撇嘴：“你总是哭，你少哭几次好不好！年节前后你也不怕晦气！”**

“春禄不在了谁敢不让我哭！”菊雪说。

“你男人不在你怪谁？”马姨娘冷冷一笑，“你多大啦？你七岁还是八岁？你哭给谁看？”

菊雪猛地甩一下擦泪的绿手帕，冷眼相对马姨娘：“我跟老爷说话你一个穿裤子的插什么臭嘴！”

“我插臭嘴？说不定谁的嘴臭呢！”马姨娘看看老爷，嘴角浮起刀刃般逼人的冷笑，“下辈子还说不定谁穿裙子谁穿裤子呢！”

* 答得高明！老爷的性格也一句话体现。

** 没有人同情菊雪的遭遇，马姨娘的话更令人感到杜家深处的冷漠。

马姨娘一听人说穿裙子穿裤子心里就像有刀扎。为什么太太可以穿裙子姨娘就只能穿裤子呢？

“别说了！别说了！”老爷摇着手说，看看左右，“兰馨呢？她这时候不来什么时候来？”

“她来怎么样，反正是我的男人不见了！”菊雪收住了泪水低声说。她看见老爷手边果盘里安详端卧的佛手像一只蜷伏的猫，佛手苦涩的清香很好闻。*

“在你公公面前你嘴巴放尊重些！”马姨娘走过来，“兰馨——兰馨——”马姨娘朝外喊了两声。

兰馨马上在外面应了一声，很快穿着豆青色棉袄擦身从外边哆嗦着进来。菊雪就调过身子冷冷说：“你来干什么，你描你的绣样去吧！”

“我来陪陪你，”兰馨小声说，“你到我屋里坐坐，你看你眼睛都哭红了。”

“我眼哭红跟你有什么关系！我愿意哭红就哭红。”**

“你哭坏了身子又何必呢？”兰馨说，“谁哭坏了身子受罪的还不是谁自己。”

这么一说，菊雪又抽抽搭搭哭起来，菊雪突然觉得自己身上很软，突然觉得自己变得像个孩子，兰馨拉了拉她，菊雪就跟着兰馨走出了老爷的屋子，“去吧，去吧，”菊雪走出老爷的屋子时听见老爷在身后说，“春禄回来我说他……”

菊雪把黑斗篷往紧拢了拢：“这个家我怎么待下去！”*** 她跟在兰馨身后幽幽地说。院子里还在落雪。

“别哭了，把眼哭红了又有什么用。”兰馨在前边说。

“你别记恨我。”菊雪突然说，兰馨瘦削的肩膀突然使菊雪心里涌出一阵从没有过的水般浸润的怜悯之情。

“哪会呢。”兰馨说。把脚步放慢。

“这个家数谁最坏？”菊雪又说。

* 苦到极处便是香了。人苦到极处，不知会是如何。

** 菊雪的性格开始慢慢展现，兰馨亦然。

*** 当人觉得某处不能待下去了，迟早会离开。

“数谁？”兰馨在前边问。

“数马姨娘，马姨娘心上有八个洞，坏得洞洞流脓！”

“哪会呢。”兰馨又说。

“快过年了，春禄这么待我让我怎么过年。”菊雪又说。

“慢慢就好了。”兰馨说。

“慢慢人也要死了。”菊雪说。

“玉贞这个臭 ×！”停停菊雪又说。

兰馨过来把菊雪劝走，老爷的头真的晕了起来。“你说你梦里看到花神到底是怎么回事？”老爷问马姨娘。

“老爷你怎么这么看我？”马姨娘看着老爷说。

“你让我怎么看你，我头晕，头晕眼睛看人就这样！”

“那我还说不说？”马姨娘说。

“说吧，说吧，”老爷烦了，“我最讨厌人说话吃半截吐半截洋狗吃香肠一样！”

马姨娘对自己梦境的叙述很自然很巧妙地引到春禄和玉贞钻花窖的事情上去。马姨娘一边讲述一边盯着老爷，老爷却盯着自己细润的手指。* 马姨娘发现老爷的手指轻轻颤抖。手指上的玉扳指磕得椅子扶手“嘚嘚”响。

这一夜老爷昏昏沉沉似睡非睡，一闭上眼睛就像看到画儿上的花神晃着虚幻不实的身影朝自己走来，张着两手说：“给我的耳朵呢？既然画了，为什么不给！”**

老爷满身冷汗从梦中辗转醒来，外边的雪花簌簌地打着窗纸，老爷把马姨娘推醒，让马姨娘把解梦的书给他拿来，又把梦里的事告诉马姨娘。

第二天，杜府里便沸沸扬扬。人人都在神神秘秘地讲马姨娘和老爷梦见花神要耳朵的事。

“你去找老爷了吗？”秀芝一大早就过到菊雪这边来问菊雪，院子里的雪已经给下人扫了，树上的积雪犹如梨花。菊雪正坐

* 老爷盯着自己的手指，但已字字入耳。这里体现了作者对人的了解，也给读者更大的震动，从而产生屏息凝神的表达效果。

** 花神对老爷重要，也就是对杜家重要，只是这个时代恐怕不需要它了。

在梳妆台前梳头发，慢慢、慢慢地梳。梳几下又打开再重新梳。“我看见马姨娘就来气！”菊雪说。

“你气什么？”秀芝说。

“我气我说不过她！”

秀芝笑笑，往火盆里扔一把栗子壳：“马姨娘除了想讨老爷的欢心就会瞎说！说花神给她托梦！花神会给她托梦？”秀芝撇撇嘴，“她的床别说花神不肯上，就是蛤蟆也不愿意！”秀芝笑起来。

“蝴蝶可是真死了一小半儿！”菊雪仰起脸。*

“我该不该去给花神敬一炷香？”秀芝突然停了笑，看着菊雪。

“冬禄的皮货庄里供的是花神，你说我该不该去敬香祈福？”秀芝又说，觉得心里有些跳。

“他们杜家就是古怪，花神是花神，财神是财神，怎么能混呢？”菊雪用指甲刮了一下梳子，突然身子一抖打了个寒战。菊雪转身看看身后，浑身遏止不住地又一抖，然后又刮了一下梳子。

“你怕什么？”秀芝盯着菊雪，“冤有头，仇有主，花神要耳朵也不会半夜敲你的门。”

“我好像着凉了。”** 菊雪说，“春禄不在家夜里我总归是有些害怕。”

秀芝的眼睛突然亮了一下：“你也怕，你怕就养只猫吧，厨房老周那儿刚下了一窝小猫，去抱一只来养。”

菊雪闭了下眼睛：“我怕蛇，猫叼回一条蛇怎么办？还不吓死我！什么人有什么命，我去雨花庵做尼姑去好了。”菊雪突然扔掉梳子站起来走到窗子边，望着外边徐徐而落的雪，慢慢把乌黑的头发又用两手“啪啪”打散，“我不像别人，晚上要人做伴！我这人是不要人陪的。”***

* 近乎悲剧性的片断，此时还看不出后果，但后果终究会来。

** 回答巧妙。

*** 出口看似赌气，却将菊雪的苦痛与倔强刻画得如亲见。

秀芝跟过去轻轻拍一下菊雪："你这话什么意思？你心里想什么怕我不知道？过几天就是除夕，我们打一夜牌好不好？"

菊雪不说话，低下头慢慢慢慢抖头发，头发一阵一阵律动。

"你不说话？你想什么你以为我不知道？你说呀，你是不是想叫兰馨过来给你晚上做伴儿？你说呀。"

"是又怎么样？不是又怎么样？"菊雪突然分开披垂的头发把脸抬起来。秀芝被菊雪这句话堵得够呛，她把手中的栗子突然"咯啦啦"* 扬到菊雪的梳妆台上，"把脾气留着给你男人，给我算什么？"

"谁是我男人？我男人是谁？"菊雪眼里突然涌上了泪水，"春禄吗，他喜欢的不是我！"

秀芝突然笑了，她把梳子从梳妆台上拿起来："我给你梳梳头吧。"

菊雪坐下来，瞪着镜子不让自己的眼泪流出来。

"我好像是有了。"秀芝把冰凉的梳子慢慢慢慢插到菊雪的头发里。

四

差两天就是除夕了。

马姨娘明白自己对杜家的人只能是越来越恨之入骨，除此之外没有别的可能。** 偌大一个杜家唯一不让马姨娘恨的好像只有一个兰馨。春禄的再次突然出走和菊雪的流泪哭诉让马姨娘好不开心。最能一眼看透马姨娘心底波澜的是老爷。***

"这回你高兴了。"老爷说，"我从没见过像你这样喜欢女人眼泪的女人！"马姨娘在心上暗暗发笑，嘴上却说："老爷你话可不能这么说，菊雪的眼泪又不是蜂蜜水儿谁会喜欢！我是看不惯她昏天黑地，老爷你能看惯？"

"你眼里还有个好人没有？"老爷说。

* 动词漂亮。

** 环境与地位决定了马姨娘的性格，不是她本性如此，而是不得不如此。

*** 一个家族的人再多，身为主人的老爷仍是全盘看在眼内，杜家如此，哪里都如此。

*老爷的心理微妙处处有那个时代的痕迹。

“有哇，怎么会没有。”马姨娘想想就说出兰馨的名字。

这是昨天晚上的事，这天早上一起来，马姨娘就发现老爷一夜之间眼底发青，老爷神情倦怠地懒懒坐着让马姨娘给他梳洗好，慢慢从桌上揽过镜子照照：“昨天的梦太不吉利了。”老爷说，“再过两天我就过九了，人逢九就是不好，到处是明神暗鬼，这两天谁敢给我找事我就让他一辈子好受！”*

梳洗完，老爷转身喊垂手而立的小厮福官：“傻站着干什么！去喊冬禄。”老爷让福官去喊冬禄一块儿捧上猪头三牲去后园花窖敬花神谢罪。谁都知道杜家花窖是杜家最神秘的所在，里边潮湿温暖一如洞穴，每年正月都要从花窖里神神秘秘羽化出不少斑斓的大蝴蝶，然后那些大蝴蝶被一只只捧盒装好送到王府。走遍京城能在冬令养蝴蝶的也只有杜家。马姨娘梳鬟髻时就听过那首简短的童谣在里巷内飞飞扬扬，一如群蝶乱舞。

有福不用忙
去嫁蝴蝶王

马姨娘没想到自己到头来真的嫁了蝴蝶王来做一个姨娘。“怎么不姓王呢？”刚进杜家时马姨娘身材苗条可人却一口徐州土话十分可笑。“你怎么认定蝴蝶王就必定姓王呢？”老爷那时还年轻，笑眯眯把马姨娘拥在怀里说。“其实我也觉得奇怪！”老爷又说。“你奇怪什么？”马姨娘在老爷怀里仰着脸问老爷，嘴里嚼着她最爱吃老爷最爱闻的蜜渍草莓。“奇怪改姓的事呐。”老爷说，低头看着马姨娘。马姨娘吃了一惊：“杜家早先真的姓王？”“那还会有假！”老爷说。

老爷告诉马姨娘，说那年临近正月十五蝴蝶却一只也孵不出来，一府的人都又急又怕，都怕王府问下罪来。恰在那时就有个姓杜的姑娘说我不如变成蝴蝶吧，变成蝴蝶还能到处自由自在飞，而后竟自去把自己吊死了。她一死，说来也怪，那蝴蝶便沙沙沙沙振翅而出，又大又美丽！* “那姓杜的女人是谁？”马姨娘问。“谁知道是谁？大不过是个下人吧。”老爷说，“就吊在院心那株石榴树上。”老爷还把那株石榴树指给马姨娘看。看着那株石榴树马姨娘心底不禁一颤。时光如水，许许多多事情沉沉浮浮，但马姨娘总摆不脱这个凄绝的故事的影响。马姨娘不明白自己为什么总想把这株石榴树指点给一个人，指点给谁？也许就指点给自己最讨厌的人，这个人是谁？马姨娘总把那株石榴树和一个人联系起来，模模糊糊的，不知怎么那个人就慢慢变得清晰起来，竟是菊雪。**

“后天就是除夕了，告诉下人谁也不许再煎药，我最讨厌在除夕闻药味！”老爷去花窖之前吩咐马姨娘。

马姨娘从窗里朝外看去，下人这会儿已经抱来了松枝芝麻秸，都堆在院子旮旯里。大红灯笼也已经在廊下一个一个胖鼓鼓地撑了起来，几个下人在用碱水轻轻刷灯笼，边刷边说着什么。这一切马姨娘都是在屋里看到的，马姨娘坐在窗前的大条案子前有她自己的事情做。老爷在去花窖之前吩咐马姨娘一定要把除夕赏给家人的赏钱提前包好，马姨娘就坐到条儿案前窸窸窣窣开始叠红包儿，然后把数好的冰凉的银元一块一块包在红包儿里。马姨娘不知道是自己的手指凉还是银元凉。她把手指放到唇边呵气，发现自己的手指已给红纸染红。指甲就愈显得苍白老朽。包赏钱的红纸上早已由老爷一一写好了领赏钱人的名字。每年马姨娘干这种事时心里总充满了如火如荼的幽怨！*** 包好的红赏包慢慢在桌上摞了起来，马姨娘的心情却像坠了一块铁一样慢慢朝下坠下去而且越来越沉。每年一到这个时候，那种不可告人的欲望像水一样涌来把她慢慢浮起来。

马姨娘慢慢从条案前站起来，她朝外望望，然后把搁在手边的那三个红赏包儿拿了起来，包儿上写着三个人的名字：

* 一些事情在生活中看似不可能，在小说中却显得真实。小说的魅力也就在这些手法中体现出来，赋予文字张力。

** 马姨娘在这里的心理活动，被作者描写得十分传神。

*** 事情必然由马姨娘来做，马姨娘偏生怨恨此事。作者在此又不经意地埋下伏笔。

兰馨

秀芝

菊雪

马姨娘把这三个赏包又窸窸窣窣拆开，包里的银元落在条儿案上时发出好听的磕碰声。马姨娘把银元拿起来看看，冷冷地笑了笑，然后朝银元呸呸地吐起唾沫来。吐完唾沫，马姨娘又把手中的银元窸窸窣窣包好。外面刷灯笼的下人还在说话。马姨娘手拿着那三包银元呆呆地看了会儿，然后拿着那三个红包走到床前，双手合十闭了一会儿眼。“应该把那株石榴树咒给谁呢？”这个念头像蛇一样游过来盘踞了马姨娘的心。马姨娘在雕花大床边坐下来，把那三个红包儿依次朝床上扔去，床上铺着又软又轻的玄狐皮褥，红包儿在床上沉重无声地落下去，马姨娘的老脸突然幡然变色，红包儿上的名字都朝下！马姨娘突然周身一抖，感到自己心底深处的战栗！她又双手合十地闭了一会儿眼睛，又重新把红包儿拿起来一一朝床上抛去，抛完红包儿，她又双手合十闭了一会儿眼睛，再次睁开眼睛的时候，马姨娘感到一阵晕眩：那三个红包依然没有一个名字朝上浮现出来！*

* 这段文字让人体会到，人终究会面对一些敬畏，不论敬畏的原因和源头是如何形成。人活着，总会在内心翻滚一些不可告人的念头时遇见敬畏。人若缺失敬畏，就对恶产生不了恐惧。

马姨娘脸色恍白地走出院子，没人能够看出她内心有说不出的恐惧！她慢慢来到了那株石榴树下，石榴树枝杈上残雪点点。菊雪的名字——一字一字从她嘴里念出来：“菊雪菊雪菊雪菊雪——”马姨娘一边念一边仰视冬日里乌黑硬翘的石榴树枝，她相信菊雪的名字像丧幡一样挂满石榴树的每一个枝枝杈杈。

这一天天气是又阴又冷，没人能够知道马姨娘内心贮满了那种可怕的欲望，马姨娘的内心也像天气一样又阴又冷。

“怎么刷的灯笼！灰尘也没刷掉，再刷！”后来马姨娘出现在廊下下人的面前，满脸秋霜地说，“芝麻秸竖着靠墙放好！躺倒算什么事！”

马姨娘训斥了下人之后，又回到了自己的屋子里，她慢慢打开了那只朱漆洒金皮箱，从里边取出一条大红百褶裙来。

春禄晚上突然回来了，他是在饭桌前突然出现的，对于春禄的倏来倏去杜家的人早都习惯了。他的突然出现不会使家人觉得意外而只能使老爷的脸色更加难看。春禄给老爷跪下请了安，老爷一眼看到春禄的脖子上围着条驼色大围脖，围脖的一头几乎要垂到脚面上去。

“端饭端汤端小菜！”马姨娘脸上挂着笑吩咐下人，脚下却把饭桌下的猫狠狠踢了一下。* 又对春禄说，“三少爷想起回家过年了？”

春禄没搭理马姨娘，他在兰馨旁边的空座坐下来，把围脖搭在椅背上，他发现坐在对面的秀芝飞快地扫了一眼菊雪。春禄的突然出现使菊雪的心情变坏，菊雪放下了筷子，两眼定定看着自己面前的一盘菜。** 这时就听秀芝说：“兰馨，你看春禄坐到你身边你不给他夹菜谁给他夹菜，我们的筷子可是够不着的，你是近水楼台呐！”秀芝的话刚落音，兰馨就突然转过脸去捂着嘴咳嗽起来。

“你急什么？慢点吃好了。这几天你还描你的绣样吗？”秀芝又说，又侧过脸看一眼菊雪，菊雪一声不吭。兰馨咳嗽着慢慢掉过脸，对秀芝说：“我呛了一下，我没急，你为什么总这样待我？”兰馨的声音柔弱一如檐际滴露。

“我怎么啦？”秀芝马上说，“我什么话讲错了，大家都好好儿的你是怎么啦？花样又描坏了吗？”

马姨娘停下筷子看秀芝。

“都坐好吃饭！”老爷突然说。老爷已经习惯了这种不冷不热的嘴仗，老爷往日对这种斗嘴听见只当没听见，从来都是不置一词。但今天老爷的脸色很难看。

“这饭不吃就饱。”秀芝又低声说。

马姨娘瞥了一眼秀芝又看了一眼老爷，顺手弯腰抓起桌下那

* 发泄总是免不了的。

** 看见丈夫，菊雪原本该喜悦，但春禄并未给予菊雪夫妻之情。作者一个细节便将菊雪的内心活动刻画得跃然纸上，效果鲜明。

只猫，指桑骂槐地说：“你吃饱了还叫什么？你叫也不怕别人心烦，你给我吃饱了就远远滚！”马姨娘把猫往地上一掷。秀芝的脸马上变得十分难看。马姨娘却调过脸，对着秀芝，笑笑的*，用筷子点点菜：“这么好的霉干菜炖肉你不再吃几口？”

秀芝的眼里一下子闪出刀锋样锐利的寒意。

“兰馨你也多吃几口菜，你吃你自己的饭别听猫叫！”马姨娘又对兰馨说，不再搭理秀芝，又调过脸对菊雪说，“你是春禄的媳妇你怎么不懂得给春禄夹菜？他爱吃什么你不清楚谁清楚！”

“我想吃自己会夹！”春禄白了一眼马姨娘，又说，“我饿了自己会吃！你们看我把这张鸭皮吃下去。”春禄伸着筷子去戳鸭皮，鸭皮松脱脱的给筷子拽下来，但一头还连着。

“菊雪你不帮一筷子还等什么？”马姨娘斜睨着菊雪说，“你想让别人去帮？饭桌上我可不要听闲话，老爷也不愿听！”

菊雪没动，眼圈渐渐红起来，嘴角一抽一抽。

春禄已经把鸭皮挑起来：“我要哪个帮？帮我的人又在哪儿？远在天边吗？”

春禄这么一说，桌上的人就都看菊雪。菊雪突然泪汪汪一下子站起来：“帮你的人在王府，我算什么，我最好出家当尼姑！”**

“好啊！”春禄马上说，“你出家你清静大家也清静！”

菊雪没想到春禄会这么说话，就突然“咦”的一声哭起来，但她没返身跑出屋反倒一屁股坐下来。两手把脸捂住，但捂不住的泪水不绝如缕，一如秋际檐滴从指缝滴落，有几滴掉在饭桌上。

“你就让老爷清静清静吧！”马姨娘马上说，“你动不动就哭，这是吃饭，外人不知道还以为这一桌子人都欺负你。现在的人是越来越不懂规矩！满桌鸡鸭鱼肉都堵不住谁的嘴！”***

菊雪忍不住哭出声来。

“要哭去外面哭！还让不让老爷吃饭！”马姨娘又说。

* 变脸好快。

** 小说中这样的话最好不要忽视，它也许就是作者埋下的伏笔。

*** 马姨娘的话吻合性格，从中也见马姨娘对菊雪的不屑心理。

“我就要在这里哭，哭给大家看！我就要哭死在这里！”菊雪突然放开捂着脸的双手对马姨娘说，“你神气什么，你不过一个姨娘罢了！野鸡！戏子！三姨娘！”

秀芝在一边冷冷笑起来。

“都混账！”老爷突然说。

老爷的一声吼使一桌子人都静下来。“你们是跟谁斗气！这个家谁说了算！”一声呼啸，老爷把手边的一碗饭摔到墙上，然后推开椅子朝外走。春禄和冬禄忙都垂手立起来。

马姨娘也想不到老爷会发这么大的火，忙连声喊着老爷老爷，但老爷已经跨出了饭厅。老爷前脚跨出饭厅，秀芝随着就在饭桌另一端抓起一只小碗狠狠摔在兰馨脚下。往外跟着老爷走的马姨娘狠狠搡一下停止了哭泣的菊雪：“你要毁这个家你就毁吧！毁了你就高兴，你高兴了吧！”*

兰馨这时已经在桌子另一头慢慢跪了下去，并且抖作一团儿，她没法儿让自己不抖。

“你跪什么？该跪的不跪，你跪什么？”马姨娘在门口调过头对兰馨说。兰馨伸着两只胳膊撑住凳子，浑身愈加颤抖不已，她觉得生命像水一样正从自己身上哗哗流掉，觉得自己正变成给风一吹就哗哗乱抖的纸片。

“大嫂你起来。”冬禄走过来扶兰馨，被秀芝狠狠搡了一下。

五

兰馨不再描绣样。

在小年那个阴晦的下午她到后园去悄悄烧了那本厚厚的绣样，烧残的纸灰在后园里旋飞起来很像是一只又一只的黑蝴蝶。** 这天黄昏她开始抄佛经。掌灯时分，马姨娘抱着一摞白纸来找兰馨。马姨娘一进兰馨的屋子就看到了兰馨桌上的《金刚经》和纸笔。

* 明明是菊雪痛苦，马姨娘的责备对象偏生是菊雪。作者不须抒发自己的情感，只让读者看清楚各人的性格，这便是小说成功之处。

** 蝴蝶的喻意层出不穷。

"你真要抄佛经？"马姨娘说，"抄佛经人老得快，你何必自讨苦吃呢？你描花样描得好好的怎么又不去描？抄佛经能把小人抄走吗？抽空还是绣绣东西吧。"

"我眼里没花，什么花也没有！"兰馨看着马姨娘说，"让我怎么绣！"

"今天没有明天就有了，你眼里没花你眼里有什么？你眼里有佛，佛眼里可没有你，佛眼里有秀芝有菊雪，可秀芝和菊雪这两个贱货眼里又没有佛！"

"我不求佛眼里有我，我不下地狱谁下地狱！"兰馨说，"明天除夕夜我要抄一夜佛经，保佑老爷的蝴蝶。"

"保佑你自己吧！"马姨娘低声说，"你不看秀芝和菊雪都恨不得你倒霉！"

兰馨不说话了，她捂住自己的胸口，屋子里只听见马姨娘手中的白纸在空寂中沙沙发响，停了好一会儿马姨娘才又说："老爷说要给花神烧纸钱谢罪，这个院子里我想来想去数你的心净手净，别人剪的纸钱我想花神都不肯收。"

"铰纸钱？"兰馨仰起脸看马姨娘，"我最怕纸钱了。"

"哄鬼的东西你怕什么？"

"我一进这个家就开始剪纸钱了，没人知道我心上到底剪了多少个洞！人心就是没法掏给人看。"*

"这是给花神剪又不是剪给死人的，要是剪给死人的倒好了！"马姨娘把兰馨的手拉起来，兰馨的手又瘦又凉，"就是不知道这个家谁先死？"

"你说这个家谁先死？"马姨娘突然这么问。

兰馨不易察觉地抖了一下。

"你想让谁先死？"马姨娘激动起来，把兰馨的手死死攥住。

"姨娘你不要说死说活好不好？"兰馨声音抖抖地说。

马姨娘笑起来："该死的不说死也活不了，你看菊雪那个相！

*兰馨的回答体现了作者写对话的功底。不直接回答问题，而是说出自己的感觉，甚至从感受中提炼出近乎哲理的句子，不仅体现人物的丰富，还能使读者感到触动。而将感受与普遍性进行对接之时，才产生最大的张力。文学作品无处不需要张力，哪怕短短一句对话，这也是见出作者水平高下的一个标志。

我心里有数神仙心里也有数！”*

“菊雪的眼泪都挂在脸上怎么不流到心里！”兰馨想想说，“挂在脸上的眼泪还算眼泪！”

马姨娘盯着兰馨，一种欲望像风一样在马姨娘内心鼓荡起来：“你告诉我你想让谁死？你想让谁死就在那株石榴树下画个圈儿，再在圈儿里烧一把纸钱！记住要在圈儿里写上那个人的名字。”**

“我不想让谁死。”兰馨把自己的手从马姨娘的手里抽出来，“我也不想铰纸钱，我给这个人铰给那个人铰到头来谁给我铰？”

“你怎么说这丧气话。”马姨娘又把兰馨的手抓在自己的手里，“你别乱想，佛眼里有谁就是有谁。”

“我抄佛经，死了就给我把佛经烧了我到阴间去念。”

马姨娘愣了一下：“这可不是玩笑话，这几天只许说吉利话，老爷这几天火气大着呢，蝴蝶要是孵不出来这个年谁也别想过好！弄不好杜家还得改回姓！谁知道会出什么事。”

“改姓？”兰馨把剪刀一下子用手指捏住，剪刀的寒意直透心底，“什么改姓？”

“这你当然不会知道，杜家以前不姓杜，”马姨娘坐下来，靠近兰馨，“他们家的事我最清楚，那年正月给王府孵的蝴蝶出不来，有个姓杜的姑娘就把自己许给花神吊死在石榴树上，杜家才姓了杜，你怎么啦……”

“哪棵石榴树？”兰馨说，神情恍惚地闭上眼睛，然后又慢慢睁开。兰馨突然觉得有些头晕，“这院子里东南西北四棵石榴树，是哪棵？菊雪常去磕头的那棵吗？”

马姨娘诡谲地一笑，说：“她再磕头也生不出儿子来！”

“你别说了。”兰馨说，把那摞白纸拿过来开始折叠。

马姨娘从白纸里慢慢抽出一张金箔：“还要剪两只耳朵，老爷说要给花神烧一对耳朵的。”***

“这全是春禄和玉贞格格造的孽！”马姨娘又说。

* 马姨娘对菊雪，委实颇多恶念，对其他人也当然不会有善念。

** 马姨娘有借刀杀人之心，颇令人不寒而栗。

*** 马姨娘步步紧逼，总是袖里藏刀。这种细节能让读者体会到『耳朵』是一场大戏的元素，引发一种可能的成形。

天大黑的时候，从外边回来的春禄看见兰馨穿着青莲色暖裙在石榴树下立着，在院子里高挑的灯笼的朦胧光线里，春禄发现兰馨的脸色分外苍白。

“你以后不要让菊雪到这棵石榴树下来。”兰馨说。

“怕鬼吗？”春禄笑笑。

春禄长得和死去的夏禄很像，兰馨看见春禄就总要想起和自己只在一起待过三天而无肌肤之亲的夏禄，那三天兰馨一直在端汤送药，眼睛都哭肿了，不是哭夏禄，是哭自己。

“你为什么要去日本？”兰馨忽然又想起春禄要去日本的事，“日本国还没中国大呢！”

“大有什么用？”春禄笑着摇摇头。*

“你真要和玉贞格格一道去日本吗？”兰馨又问。

“没这事。”春禄说，“我带个女人碍手碍脚怎么走路，这都是菊雪一个人在胡说八道！她没事就自己胡想！有一种人生下来就不让人喜欢！”

“你这条围脖不是玉贞格格给你织的吗？”兰馨说。

“别人爱怎么说就怎么说吧，你能填死十口井可你就是堵不住一个女人的嘴。”春禄拿起围脖凑近看看，笑笑，然后回屋子里去了。

时光如流水，接下来就是小年夜，小年夜杜府照老例是要开接年家宴的。掌灯之后，正厅里人都差不多到齐了，只差菊雪没露面，人们坐在饭桌前面面相觑，老爷看看桌边的一张张脸，然后对兰馨说：“你去看看菊雪，她是不是忘了今天是什么日子？”

“她不来落得清静，别管她！”春禄说，“她一天到晚就知道哭！”

兰馨还是站起来去了，** 过一会儿回来的还是兰馨一个人。

* 写小说就是写人物，写人物就是写性格。性格不是作者去交代。而是人物的一言一行使其性格在读者面前得到呈现。这句简单的反问使春禄的性格直观地在读者面前呈现。

** 兰馨的善良形象可见，无声胜有声。

“人呢？”老爷的脸色沉下来，“接年饭要人到齐才是个样儿！”

兰馨低声对老爷说：“菊雪不是不来，她要姨娘去说句话，说清楚到底是谁要毁这个家？”

“贱货！”马姨娘马上在一旁低声说，“咱们坐下吃，缺只死蟹还怕不成席！好大的口气，第一年就闹这把戏！”

“你还等什么？”老爷调过脸看春禄，“越来越没谱了！要不要我去请！”*

“我不想看她！”春禄说，“谁又没得罪她！”

“你不去就让我去吧。”冬禄欠欠身说，“一年才一个小年夜，再说菊雪这是头一年。”

“你老实坐在这儿吧！三少爷做什么不比你强！”秀芝马上接过话头说。

马姨娘看看秀芝，又看看冬禄，不咸不甜地笑起来：“算啦，别又为这事闹不愉快！待会儿给花神烧纸她来就是了，和我们一起吃接年饭算什么？第一年就这样，以后还怎么得了！”马姨娘飞快地斜睨了老爷一眼，她察觉出老爷眼里有一种说不出的疲倦和恼怒：“别的马虎一点可以，敬花神可是老祖宗留下来的大典，谁不来都不行，再说今年花窖……”

“再说什么！”老爷马上打断了马姨娘的话头，“再说就长出乌鸦嘴了！”老爷的心情突然坏了。

“这是什么汤？刷锅水吗？”老爷喝汤的时候突然说。厨子老张又忙去换汤。

秀芝心上像有什么事，她匆匆吃过饭放下筷子用茶水漱漱嘴就走出了屋子。她怕皮裙拖了雪就用指尖轻轻提着裙边，她不清楚自己为什么要朝前院院心那株梅树下走，不出她所料，菊雪果然是在梅树下，穿着那件大黑斗篷呆呆站着。

* 再精明的老爷，也不能不受人挑唆。马姨娘的冷嘲热讽自然影响到老爷的心理。越是来自生活的对话，越是见出作者对人的心理捕捉。

"你怎么不去吃接年饭？"秀芝走过去说。

"我倒是想去，可杜家的人不让我去！"菊雪慢慢转过身子，从梅树这边看梅树那边的秀芝，"你来干什么？你也来劝我？你来我也不会去！我不会让他们痛痛快快开席！"菊雪明白自己不去才有马姨娘和春禄的好看。

菊雪站在梅树下已经反反复复看到了那由她自己心造的一幕一幕：马姨娘满脸赔笑来给自己说好话，低声下气劝自己去吃饭，春禄也对自己说了不少好话后自己才姗姗落座。*

"你给谁好看？人家都已经吃过了接年饭了！你还等什么，等风餐露宿吗？"秀芝说，有点想笑。

"什么！"菊雪吃了一惊，"你说什么，我今年可是第一年！第一年的接年饭不等我？把我看成什么？"

"不吃接年饭由你，可待会儿敬花神去不去可不由你！"秀芝笑笑说，"错过一顿接年饭不重要，你要是不去敬花神老爷可要气死！你千万记住待会儿不要戴花，杜家敬花神最忌戴花，你戴了花马姨娘那张贱嘴也饶不了你！"

"我不去！"菊雪大声说，"春禄来求我也不去，老爷来也不行！除非他们把接年饭都吐出来，吐七碟子八碗，全都像狗一样给我一样样吐出来！"**

"看你，看你，你这会儿再说有什么用？"秀芝在暗里忍住笑，"我给你带了一条烧鹅腿你要不要？"

"我没吃过鹅腿吗？"菊雪说，"谁稀罕他们杜家的烧鹅腿！"

"你看烧鹅腿把我的手帕都油透了。"秀芝说，"你别发这么大的火，烧鹅腿又没得罪你。"

"我怎么办？"菊雪突然走近秀芝，"我就让杜家这么欺侮？我一死干净好了！让他们吃得接年饭过不了这个年！"

"别胡说！什么死不死的！"秀芝把烧鹅腿又用手帕包好，不知朝哪儿搁，"我可是老想着你，你不吃可不能怪我心里没有

* 人总是有幻想。

** 见出菊雪的刚烈性格，会让读者忍不住想知道菊雪命运的发展。

你。”秀芝想想就把烧鹅腿塞到梅树的黑乎乎的枝杈上，“待会儿要敬花神了，你不来不好。”

“我说不去就不去！”菊雪摸摸自己的脸颊，“算我瞎了眼！看错了杜家的大大小小！”

秀芝在暗处闻闻自己的手，手上一股油腻腻的味儿，她看看梅树那边的菊雪，“我该走了。”她说，然后慢慢移动脚步，脚下的薄雪咯吱咯吱显得悠远而死寂。“我走啦。”秀芝走两步又停下，朝梅树另一边看，菊雪还是一动不动，大黑斗篷给风轻轻吹起，像一只飞不起来的黑蝴蝶。*

“给你们个好看——”菊雪突然尖着嗓子喊了一声。

“记住，待会儿去敬花神千万不要戴花！老爷敬花神最忌戴花！”秀芝又停下来对菊雪说。秀芝不明白自己为什么一次次提醒菊雪，为什么？**

六

没人看到菊雪是怎样偷偷去了后园。菊雪满脸愁苦之色匆匆出入花窖在雪地上留下几朵落地而僵的花朵，她在这个小年夜偷摘了不少冬日鲜花用暖裙兜着回到自己寂如空巢的屋子，屋子里的火盆早灭了，冷得几至呵气成霜。菊雪在梳妆台前坐下，觉得自己手指都冻麻了。菊雪先对着镜子神窘气促地看看镜子里的自己。“我要是不给杜家点好看怎么出这口气！”菊雪对着镜子说。然后慢慢拈起一朵花，花窖里冬日开放的花朵在菊雪的屋子里荡漾出一种忧郁阴冷的死亡气息。菊雪突然莫名其妙地打了个冷战，菊雪朝身后看看，然后开始往头上插花。她先在耳边插了两朵，然后就毫无章法可言了，***把花一朵一朵拥挤到头上去，有一朵花的梗子把头皮戳得生疼。“不是说敬花神不许戴花吗？”菊雪摸摸头上冷冰冰的花朵冷冷地笑了笑。又把梳妆台上的几朵残花依次别在衣襟上，别好后她站起来，看着镜子里的自己慢慢朝

* 人在杜家，如何能飞起？这里的蝴蝶比喻韵味深长。

** 某种程度的同病相怜。只是秀芝没有菊雪的敢作敢为。

*** 心在别处，极妙的心理反应。

后退去。“不是说不许戴花吗？”菊雪觉得自己的眼泪突然涌上来。她转过身，不小心就拂灭了梳妆台上的蜡烛，她感到那看不见的泪水正点点滴滴侵入到自己的心上。她突然又莫名其妙地打了一个寒战。她又慢慢逼近梳妆台上的镜子，慢慢伸手去抚摸镜子里的自己，她看见镜子里的自己泪落潸潸。*

小年夜祭花神是杜家的传统节目，几百年不变如昔。民国三年的小年夜在杜家历史上极不寻常。** 吃过接年饭，杜家阖府老小在老爷的带领下穿过薄雪微积的后园朝花窖走去。

春禄穿着狐皮坎肩戴着护耳跟在老爷身后。冬禄手里捧着敬花神的供品。老爷沉默无语，走路的样子很像日本国女人，步子又碎又小，没人能够知道老爷的脚上长了鸡眼，每走一步都很痛。跟在后边的春禄想笑，但他没笑，他的一只手在衣袋里揣着，谁也无法知道春禄的衣袋里藏着一个小官漆盒儿。他隔一会儿就用手摸一下那个小盒儿，每摸一次就像听到玉贞好听的笑声。每次见到玉贞格格春禄都觉得又兴奋又幸福又有些招架不住。在西山看雪，中午他俩去寺院里用素斋，玉贞在桌那边突然嫣然一笑，说我求你一件事好吗？我给你一只小盒，你给我偷一只活蝴蝶装在里边好吗？

“你要蝴蝶做什么？”春禄有些不解。

“我要把活蝴蝶戴在头上，别人戴金戴玉我偏要戴一只活蝴蝶！”玉贞想象一只五彩斑斓的活蝴蝶在自己头上翅羽不停地翕动就十分兴奋。

“你怎么戴？蝴蝶是活的又不是死的？”春禄说。

“我把它钉在珠花上。”玉贞说。

“你头上戴只鸟吧，岂不更好！”春禄笑着说。

玉贞就用脚在桌下踢他，笑作一团。***

没人知道春禄衣袋里的秘密，杜家的人只知道待会儿会在花

* 对自我的伤怜，也就是对命运的某种反抗渴望。

** 一句话令读者感觉读到的是真实。好的小说就是不经意间抹去了真实与虚构的界限。

*** 借这些对话，让读者看到春禄究竟是什么原因喜欢玉贞。

窖里看到不少在冬日兀自开放的花朵。进花窖照老规矩是先男后女，老爷走在男眷前边马姨娘走在女眷前边。杜家成员慢慢走进植物气息扑鼻的神圣所在，花窖里边早已布置停当，拜垫像围棋子在花窖中央整齐排列，花窖里高高低低的花朵像探头探脑窥探秘密的人脸。“人都来齐了？”老爷环视四周低声问。

“菊雪还没到，她事事要人去请！”马姨娘马上应声答道。*

“她想给杜家立规矩吗？”老爷说，回头就看到花窖门还没关严，不禁勃然大怒，“人都进来了，怎么不关门，想让花冻死吗？花死不要紧，蝴蝶孵不出来拿谁去交差？”

冬禄便忙去关门。

“门关上待会儿不是还得开？”马姨娘说，“有的人就是没家教，这是祭花神又不是吃馆子想不来就不来！”

“算啦！”老爷摆摆手，“她不愿给自己祈福别人给她烧香也白搭！”

“那么就请老爷先敬香吧。”马姨娘对老爷说。

老爷便慢慢带头跪下，马姨娘突然暗暗高兴起来，她在跪下前，用自己手里的紫手帕给冬禄和春禄拂了拂拜垫。

拈香敬香进行得单调重复一如钟摆嘀嗒。老爷把香点好插上，然后是冬禄春禄依次跟上去拈香。一人拈香的时候，别人都静静在拜垫上伏着，花窖里一片沉寂，浓浓的冬日花香怪异地在花窖里弥漫。老爷拈香时朝花神像把香上上下下地扬扬，又朝花窖深处把香上上下下地扬扬。春禄知道花窖深处那边是蝴蝶，一粒粒的蝴蝶茧给湿草帘子苫着以待羽化。**

民国三年杜家的小年夜无疑将是杜家的忌日之一，蝴蝶死掉一大半和玉贞格格给花神画耳朵纠葛在一起使老爷心神不宁，心神不宁的结果是忘了吩咐家人像往年一样把花窖门死死闩上。

花窖门“呀”的一声被从外边慢慢推开时，祭花神的仪式才进行到一半。老爷突然觉得有什么在虚无中轰然崩裂了。*** 秀芝

* 随时不忘挑拨，马姨娘性格活灵活现。

** 此处必须详写，让读者看到杜家的支撑其实不足以抵挡时代。

*** 仪式的规矩是用来遵守的，但在小说中一定是用来打破的，这句话中的『虚无』写出那个时代的感受和现实。

* 马姨娘与菊雪的冲突，预示后文的悲剧。

没抬头，但她已经明白是谁打破了祭花神仪式。跪在花窖里的人在门“呀”的一声被推开时都调过脸去。

菊雪从外面慢慢慢慢走进来，她走进花窖的一刹间给花窖里拜伏在地的杜家人丁留下十分深刻的印象。人们首先看到菊雪的大黑斗篷，然后看到菊雪头上的累累繁花！菊雪径直走到了老爷身旁，带着外边的砭骨寒气，她还没站稳，有几朵花就从她头上掉下来坠落到老爷的拜垫旁。老爷从骇然中一下子惊醒，看看地上的花，脸色突然大变，他直起腰反过身飞快地抡起巴掌给了春禄一下子：“门怎么不闩！这是什么地方！都完了完了！”

马姨娘也从拜垫上直起腰，仰脸盯着菊雪头上的花，神情像是有些恍惚：“你来干什么？你像什么东西！”

“我像什么东西？你看看你自己像什么东西！”菊雪说。

“你还不快给老爷滚出去！”马姨娘从拜垫上站起来。

“我为什么滚？”菊雪眯细了眼睛盯着马姨娘，“轮到你滚也轮不到我！”*

“为什么滚？你还不知道你为什么滚？”马姨娘抬起手指着菊雪的鼻子，“滚出去！你要毁这个家也不该这时候戴着花来！”

菊雪猛地推一下马姨娘，然后在老爷旁边的拜垫上跪下来：“我也来敬花神，不是跟你这个穿裤子的姨娘来贫嘴的！不吃饭没罪不敬花神可有罪！花神有灵怎么就不惩治坏人！”

老爷觉得自己在抖，跪在老爷身后的冬禄听见老爷呻吟道：“给我把她赶出去！”

“老爷你说什么？”菊雪在拜垫上转过脸，冷冷地看着老爷，“老爷你不怕花神动怒降灾？”**

** 以其人之道对抗，表现了菊雪的勇敢和强硬的性格。

“要死了！要死了！”老爷说，说着就扬起了手。整个花窖里的人都把心一下子提到嗓子眼，接着就都听到了那清脆的一声。

“好！打死这个小娼妇！”马姨娘马上在一边说。

菊雪一下子呆了，她捂着自己的脸颊，她从没想到老爷会动手打自己。沉默了好一会儿，她颤不成声地说："老爷你打我？"

"打你还不如打猪打狗！"老爷勃然大怒地说，"我们杜家没你这种人，你滚出去！"

菊雪捂着脸慢慢从拜垫上站起来，头上又有花扑簌而落，菊雪突然看到跪在身后的兰馨脸色煞白。

"你打我？"菊雪又对老爷说。

"打你还不如打猪打狗！"老爷又说，"把她给我推出去！"老爷对家人说。*

菊雪是退着被陈妈拉出去的。菊雪被拉出花窖的同时，兰馨突然呻吟了一声就瘫软在拜垫上。旁边的人忙把兰馨往起搀，兰馨只觉得自己浑身抖得厉害，她死死咬住自己那块手帕不让自己发出声音。

"你怎么啦，你倒是怕什么？"马姨娘说，马姨娘看到兰馨的眼泪扑簌簌掉下来。

"要不要请大夫？"马姨娘又说。

"我没事。"兰馨的声音颤颤抖抖。

"谁该请大夫还说不定呢！"秀芝在另一边低声说，这话只有靠她最近的冬禄听到了。兰馨这时又在别人的扶持下在拜垫上重新跪好。

"谁见过菊雪这种猪狗不如的女人！"老爷气喘吁吁地说，"我们杜家迟早要毁在她手里。"

马姨娘挨老爷最近，她清清楚楚看到老爷脸上有泪挂下来。

"明天是最后一天了，过了明天我就逃过六九大数，我五十五了。"老爷的声音很衰弱，"我怕是过不去这一劫了！"

兰馨晕倒是敬完花神之后的事情，人们跪在地上等待着那两片金箔耳朵慢慢燃烧，马姨娘跪在拜垫上低声对兰馨说："你刚才怕什么？你胆子这么小怎么行？"停停又说，"老爷流泪了，我进杜家这么多年哪见过老爷流泪！人就是怕逢九，逢九必有灾，这

* 老爷打菊雪，冲突猝然到达高潮，读者自然会同情菊雪，也会觉得杜家的可怕。

下菊雪也顺心了，杜家没有孝子孝妇倒有猪狗不如的东西！”

兰馨的脸白得像张纸。

“我就看不透菊雪这贱货的心！她安的什么心！”马姨娘继续说，她没注意到兰馨浑身抖得像一片风中竹叶。“老爷许下了，”马姨娘把声音放得更低，“在花神前许下，要是蝴蝶再不出来老爷就把自己的耳朵割了献花神！”*

兰馨就是这时候突然晕倒的，她身子一歪正倒在马姨娘身上。

兰馨短暂的晕厥在花窖里引起一阵骚乱，让不少人感到兴奋而又恐惧，秀芝站起来说头好闷，就走出去站到花窖外边去。外边的人正在说兰馨，说大少奶奶的胆子也太小！遇到这点事就吓晕了。

秀芝在一旁冷笑一声，说：“明天就是除夕了，谁也别装神弄鬼！”

“你少说一句好不好？”冬禄说，“兰馨都晕倒了，说不定她真有病了。”

“菊雪呢？”秀芝突然说，“你怎么只说兰馨兰馨，你怎么不提菊雪一个字？”

“菊雪是自作自受！”冬禄说，“你看她戴一头花不是咒杜家又是咒哪个？”**

“兰馨好！兰馨抄佛经安的什么心，杜家又不是尼姑庵，抄的什么佛经！别人不抄偏她抄，谁知道她是在咒谁？有孝心怎么不去学杜姑娘把自己吊起来好让你们杜家再改成姓兰！”

“你瞎说什么！”冬禄说，“闭上你的嘴好不好！”

兰馨就是这时候被人从花窖里扶出来的，秀芝的话她句句都听到，兰馨只觉得心里一紧一紧。她不明白秀芝为什么这么恨自己，孤独悲哀像清晨的雾一样从她心底升起。

* 一次次提到耳朵，当是一次次埋下伏笔。读到这里，有『拭目以待』的感受。

** 冬禄还看不出马姨娘、菊雪等人之间的明争暗斗，即使看到，也难有较深的理解，同时也说明，冬禄的性格发展还有非常大的空间。

七

秀芝避着人悄悄进到菊雪屋子时，菊雪正对着镜子垂泪。秀芝不清楚菊雪在屋里还穿着黑斗篷做什么。看见秀芝进来，菊雪索性转过身号啕大哭，桌上是揉成碎屑的鲜花，红红紫紫一片。

“我该怎么办？我去死？明天是除夕我一死干净给他们杜家好看！”菊雪已经把满头的花摘了下来，头发被花梗弄得蓬乱如草。

秀芝想想，叹口气说：“我真的也没办法，你挨了老爷的揍，这个家还没人挨过老爷的揍。”

“我真不想活了！”菊雪摸摸自己的脸颊，“我还有什么脸？我吊死在老爷门前的石榴树上让他们难过这个年！”*

“你看你，你看你。”秀芝笑笑，“你动不动就死啊死的，要是我就去杀人！”

菊雪吓了一跳：“我不会杀人，再说我也没刀，我有剪子也锈了，我用什么去杀人？”

“我真的也想不出办法，”秀芝想想，“我想不到你会那样做事，也想不到老爷会亲手打你。”

菊雪又哭起来：“我只想气气他们，我只会哭，我真不想活了。”

秀芝突然微笑了一下：“你真想死？”

“我想死谁也拦不住，我就吊死在老爷门前的树上，让老爷大年初一一开门就看到！”

秀芝突然忍不住笑出声：“我倒有一个办法……这个法子比死好多了！不过对你也很可怕，但你既可以讨好老爷又可以不死。”

菊雪皱了皱眉头，说：“春禄心不在我身上我还有什么办法？”

秀芝迟迟疑疑地看着菊雪：“要不你干脆好好儿睡一觉吧，睡

*对那个时代的女人而言，菊雪的遭遇似乎不是大事，从菊雪的反应来看，能看出菊雪对尊严的看重，这是当时罕有的，也让读者见出菊雪的内心，对后文必有呼应。

* 秀芝不断怂恿，令人感觉秀芝的可怕一面。

** 这才是核心。

着就什么都忘了。”

“那不行！我这口气怎么咽得下去？我早想过了，我不怕死！”菊雪把桌上的碎花屑一把抹到地上。

秀芝脸上突然有了神神秘秘的表情，她低声说：“有一个办法就怕你不敢。”

菊雪哆嗦了一下：“我是不敢杀人！我连梦里都不敢。”

“谁让你杀人，”秀芝说，“你知道杜家老祖宗时候的杜姑娘吗？蝴蝶出不来，她把自己许给蝴蝶、许给花神，把自己吊死在树上，杜家就从此改姓了杜，兰馨会给老爷铰金箔耳朵献花神，你横竖一死就不会……”秀芝把手抬到自己耳边做了一个铰的动作，“你失去的只是两个耳朵，得到的是杜家的地位，马姨娘到时候算什么东西！”*

“不——”菊雪尖利地叫起来，捂着自己的耳朵，“我不！铰了耳朵还不如去死，铰了耳朵怎么见人？”

“你别动不动就喊叫！小心别人听到，你仔细想想，你死了到阴间能看到什么？你不想老爷马姨娘都敬你、怕你、听你的？春禄到时候敢不听你的？”**

听着秀芝这么说，菊雪慢慢把脸转向镜子，慢慢慢慢逼近镜子看镜子里的自己，把头发用双手慢慢慢慢分开，露出自己的耳朵。“不——”菊雪又尖叫起来。

秀芝皱了皱眉，说：“除此我没别的办法了。”秀芝从镜子里看看菊雪，把手搭在菊雪肩上，“我也不能总待在这儿，今天可是小年夜，我得回去了，明天熬夜牌我看是玩不成了。”

“我想好了我一定去死！”菊雪抬起脸看着秀芝，“我就吊在老爷门前的石榴树上！”

“那么你就好好儿想想。”秀芝把手从菊雪肩上拿下来，想想又说，“要不你出去走走散散心？”

“我往哪儿走？天这么黑！”菊雪说。

“人要死了还怕黑吗？”秀芝笑笑说。*

“你说我不敢死？”菊雪站起来，“我想死就死，我不怕！”

“好啦，好啦，”秀芝笑着说，“我也该走了。”

秀芝从菊雪的屋子里出来，外边又下起零零星星的小雪，秀芝走到院子里，又听见菊雪在屋里尖声喊：“谁也别拦我，我什么也不怕！”

这一夜春禄没回自己的屋子，菊雪一直呆呆坐在镜子前流泪。后来她慢慢从梳妆盒里摸出那把剪子，慢慢慢慢把剪子举到耳际。剪子碰到了耳坠发出清柔的玎玲声音。她在镜子里看自己做这一切如虚如幻恍若梦境。冰凉的剪刃碰在她脸上时把她吓了一跳，后来她又扔掉剪子，对着镜子使劲拽自己的耳轮。“死吧，死给他们看，让他们过不了这个年！”这个声音如离穴乱蚁一样盘踞了菊雪整个心灵，她离开梳妆台走到床旁的朱漆皮箱边，开始从皮箱里往出抽一条绫绢，她抽得很慢，慢慢慢慢把一条幽凉的绫绢抽出来。

子夜的时候，没人能看见菊雪慢慢从自己的屋子走出去，手里拖着那条淡淡如烟的绫绢，绫绢无声寂如死蛇在菊雪身后慢慢拖动着。**

这时候春禄在冬禄屋里围桌打牌，已是夜深人倦的时候，牌桌边的人此起彼伏地打哈欠。秀芝出牌时心不在焉，她时不时侧耳听听外边。外边静极了，屋子里的洋马牌德国挂钟显得越走越清亮。桌下的白铜脚炉快灭了，四个人八只脚踩在炉子上都觉得越来越冷。觉得这个小年夜寒冷而忧伤，仿佛一年之中这最后之夜给冰水浸透了又湿又凉！

“我想去日本就是为了不看这个家，你们不觉得这个家又湿又冷又黑像口井？”春禄突然说。***

“你少说这种话。”冬禄说。冬禄的手指又细又瘦又长又有

* 笑里藏刀。

** 就小说主题来看，菊雪自然不会这么死，读者在此却不自禁屏息凝神，这就是叙述的魅力所在。

*** 春禄的想法代表了那个时代的新潮思想，后文必有呼应。

力，他把散乱幽凉的骨牌又啪啪啪啪摞起来，“你忘掉玉贞最好！你和她会有什么结果？”

“我也不想要什么结果。”春禄说。*

“别看她现在花容月貌，一转眼就是一堆白骨！”

“谁到头不是一堆白骨？”春禄说。

秀芝忽然浑身抖了一下，一种令人无法忽略的颤抖。

菊雪明白自己无法摆脱后园，就像倦鸟无法摆脱鸟巢。也许自己真的别无去处？

菊雪拖着淡淡的绫绢朝后园走去，绫绢无声无息地在她身后拖动产生了一种戏剧感。她想到名青衣瑶卿演的《合魂》，想起那略带沙哑的演唱。突然觉得自己真像个孤苦无依的鬼魂，在子夜后的杜家庭院慢慢出现慢慢行走慢慢要挂到那棵树上去吗？这么一想她就怕冷似的慢慢抱住自己的肩，她突然想起自己在“女子刺绣学堂”那天夜里被狗吓了一跳的事情。子夜后的杜家庭院静极了像一井死水，在走向后园的一刹间，菊雪突然停住脚步，她萌动了去听听老爷屋里有什么动静的念头。

老爷屋子的门窗都黑着，听不到什么，阶上的积雪白白的，白天不知谁在窗下扫了一块，显得地面黑黑的很深。老爷门外廊子挂着两只空鸟笼，鸟死了，空笼却挂在那里。

菊雪慢慢停在老爷门前，想象自己是个鬼魂，手中长长白白的绫绢就是复仇的武器。菊雪这么想着，便倏地把手中的绫绢扬起来朝老爷的门上甩去，但绫绢甩出去是那么软弱无力，落下来更加毫无生气。菊雪转过身子时就看见对面兰馨的房间。**

“兰馨在做什么？”

菊雪又轻轻走到兰馨的窗下，兰馨的屋子里像有什么在一点一点往下滴，滴到很深很深的地方去。好一会儿菊雪才明白是轻轻轻轻敲小木鱼的声音。木鱼上苫着一块绸巾，敲出的声音就又

* 春禄年纪轻轻，就把生命本质的一面看得通透，说明春禄与其他人有思想上的不同，亦能判断其平时的所思所读。

** 气氛的渲染从来不是形容词用得多，而是作者给读者呈现了什么，呈现是小说的现代手法，也是画面感、现场感得到塑造的不二手法。这段文字令人有毛骨悚然之感，就在于作者运用了极为客观的呈现手法。

轻又浊又远令人无法忽略！“兰馨醒着？”菊雪不明白兰馨为什么这会儿还不睡还敲木鱼做什么？

从兰馨的屋子那边过来，菊雪就来到了秀芝的屋子前，秀芝的窗子上竟然亮着灯光。啪啪的打牌声从屋里断断续续传出来，单调而冷清。菊雪的心突然痛楚起来，她轻轻靠近窗子却听不到谁在说话。只听到那单调的打牌声和洗牌声。菊雪便慢慢扬起绫绢朝秀芝门上演戏样扬了三次，绫绢每一次都像梦一样飘起落下悄然无声。

菊雪拖着长长的绫绢挨次慢慢走过那沉沉黑闭的房子，然后就慢慢走进了后园。在走进后园的一刹间，她突然明白园里的凉亭是自己的神秘的生命之巢！她想象明天杜家上上下下看到自己吊在凉亭里的情景！春禄可能会一边哭一边打自己耳光，老爷的脸色一定会苍白如死！马姨娘呢……*

马姨娘的脸突然在菊雪想象的黑幕中狞笑起来。菊雪打了一个冷战，脑子突然一下子变得清亮如水。捧在菊雪手中的绫绢倏然脱落：“你为什么要去死，你想让马姨娘高兴吗？”这个声音轻轻在菊雪耳边响起。**

菊雪拖着长长的绫绢朝自己屋里走时加快了脚步。她边走边收起那拖在身后的绫绢。怀里便松松软软抱了一大堆冰凉的丝织品，模样很像早下台卸装急着赶回家的戏子。但可惜的是没人看到她的表演，也没人知道菊雪在这个小年夜里的行踪。

菊雪回到自己的屋子后抱着双肩冷得颤抖起来。她又坐到梳妆台前，“我该怎么办？我该怎么办？我该怎么办？”她听到了自己发自心底的声音。

菊雪再次拿起那把剪子时一丝犹疑不定的寒意在她脊背后泛起不绝的涟漪。她在虚无中又一次看到马姨娘那张老脸和老爷高高扬起的手。

菊雪突然开始用剪刀戳那团绫绢，一边抽泣一边戳，剪子每

* 人在极度喜悦或极度悲伤中都会有长长的凌乱的内心独白。作者深谙人的心理才能很准确地写出这段文字。

** 菊雪在清醒中的思绪造成一波三折的艺术效果。

戳一下菊雪就骂一声马姨娘和老爷。被戳碎的绫绢丝丝缕缕坠落到菊雪的脚下。

天将亮的时候，杜府寂静的院子里突然响起了一声撕心裂肺的惨叫！* 菊雪浑身一抖扔掉了剪子，从梳妆台前站起来，地上的碎绫绢被她踩在脚下其状如雪。

秀芝和春禄冬禄还有陪他们一起打牌的福官都听到了那一声惨叫。秀芝把牌一下子推了："菊雪出事了！"**

"瞎说什么！"冬禄说，看着秀芝。

"你还不回去看看！"秀芝对春禄说，"肯定是菊雪出事了。"

"又玩什么花样！"春禄神色疲倦地立起身，他觉得自己头有些晕，就又坐下来。

"你怎么知道是菊雪？"冬禄又问。

"信不信由你！"秀芝说，"不是她又会是谁，是马姨娘吗？"

马姨娘也给这一声惨叫惊醒，老爷还侧身躺着。

"老爷，老爷！"马姨娘说，"你快醒醒，你听见没？出事啦！"

老爷翻了一个身，说："别大惊小怪！你的心太厉害了，你怎么就知道是出事了！你让我再睡会儿！"

马姨娘跳下床穿衣服，把一件小皮袄披在身上，一边穿一边说："我早知道要出事！菊雪就是个出事的坯子！"

"菊雪是自作自受！"老爷又翻一个身说。

马姨娘穿好衣服走出屋子时听到了连绵不断的呻吟，她大吃了一惊，声音竟是从兰馨屋里传出来的。这让马姨娘奇怪丛生不寒而栗！马姨娘在黑暗中沉默了一会儿，然后朝兰馨的屋子走去。这时小厮福官正好从冬禄的屋子里出来。***

马姨娘在福官的帮助下用剪刀拨开了兰馨屋子的门闩，门被从外头豁然推开，一股血腥气从屋子里扑面而来。马姨娘一眼看

* 终究是要出事的。

** 脱口而出的话，暴露秀芝以为计策得逞的内心。

*** 故事的奇峰突起，推动小说的发展。

到倒身在地的兰馨和地上一小团儿一小团儿的棉花，还有一把剪刀，马姨娘不知道兰馨弄满地棉花做什么？马姨娘只觉得自己十指冰凉浑身颤抖不已，马姨娘一步一步走过去，看到了血，马姨娘低头凝视昏死在地的兰馨，忍不住地颤抖。

小厮福官这时把烛台端了过来，蹲下身去的马姨娘突然尖叫起来，她看到了两片耳朵，两片白白的被铰下来的耳朵，马姨娘突然狂跳起来："老爷——老爷——"

马姨娘叫过后又俯下身去。她看见兰馨乌黑的头发里已浸满了血。马姨娘突然明白了这场突变的内容！她想起应该抓一把香炉灰来给兰馨止血，香炉里的香灰炙了马姨娘的手一下，她把香灰抖抖颤颤按在兰馨双耳已杳然而去的耳根处。"快去喊老爷！还愣着做什么？"马姨娘对站在一边的福官说。

福官很快把老爷喊了来，老爷脸色恍白声紧气促衣服还没穿好。老爷一进兰馨的屋子就给地上的血吓坏了，"出了什么事？"老爷说。

"老爷，耳朵！兰馨割耳朵了！"马姨娘说，把地上的耳朵指给老爷看。

老爷看到了地上那两片白白的耳朵，老爷眼睛盯着地上的两只若虚若幻的耳朵人也若虚若幻起来。*

"老爷你说怎么办，还不快去请医生？血流多了是要出人命的。"马姨娘看看老爷说。

"还不快把耳朵供起来！"老爷突然醒过了神，小厮福官忙去拿桌上的漆盘，漆盘拿过来却被老爷一下打掉在地上，"去取供盘，那是耳朵，那是果子吗？"福官又马上去正厅把供盘取了来。

那两片耳朵被福官小心翼翼捡到供盘里，老爷看到供盘里的耳朵，一颗心几乎要狂跳出声："你敬花神，割自己的耳朵，你让杜家怎么对得起你！"老爷说，然后一屁股瘫软在椅子上。**

* 读者越感到凌乱的场景，越来自作者行文时的冷静裁剪。每个人在猝变中都会有动作和语言，作者在这里展示了非凡的笔力。

** 连老爷也震惊，只是他的所想永远以杜家为先，老爷果然是老爷。

陈妈在前院听到了动静也赶了过来，陈妈经事多。“快把人先扶到床上，”陈妈说，“把头垫高点，要不血会流光了的。”

兰馨被抬到床上去，马姨娘和陈妈用手紧紧按住兰馨，兰馨浑身抖得像只受惊的兔子，马姨娘害怕极了。陈妈回头对老爷说：“老爷，还不快让人去请大夫！”瘫坐在椅子上的老爷才恍如大梦初醒，他返身喊福官：“还不快去请大夫！傻站着做什么！快去请大夫！”

这时春禄和冬禄已闻声而来，春禄一脚跨进兰馨的屋门正好赶上老爷的一个大耳光子，老爷打完了春禄，返身又给走在春禄后边的冬禄一个耳光：“都给我跪下！杜家没有孝子倒出了孝妇！”*

*老爷的家长之风，一句话可见。

秀芝跟在冬禄和春禄的后边，听见老爷声气不对便在门外停下了脚步，秀芝觉得自己的心一阵乱跳，她一把抓住从屋里出来的福官低声问：“出什么事啦？你快告诉我。”

“割耳朵啦，兰馨把耳朵割了。”福官用手在耳边做了个动作。

秀芝放开福官，身子突然有些发冷，一阵阵寒可砭骨的涟漪在她心底泛起，她没想到兰馨会这样。“菊雪你个呆 ×！”秀芝一字一字说，突然打了个冷战。

“兰馨，兰馨！”秀芝听见冬禄在屋里喊兰馨的声音。

天亮后，杜家上上下下一片混乱，兰馨割掉耳朵以敬花神这个惊心动魄的消息不胫而走。耳朵是用供盘给供起来了。那两片苍白的耳朵美丽娇小，看上去简直有些不像耳朵！不少人都悄悄跑去看耳朵，都说越看越不像耳朵！去井边一次次打水的福官在家人的询问下一次次把兰馨割耳朵的场面渲染得如火如荼！福官一次次用水冲洗兰馨屋里地上的血迹，殷红的血水流到门外马上就冻结起来。** 大夫给请来时差点滑一大跤。大夫是个瘦伶伶面有烟容的中年男子。老爷吩咐福官说就不要请黄中文大夫了，这

**事情乱，文字不能乱，作者的行文可以延伸到血在门外冻结的细节，才更给读者混乱的场景画面。绝妙细节！

种事情请熟大夫说三道四不大好！福官就把这个从未登过杜府门的串巷郎中给请了来。大夫撩开床帐看到兰馨时忍不住轻轻怪叫了一声："是绑票了吗？绑票也不该这么撕票！"

"哪是绑票！"福官低声说，"是我们大少奶奶自己割下来的！"福官的声音很低，但那个大夫还是听到了，他把身子朝后闪了闪："那么她是疯了？"

"少瞎说，你才疯了，老爷听着呢！"福官又小声说。

"我那里有'九转百活丹'，"大夫马上调过脸对老爷说，"抹一抹耳朵是会重新长住的，就是药恐怕不够，一丸要十块大洋，一日一丸，共要服二十丸。"

"不用！"老爷斜睨着大夫看看，"止止血就可以了，我什么不懂？有续命百活丹这世上就不会有死人了！"*

"请东洋大夫吧！"春禄在一旁突然说，"草桥那边的东洋大夫会做手术，肯定能把耳朵缝上。"

"混账！"老爷转过身子，"肉掉下来还能长上人就不会死了，又是东洋！"

"老爷说得对！"那个大夫马上也跟上说，"东洋大夫就懂得骗人！"

"你需要什么？"老爷皱着眉头对大夫说。

"要好白酒，"大夫说，"得用白酒给她先洗洗。"

"去取白酒。"老爷对福官说。

福官很快捧了白酒来。大夫让马姨娘把兰馨的头往高里扶扶，然后用棉花蘸上白酒开始给兰馨擦脖子上脸上的血，蘸了酒的棉花轻轻擦到兰馨耳际的伤口上时，兰馨大叫一声又昏死过去。马姨娘是不停地给自己擦泪，马姨娘在心里对自己说不要看不要看，但眼睛却不听自己使唤，中了魔一样死死盯住兰馨的双耳处。**

"没关系，没关系，我这一针下去就醒来。"大夫用一根针在

* 老爷此时才提及止血，可见在他内心，杜家的孝风超越一切，兰馨的割耳对兰馨的身体伤害不值得过分关注。

** 这段心理描写令人惊心动魄，无人会觉得虚假。恐怖的场面令人不敢多看，唯独心知肚明者和肇事者才会去看和自己有关的结果，好笔法！

兰馨的人中处扎下去捻了几捻，兰馨就又嘘着长气醒过来。但一阵阵钻心的痛楚使兰馨浑身颤抖不停。“按住她！”大夫对马姨娘说。马姨娘便和陈妈各抓住兰馨一只手，兰馨突然挣了一下，把手从马姨娘的手中挣脱，伸手一把攥住了身边的床帐，然后把抓到手的床帐塞到自己嘴里去，屋子里的人就听到牙齿咬碎布帛的咯吱咯吱声。

“好可怜！”陈妈突然说，她俯下身去，紧紧抱住兰馨疼得乱抖的身子，成串的泪水从陈妈的眼里扑簌而落。

“怎么想到割耳朵？我还没见过割耳朵的人呢。”大夫给兰馨上好了药，去到门后的盆里洗手，一边低声问福官。

“不该你问你就别问。”福官对这位大夫说。*

兰馨一直没说话，一直在流泪，除了疼痛上来呻吟一两声，就那么靠在陈妈怀里死死咬着床帐。

屋里的人忙着的时候，谁也没注意到菊雪来了，她轻轻走到兰馨的窗前，隔着窗子朝里看，脸色突然一下子变得那么苍白。

屋里的人都听到了屋外菊雪尖利的喊叫，人们调过头，菊雪已经离开窗子。**

八

虽然出了兰馨为敬花神割掉自己双耳的大事，百年老宅杜府还是很快又平静如水。毕竟要过年了，府里上上下下要做的事很多。到了除夕这天下午，兰馨除了头晕和两耳处的伤口疼似乎也没什么危险迹象。马姨娘吩咐福官把兰馨屋里的镜子都用大红纸糊了。地上洗干净后，马姨娘又亲自撒了一盒官粉，屋子里便充满了古怪的芬芳。但到兰馨屋里探望的人依然能感觉到沉沉似铁的血腥气在屋子里荡漾。兰馨头上给缠了纱帕，兰馨端坐那里一动不敢动，每动一下两耳处就像有长簪扎一样钻心地痛。老爷吩咐马姨娘陪着兰馨，厨房又炖来了银耳参汤。

* 小厮机灵。

** 兰馨做了菊雪不敢做的事，菊雪的尖叫增强了表达效果。

“你喝点参汤吧。”马姨娘对兰馨说，“你流那么多血，你该补一补。”

兰馨慢慢站起来，说：“今天我不能抄佛经了，我手颤得厉害！”兰馨摸摸自己的手，“我怕我以后连花也难绣了。”

马姨娘攥住兰馨的手让兰馨坐下：“你以后不绣花就绣佛吧，你绣的佛供在哪里哪里就鬼神难入！”

“我哪能绣佛呢？我没见过佛，佛有千手千臂我怎么连一只手都拉不到？”兰馨看着自己的手。

马姨娘忙把话岔开：“老爷已经派人到周记银楼去了，去定两副小银棺材，”马姨娘把话音放低，“老爷要给耳朵大做法事，老爷打小银棺材要花四十两花银呢！”

“给耳朵做法事？”兰馨怕冷似的把身子缩起来。

“老爷把耳朵拿到花窖里敬过花神了，法华寺的和尚也来了，老爷说连王府王爷都知道了这事，只可惜皇上倒了，皇上要是不倒这种事是要竖牌坊的！”*

“我的心早就空了。”兰馨又垂下泪来，扑簌簌的泪珠掉在兰馨敝旧的暖裙上，每一点泪水都清晰深浓一如墨迹。

“看我差点忘了，”马姨娘说，把带过来的大红包拍拍，“这是老爷给你的除夕赏银，比菊雪她们多出十倍，一百块呐！”

兰馨突然用手抓住自己的暖裙，把暖裙抓在自己手里又慢慢松开。

“你怎么啦？”马姨娘问。

兰馨没说话，慢慢立起身走到镜子前，抬起手慢慢往下撕糊在镜子上的红纸。

“福官！福官！”马姨娘忙朝外喊福官，福官不在。马姨娘又喊来了周正，让周正把镜子搬走。

玉贞格格晚上也来了，她的笑声很快让杜府的每个人都听到了。她站在中院大声说要看看兰馨：“我还从没见过割掉耳朵

* 在整个杜家，就连马姨娘说出『皇上倒了』时，也能感受王爷仍在的余威。此细节见出时代的荒谬和悖论。

的人！”

老爷和马姨娘听到玉贞格格来了就都回避了，免得搬拜垫磕头。

玉贞格格早就对老爷说不拘这些，可老爷一见主子膝盖就软这谁也没有办法。[*]玉贞格格这天的衣着令每个人吃惊！她穿着一身法兰绒男装，头上还戴着一顶猎帽，手里是一根镶象牙头的文明棍。她和春禄站在院心梅树下说话，一边不停地用文明棍敲敲梅树枝，枝上隔年的枯叶便纷纷落下来。

玉贞格格在兰馨屋子里坐着的时候，老爷还是迈着细碎的步子过来了，马姨娘在后边跟着。老爷和马姨娘跪下给玉贞格格请安时春禄和兰馨不得不也跟上跪下去。[**]

“都起来，都起来。”玉贞格格说，把兰馨扶起来，玉贞格格看着兰馨，“你为什么割耳朵呢？”

兰馨无言以对，只有掉泪的份儿。

玉贞格格走的时候，春禄把她送出去，春禄在院门口把小漆盒和那本《玉蒲团》递给她。玉贞格格把小盒儿在门口灯笼下轻轻打开，那只蝴蝶已经冻死在里边。

玉贞格格给兰馨随身带来一条一尺半长的高丽参，高丽参在锦盒里放着，但已经给虫蛀了。

玉贞格格在院子里大声和春禄说笑，菊雪在自己屋里点滴不漏都听到了，菊雪慢慢慢慢披上斗篷走出屋子，她没朝春禄和玉贞格格说话的地方去。连望也没望。她穿着黑斗篷在暗夜里缓缓行走引不起任何人的注意，她慢慢慢慢走到了秀芝的门前，斗篷给秀芝门前的玫瑰枝子挂了一下，[***]她拉了拉斗篷，听到丝绸碎裂的声音。她没马上伸手推门。白天，她悄悄塞给了福官一块银元贿赂他让他把外面的事情一点不漏地告诉自己。她知道银楼里刚刚送来了一对儿银子打的小棺材。她还知道那小银棺材是用来放兰馨的耳朵的。她也知道府里请来了和尚来念经超度兰馨的耳

* 妙句！

** 皇上倒了，形式还没倒，也能看到新旧时代的交替，并非摧枯拉朽。

*** 这一细节也使读者的心被『挂』了一下。神来之笔！

朵，和尚做法事的声音她也听到了，她想起自己在家里做姑娘时家里请和尚做法事的神秘场面。她突然又妒又恨，她摸摸自己的耳朵。“别对任何人说起我问你的事，”菊雪对福官说，“我再给你一块银元你待会儿吃年饭时去喊一声三少爷，让他去老爷屋前的石榴树那边就说我有事！”

“您有什么事？”福官摸着手里的银元，看着菊雪。

“你拿上钱喝你的酒就是了，别忘了我吩咐你的事。”菊雪说。

菊雪站在秀芝门前，静静站了好半天，她听得见自己的喘息，好一会儿她才慢慢推开秀芝的门。

秀芝正在屋里开柜关柜不知找什么东西，她没想到菊雪会这会儿来，秀芝把正月里要穿的红洋缎百褶裙取了出来。菊雪进来时秀芝突然无缘无故轻轻抖了一下。* “我正准备到你屋里去，”秀芝说，把柜子盖上把铜钥匙掖到衣襟里，又把茶桌儿上的一个包赏钱的红包儿拿起来递给菊雪，“这是马姨娘给你的年赏，你正好来了就拿走吧。”

“你没事吧？”秀芝又说，“今天晚上都忙我一个人。”

“我会有什么事？”菊雪说。菊雪看着秀芝的脸，忽然后悔自己不该来。

“你好好儿想想该怎么办？”秀芝又说，“要不就去给老爷跪着赔不是！”

“我……”菊雪突然苦笑了一下，“我答应，我的腿也不答应。”**

菊雪是和秀芝一块儿从秀芝屋里出来的，一出门她们就分手了，秀芝往前院走去，走了几步又停住，说：“待会儿吃年饭你过来吗？”

菊雪站在暗中没说话，但秀芝分明听到菊雪这边响起一声哽咽。

* 该抖！心里应该抖得更加厉害。

** 从这里看菊雪，倒还觉得她和春禄是有共同之处的，偏偏春禄喜欢的是玉贞。小说虽是虚构，现实也不无如此。

菊雪又慢慢回到自己的屋里，她害怕屋子里的黑暗，就慢慢把烛台点上。她把点好的烛台放到靠窗的条案上，不小心碰落了刚从秀芝那边拿过来的红包儿。菊雪把红包儿从地上捡起来，突然吃惊地喊叫起来，她在蜡烛下慢慢慢慢把摔破的红包儿打开，里面不是银元而是发了霉的点心和一些白色粉末儿！菊雪看着那些白色粉末儿像明白了什么，她慢慢慢慢逼近那打开的红包把舌尖伸过去，然后她突然跳起来，恐惧像条蛇一样游过来死死缠住她，她突然明白那是砒霜！老爷治腰上的湿癣时她见过砒霜，她不明白是谁把银元偷偷换成了霉点心和砒霜，是马姨娘吗？*

“想让我死呐！”菊雪听见自己悲切的喊声从内心深处发出，像空中一缕摇曳的游丝。**

兰馨慢慢推开了朝南的那扇窗子，外面的夜气像冰水一样涌进来，杜家的人这时都集中到了前院去。兰馨把窗子又慢慢拉上。没人看到兰馨走出了自己的屋子，更没人看到兰馨手里拿着一摞白白的纸钱，她像一个影子一样慢慢滑到那株石榴树下，慢慢蹲下去，然后有蓝幽幽的火苗从白纸钱上慢慢升起来，兰馨头顶的树枝给火苗照得一片杂乱。兰馨把纸钱一片一片慢慢扔到火上，她烧完纸钱又慢慢回到屋子里依然没人看到。***

回到屋子里，兰馨又走到窗前，她感觉到除夕的寒冷像水一样穿透了自己的身子，她转过身子又走到桌边，把自己那块绣着黄蝴蝶的白手帕轻轻蒙在木鱼上，那滴水样的“嗒嗒嗒嗒”声便令人无法忽略地传出窗外。

杜家上上下下的人都觉得今年的除夕家宴气氛异常，大家都清楚有两个人不会参加家宴，一个是兰馨，马姨娘已经吩咐下人把饭菜给兰馨送去。另一个是菊雪，她没来也没人提到她，马姨娘没提老爷没提春禄也不提。秀芝代替了兰馨往日的位置忽然高兴起来，她突然明白自己对待兰馨的态度实际上是一种嫉妒！

家宴进行到一半的时候，福官轻轻走到春禄身边俯在春禄耳

* 一波三折后，终会有高潮。

** 这声指控，不仅仅是针对秀芝，也不仅仅是针对杜家，大约是针对那个垂死的时代吧。

*** 恍如描写一个幽灵，也许在此时的杜家，出没的也就是一个个幽灵。

边说话。马姨娘把这一切都看在眼里，马姨娘放下筷子，说："有什么事这么神神秘秘的？" *

福官就不再说话，看定了老爷。

"说出来让大家听听。"马姨娘又说。

"你说吧，"春禄对福官说，"反正我无所谓，我心里没她。"

"三少奶奶让三少爷去石榴树下说有要紧事。"

老爷的脸立刻挂下来："灾星！"

桌上的人都听到老爷说："会有什么好事！"

"除夕夜不是开玩笑的时候！"马姨娘用手帕擦擦嘴，"咱们倒要看看菊雪想做什么？"马姨娘看看老爷的脸色，又对春禄说，"春禄你不要心烦，咱们出去看看。"

桌上的人就都放下了筷子，都看着老爷。

"灾星总归是灾星！"老爷也站起来。

菊雪没想到会出来那么多人，她已经在石榴树上绾好了绫绢，从廊子下搬来的绣墩也放在石榴树下，脚步声传来时她已经站到了绣墩上，双手攀住了石榴树上垂下来的绫带。她想好了，只要春禄一出现她就投环，但菊雪没想到会来那么多人，老爷和马姨娘在前，春禄和冬禄随后，福官给老爷挑着一盏红灯。

福官把红灯挑起来时正好照见站在绣墩上双手攀定绫带的菊雪。白绫绢，黑斗篷，菊雪的站姿一刹间给人留下很强烈的印象。

"你在演戏给谁看！双庆班的角儿都没你演得好！"马姨娘的声音一下子游过来，** "你不嫌冷吗？要不要让福官给你搬个脚炉！"马姨娘转身对站在后边的周正说："去给三少奶奶取一把伞来，让她撑着，别让天看见她。"

"灾星！"老爷突然说话了。老爷的声音里充满了万牛莫挽的愤怒。老爷没想到会看到这种场面，觉得晦气极了："随她去！"

* 貌似替老爷问话，实则是马姨娘不能容忍杜家有任何她不知道的事。

** 深宅大院的冷漠与冷酷在这段文字里刻画得入木三分。在读者眼里，菊雪也许是做戏，但在马姨娘眼里，完全是另外一种关于内心的冲突。乃至怨恨与刻薄，都在一句『演戏』里出来。

老爷厉声说。

福官手里的灯笼马上低垂下来。

“回去！”老爷又说。

杜家上上下下的人便在菊雪的眼里又慢慢折回去朝前院走。

“春禄——”

站在绣墩上的菊雪突然凄切地喊了一声，但春禄没停下来，他走得似乎比别人都快。

“春禄——”菊雪又喊。

第二卷

一

老爷带上冬禄和春禄去王府给王爷拜年是正月初一的事。这天王府不见外客，但按王府的规矩家奴这天是要给王爷拜年的。*

马姨娘给老爷找出狐皮袍，发现皮袍在这个阴晦的冬季被虫蛀了，狐毛纷纷落下来的时候老爷正跷起脚让福官给他刷鞋。冬禄和春禄这时候从外边进来，老爷一眼看到春禄穿着立领洋服就来了气：“你就穿这个去王府吗？”**

春禄这天穿了件天青色斜纹东洋布立领学生装，围着那条玉贞格格给他织的围脖。

“平时你爱怎么疯都行，今天是什么日子，你想给我丢人吗？”老爷又说。老爷最不愿在年节时看到他不愿看的事。春禄只好又回到自己的屋里去换衣服。菊雪不在屋里，春禄对着镜子慢慢把蓝贡缎面皮袍和马褂穿好，他在镜子里看看自己，又把瓜皮帽慢慢戴好。帽子上装着一根乌油油的大辫子。帽子戴到头上，辫子也随之出现在脑后，春禄对着镜子里的自己笑了笑，他觉得这真像演戏！

老爷带着冬禄和春禄是从王府的小绿漆阿司门进到王府里去的，然后穿过王府东边的夹道进到院子里去见王爷。王爷穿着黄马褂坐着接受老爷和冬禄春禄还有其他家奴们的叩拜。王爷身

* 始终不出场的王爷在小说中俨然旧时代的化身，时时给人某种威严乃至惊悚之感。

** 在老爷眼里，他那个时代的东西永远不变，此处见出老爷的心理和顽固。

边矮几上那十多盆水仙开得正好，都用红纸拦腰箍着，高几上的那几盘苹果摞得尖尖的像宝塔，上边插着真金箔剪的“吉”字，苹果盘边的橘子也摞得像宝塔，上边插的却是红绒的“喜”字。“蝴蝶可吉祥？”王爷半倚着紫檀炕几说。“吉祥，吉祥。”老爷忙答话。“你大小子媳妇的耳朵可吉祥？”王爷又问，王爷说话声音很低很沉。“吉祥，吉祥。”老爷又忙说。“起来吧，”王爷说，把手挥挥，“到后边看赏去吧。”王爷手里拢着一只叫哥哥，叫哥哥突然喳喳了几声，让人突然想到秋季飞霜寒冷难耐的日子。

老爷和冬禄是吃过赏饭才离开王府的，吃赏饭只不过是个过场。春禄没和老爷一块儿走，春禄是在随老爷去后边领赏时被玉贞格格偷偷在吉祥所那边叫走的。

玉贞格格这天穿着大黑的翻毛儿貂皮小窄袄儿，下边是一条深绛色俄罗斯呢的裙子，脚上是一双软麂皮半高腰靴子。玉贞格格招手让春禄随她穿过吉祥所去鹿圈那边。走过假山那块刻着“岁岁平安”的太湖石时，玉贞格格突然在春禄背后拽了一下，春禄头上的瓜皮帽连同那条乌油油的大辫子便滚落下来，玉贞格格就咯咯咯咯笑起来。*

春禄忙把帽子又戴上。

“咱们就在这儿说会儿话吧。”玉贞格格说，她用一只手钩着假山水濠边上立的那根横木上的环，那横木上的铁环是鹰把式驯鹰用的。

“你拿定了主意没？”玉贞看着春禄。

“我知道你又要说这事。”春禄说。春禄奇怪自己为什么每次见到玉贞都这么激动，都要想到那几次在假山山洞里发生的事情。“我怎么说？”春禄说，“我说我也要去开皮货庄？”

玉贞格格笑起来：“你就说你要去开南药店北药店东药店西药店！”

春禄笑起来，脸也红起来。

* 这里看春禄和玉贞的言行，能感觉春禄为什么喜欢玉贞而不喜菊雪。两个女人是两种性格，在春禄那里，玉贞的性格对其更有吸引力，菊雪并不能走进春禄的内心。

"你是不是害怕日本人？"玉贞格格不笑了，"你别听别人瞎说日本人专爱取人眼珠子腌上吃，眼睛珠子是小鱼吗？"

"你不怕我还怕什么？"春禄说。

"那么你缺钱吗？"玉贞格格又说。

"我缺一把东洋刀！"春禄说，调过脸去看濠里的残冰腐叶。

玉贞也随着调过脸去看濠里，濠里夏天曾养过两只锦脖儿鸳鸯。

春禄想起昨夜的事情，春禄说不出自己希望不希望菊雪挂在树上，但春禄明白自己不愿看到菊雪的心情一如在心上坠着一块生铁。*

"你想什么？"玉贞格格问。

春禄突然笑了笑："你还想要一只蝴蝶戴在头上吗？"

玉贞格格就看着春禄慢慢从怀里取出那只圆圆的小漆盒儿："你看这是什么？"

玉贞从春禄手里接过小漆盒儿，又细又黑的眉毛慢慢颦蹙起来，她慢慢掀开小漆盒儿，看到了里边的那只大花蝴蝶，翅子还在一扇一合地动。

"你不是想要一只活蝴蝶吗？"春禄说，看着玉贞格格，看着玉贞格格拿着小漆盒儿的那只又白又小的手。玉贞格格把嘴凑到盒儿边轻轻一吹，又轻轻一吹，又轻轻一吹，那只蝴蝶就突然慢慢飞起来，但很快就又飘坠下去一如秋风里的败叶。

玉贞格格抱住了自己的肩头蹲下身去，把那只濒死的蝴蝶捡起来，然后又朝雪中轻轻地一扬。

"你真残忍。"春禄说。

"你知道我想什么？"玉贞说。

"我可是想开报馆。"春禄说。

"开报馆？"玉贞不看那只坠到地上的蝴蝶了，她看着春禄的脸："你会写胡适之那样的大白话吗？"**

* 妙喻！

** 一句话将读者带入时代。每个时代有每个时代最核心的东西，玉贞的一句反问使读者猝然看见那个时代的核心。

“我为什么偏要写大白话？”春禄对视着玉贞格格。

“你不写白话还开什么报馆？”玉贞说，她突然笑了，“你也要在报纸上登早起伸脚穿袜子，晚上洗脚再上床吗？”

春禄也笑起来：“我办报馆是为了说心里的话！”

“什么话？你不准备去日本了吗？”

“你去日本你会说日本话吗？”春禄看着玉贞格格，“你每次都说马上就走你哪次能真走？”

玉贞格格也明白自己是一想到日本就兴奋但一提到走就头疼。“我头晕！”玉贞格格看着春禄那张漂亮的脸庞说，春禄脸上有颗绿豆大的黑痣，玉贞格格总记不住那颗黑痣长在春禄脸的左边还是右边。

“你要能办报馆你就办吧，”玉贞格格说，“可我就怕你没什么可写，你写什么？”玉贞停停，突然说，“要真能办报馆，你就先写兰馨！”

一说到兰馨，玉贞格格突然兴奋起来，*玉贞格格抬起双手捂住自己的耳朵。“春禄你也捂住让我看看。”

春禄把皮护耳摘了，把自己的耳朵捂住，一边说：“你不要提兰馨好不好？”

“你怎么了？”玉贞格格说。

“人家掉耳朵你开心。”春禄说。

“我就那么坏吗？”玉贞说，把捂耳朵的手放下来，“你今天不高兴？”

春禄想想，就把昨天的事告诉玉贞格格，把老爷打了菊雪一个耳光的事也说了。“我倒真想马上走！”春禄对玉贞说，“走得越远越好！”

老爷一从王府回来，马姨娘就赶过来对老爷说菊雪的事：“在后园凉亭里哭呢！今天可是正月初一！”老爷把皮袍脱了，走出

*我们往往喜欢从人的一些言行来判断对方的好坏，殊不知在当事人的角度，并没有什么好坏之分，只有自己性格的某种回应。玉贞格格的兴奋未必有恶意。事不关己时才见出最真实的性格，小说是刻画性格的体裁，这里的一句话彰显了玉贞的性格，实乃大家手笔。

屋子站在廊下，就果真听到了菊雪的哭声。“寻死觅活的东西！”老爷骂道，返身又进了屋。

“老爷你说怎么办，正月初一就听她号丧！”马姨娘跟在老爷身后说。*

“先吃饭！吃了饭再说！我也饿了！”老爷皱着眉头说，老爷不想让菊雪的哭声搅坏了心情。

马姨娘就去厨房吩咐煮饽饽，下人们也听到菊雪的哭声，正交头接耳说这几天的事，见马姨娘来了就不再说话。马姨娘的面孔也板着，一到过年她就总不高兴，就总想起冬禄春禄的母亲神气活现率领杜家男女人丁彻夜包饺子打牌的情景。冬禄和春禄的母亲活着的时候最爱吃素馅饽饽，胡萝卜、大白菜、香菇、冬笋、芝麻、面筋、油条，统统切碎了用香油拌了做馅。冬禄和春禄的母亲一死，马姨娘把章程全改了过来，包饽饽偏偏要用猪肉韭黄、鸡肉冬笋、羊肉白菜，还偏用这种荤馅儿饽饽给冬禄和春禄的母亲摆供！“让你活着不吃死了也得吃！”** 马姨娘面对冬禄和春禄母亲的牌位总是仇妒难解。

“去叫兰馨过来一块儿吃吗？”陈妈问马姨娘。陈妈是杜府最老的仆人，已经六十多岁了，身子骨还很好。

“不用了，”马姨娘说，“把饭给大少奶奶端到屋里去。”

兰馨是从不动荤的，厨房特意给她包了素馅饽饽，陈妈端了托盘给兰馨往屋里送的时候马姨娘也跟了去。

兰馨还从来没有一个人单独在自己的屋子里吃过年饭，*** 早上陈妈给她送来一盘冻柿子一只红绒的金鱼，兰馨这会儿已经把金箔如意插在了冻柿子上，又把红绒的金鱼插在黄白年糕上，兰馨也听到了从外边传来的隐隐的哭声，但她不清楚这是谁在哭。兰馨侧过脸听听窗外，然后慢慢走到窗前，她把窗子微微推开，让哭声传进来，却依旧听不出是什么人在哭。

陈妈和马姨娘就是这会儿一撩暖帘进来的，马姨娘看着陈妈

* 惯会落井下石，马姨娘令人厌憎之余，也令人无端产生惧意。

** 狠到极处，也恨到极处。

*** 杜家的年饭都不能真正在一张桌上团圆，能见出作者的隐喻笔法。

把四碟菜和一盘煮饽饽一样一样从提盒里取出来摆在桌上，然后让陈妈出去。

“菊雪这不是要找死吗！”陈妈一出去马姨娘就马上说，“大年初一说哭就哭开了，像人家唱戏！”*

“菊雪昨晚儿要上吊的事你知道吗？”马姨娘又说，“那可真热闹，真像唱戏！”马姨娘用自己的紫手帕擦擦嘴角儿，又把手帕掖到衣襟上。

兰馨吃了一惊：“菊雪要上吊！”

“她要真上了吊倒好了！”马姨娘撇撇嘴说，“你没见昨晚儿她那个样儿，要在过去她还不让人给勒死，这可好，皇上一倒什么事儿都没了章程！”

“勒死？”兰馨说，“谁勒死谁？”

割掉耳朵后，兰馨的听力一下子坏了，声音稍微小一点儿就听不清。

“我要是老爷就定她个大逆不孝！把她勒死！叫她大年初一这么号！”马姨娘对着兰馨梳妆台上的镜子把自己头上的红绒喜字扶扶正，“反正这样谁也过不好年。”

“菊雪是怎么啦？”兰馨说。

“鬼知道她怎么了。”马姨娘说，“老爷拿她也没办法。贱货总归是贱货！”

兰馨看着马姨娘，发现马姨娘的眼睛突然一亮：“倒不如让她娘家来领人！”马姨娘一拍手，被自己的想法激动了，“看看谁给谁好看！”**

马姨娘奇怪自己刚才怎么没有想到这个法子。兰馨又走到窗前把窗子慢慢推开一些，菊雪的哭声清晰起来。

“这叫贱人贱制服，看看他们黄家怎么办？”马姨娘突然兴奋起来，她从兰馨的屋子走出去，去找老爷。

* 马姨娘只怨菊雪影响杜家，却丝毫不愿探询菊雪的行为原由，让读者时时看到马姨娘的冷酷个性。

** 总之不愿放过菊雪，马姨娘的狠毒未尝不会让兰馨有自己的想法。

"谁去？你去？"老爷听了马姨娘的主意皱着眉头说，"大年初一去黄家？亏你想得出？你怎么越老越糊涂？"*

"那就让她这么一个劲儿号？"马姨娘看着老爷，"这可是大年初一。"

"我还没个办法治她？"老爷把手里的小镊子往桌上一掷，"我早想好了，你去叫春禄。"

春禄也回来了，他嫌穿长袍马褂别扭，就又把衣服换了，春禄进来的时候老爷已经让福官搬来了一筐箩炮仗，马姨娘不知道老爷让福官搬那么多炮仗做什么。

"春禄，"老爷说，"你听见没？这是你媳妇在哭。"

"她总是哭，"春禄说，"我快让她烦死了！"

"你也别烦，"老爷看看地上那一筐箩炮仗，"给你点儿事做做，你去和福官把这些炮仗给我放了。"

"放炮仗？"春禄不明白老爷的意思，看看福官，看看马姨娘，马姨娘也纳闷。老爷站起来："我倒要听听是炮仗响还是菊雪的嗓子响。"

马姨娘突然笑了，她没想到老爷会有这么好的主意。

"要不要让店铺再送些炮仗？"马姨娘悻悻地看着老爷。

"你也要去放吗？"老爷的脸色突然变了，冷冷说，"那你就跟上去放！"马姨娘就不再说话，但她止不住内心的兴奋，她去到脚炉边把两炷香点着递给福官和春禄。

"春禄你这是自作自受！"老爷又说，"菊雪是你的媳妇你不去谁去！"

"是！"春禄说。

"你说是让别人听到你媳妇哭好呢还是听见炮仗响好呢？"

"当然是炮仗，我也爱听炮仗！"春禄突然笑了笑。**

"好小子，你不糊涂！"老爷说，又坐下来，"就去凉亭把炮仗给我放了！"

* 老爷也是按自己的章法行事之人，不能说其冷酷，却也令人感觉老爷也不过是自私之人。

** 无情便如此冷酷！

“那我去了。”春禄说，转身推了一下福官，福官端起那一笸箩炮仗和春禄走了出去。暖门帘“啪”地落了下来。

马姨娘也快步跟着走出了屋子。“兰馨！兰馨！”马姨娘穿过廊子到了兰馨屋里，“兰馨你不想看热闹吗？”

兰馨有些纳闷，看着马姨娘。

“后头花园演炮打泗州城你不想看吗？”马姨娘兴奋得了不得。*

* 在杜家，马姨娘最爱看的莫过于这些冲突了。

“炮打泗州城？”兰馨还是不懂。

“炮打菊雪这个丧门星！”马姨娘又说，“兰馨你去后园看吧，千载难逢呢！”

马姨娘从兰馨屋子里出来，又在秀芝的门口站住：“冬禄，冬禄，”马姨娘隔着门朝屋里喊，“你还不去后园看看。”

秀芝从屋里穿着那身大红裙袄走出来，她的头上插着红绒的喜凤。“什么事？”秀芝说，“你让冬禄去后园看什么？”

“老爷让春禄和福官去后园放炮仗驱鬼驱邪呢！”马姨娘不甜不咸地说。**

** 其心可憎！

“什么鬼鬼邪邪，马姨娘你正月初一嘴上不干不净怎么没个栅栏？”秀芝说，但她明白了是在说谁。

“这可不是说着玩的。”马姨娘说，“这是老爷让去放的。”

“你拿上鸡毛还当令箭呢！”秀芝撩起裙脚下了台阶，这时后园砰砰嘭嘭响了起来。

菊雪天一亮就来到后园的凉亭上，她不想见杜家的任何人，她没勇气去死，可又不知该怎样活下去，她现在恨死了马姨娘恨死了老爷恨死了春禄可又不知该怎么办，用她自己的话说她只会哭，她一开始是默默哭，后来就哭出声来，她想象杜家会有人来劝她，可越哭越不见有人到后园来劝自己，便索性大放悲声。***

*** 此刻的菊雪最是令人同情，作者的运笔却始终紧扣人性，写出了菊雪生不如死的凄惨心理。

春禄和福官从前院过来时，菊雪还在哭，她看见了福官和春禄朝凉亭这边走，还以为春禄是来劝自己，便更加伤心起来，并用手帕捂住自己的脸，后园的朔风吹着她的黑斗篷扑扑直响，像吹着一面旗子。菊雪听见春禄和福官踩着雪咯吱咯吱来到了凉亭下，她奇怪春禄怎么没走上凉亭。“再近点儿，”她听见春禄对福官说。“你到那头儿我在这头儿。”春禄又说。

菊雪根本没去想春禄和福官会做什么，她把脸捂得严严的也没去看，只是哭得更厉害，隔了好一会儿，就猛地听到砰砰啪啪的炮仗在自己身边响起来，菊雪被这猛然响起的炮仗吓得跳起来。菊雪最怕炮仗。

“春禄——”菊雪尖叫一声。

“让你哭让你哭让你哭！”春禄说，把一串燃着的百子鞭扔到亭子里。*

“你真想让我死吗？”菊雪捂着耳朵大喊，用脚去踩那串炮仗。

“你是自己找死！你还真不如死了好！”春禄大声说，菊雪哭得红肿的眼睛和蓬头乱发的样子把春禄对菊雪仅有的一点怜悯心弄得无影无踪。**

菊雪突然想从凉亭的另一头走下去，她推了一把站在台阶上的福官。

福官被菊雪猛不防推了一下，手里的炮仗掉到台阶上砰砰啪啪乱响，菊雪吓得又退回到凉亭里。

“福官你别让她走，让她在这儿哭个够！”春禄在凉亭的另一头说。

“敢！”菊雪就又往下走，但她想不到往下走的时候真被福官推了一下。“大年初一就是鬼也不会哭！”福官说，但他还是把手中的鞭炮垂下来。

“你说什么？”菊雪的眉毛一下子倒竖起来，她扬起手来，啪的一声，一巴掌落到福官脸上，“你这喝狗尿的狗奴才！连你都

* 能预料的事情一旦发生还是感到人性的残忍。

** 春禄极不愿忍受菊雪的模样，很能反映男人的心理。

来欺侮我？”

“你打我就是打老爷的脸！”福官被这一巴掌打火了，又把菊雪狠狠推回到亭子里。*

这时前院的人们像雨前蚂蚁出穴纷纷都涌到后园来，远远看去，凉亭给砰砰啪啪的炮仗弄得像是着了火，人们根本听不清凉亭里的菊雪是哭还是在骂。马姨娘慢慢走近凉亭，心里怦怦直跳，老脸兴奋得通红，像喝了酒，她用她那块紫手帕捂着鼻子和嘴连声说：“这多像过年！”**

秀芝没有到亭子边去，她冷笑着慢慢走到亭子的西边，她选了上风头站着，风从她背后呼呼刮来吹动着她的大红暖裙。她有点可怜菊雪，又有点恨她，恨她怎么这么不会做事，不会闹，倒把自己闹进去！现在倒好，玩猴儿一样让人看着开心。

“福官！你还不停手，还敢放！”这时老下人周正从前边赶了过来，他不明白后园发生了什么事，他上去把福官手里挑鞭炮的竹竿一把夺过来扔了。“三少奶奶怎么说也是你的主子，你怎么敢这么对她！”

“这是老爷的主意，谁敢不让放！”马姨娘马上在一旁说了话，“你们是想听鬼哭狼嚎还是想听什么？”***

“放！”马姨娘对福官说，“不放这晦气怎么能散掉！”

老周正不再说什么，别人更不敢说什么，就是说，人们也听不清，整个后园响彻了密集的炮仗声。菊雪这会儿也不再想跑出凉亭，她觉得自己的耳朵要给震聋了，撞钟似的嗡嗡响，炮烟呛得她喘不过气来，她只有不停咳嗽的份儿。

“自作自受！”

秀芝听见马姨娘这么说了一声，秀芝调过脸去，很想说句什么，但她没说，她朝那边慢慢走过去，狠狠斜睨了一眼马姨娘。她这会儿忽然希望菊雪一头撞死在凉亭里，把血溅得到处都是，给杜家上上下下的人一个好看。这么想着，她就又回头朝凉亭那

* 时代的变化从无数细节中就能看出，福官敢与菊雪作对，未尝不是时代变化的一个证明。

** 残忍。

*** 用老爷撑腰，实则是居心可恶。

边望：菊雪在凉亭里一动不动，像根木头！“菊雪你个傻×！”秀芝忍不住一字一板说。*

吃饭的时候，老爷夹着煮饽饽突然忍不住笑了起来。“老爷你笑什么？”马姨娘说，“老爷你吃到元宝了吗？”老爷果真从饺子里夹出来小元宝。“叮”的一声，老爷把白瓜子大的小元宝夹到了春禄的碗里，“赏你小子个吉庆！”老爷对春禄说。

春禄没笑，他把小元宝夹到手心里，心里不知是什么味儿。

“真是好法子！”老爷又说，“还是炮仗厉害！比八国联军还厉害！炮仗一响是神的归庙是鬼的归坟！”

桌上的人都知道老爷是在说谁，所以谁也不说什么，只有马姨娘笑起来。秀芝斜睨着马姨娘也不说话，她刚才让陈妈把菊雪从后园凉亭搀回了屋子。“嗓子全哑了！”陈妈对秀芝悄声说，“连话也说不出来了。”

吃过饭，冬禄去了兰馨那里，他慢慢推开了兰馨的屋门，想看看兰馨在做什么。府里的其他人吃过饭都去玩牌，老爷和马姨娘也待在屋子里掷十二点，马姨娘今天显得分外的高兴，头上插了一只贴金片的喜字，眉毛细细地拔过，扯得又细又长。** 秀芝和春禄也待在老爷的屋子里。老爷说谁也不许走，都陪着我玩儿，我今天是少有的高兴！

冬禄从老爷屋里悄悄出来去了一趟前院，回来的时候他手上多了个灰绸小包，他端着这个小包进了兰馨的屋子。冬禄走进兰馨屋子的时候兰馨正俯身在绣架上。

“嫂子你在绣被面儿吗？”冬禄说。

“罪过，罪过！”兰馨说。***

冬禄这才看清绣架上绷好的白布上画着坐佛的绣样。

“冬禄你怎么没去玩牌？”兰馨让冬禄坐下，给冬禄把放花生、红枣、柿饼、橘子、苹果的大攒盒拿过来。

* 自己心计落空，却怨菊雪，秀芝的心狠可见一斑。

** 寥寥数笔，如见其人。

*** 对话生动、通俗，如在现场。

“嫂子我给你拿来一件东西你看喜欢不喜欢。”冬禄把那个灰绸包搁到桌上，那灰绸包动了一下。

“里边是什么？”兰馨问。

“皮筒子。”冬禄说。

“我要皮筒子做什么？”兰馨说。

“我从东北带来的。”冬禄笑着说。

“你去打牌吧，我要静静心绣佛。”兰馨说，慢慢走到窗边条案前的椅子上坐下来，这样就和冬禄保持了距离。自从割掉耳朵后，兰馨的头上一直包着头帕，看上去让人想起戏台上《打渔杀家》的良家女子肖桂英。

“冬天东北还有许多土匪吗？”兰馨突然问了这么一句话，这话问得太突兀，兰馨的脸蓦地红起来。

“怎么会没有！”冬禄笑了起来，他拿起一个橘子慢慢剥着吃。

“过了年你还去吗？”兰馨又问。

“我在家里让秀芝㩳死吗？”冬禄说，把一瓣橘子塞到嘴里。

“你说什么不好？”兰馨朝院子里望望，“你还嫌这个家不热闹吗？”

“菊雪是可怜！她哪有秀芝心眼多，又多又坏。”* 冬禄说，把橘子皮弯腰搁在脚炉上。

“你说这些做什么？你见过土匪吗？”兰馨很怕冬禄说秀芝的坏话。

冬禄突然又笑了，冬禄笑的时候总是很迷人，让人心旌动摇。他看着兰馨，慢慢从头到脚看下来，论岁数，兰馨比冬禄还要小一岁，秀芝没来杜家之前，冬禄常这么和兰馨在一起说话。

“你为什么问冬天东北有没有土匪？”冬禄笑眯眯地问兰馨。

“东北冷啊！”兰馨也笑起来。** 兰馨有时也觉得自己有些奇

* 旁观者清。

** 对话简单，给人浓烈的生活气息。

怪，夜深人寂时，兰馨把一块绸帕蒙到木鱼上慢慢敲击时常常想木鱼声会不会招来土匪。“城里有土匪吗？”兰馨常常这么问自己，她想象黑道上的人轻轻跃上自己的屋顶，然后在木鱼的敲击声中跳进屋子把自己掳掠而去。每逢这个念头像皮影戏一样在兰馨的脑海里闪现时，兰馨便觉得有一种莫名的恐惧与兴奋，*兰馨最怕黑夜，夜里睡觉前她都要把夏禄戴过的赤玉扳指套在自己的手指上，这样好像好一点，她明白要是没有这个扳指她就会更加孤独。

“嫂子你就不想看看皮筒子吗？”冬禄突然笑着说。

“你怎么想起买皮筒子？”兰馨说，“咱们家的皮货还算少吗？”兰馨慢慢解开那个灰绸包，绸包皮儿打开，兰馨突然“呀”了一声，她看清了包袱皮儿里包的不是什么皮筒，而是一只官墨样漆黑的小猫！

“这只猫我送给嫂子好吗？”冬禄说。兰馨吃惊的样子让冬禄很高兴。

“嫂子你摸摸它，你摸摸它，它就不怕你。”冬禄又说，“嫂子你摸啊。”

兰馨把这只刚满月的小猫抱起来：“它跑出去怎么办？”

“猫认识家。”冬禄说。

“我拿什么喂它？”

“它吃肺子，猪肺羊肺牛肺切碎了喂它。它像蒙古大员！”冬禄笑起来。

“我要给它弄个窝吗？它睡哪儿？”兰馨用手托着小猫儿，看它的小爪子。

“让福官给它弄个猫屎盆儿来，它要拉屎撒尿，到明年还要嚎春下小崽儿。”

兰馨的脸突然红起来，她站起身把小猫轻轻放到床上。“我早就想给嫂子抱只猫了。”冬禄说，“好给嫂子做伴儿。”冬禄说

*心理刻画得透彻。

这话时心里很酸。“我该去陪老爷打牌了，”冬禄又说，“反正过年又做不成别的什么事。”

冬禄走后，兰馨又把那只小猫轻轻抱起来。

菊雪想到了那包砒霜，她倒不是想自己去吃那包砒霜，她想把它投到前院的那口井里。菊雪已经忘了自己是怎么回的屋子，只依稀记着好像陈妈搀扶过自己。当她慢慢睁开眼睛，发现躺在自己的雕花床上，屋子里黑乎乎的既无灯又无火。菊雪从床上坐起来，她看看四周，耳朵还在嗡嗡作响，她忽然被床头黑乎乎的东西吓了一跳，她慢慢摸到烛台，点着后才看清床头黑乎乎的东西原来是自己的黑斗篷。

菊雪慢慢举着烛台来到梳妆台的镜子前，她想看看自己是什么模样，她对着镜子张张嘴，嗓子竟连一点声音都发不出来。她不明白是自己耳朵聋了还是嗓子哑了，她再靠近镜子，发现自己满头满脸是炮烟纸屑！菊雪猛地把烛台投向镜子，屋子里便响起清脆的玻璃碎裂声。*

菊雪不再点蜡，就那么在暗里坐着，她想不到今天会那样收场，想不到春禄会弄一大笸箩炮仗来对付自己。她根本不知道那是老爷的主意。

菊雪被自己耳内的嗡嗡声弄得心烦如狂。一个个让菊雪恨之入骨的人影像鸦群归巢一样不停地在菊雪面前穿梭，老爷、马姨娘、春禄、玉贞、福官，每个人影的出现都像有一支飞镖** 扎到菊雪心上令她痛楚无比。

菊雪慢慢把手伸到床前踏脚板的雕花孔里，她摸索到了那个包，她把那个包在手里捏了捏，然后想到了那口井。

菊雪很快披好那件被炮仗炸得破敝不堪的黑斗篷走到了院子里，院子里到处是灯笼的红彩，这更加重了菊雪的报复心理，菊雪两耳嗡嗡直响听不到什么声音。她拿着那包砒霜来到了前院，

* 这个看镜子的细节令人难忘，菊雪在这时候看镜子，也许是她知道，此时看见的自己才是最真实的自己，实际上也是最恐惧的自己。

** 好比喻！

她径直走到了那口水井边，井口用木盖盖着，菊雪轻轻把井盖打开，手一扬，那包砒霜便投到了井里。*

菊雪往井里投砒霜的时候，厨房里给老爷准备夜宵的下人正叽叽喳喳说话，她们在议论白天发生的事情。一个叫李姐的女佣说："三少奶奶要哭也不该在今天，她今天就是哭死老天也不会睁眼！""刺绣学堂会出什么好人！"另一个老女人的声音说，"学刺绣还用住学堂吗？你见过三少奶奶刺绣过一针吗？"李姐说，"大少奶奶兰馨绣花绣鸟绣佛，大少奶奶上过学堂吗？"

下人们的交谈状若浮尘随起随散，菊雪两耳嗡嗡直响根本听不到这些。菊雪离开那口井时，似乎看到杜府的人都滚作一团脸孔发青嘴角淌血，菊雪忍不住笑了一声，** 但她听不到自己的声音。

在厨房说话的下人听到了这一声怪笑，都突然打了个冷战，然后又挑起燕窝来。"玉贞格格算什么东西？"那个叫李姐的女佣又说，"不是她勾引三少爷，三少奶奶会那么哭吗？""总归是三少奶奶的不对，哪一个男人不馋猫似的喜欢漂亮女人，三少爷要真能和玉贞格格去了日本也算！"另一个声音说。"学堂出来的十有八九没好东西！听说上课坐在一起乱摸，摸来摸去肚子就大了！"李姐说，说完哈哈笑起来。挑好了燕窝，李姐去给老爷煮汤圆，老爷最爱吃肉馅汤圆。那个老女佣有些困了，直打哈欠。"你先别睡，"李姐说，"这是过年你知道不知道？"

汤圆很快就煮好了，李姐把汤圆分盛在两个小细瓷碗里等着马姨娘来端，按理说这种事让下人做就是了，可是马姨娘非要自己亲自来端。

李姐把盛好的汤圆放在灶台上温着的时候，就听门"呀"的一声开了，李姐以为是马姨娘来给老爷端汤圆，忙转过身子，想不到进来的却是菊雪。

菊雪这一天还没吃东西，她刚才离开井台往回走的时候突然

* 菊雪将砒霜投到井里，也许并不是想毒死杜家的所有人，在那种激愤之下，菊雪此举无疑将引来自己也无法控制的后果，也预示她后来的悲剧。

** 笑不一定是因为高兴。

感到了饿，“为什么要给杜家省呢？”她就又返身回来。菊雪还从没进过厨房。

菊雪的突然出现令李姐和另一个老女佣有些慌，她们想不到菊雪会来厨房，她们又担心菊雪把她们刚才的话偷听了去。*

* 背后说人，只图一时痛快，转眼又觉得可能被人听到。一句『担心』就将李姐等人的心态刻画得淋漓尽致。

菊雪没理这两个女佣，她径直走到食橱边，她打开食橱从里边拽了一条鸡腿，然后就端走了给老爷煮的那两碗汤圆，李姐和那个老女佣呆呆看着菊雪行事却没说话，倒是菊雪往外走的时候突然转过身子嘶哑着嗓子说：“我不死我就要吃，我要吃饱喝足看好戏！看好戏你们懂吗？”

李姐和那个老女佣面面相觑。

马姨娘提着灯笼来给老爷端夜宵的时候却发现只有一份冰糖莲子放在那里。“老爷不是要吃汤圆吗？”马姨娘问李姐，“怎么会是冰糖莲子？”

“菊雪刚才来端走了汤圆。”李姐说。

“她！”马姨娘的老脸幡然变色，“你们让狗进来让猫进来也不能让这个贱人进来！你们想气死老爷吗？她算什么东西？她能过了这个正月吗？”马姨娘抛开捧盒用力一磕，“老爷不喜欢吃甜食谁不知道？要惹老爷生气还不容易？要想找倒霉也容易！”

李姐和那个老女佣你看我我看你，“要不就再搓汤圆吧，馅子也是现成的。”李姐说。“搓什么搓！”马姨娘说，“搓好了天也亮了。”“那么做什么呢？”李姐问。“什么快做什么，”马姨娘说，“就做馄饨，元宝饺子银锭馄饨，左右还不离谱。”

“灾星！”马姨娘又说，“灾星到哪儿哪儿就出差！”

马姨娘的话刚落音儿，厨房的门又慢慢开了，马姨娘转过脸，她看到的是秀芝。“有开水吗？”秀芝在厨房地上转了一个圈儿，然后朝灶上看了一眼，“给我送一碗馄饨好吗？我可不要骨头汤。”

马姨娘看着秀芝，眯细了眼睛，一直看着秀芝走出去。

“今天是怎么了，”秀芝一走，李姐就说，“这个来要这个，那个来要那个，二少爷来要牛奶，二少奶奶来要馄饨，我们能办得来吗？”*

“谁要这要那要牛奶了？”秀芝忽然又推门进来，秀芝没走，秀芝也不知自己为什么要在门外偷听，她对厨房的下人还算和颜悦色，“你是不是记错了，”她问李姐，“二少爷怎么会要牛奶？”

“二少爷是来要过牛奶，用瓶子装走的，二少爷不是自己喝，是喂猫。”

“喂猫？”秀芝笑了，“二少爷养猫了吗？连我都不知道。”

“是大少奶奶兰馨养猫。”李姐说。

“兰馨……”秀芝停停，又说，“是从你们这儿弄的小猫吗？”

“二少爷抱来的！”李姐说。

“兰馨养猫用他来抱！”秀芝冷冷笑起来，“可惜抱迟了，抱早的话那两片耳朵正好割下来给小猫当点心！”**

二

春禄让福官把自己的衣物箱笼搬到前院西厢房去独自居住是过了破五以后的事。“我看见她就来气！”春禄对老爷说，“我整月生这个气吗？”“要搬就搬吧，”老爷说，“你们让我清静点就好。”

菊雪冷冷看着福官进进出出把春禄的衣服搬走，她不知该怎么办，她现在是不想吵也不想闹，连话都不愿多说。菊雪现在是在期待中度日，她期待着杜府因为那口井而骚乱起来，可时光一天一天地过去，府里却没什么动静。菊雪很想到前院厨房去看看，看看那口井。

杜家的人也似乎没注意到菊雪天天要去后园那口井里打水，天天要让下人给她上街买油条果子烧饼之类的熟食。除夕到破五之间，菊雪就没在饭桌前露过面。人们对菊雪是不闻不问，她的

* 杜家的风雨欲来，在这几个细节中显露无遗，作者选取这般的生活细节，令人击节。

** 这种刻薄之言也只有秀芝说得出。

任何行动也引不起人们的注意。*

菊雪坐在条案前的硬木椅子上冷冷看着福官从床边那口藤箱里往出抽一件灰纻夹袍，就突然想起了那夜和秀芝偷窥春禄搂上福官喝酒的情景。福官把抽出来的灰纻夹袍搭在胳膊上往一起叠，就听见菊雪哑着嗓子说：“三少爷要去日本吗？”

然后福官就看见菊雪立起身从床头的一个青花香蒸里摸出了一块银元：“你把三少爷的这件夹袍穿上，你穿上它跪在这儿我就给你一块钱好吗？”**

菊雪用那种眼光看着福官。

福官有些发怔，看着菊雪。

“你当下人的还怕跪吗？跪一跪就一块银元你不跪吗？我这里横竖没人来，你别担心有人看见，这块钱你不要白不要。”

菊雪的话不可抗拒地侵入了福官的心，福官看看窗外，可以看见对面秀芝房檐下的灯笼在晃。

“你要吗？”菊雪掂着手里的那块钱，“你要你就穿上衣服跪下，反正我无所谓，我就想看你穿上春禄的衣服跪在这里。”

“你为什么非让我穿三少爷的衣服？”福官说。

“演戏呗！”菊雪说，“人活着就是演戏！”***

“三少奶奶你真让人想不通，你把全府的人都弄得不高兴你图什么？”福官说。

“你跪就跪，不跪就不跪！我反正是没脸了，既没脸又没好命，男人是女人的伞，女人没了伞就要受风吹雨打。”菊雪说着咳嗽起来，她捂着胸口，弯腰从火盆上提下壶倒水来喝。

“连我们做奴才的都要脸，何况你是三少奶奶。”福官突然淡淡一笑，“我们做奴才的原来就没有脸，生来就是给人下跪侍候人的！”福官朝外看看，突然飞快地往起穿那件衣服，福官行动得很慌乱，他扣好了衣扣就突然跨前两步把那块银元从菊雪手里拿了过去。

* 无人注意菊雪，菊雪倒在注意每个人。

** 知道自己被抛弃，菊雪的发泄或报复看起来荒谬，实则让读者看到菊雪内心无处诉说的悲伤。

*** 道尽看透人生的心理。

“就跪在这里吗？”福官说。

“你把椅子搬到这儿！”菊雪哑着嗓子说，用很奇异的眼光看着福官。

福官就把菊雪坐的椅子搬到对着门口的地方。

“你就跪在这里！”菊雪让福官背冲门口面向自己跪在那里。

福官跪下的时候内心有一种新奇的感觉，他想起那出《四郎探母》，想想又不像，就吃吃笑起来。

“三少奶奶你让我跪到什么时候？”福官问。

“一块银元跪一个时辰也不亏你，”菊雪说，“把头低下，我不要看你的脸。”*

“三少爷还等着取衣服呢。”福官说，朝窗外看看。

“他还等棺材呢！这家人都在等棺材！一人一口！”菊雪的嗓子沙哑不堪，“马姨娘等一口，老爷等一口，春禄等一口。”菊雪突然笑起来，声音沙哑古怪一如夜啼的鸱鸮。

福官突然从地上爬起来，他突然觉得害怕，怕菊雪是不是疯了。菊雪看着福官慌张的样子笑得就更厉害，福官突然把手里的那块银元“咣啷”一声抛在地上，一边脱身上的夹袍一边从菊雪的屋子跑了出去。

秀芝在自己的屋子里听到了菊雪的笑声，她觉得有些奇怪。她已经知道了春禄要搬到前院去住的事。秀芝从自己屋子里走出去，她觉得应该去和菊雪说说话，路过兰馨的门前时，秀芝忽然看到了那只小黑猫，正卧在窗台上晒太阳，秀芝突然难以察觉地笑了笑。她再朝屋子里边看，就看到兰馨俯身在绣架上。

秀芝没有去菊雪的屋子里，她又返身走了回去，回到屋子，秀芝从抽屉里取出一把剪子，她慢慢把剪子张开又慢慢合住，然后又把剪子放了起来。

这一天马姨娘忙着把放杂物的那口大箱子里的小铜灯一盏一盏取了出来。大酒盅似的铜灯盏一共一百零八盏。马姨娘把这些

* 看见脸就知道是福官跪在面前，看不见脸，可以视为春禄跪在面前。虽是自欺欺人，却也是给自己一个发泄的方式。

小灯盏都让下人拿到廊下去擦，准备到初八那天祭星用。马姨娘希望初八“顺星”的日子过得热闹些。

吩咐完下人要做的事，马姨娘想让陈妈过来给自己洗洗头发，这几天马姨娘的头皮总是痒，而且每次梳头都要掉不少头发。马姨娘发现不但自己的头发掉，老爷的头发也在掉，马姨娘给老爷梳辫子的时候，梳子上就总是咬一大绺一大绺的头发。*

“老爷，”马姨娘把掉下来的头发拿给老爷看，“你看你是怎么了？”

老爷吃了一惊：“怎么回事？”

隔一天梳头，老爷的头发又梳下一大绺，马姨娘又把头发拿给老爷看，老爷又有些吃惊，老爷无比伤感地摸摸自己日渐细瘦的辫子：“人逢九不死也得脱层皮，我还能有几个九呢？”

“老爷你看你的脸怎么了？”马姨娘这天又发现老爷的脸上长出了不少红斑，便把镜子拿给老爷看。

“老爷你没出过天花吗？”马姨娘说。

“放屁！”老爷说，“你咒我什么不好，咒我出天花！”

“我是不是得什么病了，又掉头发又出红斑！”老爷很为自己身体担心，把镜子拿过来照了又照。

“老爷你不必担心，”马姨娘用手搔搔头，把随手而落的一绺头发拿给老爷看，“我也掉得厉害。”

“让周正去‘大生元’买点生发散吧！”老爷说，“要不就让黄大夫来一下。”

黄大夫是京城有名的中医，名叫黄中文，和杜家是世交，黄大夫的父亲黄得菊是治瘟病诸症的高手，与老爷的父亲是好朋友。黄大夫小时候就经常跟着父亲出入杜府，几乎年年冬天都要到杜府来看蝴蝶。**

黄大夫是第二天上午来到杜府的，面孔白皙的黄大夫只长着几根淡胡子，说话很斯文。他轮流给老爷和马姨娘诊脉。“血热

* 小说中的人物不明究竟，读者却知道得清清楚楚，这才使读者有揪心的感受。小说的张力也就如此出来了。

** 高明！蝴蝶总是冷不防出现。

所致，要大用犀角的！”黄大夫一边诊脉一边说，一边又对老爷说京城里连藏红花都弄不到了，英国人这一占西藏不知什么时候才能退！老爷说英国人长不了，理由是西藏除了牛除了羊还会有什么？“有拔兰地吗？拔兰地是英国人的命，没有拔兰地英国人还怎么会长久地待在西藏？”

黄大夫给老爷和马姨娘把完了脉，然后坐到书桌前去笔走龙蛇地开方子。黄大夫说天气尚冷，犀牛角也不便多用，就用水研三百转吧。

黄大夫开方子的时候，福官从外头走了进来，福官对马姨娘说二少奶奶秀芝要请黄大夫过去一下。

“秀芝病了吗？”马姨娘说，“你不看黄大夫正给老爷开方子吗？”

马姨娘把福官领到隔障外边，小声问：“二少奶奶怎么了，她请黄大夫去做什么？”

“二少奶奶掉头发，* 二少奶奶说再掉下去就只好到尼姑庵去了。”福官低声对马姨娘说，“二少奶奶不让我对别人说。”

“她掉头发？”马姨娘有些意外，“她也掉头发？”

“我也掉头发。”福官想了想说。

“你也掉？”马姨娘吃了一惊。

“我这几天总掉头发，我也弄不清到底怎么了。”

“你别对别人说掉头发的事，”马姨娘想了想吩咐福官说，“你更不要把老爷掉头发的事告诉秀芝。”

黄大夫开完了方子，老爷让马姨娘把英格兰的拔兰地拿一瓶给黄大夫。马姨娘没提秀芝要请黄大夫过去看病的事，她让下人备好车把黄大夫送走。送走了黄大夫，马姨娘亲自开了镶螺钿的小柜取出了一小坨黑乎乎的犀角。马姨娘让李姐到厨房切了十片犀角，把剩下的又密扃深藏地锁了起来。

这天夜里吃饭的时候马姨娘把一根银簪从发髻上抽下来，用

* 无声处闻惊雷。

手中的紫手帕擦擦，然后把簪子一一放到菜里去看，神经兮兮的样子。

“老爷你看这簪子是不是变色儿了？”马姨娘把簪子拿给老爷看。*

“瞎说！”老爷看了一下簪子说，“银簪怎么会变色儿呢？你怎么疑神疑鬼！”

晚上睡觉的时候，马姨娘对老爷说：“我怎么能不疑神疑鬼，秀芝、福官也掉头发了，这么多人都掉头发你不得不防！”

老爷不说话，慢慢摸自己的辫子，好半天才说：“掉就掉吧，我这辫子也不知还能梳多久。”**

街上许多人的辫子都剪了，梳辫子的人倒似乎成了稀罕。春禄剪辫子的时候老爷还大发雷霆，冬禄前不久也把辫子剪了，老爷却没说什么。只是在吃饭的时候说了句冬天把头发剪了容易伤风之类的话。

春禄独自搬到了前院西厢房去住，在杜府引起了不小的骚动，人们纷纷在背后猜测春禄和菊雪的关系，有人说春禄恐怕真的要休掉菊雪了，有人却说春禄这么做像什么话！

前院西厢房前种着两株大柿子树，年年果实累累。柿子树对过那株苹果树却死了。苹果树死掉的那年也正是冬禄他们的母亲去世的那一年，老爷说前院的风水走了，风水走了人要是不搬，人也会随风水走了，于是老爷就搬到了中院。

冬禄对春禄搬到前院的行为既不满又说不出什么，因为冬禄一直很讨厌菊雪，冬禄认为自己和春禄都很不幸！而唯一可以获得爱情上幸福的夏禄却又偏偏短命！

春禄搬到前院西厢房的这天晚上，冬禄提着小纸灯笼到前院去看他。秀芝正和陈妈李姐还有那个又胖又贪睡的刘妈在一起玩纸牌。

“你做什么去？”秀芝问冬禄。

* 素有鬼胎的马姨娘自然精明过人，杜家掉头发的怪事在她心里自当有不同于他人的反应。

** 老爷毕竟是老爷，想的问题比马姨娘深得多，说的话也意味深长得多。

“我去前院。”冬禄说。

“去要牛奶吗？”秀芝说，说完突然笑了，秀芝一玩牌心情就会变得很好，所以她又改了口，“你去劝劝春禄，他一个人搬到前院算什么？”

冬禄没说什么，秀芝的话让他很反感。他走出门，提着那盏纸罩风灯，从中院到前院根本用不上什么灯，可冬禄从小就喜欢灯笼这谁也没有办法。

冬禄走进前院时就听见了春禄和福官的说话声，福官比春禄只小四岁，福官进杜家那年才十二岁，是老爷从逃荒的人流里带回来的。*

冬禄放轻了脚步走到西厢房的窗下，听见窗里哗哗哗哗的倒水声，冬禄站在暗处朝窗里看去，就见福官在用水就着脸盆洗苹果。洗好了一个先递给春禄，然后再洗另一个。春禄在那张三面有镜子的床上躺着，杜家这样的床只有这么一张，床又深又阔，床的三面是镶着镜子的床栏。冬禄每想到这张床都要脸红，冬禄不止一次想象老爷在这张床上的床笫之事，每当这种念头油然而生的时候冬禄就觉得自己很无耻。

福官洗好了苹果也上床去，一仰身躺在春禄身边，春禄欠欠身子，把一条胳膊伸到福官脖子下搂住福官。

冬禄突然觉得自己的脸有些发热。

“女人算什么东西！”春禄这时在屋里说。福官马上也说了句什么，但冬禄没听清。**

冬禄一动不动，他想听听春禄都玩些什么，这时中院响起了脚步声，越响越近像是朝前院走来，冬禄忙离开了窗子，他突然不好意思推门进西厢房，只好返身往回走，冬禄的心忽悠忽悠乱跳，他“呼”的一声吹灭了灯笼。走到中院，并没有人朝前院走，他又停住，站了一会儿。

冬禄回到屋子的时候，秀芝她们的牌局已经散了，李姐正给

* 不经意交代出福官的来历，说明福官往后的戏份不轻。

** 春禄这句话显然只针对菊雪，不可能针对玉贞格格。只不过在此刻，玉贞格格也未必在其心上。

秀芝篦头发。

“大黑夜的怎么想起篦头发。”冬禄说。

“大黑夜就不能篦头吗？”秀芝说。

“过了十五我想走了，去东北。”冬禄突然说，他躺下来，看着秀芝。

“还没到十五呢你就想走的事，你还想什么？”秀芝说，两眼看着冬禄，停了一会儿，她调过脸对李姐说：“你先下去吧，今天就篦到这儿，反正越篦越伤心，掉这么多头发！”*

李姐一走，秀芝就站起来，她走近冬禄，说：“我不许你走，我跟你就为了守空房吗，再说我也有了。”

“你总说你有了，你哪回能真有？”冬禄想笑，但他忍住没笑。

“这回是真的，”秀芝说，她慢慢搂住了冬禄的脖子，“不信你摸。”

“你跟我去东北吧。”冬禄说。

秀芝笑了起来：“你让我去东北吃荤油黄米饭吗？我可是想我们家乡的炖菜汤。”

“你不要忘了我祖籍是东北，你嫁东北人就该去东北这还有错吗？”

“得了吧，”秀芝站起来，“你们家早八辈就不算东北人了，还提什么东北，你想回去穿靰鞡鞋吗？我可不会做靰鞡鞋。你想去东北，春禄想去日本，你们到底是怎么了？”

“皇上都倒了你还想铁在京城吗？”

“皇上倒了这房子又不倒，房子不倒我就不走，我为什么走，难道房子倒了吗？”**

冬禄不再说什么，他明白和秀芝什么也说不清。

“我看出来了。”秀芝斜睨着冬禄，又慢慢斜着身子也躺下来。

* 秀芝不如马姨娘的地方在这里有所体现。杜家这么多人掉头发，秀芝做不到深想，也就做不到马姨娘那样心思难测。

** 表面的理由充足，往往掩盖了不能明说的动机。

“你看出什么你说？”

“我看出你想什么。”

“你说。”

“你想这个！”秀芝用食指在空中画了几道，口中一边念念有词，“一笔长，二笔短，三笔交凤眼。”

“你瞎说什么？”冬禄坐了起来。

“还要我说明白吗？”秀芝不甜不咸地笑了起来，“你以为我什么也不知道！”*

“算了吧！”冬禄又躺下去，“你不往明里说那我来明说，兰馨不可怜吗，她一进这个家就守寡，我不明白你为什么这么恨兰馨？”

“是吗？”秀芝突然提高了声音，“我倒不明白你为什么给她抱猫抱狗！”

冬禄很怕秀芝的高嗓门儿，忙从床上跳下地：“你想让人们都听见是不是？”

“听见又怎么样？我就是让她听！”秀芝说，“我还有更好听的呢！”秀芝看看冬禄又急又气的样子突然笑起来，“看把你急的，你还走不走？”

冬禄不说话了，停了好一会儿才说：“王府的王爷都要去天津了，你想想咱们能长住久安吗？”

“我要洗洗头，”秀芝突然说，“我头皮痒死了，我哪管那么多事！”

“这么晚了洗什么头？”冬禄说，突然笑了，用手指指下边，“我这个头倒该洗一洗。”

“你去兰馨那里洗啊，她那个盆也许还是新的呢！”秀芝笑着说。

冬禄把袖子挽了，他看着秀芝往盆里倒水兑水，然后帮着秀芝洗头。秀芝埋头在铜盆里把头发上的香胰子沫一下一下冲下

* 秀芝知道的也不过如此，冬禄对兰馨抱有情感并不需要多细致的观察，此处也说明秀芝终究不够深沉。

去，秀芝冲完头发直起腰的时候突然“呀”的一声叫起来。她伸手到盆里把黑乎乎水草样漂浮的落发捞起来让冬禄看。

冬禄突然笑起来，他想象秀芝头发落尽光秃秃的样子，他被自己的想象逗得突然大笑起来。

“当”的一声，秀芝把手中的梳子狠狠朝脸盆里掷去，溅了冬禄一脸一身的水。

杜府上上下下几乎人人都脱头发，不少人脸上长出了点点红斑是民国四年正月的怪事之一。* 但怪事之中的怪事是菊雪既不脱发脸上又没红斑，菊雪也明白了杜家上上下下的人又长红斑又脱发是怎么回事，菊雪只遗憾怎么没死人，马姨娘怎么没死！老爷怎么没死！**

马姨娘这天收拾条案，把条案上开残的水仙扔出去，扔到院中的花池里，就看见菊雪立在屋外廊檐下梳头发，并且一下一下梳得很慢，像是梳给谁看。

“老爷，你看菊雪是不是疯了！”马姨娘回到屋里对老爷说，“这么冷的天她在外头梳头发不是疯了吗？”

老爷也走到窗前朝外边看，老爷这天早上起来办的第一件事是把他喜爱的小洋表和一些玉件头装到了一个箱子里，老爷对马姨娘说孙文又成立了一个什么党，看样子又要闹一阵子了。

“孙文是猢狲转世吗？”马姨娘说。

“时运不济出妖孽！”老爷说。

老爷是站在窗口一边朝外看菊雪在廊下梳头一边说的这话，老爷的话菊雪字字都听到了耳中，菊雪就一边梳着头发一边沿着廊子走了过来，哑着嗓子说：“谁是妖孽？杜家是出妖孽的地方吗？我的头发又不脱，谁脱头发谁是妖孽！”***

“疯了，疯了！”马姨娘把老爷从窗口推开。

“你疯了吗？”菊雪马上说。

马姨娘从窗口走开，不去搭理菊雪，菊雪也不忙着把头发

* 这个日期一写，顿时让读者感觉某种真实。小说的逼真感就在这些虚虚实实的描述中体现。

** 菊雪的痛恨对象虽只是马姨娘和老爷，殃及池鱼的程度也的确无法掌握。

*** 菊雪表现个性的方式总是强烈。

编起来，就那么慢慢慢慢梳着绕着廊子走。菊雪走到了秀芝的门口，秀芝从屋里出来拉了菊雪一把：“外边不冷吗？你怎么到外边梳头？你进来我给你梳好吗？”

秀芝把菊雪拉到屋里，让她坐在梳妆台前，用双手在菊雪的头上理来理去，一边理一边看一边说：“真是怪事，你怎么不掉头发？”

“我为什么掉头发？你们掉头发我也得掉吗？”菊雪说。*

“你怎么冲我来？我得罪你了吗？”秀芝低声说，“不是我让陈妈从凉亭把你扶回来谁会管你！”

菊雪慢慢站起来，看着秀芝：“我活着和死了有什么两样！我恨不得让这个家的人都死光！白花花摆一院子棺材！”菊雪走到窗口，指着院子里说，“这儿摆一口，那儿摆一口，老爷的、马姨娘的……”

秀芝忙把菊雪从窗口拉开：“菊雪你别说胡话！你这么下去怎么办？”

“我当婊子去！给杜家光宗耀祖！”菊雪大声说。

“你小点儿声！”秀芝说。

“我什么也不怕！”

菊雪说完了拉开门走出去，秀芝没有拦她，看着她走出去坐在老爷门口的花池上，菊雪坐在那里还是不停地梳头发，各房的人都从窗里偷窥菊雪，不知菊雪下一步要做什么。**

兰馨也听到了菊雪和老爷的对答，她慢慢靠近窗子，把一只手轻轻搁到卧伏在窗台上的小黑猫身上，然后拿着一把小黄杨木梳给小猫梳起毛来。梳完毛，兰馨又从点心盘里拿起一小块奶油松瓤卷放在嘴里嚼嚼然后吐在手心里喂起小猫来。

小猫把兰馨的手心舔得痒痒的。

马姨娘那天用纸给小猫包来了一个鱼头，小猫就拖着鱼头到供桌下吃起来。“罪过，罪过，”兰馨连连说，“上边供佛下边猫

* 反唇相讥。菊雪此时已经有点不管不顾，也是对杜家只掉头发感到怨愤。

** 双关妙语。

吃鱼头。”

点心盘里没点心时，兰馨就常常从供桌上的供盘里给小猫掰点心吃，一边喂还一边说：“罪过，罪过，猫吃佛供！”*

兰馨给小猫用旧绸子做了一个小团墩，猫蜷在小团墩上打呼噜时，兰馨就静静坐在绣架前绣佛。但那小猫总爱卧到兰馨桌上的那几本书上去，兰馨一次次把小猫从书上抱开，相比较，那几本书似乎更珍贵一些，那几本书总让兰馨想起自己的父亲，书的扉页上写着兰馨父亲的名字：“兰紫鱼”。兰馨的父亲留给兰馨的也许就只有这几本书。**

这个正月，兰馨让陈妈给自己去绒线铺又买了各种的丝线，兰馨给法华寺绣的那一堂佛像可真是妙相庄严，兰馨还要给雨花庵绣一堂。

雨花庵的姑子妙觉那天来了，在兰馨屋子里坐着说话，妙觉已经知道了兰馨割耳朵的事，妙觉就也慢慢慢慢把自己的一只手从袖子里伸出来给兰馨看，妙觉这只手上缺两个手指。

“施舍了。”妙觉说。

兰馨没问妙觉把手指施舍给了谁，心头就突然紧缩起来。***

这天晚上兰馨悄悄从屋子里走出去，她手里拿着一陌纸钱，她轻轻来到那株石榴树下，然后弯腰捡一根树枝在树下画一个圈，然后在那个圈里烧起纸来，纸钱的火光把石榴枝照得一派扭曲虬乱。老爷在屋里看到火光就走到窗前，老爷看见兰馨那张白皙瘦削的面孔在火光中一现一现。

“她给她的耳朵做七呢。”马姨娘掐指算算，后天就是元宵节，今天是兰馨耳朵的二七祭日。

老爷没说话，拉开门走出屋子，这时兰馨已经回到了自己的屋子，老爷看到黑暗的夜色中纸灰慢慢飞起来像一些古怪的蝴蝶。老爷想起了花窖里的那些蝴蝶，今年给王府孵的蝴蝶虽然不多，但还是孵出来了。蝴蝶已经给王府送了过去，明天王府过元

* 语带嘲弄，也是兰馨性格的一种反映。

** 兰馨的身世揭开一角，也让读者看到兰馨的性格根源。

*** 读者的心也跟着紧缩。

宵节挂彩灯时要用的，要看大花蝴蝶翩翩飞上彩灯。*

马姨娘也跟着老爷走出屋子，她站在老爷身边。

“皇上要是不倒就好了，兰馨真是时运不济！”老爷说。

“老爷你怎么这么说，人各有命，人能拿命和老天爷较劲儿吗？”

“你去叫兰馨过来。”老爷说。

“老爷你叫她做什么？”

“我做什么非要让你知道吗？”

兰馨想不到老爷会这么晚叫她，她轻轻走进老爷屋子的时候就听老爷让马姨娘先出去一下。

马姨娘瞅瞅兰馨，心里觉得很不是味儿，马姨娘轻轻撩起暖帘然后又轻轻放下，其神态一反往常。马姨娘不知道老爷要对兰馨说什么，马姨娘不想去前院，她想了想就去了兰馨的屋子里。**

马姨娘坐在兰馨的屋子里百无聊赖，那只小猫顺着马姨娘的裤子爬到她的膝盖上时，她突然把它抓起来扔到地上。马姨娘坐了一会儿，看了看兰馨绣架上的活儿，然后就蹑手蹑脚走了出去。她想悄悄听听老爷到底对兰馨说些什么。

马姨娘慢慢把身子靠近窗子时，却听见门响，兰馨从屋里走了出来。

“兰馨，”马姨娘悄悄喊住兰馨，“老爷生气了吗？”马姨娘在暗处打量兰馨，兰馨两手空空也没拿什么东西。

“明天就是正月十五了，”马姨娘想想，说，“兰馨你要挂灯吗？你喜欢哪盏你过来先拿好了。”马姨娘在暗中拉拉兰馨的手，拉她到了东耳房。马姨娘点着了三支蜡烛台，兰馨就看到了屋子里收拾出来准备明天张挂的各种苏式彩灯。

“秀芝和菊雪她们不配！”马姨娘拿起一盏粉色娇娜的荷花纱灯，“我看这盏最漂亮，你喜欢吗？”***

* 尽管皇上倒了，但在老爷和王府之间，依然延续着以往的一切。这既是现实，也是人物在小说中的真实体现。

** 马姨娘对一切都想刺探，也是自己心怀鬼胎的一种体现。

*** 马姨娘自然也不喜欢兰馨，只是需要有人站在自己身边。

兰馨慢慢把这盏荷花灯接过去，马姨娘碰着了兰馨凉凉的手指。

“我心里是空的，我挂灯给谁看？”兰馨说着，把手里的荷花灯轻轻放下。*

“这盏金蟾灯做得也不错，”马姨娘看看兰馨的脸色，又拿起一盏，凑过去用嘴吹吹，金蟾的眼睛就骨碌碌转起来，“点上蜡烛它就不停地转，兰馨你喜欢吗？”

“我不要，给别人挂好了。”

“给别人？给谁？”马姨娘说，“秀芝和菊雪她们配吗？菊雪只配挂丧幡！丧幡，你知道吗？”**

兰馨默然无语。

“总之过节都是要挂灯的，你就挂这盏吧。”马姨娘又拿起那盏荷花灯，“你不像荷花谁像荷花，别人都不配！”

兰馨突然用手捂了捂脸：“我像什么，我人不人鬼不鬼！”

“谁说的？”马姨娘说，看着兰馨慢慢放开捂着脸的手。

“那我就拿这盏好了。”兰馨提起了那盏荷花灯。

马姨娘又随着兰馨来到兰馨的屋子里，看着兰馨把灯挂在帐子前。“老爷这几天心绪不好，所以说话没轻没重的，”马姨娘试探着说，“老爷没对你说什么重话吧？”

兰馨摇摇头。

“老爷对你说什么？”马姨娘很想这么问。可想想又没问，她弯腰抱起地上那只小猫，用手抚摸着，然后又用双手捧着小猫往地上轻轻一送。

“我也该回去了，”马姨娘说，“这天气像要下雪，正月十五下雪多没意思！”

马姨娘站起身，突然又想起一件事：“我那里有一只小银铃儿，我送你，你给小猫挂在脖子上好吗，跑来跑去就铃铃铃地响。”马姨娘看着兰馨。***

* 心是空的，也对兰馨的日后有所暗示。

** 一句『挂丧幡』，见出马姨娘对菊雪的仇恨，令人读来心惊。

*** 给兰馨纱灯，后者不要，就改变策略，马姨娘果然老练。

兰馨点点头。

三

“是不是吃着什么啦？”黄大夫这天又来了，他给老爷和马姨娘又轮流把了脉，又看了看老爷和马姨娘的头发，“听说府上不少女人也都掉头发是吗？”[*]

马姨娘支支吾吾但还是实话实说。老爷让福官去叫秀芝、冬禄、春禄一起来。冬禄、春禄和秀芝来到老爷的屋子时不少下人也聚到老爷的房门口，黄大夫轮番看了看冬禄和春禄的舌苔和头发：“像是中了砒霜毒。”

老爷吃了一惊，大声说：“蜜供可是在白云观定做的。”

马姨娘就让陈妈去取剩下来的蜜供。马姨娘把蜜供用热水化化，然后从发髻上抽下银簪，老爷凝神看着马姨娘把银簪慢慢探到碗里，银簪抽出来的时候并没变色。

“把下人都叫来！”老爷说。

“老爷你叫下人做什么？”马姨娘把银簪擦擦又插到发髻里，“你问谁会承认，下人会有砒霜吗？”[**]

“眼下只有以清解为主。”黄大夫说，“看症候也不重，也无大碍！”

“要喝绿豆汤吗？”马姨娘说。

“正是正是。”

“要忌什么吗？”马姨娘说。

“不妨把井淘淘。”黄大夫说，“府里这么多人都有这种症候，淘井应该是第一件事。”

“二月二还没到能淘井吗？”老爷皱着眉头说。

“井能淘，命能淘吗？”[***]这时人们都听见菊雪在外边说。人们都调头朝外边看，只见菊雪在自己的门口站着，在一下一下梳头发。

* 砒霜事件没完，读者也想看到结果。

** 马姨娘内心自有怀疑对象。

*** 经历生死，说的话也会不一样。

马姨娘吩咐周正中午时分领几个下人去淘井，周正俯身向下看，就看见井底水面上漂浮着一片红红的什么，慢慢用水斗打上来，竟是一片沤得颜色发了淡的红纸，但还可以看到纸上写着“菊雪”两个字。周正就把这张水淋淋的纸片拿给马姨娘去看。

马姨娘一眼便看明白了那是包赏银的红纸，周正看着马姨娘把那张几乎沤烂的红纸一下子攥死在手心里，滴滴红水从马姨娘的手指缝里滴落到马姨娘的鞋子上。

马姨娘吩咐周正告诉厨房里的人去到后园打水，周正离开后，马姨娘慢慢慢慢松开了自己紧攥的手，她把那张沤烂的红纸慢慢展开，上边的字迹已看不大清楚。

马姨娘在屋子里走来走去，后来她站到镜子旁用手轻轻拽自己的头发，一绺长发便从马姨娘的额际飘然而落，马姨娘看看手里的头发，然后突然转身走出去。

马姨娘重重推开菊雪的屋门，菊雪正拥着一件膝褥在床上侧身躺着，两眼茫然不知望着什么。

“贱货！”马姨娘一进来就说，还不容菊雪醒过神来，马姨娘扬手便把那团湿漉漉的红纸“啪”地甩到菊雪的脸上，“你想让杜家全死吗？”*

菊雪一下子从床上跳下来，盖在腿上的膝褥颓然委地。

“谁想让我死才不得好死。”菊雪把那团湿漉漉的红纸从脸上弄下来，菊雪还不知道马姨娘把什么甩到了自己的脸上，“这是什么？你甩我就以为你不是臭姨娘了吗？”

“你是什么你自己知道！”马姨娘说，“你把什么扔到井里你自己更知道！”

菊雪马上明白了是怎么回事。菊雪冷冷地笑了：“这是什么？我知道这是什么吗？你知道它是什么吗？老爷给我的年节赏包我扔到井里了吗？那你不会叫下人去井里捞银元吗？去井底捞银元！”**

* 单刀直入，对心思深沉的马姨娘来说有点罕见，但此刻却需要如此，也更见马姨娘手腕。

** 以子之矛、攻子之盾，菊雪的反唇相讥令人痛快。

“放屁！你把银元扔到井里了吗？”马姨娘冷冷笑了起来，目光宛如刀锋直刺菊雪，“你这鬼话谁会相信！”

“那你说我扔了什么？你难道包的不是银元吗？杜家过年赏包儿里包砒霜吗？”

马姨娘就是这时突然扑上去扯菊雪的嘴的。马姨娘也不知自己这种冲动怎么会突然而来。马姨娘扑了上去，菊雪却突然愣住。菊雪浑身突然抖得厉害，她不会打架只知道推来挡去，而菊雪推马姨娘的时候马姨娘趁机又在菊雪脸上张开老手扯了一把：“我叫你胡说，你说我会包砒霜吗？”马姨娘从来没这么痛快过，“你这贱货不但贱而且还会血口喷人！”*

菊雪从没给人扯过嘴，她最后被马姨娘狠狠一搡瘫坐在地，马姨娘正好居高临下又给了菊雪一个耳光。

“让你尝尝姨娘的厉害！”**

打完菊雪，马姨娘气咻咻回到自己的屋子，马姨娘从来没有这么兴奋过，屋子里只她一个人，老爷和保生堂掌柜马一清去茶馆看刚从东北买回来的“海青”。

马姨娘兴奋得有些按捺不住自己，她忽然想闻闻鼻烟，就在鼻烟壶里挑了一小撮鼻烟吸到鼻孔里，然后狮子大张嘴样“啊嚏啊嚏”打了几个大喷嚏，马姨娘用手帕擦擦眼睛，突然看着自己的老手大笑起来，进杜家以来她还从没这么痛快淋漓过。马姨娘侧耳听听菊雪那边的动静，那边鸦雀无声倒让马姨娘忐忑不安。她凑近窗子朝外看，她很怕菊雪挥舞着刀子什么的来。好多好多的夜晚马姨娘总想象或总是梦到有人挥刀弄棒地要来杀自己。有时又无端觉得床下橱后藏着人，便突然从床上跳下地撩起床帐看床下。***

马姨娘在窗边的椅子上坐下来，把老爷昨夜喝的那杯普洱茶又兑了开水喝起来，喝了两口，马姨娘又突然站起来朝外走去，一边走一边用紫手帕擦嘴角。

* 红纸里包的什么，马姨娘心知肚明，想害人却害己。也难怪会如此气急败坏。

** 动手也是马姨娘之流的最后一招了。

*** 心中有鬼，自然觉得处处有鬼。

马姨娘“呀”的一声推开了兰馨的门。

冬禄和兰馨在屋里坐着说话，兰馨用发簪轻轻弄着桌上那盆剑兰。兰馨用发簪一下一下戳着土，这动作单调而重复。马姨娘进来的时候，冬禄从桌边站起身，兰馨也停止了戳土，把发簪插回到发髻里去。

“菊雪这贱人！”马姨娘一进来就气咻咻地说，“谁知道她在井里扔了什么脏东西，是砒霜也说不定，我去问她，她倒血口喷人！真是不如猪狗的东西！”马姨娘把左腕上的翡翠镯子往上抹，“我这双手还从没碰过脏东西，可是我今天打了她！”*

“你打菊雪？”冬禄觉得有些意外。一个做姨娘的也敢动手打少奶奶，菊雪再不好也是少奶奶！

“菊雪好赖也是少奶奶。”冬禄说。

“什么少奶奶，一个贱人罢了！”马姨娘收不住自己的兴奋。

“杜家还没这个规矩！”冬禄立起身。**

“什么规矩！”马姨娘兴奋地眯细了眼睛，“你一个小叔子到嫂子屋里算什么规矩！”这句话从马姨娘的嘴里脱口而出，话一出口，马姨娘马上后悔了，她看看兰馨。兰馨的脸一下子变得通红，她一下子把发簪从发髻上抽下来：“姨娘你说话怎么这么没遮没拦！”兰馨把簪子在桌上用力划了一下，银簪就弯了。***

马姨娘自知走嘴，马上改口说：“我也是让菊雪这个贱人气蒙了！谁知道她往井里扔了什么东西！”

“你怎么知道是她扔的东西？”冬禄心头有些恼怒，又不便发作，只是口气变了，“井是她管吗？”

“周正从井里捞上的那张纸片，上边写着‘菊雪’，清清楚楚！”

“什么纸片不纸片！”冬禄皱着眉。冬禄讨厌马姨娘不是一天半天的事，冬禄的母亲活着的时候不止一次把三个儿子唤到病

* 如此先行说出，便以为其他人也如自己一般想了。恶人先告状的心思都是如此。

** 冬禄立起身，这动作反映内心。

*** 手上用力，心上更用力。

榻边说："世上最贱的人是戏子、妓女、三姨娘！"* 有一次马姨娘从白云观回来，把买回来的南糖拿给冬禄吃，被冬禄的母亲"啪"的一声把糖打到地上，嘴里还说："为什么吃姨娘的东西！我还活着呢！"冬禄讨厌马姨娘但不像春禄对马姨娘的态度那么尖刻，冬禄有时还觉得马姨娘可怜。

马姨娘一听冬禄说什么纸片不纸片，便马上一拍巴掌说："包赏钱的红纸包啊，她没事把那东西扔井里做什么，她说她扔银元，这鬼话谁信！银子又不是咬人的东西谁会扔？"

"那你也不好说是她扔的砒霜，"冬禄说，"菊雪会吗？"

"她不会谁会？"马姨娘说。

"什么赏包儿？"冬禄突然问。

"老爷节下的赏啊。"马姨娘说。

冬禄突然想起菊雪的赏包是自己从马姨娘那里给菊雪捎回去的，冬禄记不清当时的细节，只记得从老爷屋里把自己的和秀芝、菊雪的一起拿回了屋里："怎么会扔到井里了呢？"

兰馨手中的银簪在桌上越压越弯，然后压得弯弯的不像样子的银簪就被兰馨"啪"的一声扔到桌上："马姨娘你怎么乱说。"

马姨娘捡起桌上的银簪，慢慢用手往直了掰，她把银簪又弄直了，对兰馨说："你生我的气吗？我老脸老嘴狗嘴里没象牙！"马姨娘看看兰馨的脸，把手里的银簪给兰馨往发髻里插，插了一半儿马姨娘又把它抽了出来，马姨娘把自己的点翠银簪从头上取下来，说："你用我这支簪吧，你看这翠点得有多好，这是正经的内用货！"**

兰馨没说话，慢慢从马姨娘手里抽回了自己那支银簪，又慢慢慢慢把它插到自己的头发里去。***

冬禄站起来，一声不吭拉开门走出去，走出门外冬禄突然说了一句："老爷还买什么海青，海青能叼兔子，海青能把一张张贱嘴叼走吗！"

* 看清马姨娘的人自然早有，只是在马姨娘那里，总觉得无人知自己，也不会承认自己的狠毒。

** 难得马姨娘也去讨好他人，自是不欲自己势单力薄，也反映其内心颇多复杂。

*** 只以行为表示自己想法，符合兰馨性格。

“贱嘴倒好，恐怕还有贱 × 呢！”冬禄突然听见秀芝恶狠狠的声音，抬头看去，只见秀芝在对面廊子下叉手站着，朝这边怒目而视。

二月二，老爷被王府喊了去，回来的时候让下人去前院喊春禄。春禄听说老爷一从王府回来就喊自己去心里就打鼓，春禄以为老爷是要说玉贞格格的事。*

春禄走进老爷屋子的时候发现老爷和马姨娘在八仙桌边坐着，桌上堆着裁成一小方一小方黄黄的草纸，马姨娘手里拿着红木刀还在哗哗地裁。

“你来给我写字好吗？”老爷抬起眼对春禄说。

春禄才知道老爷喊自己来并不是要说玉贞格格的事。

“写字？”春禄不明白老爷要写什么字。

“你去取笔砚。”老爷对马姨娘说，马姨娘放下红木刀把笔砚拿过来，春禄也在桌边坐下来：“往哪写，写什么？”

“就往草纸上写。”老爷说。

“往草纸上写？”春禄觉得很怪，“用草纸包药材吗？写‘朱砂’‘当归’‘知母’‘枳壳’吗？”

“你就写‘孙文狗才’！”**

春禄愣了愣：“写孙文？”

“不写他写谁？”老爷说。

春禄不明白老爷为什么要往擦屁股的草纸上写孙文的名字，但似乎又明白：“每一张上都写吗？”春禄又问。老爷点点头，也拿了一支笔。

“老爷，要做传单吗？”春禄又问。

“擦屁股！”老爷说。

“擦屁股！”春禄差点笑出来，“用孙文擦屁股？”

老爷笑了：“不用他用谁？不是他皇上能倒吗？”

“那我们不成了保皇党了吗？”春禄说，“皇上倒了哪儿不好，

* 皇上倒了，遗老遗少心里的某些东西还没有倒。

** 读来觉得老爷可笑，细思则表现出老爷对时代转换的不甘。

我们就不用做奴才了。”*

“放屁。”老爷把手往草纸上一拍，“你吃的穿的用的什么不是皇上给的，孙文算什么东西！”

春禄看看老爷的脸，他不愿惹老爷生气，就一张一张写起来，春禄真不知道老爷用写了“孙文狗才”的纸擦屁股会有何感受，是否能一泄胸中那口恶气。

春禄和老爷一张一张地写，马姨娘把写好的摞好。

“分到各房去，”老爷说，“都用它擦屁股，让孙文屎臭万年！”

春禄就低下头佯装撩袍子暗笑出声，他觉得老爷这种举动十分迂腐可笑。

“你笑什么？”老爷说，“王府都把痰盂叫‘孙文’呢！‘吐痰吗？吐到孙文里边’。”老爷学着王爷的口气说了一声。“孙文是什么？是大痰盂！”老爷拊掌大笑起来。**

春禄忍不住也跟上大笑：“老爷您这就不敬惜字纸了吗？”

“我还想刻板子印刷呢！”老爷说。

春禄不再说话，他笔不停挥地写。马姨娘把写好的摞起来，又喊来了福官，让福官把写了字的草纸往各房送：“都用这个擦，让孙文完蛋！”

“再有，”老爷喊住福官，“你上南园买条菜狗回来，马上就去。”

老爷慢慢拉开抽屉，取出一个铁项圈让春禄看：“给狗戴的。”

那个铁项圈有两指宽，上边镌着“孙文狗才”四个字。

“您要做什么？”春禄问。

“给狗戴！”老爷用草纸一边擦笔一边说，“让狗戴上满世界跑。”老爷很为这种设计而感到激动，“要是人人都这么着，孙文他能长久吗？”

“听说孙文想当皇上。”马姨娘说。

* 一句话见出两代人对历史事件的不同看法。

** 此种发泄，不乏阿Q精神。

“屁股上擦来擦去的东西他能长久吗？有再厚的风水也要给擦光！”

“听说袁世凯要当大总统了？”春禄说。

“袁大头！更不是东西！”老爷说着用手使劲拍桌子，“他连狗也不如，狗还护主人呢！”老爷说完又把笔帽取下来把笔蘸了墨在草纸上写：“袁大头袁大头袁大头袁大头——不是东西！”*

老爷写完了拿起来看看又把纸团了，“啪”的一声扔到痰盂里。

“你长久住在前院有这回事吗？”老爷对春禄说，“我不知道你心里想什么，你到底怎么处置菊雪？”

“我想开报馆。”春禄皱皱眉头说。这话春禄对老爷说了不止一次，老爷总说开报馆的算什么东西！东家长西家短也算文章吗？

“你们都是这么不务正业！”老爷用眼翻一下春禄，“王府的玉福要去开什么镶牙馆！这不让人笑话吗！”

春禄想起菊雪总吵着要去一左一右各镶一颗金牙，不由得说：“正经人谁去镶牙！镶牙馆怎么能和报馆比！”

“镶牙还能嚼食呢，报纸呢，到末了擦屁股完事！”**

“老爷，”马姨娘把桌上的草纸末子慢慢掸到地上，“我这颗槽牙可是坏了，嚼东西总是不得劲！”

“那就喝稀的！”老爷说，“我不愿看你亮晃晃的满嘴放光！”

“我镶银的不好吗？”马姨娘说，“银的又不扎眼！”

“好好好，”老爷说，“明天弄十两银子给你给秀芝给菊雪一人镶一嘴银牙好吗？镶好了好去斗嘴！”

春禄突然想笑，然而春禄还没笑，老爷倒大笑起来，老爷一想一个人如果满嘴是银闪闪的牙就忍不住想笑。

老爷一笑，马姨娘就来了情绪：“老爷，我又不多镶，左边一颗右边一颗好吗？”马姨娘手若兰花地点点自己的老腮。

* 在老爷眼里，除了皇上，其他人都自然不是东西，倒是让读者真切体会到历史转换关头，各色人的不同心态。

** 新事物诞生时，总是父辈反对，子辈热情。父与子的冲突不只老爷与春禄，代代亦然。

"总之，镶牙馆比报馆还有用。"老爷说。

"中国要想好，不办报馆就没辙。"春禄说。*

"我不听你的！"老爷说，"有用报纸讨逆的吗？报纸能把人的脑袋给砍下来吗？要那样王府早去开报馆了，王府都不开你开什么？你银子多得砸脚？"

老爷把毛笔在盂子里涮涮，又在草纸上淡淡画个王八，又在王八上写了两个字："孙文"。画完了老爷把笔突然一掷，"你倒是应该学学剑！也许还有用！"

春禄小时候一直很喜欢舞剑吹箫，后来把这些都淡漠了。春禄倒想有一把东洋刀，他撸起袖口看看自己的手腕，突然想起玉贞格格那张玉照，手持一把小东洋刀的玉照。

照片放哪儿了呢？春禄突然想不起那张照片搁在什么地方了。

老爷屋里的事做完了，春禄便想回自己的屋里去找找玉贞给自己的那幅照片。

春禄已经好长时间没有回过自己的屋子，菊雪对春禄的出现也很感新鲜。** 春禄没和菊雪说话，他把自己的抽屉和箱子翻了又翻，玉贞的照片竟杳如黄鹤。

"我那张照片呢？"春禄翻到后来忍不住去问冷冷坐在一边的菊雪。春禄有些不好意思地用手比了比，菊雪便明白了春禄说的是什么照片。因为春禄曾把玉贞格格那张照片拿给菊雪看过。春禄当时还对菊雪说你也去照一张好吗？菊雪当时还说我不喜欢什么刀剑，我拿一朵莲花好吗？一句话说得春禄扫兴极了。你最好拿玉如意！春禄说。

"那张照片呢？"春禄又问。

菊雪没回话，怕冷似的把身子抱得更紧，然后把身子慢慢朝另一边转去，突然咳嗽起来，声音哑哑的。

"你哑了吗？"春禄说。

* 春禄的形象在此逐渐丰满，与菊雪、玉贞，乃至福官之间都是个人情感，在大的方面，春禄的原则和想法都令人看到一个新的形象。

** 如此夫妻，如何长久？

菊雪还是不说话，忍不住泪水潸然而下。

兰馨的猫不见了。

人们看到兰馨前院后院地到处找猫。又到石榴树下往树上看，看看小猫是不是爬到树上。石榴树被前几天的第一场雨淋得乌黑乌黑，枝头已经努出了小米粒大小的星星点点的绿意。

“你到后园去看看。”马姨娘从屋里走出来对兰馨说，马姨娘穿了一身黑地绿碎花的杭绸衣裤。

兰馨这几天头上不再扎手帕，而是把头发松松挽着，用浓密的头发遮住耳际，但从正面看去多少有些古怪。

“要我陪你去后园找吗？”马姨娘说。

“我自己去找好了，”兰馨说，“它怎么会跑呢？它从来不跑，它跑出去吃什么，院子里有老鼠吗？”

“眼下杜家就是不缺老鼠！”* 马姨娘叹口气说。

“你说谁？”兰馨的细眉颦蹙起来，自从马姨娘上次失嘴说出那话，兰馨就对马姨娘的话十分敏感。

“谁是老鼠她们谁知道，老爷这个家迟早要让她们啃出洞来！”

兰馨不再理马姨娘，兰馨很怕在院子里和马姨娘说这种话，所以她一转身离开了马姨娘，她一路唤着猫走进了后园，后园里的土松动了，芍药丛子下边已经顶起了土。兰馨慢慢走上凉亭，她朝园北边的花窖看了看，这时候她就突然看到了一只淡黄的蝴蝶！那只蝴蝶在后园上空孤单地翩翩而飞令兰馨着迷。兰馨想不到这时候会看到蝴蝶，她想那一定是从花窖里飞出来的。兰馨便在凉亭里坐下来，她把自己那方手帕取出来放在腿上展开，兰馨也说不清自己为什么会喜欢蝴蝶，但兰馨从不绣成双作对的蝴蝶，花也不绣并蒂的，看到成双的蝴蝶，兰馨就止不住内心的痛楚。** 兰馨又慢慢把手帕收起来。

* 马姨娘的性格决定了总喜欢尖酸刻薄地说话。

** 触景伤情，自古皆然。

春禄就是这会儿出现在后园的，春禄在这个春天服饰似乎没什么变化，依然穿着那件学生服围着那条玉贞给他织的围脖。他走上凉亭来到兰馨身边打了一个千。

“你到这儿来有事吗？”兰馨说。

“当然有事。”春禄说。

“天这么热了，你怎么还围这条围脖儿？你准备夏天也围吗？”兰馨说。*

“嫂子你取笑我吗？”

“我来找我的猫。”兰馨说。

“丢就丢啦，又不是什么‘银毛金眼’，我给你抱一只波斯猫好吗？”春禄说，“毛这么长！眼睛像洋鬼子！不比那只黑猫好？”

“波斯在什么地方？波斯在日本吗？”兰馨问。春禄就大笑起来。兰馨脸突然红了。

“波斯是伊朗。”春禄说，“大概离日本也不远！”

“你手怎么黑了？”兰馨看着春禄的手。

“老爷又让我写手纸，”春禄看看自己的手，“嫂子你不去踏青吗？”

“我去踏青？”

“我来找你就是为这事，”春禄说，“玉贞格格已经定好车了，玉贞格格想请你一起去。”

“约我去踏青？”兰馨又说，迟疑了一会儿，她从石凳上站起来，“我哪儿也不去，咱们后园无青可踏吗？”**

“后园怎么能和外边比？后园能看到什么？”春禄把围脖儿取下来。

“外边能看到什么？”兰馨转过身子说，“不也就是树啦草啦，想都想得出。”

“外边能看到人。”春禄说。

* 对话中见人物描写，运笔高明。

** 从中可见兰馨等人的生活局限。

"看人？"兰馨脸红了，"三弟你瞎说什么！"

春禄的脸也红起来，他突然显得有些局促。

"你出去就是为了看人吗？"兰馨又说。

"嫂子你说呢，人活着难道就为看家里这几张老脸小脸吗？"

"我是谁也不看，谁也看不着！我心里只有佛！"兰馨说。*

"还有猫！"春禄乐了，又说，"要不嫂子你去看戏好了，王府唱戏呢，侯喜瑞的《连环套》《黑风帕》《新安驿》，王瑶卿的《拾玉镯》，还有步步娇的《背娃入府》，你去看吗？"

"我也不看戏，我这人不人鬼不鬼的样子看什么戏！"兰馨突然很伤感地说。

春禄不再说什么，他把围脖儿又搭在肩上走出了后园。

兰馨从后园回到了自己的屋子，马姨娘看到兰馨慢慢推开了窗子，把一碟猫食搁到窗台上，然后窗子又慢慢合上了。把兰馨这个举动看在眼里的还有秀芝，她站在自己屋子的窗前一粒一粒嗑着瓜子，她看见兰馨的窗子又开了一次，这次兰馨又把一个小水盂放到窗台上，然后窗子又关上了。**

没人知道是秀芝抓到了兰馨的那只小黑猫，秀芝也不知道自己怎么就会一弯腰在廊下抓住了那只在窗台上晒太阳的小猫。秀芝当时想好了，如果兰馨碰见自己抓猫，自己就说是想拔两根猫胡须给冬禄做斗蛐蛐用的蛐蛐探子，反正老爷也这么拔过，老爷还把厨房那只老猫的胡子全剪了呢，剪了做蛐蛐探子。

秀芝把小猫抓回了自己的屋子，她怕它叫出声便把它塞到梳妆台的抽屉里。然后开始找绳子，秀芝想把小猫勒死后吊在兰馨的门廊上。***

秀芝从窗边转过身，她把门轻轻闩死了，然后走到梳妆台边把那个抽屉轻轻拉开，那只小黑猫在抽屉里冒出了小脑袋，喵呜了一声，秀芝忙又把抽屉关上。

秀芝也不明白自己为什么突然想起要去兰馨那里，她轻轻推

* 人物的发展自会伴随性格，性格的发展自会伴随人物命运，此处已暗示兰馨的未来走向。

** 这段文字没有作者情感。只有纯粹的客观呈现，才使读者有身临其境之感。

*** 秀芝的心狠不亚于马姨娘，却又无马姨娘那般有心计的老辣。

开兰馨的门，兰馨正用剪子铰一张纸，兰馨想不到秀芝会来，一时竟茫然不知所措。

“有花样吗？”秀芝看着兰馨说，“冬禄画眉笼子上的笼罩给大风刮跑了，我想让李姐重新给冬禄绣一个，你给我一个花样好吗？”

“花样？”兰馨说，“我的花样早烧了。”

“那你怎么绣花绣草呢？”秀芝说。

“花样都在我心里，省得别人翻来看去多嘴多舌。”兰馨说。

秀芝想不到兰馨会这样对自己说话，难道你割了两只耳朵就敢这样说话了吗？*秀芝会什么？她不会别的就专会从话里挑刺！但秀芝无所谓地笑了笑，说：“既然这样就算了，反正是绣鸟笼罩子又不是给我绣裙子，要是绣裙子我就不找下人了……”秀芝看看兰馨，她没把下句话说出来，但兰馨已经明白了她要说什么，兰馨手里的剪子突然把纸铰豁了。

“你绣的什么裙子！你还是绣佛吧，绣佛能把一个人心上的明神暗鬼绣掉！”兰馨定定地看着秀芝。

“我在鸟笼罩上绣佛吗？”秀芝有意要刺激兰馨。

“罪过，罪过。”兰馨忙说。

“那我要不就请你给我裙子上绣佛好了。”秀芝又说。

兰馨的脸色突然变得煞白，她端起绣架旁小梨木几上的茶水朝地上泼去，手一颤，连杯子一齐泼到地上，当啷一声。

“好好儿的你这是怎么了？”秀芝说，“我又说错了什么，还值得你泼水摔杯子。”秀芝一脚迈过地上的碎杯子。

兰馨不再和秀芝说什么，她站起来走到供桌前慢慢跪在绣垫上，秀芝从屋里出去时兰馨正慢慢俯下身去。

秀芝回到了自己的屋子，她想笑但没笑，她凝神瞅着窗外，然后转过身子，她突然有了更好的主意。她从抽屉里取出那把剪子，把剪刀慢慢张开，她把自己左手的食指慢慢凑近剪刀，食指

*人总会在某些时刻成为别人眼里不一样的人。尤其当人经历过旁人未曾领略过的痛苦之后，对秀芝来说，永远也不能理解兰馨割耳带来的身心变化。在兰馨那里，割耳却是自己人生的分水岭，她走出了过去，就不再是以前的兰馨了。

* 总是细节惊心。

** 发泄的方式匪夷所思。

指甲那天吃榧子劈裂了，她把指甲修了修，一弯淡白的月牙状指甲便落到桌上，秀芝把剪落的指甲扔到条案上的胆瓶里。秀芝总是把自己的落发和指甲搁在胆瓶里从不随手乱丢，秀芝认为如果不这样一个人的风水就会跑光了。

然后秀芝突然一下子拉开了梳妆台上的小抽屉，把那只小猫从里边拖了出来。秀芝先用手把小猫摸了摸，然后一把手就按死了那只小猫的头，用肘子把它压在桌上，剪刀凑近猫耳朵时，猫连叫都来不及发出，耳朵已被双双剪了下来。* 秀芝看着落在桌上的两片小猫耳朵想起给水沤黑的落叶。

秀芝推开正对后园的北窗把小猫一撒手扔出去，小猫一路惨叫消失在后园里。秀芝关了窗，忍不住心里怦怦直跳。她看看手里的剪子，然后把剪子慢慢浸到洗脸盆里，她一边洗手一边把剪子洗了，然后又把桌上的猫血擦干，把那两片猫耳朵捡起来，她想了想，然后把猫耳朵包在一张纸里扔到了胆瓶里。

她再次坐到窗前时还搬了一条凳子，她把那盆竟然在这个时候开了花的茉莉放到条凳上，她很爱闻茉莉的香味儿。她要坐在窗前看一场好戏，她就坐在那里一粒一粒嗑着瓜子，外边廊子下的画眉在叫。“冬禄你能给兰馨抱一只小猫但你能给她补一双猫耳朵吗！”秀芝在心里说。

“臭兰馨，没耳朵的臭兰馨，”秀芝往地上扔一把瓜子皮，一字一板地说，“猫就是你，你就是猫！”**

冬禄从皮货庄回来时身上染了很浓重的樟脑味儿，冬禄很讨厌樟脑味儿，但开皮货庄哪能离开樟脑。

冬禄换衣服的时候发现秀芝喜形于色，“你辛苦了，”秀芝说，“我给你泡杯‘马口新茶’好吗？是大内用的。”

“还什么大内不大内。”冬禄一边脱鞋一边说，“你给我沏茶倒不如给我去买一双洋袜子，布袜子讨厌死了，一走路就往前跑，我下辈子不穿袜子才好。”

秀芝把盛新茶的锡罐拿过来让冬禄闻。

“今年的新茶怎么才到？”冬禄说，“往年大毛儿的衣服没脱新茶就到了。”

“皇上都倒了，能喝上新茶就不错了。”秀芝还把茶叶倒出来让冬禄看。

“你今天怎么这么高兴？”冬禄看着秀芝的脸说。

“我喝了新茶还会不高兴吗？”秀芝说。*

冬禄把外出的衣服都换了，换上淡青色的厚夹袍，“多会儿你也让裁缝给我做条春禄穿的那种斜纹布西裤好不好？”冬禄说。

“前边开个口多难看！你要是把那家伙掉出来，你是跳井还是去跳河？”秀芝笑着说。

“那不用你管，反正我这家伙不掉到妓院里去就是。”冬禄说。

“你那是带的什么东西？”秀芝看到了冬禄带回来的包袱。

“鞋，”冬禄说，“鞋庄给王爷的鞋。”

“王爷穿鞋怎么用到你？”秀芝有些不信，秀芝把包袱打开，包里果真是一双鞋，礼服呢双鞍的鞋。

“你懂什么，”冬禄把鞋从秀芝手里拿过来，“这是给王爷特制的。”冬禄使手轻轻拉鞋里的一根小带儿，鞋底里便拉开了一个小盖儿。**

“怎么会是空的？”秀芝说。

“放烟泡儿啊，”冬禄说，“王爷去紫禁城见皇上就把烟泡儿藏这里。”

“皇上倒了，谁还管他抽洋烟，是放春药的吧？”秀芝笑起来。

“瞎说，”冬禄说，“放春药进宫里去闹谁？闹那些老太监的腚？”

* 剪了猫耳，抑制不住兴奋。

** 谁都知道皇上倒了，世界已经变了，但皇上毕竟距自己遥远，近在咫尺的王爷还倒不了。

秀芝把鞋又给包起来。

“说真的，大清朝就倒在这二十个字上。”冬禄喝了口茶说。

“哪二十个字？”

冬禄就放下杯子念：

一进二三堂，
床铺四五张，
烟灯六七盏，
八九十支枪！*

“我不管它烟不烟，”秀芝忽然攀着冬禄的肩膀挨着冬禄坐下来，“你告诉我你去过妓院吗？”

冬禄看着秀芝细长的眼睛，从口袋里慢慢摸出一支“闪闪金”香烟，说：“你抽一支好吗？你总抽水烟，水烟可没这个好。你换换口味。”

“你没换过口味吗？”秀芝笑眯眯说，她接过香烟，“你不说我也知道，你让我看看手纹。”

冬禄笑笑把手伸开来，秀芝抓住冬禄的手看的时候就被冬禄一翻手抓住了，冬禄抓住了秀芝的手朝自己那地方按去。

“你还走吗？”秀芝说。

“你气我我就走。”

“你走了谁帮我洗头？”秀芝想了想说，“我让福官帮我吗？”

“那有何难，”冬禄说，“你让他来好了。”冬禄一边说一边抓着秀芝的手使劲按那个地方，“谁知道我不在家时你做些什么，我又不能把眼睛留在家里。”

“能做什么。”秀芝一下子抽开手。

“你想做什么？”冬禄说。又一把抓住秀芝的手按在那个地方。

*总结是需要的，这首近似打油诗的句子说到了点子上，中国各朝各代，总是不缺类似的文字，看起来没什么诗歌含量，内在蕴含的力度还是容不得我们小觑。

“我想要一只猫！”秀芝脸上突然有了难以说清的表情，“过几天就是我的生日，别人要金要银我只要一只猫，白猫。”

“过生日送猫，不怕人笑话吗？”冬禄看着秀芝的眼睛，“你是田老鼠吗？”

秀芝露出白白的牙齿笑起来，她靠在冬禄身上，两个人身体慢慢朝床上倒去。

暮色像细雪一样模糊了杜家庭院。*

马姨娘和老爷在暮色里走出屋子，朝阖府聚餐的前院正厅走时，老爷听见马姨娘突然怪叫了起来。

“兰馨你怎么跪在这里？”

老爷听见马姨娘的喊叫调过脸去才看见兰馨真的在暮色苍茫中在院心花池的边上。兰馨跪在地上伛偻的身影颇像一块太湖石，老爷吃了一惊，撩起袍襟连忙走下台阶来到兰馨身边：“你为什么跪在这里，你病了吗？”

跪在花池边的兰馨一声不吭，没人能看见她低垂的面孔，她的头低得几乎垂到了地上，马姨娘忙弯下腰去扶她：“兰馨你起来，你怎么了？你对我说。”

兰馨一声不吭一动不动，有几片枯叶从花池里飞起来又落下去。

“老爷，这是怎么了？”马姨娘直起腰看定老爷，这时杜家的人渐渐围拢过来，秀芝也慢慢跟在人后，兴奋得一颗心乱跳。**

老爷也弯下腰往起搀兰馨，这时就有什么从兰馨的怀里滚落到地上，黑乎乎的一小团儿。老爷去捡那黑乎乎的东西，那东西却一下子滚到马姨娘的脚下，老爷这才看清那是一只小黑猫，马姨娘弯下腰一把抓住了那只小黑猫，只觉手上粘上了什么黏糊糊的东西，马姨娘低头看，突然怪声叫起来：“哎呀哎呀——老爷你看！”

老爷低头看去，看到了那光秃秃的小猫头。

* 作者有无才华，体现在是否善使比喻。作者此处的比喻令人感觉新鲜。『细雪』原本是明亮，作者直接指其『模糊』，同时给读者一种信服，这就说明了作者对事物的打量与众不同，又能抓住喻体更丰富的核心。确是妙喻，令人难忘。

** 做坏事得逞的人大都如此。

“猫耳朵！”马姨娘又说，“猫耳朵！”

老爷这才看到小猫的头上没耳朵。

“耳朵呢？”老爷说，不禁勃然色变，“猫耳朵哪去啦？”

杜家的人这时都围了过来，在这个暗淡的黄昏，杜家上上下下的人目睹了一只被割掉双耳的小猫！[*]

“谁干的！”老爷不禁勃然大怒！老爷马上明白了这是怎么回事，他看看跪在地上的兰馨又看看手里的小猫，围在周围的其他人也都明白了这是怎么回事，院子里突然静得连一点声音也没有，马姨娘和老爷面面相觑，又都一齐调过脸去看兰馨，人们也都看着跪在地上的兰馨，人们都觉得心头突然掠过了一阵寒冷的涟漪。[**]

“把兰馨搀到屋里吧。”老爷对马姨娘说。马姨娘和陈妈过去往起搀兰馨。人们在愈加昏暗的暮色里看不清兰馨的脸面，但兰馨眼里滴零不绝的泪珠每个人似乎都感觉到了。

“谁这么狠心！”春禄说，“简直是没有人味儿！”[***]春禄看着慢慢被搀回到屋子里去的兰馨。人们这时都随着老爷往前院走，就又猛听到一声凄厉的尖叫和扑通扑通的脚步声，人们就见兰馨从自己的屋子里奔跑出来，扑通一下又跪在了花池旁边。

“老爷呀，老爷！”马姨娘也随着兰馨从屋里奔出来，她害怕极了，她真怕兰馨一头撞死在花池边的太湖石上，兰馨重新又跪下去时，马姨娘从心底悲恸起来，“老爷，老爷，”马姨娘对老爷说，“你不给兰馨做主谁给她做主！”

“我头晕得厉害！”老爷扶住了身边的马姨娘。马姨娘却奇怪地一下子甩开了老爷的手，“老爷你就知道头晕，你不管兰馨的死活吗！”马姨娘的声音是哭腔哭调，院子里每个人都明白割猫耳朵这一手来得太狠毒了。

“都跪下！”老爷突然喊了一声。

院子里的人都愣住了。

* 各人心态无须逐个描写，读者自能体会。

** 目睹人的凶残，能不如此？

*** 春禄的复杂形象和真实形象都一语可见，为一只猫可以同情，对菊雪却残忍。

“都给兰馨跪下，她多会儿不起你们就都别起来！”老爷说。“我要是查出来是谁割的猫耳朵，我把他的手剁下来喂猫吃！”

院子里的人都不情愿地慢慢跪下来，秀芝在冬禄身旁跪下来时发现冬禄回头看了一眼自己，不由得心咚咚跳起来，她转过脸往兰馨那边看，又黑又细的眉毛渐渐拧起来，冬禄轻轻推了她一把：“你去搀搀她。”

秀芝没动，她跪在那里双手抱着肩像戏台上受审的玉堂春。

“你不去劝她谁去劝她，你们妯娌三个就剩下你和她。”冬禄又低声说。

“我吗，为什么？”秀芝低声说，“我犯不着。”

说完这话秀芝突然觉得害怕，*兰馨一动不动的黑黑的身影让秀芝觉得那么害怕，秀芝看看身前的廊柱和身后的窗台，又看看石榴树，看看隐约可见的花池。秀芝突然把身子朝冬禄靠过去。

兰馨一直跪着，院子里的其他人也一直跪着，这在杜府是极为奇特的一夜，老爷和马姨娘搬来了椅子坐在昏昏暗暗的廊檐下，马姨娘给老爷的腿上盖了一条膝褥，又去取了一件自己的夹袄给跪在地上的兰馨披上。兰馨一动不动，马姨娘给兰馨披夹袄时掏出手帕在兰馨脸上轻轻擦了一下，才发现兰馨竟然没有泪。**

跪到后来，院子里的人已经东倒西歪，这时人们就看见了菊雪，菊雪像野鬼孤魂一样慢慢从自己的屋子里走了出来，她走得很慢，她在屋子里已经知道了杜家发生的事情，一开始菊雪还在心里暗暗拍手庆幸，后来她悄悄走到窗前，花池边久跪不起的兰馨突然让菊雪的心一下一下收紧起来。

她轻轻走下台阶来到兰馨身边，她蹲下来的时候就用手抓住了兰馨的手：“你就是跪到明天又有什么用？”菊雪的声音沙哑一如老妪，“你到我屋里坐坐好不好？”菊雪在暗里拉拉兰馨的胳

* 秀芝的确害怕，既怕有人知道是自己下了狠手，更怕老爷得知后会真的剁下自己的手喂猫。

** 小说无处不在的纯客观表述使这部小说看似历史小说，却处处充满现代感。走向客观是现代小说的标志，将一切感受交给读者，这个段落也不例外。读者印象深刻，就在于客观本身的力度。

膊，“我是可怜你，别以为我可怜这个家，这个家就是死绝了我也不可怜！”*

菊雪后来又慢慢站起来，她不想再说什么，她轻轻慢慢走过院子里下跪的人，她走过马姨娘时突然朝地上啐了一口。

人们一直跪到后半夜，黑暗中没人能够看到兰馨终于支撑不住慢慢倒下去。老爷已经靠在椅子上睡着了，马姨娘去给老爷取一件衣服来盖，才发现兰馨已经晕倒在地。

马姨娘忙叫陈妈和李姐把兰馨弄回屋里去。“起来吧，起来吧。”马姨娘对跪在院子里的人说，院子里的人才一个个东倒西歪站起来。

老爷也从椅子上站起来，在黑暗中，人们都听到老爷一边往屋里走一边说出了一句令人吃惊的话：“这院子和这房我都要留给兰馨，兰馨让你们住你们就住，不让你们住你们就都滚蛋！你们怕我还没法子整你们！”

“老爷你也别太生气。”马姨娘一边随老爷往屋里走一边说，“是鬼总是要露出鬼相的！”

回到屋里，马姨娘侍候老爷洗了脚换了衣服又穿上睡袜，帮老爷把辫子盘好躺下。“你说这事是谁干的？这么心狠！”老爷问马姨娘。

“还能有谁？”马姨娘说，“除了菊雪还会有谁，好端端的杜家硬是让她搅了。”**

“会不会是外边的人？”老爷又说。

“外边？”马姨娘冷冷一笑，“外边的人忙外边的事还忙不过来呢！谁又会偏偏知道那是兰馨的猫！”

老爷颔首不语，老半天才一字一字说：“最阴毒是妇道家！”

“我再去看看兰馨吧。”马姨娘忽然又把衣服穿起来。

马姨娘提着染过色的明角灯走出屋子穿过院子来到兰馨门前，兰馨的屋里亮着灯，马姨娘推推门，门从里边闩死了，马姨

* 一语道尽对杜家的愤恨。

** 心里厌憎菊雪便想当然以为是菊雪。马姨娘此语也不乏想借老爷之手，置菊雪于死地之嫌。

娘突然感到一种不祥，浑身起了一阵战栗。马姨娘扒在门缝上朝屋里看去，手里的明角灯突然滚落在地。*

“老爷——老爷——”

刚刚寂静下去的杜家庭院里响起了马姨娘失魂落魄的惊叫。

马姨娘的叫喊像锥子样扎进人们的耳朵，冬禄从床上一下子跳下来，秀芝也像被电击了一样从床上坐起来，冬禄又听到马姨娘喊福官的声音。

兰馨的门被福官用一把剃头刀一下一下拨开，屋门大开后，马姨娘才发现吊在门口的不是兰馨而是一件长衫。** 兰馨正在拜垫上跪着，怀里抱着那只小猫。

人们又都悄悄退出去，马姨娘在兰馨旁边的椅子上坐下来，她忽然想起应该给兰馨擦把脸，就去脸盆里涮了一条毛巾。兰馨没接马姨娘递过来的毛巾，马姨娘便自己擦了一把。“老爷要把房子全留给你，”马姨娘突然想起把这话告诉兰馨，“你高兴让谁住谁就住，不高兴让谁住谁就滚蛋！”

兰馨抬起头，马姨娘看到兰馨的脸上连一点泪水都没有。

“房子？”兰馨开了口，“我要房子做什么？”

“菊雪秀芝她们巴不得呢！”马姨娘看着兰馨的脸。

“我的房子在哪儿？”兰馨依然捧着那只小猫，“我的房子在雨花庵！”

“雨花庵？”马姨娘一愣，“你说什么？”

“我要去雨花庵！”兰馨说。

“这可不是玩笑话，我让人给你重新抱一只猫好吗？”

“重新……”兰馨眼里突然涌上了泪水，泪水一滴一滴掉下来宛若断线的珠子。

四

“是你吗？”冬禄回到了自己的屋子后问秀芝，*** 秀芝已经

* 再突然的事情也环环相扣。

** 人物的虚惊构成小说起伏。

*** 究竟是夫妻，冬禄自有直觉和怀疑的理由。

钻到了被子里，她只觉得自己的双膝又凉又麻，秀芝从来没跪过这么长时间。

“怎么会是我？”秀芝一下子坐起来，“你怎么不去猜马姨娘！”

“马姨娘怎么会！”冬禄说。

“那我怎么会？”秀芝坐起来把衣服披上。

“我不清楚你谁清楚你！”冬禄盯着秀芝的眼睛，“你们女人到底是什么东西？我真弄不清你们女人是什么东西？”

“你随便怎么说，”秀芝说，“反正你没抓住我的手！”

冬禄不再理睬秀芝，冬禄脱了衣服慢慢躺到床上，秀芝却慢慢凑过去：“你说老爷会吗？会把房子都给了兰馨？”

“房子是老爷的，老爷想给谁就给谁！”冬禄说。

“那咱们去哪儿住？”秀芝说。

“你能没有主意吗？”冬禄说。

“主意？”秀芝想想，然后一字一板说，“除非她死了！”

冬禄吓了一跳：“你胡说什么？”

“我说话你倒当真，我有刀有枪有砒霜吗？”

“你有心！”冬禄说，“有人有刀有枪而就是没心！”*

“谁没心？兰馨吗？”秀芝冷笑起来。

“反正我没见过这么狠的心，还会有比割猫耳朵更狠的吗？”冬禄盯着秀芝。**

秀芝突然跳起来，从床上跳下地，尖声锐气地说：“你说谁？兰馨的猫耳朵没了也不用你来私设公堂，怎么就不见得是兰馨自己把猫耳朵割了呢，她能下手割自己的耳朵难道就下不了手割猫的。”秀芝的声音愈来愈高，“我的耳朵也许还保不住呢？”

“你吵什么你吵什么！”冬禄急了，他怕秀芝的话给院子里的人听到。

“你怕我吵就别给我来这套！”秀芝一下子拉开门，春夜的寒

* 这句话由冬禄说出，更觉秀芝的可怕。

** 以自己的了解，冬禄说出真相。

气像水一样流进来，秀芝冲出屋子去，“我的耳朵明天说不定还给人割了去！这个家倒要防着人，能下这种手的人谁知道有几个！”

冬禄冲出去拉秀芝，秀芝把身子一挺，倒把冬禄甩了个趔趄：“能割自己的就不能割别人的吗？”

秀芝和冬禄都没看到兰馨是什么时候已经站在了廊檐下，兰馨的身后立着马姨娘。秀芝冲出屋子眼睛适应了院子里的黑暗，等看清站在自己屋子前的兰馨，倒吓了一跳。秀芝根本想不到兰馨会在这时候站到自己的屋前，但冲出口的话如决堤之水难以收回。

“你说谁？”兰馨说。兰馨的声音让人感到在这个夜里兰馨的内心发生了某种深刻的变化。*

“我说谁吗？”秀芝就是秀芝，她怎么能改过口来，但她还没说出下半句，就觉得脸上被兰馨“啪”地打了一下子，火辣辣的，兰馨的手冰凉而瘦硬。

秀芝想都没想到兰馨会动手打人，黑暗中这一下来得又快又准，秀芝抬起手想还手打兰馨时突然给一旁的马姨娘猛地搡了一下。

“你不是说吗，你再说！”马姨娘说。

冬禄也想不到兰馨会动手扇秀芝的耳光，冬禄想笑，但冬禄怕自己发出声音，便把嘴张得很大，他这样子被秀芝一调脸看见，秀芝猛地推了一下冬禄，冬禄一个站立不稳倒退出好远，一下子碰落了挂在廊檐下的鸟笼，鸟笼落地而碎，从屋子里赶出来的杜家其他人听到了百灵脱笼而飞的喳喳声。还听到冬禄在暗中说：“笼破鸟飞这下子好了。”

老爷从屋里出来的时候人们就又都进屋去了。秀芝奇怪自己怎么没人劝就也回了屋子，而且心慌得厉害。她进了屋子就一屁股坐在床上。秀芝不吵不闹倒让冬禄摸不着头脑，冬禄看着秀芝，秀芝一动不动看着烛台。

*兰馨的变化从割耳开始就已完成，只是旁人不知罢了，从这里也说明兰馨的地位不令人注目，实际上，每个人都有完整而丰富的内心世界，兰馨此时被人关注并惊讶，只能说明人的观察总是集中在自我身上，一旦出现他人的出乎意料，才会感觉惊讶，其实没什么值得意外，兰馨的内心世界也就在这里得以展开。

冬禄觉得很奇怪，冬禄想不到秀芝挨了兰馨一巴掌竟会如此安静！

秀芝就那么不睡不说不吵不闹坐着一直坐到天亮，倒让冬禄感到害怕。*

第二天，兰馨伸手打秀芝的事在杜府不胫而走，传得上上下下都知道。马姨娘这一天一直没露面，她兴奋得像避猫之鼠一样蜷缩在屋子里不敢出去。** 老爷挂在床帐子里的小洋表都停了，老爷这几天忙得顾不上上表弦，马姨娘把表取下来一一上了弦，屋子里便响起一片小表走得清越的“咔嗒咔嗒”声。上完表弦，马姨娘走到窗前朝院子里窥视，秀芝的屋门紧闭着没有一点动静，兰馨的窗子却开着，那只可怜的小黑猫在窗台上蜷伏着。

这天中午马姨娘托病没去吃饭，她让厨房里的人给自己蒸了鸡蛋糕送去。下午马姨娘又吩咐下人给自己送一份松子奶油卷，顺便也给兰馨送一份。

奇怪的是秀芝那边一直没动静，秀芝既没哭又没闹。

到了晚上，老爷吩咐马姨娘去给兰馨送一匹绒料。“算是行赏吗？”马姨娘问。“什么赏不赏！”老爷说，“我让别人都看看……”“看什么？”马姨娘问。“可惜皇上倒了，”*** 老爷说，“皇上不倒的话，兰馨的牌坊竖定了。”

五

老爷年年春天都要祭花神，祭典之一就是在花树上遍系彩绸，各色彩绸被扯成细条扎在树枝上，在春风里飘飘漾漾形成杜家所独有的风景之一。祭花神的日子是三月二十。马姨娘问过老爷：“三月二十不是杏花的生日吗？那么三月二十三又是什么生日？”老爷说杜家自有杜家的规矩，你是杜家人怎么说外头的话，杜家祭花神就是这个日子，难道你想改变吗？

“我只不过问问罢了，老爷你何必又动气呢！”马姨娘说。马

* 冬禄知道秀芝不会就此善罢甘休。

** 知道有好戏可看，唯居心不良才会在此时兴奋。

*** 无数次的重复，无非是一种不甘。

姨娘总是在老爷没生气的时候说老爷生气，老爷一旦生气马姨娘反而缄口不言。*

三月二十日这天，老爷让福官去后园折一大枝杏花来，福官明白老爷折杏花是为了祭花神，便折了好大一枝扛到前院来。那一大枝杏花好容易被福官弄进老爷的屋子里去，还碰落了不少花骨朵，老爷看着那一大枝杏花突然高兴起来，连说福官你好笨好笨，碰掉这么多花骨朵花神是要降罪的。马姨娘把那一大枝杏花接过来插到那只松毛绿的大铜瓶里，老爷的屋子里顿时让人觉得眼亮！马姨娘又把要给花树上扎的绸条也都取了出来。

“让兰馨去吧，这个院子里数她心地干净。”老爷说，老爷现在是事事把兰馨排在前头。

不一会儿，马姨娘又抱着绸条走了回来，马姨娘告诉老爷说兰馨不在。“她又去雨花庵了吗？”老爷说。**

“还真让老爷猜对了。”马姨娘说，“兰馨一大早就出去了。”

“那么你去绑绸条好了。”老爷说。

马姨娘突然高兴起来，马姨娘很喜欢做这种事。

马姨娘捧着绸条往后园走的时候，被急匆匆从前院赶来的陈妈轻轻喊住，陈妈连说不好了不好了，有两个兵要马上见老爷。

“兵？”马姨娘说，“什么兵不兵的，在什么地方？”***

“在前院正和三少爷说话呢。”

“去回老爷。”马姨娘说，想想，还是捧着绸条往后园走，马姨娘不愿让人扰了自己的兴致。

老爷马上赶到了前院，老爷一想到今天祭花神又要被搅扰就皱起了眉头，老爷弄不明白怎么会有当兵的找上府来。

那两个兵都很年轻，听口音都是山西人，皮肤都黑黑的，其中一个看见从中院赶来的老爷就问春禄：“这是你家老爷吗？”老爷已经看到了正厅台阶上那条死狗，也看到了那个兵手中的铁项圈，心里便明白了一大半儿。老爷突然觉得有些尴尬。老爷请那

* 也是马姨娘和老爷的相处之道。

** 老爷即便知道兰馨喜去雨花庵，也不能彻底明白雨花庵对兰馨的意味。

*** 外面的世界天翻地覆，迟早要渗透到自以为封闭的深宅大院中来。

两个当兵的坐，那个当兵的却“当啷”一声把铁项圈撂到八仙桌上：“孙大总统是狗吗？”*

* 迟早要发生的事，在作者笔下却有奇峰突起之妙。

“孙大总统不是让位了吗？”老爷糊里糊涂地说，“这从何说起呢？”

“让位了也是大总统，你说谁是狗？”那个当兵的死死盯着老爷。

“这是谁家的狗？”老爷突然说，脸红了起来。那两个兵互相看看，其中一个说：“老爷你装什么糊涂，别人的狗会往老爷你的府上跑吗？”

“我们家会有这种杂狗吗？”老爷的脸更红了，他朝台阶上看去。

“你敢往狗脖子上挂这东西？你说孙大总统是狗，那你又是什么东西？”那个当兵的马上说。

老爷觉得自己两手有些发凉，老爷从没被人当着自己的儿子和仆人这样叱骂过，老爷的头忽然有些晕，老爷看看四周，莫名其妙地火起来，但又不便发作，只好对春禄大声说：“姨娘呢，干什么去了？”

“叫姨娘来吗？”春禄小声说。

“叫姨娘取银子来。”老爷说。

“银子吗？”那个当兵的突然开了口，“你想用银子赎罪吗？”那个当兵的把那个铁项圈用枪挑起来：“我们不要银子，我们只要老爷你戴上这个项圈在地上学狗爬。”**

** 眼前报应来得快。

“春禄！”老爷无法想象这个令人羞辱的提议，老爷也不相信世上还有人会这样对自己说话，老爷只觉得头晕。春禄发现老爷的脸色突然变得煞白。“福官——”老爷叫道。老爷把福官喊了过来，把那个铁项圈拿给福官。

“干什么！”那个当兵的喝住福官，“你老爷是奴才，你是奴才的奴才，你滚开！”

福官突然脸红了，他最怕听这种话，福官后来明白自己对杜家的敌意是从这天真正开始的。*

“老爷你也是太张狂了，孙大总统也是你们这些人随便开玩笑的吗！”那个当兵的“哗啦，哗啦”扳枪机，“老爷你戴还是不戴？”

在这个祭花神的日子里，杜家上下人丁目睹了老爷慢慢拿起铁项圈，老爷在拿起铁项圈时出了一头汗，老爷求援似的瞅了一眼春禄。春禄欲有所动时被那两个当兵的喝住，老爷只好抖抖颤颤慢慢打开狗项圈的扣，慢慢把狗项圈朝头上举起来，** 人们看着老爷在发抖。“老爷——”与此同时，人们都听到了马姨娘在院门那边喊了一声。就在那一瞬间，老爷似乎听到自己的脑子里有什么在崩裂。人们看见狗项圈突然从老爷手中滚落，看见老爷身子开始摇晃，看见老爷身子朝前扑了一下然后倒下去。

“老爷——”马姨娘喊了一声。

“老爷子！”冬禄也朝老爷扑下身去。冬禄从中院过来正好看到老爷晕倒这一幕。

那两个当兵的想不到老爷会晕死过去，也面面相觑没了主意。他们离开杜府的时候和春禄说了几句什么，其中一个还举止生硬地和春禄握握手，一副公事公办的样子。马姨娘还没见过握手，她以为春禄是在给当兵的递银票。“你银票多得没处塞吗？”马姨娘突然大声说。“你也想戴狗项圈吗？”那个当兵的又火了，他站住身，回头看看马姨娘，但还是走了。

老爷过了好一会儿才慢慢呻吟出声。春禄觉得自己的心情从来没这么复杂过，春禄看着老爷煞白的脸，觉得自己从来没像今天这么憎恶而又可怜老爷。

“时运不济出妖孽啊。”晕厥过后，老爷醒来的第一句话显得微弱而绝望。

“老爷怎么会晕倒呢？”马姨娘说。

* 当老爷在两个士兵面前威风丧尽之时，福官也就明白，老爷不再像以前那样一手遮天。这种变化会迅速地击中人心，让人感觉一种全新的事物来临。

** 与其说老爷在此是屈服于武力或威胁，不如说是屈服于时代。一个人不论是否理解新的时代，总会不知不觉地屈服。

人们把老爷搀回到屋子里后，秀芝留在了后边，春天的太阳晒得她鼻子微微出汗，她慢慢弯腰捡起了那只狗项圈，然后又“当啷”一声扔掉，她相信那真是铁的。*

秀芝走进中院时，正好听到马姨娘的大呼小叫：“快去取牛黄安宫丸！”秀芝突然觉得很开心。

到了下午，秀芝正在自己的屋子里收拾那个插了一束丁香的花瓶，福官推门走了进来，“二少奶奶，”福官说，“老爷吩咐让把写过字的草纸都收回来马上烧了。”

“烧了？那多浪费！”秀芝说。但她还是从桌边站起来，走到床边弯下身子，从床前踏脚下的抽屉里把一摞摞草纸抽了出来，秀芝凝神想想，把一摞草纸又塞回去，然后把其余的交给福官。

福官走后，秀芝又弯下身子把留下的草纸从踏脚板抽屉里取出来，她一张一张翻看上边的字，脸上渐渐浮起不可告人的微笑。她又走到条案边，把条案上的大胆瓶放倒了，把里边杂七碎八的东西都倒了出来，里边是一些破旧的绒花，一只小白玉环，一只小玉老鼠，一瓶用了一半的八宝眼药，还有那个草纸包。秀芝把这些一一看过又扔到胆瓶里，然后把那叠写了字的草纸也投了进去。

秀芝抚摸着大胆瓶冷冷发笑时，连自己也不知道自己到底有什么念头在心底诞生。**

福官把从各房收来的草纸抱到老爷的屋里时，想到那天往各房送草纸的情景，忍不住想笑。

“到院里去烧了吧。”老爷说。

福官把火盆搬到院子里的太湖石边。

“慢。”老爷的声音又从屋子里传出来，声音疲惫而虚弱，老爷让福官把自己的竹榻搬到廊下，老爷要看着福官烧那些写了字的纸。

“你也去烧，一边烧一边给我念。”老爷对马姨娘说。

* 老爷的念头也是真的。

** 心肠歹毒的人总会不自觉地做出无利无益之事。满足的只是自己极为阴狠的本能。

"念什么？"马姨娘不懂老爷的意思。

"念纸上的字！"老爷说。

马姨娘便和福官蹲在那里烧草纸，每往火盆里扔一张就念一声："孙文狗才。""孙文狗才孙文狗才孙文狗才……"马姨娘的声音和福官的声音交织在一起伴随着翩翩而飞的纸灰弥漫了杜家庭院。*

烧到最后一张草纸时，马姨娘冲着手中的草纸"呸"地吐了一口，然后才把它扔到火里。马姨娘立起身时，一张老脸给火盆烤得通红，她掏出那方紫手帕擦擦额头上的汗，突然觉得有些晕，马姨娘根本不明白外边的世界到底发生了什么事情，那两个兵怎么敢那么对老爷？**

六

黄大夫这天又过来给老爷诊了脉，说老爷现在的情况很好，可以不必用药了。老爷却抚着胸口说自己的胸口疼得厉害，一喝茶就难受，到底是怎么回事呢？

"怎么回事？"黄大夫也纳闷。

"我还有什么嗜好！"老爷说，"我就嗜好这一口茶了，老天爷难道连茶也不让我喝了吗，一喝就疼！"

"我还没听过这种症候！"黄大夫说，一边用自己的左手小指指甲斯文地剔剔右手拇指的指甲，"姨娘你喝茶胸口疼吗？"

马姨娘忙说不疼，又说老爷胸口疼可能是那天让那两个当兵的气坏了。

"是不是茶叶不对路？"黄大夫说。

老爷就让马姨娘给黄大夫取茶，把茶装到一只六棱锡罐里。

"你带回去喝喝看。"老爷对黄大夫说。

黄大夫走后，马姨娘便把兰馨最近过午不食和春禄出走的消息告诉了老爷。老爷对春禄出走的消息不以为然，因为春禄总

* 这里的灰烬既在表达老爷对孙中山的恶念发泄，也是用灰烬让读者联想到蝴蝶的喻意。

** 对不理解的事，当事者和旁观者很难做到反抗，因为不理解蕴含着因陌生而感到惶恐的感受。

是嚷着要去日本，但每次都是说说而已。“他说了都够一百遍了，他翅膀还没那么硬！”老爷说春禄再长十年也是个雏子！*

“福官说这次春禄带走了三只提箱呢，把那台德国小闹钟也带走了。”

“那又怎么样？”老爷说，“他身上能有几个钱，钱花光了他还不是自个回来。”

“王府的玉贞格格也不见了。”马姨娘又说。

老爷不说什么，用小手指掏掏耳朵，马姨娘便立起身去小抽屉里取出那只雕镂极精的小象牙筒，打开小筒盖儿，马姨娘从里边取出掏耳朵用的小掸子、小勺子、抠耳屎的小钎子。

“谁说我要掏耳朵，我不掏。”老爷说。马姨娘已经习惯了老爷这种脾气，就自己靠着桌子眯着眼睛掏起来。

“我说不掏就真不给我掏啦？”老爷说，“皇上一倒上上下下都没了规矩！”**

马姨娘笑笑，说：“这和皇上有什么关系。”马姨娘轻轻把老爷的耳垂拉拉，把象牙小耳挖小小心心探进去：“兰馨也是，过午不食是什么意思，是真想出家？”

“以后少让雨花庵的那个姑子来。”老爷说，“兰馨出家成何体统，杜家的脸往哪儿搁。”

“是啊，”马姨娘说，“好好儿的出家做什么。”马姨娘把耳挖用中指弹弹，“只怕她无法出家，老爷你看，”马姨娘做了一个手势让老爷看，老爷皱皱眉，马姨娘又用双手把耳朵捂住，“没耳朵，再把头发剃了，老爷你想那是个什么样子，她能出家吗？”

老爷突然笑起来：“那不像个元宵吗？法号干脆就叫‘元宵’好啦。”

马姨娘也笑，老爷和马姨娘的笑声传到院子里，下人们不知老爷和马姨娘在笑什么，下人们这几天纷传春禄和玉贞去日本的事，说到最后人们的话题总要落到菊雪身上。

* 父子间有血缘，却很难有相互的了解。尤其父亲更难了解儿子。

** 老爷最伤心惆怅的不是皇上倒了，而是秩序乱了，他能感觉到自己在身不由己地进入一种新的生活，只是仍在竭力抵抗。

“福官呢？”老爷说，“让他来把藏红花给黄大夫送去。”

“福官——”马姨娘推开门喊福官。走进屋来的却是陈妈，陈妈用黑漆盘把洗好的白樱桃端了进来。

“福官呢？”马姨娘问陈妈。

陈妈笑笑说没见啊，我在井边洗樱桃呢。

“你给大少奶奶送些去。”老爷对陈妈说。

“就这么多。”陈妈说。

“分一半儿给大少奶奶。”老爷又说，“你再去找找福官。”

“福官吗……”陈妈微微笑起来。

“你笑什么？”老爷皱了下眉头。

“老爷您自己去看好啦，”陈妈低声说，“福官在三少奶奶屋里呢。”

“在菊雪屋里？做什么！”老爷看看马姨娘，“他在菊雪屋里做什么？”

马姨娘比老爷更兴奋！*马姨娘马上拉着老爷去看菊雪这个贱人在做什么。下人都在院子里看着老爷和马姨娘来到菊雪门前。老爷用眼睛示意马姨娘，马姨娘便“哗啦”一声推开了菊雪的屋门。

“你跪在这里做什么？”院里的下人都听到了马姨娘这一声喊。

“还不起来，”这是老爷的声音，“你怎么穿三少爷的衣服？”

院子里的下人都笑起来，他们早就知道了菊雪让福官穿上三少爷的衣服下跪的事。

福官忙站起来把身上的长袍脱掉。老爷看也不看坐在那里的菊雪，“到我屋里来！”老爷对福官说。老爷觉得莫名其妙，所以老爷想搞个水落石出。马姨娘笑了，她影影绰绰已经听下人讲过这件事。

“老爷，”马姨娘说，“我看菊雪是疯了，她让福官穿上春禄

*在马姨娘眼里，打击菊雪的机会又来了。她当然不知道福官在菊雪那里做什么，只是任何一种异常都会被她本能地看成机会，并且绝不放过。

的衣服跪在那里挣她的大洋！”

“大洋就这么好挣吗？”老爷喝叱福官，“待会儿你自己掌嘴！”

“算了吧，”马姨娘说，“这能怨下人吗？主子让下人跪，下人能不跪吗？”

站在那里的福官脸一阵红一阵白，老爷和马姨娘的话他都乱糟糟的没听进耳朵去。*马姨娘让福官下去，福官刚转身，老爷又把他喊住：“你闲得皮痒！你闲得皮痒就去西山走一趟，看看三少爷是不是在那儿，去之前你先给黄大夫把藏红花送去。”

福官转身要走，老爷又说：“再等等，三少爷要是在让他马上回来！”

“菊雪怎么不出家，”福官走后，老爷对马姨娘说，“她出家多好，真是该出家的不出家，不该出家的要出家！”

“佛爷会要菊雪这种人吗？”马姨娘撇撇嘴说，“要真说出家，也许只有兰馨还配！”**

“你怎么不去劝劝兰馨，杜家再怎么也不能看着兰馨落发为尼！再说她出了家谁给我装水烟！”

“我能劝到她心里去吗？”马姨娘说。

马姨娘到了晚上还是去了兰馨的屋子，马姨娘心里早想好了，马姨娘说兰馨你执意想出家我也不拦你，只不过这事要看看天意如何？

“天意？”兰馨看着马姨娘，“老天有嘴能说话吗？”

“这好办，”马姨娘说，“我给你算一卦，看看你该出不该出。”马姨娘说着从口袋里掏出一枚亮闪闪的铜钱，“要是字朝上就是天意让你出家好吗？”***

兰馨坐下来，看着马姨娘。

马姨娘把制钱在手中摇摇，突然停住手朝供桌那边双手合十地拜了拜，然后把制钱朝上一扬，钱落下来滴溜溜转了好一阵才

* 福官对老爷的敬意与惧意已失去，只是尚身在杜家，对老爷的『掌嘴』之罚自会感觉心乱。

** 在马姨娘的撺掇之下，老爷对菊雪亦无好感，更不会觉得自己儿子对其残忍。

*** 能感觉其中有圈套。

平落了。

“字朝上！”兰馨轻轻喊了一声。

“我再摇两次好吗？”马姨娘说。马姨娘把制钱捧在手里就又摇又扬，这一次又是字朝上，兰馨站起来。

马姨娘又摇了一次，这一次还是字朝上。马姨娘差点叫出声，兰馨已经双手合十举到胸前闭起了眼睛。*

马姨娘从兰馨的屋子里出来时，兰馨没再说话，她跪倒在拜垫上一动不动。

马姨娘从兰馨屋里抽身出来，站在廊下笑了笑。她慢慢从衣兜里取出那枚制钱在手里轻轻扬了一下，是字的那面，她又扬一下，还是字的那面，这个制钱压根儿就没有背面，两面都是字！马姨娘这枚制钱是从算卦的袁景通那里讨来的。**

马姨娘把制钱握在手心，又悄悄返回身扒在兰馨的窗上朝里窥视，只见兰馨在拜垫上伏着一动不动。

“春禄不在西山。”福官从西山赶回来把这个消息告诉老爷。老爷坐在那里突然有些发愣，老爷站起来把袖子甩了甩说：“他真去日本了吗？”

老爷始始终终说不清自己看着玉贞跟着春禄在一块儿是高兴还是不高兴。“你说春禄这小子敢吗？”老爷这么问过马姨娘。“我怎么会知道，反正奴欺主是要给乱棒打死的。”马姨娘说。***

“春禄真要是和玉贞去日本结了婚怎么办？”马姨娘说，“王府怪罪下来老爷您当得起吗？”

“我心里有数，”老爷说，“你去把冬禄叫来。”

马姨娘过去喊冬禄，她很少进冬禄的屋子，只在门口喊：“冬禄，冬禄。”她喊了两声，屋里没人答应，但马姨娘看到秀芝在窗里的条案前看那两条金鱼。“冬禄呢？”马姨娘说。

“我是女长随吗？”秀芝突然不冷不热说，“我怎么知道冬禄

* 作者不言明兰馨想祈祷什么，读者却能感觉兰馨此刻心中所想。

** 有陷害之心的人，总是预先有所准备。

*** 在马姨娘那里，行事也和老爷无异，仿佛皇上还未倒似的。

去了哪儿！”

“谁是女长随！”马姨娘有些火。

“我不是也就算了，我管人家谁是！”秀芝说。

“要是长随倒好了！”马姨娘在窗外冷冷一笑，“就怕是短随，随一半儿就去了呢！”马姨娘突然为自己这句话高兴起来。

“什么长啊短啊的？”老爷在屋里听见马姨娘和秀芝斗嘴了。马姨娘一进来老爷就说，“我最讨厌一个女人嘴上挂着长啊短啊的，什么女人才‘长啊短啊’的，”老爷突然笑了，“你怎么也说长啊短啊？”

马姨娘也笑，说：“我是让秀芝气的，秀芝真是越活越张狂了。”*

“老爷叫冬禄做什么？”马姨娘又问。

“你知道那么多做什么？”老爷说，“芍药要开了，芍药开了你去赏芍药好了，你不是说你最喜欢芍药吗？”

冬禄是晚上吃过饭来见老爷的。“你出去吧，”老爷对马姨娘说，“你去陪兰馨坐坐。劝劝她别胡思乱想。”冬禄这天穿了件淡蓝绸衫，下边是一条白纺绸裤，冬禄的辫子由于刚剪不久，脖子后的头发齐齐的看上去很怪。**

“你就眼瞅着春禄空着手去日本吗？”冬禄还没坐定就听老爷这么说。

“春禄去日本了吗？谁说的？”冬禄笑起来，露出前门牙，冬禄的前门牙有很阔的一道缝，所以冬禄笑的时候总爱用手把嘴捂起来。“捂什么捂，”老爷总说，“像什么样子，像小旦！”

“我昨天还见春禄呢！”冬禄又说。

“你见鬼了吗？”老爷说。

“春禄这几天忙着办报馆呢。”冬禄说。

“他办报馆？他买得起洋机子吗？”老爷说，“他别想跟我要一个钱！我给他钱让他去报纸上说大白话吗？他在哪儿办报馆？”

* 秀芝与马姨娘斗嘴，也是平时积怨，总会有爆发之时，况且二人都不是省油的灯。

** 冬禄的剪辫，说明杜家的大门也关不上了。

“西什库。”冬禄说，想起西什库院子里那两株大海棠，那个胖丫头，那两只大金鱼缸，冬禄不由得笑了。

“他没去日本我就放心了。”老爷说，“别的事情随他去胡闹！”* 老爷想想又对冬禄说：“你也不许给他钱，办报馆是损德行的事，杜家能干花钱损德性的事吗？”

“我哪有钱给他。”冬禄想想说，然后把皮货庄最近赔钱的事告诉了老爷。

兰馨离家出走了。

发现兰馨离家出走的人是马姨娘，老爷这天突然说兰馨呢？怎么这两天不见她。马姨娘就到兰馨的屋里去看兰馨，其实马姨娘心里早就明白，但马姨娘想不到兰馨在屋子里留下了三个包袱，一只包袱上写着“秀芝存念”，一只包袱上写着“菊雪存念”，一只包袱上写着“姨娘存念”。这三个包袱让马姨娘颇感意外。菊雪和秀芝也过来把那两个包袱拿回到自己的屋子里去，发现里边各是一幅大床帐，上边遍绣蝴蝶，蝴蝶翩翩飞舞像活的一样。**

“兰馨真出家了吗？”菊雪放下床帐走过来沙着嗓子问秀芝，菊雪进来的时候秀芝正对着床帐发呆。

“她给我们留下这个算什么！”秀芝把床帐抓起来朝床上一丢，“我要床帐我自己会让人去绣，我要她的床帐算什么！”

“兰馨真出家了吗？”老爷说，“她怎么说出就出！”

“她把房契也带走了吗？”老爷突然又说。

“房契？”马姨娘愣了一下，“老爷，你把房契给了兰馨了吗？”***

* 在老爷眼里，春禄一旦出国，还带上玉贞，终是有辱家风之事。

** 贯穿全书总会有各种各样的蝴蝶。

*** 马姨娘关心的表面上与老爷一致，内心实是不同，在其眼里，杜家一切都应该是她的。

第三卷

一

春禄是半夜逃回家里来的，* 他从后园的墙上翻进院子里，老爷没听到春禄回来的响动，倒是后来前院的砸门声把老爷给惊醒了：“出什么事啦？”老爷一阵心跳，摸过德国小洋表一看才凌晨三点多。

“老爷，老爷！”过了一小会儿，陈妈站在窗外轻轻喊。

“什么事大惊小怪，狗吃日头了吗？”老爷说，想想又说，“怎么是你来，福官呢？”

“老爷你快起吧，前院来了当兵的了。”陈妈在窗外说。

老爷一听来了当兵的头就有些发蒙！老爷急忙起来穿衣服，老爷穿衣服时有些慌乱，把小洋表“啪”的一声掉到地上。

老爷迈着又急又碎的步子来到正厅的时候那十多个兵已经坐在了那里，正厅里只点了一盏六面玻璃灯。

“你是杜家老爷吗？”一个看上去像是头目的问老爷。

“什么事？”老爷说，心怦怦乱跳。**

“杜春禄今天回来过吗？”

“春禄？”老爷摸不着头脑，也着实不知道春禄回来，就告诉这个头目样的当兵的春禄已经好长时间没回家了。那个头目就笑笑，他看看他的弟兄们，又说：“光听你老爷的也不行，如果方便

*一个『逃』字，意味着不少故事和伏笔。

** 前面两个兵的事情不可能忘掉。

的话，请让我们弟兄搜一搜好吗？”

杜家各房就是这时候知道院里出了事的，那十多个当兵的还算客气，他们把各房草草地看了一看便又都回到正厅来，正厅这时又点了几盏灯。院里各房的灯也都亮了。

“请问杜春禄犯什么事了？”老爷这会儿是又急又摸不着头脑，赔着小心问，一边让陈妈沏茶拿点心。那个头目倒还客气，说：“我们也不过是奉命行事，杜春禄不该办报纸把我们上司小老婆的事都登了，你儿子胆子也有些太大了！”*

老爷也听说过二道口前不久有个当小老婆的和一个卫兵私通给用烧红的烙铁塞到下体活活弄死的事，这事闹得沸沸扬扬已非一日，在京城已算是旧闻。“春禄你写什么不好怎么写这些！”老爷在心里说。

那几个当兵的都来回话说没人。

“既然搜不到，”那个头目笑笑说，“不如这样吧，离天亮还有一会儿，老爷你安排我们弟兄歇下好不好？”

老爷怎么会同意？老爷是见过世面的人，老爷马上让陈妈去喊马姨娘，让马姨娘把准备好的银票拿过来。**

老爷给了那个头目一百银元的银票把他们打发走是天将亮的时候。

“春禄呢？”当兵的前脚一走，老爷就忙问陈妈。陈妈告诉老爷周正已经把春禄藏到花窖里了：“老爷要见他吗？”

“我不见他！”老爷打个哈欠，“他不是要去日本吗，惹下祸怎么不往那边跑呢？”

老爷回到了自己的屋子，让马姨娘侍候自己又脱了衣服，老爷说要补一觉。老爷的养生之道就是睡大觉，老爷认为人要身体好睡觉比什么都重要：“你想想，一闭上眼什么也不想了，那还不美！”老爷说。

老爷躺下后又突然坐了起来：“福官呢？去喊福官！”老爷想

* 不直写春禄如何办报，以他人之口说出，作者笔锋在内，笔意在外。

** 果然是见过世面的人，知道钱能通神，何况几个兵士？

想夜里找不着福官就有些生气，“他去哪儿啦？”

“天亮了再说吧，”马姨娘说，“这会儿去哪儿找他？”

“他能去哪儿？”老爷说。

“能去哪儿？”马姨娘突然兴奋起来，一种秘不可告人的猜测令马姨娘兴奋得坐不住！马姨娘轻轻推开了窗户，晦暗的晨光中，马姨娘只看到一片石榴树影和菊雪紧闭的屋门。*

“福官你出来！”马姨娘突然冲着寂静的院子大喊了一声。

“你疯啦！”老爷被吓了一跳，“你让福官从哪里出来！”

“他反正要出来的！从哪儿出来谁也说不定！”马姨娘说，把一把椅子搬到窗前，又去取了把梳子，坐在那里慢慢梳起头来，“这么早你梳头做什么？”老爷说。“反正也该醒了。”马姨娘说，站起来又轻轻把窗子拉上，只留窄窄一条缝儿。

老爷蜷缩在被子里似睡非睡，他被马姨娘弄得心神不宁：“你看什么？”老爷坐起来，“鸡还没叫你不怕看到鬼吗？”“老爷你以为这个院子里没鬼吗，有的人白天是人黑夜是鬼！人不人鬼不鬼！”**

“你说谁？”老爷的睡意没了，马姨娘的话让老爷感到好奇而迷惘。

天光渐渐大亮后，马姨娘感到了疲倦和失望，马姨娘把大网眼苏州头网慢慢罩到头上时，忘了往发髻里填那一大绺头发，马姨娘和一切到了岁数的女人一样头发日见稀薄，只好在发髻里充填假发。

菊雪的屋门就是这时“呀”的一声打开的，马姨娘看到菊雪挽着松松的发髻、穿着淡粉的小袄出来倒马桶，马姨娘猛地站起来，手里的梳子“啪”的一声落在地上，把老爷又吓了一跳。

“你在招神惹鬼吗？”老爷有些恼火，老爷一睡不好觉就总爱发火，“我真不知道你们女人都是些什么东西！”

马姨娘却突然拉开门走出去，她趁着菊雪还没转回来，急步

* 马姨娘不惹事，就不是马姨娘了。

** 家中老爷不知道的，未必旁人不知道。

走向菊雪的屋子。菊雪的屋门虚掩着，马姨娘朝里边急匆匆扫了一眼，菊雪屋子的后窗开着！马姨娘的心“咚咚”跳了起来。

马姨娘又急忙赶到了后园，后园寂无一人，只有淡淡的晨雾，马姨娘沿着菊雪屋子的后墙来到菊雪的后窗下，那里的杂草上露珠宛然，毫无可疑痕迹，马姨娘弯腰在草丛里的样子像是在寻找什么。

马姨娘弯腰察看的时候，菊雪白白的脸慢慢出现在窗子里边，她弄不清马姨娘在这个清晨到底在做什么？马姨娘的举止让菊雪感到迷惘而又反感。*菊雪呆呆地立在窗后看了约有几分钟，然后突然返身抓起桌上的瓷花瓶，把里边凋残的丁香连着腐水一下子从后窗倾倒出去，凋残的丁香和腐水正好泼在马姨娘的身上。同时马姨娘听到菊雪重重把窗子一关，然后在里边声音沙哑地笑起来。**

“你瞎了吗？”马姨娘低声骂道，她不敢大声声张，她知道自己这么早置身后园，要是声张起来，一定不会有什么好处。

马姨娘回到屋子时，老爷正好去了前院。马姨娘连忙把衣服换了，把湿衣服搭出去。马姨娘站在廊下朝对面菊雪的屋子望去，她明白菊雪这时也一定躲在窗后朝这边偷看。

菊雪果真躲在窗后朝这边看。她看到马姨娘走下台阶来到院心那株大石榴树下，抬手咯喳咯喳开始折菊雪这边的石榴花枝，把折下的石榴花枝纷纷扔到脚下。

菊雪拉开门走出去，还穿着那件淡粉的小袄儿，菊雪从屋子里出来就一声不吭站在那里看马姨娘折石榴花。

两个女人在这个清晨形成了一种可笑又可悲的对峙，马姨娘在菊雪出来后也停止了折石榴花枝，但不知道该说什么和做什么才好。老爷从前院回到中院时就正好看到菊雪和马姨娘一个在廊下一个在树下相互对峙。

“你疯了吗？”老爷看到了马姨娘脚下零乱的石榴花，“你是

* 马姨娘与菊雪的心思各自难知，一个太深沉，一个太坦荡。

** 深宅大院的争斗无日不停、无日不息，读来既觉有趣，深思又觉悲凉。

嫌杜家风水好吗？”

菊雪在廊下的绣墩上慢慢坐下来，她看到马姨娘无言以对老爷的责问觉得很开心，就声音嘶哑地笑起来。*

杜家大部分人这天都没见到春禄，但都知道春禄犯了事情，上午十点多，陈妈手里拿着一只漆盘又跌跌撞撞从前院奔到中院，一边跑一边喊：“老爷，老爷，当兵的又来了！”

“怎么啦？”老爷在屋里没听清，有些烦，隔窗问陈妈。

“当兵的又来啦。”陈妈说，惊魂甫定地把漆盘在手里转来转去。

“又来了！”老爷大吃了一惊。**

“快去后院告诉春禄，”老爷想想又说，“让他能逃多远就逃多远！”

陈妈忙去找周正。

“是嫌钱少吗？”老爷一边系扣子一边说，一边把小洋表挂在衣襟搭扣上。“老爷，用我去吗？”马姨娘在后边跟着说。

“你去准备二百两的银票，让冬禄也过来一下。”老爷对马姨娘说。

老爷来到前院，发现花圃里的芍药一夜间开了，转过花圃，老爷突然觉得意外，老爷发现来的人不是昨夜那班人马！面孔都是陌生的，但衣服都一样，还有几杆枪。

“请问长官光临敝宅有事吗？”老爷请那些当兵的坐下，自己也坐下，用手按住胸前荡悠的表链，把笑容放到脸上，心里却跳得厉害。***

“我们是来搜府上的一个人犯，杜春禄！”一个长脸的当兵的说。

“昨天他们已经搜过了还要搜吗？”老爷说。

“他们晚上能搜仔细吗？”这个长脸兵说，一脸的倦容。

* 读者亦想知马姨娘终有搬石头砸自己脚的时候。

** 如今老爷最怕听见的恐怕便是『当兵的』三个字了。从他的『大吃一惊』四字里，能体会老爷的惊惧和心力交瘁。

*** 吃一堑，长一智了。

“杜春禄确实没回来我还能骗长官吗？”老爷说，按表链的手感觉到了自己的心跳。

“他们！”长脸兵说，“他们昨天搜了前院中院，后园他们搜了吗？我们今天是来搜后园的！”

“后园吗，”老爷说，“后园全是王爷的花，花里能藏人吗？再说王爷的花你们也要搜吗？”

长脸兵突然笑起来：“皇上都倒了还什么王爷！再说王爷又没给我们弟兄们发饷！我们听他的吗？”*

其他的几个兵也笑起来。老爷也笑了笑，笑得很尴尬。**

“姨娘！”老爷回头轻声对走过来的马姨娘说，“还不给长官们看茶吗？”

马姨娘便把准备好的朱漆茶盘从里边端出来，茶盘里没有茶盅茶碗却是一纸银票。

“茶不好，请赏光吧。”老爷说。

长脸兵笑了笑，用焦黄的食指和拇指拈起银票放到眼下看了看：“老爷，”长脸兵说，“就这么半杯茶让我们众弟兄怎么喝？一人半口能解渴吗？”

老爷一顿脚，脸色变得有些不好看，老爷调过脸对马姨娘说：“再去取一份茶钱让长官们解渴！”

“还一百吗？”马姨娘悄悄凑到老爷耳边问。老爷不耐烦地挥挥手。

那个长脸兵笑了笑，老爷发现长脸兵盯着自己的表链，但他的兴趣显然不在这上面：“老爷，”这个长脸兵又说，“你这里有虱子药吗？”

老爷想不到长脸兵会说这话，“虱子吗……”老爷不知道说什么好。

“弟兄们都长虱子了，这么大个京城连虱子药都买不到！”长脸兵又接过马姨娘递过来的银票。***

* 老爷搬出王爷，令人体会老爷此刻的束手无策。

** 『皇上倒了』的后果算是让老爷亲身体会了。

*** 目的是为了钱，手段总是千奇百怪。

* 老爷此刻的愤怒自然是在春禄身上。

临走的时候，这个长脸兵突然压低声音对老爷说："我们也是没有办法，我也是念过书的人，我愿当兵长虱子吗？"

老爷没再说什么，老爷送走了当兵的回到中院屋子里连喊头晕，"春禄呢？"老爷问陈妈。

"三少爷已经翻墙走了。"陈妈说。

"要是再来当兵的呢？"马姨娘忧心忡忡地看着老爷说。

"就让他们搜！"老爷突然把手里的杯子一下子摔到地上，*茶水溅了马姨娘一裤子一鞋。陈妈也吓了一跳，忙把地上的碎瓷扫了扫，走了出来。

菊雪也知道了当兵的来搜春禄的事，还知道了春禄昨夜回来躲在后园花窖里，今天上午翻墙而逃的消息。

菊雪趁着老爷在屋子里发脾气，一个人悄悄来到了后园，她径直朝花窖走去，她明白春禄已经不在那里，但她还是朝那里走去。

** 菊雪的内心就像所有人的内心一样，是在一桩桩行为中打开并让读者看到的。读者或兴奋或悲苦的情感仅是随着人物的言行展开。读者在此见到菊雪善良也只能惋惜春禄不爱她。

"你去干什么？"菊雪突然这么想，她停住了脚步，然后又走了回来，她走得很慢，走走又停下，她回头朝花窖那边看看，结果又返身朝花窖走去。"春禄——"她低低喊了一声。"春禄——"她大声喊了起来，眼泪也随之落下来。**

后园里除了菊雪再没有别人，只有几只淡黄的蝴蝶翩翩飞着。

谁也说不清楚春禄从后园墙上翻出去去了什么地方，马姨娘把春禄的出事归罪于菊雪，理由是菊雪如果贤惠能拴住春禄的心，春禄会出事吗？"冬禄也不是好东西！"老爷说。老爷对冬禄闹着要去东北很生气，老爷不愿冬禄去东北的理由是眼下兵荒马乱。冬禄要去东北的理由是为皮货庄生意着想，"能坐吃山空吗？"

"你只知道皮货庄就不知道这个家吗？皇上都倒了，你的烂貂皮谁要？给那些乱兵做皮领吗？”

冬禄看着老爷生气发脾气只有一言不发，静静嗅着窗外的丁香花香。老爷屋里的那盆大兰花已挺出三支箭，如果要是在过去，老爷又会召朋友饮酒赏兰，但眼下老爷哪有这种兴致！*

“我也对得起春禄了，他给我挣过一个子儿吗？”老爷说，说今年是怎么搞的，比往年都不顺。“犯了什么邪啦？”

“老爷，”马姨娘趁着老爷和冬禄说话从箱子里翻出一面禳灾的小铜镜，镜后镌着四个字“吉福祥祯”，马姨娘把这面小铜镜拿给老爷看：“老爷您看，这院子贱货太多阴气太重，不如把这个小镜挂上镇镇。”

老爷把小铜镜拿在手中看看，老爷对这种事是宁可信其有不可信其无，“你要挂就挂吧，反正挂在门上又不难看。”

马姨娘马上把周正叫了来，让他把小铜镜挂到门头上。下午的太阳从西边照过来时，铜镜的反光就正好打在菊雪的窗子上。马姨娘看着那圆圆亮亮的反光照在菊雪窗上十分高兴。

菊雪也马上发现了这面铜镜，她坐在屋子里觉得有什么在窗上耀眼地一闪一闪，便看到了挂在老爷门头上的小铜镜，菊雪的对策是马上把一幅红布钉在了门上，每一撩竹帘，那红布便飘飘扬扬煞是好看。**

杜家出事的第五天，福官出乎人意料之外突然回来了。福官几乎可以说是失踪了三四天，人变得又黑又瘦，福官一回来就去中院叩见老爷。老爷见到福官的第一句话就是：“你去湖南当湘军了吗？”

福官忙跪下，*** 说：“小人湖南没去，倒是去了一趟山海关。”

“你去贩貂皮了吗？”老爷说。

“我去护送玉贞格格。”

“送她？”老爷有些吃惊，“你怎么会去送她，往哪儿送她？”

“玉贞格格去日本了。”福官站起来，“玉贞格格化装成男人，

* 老爷在此时也令人不怜惜。

** 又一场明争暗斗的好戏。作者笔下的文字始终冷静无比。当小说中的人物有行为举止时，作者是应该退场的。

*** 这一跪，说明福官只要在杜家，仍会服从杜家的规矩。

一路总算平安。”

“谁让你送的，是王爷吗？”冬禄问。

“春禄。”福官笑笑说。

“春禄呢？”老爷问。

“我走的时候春禄还没到山海关。”福官摇摇头，说山海关那边乱得像马蜂巢。

“时运不济出妖孽！”老爷还是那句话，“那边的乱兵多吗？”

“比秋后蚂蚱还多。”福官说。

老爷抬起头看看冬禄：“皇上倒了世界就不是个世界了。”* 老爷用手拍拍脑门，说，“我真头痛得厉害，我还不如像兰馨那样出家好。”

“你怎么会没看到春禄？”老爷又问福官，“从京城到山海关要几天？”

“按理说也该到了。”福官想想说。

“路上恐怕不太好走？”冬禄说。

“倒还平安。”福官看看老爷。

“平安不平安全在命，”老爷说，“我也管不了那么多，但愿春禄能去了日本。”

“金西文绑票的事呢？”老爷又问。

“给砍了头了。”福官笑笑说，“有人说他是高丽人，有人说他是日本浪人，但谁能说得清！反正山海关那边日本人开的店铺真多，还有日本窑子呢，弹三弦唱歌，用碟子喝清酒，用木盘吃生鱼片。”

“你去啦？”老爷挺感兴趣地问。

“小人哪敢？”福官有些不好意思。

“你下去歇着吧。”老爷对福官说。

福官和冬禄都从老爷的屋子走出去，老爷看着竹帘吧嗒一声落下来，调过脸对马姨娘说：“有人说金西文是铁棒子王的后人，

* 老爷始终明白的事，却总是只停留在口头上。内心的无限留恋时时跃然纸上。

不知是不是？”

马姨娘从支起的窗子朝外看，看福官慢慢走过了菊雪的门前。*

福官走过菊雪的屋子时突然闻到了一股香味，福官用眼角扫了一眼菊雪的屋子，但只看到竹帘上斑驳的阳光。

菊雪把福官悄悄叫到后园凉亭上是黄昏时分的事情，福官不清楚三少奶奶叫自己做什么，菊雪的许多古怪行为常常让福官感到害怕。**

凉亭四周花圃里的草茉莉已经长出了一个又一个头簪样的小花骨朵。

“三少爷这回真去日本了吗？”菊雪坐在石凳上看着福官问。

“三少奶奶你还不知道吗？”

“我怎么会知道。”菊雪说。她今天穿了一件藕荷色的大喇叭袖上衣，下身是一条宝红色裙子。她刚才在花圃里抽了一片美人蕉的大叶子，拿在手里很像是扇子。

“我耳朵给你们的炮仗炸坏了，我能听到什么？”菊雪眯细了眼睛。

福官忘不了那次放鞭炮的事，听菊雪这么一说就忙给菊雪跪下一条腿打了一个千：“三少奶奶，放炮仗的事能怪我吗？”

“你说我会怪你们下人吗？”菊雪把美人蕉叶子在手上啪啪拍着，“我怪谁？我还不明白我该怪谁！这个园子里数马姨娘心如蛇蝎！”

福官突然笑了：“三少奶奶你错怪姨娘了，那是老爷的主意。”福官突然觉得自己有些走嘴，就又说，“也难怪老爷，三少奶奶你哭也不该在大年初一！”

菊雪没想到会是老爷。她的细眉突然颦蹙起来，她站起身，冲园子南边看：“三少爷没提起我吗？”

福官没说话，垂手而立看着菊雪的背影，突然有些可怜她。

* 马姨娘此刻的关心自然不在老爷身上。

** 整个杜家都有点令人害怕。

菊雪慢慢转过身来，问道："福官你还要在杜家待多久？你想做一辈子下人一辈子奴才吗？" *

福官脸渐渐红起来。

"你为什么还回到杜家来？你留在山海关或者去日本不好吗？你还想下跪还想挣两块大洋吗？"

"三少奶奶你怎么这么说。"

"我不这么说谁这么说？"菊雪用手压住一只耳朵，"我耳朵都快聋掉了，谁能管我怎么说！老爷吗？三少爷吗？臭马姨娘吗？"菊雪声音嘶哑地笑起来，她突然一转身朝凉亭下边走去，一边走一边说："什么是奴才，我给你两块银元你就下跪这就是奴才！" **

"三少奶奶！"福官内心冲动起来。

"我问你，三少爷真去日本了吗？"菊雪突然回过头来，"你老实告诉我，我给你一块银元让你去喝酒。"

"三少奶奶，你以为三少爷爱你吗？"福官也走下了凉亭。

菊雪眯细了眼睛看着走下凉亭的福官，她突然想起和秀芝那夜偷窥的情景。"你算什么东西！"菊雪突然说，说完了连自己也很奇怪自己会说出这话。***

"三少奶奶我可以走了吗？"福官脸一下子涨得通红，看看菊雪又说，"我当然不算什么东西！我是奴才的奴才！"

菊雪听了这句话突然神经质地笑起来："说得好，杜家都是狗奴才！"

"所以我们是奴才的奴才！"福官又说。

"你愿做奴才的奴才，我可不愿再守着奴才过日子！"菊雪脸上的笑容消失了，"你们以为我愿做这个三少奶奶吗？你们以为就只有兰馨会离开这个家吗？"

"三少奶奶你也要去姑子庵？"

菊雪冷笑起来："我要是也去尼姑庵杜家的好戏让谁来唱！"

* 这句反问既是菊雪内心的某种坚定，也是她比家中其他人更看清变化不可逆转的真实判断。

** 绝佳定义。

*** 这些对话能令读者体会杜家在时代中的摇摇欲坠，若非如此，福官岂有如此大的胆子？

"我知道你不会去也不愿去！你去了尼姑庵让谁给你去买烟泡，让小尼姑吗？"

菊雪突然敛口不语，她盯着福官眉头越皱越紧："你是不是把这事对春禄说过？你说过没说过？"

菊雪让福官悄悄出去一次又一次地买烟泡儿回来抽是杜府的秘事之一。*

"我怎么会，三少奶奶的事我怎么会对别人乱说。"福官也不知道三少奶奶怎么会染上烟瘾的。福官有时候觉得春禄很好笑，连自己女人的秘密都无法察觉的人不好笑吗？

福官发现菊雪的脸色很不好看："山海关那边日本人开的烟馆多着呢。"福官突然说，福官也不知道自己说这话什么意思。

"那边的女人也去抽吗？"菊雪说。

"不少烟馆和澡堂开在一处。"

"有女人去抽吗？"菊雪又说。

"哪有女人！"福官笑起来。

"还是做男人好。"菊雪说。

"男人好什么，女人坐在屋子里哪儿也不用去有多好！"

"你懂什么？女人坐在屋子里会做什么，会梳头、拔眉毛，就怕自己老，怕老比怕死都怕得厉害！"菊雪的目光突然炽热起来，"我和她们不一样，我不怕老就是怕死，我要不怕死别人早怕我了。"**

"日本人最不怕死。"福官说，做了个手势。

"日本人？"菊雪嗫嚅道。

"日本人用东洋刀剖腹自杀！"福官又比画了一下，"这样，一刀下去，用手把心肝再掏出来。"福官发觉菊雪的脸色渐渐发白。

"别说了——"菊雪说。

"三少奶奶你害怕了吗？"福官说。

*菊雪抽烟确为杜家秘事，但观杜家人，却是无人不心中藏有鬼胎，实为更大秘事。

**菊雪之言倒是道理，无论男人还是女人，遇到不怕死的，都怕。

“我今年十八岁！二九一十八，我今年逢九，你最好别对我说死说活。”

“咱们这个家年年有人逢九，真是让人难对付，去年是老爷，今年是你，人为什么逢九？”福官说，“还是我们下人好，什么九不九的，人越贱命越大，狗不咬猪不吃。”

菊雪低下头看身边的草茉莉。草茉莉没开的花骨朵从后边抽出来就像一只漂亮的耳坠。菊雪小时候总爱做这种游戏，菊雪伸出纤纤小手慢慢慢慢摘了几朵草茉莉花骨朵，然后一朵一朵往地上扔：“你怎么说三少爷不爱我呢？”菊雪抬起头来，看着福官。

“三少爷爱你还会离开你吗？”

“三少爷是不是对你说过？”

“这话你怎么还问别人！”福官笑起来，“三少奶奶你自己不清楚吗？”

“他爱不爱我有什么稀罕！”菊雪的脸突然沉下来，“我又不是猫不是狗要人爱吗？”菊雪把手中的花骨朵团了，一下子扔到地上，“我还不愿做杜家的三少奶奶守着奴才过一辈子呢！”*

菊雪也不知自己怎么会想起要去雨花庵探望兰馨。这个念头是这天早上菊雪梳头时突然产生的。菊雪把两只芙蓉石耳坠慢慢戴到耳垂上时就突然想起应该去看看兰馨。到了雨花庵，菊雪也想不到兰馨会执意要留自己在庵里住几天。

雨花庵在京城西边，颇具花木之盛，庵里养了不少鸡，鸡到晚上就飞到树上去栖息，所以京城盛传雨花庵姑子又吃鸡又吃蛋的事。

菊雪奇怪兰馨怎么还没有剃度，还穿着在家时的衣服。兰馨对菊雪悄悄说尼太云游去了，去了终南山，尼太一回来就要举行落发仪式了，兰馨还告诉菊雪自己的法名是叫“觉空”。**

菊雪对庵里的一切都觉得新鲜，拿牌吃饭、夜里诵经打坐，

* 和杜家其他人相比，菊雪的性格可以说最为激烈。这几句话让我们看到一个试图摆脱昔日影响和习惯的形象。就小说而言，也是一处巨大的伏笔。

** 兰馨早说过自己内心已空，这法名倒是符合。

菊雪都一样样看过，“我是出不了家的，”菊雪对兰馨说，“我受不了这份儿苦。”*

这天早上菊雪起得很早，她去庵里的厕所解手，竟发现有个男人从庵里出去。“这里的香客很多。”兰馨告诉菊雪，庵里还专设了两间男客堂。

“那方便吗？又是姑子又是男人？”菊雪说，忍不住笑起来。

“阿弥陀佛，”兰馨忙双手合十地说，“佛门净地是不可妄说的。”

这天下起了淅淅沥沥的小雨，雨花庵的禅房前种着不少花木，兰馨在窗里告诉菊雪说窗下那株树是橘树。菊雪知道在北方橘树是难以种活的，但菊雪对花花草草向来不感兴趣。“我的嗓子不会好了，”菊雪说，“我天天吃牛黄上清丸要吃到什么时候，雨花庵的尼太会看病吗？”

“嗓子倒不是大事，”兰馨看着菊雪说，“你倒是该和秀芝去送子娘娘那里烧香，女人没孩子怎么行。”

“你说孩子？”菊雪忍不住想笑，“恐怕杜家做奴才做久了，没那个本事了，当奴才不会有好下场！听说马姨娘以前天天在送子娘娘前烧香磕头又有什么用？老 × 硬是不争气！”

“春禄走了你打算怎么办？”兰馨脸红了，把话岔开。

“我有点冷。”** 菊雪突然说，她身上那件藕荷色宽袖上衣很薄。菊雪用双手抱住自己的肩膀。“春禄不走我又能怎么样？”菊雪说，“我就是又怕死，又怕干活，又恨杜家的人，又不敢拿刀杀他们！”

“恨来恨去有什么用，还不是一场空。”兰馨说。

“你难道谁也不恨吗，你连秀芝也不恨？”菊雪问兰馨。

“我会恨她？”兰馨不置可否地说。

“你不恨她她恨你，”菊雪皱了下眉头，“她嘴像刀子专会伤人。”

* 菊雪其实与兰馨一样，都在承受别人眼里受不了的苦。

** 你会岔开话，我也会岔。

"到头来还不是一场空。"兰馨又说。

"她说她肚里有了，"菊雪说，"谁知道她是真有还是假有。"菊雪走到窗边，看外边的雨，看雨中湿漉漉的花，然后慢慢转过脸来，"你说到底是谁铰的猫耳朵？是马姨娘还是秀芝？"

"我不想知道是谁。"兰馨笑了笑，"知道了又能怎么样？"*

"我和你不一样，"菊雪说，"我想知道的事情就一定要弄清楚。"菊雪想了想，就把赏包儿里包砒霜的事说了出来。**

"砒霜？"兰馨有些吃惊，"赏包儿里怎么会包砒霜？"

"也许真是马姨娘包的？"菊雪说。她把自己的身子越抱越紧，"你给我找件衣服吧，我怎么这么冷。"

兰馨给菊雪加了件衣服，菊雪还是嚷冷："我是怎么了，我会不会病了。"

"你会不会有了？"兰馨说。

"怎么会！"菊雪把身子一甩，"我跟谁有！再说我也不愿给他们杜家生孩子！"

菊雪的烟瘾发作是那天晚上的事，兰馨和菊雪都睡在雨花庵西头的禅房。兰馨被菊雪的发作吓了一跳，她根本想不到菊雪会有烟瘾，看着菊雪又是鼻涕又是眼泪的难受劲儿，兰馨简直是无计可施。

"给我买烟泡来就是白面儿也行。"菊雪呻吟着说。"你怎么想起学抽大烟，你不知抽大烟老得快吗！"兰馨说。"这全是春禄害的，"菊雪难受地说，"也许找个好男人我就不会去抽，你懂吗？抽大烟的人心里其实都很苦，抽几口就什么都忘了。""你不抽不行吗？"兰馨说。"真的不行，"菊雪说，"男人和鸦片我必须要一种，我现在是没有男人只有几口大烟了，你去替我买吧！我快难受死了。"

兰馨很作难，因为雨花庵并不是京城，周围哪有烟馆药店？兰馨打了把伞慢慢走出去，走到庵门她又停下来，从檐头瓦溜

* 世间事大凡如此，知道了又能怎样。

** 是不是觉得兰馨出家了，便不是杜家人，可以将这桩秘密说出了？

上滴落下来的雨水渐渐把她的蓝缎鞋打湿，兰馨低头看着自己的鞋，心中突然哀伤起来，以后还会穿绣花鞋吗？兰馨在心里问自己，就那么在庵门前默立了好久。*

菊雪是第二天给一个叫觉圆的小尼姑搀扶回杜家的。秀芝已经知道了菊雪去雨花庵探望兰馨，菊雪回来的时候秀芝正在廊下用细灰细细地擦拭自己的绞丝虾须镯，秀芝很爱做这种事。她看见了菊雪走进院子的一刹那轻轻推了一下小尼姑，不让她再搀扶自己，但秀芝一下子就看出菊雪很憔悴。

菊雪一回到自己的屋子就喊福官，福官过来的时候好像不太高兴的样子，这一切都让秀芝觉得很奇怪，她很想知道菊雪出了什么事。

福官是和那个叫觉圆的小尼姑一齐从菊雪的屋子出来的。秀芝好奇地看着他们走出中院，然后又跟着他们看着他们，走出杜家大门。一出大门，福官和那个小尼姑一左一右分开了。

秀芝激动起来，** 她不明白菊雪那里到底发生了什么事情？秀芝不想继续擦她的虾须镯，她把镯子套在腕上，然后走进了菊雪的屋子。

“你伤风了吗？”秀芝看见菊雪半倚在床上，不停地用手帕擦鼻涕。

“雨花庵太凉了。”菊雪真是一副伤风感冒的样子，她告诉秀芝说雨花庵的床上潮得都可以长蘑菇。

秀芝和菊雪在屋里说话的时候，她们谁也没想到马姨娘也把福官和小尼姑在菊雪屋子里出出进进看了个一清二楚。*** 秀芝走进菊雪的屋子后，马姨娘就从自己的屋子走出来并且直接走到了前院大门口，她要在大门口等福官，问福官给菊雪忙什么。马姨娘把紫色手帕搭在头上遮着日渐炎热的日头，突然看见那个小尼姑又走了回来，马姨娘认识这个小尼姑，但小尼姑并不认识马姨娘。

* 这细节说明兰馨并未因出家做到内心的真正变空。

** 秀芝的激动是感觉自己又发现了菊雪的秘密，折射出秀芝始终想打击菊雪的念头。

*** 这段文字恍如蒙太奇镜头，令读者有眼花缭乱之感。

“你又回来做什么？”马姨娘把小尼姑拦住，那个小尼姑看了看马姨娘的脸和衣裳，突然笑了笑。

“你是谁？我为什么告诉你？”

“你不知道我是谁吗？那你还敢进这个门，我可知道你是雨花庵的小——姑——子！”马姨娘指指杜家大门，“你不告诉我你回来做什么你能进这个门吗？老爷早就不让你们尼姑进这个门，嫌晦气！谁不知道雨花庵晦气！你们拐走一个兰馨还不够还想拐走谁？”*马姨娘说，用紫色手帕擦擦脑门擦擦鼻子复又擦擦嘴角。

那个小尼姑突然笑了一下，说：“兰馨让我顺便端一盆花回去，我差点给忘了。”**

“她要端花？”马姨娘有些纳闷，“什么花？”

“她屋子里的。”小尼姑说。

“哪盆？”

“兰花。”小尼姑想想又说。

兰馨怎么会想起要那盆剑兰？马姨娘的念头一下子滑开去：“那么你在门口等着好了。”马姨娘对小尼姑说，“我给你去取。”

小尼姑看着马姨娘急匆匆又走回到院子里去。

马姨娘启开了兰馨的屋门，她急匆匆走进兰馨的屋子时被秀芝察觉了。秀芝奇怪马姨娘怎么会走进兰馨的屋子，她在做什么？秀芝便从菊雪的屋子里探出头来，她看到马姨娘把一盆花从兰馨的屋子里端回到自己的屋子里去。

马姨娘蹲在自己屋子的地上轻轻拍击紫砂盆，把盆里的泥坨拍松时并没有发现秀芝偷偷在窗外朝屋里窥视。秀芝目睹马姨娘把那盆剑兰从盆里连根带土倾倒出来，然后在土里扒来扒去像是寻找什么，然后又看到马姨娘失望地把土和剑兰又归到盆里。

秀芝觉得很奇怪，她想不通马姨娘在做什么。

* 类似马姨娘这样的人，总是觉得一切问题都来自外人，自己是毫无责任的。

** 尼姑虽小，随机应变的本事像是见过不少世面，为尼姑庵的复杂埋下伏笔。

马姨娘也觉得奇怪，奇怪兰馨为什么想要这盆花。*

马姨娘抱着这盆花从屋里出来时，秀芝已经躲在了花池边的太湖石后，她在太湖石后边看着马姨娘急匆匆走出了二门。

那个小尼姑在门外早等得有些不耐烦了，从口袋里掏出一方手帕频频擦汗。她看到了马姨娘从院子里走了出来，也看到了马姨娘手里端着的花盆，马姨娘把花盆交到小尼姑的手里时，就听见秀芝在背后说：

"姨娘你在卖花吗？"

马姨娘想不到秀芝会悄悄跟在自己后边。

"什么卖花不卖花，你长眼不会看这花是要端给兰馨的吗？"

"端给兰馨？"秀芝说，"就这么一路端到雨花庵吗？"秀芝走下台阶，猛地从小尼姑手中把花盆夺了过来，在手里掂掂，"那又何必，路又远花盆又沉，不如光拿花好了。"秀芝把花盆举起来。

"你干什么？"马姨娘说。

"你说我干什么？"秀芝说，双手一松，紫砂盆便"咔嚓"一声落在杜府门前的石阶上。

"我倒要看看里边有什么，有金条银条吗？"秀芝用脚去拨拨那堆烂花盆。

"有什么？你说说有什么？"马姨娘斜睨着秀芝，"花盆里有猫耳朵吗？"**

秀芝突然直起腰，抬脚把那一丛摔得稀烂的残盆碎花踢下台阶："出家人还要什么花花草草！兰馨她还想要什么，想要男人吗？"停停秀芝又说，"她不想要男人谁想要？就怕男人不要她！"***

"你走吧！"马姨娘对站在一边发呆的小尼姑说，"你就说遇上了疯狗！算兰馨她晦气！"

"谁是疯狗？"秀芝说。

*都觉得奇怪，是因为秀芝与马姨娘的心思都不单纯，便也以己度人了。

**马姨娘习惯了指桑骂槐的讥讽，自然会时时如此。

***秀芝以自己的习惯思维，只可能将兰馨想得龌龊。

"谁是谁知道！"马姨娘大声说，说完转过身子朝院子里走去。

菊雪烟瘾难熬地斜倚在床上等着福官的出现，菊雪明白自己迟早有一天要把自己的金银首饰、绸缎衣服都换了烟泡抽掉。她用手指一下一下蘸着床头那盒宫粉往嘴里送，每当烟瘾大发时菊雪就古古怪怪要往嘴里送些什么。*但她根本想不到福官买烟泡回来会被等在院子里的马姨娘拦住。

马姨娘和秀芝在院门口争执的结果是马姨娘和秀芝都十分气恼，而又不知朝什么地方发泄心中的气恼！

福官满头是汗急匆匆从外边回来正好被马姨娘拦住："福官，你给我过来！"马姨娘的声音在院子里响起来。

福官站住，他有些不知所措，但他只能跟上马姨娘进到马姨娘的屋子里，他不知道马姨娘怒气冲冲要做什么。

"福官！福官！"这时秀芝也叫了起来，并且从自己门口走过去，走到马姨娘的屋子前把竹帘一打，说："福官你先来一下，我的香胰子掉到马桶里了，你给我捞一下。"

福官回过头去看秀芝时却听马姨娘说："老爷把骨牌掉到床下去了，你先找骨牌吧，六六三十六张！凡事有大小，太阳有东西！"

"香胰子一会儿就化了，骨牌能化了吗？"秀芝在外边说。

"你不会自己去捞，"马姨娘说，"你用马桶洗脸洗手洗屁股吗，香胰子怎么会跑到马桶里？"

"你管得着吗！"秀芝大声说，"下人是大家的下人，谁都能用，你想独霸吗？你想独霸也用不着霸福官！"秀芝冷冷笑起来。

"老爷重要还是你重要！"马姨娘岂能示弱，"把帘子放下来！老爷不愿苍蝇飞进来！"马姨娘又对福官说，"你找啊，你愣什么，掉到床下的骨牌找不到老爷待会怎么和朋友摸牌！"**

秀芝没了主意，就猛地一摔帘子，秀芝不清楚菊雪到底有什

* 小说塑造人，人躲不开命运，读者揪心的也就是命运。

** 马姨娘与秀芝争斗在旁人眼里不乏好笑成分，在她们那里却有着你死我活的硝烟气息。作者笔力曲尽其妙。

么事，不明白菊雪为什么又是去雨花庵又是急匆匆让福官出去，秀芝是愈不明白愈想明白，秀芝受着莫名其妙的煎熬。*

老爷和两个朋友从二门进来时就恰好看到了秀芝木呆呆站在廊下。老爷真是约朋友来打牌的，秀芝认识那位银楼老板，据说他们家不独餐桌上是银台面，连鞋拔子都是银的。

秀芝忙把身子闪开福了一福，秀芝移步走开时听见老爷走进屋子时说了句："福官你钻到床下做什么？"

"姨娘让我找骨牌。"福官从床下爬出来，嗫嚅道，"床下怎么没有？"

"胡说！"老爷说，"骨牌怎么会跑到床下，它长腿了吗？"

往回走的秀芝突然又转回身："福官，福官，"她又走到老爷门口喊，"既然老爷的骨牌没掉到床下，你还不快帮我过来捞香胰子！"

"亏你说得出口！你用香胰子洗马桶吗？"马姨娘当着客人不甜不咸地说。

"你们说什么？"老爷一边脱衣服一边说，"别搅了我们的牌兴，什么马桶不马桶的！天这么热，福官你去给我们沏茶。"

福官往外走的时候老爷又说："别沏茶了，你去爽夏斋买两壶酸梅汤，让掌柜的多加冰。"

福官只好去买酸梅汤，福官从老爷屋子里出来时沿着廊子往外走，他想顺手把烟泡交给菊雪。却听到身后一阵脚步响，福官不用回头就听得出是马姨娘。

"福官，福官。"福官走过菊雪屋子时菊雪连连喊福官，菊雪撩开帘子时就正好看到马姨娘那张老脸。

"你的香胰子也掉到马桶里了吗？"马姨娘说，马姨娘很得意地打量菊雪，菊雪慵倦无神的样子在那一刹那给马姨娘留下很深刻的印象。马姨娘想起她自己的一个表妹，那个表妹在丧夫之后痛哭流涕两眼肿兮兮的样子很像现在的菊雪。**

* 读到这里会发现，小说中有谁不是在受着煎熬？如果要给这座深宅大院找个词语形容，非『煎熬』莫属。

** 菊雪的样子只会让马姨娘幸灾乐祸。

“你的香胰子才掉到马桶里掉到老 × 里了呢！”菊雪把竹帘猛地一摔，然后使劲地擤了一下鼻子，又一打竹帘，把几滴又清又稀的鼻涕甩到马姨娘脚下，马姨娘往后一跳。

“我迟早会知道你干什么！”马姨娘眯细了眼睛说，“我在这个院子里，什么也别想逃过我的眼睛！”

马姨娘说完转身走回去，她从屋里搬了一把竹椅出来，她把竹椅放到石榴树下，然后面朝菊雪的屋子坐下来。

菊雪觉得自己真有点支持不住了。*

结果是菊雪自己挽了挽头发把一条貂皮围领打好包袱提着走了出去。走到通往前院的二门口时菊雪突然冲着马姨娘回过头来，声音沙哑而又尖酸刻薄地说：“你不跟我来吗？你不把竹椅随我搬到街上晒晒你那老 × 吗？”

菊雪的声音被在老爷屋里打牌的银楼老板听到了，银楼老板忍不住笑出了声。

老爷脸突然红了。

“皇上倒了下人们也反了。”** 老爷尴尬地说，把牌“啪”地一摔。

菊雪听见了老爷的话，心中突然一动，她回转身来径直走到了老爷的屋门前，一下子把竹帘打了起来，对屋里说：“老爷您听错了吧，我是下人吗？我又没被休掉，我还是这家的三少奶奶！”

老爷的气恼可想而知，老爷的额上直冒汗：“她疯了！白天黑夜瞎说！把猫屎当南糖吃！”老爷对牌桌上的人说。

老爷根本想不到菊雪会一放帘子走进来，更想不到菊雪会径直走到牌桌边，会用那种讥讽的语调说：“老爷，我疯了吗？我疯了怎么没有拐带男人私奔到日本去？”

老爷回过头，菊雪的那张俊美的脸在老爷的瞳孔里突然无限地大起来。

“咱们到凉亭上打吧。”牌桌上的人都听到了老爷颤而古怪的声音，看到了老爷的一张脸突然变得煞白！老爷看着周围的几张

* 支持不住的既是烟瘾也是无处不在的压抑气氛。

** 老爷不断地重复『皇上倒了』，这句话也把老爷的内心和生活分成了两半，只是没说出的会重要过说出的。

脸突然快速地旋转起来，接着是墙上的梅花鹿中堂和条幅旋转起来，老爷明白情况不好，又怕自己一头栽到地上，便在旋转中趴在桌子上，老爷把脸贴到幽凉的大理石桌面上时，听到骨牌啪啪啪啪纷纷落地的声音。*

老爷的这次晕厥完全不同于第一次。虽然都是很快地苏醒过来。

马姨娘决定兴师问罪，她把福官叫了过来。“跪下！”马姨娘说，“你以为我不知道你们干的好事吗？你说你在菊雪屋子里到底做什么？”

福官有点愣，他真不知出了什么事。

“抬头！”马姨娘又厉声说，“你说不说？”

“说什么？”福官问。

马姨娘用鼻子哼了一下：“你别以为别人的眼都瞎了看不到！你说你上了几次那个贱人的床！”**

福官吓了一跳，他想不到马姨娘会说出这话，他还以为马姨娘知道了菊雪抽大烟的事。

“我没有！”福官突然大声说，“姨娘你不要诬赖好人！是三少奶奶要吃烟泡！我给三少奶奶买烟泡！”福官说着就把那个装烟泡儿的小银匣取了出来：“东西在这里，我不敢胡说！”

马姨娘吃了一惊，目光慢慢往床上移，最后停在老爷的脸上：“老爷，你看看这都是怎么回事？”

老爷躺在床上一言不发，每一次晕厥之后，老爷都觉得自己虚弱得厉害，“让他下去。”老爷指着福官说。

福官从地上站起来觉得膝盖又酸又疼。他往外走的时候又被马姨娘叫住。

“秀芝让你给她买过烟泡吗？”马姨娘突然补问了一句。***

“没有！”福官摇摇头，“老爷在上，我不敢瞎说。”

“这个家反了，女人抽大烟！”马姨娘大声说。

* 读这段文字，读者也像是跟着一起晕眩。表达得极为真实和有感染力。

** 推断甚为恶毒。恶毒之人自有恶毒推断。

*** 马姨娘对自己观察到的任何异常都能抓住一些核心。

“你小点声吧！”老爷突然在床上说，“你吵得我头晕！”

“下去！”马姨娘对福官说，“还不快下去。”

二

“你怎么办，老爷能饶过你吗？”秀芝目睹了这天下午发生的事情，目睹了菊雪出人意料地走进老爷屋子和老爷顶嘴。又看到菊雪在老爷晕倒后挟着小包袱走出了院子，菊雪出去没多久又回来的时候，秀芝发现菊雪带出去的包袱不见了。

秀芝马上到菊雪这边来，秀芝对菊雪说：“就是老爷那边没事，马姨娘也放不过你，你怎么办？你等他们来赶你出门吗？”

“赶我？”菊雪这会儿是容光焕发，她冷冷一笑说，“他们想留我我还不高兴在呢！我今年逢九，我二九一十八还想讨大吉大利呢，我嗓子都坏了，我还怕什么？”菊雪拿起茶杯喝了口水，“我早想好了，我要是不离开这个家，我迟早会死在这里！”*

“你要离开杜家？”秀芝问。

“我早想过了……”

“你走了也好，给他们个好看，让他们再去接你！”

“接？”菊雪说，“我为什么让他们接？我稀罕他们接吗？”

“你出去做什么？”秀芝又问。

“做什么？”菊雪的细眉颦蹙起来，“女人还会饿死吗？女人做什么不行？我去当婊子！让他们杜家出个婊子！”

接下来就是秀芝从菊雪屋里把好几个包袱抱回到自己屋子里去。菊雪托秀芝把自己平时攒下的料子都放起来。菊雪趁秀芝回屋去送包袱时拿出了踏脚板下的一个红木小首饰匣。她犹豫了片刻还是把首饰匣用一大块狐皮膝褥包了起来，包在自己经常穿的那包衣服里。

秀芝此时的心情比菊雪还要激动，她发现自己竟然希望菊雪马上离开杜家，** 她看着菊雪匆匆忙忙地收拾东西，想问又不敢

* 能看到自己命运，是因为经历了不同的事件，有了更深的感受。

** 在秀芝这里，与马姨娘的一致之处是希望菊雪越惨越好。

问，但终于还是按捺不住。

“你说走就走吗？”秀芝的目光闪闪烁烁。

“我这会儿不走还等多会儿！”

“你走吧，”秀芝的目光愈加闪闪烁烁，“让他们后悔！”

“让他们后悔吗？”菊雪大声说，“让他们丢人！”

菊雪挟着很大一个包袱离开杜家时又最后扫视了一下屋子，“别忘了浇那盆虎耳草。”她对秀芝说。

“你还要那盆虎耳草做什么？”

“花也是命，不浇水它就要死啦。虎耳草避蛇，我最怕蛇，我到哪儿也得弄盆虎耳草！”

“蛇？”秀芝说，“什么蛇？”

“不如你把它搬走吧。”菊雪说。

“我要它做什么？”秀芝说，“我喜欢有香味的，没香味的还叫什么花。你给陈妈好了。”

“给她我还不如拔了，我最恨下人，恨杜家的下人——奴才的奴才，我最恨奴才相！”*菊雪说着就把虎耳草从盆里拔起来，拔了一半儿又停下手：“你还是替我养着吧，我找了房子你让下人给我送过来，我在杜家什么也没有了，只有这盆花。”

菊雪的性格从来都是说了就做，她离开杜家的时候被前院的好几个下人看到了，那些下人还以为三少奶奶是去当铺，下人们都知道三少奶奶常常往当铺里送东西。

秀芝想不到菊雪说走就走而且会这么走，她呆呆地坐在屋里发了一阵呆，她觉得菊雪不会就这么走，不是明天就是后天她又会回来。**

马姨娘在老爷醒过来后就把菊雪抽大烟的事告诉了老爷：“还留她在家里做什么？把她从杜家赶出去，随她浪死抽死好了。”马姨娘对老爷说。

* 不是随意说，菊雪临走前的发泄更反映她最真实的内心。和下人相比，菊雪的行为未必高过他们，但她终究有种下人们不敢为之的勇气。

** 秀芝不了解菊雪。

"事到如今我也顾不上杜家的脸面了。"老爷说，"我一眼都不想看到她！"老爷摆摆手，"让她滚！滚得远远的！"

听了这话，马姨娘觉得浑身一震："要我去说吗？" *

"你不去谁去？"老爷说。

马姨娘站起来，飞快地走出了屋子，她穿过院心站到了菊雪的屋门口："菊雪，滚出来！"

秀芝听到了马姨娘的喊声忍不住想笑，她走到窗前，朝外看去。

"菊雪，滚出来，老爷让你滚出杜家！"马姨娘又在院子里喊。

后来马姨娘去推菊雪的门，发现门上锁了，马姨娘狠狠朝门锁上吐了一口又稠又浓的唾沫。

第二天，马姨娘才知道菊雪已经离开了杜家，马姨娘突然感觉到一种从来没有过的失落感。马姨娘在一次次的想象中已经把那个驱逐菊雪的场面渲染得如火如荼。事实上的落空让马姨娘觉得自己像是从很高的地方往低处跌落了下来。**

马姨娘让福官用厨房的锤子砸开了菊雪的房锁，才发现菊雪的东西差不多已经都搬空了。

"娼妇！"马姨娘狠狠骂了一句，又问站在一旁的福官，"你知道什么是娼妇吗？"

"菊雪就是娼妇！"马姨娘不待福官回答就说。***

"我以后也不用往当铺和烟馆跑了。"福官的脸在屋子的阴影里显得很暗淡。

"去烧纸钱！"马姨娘说，"烧一把纸钱祛祛晦气！送鬼送神要烧纸钱，送这种贱人也得烧！"

福官看着马姨娘跨出了菊雪的屋子。福官脑子里仍然想着菊雪那次和自己在凉亭里的谈话，说实话福官非但不讨厌菊雪反而同情她，只有在人去屋空的此时此刻这种念头才在福官的脑子里

* 马姨娘的可恶之处，就在于干出恶事还想藏身事情背后，以为他人不会知晓。

** 绝妙的心理描写。

*** 在马姨娘眼里，恐怕也没有不是娼妇的女人。

一下子清晰起来。

福官从菊雪的屋子走出去时，就看到了马姨娘真在石榴树下烧纸钱，马姨娘在石榴树下用树枝画了一个圆圆的圈，然后在里边写上“菊雪”二字。*

纸钱在太阳下燃烧几乎看不到火，只见一张张圆纸片慢慢发黑打卷然后化为纸灰。

马姨娘烧完了纸钱一眼看到了站在廊下的福官，“你还不把纸灰扫掉！”

福官扫纸灰时马姨娘回到了屋子里。“老爷，”马姨娘对躺在竹榻上的老爷说，“想不到菊雪这贱货走了，杜家要安静了。”马姨娘停停又说：“只要秀芝别吵别闹，老爷你好好养着吧。”

“你想让秀芝也走吗？”老爷突然睁开微眯的眼睛说。

马姨娘弄不懂老爷的意思，看着老爷。老爷突然觉得悲从中来：“这个院子迟早要走光，走得像一口枯井，井里没有别的，只有一只蛤蟆就是你！”老爷说：“我就不明白你们女人是什么东西？你们女人是猫吗？一见面就互相咬得皮开毛飞！剩下你一个有什么好！”**

马姨娘最清楚不过老爷的脾气，马姨娘不再说话，就坐到桌边去一口一口喝茶，每喝一口茶，马姨娘的脖子上的筋就上下抽动。

“你也出去！”老爷突然说，“我连你也不想看到，你别想别人都走掉我会给你东西！”

马姨娘站起来，她把杯子轻轻搁到桌上，然后一步一步走近竹榻上的老爷：“老爷你说什么？谁要你的东西？兰馨走了怨我吗？菊雪走了也怨我吗？老爷你不能太不公平！你不愿她们走把她们叫回来好啦，关我什么事！”

老爷不再说话，他盯着马姨娘那张脸沉默了好久：“我不知道你们到底谁是混蛋！”老爷说。

* 狠毒如斯！

** 说到后来，我们会发现老爷其实明白女人。

"都是混蛋！"停停，老爷又这么说。

菊雪去雨花庵探望兰馨的行为如同一把钥匙，也开启了马姨娘去看望兰馨的念头。马姨娘怎么也解不开兰馨何以要一盆剑兰的谜。* 所以在发现菊雪出走的那天晚上，马姨娘悄悄潜入兰馨的空房把兰馨的那几盆花都搬了出来。马姨娘把花都从盆子里扣出来，把花盆里的土都细细察看过，马姨娘依然没有发现什么。

马姨娘去雨花庵的时候正好赶上了雨花庵的尼太给兰馨剃度。

雨花庵在民国四年的时候香客并不是很多。所以兰馨的剃度仪式注定了要在一片寂寞冷清的气氛中进行。兰馨也说不清为什么杜家人的出现总是与雨水联系在一起。下雨的日子里兰馨的心情总是很凄凉，在杜家的时候兰馨就最怕下雨，所以一下雨兰馨就总是紧闭门户伏身绣架，不把雨声放进屋子里来。

雨花庵的尼太是个年近五十的女人，法号藏明。她嗜好打牌，几乎夜夜都要在禅房里噼里啪啦到深夜，这不为外人所知。兰馨根本想不到庵里会打牌！兰馨为逃避打牌的声音就只好到雨花庵的后院去。兰馨那天无意之中在后院发现了一个小门，那三尺多宽的小门在黄昏的暮霭中虚掩着，门板上结着一只空蝉壳。兰馨轻轻推开小门就看到了那条小路，小路消失在庵后的那片稀疏的林子里。白天兰馨又去的时候则发现那小门锁着。

"女施主你来得正好，正好来助缘！"尼太对马姨娘说，说话的时候马姨娘发现尼太好像没睡醒。听口音尼太好像是东北人，马姨娘想问问尼太怎么会在这里出家，但尼太毫无谈话兴趣的样子打消了马姨娘这个念头。**

马姨娘被请到佛殿里去看兰馨剃度。这之前，尼太由于夜里多打了一会牌而显得两眼有些浮肿。

马姨娘看着兰馨被两个小尼姑搀扶着慢慢跪在拜垫上觉得像

*生活给人的讽刺就是，你一门心思想求得的答案，其实根本不值得费尽心机。

**尼太对谈话无兴趣，原因后文会有交代，长篇无赘笔，作者功底深厚所致。

是在做梦，兰馨的表情有些茫然，两眼不知望着什么地方。马姨娘在尼太走进佛殿时突然闻到了一股日本仁丹的清凉味儿。那个去过杜府的小尼姑跟在尼太身后手里托着一个漆木盘。

马姨娘端坐在椅子上觉得自己像是在看戏。尼太手持剃刀的样子让马姨娘想起经常来府上给老爷剃头的那个河间府人。兰馨头顶正中第一绺头发被剃刀轻轻剃下时马姨娘发现兰馨抖了一下。尼太剃发的手法看上去十分熟练，当兰馨右鬓的头发被削落时，立在尼太右侧的小尼姑突然笑了一声，在场的人包括马姨娘在内都没见过没有耳朵的脑袋。光溜溜没有耳朵！小尼姑一笑不要紧，旁边的几个尼姑也忍不住相继大笑起来。*

马姨娘没笑，她看见兰馨突然抬起双手捂住了耳际。尼太没防住兰馨这一手，便忙把剃刀往高举了举。

“你要反悔还来得及。”尼太低声对兰馨说，侧脸看着兰馨。

兰馨突然觉得自己的身子在尼姑们的笑声中一下子浮荡起来，那感觉像是在汪洋大海中漂浮。兰馨突然掉过脸看了一下马姨娘，然后又跪好。**

尼太重新落刀时发现兰馨紧闭的眼角一边有一滴泪，既不落下又不消失，慢慢慢慢挂在兰馨微微颤抖的眼睫毛上。

“出去，都出去！”当那几个尼姑又笑起来时，尼太突然把剃刀“当”的一声放到小尼姑捧的木盘里，然后很熟练地抓了抓兰馨落在盘里的头发。

“完了。”尼太说。

兰馨突然伸出手去，去木盘里抓自己的头发。“别动！”尼太说，“还有用！”

兰馨似乎没听到尼太的话，她伸手抓起了自己的头发，然后从拜垫上站起来走出了佛殿。兰馨觉得自己的头上有一种异样的清凉。***

马姨娘跟在兰馨后边也出了佛殿，她眼看着兰馨飞快地回到

* 佛门的慈悲哪去了。

** 马姨娘若不在，兰馨或有反悔，即便最终仍作此选择，此时看见马姨娘，使其立刻坚定，足见马姨娘何其令人厌恶。

*** 所有的感受不如这句话来得真切。

了禅房。兰馨走进了禅房便把门从里边死死闩住，她把桌上的镜子摸了过来，紧跟着站在门外的马姨娘便听到了镜子摔在地上的声音。

“兰馨！”马姨娘在外边说，“你要干什么？”

兰馨没有开门，屋子里静得像死一样。

一连两天兰馨都没去膳堂吃饭，两天后雨花庵的尼姑们才看到兰馨走出了自己的屋子来送马姨娘。

雨花庵的尼姑都为兰馨的古怪装束而感到意外，兰馨头上戴着一顶古怪的僧帽，帽子很大，两侧各多出一大块护耳正好遮住耳际，戴上僧帽穿上淡灰僧衣的兰馨显出一种少有的美丽。淡灰的僧衣僧帽正好把兰馨的皮肤衬托得玉洁冰清，像是有一种看不到的光彩从皮肤里透射出来。

马姨娘这天离开了雨花庵，她在雨花庵一共住了四天。马姨娘走的时候才想起自己给兰馨带的蜜渍草莓。蜜渍草莓早湿成了一团。分手的时候，兰馨递给了马姨娘一个小绸包，马姨娘把小绸包打开，发现里边是上好的大孔苏州发网。

“我留着没用了。”兰馨说，大滴的泪水禁不住从兰馨眼里潸然而落。

这天夜里，兰馨在禅房中辗转难眠，她听到外面又下了雨，雨水使窗外那只莲缸慢慢涨满，她听到了水慢慢溢出的轻微的声音。兰馨从床上坐起来，后来她又点亮了一支蜡烛，她枯坐烛光之中环视四周，心底有莫名的惆怅和恐惧。后来她慢慢在灯下打开了那只从杜家带出来的包袱，她把里边的衣服一件一件打开，又一件一件慢慢叠好，一件一件打开，又一件一件地叠好。

“觉空！”兰馨突然听见有人喊，兰馨马上明白是在喊自己。

“觉空！”外边的声音又响起来。

兰馨突然觉得很害怕。*

* 这段描述对应人物的心情，作者不厌其烦地描写打开又叠好衣服的过程，不过是让读者看到兰馨复杂的内心，同时还让读者看见兰馨与菊雪的不同之处。兰馨的『害怕』不会出现在菊雪身上。

三

秀芝明显感觉到杜家的日子一天一天变得冷清下来，也明显觉得马姨娘的敌意一天比一天变得更专注更尖锐。秀芝想不到菊雪会一去不复返，她原想菊雪用不了几天就会灰溜溜地回来，却想不到一晃就是半个月过去了。

秀芝这天把福官喊了过去："你去找找菊雪好吗？她一个人在外边是死是活谁知道？"

"二少奶奶你让我找菊雪做什么？"福官说，"你想让她回来，可老爷和马姨娘巴不得她去死！"*

"马姨娘巴不得全杜家的人都死掉，她好捞杜家的钱财！"秀芝说。**

"你去找吧，"秀芝又说，"就是猫儿狗儿丢了也要去找一找，何况人呢！再说菊雪待你也不薄，她的酒钱你也没少得，你不去找让谁去找，让陈妈去吗？"秀芝把手里的一只绿玉镯往腕上套套看，又忙褪下来："春禄不是也对你挺好吗？你以为我不知道他和你怎么好，他搂着你喝酒！"秀芝看定了福官："现在菊雪落难了，春禄不在你能不管？"

"我待会儿还有事呢。"福官说。

"你就说给我去买小菜，反正厨房里的腌菜又臭又烂怎么能喝粥？"

秀芝说着搁下绿玉镯真的从桌上的瓷盒里捏出一枚小钱："你不如真的给我去买点小菜回来，这样就是给马姨娘看见了也没有说的。"

福官接过秀芝那枚小钱："要是真找见了菊雪让她回来吗？"

秀芝没说话，她把绿玉镯用一块白绸子慢慢包起来，"你就让她盼着马姨娘快死吧，马姨娘只要一天不死，她回杜家就没指望！"

* 福官看得明白，杜家谁人都看得明白。不同的是，老爷未必巴不得菊雪死，马姨娘倒是一心想菊雪死。

** 秀芝说到点子上了。

福官往外走的时候，秀芝又突然把福官喊住：“算了，你去找找菊雪就算了，小菜就不用买了。我自己花钱买小菜算什么？反正厨房里的东西不吃白不吃，我自己花钱算什么？”*

福官把那枚小钱又给秀芝放在桌上。

“要不我再给你四枚小钱，”秀芝想想又说，“你知道什么地方卖痔疮药吗？”

“痔疮药？”福官突然觉得脸红，觉得很倒胃口。

“二少奶奶要给自己买痔疮药吗？”

“你有痔疮吗？”秀芝反过来问福官。

福官没说话，他只听说过男人长痔疮，女人长痔疮他还没听说过。

“你以为是我要痔疮药吗？”秀芝说，“我是给菊雪……”秀芝的脸突然红了，她停了停又说，“我不知怎么一想起菊雪就头皮痒痒，你去给我打点水好吗，我要洗洗头。”

福官便去前院打水，他把水倒在一只朱漆木桶里，打好水，福官没有马上把水提到中院秀芝的屋子里，他想了想，便悄悄把木桶提回了自己的屋子。

福官一直很讨厌秀芝，但作为下人他很难表露出自己对秀芝的厌恶，他想起秀芝从瓷盒里往出捏小钱的样子，便觉得有必要在水桶里做些什么。**

下人们这会儿都聚在厨房门口玩摸十点半，摸得又是吵又是笑又是骂，所以没人理会福官把桶拎回到他自己的屋子，更没人理会福官拎着桶又从自己的屋里出来，一边走一边抿裤腰。

秀芝洗头的时候慢慢慢慢把头发浸到水里，突然闻到水里一股异样而又熟悉的味道，秀芝又慢慢把头发从水里提起来。

“陈妈，陈妈。”秀芝洗过头就站在廊下，边梳边让风吹干头发。陈妈穿着一件细绸衫从前院走过来时贴在脑门儿上的萝卜片掉了下来。

*连续两句话，说明秀芝既对菊雪看得明白，也对自己看得明白。

**福官终究也不是木偶，外人与老爷们最大的忽略是，像福官这样的下人都有自己对人与事的看法，也会有看法所导致的行为。

“你去把这两包衣服拿到估衣店去卖掉吧。”秀芝把陈妈带进自己的屋子，指着床上的两个包袱说。陈妈掉过脸去一眼就认出了那是菊雪的东西。陈妈帮助菊雪晾晒衣服时就记住了那两个包袱皮。

“二少奶奶你怎么想起卖衣服来了？”陈妈把包袱提到桌子上。

“反正留着也没用，让蛀虫吃了还不如换银子。”

陈妈把包袱在桌上打开，发现里边真是菊雪的衣服，陈妈奇怪秀芝怎么会卖起菊雪的衣服来了。嘴上便说：“二少奶奶你这衣服的款式怎么和菊雪的差不多？”

“差不多我才卖呢，两个女人穿一样的衣服多没意思。”

“要不我怎么没见过二少奶奶穿呢？”*

“贱女人总爱赶时髦，市上流行什么她们就穿什么。”秀芝说，照着镜子里长发披垂的自己，“我不喜欢别人的衣服和我的一样。”

陈妈慢慢把包袱里菊雪的一件大红绣兰花的裙子取了出来，闻到了熟悉的菊雪的味道。菊雪总是喜欢把新鲜的茉莉花摘来大把大把塞到包袱里，说这样才香呢！菊雪喜欢茉莉花几近于病态，人们常常见她把新鲜的茉莉花捧在手里闻来闻去。

“不过二少奶奶你是不是晾衣服时收错了，这条裙子真像是菊雪的。”陈妈把那条红裙子抖开。

“让你去卖你就去卖！我会收错衣服吗？”秀芝皱着眉头说，“当下人有当下人的规矩，你怎么这么多嘴多舌！”

“我是不该多问！”陈妈想不到秀芝会这么说自己。嘴上自然也不客气，“但你做少奶奶的也不该让我们下人去卖什么旧衣服！”**

陈妈把包袱重新系好，往桌上一撂：“我还不认识估衣铺的门呢！连老爷都没让我卖过旧衣服。”

*回答得精明。

**很好！下人也知道自己是在有脸面的杜家，面对外面，杜家的下人也是人物了。

"像你这样做下人，迟早什么也得卖！"秀芝把包袱提起来往床上一扔，"马桶你总该会刷吧！"秀芝指着朱漆马桶说，"你要我告诉你该怎么刷吗？"

陈妈提着马桶出去，秀芝在屋里听到马桶里的脏水哗哗哗哗在门口晃荡出来的声音。

晚上陈妈就把秀芝卖衣服的事趁老爷高兴时对老爷说了，老爷听了忽然有些生气，目光一点一点移到屋外，忽然朝地上啐了一口："卖东西！杜家卖过东西吗！怎么都不怕把杜家的风水败光呢！"*

"杜家从来都是往进买东西，怎么会往出卖呢！"老爷把冬禄喊了来，"我懒得跟你们生气！你们真想卖？那我先卖给你们看看！我把这院子一下子卖了，看你们这帮混账还卖不卖！"

冬禄平静地看着老爷，他用手慢慢梳理了一下头发，他发现老爷的眼边有些发红。

马姨娘在屋子深处用蝇拂啪啪地抽打乱飞的蝇子，老爷不说话她也就停下不甩，她听见老爷说卖房子的气话便想起了老爷把房契交给兰馨收藏的事。**

冬禄从老爷的屋子里出去的时候，马姨娘就手持蝇拂走到老爷身边。

"老爷，兰馨既然出家，房契怎么还放在她那里？"

老爷突然掉过脸来："多嘴！你怎么处处多嘴，甩你的蝇子好啦！你关心房契做什么，房契落到谁的手里也落不到你手中！"

马姨娘的脸色一下变得很难看，"老爷，"马姨娘说，"你怎么有火总是冲我发，我图老爷什么？"马姨娘把蝇拂望空"嗖"地一甩。

"那你去雨花庵做什么？"老爷说。

"我去雨花庵清清白白，离地三尺有神灵，我能做什么？老爷你总不能不让我出去走走吧。"马姨娘把蝇拂望空一抽又一抽。

*陈妈这句话就说明，杜家的风水已经在败光。

**心理描写得太细致了！马姨娘哪怕在打苍蝇，也是全副心神在老爷身上。而且，老爷说过的每句话她都不会忘记。

“你以为我不知道你的心！”老爷说，“你们女人的心比什么都毒……我倒也真想出家。”

“老爷你带上你的那二十八块小洋表出家吗？”* 马姨娘忽然笑了。

“你真没问兰馨房契的事吗？”

“我敢问吗？”马姨娘说。

“她出家还拿着房契做什么，她是不是忘了？”老爷有些纳闷，“你明天再去一趟吧，总不能让杜家的房契放在雨花庵。”

“也许兰馨没带走，还在她屋里放着也说不定。”马姨娘说。

“你先去问问最好。”老爷说。

“老爷你真要我去问吗，那么老爷你就让我去照张相好不好？”马姨娘把蝇拂在门后挂好。

马姨娘这几天一直想去马市大街日本人开的照相馆照张相。老爷不在的时候马姨娘手里托着一只大桃子在镜子里照来照去，马姨娘觉得自己手托桃子的姿态很好看。

老爷是一向反对家中女眷去照相，但这次老爷没有再说什么，“你要照就去照，反正把魂儿照没了没人替你招魂！”

“我穿裙子行吗？”马姨娘把想了好久的这句话说了出来。

“既然是照相，穿穿也不妨。”老爷想想说。**

“我手里拿什么？”马姨娘更兴奋了，“我拿一只桃子好吗？”

“我管你拿什么？”

“老爷你说拿桃子到底好不好？”

“你拿一根萝卜最好！”老爷忍不住笑起来。

“你拿一根玉如意好了。”老爷笑过又说，“把条案上的玉如意带上。”

老爷站起身，把那柄玉如意拿起来，玉如意一头略略有些发黄，老爷比画着：“你这么拿，可别这么拿，竖着拿多难看，竖着拿你说像什么？”老爷笑眯眯问马姨娘。

* 话题一转。马姨娘还是有过人之处。

** 马姨娘对自己没资格的事情总是有所渴望，这也是她试图证明自己无所不能。

“像鸡巴。”老爷不等马姨娘回答就把这话说出口。

“老爷你这么大岁数怎么还说这话！”马姨娘说。

“我还不到六十就老了吗？”老爷说，“你咒我老有什么好处！”

“老爷你就是不老也不该说这种话，你大小不是个老爷吗？”

“什么老爷！王府的奴才！”老爷说。

“奴才的老爷！”马姨娘马上接着说。老爷就笑起来。*

* 能惹老爷笑，也是马姨娘得宠的原因之一。

马姨娘让陈妈陪着她去照相，日本人开的照相馆里养着波斯猫和小哈巴狗。人们都纷纷传说日本人开的照相馆会摄人魂魄，如果怀抱猫猫狗狗，那么倒霉的将是猫和狗。

马姨娘让陈妈捧着放玉如意的锦盒随自己进了照相馆。

从日本人开的照相馆照完相出来，马姨娘走到卖冰水的那个小挑儿时突然吃惊地张大了嘴巴。她看见了菊雪，正在街那边慢慢走着，马姨娘发现菊雪的头发已经剪了，剪成了女学生的样子，穿着黄色阔袖绸衫和一条时下流行的黑裙。

“你看，你快看。”马姨娘让陈妈看，“看菊雪这个贱货！”**

** 此时将菊雪说成『贱货』，足见马姨娘嫉恨心理在瞬间便达到顶点。

“菊雪怎么会在这儿，她又上学了吗？”陈妈说。

“上学，上什么学？”马姨娘说，“她以前上过学吗？她说她上过刺绣学堂，鬼才信她！她绣过一针一线吗？”马姨娘不错眼珠地看着菊雪从街对过慢慢走过。

“你把玉如意给我。”马姨娘凑在陈妈耳边说，“你去看看这个贱货要去哪儿。”

陈妈最爱做这种事情，陈妈把玉如意交给了马姨娘，颠着快步小跑了一阵便跟在了菊雪后边。后来陈妈便跟在菊雪后边到了一家当铺。

陈妈看着菊雪走进当铺。

“她去当铺当什么？”马姨娘木然看着转回来的陈妈，“你看见她拿着什么？手里拿着包袱吗？”

陈妈想不起来。

“我早就料到她有这一天！”马姨娘说。*

“老爷还会让她回杜家吗？”陈妈说。

“回杜家！”马姨娘冷笑起来，“她早犯了七出之条还回什么家，一不孝公婆二不会生孩子！七条她就占了两条，她还想回杜家吗？”

“春禄不在谁给她写休书？”陈妈又说，“不写休书名分上她总是杜家的儿媳！”

马姨娘不说话了，走了好一段路马姨娘才又说：“就当她是一条狗！一条不要脸的母狗！”

“菊雪脖子上还戴着一串茉莉花串。”** 陈妈又告诉马姨娘。

“她也配！”马姨娘朝地上啐了一口，“进当铺的贱货还戴什么茉莉。”

端午节前一天，马姨娘坐着马车在陈妈的陪伴下到雨花庵去看兰馨。马姨娘给兰馨带了她爱吃的豆沙馅枣泥馅的粽子、一段烟色的厚缎和做内衣用的灰布。

马姨娘去的时候，兰馨正眼红红的在禅房里呆坐着，马姨娘发现兰馨的脸色很不好看，马姨娘用手摸摸兰馨的手，看到兰馨的手被什么沤得很白。“你洗衣服了？”

“包粽子。”兰馨说。

“庵里也包粽子？”马姨娘觉得奇怪。

马姨娘这天的心情很好，她把在日本人开的照相馆里照的相拿给兰馨看，兰馨低头看相片的时候就有两大滴泪水扑嗒扑嗒落到相片上。***

“你怎么啦？”马姨娘吃了一惊，“你怎么哭了？”

兰馨抬起头，两眼里已注满了泪水。

* 其实是马姨娘如愿以偿。

** 为了邀功，陈妈的观察特别细致。

*** 触景生情，尤其照片还是那时的新生事物，更令人百念丛生。兰馨所生之情，很难一言以蔽之，端的复杂。

“你怎么了？”马姨娘又说。

兰馨只是不说，马姨娘发现兰馨的嘴角在微微颤抖。

“我不下地狱谁下地狱！”兰馨的脸微微昂起来，她把眼睛闭上，泪水便从眼角流下来。

“你是不是嫌老爷让我来取房契？”马姨娘把兰馨的手拉起来，兰馨又慢慢把自己的手抽回去。*

“你想家啦？”马姨娘又问。

“出家人还有家吗？”兰馨眼里的泪水不停地滴落下来。

“你对我说你到底怎么了？”马姨娘明白兰馨一定是遇到了什么事情。“真奇怪，我想不到你会这样。”马姨娘掏出自己的紫手帕把兰馨脸上的泪水擦掉，“你告诉我你怎么了？”

庵里的一个小尼姑就是这时走来砰砰敲了敲窗子。

兰馨只是流泪，什么也没对马姨娘说。

马姨娘从雨花庵回来后，把兰馨的事告诉了老爷，老爷也有些奇怪，老爷清楚兰馨的脾性，兰馨不是那种动不动就会掉眼泪的人。

“你没好好儿问一问她？”老爷责备马姨娘怎么没好好儿陪兰馨说一会儿话，“你只知道要房契吗？”

兰馨把房契连装房契的红木首饰盒子一起交给马姨娘带了回来。这个首饰盒子的四角镶着玉刻的小花。这盒子以前是冬禄母亲放那对钻石手镯的。老爷把首饰盒打开拿出里边的房契一张张看的时候忍不住自言自语：“兰馨怎么想起把房契带到庵里去？”

“她想做什么？”老爷又说，“做房产买卖吗？”老爷笑了笑。

“出家人是不许私蓄钱财的。”马姨娘说，“私蓄钱财还叫什么出家人！”

“要说杜家里上上下下的人，最数兰馨苦！”老爷说，“她从进杜家享过一天福吗？”**

“她还有那些珠宝首饰呢？”马姨娘想起兰馨当年进杜家时得

* 马姨娘的惯例，从来不自己担事，却又事事因她而起，表面上每句话总是冠冕堂皇。

** 老爷之所以是老爷，是将府中每个人都看得清楚的人。

到的那一份丰厚的妆奁：一双赤金镯子，一双绿玉镯子，一双乌银绞丝镯子，一对红玉耳环，一对翡翠耳环，一只镶宝石戒指，一只猫眼石戒指。“她把那些东西都带到雨花庵她要做什么？”

“人都有自己的打算。”老爷说，“东西又不是你的，你操什么心，别说东西，就算是人，也是要很快变成土的，你倒应该好好儿问问兰馨有什么事。”

马姨娘不再说什么，但马姨娘总觉得兰馨像是有什么事。*

又过了两天，老爷才感到事情的严重，雨花庵有消息传来：兰馨失踪了。

四

老爷让冬禄过去商量寻找兰馨的事，老爷为怎么写寻人启事发愁。写寻找尼姑吗？杜家寻找尼姑成何体统。写什么特征？写没有耳朵吗？老爷有些作难。“老爷，你急也没法子，最好的办法是再去雨花庵好好儿问问，是不是让坏人给绑走了。”马姨娘说。

“绑票吗？”老爷吃了一惊。

“兰馨已经出家会遭绑票吗？”冬禄对此有怀疑。

“反正事情出了要朝一切坏处想，又要朝好处想。”马姨娘说。设身处地地想一想，马姨娘这一刻倒真的可怜起兰馨来，** 马姨娘这一夜几乎是彻夜不眠。她把兰馨从进杜家想到她出家，她刚迷糊着就突然像是看到兰馨从一口井中慢慢地湿漉漉地冒出来朝自己走过来。马姨娘大叫一声从梦中惊醒，*** 老爷也被弄醒了，马姨娘把这个梦对老爷说了，老爷也害怕起来。

“会不会跳了井了呢？”马姨娘说。

“跳雨花庵的井？”

马姨娘和老爷都巴不得天亮。

天亮之后老爷就雇了车和马姨娘去了雨花庵，这天天气阴晦

* 除了如何算计兰馨等人，马姨娘好像也没别的事可干。

** 也是难得。

*** 马姨娘也该被磨一磨了。

得很，让人觉得不祥。*

* 书中不祥之处何止此处？

雨花庵的尼太出来接待老爷和马姨娘，尼太一边用手拈着十八子一边说：“觉空好好儿的怎么就不见了呢？”尼太把老爷和马姨娘领到兰馨的屋子里去看，兰馨的东西都还在屋里放着，马姨娘发现兰馨的镜子用一块纱帕蒙着，床前有一双兰馨的鞋。

“庵里有几口井？”老爷突然问。

“前后各一口，前头的洗衣后头的做饭。”尼太双手合十地说。

“能带我们去看看吗？”老爷说。

尼太便带老爷和马姨娘去看井。

这天下午，老爷和尼太商量了一下，便雇人来淘井，但井中什么也没有。“这就怪了。”老爷说。

马姨娘觉得这不可能，马姨娘很相信自己的梦境，她慢慢走近庵后那口井，井栏上长满了青苔，马姨娘走近井时突然觉得有一种恐怖，马姨娘看看左右前后没有人，便浑身打了个冷战慌忙从井边走开。

当老爷和马姨娘去雨花庵的同时，冬禄去警察局报了案，又派了皮货庄的两个伙计去雨花庵附近查找线索。

时间过得很快，一连几天过去，关于兰馨的消息简直是如石沉海。**

** 悬念是小说的基本手法，作者将其运用得充分自如，随心所欲。

冬禄这一天突然想到了李铁拐胡同口上那个算卦的，何不求他算一算呢？巧得很，虽然这天下着小雨，那个算卦的还没收摊。

“施主你要算什么？”算卦的问冬禄。“算此人的下落吗？”

冬禄便把兰馨的生辰八字告诉这个算卦的。

“你是谁？”那个算卦的翻着失明的双眼问冬禄。

还没容冬禄介绍自己，算卦的就说：“不要紧，此人暂有小难，很快就会过去的。”

“她遭了什么难呢？”冬禄问。

“天机怎么能泄露。”算卦的瞎子说，“此人前不久遭了小难，这一难过后要得一贵子！”

冬禄猛然笑起来：“你不瞎说谁瞎说，人家是一个尼姑，你怎么这么咒人家！”

算卦瞎子露出极宽容的笑，只说了四个字：“过后便知。”

冬禄突然不想笑了，*便站起来，把五个铜板叮叮当当抛到卦摊上。离开卦摊时，冬禄心底觉得一派茫然。眼前又突然浮现出兰馨低头慢慢走过的身影，暖裙下的蓝缎鞋一点一点像两朵幽兰的花。

马姨娘这天从雨花庵回来又做了那个奇怪而恐怖的梦，她看见兰馨浑身湿淋淋披头散发从井中慢慢升上来朝自己走过来。“你不是剃发了吗？”马姨娘问。兰馨笑而不答朝自己越走越近，马姨娘觉得自己身子一下子朝后仰倒，兰馨湿漉漉的脚就踩着自己的身子走了过去。兰馨光着脚，冰凉冰凉地踩着自己。马姨娘在噩梦深处挣扎良久才浑身冷汗地醒来。

马姨娘认定兰馨已经死了。

真是祸不单行，冬禄派下去寻找兰馨下落的皮货庄伙计有一个突然出了事，这个伙计因为天热剃了个光头，在走到下元关的地方突然被两个当兵的抓了去，硬说他是逃兵，另一个伙计跑回来把这个消息告诉了冬禄，冬禄急忙赶到下元关的时候，那个伙计已被砍了头，冬禄刚好赶得上看到一颗血淋淋的人头吊起在一根大木杆上，人头刚砍下，那血尚淋漓不绝！**

那个被砍掉脑袋的伙计才十七岁，名叫刘金斗，常常出入杜府，秀芝认识这个伙计并且有很深的印象。秀芝春天的时候曾在德盛荣买过一段天青竹叶贡缎，后来嫌颜色暗要退，就是这个伙计把缎子抱走退换成一段五福梅花图案的缎子。

这天夜里秀芝突然在梦中大叫起来，冬禄被秀芝吵醒，冬禄

* 人总是在某些时刻会有敬畏之心的。

** 这些看似和书中主角无关的细节特别打动人心。一来从细节中可以感觉当时的时代氛围，二来可从中体味全书主旨包含的种种不祥之兆。

伸过手去摸摸秀芝遍体是汗。

“吓死我了！”秀芝坐起来说。

“你半夜三更大叫什么，你梦见什么了？”

“我梦见了刘金斗，金斗说要投胎做我儿子！”秀芝说，摸着自己的肚子。

“杜家这几天事太多了！”* 冬禄也睡不着了，他把给兰馨算卦的事告诉了秀芝。

“你不是从来不信这些吗？”

“这叫病急乱投医！”

“你给她算卦和我有什么关系？”秀芝下了地坐在马桶上，“你说你听算卦的说了些什么？”

“说兰馨要得儿子！”

秀芝大笑起来。

“你说兰馨会去了哪儿？”冬禄说。

“她去哪儿与我无关！”秀芝又上了床，把蚊帐掖好，“我不管别人怎样，我倒想要个儿子，你怎么不替我去算一卦看看我怀的是儿子还是闺女？”

秀芝停经已经近四个月了，肚子却不显大。

“我真怕他来投胎！”秀芝又想起了刚才做的怪梦。**

外面起风了，远处打梆子声孤寂单调地传过来。

“兰馨是不是跟什么男人跑了？”秀芝突然说。

冬禄最不愿听这种话：“你这辈子是要下割舌地狱的！”

“管他下什么地狱！”秀芝钻到被子里，“兰馨只要不死就不难找到，天底下割掉双耳的有几个，她走到天涯也会被人发现的。”

“你为什么对兰馨总是说三道四？”冬禄问秀芝。

“问你自己！”秀芝说。

“她失踪了你高兴？”冬禄又说。

* 越是事多，越能见出时代的天翻地覆。

** 心中有鬼的人，无不担心有报应。

“说不上！”秀芝把身子在被子里蜷缩起来，她自己认真想想，还真是说不上。秀芝倒是忽然想起了那只小猫，有些后悔。兰馨离开了杜家，你又能得到什么好处呢？秀芝像是听到这个声音从自己心底发出。

秀芝蜷缩在被子里用手抚摸着自己的肚子，微微隆起的肚子让秀芝的内心深处泛起一种从来没有过的温情和恐惧。*

一连几天过去，兰馨还是没有下落，老爷和冬禄到处托人去打听，贴寻人启事，但还是没有下落。

老爷和冬禄整天在外边忙，家里倒显得更加寂静无聊。

马姨娘这天在廊下给那缸蛋壳大的白莲花的缸里添水，她无意之中看到秀芝在她自己的屋子里裁剪小衣服。于是整个杜府都知道了二少奶奶有了身孕的事。当然最兴奋的还是老爷。

“这真是一喜一忧。”老爷说。

秀芝让冬禄把自己屋子里的画儿和月份牌都取了下来，据说这样对胎儿好。秀芝又去查了查历书，查到了五月胎神在碓磨处，可杜家是既无碓又无磨，秀芝便让李姐跟上自己去米店米碓边上烧了几炷香以敬胎神。

从米店回来的时候，秀芝突然和马姨娘吵了起来，原因是马姨娘那天往屋门外墙上钉了一枚钉子好用来挂叫蝈蝈笼子。**

秀芝听见砰砰砰钉钉子的声音，便从屋子里走出去一把搡开了正在钉钉子的福官，马姨娘从屋里出来便和秀芝吵了起来。

“从今天开始谁也不许乱在墙上钉钉子！属虎的也别进秀芝的屋子。”老爷对马姨娘说。老爷又说：“我没别的想望，我只想平平安安抱一个孙子。”

杜府下人里只有李姐属虎，从这天开始，李姐不再进秀芝的屋子，怕冲撞了秀芝肚子里的胎儿。

“去告诉厨房，不许做狗肉、獐子肉和獾子肉，虾米螃蟹也不许，姜和茴香也不许拿进院子里来。”老爷对马姨娘说。

* 将成为母亲的女人不会再是从前那样，从为人妻到为人母，委实是巨大的分水岭。

** 菊雪和兰馨走了，马姨娘和秀芝不冲突才怪！

马姨娘也不敢再说什么。从这天开始，她倒事事处处有些躲着秀芝。

秀芝陡然觉得自己的地位在杜家隆崇起来。*

兰馨依然没有下落。老爷这天却收到了春禄从日本寄来的信。这天老爷高兴极了也兴奋极了，春禄毕竟是老爷最疼爱的儿子。

春禄在信上说日本是个十分美丽的国家，庭院都那么漂亮干净。日本的男人也都很干净很白皙，习俗是穿靸拉板儿，和女人一块洗澡。还说日本好一点的庭院都有小池塘，水里有石凳。不像中国的花园只有花木，只种牡丹芍药。日本庭院即使连一株芦苇也十分珍视。还说日本的饭食太甜要不就太咸，信上最主要的消息莫过于说春禄和玉贞已经结了婚。

“那么菊雪呢！”老爷放下信说，“他怎么处置菊雪？玉贞算妾呢还是算姨娘？他留下个菊雪给谁？”**

马姨娘在一边很想笑。

菊雪虽说形式上是离家出走，但实际上是被杜家驱逐。但老爷头脑中的旧观念一如枯树老根！

“不知王府知道不知道这件事？”老爷说。老爷很担心这件事会惹得王爷大怒。要倒退几年，春禄是会被抓起来活活打死的。虽说皇上倒了，一个王府的格格嫁给王府的奴才还是说不过去。

“春禄这小子从小到大断不了给我添乱！”老爷说。

老爷把信看了又看，信一共厚厚写了七页，信上还说春禄眼下在日本一家学校学医，准备学成回国当医生。关于这一点，老爷倒在心里暗暗高兴。但最使老爷发愁的是春禄和玉贞结婚这一事实，老爷真怕王府怪罪下来。***

老爷这会儿又突然觉得不该让菊雪走掉，应该让她回来，她应该在杜家撑这个门面，要不让王府那边认为杜家赶走了菊雪让

* 母凭子贵，自古皆然。

** 老爷提出的问题也是读者关心的问题。

*** 皇上倒了，王府权威不倒。

春禄去娶玉贞，这事就更不容易说清。

“老爷您的意思是要把菊雪找回来吗？”马姨娘说，撇撇嘴又说，“我可不愿见这个贱人！”

“你总是事事先想自己，王府怪罪下来谁担得起？”老爷忧虑重重地说。

“皇上也倒了，王府能怎样？”马姨娘说。*

“去把冬禄叫来。”老爷让马姨娘去叫冬禄。冬禄过来的时候老爷就把自己的担心和想法对冬禄讲了。冬禄对菊雪的出走一直很同情，所以他很同意老爷的想法。“再说这事也不能全怨菊雪，”冬禄说，“哪个女人能容忍自己的男人和别的女人好？”

马姨娘对老爷要往回找菊雪感到很不安。但即使不安，也只能装在肚子里，马姨娘对春禄和玉贞的结合又很不满，但为什么不满又一时说不清，马姨娘有时就这么古怪。

“你木头木脑想什么？”老爷看着马姨娘。

“我想什么？”马姨娘看着老爷，“我什么也不想！我想过几天就是老爷的生日了。”马姨娘是突然想起这事的，“老爷你该好好儿过一个生日，院子里的天棚也该换了，左一个窟窿右一个窟窿，来了客人也不好看。”

“该换就换，马上就换！”老爷说。老爷让马姨娘取过皇历，算了算，还有七天。

“我能安心过生日吗，这么多事，又是兰馨、又是春禄、又是菊雪、又是王府！”老爷把黄历“啪”地一摔。**

“再事多该着怎么还应该怎么。”马姨娘说，“老爷您不是说凡事都有定数吗？你急顶什么用？”

“我怎么能够过到心上。”老爷说。

老爷确实过不到心上，这天傍晚警察署突然来了人，说城南城壕里浮起一具女尸，让杜家派人去看，老爷让冬禄去，冬禄去了，那具女尸已经给打捞了上来，冬禄过去一看，马上掉头就

* 说了句明白话。

** 这部小说很奇妙的一个方面就是屡次提到的王府始终没有正面描写，但读者眼里和感受里，总有一座王府。它充当了小说的某种象征意味。不论什么体裁的文学作品，象征意味都是少不了的。

走。“你怎么不细看！”警察署的人说。

“兰馨没耳朵！”冬禄说。

五

在杜府，这是极为忙碌的七天。

为了给老爷过生日，先是从棚铺请人来搭天棚。马姨娘让周正把各房的窗子都放下来，以免灰尘飞扬到屋子里。中院的花盆和鱼缸也暂时搬到前院去。棚铺来人搭天棚这天，秀芝和马姨娘都待在屋子里很感兴趣地看那三个工人身手矫健地爬到三四丈高的杆上去。这三个工人都是一手攀杆儿往上爬一手还抱着三两丈长的杉槁。马姨娘吩咐让把天棚挑得高一些，高出北屋房檐近三四尺，这样风吹来才不遮不蔽。天棚搭好，棚铺的工人请老爷出来验看，老爷把杉槁上拴的绳拉拉，天棚上的芦席就齐齐卷起来。[*]

“好！”老爷说，“七月十五看天河，八月十五看月亮。”

搭好天棚的当天下午，冰窖上又送来了大块的冰，马姨娘吩咐周正和福官把大红广漆的冰桶给抬到正厅里去。这时裁缝又来了，要给老爷赶制过生日那天穿的衣服，照老例，下人每人也格外赏一身夏衣。看着裁缝给老爷量完衣服的尺寸又去给下人挨着量，马姨娘心里突然很不是味儿——每逢年节或热闹的日子马姨娘总是这样，老爷过生日少爷过生日也不例外。

马姨娘也说不清自己内心不可遏止的冲动是怎么来的。她突然返身回到了自己的屋子启开了那口朱漆洒金大皮箱，她从箱子里取出了那条裙子，马姨娘逢年过节不止一次把这条猩红的裙子取出来对着镜子比来比去，然后再无比哀伤地把它放回去。这条猩红的裙子上绣着喜鹊梅花，梅花一共一百零八朵，这裙子可算是马姨娘的一桩秘密，家里几乎没人知道她偷偷做了这么一条裙子。[**]

* 老爷的这次生日看起来和以前一样，内在却不同了。

** 表面看，这条裙子是马姨娘作为女人的某种渴望，深入去看，未尝不是马姨娘也知道时代在变，一些清规戒律也会发生变化。

马姨娘把裙子从朱漆洒金大皮箱里取出来抖开，慢慢走近镜子。她常常想自己不知多会儿才能穿上这条裙子走出去，为什么姨娘就只配穿裤子而不能穿裙子？

马姨娘突然把裙子放下，自从她扬手打了菊雪之后，她内心发生了多大的变化别人很难察觉。马姨娘很难再像以前一样克制自己，一想到自己年近四十，她内心就一片苦涩。所以她就更难像以往一样事事忍耐。

马姨娘放下裙子后就突然从屋里走出去，她去找老爷，老爷正在正厅冰桶边的竹榻上喝茶，老爷最近喝茶胸口不再疼了。

马姨娘快步走近老爷："老爷，"马姨娘声紧气促地说，"您的好日子我要穿裙子！"马姨娘也不知道自己怎么就把这话一下子说了出来。

"你穿裙子？"老爷有些意外。*

"我进杜家小二十年了，我不要别的，我只要那天在客人面前穿裙子！"马姨娘觉得自己的心怦怦乱跳。

"你有裙子吗？你穿谁的？你要穿兰馨的吗？"老爷说，老爷上上下下打量一番马姨娘，"你这样不是很好吗！"

"我有裙子！"马姨娘说。

老爷不置可否地笑笑，但老爷很快把马姨娘要穿裙子的事告诉了冬禄和秀芝。

"皇上都倒了，还什么裙子裤子。"冬禄说。冬禄对这种事从来都是无所谓："我觉得女人还是穿裙子好，不穿裙子女人就没有味儿。"**

"她想穿裙子？"秀芝把手伸向冰桶，"那我该穿什么，凤冠霞帔吗？既然姨娘想穿裙子，那么就颠倒过来好啦，到那天我去穿裤子好了。"

"穿裤子又有什么不好。"冬禄看着秀芝，"外国女人都穿裤子呢。"***

* 虽是读者眼里的小事，却是杜家的大事，读者也就不由感到紧张。

** 冬禄毕竟比老爷更知道一切在变。马姨娘要穿裙子，实在不值得反应激烈。

*** 见过世面了。

"都让你说了！"秀芝说，"你都说了我还说什么！"

这天晚上马姨娘试着把那条裙子穿给陈妈看，陈妈连声说好，说姨娘你穿裙子又体面又好看又年轻许多！

第二天马姨娘把那条猩红的裙子晾到了院子里，说是晒晒霉气。

秀芝当然看到了这条遍绣梅花的大红裙。"马姨娘想得寸进尺吗！"秀芝对冬禄说。*

"无聊！"冬禄说，"皇上都管不了那许多，你管这些做什么？你好好儿养你的胎气不好吗？"

一说到肚子里的胎儿，秀芝的心气出乎意料的平静下来。自从有身孕以来，秀芝的脾气确实变了许多。

"到那天你不许闹事。"冬禄说。

"你怎么知道我要闹事？"秀芝反问冬禄，"难道杜家的事还少吗？又是兰馨，又是菊雪，又是春禄。"

冬禄听了这话很高兴，他从秀芝身后慢慢用胳膊把秀芝轻轻揽在怀里。在秀芝的脖子上鸟啄食样地亲了一下。

老爷的生日这天，府里请了不少人，桌子都排到了前院。厨子请的是京城名厨刘木莲，还从致美斋叫了四做鱼，又从月盛斋叫了松羊肉。秀芝这天穿着一身白绸绣淡粉芙蓉花的旗袍，在客人前周旋得体。最兴奋的还要数马姨娘，她从来都没在客人面前这么风光过，她穿着那条猩红梅花裙走来走去，简直是心花怒放。**

冬禄突然觉得自己的担心简直是多余，他瞅机会凑到秀芝耳边说："你歇歇，别累着。"

马姨娘也觉得有些意外，秀芝没生事让马姨娘竟产生了一种感激之情。

但秀芝毕竟是秀芝，她看着马姨娘喜形于色心里就不痛快，她想走开但她毕竟忍不住，该到她给老爷献茶的时候，她捧着梅

* 秀芝既然在和马姨娘斗，自然就不甘放过任何一个机会。

** 一生算计他人的马姨娘，在这天的兴奋超过了之前的每一天。

花形填漆茶盘慢慢走到老爷跟前，她捧着茶盘慢慢跪下去时突然“哎哟”了一声，一杯滚烫的茶汤便一滴不剩地扣在马姨娘的大红裙上。马姨娘回到自己屋子里去换裙子的时候陈妈也跟了过来。

“二少奶奶这杯茶洒得可真巧，真是不偏不倚。”陈妈说。

“你这话什么意思？”马姨娘把脱下的裙子搭在竹竿上。

“姨娘你还能不清楚吗？”陈妈用手巾一边擦大红裙上的茶叶梗一边说，“她怎么不把茶水扣在自己身上，扣在老爷身上？”*

“她还能扣几杯？”马姨娘冷笑起来，“她要有能耐就让她天天来扣。”

老爷生日过后，马姨娘正式穿起裙子来，这一年马姨娘三十九岁。

冬禄的皮货庄的小伙计刘金斗的家人这天来了，这家人是沙城的农民，为人老实厚道，连话都似乎不怎么敢说。冬禄把这家人接到前院下人的房里安顿下，这家人也不敢放声哭，只是缩成一堆儿默默流泪。老爷也去看了看，“多给人家一些钱。”老爷吩咐冬禄。**

刘金斗的尸首已经弄了回来，停在城东的兴国寺，只是人头在木杆上挂久了，先是发胀发紫发黑，然后就流臭水，待到找人通融把人头取回来，已经不是个样儿。

那个赶来葬子的老实巴交的父亲看到儿子这颗人头一头晕倒在地。

谁也想不到一个极漂亮棒实的年轻人在不到半月之间会变成这样。

“真是生死无常一转眼的事。”冬禄去兴国寺那边办完事回来坐在那里对秀芝说。

“吵什么，闹什么，轰轰烈烈也好，冷冷清清也好，到最后都是一转眼的事。”冬禄又说。

* 旁观者清，陈妈的老于世故在这几句话中显露无遗。

** 老爷心善，此中可见。

秀芝最怕听死人的事，但又想听。又怕听又想听便不由自主地激动起来，闭上眼就会看到刘金斗的人头挂在木杆上的情景，这天夜里秀芝浑身冷汗地从噩中辗转醒来，她发现冬禄还没睡，冬禄围着被子在床上坐着。

“你怎么还没睡？”

“我睡不着。”冬禄说。

“你怎么了？”秀芝说。

“没什么，”冬禄在暗中摸摸秀芝，“生生死死不过是一个过程，谁也料不到自己会碰到什么，即使碰到什么也不足为奇！不是生就是死罢了，生也不足奇，死也不足奇！”*

* 彻悟大语。

过完了生日，老爷让福官去打听菊雪的下落，老爷一想到菊雪就头疼，但一想到王府那边就更头疼。**

** 深宅大院，也只有这些事让老爷头疼，其他事似还没多少感觉，却也迟早会体会。

福官这几天一直在外边寻找菊雪，福官去了不少地方，当铺、烟馆、鸡毛小店、南城一带下等的地段，但就是没找到菊雪。福官在街上盲目地寻找差点闹出一桩笑话。那天他在街上看见一件大黑斗篷一闪便追了上去，他当时没看清那黑斗篷不是俄罗斯呢而是黑绉纱的。那黑斗篷被风一吹涨得像帆，他伸手去拽黑斗篷，那女人回过头来，福官才知道自己拉错了人。福官忙赔不是，那女人脸孔白白的可以看出是多施了些粉，长得挺秀气，在朦胧的暮霭中那女人对福官嫣然一笑，福官马上明白这女人是个半开门货，在趁着黄昏出来拉客。“对不住，我找错人了。”福官忙对那女人说。“你跟我来呀，你怕什么？”那女人说。那女人一看福官就动了心，面红耳赤的倒是福官。***

*** 见到福官动心，这一笔亦在交代福官有不同之处，为后文埋下伏笔。

“老爷，老爷！”这天天黑了以后，福官手里拿着一张报从外头急匆匆地回来。

“你急什么？你找到菊雪了吗？”老爷问，看着福官的一脸急相。

“不是菊雪，是报纸。”福官把一张报纸递给了老爷。

马姨娘也摇着团扇从外边走进来，马姨娘看着老爷把报纸慢慢抖开。老爷的目光在一排铅字上停下来：

《无耳女性哀怨记》

老爷不由得一怔。

站在一边的福官和马姨娘目睹了老爷脸上表情的急剧变化。报纸上的文章让老爷目瞪口呆，福官听见老爷的喉咙里杂乱地哼了一声。

“东瀛游子？”老爷说，“谁是东瀛游子？”

文章是东瀛游子写的。

福官明白东瀛就是日本，他想东瀛游子可能是日本留学生。*

冬禄闻讯也从他的屋子过到老爷这边来。冬禄把那张小报飞快地浏览了一遍。

“福官你真是有长进，懂得买报纸了！”冬禄说。

“照这么看，”冬禄又对老爷说，“兰馨一定有下落了，明天我去这家报馆打听一下东瀛游子的住处。”

“东瀛不就是日本吗，你去哪里打听，去日本？东瀛游子的意思不就是说这个人在日本游历吗？”

“如果此人在日本那文章怎么会投寄到这家报馆呢？”冬禄说。

老爷想想莫置可否。**

“我明天就去报馆。”冬禄说，冬禄很为这事兴奋，他把报纸拿到自己的屋子里去，文章写得十分动情，文笔也好，而且对杜家的事知道得十分详尽，文章十分同情兰馨的遭遇，但文章里没有提及兰馨出家为尼的事。

“会不会是春禄写的呢？”冬禄在灯下想。

秀芝对这件事也很感兴趣，她感兴趣的是文章里并没提到兰馨的名字，文章里一直用“香珠”这个名字。冬禄想了想猛地一

* 读者的本能反应是春禄所写，不知究竟是不是。

** 新生事物在老爷那里，终是不了解，亦不愿了解的居多。

拍桌子，他把“香珠”这两个字写给秀芝：“你还不明白吗？”

“你敢说香珠就是兰馨吗？”秀芝说。

“香珠不是兰馨又会是谁呢？兰花的别名不是叫‘香祖’吗？香珠——香祖，一定是兰馨！”冬禄更兴奋了。

“是她不是她又有什么用，反正兰馨人也不见了。”秀芝说，秀芝用一把扇子周身上下地扇着，“你现在就是有猫也无处可送。”

“你怎么还这么说，你不怕报应吗？”冬禄说。

秀芝莫名其妙地打了个寒战。*

第二天上午，冬禄坐着人力车去了《白话晚报》的报馆。报馆主人是个瘦骨伶仃面有烟容的中年男子，穿着十分破旧的羽纱大褂正在报馆的桌子上打瞌睡。一听说冬禄要打听东瀛游子的地址，便马上把一个地址写在纸上递给冬禄。报馆主人把冬禄送出门，还给了冬禄一张他自己的名片，冬禄才知道此人是大名鼎鼎的言情小说家陆凤飞，有时又写作“陆分非”。

冬禄很想马上见到这个名叫东瀛游子的人，想知道他长得什么样。

冬禄按着纸条上的地址在宫前八号找到了那个地方，冬禄下了人力车感到大失所望，原来那是一家小邮局，冬禄还走进邮局问人家里面有没有东瀛游子这么个人，邮局里办公的邮差用奇怪的眼光看着冬禄说，“你找谁？谁是东瀛游子？”

邮局里没有东瀛游子这个人，照这么说，稿件是直接从邮局寄到报馆的，冬禄再一次猜测东瀛游子可能就是春禄。**

回到家已经是中午时分了。人力车在杜府门口停下，早在门口候着的福官忙跑下台阶：“少爷，家里来了许多人。”福官对冬禄说。

“是当兵的吗？”冬禄很怕当兵的。

“不是！”福官说，“是一些闲人。”

* 动作比语言更反映内心。

** 悬念浓烈，冬禄的猜测也是读者的猜测，作者偏偏不揭谜底。小说应当如此。

“闲人来做什么？”冬禄有些奇怪。

“还有报馆的。”福官又说。

冬禄便马上明白了是怎么回事。冬禄已经预料到了这种事，冬禄快步走进前院，就看见有四五个人在前院廊下待着，冬禄没和这些人打招呼，他直接往中院走。老周正在中院门口守着，不让这些人进到中院去。*

“把大门关起来。”冬禄低声对周正说，“怎么把这些人放进院子！”

看见冬禄要进中院去，那几个人便围了上来。冬禄看着那些人心里突然一动，他停下脚步。

“你们要做什么？”冬禄明知故问。

“我们要见见你们杜府上的兰馨。”那些人说。

冬禄突然微微笑起来：“你们去雨花庵吧，她已经出家了，在雨花庵。”

冬禄为自己的灵机一动而感到得意，记者和这些好事者涌到雨花庵去不是会为寻找兰馨提供更多的可能吗？

那帮子闲人和记者果真去了雨花庵，这是第二天的事情。

“咱们家快成侦缉所了，”秀芝说，“又是找兰馨又是找菊雪，一下子两个人下落不明！”

“实际上也不必这么找，”冬禄说，“人活着凡事都有定数，什么时候走，什么时候来，都早已定准了的。”**

这话还真让冬禄说准了。

福官在外边转了好多天都没找到菊雪，想不到那天被冬禄碰见了。

京城南面的胭脂巷是有名的烟花地段。那里聚居着不少半开门的暗娼，胭脂巷是一条十分狭长的宽夹道，夹道东边是米市大街的出口，有名的大菜馆“风来月轩”就在巷口上。冬禄想不到

* 报纸的力量在它诞生之初就迸发得令人惊讶。

** 冬禄的成长与成熟令人印象深刻。作者对人物的刻画极为成功。

会在“风来月轩”里碰到菊雪。

菊雪这天穿得十分漂亮，白纺绸小窄袄上钉着纯银的亮片，袖子依时下流行的款式做得很俏很窄，脖子上是一串光泽内敛状如石榴子样的芙蓉石项链。脚下是女学生喜欢穿的黑布鞋，不知情的人会以为菊雪是女学生，是大家庭出来走向洋学堂的女学生！她坐在“风来月轩”临街的窗子前是那么醒目，所以冬禄一眼便看到了她。

走近了，冬禄才发现菊雪虽薄施了脂粉，但眼圈有些发青。

“你怎么会在这里？”冬禄的出现也让菊雪感到意外。

“这里怎么了，难道不比杜家好吗？”菊雪说。*

“老爷让福官出来找了你好长时间了。”冬禄告诉菊雪，冬禄看看周围，发现有人朝这边看。

“想让我回去吗？”菊雪说，“那好办，用小轿来抬我好了，抬轿的只要两个人，前边是春禄后边是老爷！”菊雪说着忍不住笑起来。

菊雪的笑声引起更多的人朝这边看，冬禄的脸便红起来。他站起来，突然又想起报纸的事：“那张《白话晚报》你看到了吗？”

冬禄明白自己已经不可能不处处提到兰馨，无论认识的人或不认识的人，冬禄总是利用一切机会去打听兰馨的消息，那张《白话晚报》都快揉烂了，但还在冬禄口袋里装着，有空就拿出来给遇到的人看，但总是得不到有关兰馨的消息。

“猫耳朵不是我铰的！”菊雪又黑又细的眉毛颦蹙起来，“我为什么铰猫耳朵，我是那种人吗？”**

冬禄听得出菊雪已经看了那张小报。冬禄也想起小报上的那篇文章里像是提到铰猫耳朵的事。冬禄这么想着便把报纸拿出来，果然上边写着三少奶奶剪猫耳朵怎么回事怎么回事。

“报上的话你也信？这又不是杜家人所为。”冬禄对菊雪说。

* 问得好！人在何处和靠什么生存，都只有自己选择的才觉得没有被逼迫，令人感觉心安。至少在菊雪眼里，任何一地，都比杜家要好。

** 语含蔑视，菊雪对加给自己的委屈已经不像曾经了。

“不是杜家人写的也是杜家人传出来的，会是别人吗？”菊雪把胳膊架在桌子上用手托着白白尖尖的下巴，“我为什么回杜家，我不花杜家一个钱也活得下去！杜家不是想让我死吗？把砒霜包给我！我要看看到底是谁死！到底谁好看！”

“你告诉我你现在住在哪儿？”冬禄皱皱眉站起来。

菊雪唇边突然露出一丝苦笑：“我住在什么地方吗？”菊雪把话岔开，“你看我把以前在杜家的衣服全卖了，一件也不留，我不愿意想起杜家。”菊雪把两只胳膊张开：“你看我还像以前吗？所以你二少爷也别问我住在什么地方。”菊雪忽然从袖口里把那块淡雪青的手帕伤感地掏了出来，“我只留下这块手帕，上边有我在杜家流的眼泪！”

菊雪慢慢把手帕展开，手帕薄薄的淡淡的软软的。“其实这个世界什么能留得住呢？”菊雪苦笑着说。*

“你回来吧。”冬禄的心忽然变得像菊雪手里的那方手帕，软软的。

菊雪眼圈渐渐红起来，黑黑的细眉也颦蹙起来。

冬禄临离开“风来月轩”时，想起把身上仅带着的五块大洋递给了菊雪。菊雪想了想还是没收。**

冬禄很怕被人看见自己在这种地方出入，便溜一样离开了“风来月轩”，离开了“风来月轩”又突然后悔为什么不悄悄跟在菊雪后边看她去哪儿。这么一想，冬禄又停住脚步转回身去。待冬禄再次回到“风来月轩”时，发现菊雪已经不在了，有个留着花白细辫子的老头坐了那个座儿，老头穿着油光光的潞绸长衫，把自己带来的鸟儿搁在茶桌上，正用长长的灰指甲伸进笼子逗鸟，这老头还戴着指甲套。

“刚才那位女士每天都来吗？”冬禄把一个小伙计拉到一边小声问。***

“哪位？”小伙计说。

* 有哲理的话不是只哲学家才说得出，生活会让每个进入过的人知道生活中有什么哲理。

** 不收冬禄的钱，体现了菊雪性格刚硬的一面。

*** 此时的冬禄，该是提心吊胆。

“穿白绸上衣坐在那个座儿上的。”

“差不多天天来吃早点。”小伙计笑笑说，用异样的目光看冬禄。

“那么我给你一块钱，”冬禄把一块银元放到小伙计的手里，“你想法弄清她在什么地方住好吗？”

小伙计马上变得点头哈腰起来，*“有比她好的你要吗？还没开苞。”小伙计突然放低声音诡谲地说。

“瞎说！”冬禄说，“你说到哪儿啦！”

小伙计忙赔着笑脸赔不是。

冬禄很快就知道了菊雪的住处，不出冬禄所料，菊雪就住在“风来月轩”后边的胭脂巷里。那个小伙计告诉他那个小院子的标记：院子不大，是小三合院，住着一对老夫妻，老头又干又瘦姓林，在教一个女孩子唱戏，那个女孩子也不知是从什么地方领来的，每天清早一起来就“咿咿呀呀”，院子里那株枣树很大，院子后边的榆树却又矮又小。

“风来月轩”的那个小伙计还悄悄领着冬禄去那个小院子外看了看。

冬禄是坐了一辆讲究的马车去的菊雪那里，他想顺便就把菊雪接回家，冬禄让车夫在“风来月轩”旁边的巷子里等着，自己下车走进巷子里，巷子窄，车是赶不进来的。

冬禄来到那个小三合院子的门口，还没敲门，就听见里边的那个老头厉声训斥小女孩的声音，然后又是胡琴的“吱咯吱咯”。小女孩唱了一句又给骂住，老头又拉、小女孩又唱、又骂、又唱，接着是“啪”的一声。**

小女孩唱的是苏三起解，冬禄紧接着听见老头细着嗓子示范了一句，想不到声腔还挺美。冬禄就这时敲了敲门。

“找谁？”里边的老头问。

“您开开门。”冬禄在外边说。

* 钱能通神，从来没变，这个『马上』神来之笔。

** 杜家外的世界，冬禄只会感到陌生。菊雪此时的状况冬禄有所预感，却又不愿相信，作者详写菊雪所在环境，也就是写出冬禄心情。

里边的老头听出是年轻男人的声音便放下胡琴开了门，门开处，冬禄看到一张既老又黑皱了吧唧的老脸，冬禄想不到这么个老头会唱出刚才那么动听的一句。冬禄觉得这老头年轻时一准是哪个戏班的名角儿。

“您找谁？”老头看着冬禄。

“我找黄菊雪。”冬禄说。

那老头就笑笑，也并不把身子让开放冬禄进去。

“您待会儿来吧，”老头笑笑说，“刚进去一位还没出来呢！”

冬禄大大吃了一惊，冬禄听不出这话的味道谁还听得出！

“这个院里住的是黄菊雪吗？”冬禄急忙又问。

“没错儿！”老头说，“您待会儿来吧。这儿僻静，没人打扰。”

冬禄不敢再出声，不敢再说什么，冬禄从来没往这方面想过！*

冬禄急忙走出巷口重新又坐在马车里的时候头有些发蒙：“快走！快走！”冬禄对车夫说。

马车从巷子口走出不远，冬禄又突然用脚蹬车板：“回去，回去。”

车夫就又把车子往回赶，车子又赶到了“风来月轩”门口时，冬禄心里没了主意。

不出老爷所料，王府果然很快知道了春禄和玉贞在日本结婚的事。王爷这天把老爷传了去。

“王爷火透了！”王府门房对老爷说，“你留点神。”

老爷进了王府没马上见到王爷，执事让老爷先去吉祥所旁边的那间房里候着。老爷一颗心七上八下坐在冷板凳上不敢随便走动，一直从上午等到中午也没见有人来叫，又等过了中午还是没有人来叫。又等到下午还没见有人来，光听见吉祥所旁边那株核

* 杜家的少奶奶不可能堕落到这步田地吗？只能说明冬禄还摆不脱固有的或自以为有的身份。

桃树上的蝉在叫。

老爷是越想越怕，怕王爷降罪下来，* 又越想越恨，恨春禄远在日本倒自在逍遥。

等到后来，老爷怎么也坐不住了，他站起来想开门出去，想不到门被从外边锁了，老爷这一惊不小，王府的奴才都知道王爷的厉害，王爷处置下人的方法种种样样非外人所能知道。方法之一是“叫热”，让下人穿上皮袄皮裤站到太阳下边去，用不了小半天，人非晕死过去不可。

老爷被锁在吉祥所旁的屋子里就那么过了一夜，这一天一夜既没吃饭又没喝水。老爷憋得不行，只好把一泡尿尿到床脚下。**

第二天老爷还只能等人来，快到中午的时候，门外才有了响动，锁子开了，是执事小来喜，他都快六十了还被人叫小来喜。小来喜和老爷一样都是王府的家生奴，彼此交情不是一天半天。

“快走吧！”小来喜说。

“王爷不叫了？”老爷说。

“你还等叫，”小来喜说，“不是皇上倒了，还不‘热死’你！”小来喜停停又说，“王爷昨晚儿走了，去天津了。”

“王爷走了？”老爷一惊，愣住了，“还回来不回来？”

“说是回来，”小来喜停停又说，“带走不少东西！”

老爷从王府旁门出来急匆匆赶回了家。家里也乱了一夜，马姨娘让福官去王府打听消息，结果连门也没让进。

老爷是又饿又渴又火又气，马姨娘让厨房马上端饭菜，老爷从没像今天觉得饭菜这么香过，羊肉丸冬瓜汤，清蒸火腿，大片鲍鱼，很快给老爷吃了个精光。吃完了饭老爷才发起火来，抓起一碗米饭“啪”地掼到地上说这也叫饭菜吗！马姨娘最清楚不过老爷的脾气，便又去端茶，结果是老爷又掼了一只茶杯，掼完了茶杯老爷就让马姨娘侍候自己去睡觉，这会儿才是下午两点多。

* 王爷还能不能降罪是一个问题，但在杜老爷那里，从来就不是一个问题。

** 王爷的威风和权力在老爷那里将始终奏效。这细节绝佳。

老爷躺下后忽然说床帐上的小洋表吵得慌，但老爷不去摔表，让马姨娘把小洋表一一摘下来包在一大块织锦台布里。老爷这才睡去。*

傍晚，王府又来了人，是玉贞的贴身丫鬟草珠，草珠原名叫金珠，王爷说一个下女还什么金啊银的，就叫草珠吧，所以改了名儿叫草珠。

草珠穿着桃红绉纱的阔袖大褂，褂上缘着三指宽的月白绦子，看上去很漂亮，不知底细的人是很难看出她是做下人的。

草珠急匆匆提来一个大包袱，说是王爷给玉贞留下的。

草珠来去匆匆，放下包袱就走了。

老爷让马姨娘把那个包袱打开，想不到里边竟是一把小藏刀、一段白绫子、一个红黑二色千层漆的小漆盒。

老爷让马姨娘把小漆盒打开，里边有一块玦，羊脂玉的玦，像一弯新月，给一条鹅黄丝绳系着，丝绳很粗，恰不能从玦的缺口滑出来。

“是不是让玉贞去死？”马姨娘一看包里的东西也明白了。

“都什么时候了，皇上都倒了，王爷还来这一套！”这句话从老爷的嘴里脱口而出。**

冬禄想不到老爷会说出这话，便从侧面看定了老爷。

“树倒猢狲散！”老爷突然又说，“王爷跑到天津去了！”

冬禄更想不到会有这事。

“春禄这小子就是想当奴才也当不成了！”老爷又说。***

“不当奴才还不好！”马姨娘说，她把那块玉玦搁在老脸上抚着，玉玦凉凉的。

“谁给你银子花！”老爷说，“你让我推上车去卖花吗？冬天去卖蝴蝶？”

王爷去天津的消息令冬禄十分激动，他马上回到自己的屋子把这消息告诉了秀芝。秀芝觉得冬禄是大惊小怪。秀芝关心的是

*在外受了委屈和羞辱的人总喜欢回家后发泄，老爷也不例外。

**终于明白了还是一直装不明白？『脱口而出』四字倒是提供了答案。

***以为春禄想当奴才，不过是老爷从自己角度出发的一厢情愿，从中见出老爷的人生惯性思维。

王府的王爷对玉贞和春禄结婚有什么表示、怎么说。

“我想王爷也顾不了许多了。”

秀芝倒很想看看那个玦。但她懒得动，“兰馨没这个福分。”秀芝突然说。

冬禄没听懂秀芝在说什么。

“菊雪也没这个福分！”秀芝又说。

“什么福分？”冬禄问。

“和王府格格是妯娌啊！”秀芝说。

冬禄忍不住大笑起来，他觉得秀芝真是可笑！*

“旧时王谢堂前燕，飞入寻常百姓家。”冬禄突然脱口念出这两句诗来。**

六

关于菊雪的事冬禄没对家里的任何人说。但世上难找不透风的墙，杜府的下人们很快知道了菊雪在胭脂巷的作为。但杜府下人都不敢去对老爷和马姨娘讲，连陈妈也不敢，下人们只在前院嘁嘁喳喳。

陈妈是个多嘴多舌的下人，好几次她都忍不住想对马姨娘把菊雪的事讲出来，但想了想还是闭了嘴。但陈妈怎么能够忍得住！这天她终于把菊雪在胭脂巷的事对马姨娘抖搂了出来。

“好哇！”马姨娘兴奋地大叫起来，把手中的团扇往桌上“啪”地一摔，“老爷想让她回来，老爷是嫌这个院子干净吗？”***

这天正好裁缝给马姨娘送来一条新做好的青莲色绣石榴花的百褶裙。马姨娘正一朵一朵挨着看裙上绣的银元大的石榴花，陈妈这么一说，马姨娘也不看裙子了。

“贱货就是贱货，她一进这个家我就看得出她是贱货！”马姨娘一边走一边说，一边去正厅找老爷。院子里的人谁也无法忽略她的声音。

* 冬禄觉秀芝可笑，亦让人觉秀芝视野之窄，可怜可叹。

** 好诗用在关键时刻。

*** 马姨娘对菊雪的惨状只觉兴奋，令人反感，却又恰恰是这个形象刻画得成功之处。

老爷在正厅竹榻上躺着，老爷的消夏方式就是躺在冰桶边的竹榻上不停地喝茶或睡觉。一入伏，老爷就很少出门，正厅前的两大缸荷花一红一白地开着。

马姨娘风风火火走到半道儿又停了下来，自从王爷去了天津以后，老爷一直不高兴，老爷不高兴的表现是不停地骂人摔东西，或者是嫌廊下的鸟叫得厉害，你要是把鸟笼挂开，老爷又会说连鸟叫也不让人听了吗？

马姨娘又慢慢走了回去："陈妈，陈妈。"马姨娘把陈妈喊过去。

"真有那事吗？"马姨娘又问陈妈。

"怎么会没有！"陈妈一拍巴掌，"她住的那个院子是陈子和的房，陈子和是我远房的侄子。这还会有错？陈子和早先是唱旦的，抽大烟抽得上不了台了。"

马姨娘笑笑："真有这事你去对老爷说说好吗？"

"我？"陈妈愣了，"让我去对老爷说？"

"你去说最合适。"马姨娘说。*

"我不去。"陈妈想想说，"老爷生气怎么办？"

"你是杜家的老人，老爷会生你的气吗？"马姨娘用团扇轻轻敲敲大理石桌面，"菊雪都变成男人们的玩物了，你知道了不对老爷说，老爷不怪你吗？"

"我宁愿让老爷怪，也不愿让老爷骂！"陈妈想想又说。

马姨娘看着陈妈想了想，把团扇轻轻放下，然后轻轻走到自己的箱笼前把一个箱子打开。慢慢把一件黑底香芸纱的夹袄取出来，马姨娘把这件香芸纱夹袄放到桌上，察觉出陈妈的眼里有一丝兴奋的神采一掠而过。

"陈妈你拿去好啦，"马姨娘说，"这是我的衣服，还没穿过，别人我是不会给的。"**

陈妈脸上突然有了卑琐而浅薄的笑容："姨娘这么厚待我，我

* 笑里藏刀，用心险毒。

** 收买陈妈这样的人心，一件衣服够了。马姨娘手腕低级，却是有效。

去对老爷说好了。”

“下人是什么东西！”马姨娘看着陈妈夹着衣服出去在心里说，“下人是狗，给一块骨头就会摇尾巴！”*

秀芝在对过屋子里看到了陈妈从马姨娘的屋子里出来，看见陈妈腋下夹着件衣服，看着陈妈走出了中院去了前院。秀芝想知道陈妈在为马姨娘做什么，但明白这不可能让自己知道。在炎热的天气里人们都显得烦躁而无聊，秀芝也不例外，要在往常，秀芝会喊住陈妈，但秀芝因为上次卖衣服的事得罪了陈妈所以不便喊。在杜府，得罪下人也不是件小事，**好几次秀芝差陈妈出去买瓜子，买回来的都是潮的，味道又不对。杜府的人买零七八碎的东西历来都是差陈妈去，包括马姨娘爱吃的蜜渍草莓。

秀芝又坐下吃她的炒花生，她最近总觉得自己有些恍恍惚惚。她总像是能听到自己肚子里那个小生命在时时和自己说话。

比如她这会儿吃花生的时候就像突然听到了一个小声音在说：“到后园凉亭上去吃！”

秀芝就果真站起来，她撩开竹帘走出了屋子，走出了中院。

秀芝有时候连自己都觉得奇怪，有时她会突然听到肚子里的胎儿说：“我要吃萝卜！”于是她就去吃萝卜。“去看北斗星！”有一次她竟听到了这么一句，于是她就走出去抬头看北斗星。她看着觉得北斗七星清澈的光芒正一点一滴像水一样浸入到自己的身体里。“她算什么东西！不要理她！”秀芝还听到这种声音，秀芝觉得很怪。“她是谁？”她还问自己肚子里的胎儿。于是就又像听到了那个声音在说：“她是马姨娘！”***

秀芝走出了自己的屋子，走进了后园，她快步走过炙人的太阳，来到凉亭上。凉亭上的石凳凉爽宜人。她坐下后看看左右没人便慢慢把手放在自己隆起的肚子上。她已经给肚子里的胎儿取了个名字：麟儿。

怀上孩子以后，秀芝看了女鉴里边的胎教：莫食恶食，莫听

* 也难怪有此定义。

** 阎王好见，小鬼难求，杜家的小鬼便是这些下人了。

*** 明明是秀芝自己想说的话，假托是肚内的孩子，艺术手法巧妙。

恶语，莫观恶色，莫起恶念，莫近恶声。*

端午节那天，秀芝去了一趟城东的大华严寺，她把那只绿玉手镯施舍给了那里的方丈。

那只绿玉镯来路不明只有秀芝自己知道。大华严寺的方丈奇怪杜家的二少奶奶怎么会施舍这么贵重的东西。

"今年是酉鸡年，女施主千万不可让属虎的人进屋子，酉鸡怕寅虎！"方丈兴奋之余这么嘱咐秀芝。

秀芝便马上让跟随在后的李姐去买了两只鸡去放了生。**放生的鸡都养在大华严寺宝殿后边的院子里，都很自由地啄食啼鸣，据说有一只鸡还是同治帝放生的，尾羽有一丈多长，只不过寻常难以见到。秀芝这天没在寺里多待，因为寺里这天正好施粥，赶来喝粥的穷人很多，所以庙里热闹异常，且加上四五个年轻和尚一边敲大锣一边喊："虔诚人们，落座喝茶喝粥。"当然落座喝粥的不都是穷人，不少善男信女们也坐下喝那份儿粥。

秀芝在后园凉亭小坐了一会儿，又回到中院自己的屋子里。她拿起桌上果盘里的一根鲜红的小水萝卜慢慢吃起来。她认为吃这样的东西可以使自己生一个男孩子。

晚上，陈妈又挟上那件衣服过来找马姨娘。陈妈显得有些不好意思。她把叠好了的那件香芸纱衣服轻轻放到桌上。陈妈回到下人的房里把事情前前后后都想了想，她觉得有些怕。

"姨娘你还是让福官去吧，老爷不是让福官去找菊雪的吗？"陈妈说。

"你不去说就不说好了，怎么又把衣服拿回来。"马姨娘感到很失望，淡淡地说。

马姨娘整整一个下午都在等着好戏开场，想不到陈妈竟然不敢去说！***

老爷前不久一块小洋表坏了，这天下午老爷请了天津卫的一

* 做人便应如此，可惜秀芝不是这样。

** 表面文章做得再好，却改变不了秀芝平素为人。

*** 陈妈不傻。

个表匠来拆小表里的小钻石，老爷说小洋表里一共有二十四颗小钻石，扔了多可惜！谁想得到那个表匠把小洋表拆得一塌糊涂。最后连一粒小钻石也没找到。老爷怀疑是不是那个表匠把钻石偷偷拿走了。

“拆下那二十四颗小钻石就给你做一个头饰好了。”老爷还对马姨娘说。

“怎么会没有呢？”天津卫的表匠前脚一走，老爷就过去看那一小堆零件。

“老爷您把表壳改成一个鼻烟壶吧。”那个表匠临走说，“眼下可时兴呢，挂在胸前明看是块表，用起来是鼻烟壶。”

老爷吃过晚饭就把那个空表壳打开关上地看，还捏了一小撮鼻烟放进去看了看。突然觉得没兴趣了。*

老爷最近上街身上不带表了。老爷的一位好朋友、开古玩店的岳祥仙，挂着一块怀表上街给乱兵拽了去。乱兵拽不下怀表还有些生气，就一手抓住岳祥仙的辫子一手使劲。倒把岳祥仙的辫子连帽子都给拽下来，原来岳祥仙也把辫子剪了，闹得远远近近传为笑话，闹得胸前挂有洋表的人都惶惶然。

“真是乱世出乱事！”老爷说。**

马姨娘知道老爷因为小洋表里没拆出钻石而不高兴，马姨娘明白这会儿去对老爷说菊雪的事也许正是时候。但谁去说，怎么说？

马姨娘也不愿去找这个霉头。

“让她自个儿烂吧！”马姨娘对陈妈说。

那帮子涌到杜府要想见兰馨的无聊的记者被冬禄一句话打发到了雨花庵。想不到就此爆出了一条惊人的大新闻。***

事情是这样的，当那些人去了雨花庵把尼太找来问兰馨的事情时，一个叫胡芝生的人去厕所。庵里没有供男人使用的厕所，

* 围绕老爷的细节巨细无遗，老爷的性格却还讳莫如深。也是老爷诸般心事深沉所致。

** 能一语中的，是谁都明白世道之乱。

*** 新生事物报纸的力量再次让人见识。时代总是要变的，新事物有人喜，有人憎，但谁也无法判断它蕴含的能量。

这个胡芝生便到庵门外不远处专供男香客用的厕所里去。却意外地发现了厕所坑里丢着一具赤红的死婴。雨花庵周围又没有人家，死婴由何而来？实在令人生疑。胡芝生便花钱雇了就近的一个乡下人，把那死婴从厕所打捞上来，臭烘烘地带到庵里去。

尼太自然不会承认有关死婴的事，但是关于雨花庵附近发现死婴的事第二天就见了报，这在京城一下子引起了轰动。

雨花庵的尼太想不到事情会发展到这种地步，第二天天不亮就听见庵外“咚咚咚”的敲门声。尼太慌慌张张让一个小尼姑去开门，她自己却躲在正殿的楼上朝外看，发现进来的是些带枪的兵，原来是自土诚手下的刘复堂恰好那天看了报，这还了得！便派了一个排剿匪一样来剿尼姑。

士兵把庵里十二个尼姑全部押走了，独不见了尼太。搜到庵后才发现庵后的那个小门开了，那十二个尼姑根本经不住盘问，便把庵里的实情招了，想不到雨花庵竟是个淫荡窝所在。十二个尼姑中很容易就找出了那个刚生过孩子的。那个小尼姑颇有姿色，是河北清河县人，法名妙空，一经审讯，公堂大哗，原来这十二个尼姑个个都被尼太用药蒙过去让人破了身子的，这消息很快见诸报端。*

不久，人们在庵后发现了吊死在树上的尼太，尼太俗名白慧娟，河南郑州人，死时才三十二岁。

审讯自然要问到失踪的兰馨。

曾经去过杜府的那个小尼姑招供说那天晚上看见尼太领过一个男子到了兰馨的屋子，那时是夜里十点多，想必兰馨也吃了尼太下的蒙药任凭那男子轻薄了。**

雨花庵花案是民国四年京城里的一大要闻。各家报纸都登了这方面的消息，吃惊而愤愤的是杜家，老爷想不到清清白白的兰馨竟落得如此下场。

雨花庵被查封了，那十二个尼姑都被发落还俗，其中有两个

* 乱世中的佛门也不清净。

** 读来惊心动魄，兰馨的命运令人揪心。

面目姣好的不久又入了娼门，落籍在胭脂巷里有名的翠花楼，一时翠花楼门庭若市，嫖客纷纷趋之若鹜。

老爷又让周正和福官去到雨花庵周围再打听打听有关兰馨的消息，结果又是无获而归。只有一个放羊的老汉说，两个多月前曾见到过一个尼姑从雨花庵西边的李家庄走过，这尼姑长得白白瘦瘦，边走边哭，听情形好像是兰馨。但算一算，时间上又像对不上，兰馨已经失踪有三四个月了。*

*这一悬念，吊足读者胃口。

第四卷

一

发生了雨花庵事件之后又过了好长时间，冬禄又去了一次胭脂巷。冬禄认真地想过，他想劝菊雪不要再干那种生涯。去之前，冬禄从皮货庄给菊雪带了一百块银元，准备交给菊雪，让她回她的老家扬州。菊雪的父母眼下都不在京城，菊雪的祖父去世后她的父母回乡奔丧就一直没有回来。

冬禄在“风来月轩”门前下了车，他让车夫在巷口等着，然后一个人朝胭脂巷深处走去。

敲了敲那个小三合院的门，来开门的竟是一个老女人，“您找谁？”那老女人问，冬禄便告诉她是来找菊雪的。“早搬走了。”那老女人说。“因为，”那老女人口齿不清地说，“因为以前这个院里的那个学唱戏的小女孩扎水缸死了。”“死了！”冬禄吃了一惊。“好惨呐，头泡得有这么大！”老女人比画着。*

“她们搬到什么地方您知道吗？”

“不知道！”那老女人上上下下打量冬禄，然后把门慢慢掩起来。

冬禄转身离开时，那扇小院门又“呀”地开了一条缝，那老女人探出头来一直看着冬禄走出巷子。**

*菊雪失踪，是一意外，小女孩之死，是又一意外。悬念迭起，扣人心弦。

**好警惕！

秀芝的肚子是一天比一天大，随着行走不便秀芝便很少走出她的屋子。她在自己的屋子里给尚未出世的孩子一共做了九套小衣服。

秀芝这天把福官喊了过去。秀芝这天不知怎么就突然想到了王府看后门的吴大，吴大的父亲快九十了，是这一带岁数最大的人，和他的儿子一块住在王府的下处。

“你去找吴大把他父亲的旧衣服要几件来好吗？”秀芝对福官说。秀芝要用吴大父亲的柔软的旧衣服给尚未出世的孩子扯些尿布，据说用长寿的人的衣服给小孩做尿布孩子也会长寿。

“要旧衣服？”福官不明白秀芝要旧衣服做什么，“二少奶奶你要给二少爷做鞋吗？”

“做什么鞋？我是做鞋的吗？”秀芝说。她站起来，去床头那只大樟木躺柜里取出一段烟色的料子，“你把这个顺便给了吴大，这就叫以新换旧！”秀芝又告诉福官，要旧衣服是为了给小孩做尿布。*

福官接过料子，看看上边“卍”字不断头的图案，然后又把料子放下。

“让陈妈去吧，”福官说，“我怎么会做这种事情。”

“你去吧，”秀芝脸上突然有了笑容，“你做完这件事再给我去跑一百家好吗？”**

“一百家？”福官不明白跑一百家做什么。

“我要给小少爷做一件百家衣，你一家一家替我去要些布头好吗？”秀芝依然笑着说。福官发现秀芝怀孕以来越来越丑。一个女人因怀孕而产生那么大的变化真令人害怕！

“二少奶奶你让我做别的都可以，我怎么会挨门挨户要布头？”福官突然想笑，“你要我给你打洗头水吗？”

“一百家也不难，”秀芝说，“不出咱们杜家就可以要不少布头。”

* 为孩子着想时的秀芝不再令人觉得可恶，母性的激发，不知会不会让秀芝脱胎换骨。

** 若是皇上未倒，秀芝未必会做这些事。这些细节总让人体会，秀芝她们身置室内，也知道室外的变化已势不可当。

“咱们杜家的也算吗，杜家上上下下不都是一家吗？”

“一家？”秀芝笑了笑，“我和马姨娘是一家吗？”秀芝想想又说，“什么一家不一家的多无聊，你去要吧，每人要一小块儿就行，要够了我赏你一双双梁鞋好吗？”

福官觉得这事很新鲜，福官突然想对秀芝说最好上街去朝那些乱兵要，街上的乱兵要多少有多少！那些乱兵多横多坏多厉害！这样那百家衣才不一般！福官忍不住笑了起来。

“你笑什么？”秀芝说，摸摸自己的脸，“你笑我吗？”

“我怎么敢！”福官说。

“那你笑什么？”秀芝又看看镜子。

“我不愿去干这种事，二少奶奶你想想，我花花绿绿抱一大包布头不好笑吗？”

“下人还怕什么好笑不好笑！”秀芝想这么说，但她没说出口，秀芝突然有些不高兴。

“这是女人们做的事！”福官又说。*

秀芝听见这种话从福官嘴里说出来觉得很新鲜，福官以前从没这么说过话。“你不去让谁去？”秀芝就说，“总不能让少爷去吧！”

“让谁去你二少奶奶自己想好了。”福官说，突然笑了笑，“反正这种事我不去，我可以干别的。”

秀芝很吃惊，她想不到福官会说这种话：“你不是还给菊雪下跪吗？”秀芝的语调尖刻起来，“要布头比下跪还难受吗？”秀芝盯着福官。

“下跪？”福官的脸唰地红了。

秀芝盯着福官那张脸，发现福官的上唇已长出了黑黑的胡髭。秀芝以为福官在改变主意，想不到福官一下子转过了身子走了出去，走到外边福官又停下，隔着帘子说：

“二少奶奶你以为我只会做下人下跪吗？我还可以干

* 福官也变了，只是自己还不知道。

别的！”*

秀芝怎么能听出福官话里有话！秀芝突然来了气，秀芝扔下那块料子挺着大肚子从自己屋里走出去，她不知道该如何发作，便变脸失色地在廊下瓷绣墩上坐下来。

院心那株石榴树上的石榴有的已经开始转黄，但还没开始红。

秀芝越想越气，她想不到福官会这么对自己说话行事。她站起来，想到前院去。就这时福官又从前院返身走了回来，脸红红的。

福官又走到了秀芝身边。

福官在这个夏天常常穿着黑布裤子白布汗衫，推过光头，然后又长起的短头发硬硬地立着，福官的额角很阔，光看这张脸谁也不敢想他是下人。他的皮肤比一般人都白，再配上那两道飞扬的细眉，可以说是相貌堂堂。**

“二少奶奶，我这就给你去好啦！”福官脸红红的，秀芝看着他，奇怪他怎么又突然变了主意，和刚才好像是两个人。秀芝觉得自己的心气也平了下去。

“这也许是我最后一次给二少奶奶做事。”福官突然又说。

秀芝竟仍没听出福官的话里有话。

“跟谁要都可以就是不能要马姨娘的！”秀芝说。看着福官转身而去。

这几天福官常常不在家，老爷还说福官是怎么了，去抽去嫖了吗？老爷这话是对马姨娘说的，马姨娘也奇怪福官最近总是不着家。***

福官第二天一大早就用一块旧绸子包袱皮把找来的零头碎脑的碎布给秀芝送了来：“给小少爷做百家衣吧，他长大了可别忘了告诉他是我替他求的百家衣！”

秀芝把手慢慢插到花花绿绿的布里，秀芝像所有女人一样喜

* 福官这句话不再像下人，像一个男人了。

** 小说中的时代变迁总是在细节中体现，福官的形象逐渐立体时，读者看到的就是整个杜家的风雨欲来。

*** 又一悬念，吸引人想知道原委。

欢各种布头，这谁也拿她没办法。

秀芝没想到，这真是福官最后一次给自己做事。这天下午，老爷喊福官，让他去冰窖取冰，福官竟然不在，晚上老爷又找福官，但还是不见人。

第二天，周正给老爷拿过一封信来，信竟然是福官所写！字虽然写得不怎么好，但意思是写得明明白白！老爷看完信很感意外，脸色大变。

福官在信上说他不会再回到杜家来了，再不会给杜家干这干那，他要去扛枪，干自己的事，他不想再做奴才的奴才！有可能的话，他还要回山东老家去寻找家人。

"好铁不打钉！"老爷气了，把信往桌上一拍，"他做什么不可以，为什么去当兵！"

杜家的人上上下下都觉得吃惊，都想不到福官要去当兵！

冬禄倒显得不怎么吃惊，冬禄现在是对什么事都有些麻木，"做什么不一样？"冬禄说，"人活着不过是个过场，到头都得死！"

"必是有人撺掇他这么干，"老爷说，"要不他怎么会想起去当兵！"

这话不幸让老爷言中了，是有人撺掇福官，撺掇福官离开杜府去当兵的不是别人而是菊雪，当然老爷不会知道。

老爷让冬禄去下人房收拾一下福官的东西，看看还留下了什么东西。冬禄去了前院下人的房里，看到福官的被褥都弄得井井有条，被褥下边还压着福官的一身旧衣裳。洗得干干净净，还有一双袜子，袜子很大，有一只袜子前边顶出了洞。

"把他的东西都给我扔出去！"老爷说，"这种不仁不义的奴才我永远也不想看到！"

老爷很伤感，老爷想起当年在山东逃荒的人群里把饿得昏倒在地的福官带回家的情景，那年福官个子才比八仙桌高一点！福官在杜家整整待了十年。老爷觉得福官是忘恩负义！*

冬禄没把福官的被褥和衣物送人，而是把它们打了包袱，塞进了自己屋里的朱漆描金的大立柜里，大立柜有两丈多高。

“也许福官还会回来。”冬禄对秀芝说，“虽然是下人，但这里是他的家。”

秀芝把那一块又一块的碎布头摊了一床，布头有各种的气味，秀芝把陈妈喊了来，让陈妈把布头拿到院里让风去吹吹。

陈妈把那一大包碎布头抱到了院子里，她把那些碎布头一块一块拿起来又比又看，她从里边选了两块够做鞋面的布偷偷放起来，那两块布头很大，织得又细又密又结实，但一眼可以看出是日本货，人家不要日货，就随手丢给福官了。

“真想不到福官会走。”秀芝在屋里对冬禄说，一边看着院子里的陈妈。**

“不知他身上有没有盘缠？”冬禄替福官担心，冬禄比福官大七岁，福官来杜府时冬禄正好十七，虽说是下人，但常在一起玩耍感情自然不同于一般。“他会到哪儿去当兵？”冬禄想不出福官会去哪儿？他想去找他。

第二天，冬禄背着老爷雇了一辆人力车去了城南的兵营。

车到了地方，冬禄让车停下却没下车，他知道自己无法打问。城南的那个兵营是在胡家祠堂，祠堂的围墙给推倒了，可以看到不少的兵在里边操练。趴倒、起立、卧下、喊口号。

冬禄忽然又想起了雨花庵，听人纷传雨花庵现在也成了兵营，住在庵里的当兵的高兴起来就当当当当乱敲钟，惊得庵后林子里的鸟乱飞。

冬禄吩咐车夫把车拉到城外的雨花庵去，车夫有些不愿去，但听冬禄说多给脚钱还是去了。

车到了雨花庵，冬禄从车上下来，大吃了一惊，雨花庵显然是经过了一场可怕的大火，原先的殿堂、钟楼、鼓楼和那个有名

* 老爷的思维在自己那里顺理成章。

** 秀芝想不到的事又岂止福官会离开？这句话也再次说明秀芝自负心机，视野终究不过如此。

的木制大牌坊都不见了，只有一片残垣断壁！站在雨花庵的山门外竟然可以一眼看到庵后面的树林子！冬禄想不到一所庙宇会倒塌得这么快！简直像人生一样奇幻！*

冬禄不由得又想起了小伙计刘金斗。

残破倾毁的雨花庵一片死寂，冬禄可以想象里边根本不会有人，冬禄慢慢从残破的庵墙迈进到院子里，踩着碎瓦烂砖找到了兰馨住过的那间禅房。禅房已经倒塌了，只有那株据说是橘子树的树还长得很好。冬禄倒奇怪：一场大火怎么没把这株树烧成一桩枯木！他抬头望着这株树。

冬禄慢慢从那株树上摘了几片叶子，冬禄突然后悔自己没带一些纸钱来，冬禄在那株树下站立了好久，后来他慢慢坐下来。

他把那几片树叶慢慢送到鼻子下闻着闭上了眼睛。**

福官去了菊雪那里，关于菊雪的事还要从菊雪离开胭脂巷说起。

菊雪长这么大还没有见过死人，那天早上那个教小姑娘唱戏的房东突然尖叫起来从屋子里跑出来：“扎缸了，扎缸了！”菊雪正在院子里刷牙，她不明白是谁扎缸了。等到那个老头儿慌慌张张把那个小姑娘从缸里湿淋淋地抱出来，菊雪就看到了那颗泡胀了的人头！小姑娘的头发梳得整整齐齐倒不显凌乱，只是头给倒栽着泡得大得怕人！小姑娘是头天晚上挨了打以后扎的缸，第二天早上才被发现，人在缸里整整扎了一夜！

菊雪那天夜里害怕得怎么也睡不着，一闭眼就像看到那个小姑娘的脸在窗上晃，这一夜恰好又没客，好不容易挨到天亮，菊雪发现自己的眼睛青了一圈儿。

菊雪便坐了车来到了城西北头的白大人胡同的朱家，去敲朱家那两扇绿漆小门。朱家的绿漆小门上有两个小小的铜环，很亮，很好看，菊雪没想到自己这一举手一敲门竟把杜家推向了灾

* 语意双关。什么倒塌得又不快？

** 冬禄对兰馨的情感也只在这样的时刻才不自觉地流露。

难的深渊。*

朱家的朱先生很年轻，起码看上去是这样，梳着街面上还很少见的分头，但他已是四个女儿的父亲。

朱先生是读书人，从日本回国不久，原籍是中国台湾，说“猪肉”说成“租漏”，不要“太肥”说成是不要“太回”。朱家是阔绰之家，院子里养了那么多的花，家里还有卫生间可以让人洗澡，不像杜府洗澡只用扬州的大木盆，又笨又重，洗一次澡，又是往进倒水又是往出倒水，麻烦死了。

朱先生的女人回宁波娘家去了，一时半时不会回来。朱先生在这之前曾约菊雪来住，菊雪当时没有答应。菊雪和朱先生是在胭脂巷那个小院里认识的，菊雪忘不了和朱先生的那夜，菊雪那天夜里把自己的事情都对朱先生讲了。菊雪相信这是缘分。**

想不到小姑娘的事倒逼着菊雪来敲朱先生的门。朱先生也没想到菊雪会自己找上门来。

朱先生的院子比起杜家是小得不能再小，但比起菊雪在胭脂巷的那个院子又不知要阔绰出多少倍！朱家的院子坐北朝南，一进门的南房是厨娘住的，东房是朱先生的书房，里边是五个大书橱。朱先生的写字台是东洋式的，两边各有一大溜抽屉。桌前有一个转椅，墙上挂着雨农翁的条幅，上边写着：

一朝风月
万古常空

“这是从日本带来的。”朱先生拍拍转椅对菊雪说，让菊雪坐上去然后猛地转了一下，“好玩儿吗？”

朱先生的女人和孩子都住在上房。朱先生的上房是三间，朱先生住东边那间，里边也有一个小小的写字台。朱先生的女人带着孩子住西边那间，中间那间则是客房。

* 吊足了读者的胃口。

** 经历了苦难，依然相信，这是菊雪令人心动之处。

朱先生的院子不大，却种着两丛丁香两株刺梅，虽然如此，院子依然收拾得井井有条，正房的台阶下居然还有一只鱼缸，里边却养着一缸虾！朱先生的厨娘姓李，河北清河县人，脑门儿上总爱贴着黄瓜片什么的。

“黄小姐你叫我李妈好了。”李妈对菊雪这么说，菊雪听李妈叫自己小姐很高兴，菊雪给人的印象就像是个学生。“你长得可真漂亮！”李妈说。

“你先去洗个澡好吗？”朱先生的女人不在家，朱先生就自由得多，再说他的大女儿和二女儿去上学了。

朱先生就领菊雪去正房旁边接出的小房子里洗澡，菊雪慢慢走进那间有澡盆的屋子脸不禁红起来：“我可以住到多会儿？”菊雪回头问跟在后边的朱先生。

“想住多久就住多久！”朱先生高兴地说，“我内人回来我就说你是我的学生好啦。”

“那行吗？”菊雪说。

“有什么不行？”朱先生笑眯眯说，停停又说，“你有什么事就喊李妈好了。李妈不懂得许多，她是内人请来做奶妈的，我们家大小姐就是她奶大的。”

菊雪洗过澡，就住到西厢房靠上房的那间屋子里去，这间屋子恰好和菊雪在杜家的房子在一个方位上。但朱先生的这个院子里没有招手游廊，房子就显得更亮堂！*

*作者描写，亦是菊雪在观察，可见菊雪对人生依然有种渴望。或者说，朱先生令菊雪有重生之感。

“你嗓子怎么这么哑？”李妈这天一边择芹菜一边问菊雪，菊雪想想，还是把在杜家的事说了，李妈想不到菊雪结过婚，更想不到菊雪有这样的遭遇，很是为菊雪抱不平。

“大户人家的公公怎么会这样！”李妈说，就说她们村里去年腊月一个媳妇丢下大小五个孩子跑了的事。

“那个公公倒是让媳妇给打了！”李妈说，又说做女人的就该生孩子，孩子是当妈的柱梁！

“那您有几个孩子？”菊雪问李妈。

“两个，”李妈说，“大的是个小子，二的是个丫头片子！我出来挣钱，孩子给他留着，我总不放心。”

“孩子他爹总来要钱，他有了钱也不管孩子，”李妈掐着指头算算，“我是那年十一月来的，到如今都九年了，我都没回过一次。”

“那您就该回去看看。”菊雪说，菊雪帮着李妈择芹菜，菊雪怎么也不会撕芹菜上的老筋，李妈就笑了：“一看你就是大户人家出生！”*

李妈又说朱先生家的小小子硬是离不开自己。“朱太太为什么回娘家？就是为了让孩子和我隔生一段，好让我回去。九年了，我真该回去了。”

菊雪很快和李妈熟了。

菊雪待在朱家没什么事，朱先生常过到西厢房这边来和菊雪说话。朱先生这天夜里对菊雪说起自己的母亲，朱先生的母亲也是一个姨娘，朱先生的父亲是一个大盐商。

“到死都没能够从正门抬出去。”朱先生一提到他的母亲就伤感，朱先生还说他的母亲生前就想穿一条大红裙子，可到了都没穿上。** 入殓的时候，从日本赶回家奔丧的朱先生一定要把红裙子给母亲穿上，就此和家里闹翻了。但最终还是给他母亲穿了一条红裙。菊雪告诉朱先生自己的丈夫也在日本，又把春禄和玉贞的事情说了。

朱先生马上击掌说好：“可以写一篇小说了，王府的格格和花匠的儿子私奔，不落俗套！”朱先生还宽慰菊雪，说爱情是缘，没缘强求怎么行？

菊雪又知道了朱先生整天在抄碑，朱先生说要把整个京城的所有碑都抄完：“我这是无聊！”朱先生又说。

“您怎么不在日本待了呢？”菊雪问朱先生，因为朱先生说话

* 李妈目光不差，也说明菊雪试图让人生再来。

** 这条裙子让人想起马姨娘的裙子，同是女人，马姨娘比朱先生母亲或许幸运得多，一代人过去后，下一代人终究要挣脱一些什么。

中流露出他是那么喜欢日本！朱先生在家里总穿着一双日本的木屐，菊雪在此之前还没仔仔细细看过一双男人的大脚，朱先生的脚长得很体面，很舒展。菊雪不由得又想到了杜家，杜家有许多事情就是怪，男人晚上洗完脚一定要穿上袜子才能睡觉。

“日本好啊，”朱先生怅叹地说，“就是有一点让我心里难受，日本女人的地位更低！”朱先生因为母亲的缘故，对下层的妇女特别同情。

“你住到我那里去吧，我不许你以后再干这种事。”菊雪和朱先生认识的那一夜朱先生对菊雪说。那天晚上菊雪对朱先生是充满了敬重之情。“咱们以后也不要干这种事好吗？”朱先生那天还这么说，还指了指床。

朱先生真是君子之人，菊雪搬到朱家后，朱先生除了抄碑之外就种种花，间或过来和菊雪坐坐，从没提出过那种要求。菊雪在暗里总是拿春禄和朱先生比，朱先生的为人又散淡又浓烈，那么多情，那么吸引人，相比之下，春禄更勾起菊雪的愤怒。菊雪对镜梳妆的时候发现自己比在杜家的时候胖多了，心情也好了。*

这天，朱家来了客人，客人很年轻，穿着军装，还带着护兵。护兵眼睛大大的很机灵的样子，被李妈带到下房去喝茶。

那个穿着军装的年轻客人就和朱先生坐到朱先生的屋子里去说话。

没过一会儿，朱先生喊菊雪过去。

“我给你介绍一下好吗？”菊雪一走进屋子朱先生就指着那个年轻客人说，“这是我堂弟朱风娘。”**

菊雪差点儿笑出来，她从没听过一个男人叫这样的名字，那个年轻客人大大方方伸出手和菊雪握了握手，菊雪才忍不住笑起来。

“你笑我的名字吗？”朱风娘看着菊雪说，“你知道朱先生以前叫什么？叫朱水娘！”

* 人总是会忍不住比较，比较的前提是碰见了更好的，或者是以往没想到的。

** 朱风娘出场，也是一段新的故事揭开序幕。

“是吗？”菊雪忍住笑问朱先生，朱先生笑眯眯地点点头。

这天朱风娘就留在朱家吃饭，还喝了酒，菊雪坐在朱风娘的对过，捧着杯子一点一点呷，才呷几口脸就大红起来。

菊雪想不到朱风娘竟是团长。

朱风娘不停地用眼睛看菊雪，他从没见过这么漂亮的女人，他很注意菊雪的手，菊雪的手上没戴戒指之类的东西，指甲修得干干净净，也没染过。

喝到中间，朱风娘突然要敬菊雪一杯酒，菊雪忙推说不能再喝，朱风娘就自己一连干了五杯，菊雪便只好把自己那一杯喝了。

“你坐这边，你坐这边。”朱先生喝到后来和朱风娘换了座，让朱风娘坐到菊雪身边。

菊雪心怦怦直跳，马上感觉到一条结实的大腿在慢慢靠近自己，那是条有经验而勇敢的腿，后来朱风娘又把腿横翘在自己的另一条腿上，大腿就很自然地压在菊雪的腿上。菊雪也许是酒上了头，她没把那条腿挪开，菊雪在刹那间突然想到春禄，她感到一种报复的快感。*

第二天朱风娘便来约菊雪去看戏，戏码是吉祥大剧院的《玉堂春》。朱风娘很喜欢菊雪那种学生风韵，再加上菊雪的谈吐毕竟不凡。

这一天朱风娘又约菊雪出去，他把菊雪带到了郊外，那地方竟离雨花庵不远，恰好在雨花庵的西边，往东走过了那片林子就是雨花庵。

朱风娘吩咐护兵在山下瓜棚那边等着，他陪菊雪慢慢走上山来。菊雪走得有些热，便把白绸宽袖掐蓝牙子的小袄脱下来搭在臂弯，她里边穿着件小十字挑花的麻纱皱。

菊雪的脸红扑扑的。

“你累了吧？”朱风娘说，他们便在一块洁净的草皮上坐下

*小说刻画人性，是因为人性复杂。菊雪从对朱先生的暗慕到接受朱风娘的勾引，都让我们看到菊雪这个人物的真实性刻画。

来，*菊雪坐下来后突然身子一抖打了个冷战，菊雪转身看看身后：“我怕蛇，这里会不会有蛇？”

“你怎么会想起蛇！”朱风娘笑眯眯盯着菊雪问，“什么蛇？”

“来吧！”菊雪却突然说，把身子慢慢朝后仰，把眼睛慢慢闭上。

朱风娘虽然是风月老手，但他还是觉得有些突然，他把脸慢慢迫近菊雪的脸，却听见菊雪一字一板说：“你来睡杜家的媳妇吧！”**

朱风娘把身子又直起来：“你说什么？”他看着菊雪。

“我是杜家的媳妇，你来睡好了。”

“我不愿你是杜家的媳妇。”朱风娘说，停下手。

“我就是杜家媳妇，你不干杜家媳妇你干谁？”菊雪还闭着眼。

“你谁也不是，你是黄菊雪。”朱风娘慢慢站起来，他突然觉得没兴趣了，觉得古怪。***

菊雪有些意外，她睁开眼，看着已经站起来的朱风娘。

“你这样不好！”朱风娘说，看着山下，又掉过脸来看菊雪。

朱风娘是学生出身，他的母亲是一个绣女，现在还在台湾。

菊雪和朱风娘终于发生关系是在雨花庵西侧山脚下的人字瀑布边，瀑布的轰轰声遮去了一切声音。他们躺在一片开满蒲公英的草地上做爱。

“我弄疼你了吗？”朱风娘后来说。

在朱风娘这里，菊雪似乎第一次尝到了爱情的滋味。

“咱们该回了。”朱风娘又说。

“你再来！”菊雪没有站起来，这时已是暮色四起。

朱风娘便又狂热地俯下身去。

这一次菊雪竟然忘掉了春禄，她感觉到的只是朱风娘，他的

* 朱风娘的体贴让读者感觉菊雪苦尽甘来。

** 报复的顶点。

*** 一个人对另一人是有情还是只有欲，往往一句话，一个动作，一个细节就能看出。

手，他的鼻子，他的微微张着的嘴，他的一切，她在他脖子的左侧吮吸出一块红斑。*

晚上，朱先生察觉到了朱风娘脖子上的那块红斑。朱先生便用家乡话和朱风娘开玩笑，菊雪不懂，但还是大窘。

朱风娘常把部队里的事讲给菊雪听，还告诉菊雪他最贴身的一个护兵最近拉痢疾死掉了，朱风娘说到那个护兵的时候显得很伤心。

朱风娘是个重情义的人，他亲自给那个护兵在牛栏山一带选了块坟地，埋了。朱风娘还带着菊雪去过一次牛栏山去看那坟，坟上已经长了草。菊雪就突然想到了福官，菊雪要朱风娘把福官弄来当他的亲兵。**

朱风娘让手下的弟兄穿着便服悄悄在杜府门口找到了福官并把他带到了朱先生的家里，福官在这里见到了菊雪。菊雪对福官说的第一句话就是以后再不要叫自己三少奶奶。

朱风娘挺喜欢福官，唯一感到不满的是福官的个子比自己高。

福官离开杜府后的第三天，朱风娘所在的那个团要去张北执行任务，朱风娘这天执意要带菊雪去银楼买首饰。朱风娘笑眯眯说要给菊雪买一只戒指做订婚礼物。

菊雪想自己怎么可能嫁给朱风娘，朱风娘在台湾的家里还有一个妻子。

“你想让我做二房吗？”菊雪说，“让我做二房还不如让我做你的情人好。”但菊雪明白自己无论给朱风娘做什么都满意。朱风娘嘱咐菊雪就住在朱家不要去别处。

“估计执行完任务下个月会回来。”朱风娘告诉菊雪。

朱先生这天设小宴为朱风娘和福官饯行，福官说什么也不上桌，就只好让他在下人的房里用饭。菊雪和朱风娘面对面坐着，饭快吃完的时候，菊雪突然泪流不止，在杜家的一幕幕突然从她的

* 对比菊雪在杜家遭受的痛苦，此刻的菊雪令人安慰，却又担心不能长久。

** 这里颇能显示作者的结构能力。小说毕竟需要结构。无结构便无艺术。

记忆深处拉洋片一样拉出来，她又看见自己站在树下手持白绫大叫一声：春禄——

朱风娘出了满头的汗，他回过头擦了一把脸。

“你带我去日本好吗？”菊雪突然说，她的细眉颦蹙起来又松开，又颦蹙起来，菊雪站起来用双手搭住朱风娘的肩，“你别再当兵，咱们去日本好吗？”*

朱风娘看看坐在对过的朱先生，眼圈儿也突然红起来。

二

福官离开杜府之后，冬禄让皮货庄的小伙计寿生来顶福官的班。寿生长得又瘦又白，个子是又细又高，再加上手指也是又细又瘦又长，常常汗津津的样子，所以老爷很讨厌他。老爷不愿意用他，所以动不动就想到福官。福官不在，院子里更像是清寂了许多，连马姨娘都似乎不习惯寿生寿生地喊，福官两个字叫起来多响亮。

“人和东西一样，你得到或失去都是缘分。”老爷那天坐在他的竹榻里说，“我最信一个缘字！除此之外什么也没有，有缘则聚，无缘则散，根本不用去想不用去伤心。”老爷有些伤感，但老爷从此不再说起福官。**

老爷这天忽然对马姨娘说要去大华严寺求求签。“鸡年年运就是不好，一年之中走开了多少人！”

马姨娘对老爷莞尔一笑，说：“五十五，变老虎，五十四大九的关都过了，往后会一年比一年好，怎么倒说不好。”

马姨娘不会别的，她单会给老爷宽心，*** 马姨娘又对老爷说：“何必一定要等明天呢？今天是阴历十四，发旺的日子，今天去就好。”

老爷便和马姨娘坐了马车去了大华严寺。华严寺的大雄宝殿里凉幽幽的，在殿里拜垫上跪着能听得见殿后的那一片“喔喔”

* 复杂的心理用一句话就完整地表达出来。大手笔！

** 看透了人生，就能对人生做出某些总结。这是生活带来的，也是岁月带来的。

*** 此笔写出马姨娘在杜家得势的根本缘由。

鸡鸣。

马姨娘问一旁的年轻小沙弥：“同治帝放生的鸡看得到吗？”

“寻常不可见。”小沙弥双手合十地说，小沙弥的岁数在二十三四之间，长得眉清目秀，正坐在那里抄经。

老爷听了小沙弥的回答觉得意外，就问小沙弥是哪里人氏，小沙弥回答说是陕西人氏，俗姓白，单名一个字叫作白光。

“你好好儿的怎么想起出家？”老爷问道。

小沙弥抬头看看老爷回答说家中父母都皈依佛门，所以就来此出家。

老爷看见小沙弥坐的桌上有纸笔，老爷说你念过书吗？

小沙弥便双手合十地说：“俗家藏书九千多卷，光佛经就有二十四只朱漆皮箱！”*

老爷便看小沙弥写的字，字写得很好，不但间架格格局局，用笔也好！正一笔一笔抄的是《金刚经》。

老爷不再说话，敬过香，老爷慢慢跪下来去摇签筒，签筒里的竹签哗啦哗啦拥拥挤挤终于把一支签挤出签筒。老爷拿着签找到了签纸，纸上写着这样一句话：

> 空即满，满即空，
> 多是少，少是多，
> 华林谢后一枝秀。

老爷把这几句话念了又念，觉得似懂非懂，“一枝秀是什么意思？”老爷说，“是说冬禄这一支吗？”

“老爷你怎么这么说，春禄那一支不算吗？”马姨娘说，马姨娘穿着一身青莲色的裙袄在大殿里显得很暗淡。

老爷慢慢把签纸收起来，一种隐隐的不祥感像一泓冰凉的暗水一样在老爷心头升起。**

* 小说中无人不身带细节，也就无人不形象丰满，小沙弥三言两语，形象便跃然纸上。

** 老爷的悲伤，是晚年依然不得不面对变化的悲伤。

老爷迈出了大殿，殿檐下胡燕穿梭样飞来飞去，老爷发现镶在大雄宝殿外墙上的那四大块朱熹写的八卦碑不见了，那四块碑写得特别好，藏宝法师还亲自让人给王爷拓过数纸。

“那几块碑呢？”老爷又转过身问小沙弥。

小沙弥连说阿弥陀佛，罪过罪过，碑是让卫戍司令部的李治国给撬下去拉走了。

“他们军人拿那几块碑做什么？”

“顽石一块，消化不得，随缘而往罢了。”小沙弥说，又说香客们多有问起这碑的，多爱必多害，如果众施主想不到这碑，这碑便万幸了。*

老爷点点头，小沙弥的话说到了老爷心里。“多爱必多害”。

马姨娘要到大殿后边的林子里去看鸡，“你没见过鸡吗？”老爷说，“鸡有什么好看的！”

老爷一边往台阶下边走一边回头朝大殿里看，那个小沙弥又坐下去抄佛经，殿门边露出灰灰的僧衣一角。

从庙里求签回来，老爷又去后园祭了花神。祭完了花神，老爷回到屋里坐下来写信。老爷这还是第一次给春禄写信。老爷在信上并没多责怪春禄，老爷在信上说悬壶济世胜造七级浮屠，但中医针灸用药比西医开肠剖肚好得多，老爷的意思是春禄如果真的有心学医倒不如回来拜在武太医的门下。“……武太医今年八十九了，身体好得像个神仙，这不说明人家医术高明吗？”老爷在信上这么写道。

“又及……”老爷在信的最后又补写道，“你离家后，菊雪亦离家不知去向矣。”

老爷还把在大华严寺求到的签语给春禄抄在了信上，老爷认为凡是杜家的人都应该知道这个签语，凡事想想签语总是没坏处的。**

老爷写完信便让寿生把信马上送了出去，信要先送到天津然

* 小沙弥年纪虽小，说话已有禅意。

** 人是需要某种外物来提供安慰的，尤其感到自己已无力把握生活时，更加如此。

后才能转到日本。寿生把信送到“胡美春镖局”。

长夏无事，老爷便又把签语写了好多幅，个个字都有巴掌大小，老爷让冬禄拿去一幅，老爷的字是学颜的，起笔落笔都十分有力，所以看上去也精神。

冬禄把那幅字拿回到自己的屋子忍不住笑了，他对秀芝说：“老爷子让咱们当座右铭吗？”

秀芝看了签语突然很兴奋：“这签语不好哪个签语好！对别人平平对咱们可是上上，你就要得儿子了不是，你不独秀又能是谁？”

“那‘谢’指什么？指杜家吗？你最好别信！杜家要是都谢了，你能到哪里去秀？”冬禄说。

“我不管那么多！”秀芝说，“签语说什么我心里明白！”秀芝想想又说，“菊雪她能秀吗？我看她们生锈罢了！*

“你的嘴从来都不肯积德！”冬禄说，指指秀芝的肚子，“你不怕他听见。”

“我想喝荷叶粥。”秀芝突然说。她也不知道自己怎么会突然想起了荷叶粥，碧绿绿清香的荷叶粥。

“你去厨房说一声，让他们去采两片小荷叶。”秀芝说。

冬禄喊寿生，寿生还没回来，冬禄又喊周正，秀芝不乐意了：“为了咱们的孩子，最好你去，你让下人去算什么？要不，你亲自去摘荷叶好吗？”

冬禄想想，要去摘荷叶，最近也要去什刹海，那里的荷花年年开得很美，一朵一朵出水很高，一层一层的荷叶像出水的伞，上边的荷叶老绿老绿，下边新生的却又绿又紫十分的娇！**

“好吧，”冬禄说，“我去摘。”

“我和你一起去！”秀芝也来了兴致，她想看荷花，或者就采一朵回来。

不巧的是，天突然下起了雨，雨转眼就来，下得挺大，坐在

* 终究是本性难移。

** 越是白描，越有象征。情景交融的文笔令人赞叹。

屋子里往外看去，檐溜水好像是一挂大水帘。

“老天不让你吃这碗荷叶粥！”冬禄说，“要不我让李姐给你去肉铺要两张去。”

“不要，油腻腻的！”秀芝说，突然就又想到了老爷摆在正厅台阶下的那一红一白两缸荷花刚有几片新荷叶展开。“就怕老爷不让摘。”

“好，我去给你摘。”冬禄说。

秀芝很高兴冬禄答应给自己去摘荷叶。

雨很快又停了，雨下得太猛，前院聚了水，周正和李姐去捅墙下的阴沟，这时候就听不知什么地方“叭——叭——”地响了两声枪。*

“响枪呢！”周正说，“好像不远。”

李姐就突然想起了刘金斗，想起出去送信的寿生：“寿生不会有事吧？”

“不是响枪吧，是放炮仗？”周正又说，“他怎么会有事？”

晚上杜家就知道了白天那两声真是打枪，枪声是从王府里传出来的。是两个当兵的从后墙翻进了王府，开枪打落在桧树上的鸽子，然后提着死鸽子从前门走出去，把看门的吴大和其他那些下人吓得躲在屋里不敢出来。**

街上乱兵多，时局乱糟糟的，老爷对周正说院门没事最好关起来，有人来自然会敲门的，大门一天到晚敞着迟早要闯进乱兵野狗。老爷还对马姨娘说连王府的格格都不敢穿漂亮的衣服了，都穿那号月白毛蓝布大衫，下边是白袜子黑鞋。“你们也收敛着点儿，最好少出去。省得到时候出了事显得没福气！”

话好像是专门对马姨娘说的，秀芝在心里暗暗高兴。眼下杜家喜爱出出进进的女眷似乎只有马姨娘一个。秀芝的肚子一天比一天大，自然是不便出门的，不但不便出门，连以前的衣服都不合适了，秀芝就让陈妈去叫麻裁缝到府里来。

* 情节时时峰回路转，令人难以释卷。

** 不只杜家，连王府的人也害怕外面的今日世界。

麻裁缝给秀芝按时下时兴的样式做了一件毛蓝布大衫儿，腰身格外地加肥，前片儿比后片儿长一些，秀芝穿上去照镜子忍不住大笑：“这和老妈子有什么两样儿！”

“外边现在最时兴这种样！”*精瘦高个儿的麻裁缝说，“什么都时兴一阵子，什么花样儿也长不了，什么花样也都完不了，轱辘转！”

“皇上倒了，”麻裁缝又说，“过些时候还得请皇上出来，就这么个理儿，就像是吃饭，这阵吃过中午饭你不想吃了，明儿个中午还得吃！”

秀芝觉得麻裁缝说得有理：“人就是这个样子，富的慢慢穷了，穷的慢慢又富了，富了以后再慢慢穷了，所以富的别小瞧穷的，穷的也别妒忌富的，您说呢？”**

麻裁缝连声说对。

* 秀芝不知外面的世界。

三

朱风娘果然没过多长时间又回来了，他一回京城便马上来朱家看菊雪，福官也跟着。福官的脸晒黑了，牙齿就显得白白的。

菊雪发现朱风娘走路有点一拐一拐的，忙问怎么了，朱风娘笑眯眯告诉菊雪是马鞍子左边皮子下的一个小钉子把大腿内侧给扎了一下。

这天吃过晚饭，朱风娘说要和菊雪商量个事，说完了笑眯眯看着菊雪。

“什么事？你要我去台湾吗？”菊雪在腕上绕了一串茉莉花串，她给朱风娘端茶时那一阵浓郁的茉莉花香就直拂朱风娘的鼻端。

“我想给你买个小院。”朱风娘说，“你这么长住在此有多少的不便。”

菊雪一听说要给自己买房就兴奋起来：“那得要多少大洋！”

** 道理懂得，做到的却没有几人。

“这会儿正是买房子的好机会，纤手我也找好了。先买个小四合院怎么样？”朱风娘很喜欢京城干干净净的小四合院。菊雪想想，她更喜欢去买那种极朴质的小院，南城的南下洼子这种院子最多，那种“棋盘心”房顶的小房子住着会多舒适，可以在小小的院子里种些染指甲的凤仙，抓破脸儿的草茉莉，房顶上还要爬几棵大倭瓜。大绿叶子下遮着又胖又大朱红老黄白里透青的老倭瓜。当院还要有口井，夏天西瓜可以放到井里去凉着。*

菊雪把自己的想法对朱风娘一说，朱风娘听了连连拍手：“你怎么想的和我差不多呢？我就是喜欢野趣！”

朱先生也在一旁笑了：“好一个野趣！”他看看朱风娘又看看菊雪。

“我就喜欢房顶上爬几个朱红的大倭瓜！”朱风娘又说。

“苦瓜也罢了，什么倭瓜！”朱先生对菊雪说，“你别听他的，我们台湾哪种什么倭瓜！”

“那也不能去种苦瓜啊，”朱风娘大声笑着说，“爬一房顶苦瓜算什么事，找苦吃吗？”

朱先生也哈哈大笑。

菊雪和朱风娘到南城南下洼子去看房子，朱先生也跟了去，福官也跟着。福官总跟菊雪和朱风娘保持着一段距离，福官很怕被杜家的人碰见，总把帽檐拉得低低的。

“咱们倒像是在找隐居的地方。”朱风娘对朱先生说。

“大隐隐于市，你是大隐吗？”朱先生说，又指指菊雪，“还是她是？”

菊雪没听懂朱先生的这话，菊雪突然想到了抽大烟的事情上，这事她一直瞒着朱先生和朱风娘，菊雪不由得回过头看一眼跟在后边的福官，想不到福官也正在后边看她。

菊雪很怕朱风娘知道自己抽鸦片的事，很怕失掉她在春禄那里从来没有得到过的兴奋和愉快。**

* 憧憬越美好，反而越使读者有种提心吊胆的感觉。毕竟菊雪的命运没有掌握在自己手里。

** 幸福至为难得，菊雪的担心不无道理。没有人甘心因从前的错误而失去此刻的幸福。

菊雪想心事的时候朱风娘突然掉过脸来：“堂哥说你和别的女人不一样我不信谁信！没有一个女人不向往高宅大院不向往金银首饰不向往时髦，而你就不这样。”

菊雪突然怕冷似的抱了一下肩：“如果我回了扬州呢？买那么好的房子不是浪费又是什么？”

“你会回扬州吗？”朱风娘看着菊雪，他第一次听菊雪说这话。

“你说我会回吗？”菊雪笑了。

看房子回来，菊雪买了一双皮鞋，女式皮鞋在整个京城还是极时髦的玩意，在街面上还看不到有多少人穿。

朱风娘看不准南城根的房子，那里的房子也确实太脏太乱，一开始倒是看准了一处，主人只愿出让半个院子，朱风娘喜欢那院子的整洁和院里那两大株西府海棠，可后来一进屋，发现墙上挂着唱戏的马鞭髯口、水袖衫，朱风娘就改了主意。

“我可不愿你跟唱戏的在一起住。”朱风娘对菊雪说。*

回去的路上，朱先生看到了路边的菊花挑子，朱先生没想到这么早就有卖菊花的，那菊花不是连着盆卖而是一株一株挤了一筐，每一株根子上都有拳头大的一块泥，卖菊花的直喊：“栽九花哎。”

“乱世犹自卖花！”朱先生颇有感慨，朱先生挑了十株菊花，让福官提着，福官和菊雪都看不上那菊花，枝叶都长得瘦骨伶仃的，哪有杜家的菊花好！杜家的菊花是远近闻名的。

福官拎着菊花跟在朱先生、朱风娘和菊雪的后边，不由地想起春禄，不由地对菊雪多多少少有些反感。女人怎么可以这样呢？福官突然觉得很可怕，很怕自己以后也找到这样一个女人。但福官又从心里感激菊雪，跟随朱风娘虽说时间不长，但福官在心里很敬重这个口音怪怪的朱团长，觉得他更像一个秀才。朱风娘当然和冬禄春禄大不一样，没过几天，福官亲眼看见朱风娘亲

*在朱风娘眼里，菊雪应该只能拥有他给出的生活。人物的性格导致决定，任何决定又导致日后的变化。

手毙了他手下的一个弟兄，那个弟兄把一筐刚上市的沙瓤西瓜提回来没给卖瓜老头钱，老头找到了兵营，恰恰找到了朱风娘，朱风娘就把那个弟兄找来，问他怎么不给钱，都谁吃了？那个弟兄一一交代，朱风娘一听就火了：“好哇，一筐西瓜你自己吃！”朱风娘气就气那个弟兄一个人吃一筐瓜！而且，一筐瓜连一枚大子儿也没给。

福官没见过枪毙人，更没想到朱风娘抬手一枪就把那个弟兄脑袋打开了花。*

那个卖瓜老头登时吓傻了，跪下去磕头如捣蒜，他没想到会因为自己的一筐瓜要一条命！那老头吓得站不起来，拉了一裤子，被两个当兵的拖出了兵营，后来又被路上的一个行人送回了家里，那老头后悔自己不该去告，怎么也不能为了一筐瓜要了一条命！**

福官把这事告诉了菊雪，菊雪吓了一大跳：“你不是瞎说吧？朱风娘他敢毙人，为一筐瓜？”

菊雪去问朱先生，朱先生笑了笑，把自己和朱风娘在台湾的事讲给菊雪听，有一次朱风娘和朱先生坐在山坡上看山下杀人，是用刀砍头，砍了一个又一个，一共砍了一百二十个人的头，人头在地上堆积如番薯！那时朱风娘才十九岁！

秀芝的脾气越来越古怪，***她怀疑一切，怀疑别人要害她，怀疑别人要害她肚子里即将出世的孩子。她尤其惧怕马姨娘，凭着女性匪夷所思的敏感，她觉得马姨娘对自己的仇恨像一把刀子一样越磨越锋利，这把刀子不刺别处迟早要刺到她肚子里的孩子。秀芝对冬禄说：“人穷可以慢慢积攒钱财变富，人要是肚子不争气不会生孩子，那只有祈福下辈子。”

“你说谁？”冬禄说，“你胡思乱想什么？”

“马姨娘她不会生孩子她不妒忌别人谁会妒忌别人！”

“你总把人想那么坏做什么？”冬禄说。

*看这行为，已经不是福官眼里的秀才了，福官要想独立了解人，必得经历震动自己内心之事。

**乱世中命最廉价。

***笔锋陡转，漂亮！

这天，秀芝突然提出要自己开火吃饭，她对冬禄说大厨房的饭总是不对自己的胃口，不如把老爷过年时煎茶炖燕窝的小白泥炉子拿过来自己爱吃什么就做什么。

“让谁来给你做？”冬禄说，“总不能你一个人用一个厨工吧？”

“我还信不过别人！”秀芝说，“我自己熬不了粥吗？”*

不过也仅是说说而已，老爷听了冬禄的话也同意秀芝这么做，老爷认为孕妇的一切要求都是肚子里胎儿的想法。可秀芝只在小白泥炉上熬了一次桂圆红枣粥就不再做了，她受不了自炊自饮的忙碌，只好再随大家一起吃，但她常常要临时添一些菜菜汤汤。有一次她突然想起要吃鲜嫩的羊肉丝氽的汤，羊肉丝入汤就变得雪白，再撒上一把碧绿的芫荽末儿，但夏天的羊肉床子上一到傍黑就没了羊肉，吃不上氽羊肉丝芫荽汤，秀芝回到自己的屋里大发脾气，摔东摔西，那天晚上她就不吃饭，但她又不敢像以前那样骂任何人，她现在是不敢得罪任何人，哪怕是下人，她只说自己命苦，要死了。

她挺着个大肚子躺在床上额头上布满汗珠确实让冬禄害怕，冬禄从没见过孕妇在夏日汗水淋漓的情景。冬禄看着秀芝闭着眼睛便轻轻把手伸到秀芝的鼻子下试试她的喘息，秀芝倒突然笑了：“你怕我死啊，我还要为我的儿子活呢，我不为他活谁为他活！”**

秀芝疑神疑鬼的主要表现之一是饭菜从不许别人端来端去，一定要让冬禄去端去取，好端端一碗汤端来却突然要与冬禄的对换一下。

“你怕什么？”冬禄觉得奇怪。

“现在我只想一件事，就是孩子。”秀芝说，言下之意她不害怕什么，她是为杜家后代想，其实这倒也是秀芝的真实想法。

“孩子生下后我要搬出去自己过日子。”秀芝这天终于把在心

* 见识得越多，信任的就越少，生活永远不缺的就是悖论。

** 秀芝流露母性的时刻不令人生厌了。

里藏了好久的想法告诉冬禄。*

“你说什么？”冬禄站起来看着秀芝。

“我想好了，我要自己有一处院子，我不要看马姨娘看陈妈看我不愿看的人，我要自己雇一个苏州丫头苏州厨娘和一个下夜的。”秀芝说。

“老爷子会同意吗？”冬禄说，“早不搬晚不搬生了孙子要搬出去住，老爷去年逢九今年你就让他痛快点吧。”

秀芝有秀芝的想法，秀芝已经厌倦了杜府的生活，秀芝向往自己有一张铜床，床头要有面大圆镜子，有沙发，软软的，要有自己的厨娘，可以想喝茶喝茶，想喝咖啡喝咖啡。不离开杜府这想法不是泡影什么是泡影。

秀芝又想起留声机，时下京城最时兴留声机，但有留声机的人家没几个，简直是屈指可数，于是抱着机子挨家挨户让人们听收几枚大钱，在民国初年几乎成了职业。

秀芝突然迷上了留声机，几乎天天要把抱留声机的那个大侉子叫进来，听“洋人大笑”，梅老板的《汾河湾》，小九月红的《十二月相思》，秀芝在屋里听，下人们在屋外听，听到高兴处就都哈哈大笑。

“杜家是戏园子吗？”马姨娘也爱听，可她从不到秀芝的屋外去听，她爱听又装作讨厌听。**

老爷也讨厌下人蛆蠕在屋外听唱片的样子。

“咱们也买一台吧。”老爷对冬禄说，冬禄当然高兴，这也省得秀芝整天从外边叫留声机子。

冬禄果真这天把留声机买了回来，鹰球牌的，大喇叭真像朵喇叭花，镀得金黄瓦亮。冬禄把留声机一抱进屋，秀芝就高兴起来，她最喜欢听“洋人大笑”末了那几声，笑得多亮多好听，她希望自己的孩子长大也会这么笑。

“哈哈……哈哈哈……”

* 作者运笔的高明之处，就是不从哪个浓墨重彩的瞬间开始使人改变，而是步步为营，让读者与小说中的人物融为一体。秀芝的离开想法不是始于某一天，而是逐渐积累，我们看见结果时才恍然发现，那些不知不觉的过程也同时积累在读者内心。

** 刻画人物某时心理，一个细节足矣。

“哈哈哈……哈哈……”

秀芝都几乎学会了。

秀芝反复听这张“洋人大笑”，反复地跟上笑，心情变得出奇地好。* 马姨娘在自己的屋子里听得直皱眉头，马姨娘这天把陈妈喊了过去。

“你去把留声机子抱过来！”

“我去吗？”陈妈凡事都爱激动，她一想让自己去抱那个会唱会笑的匣子就有些害怕。

“怕什么，它会咬你？”马姨娘笑笑说，马姨娘错就错在这里，她该让冬禄去办这事。

陈妈就去秀芝的屋里抱留声机，秀芝老大的不乐意，秀芝对陈妈说：“留声机是给她买的吗？”

陈妈想笑，觉得这句话应该别人对秀芝说，陈妈知道这留声机是老爷出的钱。

“我是让我肚子里的孩子听，你以为我想听吗？”秀芝这么说话已经惯了，她想吃什么好的东西也这么说，但越往下说就越不好听了，“马姨娘想听怎么不也怀上，她给谁听！”

陈妈忍不住大笑起来，她把这话原封不动搬给了马姨娘，马姨娘冷冷地笑起来，** 把紫手帕在手里绞成一股绳，然后又慢慢松开。

隔了一小会儿，秀芝突然又叫陈妈过去，秀芝竟让陈妈把留声机抱给马姨娘。说过刚才那一番话之后，秀芝突然有些害怕。

马姨娘怎么也想不到秀芝会把机子给自己抱过来。马姨娘也不清楚这么个匣子怎么竟然会唱歌，总觉得里边有不少小小的小人儿。夜里马姨娘望着留声机有几分害怕，就用一块大红布把它苫好，但她还是害怕，就又把留声机锁在大衣柜里。马姨娘是既害怕又爱听，总爱听那《十二月相思》，听到十一月就止不住流泪。***

* 秀芝此时的大笑恐怕也是她难得由衷喜悦时分，有别开生面之感。

** 这声冷笑可怕。

*** 马姨娘也会流泪，有点令人意外，但人物的丰满感就是随着这些细节出现，让读者体会到人的复杂。

老爷看不惯马姨娘听曲流泪，说你也不是那个岁数了，掉什么泪！

秀芝坐在对过屋里大生闷气，气呼呼对冬禄说:“马姨娘老了老了开什么穷心！”

“你要喜欢就再买一台！多不过二百大洋！”冬禄想想说，冬禄最怕家中有事。

“好！”秀芝说。

冬禄果真又去托人到洋货店里买了一台，顺便还买回一盆日本人种的文竹，冬禄很喜欢文竹，老爷却不喜欢，说像竹又不是竹，是什么东西。

又买了一台留声机后，杜家中院简直热闹得像唱堂会。秀芝在这边听“洋人大笑”，马姨娘必在那边听《十二月相思》，老爷终于感到头疼。

“杜家院子里整天都这么咿咿呀呀还像什么话！”老爷说，“这像个家吗？像天桥！”*

“你生下的宝贝儿子准保会笑！”冬禄在屋子里对秀芝说。秀芝穿上那件毛蓝大褂显得更粗更丑了，冬禄把手轻轻放在秀芝肚子上还学了两声笑:“嘎嘎嘎嘎——”

冬禄把笑声学成了鸭子叫。**

没过多少日子，秀芝和马姨娘听唱片的兴趣都淡了，杜家才清静下来。冬禄那盆文竹却抽了一支长长的箭，像一根往高里甩的绳子，秀芝说这是好征兆。

那支文竹箭就那么一直长，长到窗子上边去，又弯下来，然后才张开叶子。冬禄喜欢极了:“什么是绿云，这就是绿云！”

冬禄请老爷过去看，老爷说我属鸡我能去吗？老爷怕冲撞了秀芝肚子里的“小鸡”。冬禄太喜欢那盆文竹了，冬禄的习性是自己喜欢的东西必定想要让别人看，冬禄叫寿生把那盆文竹从自己的屋子里抱到老爷屋子里请老爷看，寿生搬花盆的时候不小心

* 从中可见老爷掌控的杜家平日是一种什么样的气氛。

** 唯有在未出生的孩子面前，秀芝与冬禄都被天然的情感控制，读者也被打动。作者笔下的细节令人动容。

就把那支长长的箭在进门时刮断了。冬禄好一阵子嗐声顿脚：“你能不能再笨！”冬禄对寿生说。

阴历七月下旬，朱风娘终于给菊雪在北城七道湾找到了一处格格局局的小四合院子。这小院子原是一个小章京的，一进门是两间南房，菊雪用它来做客房，里边摆一堂硬木茶几和椅子，东房两间菊雪准备让下人和朱风娘带来的护兵住，上房三间，按时下时兴的又朝北接出一间老虎尾巴，是菊雪的住处，西房是吃饭的地方，厨房设在正房西边的耳房里。正房与东房之间的拐脖儿耳房朱风娘说要改修个澡堂。正房后边还有个小小的院子，宽窄只有两丈多，长着两株枣树，还有两株刺梅。厕所也在后院，厕所里竟然还长着一株齐人小腿高的小枣树。*

菊雪不怎么喜欢带刺的花，菊雪喜欢茉莉，她让花庄来人把枣树和刺梅砍掉想再在原处种两株丁香，花庄的伙计说要砍也得等到明年春天再说，现在已经过了补种花木的时候。

“少奶奶您不懂这个，”花庄的伙计说，“就是要改种也是以种榆树为好，这叫‘往后有余’。”

“我想砍你就给我砍好啦，什么榆不榆。我喜欢茉莉，我要榆树做什么？买十多盆茉莉摆上不行吗？”**

花庄的伙计只好去砍。

菊雪在院子前后转来转去，她让雇来收拾房子的泥瓦匠把后院墙下的水道给堵了。“下雨怎么办，怎么跑水？”那个泥瓦匠说，“还是留着好。”

“我怕蛇！”菊雪说，“钻进条蛇怎么办？”

泥瓦匠笑笑只好去堵。

菊雪只惋惜搬家的时候不对，正是阴历七月阳历快进九月，要想让院子种花种草还要等到明年，菊雪的性格怎么能等得及。她让福官去买菊花，买来四五十盆，花坛似的在当院摆成两

* 命运让人揪心之处，就在于某种时候看起来已经安定，却终究不能说尘埃落定。

** 菊雪不是不喜欢彩头，而是自己也知道这样的生活未必长久，不如索性按自己的喜好来。这里的细节也确实体现了菊雪的性格。

个圆。*

朱风娘和朱先生这天来了，朱先生一进门就说这个院子缺块匾。“明儿个挂个匾就叫‘菊圃’吧。”

朱先生又说菊花不该这么摆，摆得俗气，不如当院摆一个大圆更显得色彩集中而又热闹。听朱先生这么一说，菊雪突然又有了新的想法，便让福官动手把菊花又摆成一个月牙形状。然后把搁在南房墙根儿的那两个石鼓凳和石圆桌放到菊花组成的半圆里。

“好！”朱风娘双手一击连声说好，“正好咱们俩坐在花里中秋赏月！”朱风娘忽然用鼻子闻了闻说：“这香味怎么不对！倒像是茉莉！”

原来这天刮的是微微的西北风，把后院茉莉的清香刮了过来。

菊雪又让朱风娘和朱先生去后院看茉莉。

“就差一个下人了。”朱风娘说，“眼下想找一个干净的下人可真难。”

“还差个白泥炉，”朱先生说，“到了冬天咱们围着炉子喝茶喝酒多好。”

“外边再下着雪。”朱风娘说，“我也喜欢围炉。”

“我能长久这么下去吗？”** 菊雪的细眉突然颦蹙起来，“我算是什么名分！我还是他们杜家的人啊。”

“那容易！”朱先生说，“我早就替你想好了，你索性做一个新女性，提出离婚。”

“离婚！”菊雪觉得很新鲜，菊雪从没这么想过，菊雪一直准备着接受杜家的休书。这个想法富有刺激性而又新鲜！菊雪想象自己穿着大黑斗篷慢慢慢慢走进杜家，然后慢慢慢慢穿过前院进到老爷的房子里。到那天最好不是自己一个人去，而是要带两个人，带谁呢？“我要离婚！”就这么对老爷说！老爷和马姨娘到

* 难得可以随心所欲，读者在菊雪命运中看到百转千回，岂不感慨。

** 最深的忧虑终究是要说出来的。

时候是一副什么嘴脸呢？菊雪兴奋起来。她此刻的心情很像是在密密的林子里走，走来走去找不到出路，忽然间林子开阔起来。*

“我要带两个人去！”菊雪说。

“哪用这些！”朱风娘笑了，“民国政府成立这么多年还要你亲自去吗？要地方审判厅做什么？”

菊雪沉湎于自己的想象，她还是愿意自己去。穿着老爷看了就头疼的大黑斗篷，带两个人慢慢走进杜家，然后站在老爷和马姨娘面前。

菊雪无法遏止自己的那种冲动，她想办什么事别人很难劝阻。**

“我不去我怎么出这口气！”

“那么，好！”朱风娘想想说，“你可以先这么出口气，让两个弟兄跟着你，坐马车还是坐轿？”

“坐马车！”菊雪想了想，她觉得自己坐在那种三面明的马车里，马车两边一边一个护兵多威风，还坐什么轿！

菊雪突然激动得想哭，她突然感到委屈和难以自己，朱风娘用手握住菊雪苏苏抖的小手：“你有天大的委屈我也要给你来个风吹云散！”

“我明天就要去！”菊雪说。

“你也太性急了吧。”朱风娘说，“这种事我得先找人去地方审判厅问问，县衙门是倒了，地方审判厅不知料理过这种事情没有？”

“你告杜家什么？”朱先生问。

“我要离婚，离婚是告状吗？”

“理由呢？什么理由？”

菊雪竟然想不出理由，朱风娘在一旁笑了，说：“你一急就什么都没了头绪，福官不是说你男人和那个玉贞格格结婚了吗？就告他停妻另娶！这罪名说到哪儿去也不会轻！”***

* 比喻的妙处，就是给读者更形象的思维。

** 菊雪的性格从不因逆境或顺境而改变。读者自会发现，性格决定命运果然没错。

*** 朱风娘毕竟比菊雪有丰富得多的人生经验。

“这杜家老爷子也真是够呛！”朱先生说，“就不说春禄是停妻另娶，问他老子一个治家不严也能问住他！”

朱先生历来主张新式婚姻，认为凡天下之男女，只要两情相悦就可以结合在一起，什么父母之命媒妁之言都可以抛开的。* 朱先生看着朱风娘突然笑起来，朱先生虽然没说，但朱风娘已经明白了朱先生笑什么，笑自己，自己不也是停妻另娶吗？如果真的娶了菊雪，那可能吗？朱风娘盯着菊雪看起来，突然叹了口气。

“世界上最说不清的是男女之间的事。”朱先生在靠门口那把藤椅上坐下来，菊雪喜欢藤子、竹子、草编的东西，就在正房里摆了四把藤椅。朱先生坐在藤椅里，人像是一下子老了许多。朱先生拿出“强盗”牌香烟递给朱风娘，一边说：“同样是离婚，有对有不对；同样是结合，也有对有不对。”

“对，”朱风娘说，“同样是苦滋味，苦瓜就是美味，苦胆谁会去吃呢？”

“不说这些了，”朱先生说，指指窗外，“窗外种几竿竹子好了，要瘦要细要爽。”

朱风娘也开始说房子，说院里还要养一大缸金鱼。

菊雪却不能不想杜家的事，她像一个失足落进漩涡里的人，只能身不由己地在那个漩涡里旋转！她奇怪自己以前怎么只想到去接那一纸休书，而怎么就没想过提出离婚！**

菊雪第二天果真去了杜府。

她穿着她那件新做的黑绉纱大斗篷，下边是那双走遍京城也找不出几双的西洋式皮鞋。

福官一大早就去给她订了那种办喜事才用的大红描金轿车，车上满是锃亮耀眼的铜饰，马也漂亮，马鬃都梳成小辫子，马鞍头、马嚼口、马辔头都是景泰蓝的，马车的前后窗窗格儿是红木雕刻成的细竹节格儿，左右窗窗格是红木雕的梅呈五福格

* 在那个时代，朱先生可谓新人，这也是落墨虽然不多，朱先生令人印象深刻的缘由。

** 不是菊雪想不到，在那个时代，只怕罕有哪个女人想得到。

儿，一句话气派漂亮！这样的轿车在街上驰过总要吸引不少人的目光，更不用说来到杜家门口车帘一打走下个菊雪会是一种什么光景！*

*菊雪扬眉吐气；读者也觉痛快。

菊雪自然不会要福官同去，菊雪不让福官去是怕福官难堪，朱风娘不让福官去是说还不到时候。临走时朱风娘关照那两个跟上去的弟兄："要拿足气派！"

车到了杜府门前，菊雪先不下车，而是由一个弟兄先跑进去通报。菊雪在车里鼓足了精神，像临出台帘的角儿，想着一出台的效果，菊雪拿不准待会儿是老爷出来还是马姨娘出来，也许是冬禄出来也说不定，心不由得怦怦乱跳。菊雪在车里整整衣服，侧脸从车上的玻璃窗往杜府门里看，就一眼看到了周正，周正不知看裤子上的什么，用手指在裤子上掸了掸又缩到照壁后边去了。过了一会儿又看见陈妈在门口站了一下朝这边张望，然后又走进去。菊雪明白老爷马上就要从里边出来，她突然有些慌，不知该怎么见老爷。菊雪这么想着，却见刚进去的那个弟兄又"噔噔噔噔"精神抖擞地从里边一路小跑出来，来到轿车边把轿车门拉开一点说："杜家老爷不在。"

"怎么会不在？"菊雪明白老爷这个时间一般都在，"没问去哪儿了？"

"去了茶馆。"

"那就让他们打发人去找！"另一个弟兄马上说，"你小子怎么越来越不会做事了！"

菊雪从杜家门口的动静知道这个进去的弟兄并没有对杜家说是自己来了，因为杜家门口又没了人影儿，没人探头探脑朝外看，只有那个施茶水的大缸在门口左边蹲着，缸盖儿上那只瓢倒扣着。菊雪看见一个走路人过去揭开缸盖喝了几口朝这边看看又急忙走了。

过了不一会儿，果然老爷急匆匆从西边来了，去到茶馆找老爷的周正在后边跟着。老爷最腻烦当兵的民团的保安团的，老爷没先到轿车边而是先进了院子，菊雪知道老爷一定是去换见客的衣服。不出菊雪所料，没过多一会儿，老爷从里边走了出来，穿上了烟色绉纱长袍，脚底下是双梁礼服呢便鞋，头上是黑缎瓜棱帽，帽子前缀着一块碧玉。这种打扮这几年在京城骤然少见了，但在重要场合又往往很多。菊雪在车里看到老爷身后还跟着马姨娘和冬禄，冬禄穿得随便些，白纺绸的衫裤，手里还拿着一把扇子。令菊雪吃惊的是她看到马姨娘穿着裙子！*

那个进去传报的弟兄看见老爷率领家人出迎，便马上“嗒嗒嗒嗒”跑下台阶来开轿车的门。

老爷有些奇怪，奇怪当兵的人怎么会坐这么一辆办喜事用的轿车，马姨娘也觉得奇怪。“不伦不类！”老爷在心里嘀咕。

轿车的门开了，菊雪忽然觉得自己有些发抖，** 她先迈下一只脚，然后把身子探出去，那个开门的弟兄做搀扶状。

杜家大门如果有知的话，会永远记住这一幕，老爷、马姨娘、冬禄和所有在场的杜家人都愣住了，不知眼前是怎么回事，菊雪怎么会从车里走出来！

杜家的人愣住的时候，菊雪已经朝他们走过去，菊雪也不知自己怎么就一掠而过地走过了老爷，她心里在刹那间忽然掠过福一福的念头，但她也不明白自己为什么没有那么做，既没有看冬禄，更没有看马姨娘，菊雪把脚下的皮鞋踩得“咔咔”响，就那么一路脆响走进院子走进正厅去了。***

院子里的下人看到菊雪都很吃惊，看到跟在她身后的两个当兵的就更加吃惊！

老爷觉得自己昏昏沉沉，老爷不知道菊雪从哪儿钻出来的，为何有两个兵护卫着？老爷走进正厅，看到菊雪还算知礼没有落座！

老爷坐下的时候，陈妈就急匆匆端来了冰桶上镇的酸梅汤。

* 这段文字有条不紊，将老爷、菊雪、马姨娘等人的各自心态刻画得淋漓尽致。剧情引人入胜，小说的魅力毕现。

** 见出老爷的积威，也见出菊雪的心理。

*** 如闻其声，如见其人，刻画精彩至极！

*一连三遍，看似急促，实则内心排山倒海。

陈妈是进屋后才看到菊雪的，她看到菊雪身后一左一右垂手直立的两个兵时差点儿把酸梅汤扣在地上。

“菊雪你回来了？”倒是冬禄先开了口，如果冬禄不开口，老爷也许永远不知该怎么说，老爷头上只有冒汗的份儿。

冬禄看见菊雪的细眉一下子颦蹙起来，但没人能够知道菊雪内心的冲动是前所未有的，菊雪一下子站起来。“我要离婚！”她突然这么说。

菊雪的声音很沙很哑很低，但在老爷听来却像个雷！

“我要跟你们杜家离婚！”菊雪又说了一遍，这句话说得有些可笑，菊雪眼里突然涌满了泪水。

菊雪突然觉得胸口那么憋：“我要离婚！”*她又大声说了一句，泪水便像决堤之水一样流出来。

“你们杜家太不像话了！”那两个弟兄突然也说了话。“你们像什么话！”“这是民国，停妻再娶不犯罪吗？”停停那个弟兄又说，“像什么话！”

**剧烈的动静之后是安静的出现，妙笔！

马姨娘简直是蒙了头。事情太突然，她变成了一只敛口鸟，叫不出一声，她看看老爷又看看菊雪。

菊雪把身子一转离开杜府时老爷、马姨娘和冬禄都呆若木鸡，他们都一动不动，没有去送，也没有说话。老爷看着菊雪走出去，看着菊雪的黑斗篷一飘一飘觉得自己也一飘一飘，老爷很怕自己再次晕倒，便扶住了椅背。马姨娘头一遭找不出一句话来宽慰老爷。他们谁也不知道菊雪现今是怎么了，竟会有两个当兵的护送！有那么漂亮的车！

秀芝这时候在睡觉，**睡得大汗淋漓。怀孕以来，她睡觉的时候开始打鼾，鼾声很响，常常把冬禄从梦中惊醒。菊雪走的时候突然很想看一下秀芝，她在院里停了停，但她还是走了出去。

菊雪往出走的时候很恨自己，恨自己准备了一肚子的话怎么没有说出去！她在迈出杜家门的一刹那突然想再回去，但她明白不能回去，她明白自己是在演戏！知道自己背后有不少人在看，菊雪把黑斗篷一拢，抖足了精神慢慢迈出一条腿，再迈出一条腿走了出去。*

菊雪的这一次突然出现令杜家上上下下都很吃惊，人们觉得菊雪真是难以想象，人们不知在这之前有什么戏，在这之后还会有什么戏！**

“怎么不叫醒我？”下人在秀芝面前把菊雪的来去渲染得十分了得！秀芝忍不住喊寿生过去问。

“跟进来两个兵，外边还站着一些。”满头是汗的寿生说。其实寿生也没出去看，他对杜家的三少奶奶还不熟，他只看见一个穿黑斗篷的女人出来进去。

“她来干什么？”秀芝问。

“离婚！”寿生很不习惯这个词，在此之前，人们听惯了休妻还没听过什么离婚。

“她真的要离婚？”秀芝兴奋起来，秀芝很想弄明白菊雪怎么会带着兵来？秀芝问冬禄，冬禄也是四顾茫然！

“这下有好戏唱！”秀芝说，想想又说，“春禄今年二十八，菊雪十九，男不到三十，女不到二十五婚姻大事是要听父母的！”秀芝突然想起了大清律法，“她怎么连这个也不懂！”

冬禄觉得好笑：“皇上都倒了，衙门也没了，只有乱兵！有枪就是有理！有钱还未必有理！不过我倒愿菊雪幸福！”***

“就怕她没那个命！”秀芝说。

“周正说她哭了？”秀芝又问。

“她总是哭，她哭有什么稀罕！”冬禄皱皱眉，斜睨着秀芝，“不过话又说回来，这事不能全怨菊雪！”

“真让人不懂，”秀芝说，“菊雪的漂亮在京城也是数一数二的，春禄怎么就会不喜欢她？”

“你怎么会知道我们男人！”冬禄说。

* 菊雪太了解自己，知道自己只是演戏，但这戏该演，必须演。演戏也是出胸中恶气。

** 人生奇妙性一句话写透。

*** 在杜家，冬禄恐怕是唯一愿意菊雪得到幸福的人。此处是冬禄终于直诉衷曲。

“你们男人……”秀芝看着冬禄。“你们男人有好东西吗？”秀芝很想这么说，但她没说。她定定地看着冬禄。

“告诉厨房，晚上吃韭菜合子，冲冲这阵邪气，炸炸害人的小鬼！”秀芝听见马姨娘在院子里吩咐寿生。

“这邪气你能冲得了吗？该倒霉的不是你马姨娘又会是谁？”秀芝很想冲着窗外这么大声说一句，但算一算，自己离分娩还有不到两个月，但愿杜家平平安安。而秀芝忽然又想到，也许菊雪这么一闹，老爷真会就此分了家！秀芝不觉又兴奋起来，秀芝又从心里愿菊雪大闹一阵子。

菊雪临上车时，对站在杜府门口的老周正说：“告诉二少奶奶让她去我那里。”菊雪还把自己的地址告诉了周正，但过后周正把这事给忘了。周正的独生子小鱼儿前不久给抓去当了兵，周正为小鱼儿担忧，所以整天神思恍惚。他有时突然就从门里跑出去拦住走过来的兵，向人家打听小鱼儿的消息，当兵的大多对他挺客气，因为那些当兵的都是人之子。有一天周正突然把一个十七八岁的当兵的领到前院下人的屋子里喝起酒来，喝到后来那个当兵的哭周正也哭。陈妈把这件事对老爷讲了，老爷也没说什么，只说了一句老周真可怜！*

周正还把小鱼儿剪下来的那条乌油油的大辫子拿给那个当兵的看，据陈妈说周正晚上睡觉的时候总把那条辫子压在枕头下。

老爷对这种事似乎又感兴趣又不感兴趣，老爷担心的是菊雪的事，老爷也想好了，如果菊雪再来，就把休书写给她。但到什么地方去写休书呢？常话说得好：“休妻一片地，三年草不生！”总之这是一件让人头疼的事，一件让杜家丢脸的事。

“春禄这个王八蛋！”老爷一想起这事就大骂春禄。

“老爷你骂他他能听见吗？”马姨娘说，“倒是应该想想怎样给菊雪那个贱货写休书。”

“这回你高兴了吧！”老爷看着马姨娘。**

* 作者的悲悯不只体现在几个主要人物身上，像周正这样的下人也照样有着作者强烈的情感渗透。

** 马姨娘对菊雪的种种，老爷又岂不会看在眼里？外面的世界老爷看不懂，家里的事却一清二楚。

"我会高兴吗？"马姨娘说，"我真不知道菊雪这贱货怎么会带两个兵回来，她靠上了师长了吗？"

"她会吗？"老爷的表情茫然而空洞，"她会靠上师长？"

四

黄中文大夫这天夜里被请到杜府来。这天夜里，老爷和开书铺的葛沧州还有另外几个朋友在杜府后园的凉亭上听曲。老爷吩咐周正让他在凉亭里挂起了四盏苏式粉纱灯，凉亭里的石凳上也套上了绣花的椅袱。葛沧州特意携来了一坛无锡泉水，老爷便让寿生在凉亭东侧支起小白泥炉煮茶。

葛沧州白天过来对老爷说广和居新近来了一个苏州唱小曲的，人长得雅俊曲子也唱得好，名叫斯琴，不如借杜家的后园凉亭听她唱一回。

"听就听吧！"老爷说。老爷虽说近来心绪不好，但这种事情还是愿意为之的。老爷还让寿生把留声机抱到凉亭，老爷说要用留声机和那个叫斯琴的比比看，看看到底是哪个好听！*

老爷原想叫斯琴的唱曲姑娘是个丫头，没想到跟着胡琴师走来的是一个半老徐娘，穿着宁绸缘大花边的衣裤，岁数参差也有三十多。夜色灯影里也看不出有多少姿色，这个斯琴在老大的发髻上还戴着一个茉莉花圈。凉亭里的人一见这个斯琴就先笑了一回，都瞅着葛沧州说："你的斯琴妹妹来了，还是你先点几支曲子吧。"

葛沧州有些脸红，说要不要先听听那张"洋人大笑"。

老爷就让寿生去放那张唱片，唱片还没放完一凉亭的人就大笑起来，那个叫斯琴的唱小曲的女人悄悄笑，掏出手帕捂着嘴。**

"既叫了人家来，岂有不唱的理儿？"老爷说，"还是听唱曲吧。"

* 这既是老爷的生活乐趣，也是想以声色驱逐心头的一些烦恼。

** 一个时代，什么人都有，作者取材的匠心和对人物命运拿捏的分寸都不禁令人叹服。

“选你最拿手的唱几支好啦。”葛沧州说。斯琴把自己的手帕从大襟里又抽出来当胸握在手里，手帕是淡淡的粉的，握在斯琴手里真是如烟如雾。那个操琴的老头开始调弦，弦声一起，这个叫斯琴的就唱起来：

哎哟哟，实难过，
半夜三更睡不着。
睡不着，披上衣服我坐一坐。
盼才郎，脱下花鞋占一课。
一只仰着一只合着。
要说是来，
这只鞋儿这么着。
要说是不来，
那只鞋儿这么着。

这个叫斯琴的嗓子果然好，一曲唱毕，众人大哗。那个琴师把胡琴咯吱几声又拉起“过门”来。

“我给老爷们唱短曲吧，长曲太腻烦。”斯琴说，看看凉亭里的人，接着又唱：

相思害得我难移步，
叫大娘给我请大夫。
那大夫一进门来忙医卜，
这病儿倒有些奇缘故。
一日清爽，
一日糊涂，
要病好，多吃酱油少吃醋，
要不好，少吃酱油多吃醋。*

* 不厌其烦地将唱词全盘托出，是因为这些词交代了书中人物的命运。

老爷忍不住笑起来，葛沧州也笑，说索性再唱几支时兴的，老歌没什么意思。那斯琴姑娘便在暗里停了停又俯身和拉琴的老头说了句什么又唱起来：

我嫖不与人一样，
人家爱热，我爱冰凉，
现开发，从来不欠窑子账！
骗东西，黑夜里说来白日里忘。
若讲相好，那是白想，
说什么，实心靠在我身上，
我若再有钱，白日还要打一仗。

凉亭里的人突然又大笑起来。

胡琴和唱曲声传得很远，下人们都拥到后园来听。秀芝也在屋里待不住，一是热，二是想听听唱什么小曲，她先是把后窗打开听，听得有一句没一句，后来她就从屋里慢慢走出去。她沿着廊子慢慢往后园走，后园的门口那几个大菊花畦子边站着人，秀芝就想绕过花畦往后墙那边靠。她已经听清了那个叫斯琴的在唱什么曲子，所以怕下人看到自己。

秀芝往后墙那边挪动时，围在菊花畦边的下人们就突然听到秀芝在暗里“哎哟”了一声，秀芝没有看见黑处那个破了底的荷花缸，秀芝被荷花缸绊了一下身子朝前摔出去，人却一头撞在另一口缸上。

下人们都吓坏了，都忙过来往起搀扶秀芝。

凉亭上的人也听见了这边的叫声，老爷以为是下人，老爷说下人们想听就让他们过来好了，就是别嚷嚷。

“还唱什么？”唱曲的斯琴问。

“唱骂老猿！”老爷说。骂老猿这支曲子明里是骂老猿，暗里是骂袁世凯！* 斯琴还没张口唱，陈妈从暗里急匆匆走上凉亭：“老爷不好了！二少奶奶栽到缸里了。”

老爷吓了一大跳，老爷的那些朋友也吓坏了，都以为出了人命！

“好端端怎么会扎缸！”老爷说。

“园子里黑，二少奶奶没看清路，栽到那只矮荷花缸里了。”陈妈这才把话讲明白。

老爷松了一口气，老爷让寿生马上去请接生婆。

马姨娘也在暗处听凉亭上唱小曲，她坐在离凉亭很近的种芍药的那个花圃边的石凳上，一边听一边慢慢摇她的扇子，她坐在这里能听清亭里唱什么，亭子里的人却看不见她。秀芝撞在缸上引起一片骚动时，她也忙赶了过去，马姨娘走到跟前时又停下脚步，她想自己是不该掺和到这种事情里去，便转过身回到了自己的屋子里。

黄大夫在凉亭上坐不住，他虽然平素很少看妇科，但他还是去给秀芝把了把脉，说不妨事，吃点安胎的药吧。

老爷把冬禄叫过去，说这么黑你怎么让她自个儿到后园？

冬禄也挺急，他很怕秀芝肚子里的胎儿有意外。

老爷也顾不上自己属鸡不属鸡，也跟上冬禄进屋里去看秀芝，** 秀芝只觉肚子往下坠，像有一块铁在那里一摆一荡。

“冬禄！”秀芝的疼痛是突然而来的，她的脸色有些变，她对冬禄说，“你快去佛前上炷香，保佑咱们的孩子。”

冬禄去烧香的时候，忽然又听见秀芝大声地喊痛，一声比一声紧。

杜家的人都急了，马姨娘也从自己的屋里走出来：“接生婆去叫了吗？”马姨娘对老爷说。

“还早呢，还有小两个月呢。”冬禄说。

* 时代的背景在对话中不经意地交代，才更令人感觉时代是如此自然地存在。

** 天性迸发的时刻，即便是见识过一切的老爷，也会服从内心的指引。

马姨娘飞快地在暗中掐指算了算，说了句：“七活八不活！”

“放屁！”老爷说，老爷很怕听活呀死呀这种话，但还是又把周正叫了来，让他马上去找离杜府不远的姓麻的接生婆。“寿生不是去了吗？”周正说。“他顶什么用？都去老半天了！”老爷直骂寿生。

这时秀芝更大声叫起来，陈妈发现秀芝下边见了红。*

黄大夫和老爷还有冬禄忙从屋里出来，都没了主意，都慌作一团。

人们都没注意那个唱小曲的斯琴也跟着人们来到秀芝的屋子外，这时她已听出了秀芝的叫声不对，便拨开人们往秀芝的屋里走。

斯琴很干练，很沉着，也没人招呼她，她自己先去盆里洗了洗手，然后又转身让陈妈去端热水，陈妈虽然那么一大把岁数，倒没了主见，很慌。斯琴让陈妈把热水放在床头，又让陈妈去取一只新碗，陈妈不知要新碗做什么，碗拿来，斯琴让她摔，陈妈就在地上当啷一声把碗摔碎。斯琴又忙说不行不行。“怎么摔在地上，在桌上摔，要干净！”

老爷和冬禄都在屋外听着里边的动静，奇怪这个唱曲的斯琴怎么会干这些。**

斯琴又从妆台上找到一只空的小圆漆盒儿，让秀芝把漆盒打开，一手拿盒盖儿，一手拿盒底儿地使劲。“要有梨就更好了，吃口梨生得就更顺畅！”斯琴又说。

陈妈又去取了只新碗，在秀芝的桌上摔了，斯琴拣了一块锋利的瓷片搁好，这时秀芝又大叫，叫声很尖锐，很怕人，后来秀芝就不叫了，冬禄只听见秀芝的呻吟声，很低很微弱，冬禄在外头急得来回走。

“怎么这么快！怎么这么快！”屋外的人都听见屋子里的斯琴连声说道。马姨娘取了草纸来，也进到屋子里去。

* 总是环环相扣的情节推进吸引读者读下去。在作者笔下，情节即人，人即命运。

** 老爷和冬禄等人未走过江湖，自然不明白江湖人为求生存，任何事都曾见识，任何事也必须多少懂得一点。

外边的人不知道屋子里出了什么事，最急的是冬禄，他急出一身汗来，他以为秀芝不行了。

“提起来拍拍！”又是斯琴的声音。

老爷和冬禄还有其他人就听见了屋子里轻轻的拍击声，然后就突然听到了婴儿的哭声。

屋子外的人才都松一口气，才知道原来是生了。

“恭喜老爷，是个小子，是个小小子。”陈妈从屋里出来告诉老爷。

冬禄很兴奋，他很奇怪地问了一句：“打碗做什么，生孩子要打碗吗？”

“用碎瓷割脐带呀！”陈妈说，她好像突然变得很精通此道了，“不用瓷片用什么，剪刀怎么能行！”*

唱小曲的斯琴这时也走出来，她的声音很好听：“恭喜您得了孙子！”她是对老爷说。

老爷知道应该感谢她。

斯琴请冬禄进去看新生婴儿，冬禄进去，一眼就看见秀芝枕边那团肉，那团肉太小了，像是只剥了皮的兔子，冬禄觉得难看死了！秀芝也觉得太难看，秀芝突然说了声：“拿开，拿开，我不要看他！”

“过几天就好看了，刚生下谁都这样，你们想多看还不行呢。”斯琴过来把婴儿轻轻托起来用小被子包了起来。**

“你叫什么？”秀芝调过脸，声音很弱地问斯琴。

“斯琴。”斯琴说。

“你属什么？”秀芝又声音很弱地问。

“属羊。”斯琴说。

秀芝突然虚弱地笑了，她慢慢伸出汗湿的手抓住斯琴的手：“你别走，你留下侍候我好吗？”***

“那怎么行？”斯琴说，“我一个唱曲的……”

* 写小说的前提是对生活了解够多，此处见出作者的生活底子。

** 还是斯琴会说话，语虽平淡，却称得上妙语。

*** 长篇小说的每个人出场都不会无缘无故，就看作者是否运笔自然，是否在结构上和匠心上合二为一。

“那怕什么？我想找个人。”秀芝把斯琴的手攥紧，想想又问斯琴，“那个人是谁？”秀芝问那个操琴的老头儿。

“我男人。”斯琴小声说。

“你男人？”秀芝吃了一惊，秀芝以为那人至少是斯琴的父亲。秀芝放开了斯琴的手，慢慢闭上眼睛待了一会儿，然后又睁开眼看枕旁的婴儿，把手慢慢伸到婴儿的鼻子前，突然惊叫起来：“怎么不出气！”

斯琴也吓了一跳，忙把手轻轻放到婴儿的小肚子上。

“少奶奶您怎么说他不出气？”

屋外的人也吓了一跳，及知没事才又都松了口气。

老爷决定让斯琴留下来侍候秀芝的月子。斯琴的那个男人，老爷让他住到下人的屋子里去和周正做伴。老爷也很奇怪斯琴怎么会嫁给这么大岁数的男人。“斯琴的那个男人怕不是抽鸦片的吧？”马姨娘对老爷说，“我看他满脸烟容！”*

果不其然，斯琴的男人是个瘾君子。

老爷很担心孙子不会活下来，想不到这个提前来到人世的婴儿的哭声一天比一天洪亮。

“就叫淳文吧！”老爷兴奋地说。

老爷跪在花神像前一次次地摇手里写了各种字的阄，然后取了其中的两个阄打开一看，一个字是“淳”，一个字是“文”。

“就叫淳文。”老爷说，“这名字好！”

马姨娘也很兴奋，马姨娘问老爷：“这孩子长大该叫我什么？”

“是不是叫姨奶奶？”老爷说。

“我该送他一个锁儿吗？”马姨娘又说，“送金的还是送银的？”

“就送他个锁儿吧。”老爷说。

老爷让斯琴拿一本薄口的书过去给婴儿枕到枕头下。马姨

* 马姨娘对人心观察，本能地总是看人阴影之处。

娘就也随着过去看婴儿，马姨娘不满意秀芝给婴儿盖了一条白里儿的小棉被，她让陈妈马上去做一条蓝布里子的小被，以取“拦住”之意。秀芝竟没想到这一层。*

斯琴告诉秀芝，说她已经生过六个孩子却连一个也没活下来。

“杜家三房也就这么一个孙子。”秀芝很得意地告诉斯琴。

斯琴没问那两房少奶奶怎么没见，下人已经把杜家的事都告诉了她。

秀芝让冬禄过来，让他从那两丈多高的朱漆大立柜里取一段雅绿洒金花的花丝葛送给斯琴，让她去做一身衣服穿。这天下午，秀芝又让冬禄再取一块物华纱，秀芝对斯琴说：“你要是也喜欢做裙子穿就做条裙子吧。”

“谢谢少奶奶。”斯琴说，“我们这种人哪敢穿裙子。”

“马姨娘都穿了你还有什么不敢？”秀芝悄悄对斯琴说，“再说皇上也倒了，老一套都不算数！”秀芝怂恿斯琴穿裙子。**

斯琴没敢去做裙子，她怕杜家老爷看了会不高兴，她此时很后悔那天晚上唱那支“嫖客叹”，但她那时怎么会想到要在杜家安下身来。

斯琴在杜府待了才几天，发现杜家上上下下人都不错，她很想在杜家待下去，所以做事格外地勤谨。如果真能长此待下去，总比走南闯北地四处唱曲好。秀芝那边呢，她根本想不到自己会早产，而早产的时候又恰逢上这么一位斯琴，秀芝觉得这真是老天的安排，所以她希望斯琴能待下去。说来也怪，生过孩子后，秀芝晚上睡觉不再打鼾。***

五

菊雪竟没有再到杜家来。

老爷也似乎忘掉了菊雪带着两个兵来说离婚那回事，杜家得

* 今天的读者也很少有人能想到这一层。

** 时代就是这样改变的。

*** 斯琴与秀芝各取所需，不免有点喜剧色彩。

了长孙这一事实令老爷眉开眼笑。老爷准备隆隆重重地给孙子过洗三，已经派人去王府悄悄借来了洗三用的檀木鎏金盆，老爷还让马姨娘吩咐下人在这三天之内谁也不许冲着北边撒尿，小心倒灌了北斗，冲了长孙的旺星。

但是老爷完全没想到就在给杜门长孙洗三的这天，“地方审判厅”会来人传他。老爷还是第一次听说“地方审判厅”这个词儿，老爷只知道“衙门”“大理院”这种官署的名字，头一次听说“地方审判厅”还觉得新鲜，* 老爷是完全没有准备，那两个身穿黑制服的公差被请到正厅里去坐。

老爷说菊雪要离婚怎么会来传我，难道让我上公堂替春禄去写休书吗？

老爷来到正厅的时候，那两个公差马上站了起来，“请您马上跟我们去一趟。”其中一个公差说，脸色倒挺和气。

老爷没想到那两个公差竟然要让自己马上跟他们去。老爷忙示意在一边的马姨娘去取银票来，那两个公差听见了老爷对马姨娘说的话，也听出了老爷的意思，但没说要也没说不要，只说我们是办公事，请您马上跟我们走，脸色还是相当和气的。

马姨娘简直是吓昏了头，她看见了那两个公差腰里别的枪。**

冬禄当然也很害怕，他穿着那身白纺绸衣裤从中院过到前院里来：“你们要带我的父亲去哪儿？”

“不过是去问问，去去就会回来的。”一个公差这么说，上下打量冬禄。

冬禄从没经过这种事，心里的慌乱可想而知，冬禄这天还瞒着一件事没让老爷知道，京城影响最大的《白话晚报》把杜家停妻另娶的事又写了一篇文章登了出来，文章写得夸张得很，历数杜家如何的不仁不义硬是把儿媳从家里赶了出来，文章里并且写道：“此杜家乃割耳之女之婆家！”作者署名“牛人”。

“谁是‘牛人’”？冬禄想，怎么世界上还会有人起这么难听

* 从小处见时代的变化，又是很鲜明的一例。

** 连老爷也害怕士兵，何况马姨娘？公差腰间别的枪令姨娘吓昏头，令读者有如看喜剧之感。

的名字。看了那篇文章，冬禄能够想象得出这张报纸在京城引起的骚动，冬禄不敢让老爷看那张报纸，怕老爷动怒。

老爷听公差的口气知道不去是不行的，老爷便说要换一换衣服，老爷一边换衣服一边问冬禄知道不知道地方审判厅是归什么衙门管。冬禄哪会知道这些事情。*

冬禄给老爷叫来了车，老爷坐到车上，那两个公差倒是很规矩，一路快步跟上走，老爷对车夫连说“慢点，慢点”。冬禄让寿生跟上去，寿生跟上走的时候马姨娘又糊里糊涂让寿生捧了一把紫砂壶，那把时大彬的紫砂壶是老爷的宝贝，老爷无论是去茶馆还是去戏园子都带着它。

上了车，老爷突然觉得很后悔，后悔没去给花神敬香磕头。

地方审判厅在城西一家洋教堂的旁边，大门给漆成怕人的黑色。老爷对这一带很熟，一走到这里就会想到自己十多岁时看洋人在这里杀义和团的情景，老爷至今都能记得起那个监斩的洋人鼻子又红又大，先在自己身上画了一个十字说了一声阿门，然后挥手让开斩。那次杀人就在现在的地方审判厅前边十来步的地方，一共杀了二十七个“义和团”，血把一大片地都染红了。

老爷没进过民国的地方审判厅，一切对老爷来说都十分新鲜。** 地方审判厅的院子很长，刚下过雨，满地是水坑和踩烂的泥。一进大门就可以看见二门三门一路进去，审判厅竟在第三个院子里，院子里长着十多棵杨树，房子都是西式的，窗子又窄又高，房子前边还种着几大丛蜀葵，开着粉粉白白的花，门也是又窄又高，上边的玻璃一块一块都很小。

那两个公差把老爷领进了一间屋子，让老爷坐在一进门的那张椅背又窄又高的椅子上。

老爷进到屋子里时屋子里还没有人，屋子正中放着一张西式大桌子，桌后有椅子，椅背也很高，大桌旁边还有一张三角形小桌，桌上摆着砚台和笔筒。

* 作者的笔力高明与否，往往在这些地方体现，对今天的读者来说，现在熟悉的，是以前陌生的，偏生作者至此处一写，让今天的读者同样感到陌生，这就是笔力的带入感。

** 当老爷必须见世面。

不一会儿就有人走了进来，是个又黑又高的胖子，一张脸又光又亮，看岁数有三十七八。另一个长得瘦一些，脸白白的很漂亮，黑黑的眉毛端正的鼻子，这个人年轻一些，他坐在了三角形的桌子后边，老爷明白他可能是录供的文书。

“你就是杜讳谟吗？”那个黑胖子坐在了桌后那个高背椅上，想必他就是审判官。他盯着老爷看了看，突然微微笑了一下。

老爷后来知道这个审判官叫张树桐，原来是卫戍司令家中的厨子。这个张树桐说话的声音很好听，底音很足，他的父亲是戏班子里的司鼓，所以此公很怕别人当着他的面说戏班的事和说厨子的事。

那个坐在三角形桌子后的速记员姓白，单名一个杰字。

老爷这次过堂没费多少周折，只在一张纸上画了押，纸上大体写着黄氏菊雪原为春禄原配夫妻的话，老爷把这张纸看了看认为没什么问题就画了押。*

那个张审判官也很客气，他还从没料理过离婚的案子，他也觉得新鲜，他不知道该如何处理这类案子。

“但那个杜春禄眼下在日本，能判他父亲的罪吗？”他悄悄问白杰。

“问题是财产。”白杰头脑很清楚。

接下来便是张审判长讯问杜家的财产问题。

老爷很纳闷，纳闷审判厅怎么会问自己的产业，老爷又很纳闷张审判长为什么知道自己家的底细！包括“济生堂南药店”“半必居粮栈”“蚨来祥布庄”和沙城的田产。

“你也真了不起！一个王府的花匠会有这么多的财产！”张审判长问到后来说，“大清帝国不倒还等什么？”**

老爷最后又在白杰速记下来的那张纸上签了名，那张纸上一一列出了杜家的产业，老爷奇怪在那上边签名做什么？“这上边也要签吗？”

* 越简单处，越有伏笔。

** 这句话说得好！大清帝国倒塌，当然不会是某种偶然，冰冻三尺非一日之寒。

天快黑的时候老爷又坐马车回了杜府，临出审判厅时，张审判长对老爷说：“你这几天最好别出门，随时听传。”

老爷回到杜府的时候，冬禄的儿子已经洗完三了，那盆洗过婴儿的水已经给高高地泼到南房的房檐上，剪下的胎发被埋在正厅门槛的里边，胎衣也口子朝上埋在门槛里边。老爷走进正厅时看到了门槛里被撬起过的那块砖，老爷这时才突然觉得很踏实，因为这里埋下去的是杜家顶门立户的长孙的根。*

“老爷，”马姨娘给老爷递上茶来，“没什么事吧？”

老爷也不知有事没事，但老爷明白应该马上去找以前宛平县县衙的师爷刘太爷让他给出出主意。

刘太爷住在金鱼胡同的一个大四合院里，和杜家是世交，按辈分老爷应该管刘太爷叫叔。刘太爷长得精瘦，指甲很长，白发白须也都很长，耳朵有些背，穿着黑色高丽绸的褂子，头上依然拖着一条又细又短的辫子。

老爷敲门的时候刘太爷正在院子里喝茶，老爷把来意对刘太爷讲了。

“现在民国什么都要求新，这事儿实在是弄不清他们怎么处置，但有一条要注意……”刘老太爷虽然老了，但脑子还很好使，他继续说，“律条不可怕，可怕的是比照。”

刘太爷不愧是衙门里的老师爷，这一点不幸让他言中。**

四天之后，也就是阴历十月初一，老爷又被传到地方审判厅去受审，这一次受审允许家属出席，马姨娘去了，还有冬禄，周正是陪着来的，给老爷拿着茶壶烟袋，也坐在后边的椅子上。

冬禄坐下后发现还有一个陌生的女子坐在一边，冬禄想不出她会是谁。

张审判长进来后扫了一眼冬禄和马姨娘，然后落座，坐下后突然问马姨娘是什么身份？

“姨娘。”老爷回答说。

* 老爷的感受不免令读者有点悲凉，终究是时代变了，老爷的心愿未见得能如愿了。

** 也只有这样的人才能言中，毕竟走过了一生，看过太多的人与事，知道什么才最重要。

“姨娘怎么穿裙子？”张审判长嘀咕了一句，停停又说，“衣服不对头是不能在这里坐的，就请出去吧。”

老爷没想到民国的审判厅会是这样，马姨娘只好惶惶地出去。

白杰这时也从外边进来，坐到那个三角形的小桌后边去。菊雪紧跟着也走了进来，穿着大黑斗篷，她走得很慢，慢慢走到原告席上站定，她忽然有些怕，她根本想不到离婚会是这样。她两眼看着张审判长前边的桌子，她很怕看杜家人的脸，更不敢看另一边被告席上的老爷。

初步仪式之后，张审判长就开始读起诉书：“杜讳谟教子不严，怂恿其子杜春禄停妻另娶，其子杜春禄携他妇外出东洋后，杜又百般虐待其儿媳黄菊雪，将其逐出家门，致使其无家可归到处流浪。比照大清律条，其行为可比之‘压良为贱’……”

老爷在被告席上听出一头的汗来。

“这叫起诉书吗？”冬禄在心里说，“这叫什么起诉书？”

张审判长继续念：

“因念其年迈，又念其子杜春禄远在东洋，特赦免其罪，但法庭准予黄菊雪提出的离婚之要求。”

张审判长念的时候那个文书白杰也听出了审判长念的不是起诉书，他想暗示审判长，审判长又不朝他这里看，两只眼只盯着手里的纸。

这里原有一个小小的笑话，原来上庭之前张审判长突然流了鼻血，一时着急，他摸到几张纸也不看看就用来擦鼻血，想不到那几张纸是黄菊雪的起诉书。

张审判长当然明白自己在念什么，不过他认为这都无所谓。

第二次老爷去公堂的情形大体如此。

这次开厅审理是上午进行的，老爷和冬禄从审判厅的院子出来时老爷一眼看到了停在门外菊雪坐的那辆红轿车。

菊雪也从审判厅的院子里走了出来，陪她往外走的是那个陌生的姑娘，菊雪依然走得慢慢地慢慢的，但菊雪没敢朝老爷这边看，老爷倒是一直看着她走出来，老爷想等她抬起头来时和她说几句话。老爷想让菊雪撤回诉状，老爷宁肯多花钱，但菊雪一直没抬头，她低着头上了车，车门马上被一左一右站在两边的护兵“砰”的一声关起来。* 轿车朝前开走的时候有个护兵突然朝冬禄走过来，把一个小绸包儿递给冬禄。

冬禄不明白包里是什么，冬禄当着老爷的面把那个绸包儿打开，发现里边是一个银锁儿，冬禄马上明白这是菊雪送给小淳文的。

老爷在一旁看了火不打一处来，老爷把那个银锁一把拿了过去扔到地上，冬禄听到了银锁给踩扁了的声音，老爷又弯腰把被踩扁的银锁捡起来朝菊雪已经开走的轿车一丢。

“灾星——”老爷大声说。

话虽这么说，但老爷还是让冬禄去设法找菊雪，“宁肯多花银子！”老爷说。

菊雪那边也把话递过来，是：宁肯不要银子，也要上法庭了断！

老爷听了简直是火冒三丈！忍不住在家里大骂春禄，老爷命令冬禄马上给春禄写信，把家里的事告诉春禄，告诉春禄他女人怎么在外头兴风作浪，告诉春禄如果还有一点孝心的话就马上从日本回来！**

“难道让我替他没完没了打离婚官司吗？”老爷愤愤地说，“他到日本学的是什么医！他分明是要气死我！整个京城有没有第二个做父亲的替儿子去打离婚官司的？”

老爷说着说着头忽然有些晕，脸色也大变，老爷不停地摇着手。

冬禄无法消释老爷胸中的怒火，更不敢把近几天的《白话晚

* 事到如今，不论是老爷还是菊雪，都控制不住事态的发展。

** 老爷的处事方式仍是按自己的习惯，菊雪这里的倔强也是因为预料不到事情的结局。一件小事，都见出当事人的身不由己，何况数十年的人生。

报》给老爷看。近几天的《白话晚报》把杜家儿媳和公公在公堂相见的事渲染得有声有色。秀芝看了那些报了，秀芝觉得报纸上的文章写得太过分了。

“你就想不出办法吗？”秀芝对冬禄说。

“我有什么法子？”冬禄也真是一筹莫展，“事情闹到这个地步，普天下的人都会向着菊雪，我看这场官司菊雪是赢定了。”

秀芝坐在床上，看着身边的小淳文，一个月过来，小淳文有了很大的变化，首先不是那么红紫难看了，变得白白的，虽说不胖，但很结实，小胳膊小腿不停地蹬。

“老爷要花银子把官司了结了吗？”秀芝问，她已经听下人说了，说老爷花多少银子都不在乎，老爷在乎的是丢面子。*

“只有花银子了。”冬禄说。

“花多少？”秀芝问。

冬禄说不上来，这种事谁经历过？

菊雪那边也很快知道了杜家愿意私下了结这件事，但菊雪也不清楚该向杜家要多少，她完全没主意。

“要五千吧。”菊雪说，五千大洋能在京城买一家小店铺，菊雪想好了，如果能盘到一家小店铺最好，到时候再雇两个伙计，伙计要一老一少，店铺最好卖茶叶，雨前、雀舌、毛尖、龙井什么的。

朱风娘听了大笑！“五千！五千还不够填牙缝！”

“你说要多少？”菊雪说。

“杜家产业少说有几十万！就跟他们要这么多！”朱风娘伸出一个手。

菊雪吓了一跳，她没想到朱风娘会有这么大的胃口！**

“这事不能私下了结！”朱风娘又说，“这五万要在地方审判厅上见。”

杜家这边听了菊雪要的数目也大大吃了一惊，老爷几乎气

* 对老爷最形象的描述。

** 胃口的大小取决于见识的多少。

蒙了，老爷原来只想把分在春禄名下的财产给菊雪抽三股中的一股。

杜府中最冷静最聪明的还是秀芝，她仔细想过了，明白事情闹到这般地步已经不是一般小事了，秀芝更明白光菊雪自己是没有这么大的胃口的。秀芝明白能够保住冬禄该得的那一份家产最好的办法是马上分家。*

秀芝让冬禄把话传给了老爷，老爷听了分家的话大发其火！老爷在自己的屋子里用扇子把桌面拍得“啪啪”响。

“杜家的财产谁也休想拆开！我要都留给我的孙子！”又愤愤骂道，“外头的闹，家里的也闹吗？把我先分了，大卸八块好了！”

老爷的话秀芝在自己的屋里句句听到。尤其是那句“外头的闹家里的也闹吗”让秀芝格外的生气。秀芝一下子从床上跳下地，她在地上转了一个圈儿，又一屁股坐下。

“你给我梳梳头吧。”秀芝突然对斯琴说。秀芝有一个多月没梳头了，月子里梳头据说头发根儿到老要疼要掉。

斯琴就伺候秀芝洗头梳头。

秀芝梳洗好又把衣服换了换，接下来斯琴就有些吃惊了，她看见秀芝把要满月的小淳文用小被子包了起来。

“少奶奶你要做什么？”

秀芝没说话，秀芝把孩子抱起来，阳历十一月的天气虽说不太冷但也不暖和，秀芝抱着孩子走出了自己的屋子，斯琴紧跟在她的后边，秀芝没往院子外边走，却走进了老爷的屋子。

老爷才停止了摔扇子骂人，用了一夏的扇子放在桌上的帽筒里还没来得及收起来，一把张志渔刻的水磨竹股子扇子就给老爷摔坏了，老爷看看摔坏的扇股子就更气了，狠狠把扇子往桌上一扔。**

秀芝就是这时抱着孩子走进来的。

* 秀芝的确考虑得冷静和周详，唯一忽略的是自己根本没能力控制发展。

** 无论笔下人物如何激烈，作者的运笔始终冷静，将最细微、也最反映性格的细节写出来，人物更为立体。

老爷给吓了一跳，老爷想不到秀芝会抱上孙子过来！老爷不知道秀芝要做什么，站在一边的马姨娘也猜不透，老爷瞪大了眼睛，看着秀芝抱着孩子一下跪到了地上。*

斯琴紧跟在秀芝身后，连声说：“少奶奶，少奶奶，你怎么可以这样，你怎么可以跪在地上！还差两天才满月呢！”

“这算怎么回事！”老爷说，忙站起来。老爷不知该如何对付这突如其来的一跪。

“不怎么，”秀芝抬起脸看着老爷，声音十分平静，她把手中的孩子往高举了举，“我替您孙子求您了，您愿看您的孙子变成什么也没有的穷鬼吗？”秀芝又把包着小淳文的锦缎小被撩开一个角儿，让小淳文红红的小脸露出来。秀芝的另一只手在下边轻轻一捏小淳文的屁股，小淳文突然哇哇哭起来。

“你捏他干什么！”老爷突然大声喊起来，老爷已经看到了秀芝手的动作，** 老爷往起站，身子却突然朝后倒，站在老爷身后的马姨娘马上明白这是怎么回事，马姨娘忙去扶。

老爷真的晕倒了。

秀芝也想不到老爷会突然晕倒，老爷现在的晕倒似乎已经是意料之内的事了。连马姨娘都不像最初那几次那么慌，斯琴手脚利索地帮马姨娘去攥了一条凉毛巾给老爷敷在脑门上。陈妈赶过来时马姨娘正好让她去叫周正去请大夫。

觉得没趣的是秀芝。她想不到会是这样的收场，没人扶她劝她，她自己慢慢抱着孩子站起来，人们都顾忙老爷，没人注意秀芝是怎么抱着孩子回到了自己的屋子里。***

斯琴是第一次看到老爷晕倒。

老爷长吁一口气从昏厥中醒过来，斯琴才发现秀芝已经抱着孩子回了屋。

冬禄建议老爷去日本人开的诊所去看看，老爷这回居然出人意料地同意了。但老爷不同意“去”，而是同意让日本大夫上门

* 抱孩子下跪，最有效。

** 能看见秀芝的动作，说明老爷对孙子的关注细到极致，再次刻画出人性的一面。

*** 老爷晕倒是高潮，戏已至高潮，秀芝不回去还能干什么？

"来"。冬禄只好把那个皮肤白皙的日本大夫佐佐郎请了来，佐佐郎很年轻，三十多岁的样子。

老爷没想到这个日本大夫的中国话会说得那么好。

日本大夫佐佐郎说老爷的昏厥是供血不足引起的。

"我才五十五血就不足了吗？"老爷很伤感，老爷看看自己的指甲。

佐佐郎给老爷开了补血丸，红红的小药丸像草珠一样在玻璃瓶里装着很好看。

"还可以吃一些生猪肝。"佐佐郎大夫又说，"把生猪肝切成丝吃。"

老爷听了有些反胃："那能吃吗？"

"煮熟了也可以吧？"马姨娘在一旁问。

"可以的，可以的！"佐佐郎大夫说。他对老爷床帐上挂那么多小洋表很感兴趣，"您是表类收藏家吗？"他对老爷说。*

佐佐郎把自己的怀表拿给老爷看，佐佐郎的怀表可以打铃，老爷不知道怀表的铃在什么地方，老爷还没见过这种怀表，佐佐郎大夫把表打开来让老爷看，又把针拨到要打铃的时间上，又脆又好听的铃声就响起来。

老爷很遗憾自己没这种表。

"这种表日本有卖的吗？"老爷问佐佐郎大夫。

"有的，有的。"佐佐郎说。

"你再回日本时替我买一块好吗？"老爷说，佐佐郎笑了，连说"可以可以"。

佐佐郎和冬禄从老爷的屋子里出来，佐佐郎大夫突然问冬禄说你们家里有浴室吗？**

冬禄说没有，他看着佐佐郎大夫。

佐佐郎大夫觉得很意外，因为他刚才闻见老爷身上有很不好闻的体臭。

* 佐佐郎医术高明，就体现在知道心病的理疗方式是让病人进入感兴趣的话题。

** 让老爷从表中得到宽慰后，当然记得老爷身体仍需要治疗。

冬禄想请佐佐郎大夫到自己屋子里给自己的儿子看看，佐佐郎很高兴地答应了，佐佐郎大夫用听诊器前前后后地给小淳文听了听，又把手指伸过去让小淳文用手抓抓。“很好！”佐佐郎说。

老爷对冬禄请日本大夫给孙子检查身体很生气，老爷认为这很不吉利，“胡闹！”老爷说，“没病想找病吗？”*

老爷吃了几天那种红药丸，总觉得不怎么见效，便把药都倾在痰桶里。那个玻璃小药瓶倒挺好看，冬禄很喜欢这种玻璃瓶，就把它拿回自己的屋子里去，秀芝看了也爱不释手，就用它来放凤仙花膏了。原来放凤仙花膏的宋瓷小罐倒受了冷落给撂到外边窗台上，这天给厨房那只猫蹦到窗台上碰了下去打得稀碎。

那时候一个宋瓷小罐儿似乎都不如一个小玻璃瓶儿。

这天中午黄中文大夫给老爷提来一副紫河车，红不溜丢的。“这东西可是大补！”黄中文说。

马姨娘吩咐周正快把紫河车拿到后园用新瓦扣上烤干再研成末子。

黄中文大夫洗了手才坐下喝了两口茶，就见寿生进来回老爷，说地方审判厅又来人了。**

“我不去，”老爷突然大怒，“我要是死了呢！”

寿生就又到前边去，不一会儿又转了回来，说非让老爷您去不可！

黄中文大夫在京城熟人多，他放下茶盅说，我去看看，看看是什么人，怎么连病人都不肯放过。

黄中文来到前院南屋，那两个当差的恰恰有一个是黄中文大夫的老熟人，姓董，叫董武华。

“你们审判厅难道连病人都不肯宽延吗？”黄中文大夫对那个叫董武华的说，“杜家老爷正在生病。”

“黄大夫您有所不知，”这个叫董武华的变得和气起来，“我们是奉公吃饭。”董武华悄悄凑到黄中文大夫耳边说，“他碰上正

* 老爷爱护孙子，一语毕见。

** 法律是不会让人脱身的。

经茬儿了。”

“谁？”

“朱风娘！”

黄中文大夫早知道朱风娘，朱风娘不但在部队是团长，而且还兼着地方民团团长。

“这是我兄弟。”董武华又把另一个当差的介绍给黄中文大夫，并且告诉黄中文大夫他的兄弟叫董斌华。

董武华是满人，父亲在十三陵当陵户，和黄中文大夫是很相熟的。

黄中文又进到中院，把菊雪的后台是朱风娘的事告诉了老爷。朱风娘亲手毙掉手下兄弟的事在此之前早传遍了整个京城。

老爷突然觉得很害怕：“是他？”*

冬禄知道了这个消息后，决定马上去找菊雪，冬禄突然又想起被老爷踩扁扔掉的那个银锁儿。

“你就说我让你去的。”秀芝突然想起了一个拉拢感情的好主意，“你对菊雪说我想让她给淳文取个小名儿！”**

“小家子气！”冬禄说，“还是直说好，好歹还算是一家子人，我就不相信她会摇身一变变成母老虎。”

冬禄去找菊雪，他到地方审判厅打听到了菊雪的住处。

* 老爷是人，自然就有软肋，有怕的时候。

** 秀芝着实计算得好，却忘记了自己曾经对菊雪的种种无情之举。

第五卷

一

兰馨没有死。

那天晚上她喝过尼太端给她的那杯茶就觉得困不可支，然后就躺下睡了，后来她蒙蒙眬眬中觉得有个人重重地压在自己身上，紧接着是下边撕裂般的疼痛。这是午夜时分的事。她醒来，明白自己失了身，黑暗中，她没有看清那个人的模样，兰馨用手掐掐自己，证明这不是梦。*

天没亮的时候，兰馨逃出庵来，她从庵后那个小门逃出去，天亮的时候她走出了曲曲折折的山路，接近中午的时候，她昏死在离京城不远的白龙潭那个地方。白龙潭是个很大的水洼，传说潭里有龙，而且通着海，天大旱的时候人们要来这里祭龙，把整只猪投进去，有些年份就投女人。

兰馨一路走一路流泪，她来到白龙潭这个地方停下来，这里离城里还有一段路，她看到不远处有一个砖窑。窑旁有人光着膀子脱土坯，她走到白龙潭的水边，白龙潭的水绿得发酽。她突然觉得恐惧起来，她好像看到了水底的龙的鳞爪。**

她的晕倒完全是因为中暑，一个拉黄包车的年轻车夫救起了她。这个车夫才二十多岁，红红的脸，脑袋剃得溜光，他刚往城外送了一位客人，他来到白龙潭边，把黄包车在潭西那棵柳树

*震撼人心的悲剧，在作者笔下，只几句短短白描，却比抒发更令读者感到心痛。

**菊雪令人揪心的命运暂告一段落了，兰馨的命运又接踵登场。作者运笔从容而大气，时刻不离主题。

下停下来。天实在太热了，他想在潭里洗个澡，他把衣服扒得一丝不挂，因为旁边没有人，他慢慢让自己沉到被太阳晒得暖暖的水里，他在水里游了几下，然后浮出水面想看看大柳树下自己的车，这时他就突然看到了昏倒在岸边的兰馨，他刚才之所以没有看到兰馨是因为那块隆起的大石头遮住了他的视线。

这个车夫名叫刘春根，他给一位姓吉的先生拉包月，吉先生在教育部工作，任职为戏曲股主任。

吉先生住在扶孝大街的一所很大的宅院里，刘春根为了方便也就住在吉先生那里。吉先生家里一共有四十六名仆人，是京城里数得上的大户人家。吉先生为人很和气，他个子不高，头发剪得很短，留着一抹浓黑的胡子，吉先生的日语讲得很好，他曾在日本待过八年，先是上学后来又在一个叫作横滨的地方教书，回国后在教育部工作，月薪大洋三百。*

吉先生夜里睡得很晚，他喜欢在夜里写文章，写文章时总是不停地喝浓茶，香烟也是一支一支接着抽。有一次吉先生在车上抽着烟迷糊着了，香烟落在长袍上把袍角烧了个大洞，吉先生让下人把那个洞补了补照旧穿着去上班。吉先生在这方面很不讲究。

吉先生的女人是个小脚女人，长脸盘，脸孔白白的，和吉先生感情不和，所以刘春根总不见吉先生到他夫人的屋子里去，他们竟然分开住！吉先生没孩子，也不知是他不要还是他夫人不会生，总之，吉老太爷总说吉先生大逆不道。**

吉先生的夫人没事就总是抽水烟，或者是绣花，给观音大士绣三尺见方的霞帔，在上边绣石榴绣长尾巴鸟绣牡丹和梅花，绣花绣倦了就独自发呆。

吉先生住在吉宅最后边的西偏院里，刘春根的黄包车正好能从西偏院外的夹道把车拉进去。吉先生让下人在西偏院和夹道之间的墙上开了一个门，吉先生很少到前边去。

* 大户人家，往往和老爷等人差不多，吉先生不同，是在日本待过八年，此处暗示出，在一个闭塞的时代，走出去的人比困守旧时代的人有本质上的不同。

** 吉先生内心再能接受新思想，终究还是从旧时代走出去的人，那个时代有很多是不容许摆脱，也不可能摆脱，必然构成他与旧时代人的冲突。

“这个家像大清朝一样腐朽了。”吉先生那天喝了点酒，脸红红的，坐在黄包车上对刘春根说，“迟早要倒的，倒得越早越好。不过倒了又能怎么样？”*

吉先生和刘春根相处得很好，完全不把刘春根当作下人，他性格又很古怪，他用那种蓝布包自己的书和文章，包得四四方方有棱有角，挟在胳肢窝下，走路很快，从不慢腾腾的，“走吧！”话还没落音，人已经上了车。吉先生还对刘春根说，自己不懂戏曲，不准备在戏曲股待下去：“我对小说感兴趣，可上司偏偏不让懂小说的人去小说股！”刘春根不知道什么是小说。“小说就是故事啊，”吉先生给他解释，“比如说，人们常讲，从前有座山，山上有个庙，庙里有个和尚……”刘春根就笑了，就明白了什么是小说。刘春根知道吉先生在写小说，吉先生还问过刘春根关于各种疯子的事，比如说疯子怎么说话怎么走路怎么打人怎么怕人，疯子的眼光是怎样，等等。“吉先生您要写疯子吗？”刘春根问吉先生。“是啊，”吉先生说，说他刚回国那阵儿，人们都说他是疯子，“中国历来是好人被说成是疯子，疯子又被说成是好人，黑白颠倒。”**

刘春根没敢把兰馨直接拉进家去，他把车停在夹道里，然后跑进去告诉吉先生。

吉先生马上放下手里的文章和吃了几口的西瓜，跟着刘春根跑出来：“先把她抬进屋子里再说。”吉先生对刘春根说。吉先生搓搓手，又搓搓手。

兰馨慢慢醒来的时候才发现自己躺在一张陌生的床上。她睁开眼就看到身旁坐着的那个长脸盘妇人，这个妇人穿着宝蓝绣莲花边的旧式衣衫，手里托着一个白铜的水烟筒。屋子里还有四只朱漆洒金皮箱，还有一个绣架，绣架上绷着绣了一半儿的东西。那个长脸盘妇人看到兰馨醒过来便走了出去，到外边屋像是对什

* 问得好！

** 几个细节，一段对话，吉先生就活灵活现起来，在读者眼里，吉先生的形象远远超过杜家诸人，这也是杜家之外的新人形象，给人新鲜的气息。

么人说话。

“大先生，”这个妇人在外边屋说，“她醒了。”

“她醒了吗？”一个男人的声音传入兰馨的耳朵，兰馨就看见那个个子不高胡子很浓的男人跨进屋子来。

吉先生很想问问兰馨是哪里人？怎么会晕倒在白龙潭边？吉先生准备让刘春根把兰馨送回去，京城四周一带有五六个尼姑庵，吉先生断定兰馨一定是附近尼姑庵的。*

“你是哪个庵的？”吉先生问兰馨。

兰馨没回答这个问题，她觉得渴极了，就低声说：“请给我点水喝好吗？”

那个妇人就马上递过水来，兰馨把水喝了，她想从床上下来，但头很晕，又很恶心，她靠着床栏坐起来。

“请让我走。”兰馨说。

“你这样能走吗？”吉先生说，“我让我的车夫送你回去好吗？”

兰馨想了想，她不明白自己现在是身在何处：“这里是城里吗？”兰馨问，看着那个长脸妇人。

那个长脸妇人笑了笑，点点头。

“你要去什么地方？”吉先生问。

“沙城。”兰馨想想说，她突然想起了沙城，兰馨从南方嫁到京城来还从没出过城圈儿，她知道京城附近有个沙城。

“沙城？”吉先生吃了一惊，他不明白这个尼姑怎么走了那么远的路，吉先生以为兰馨是从沙城走到了白龙潭然后再回到沙城去的。**

“你在这里歇一晚上好吗？天已晚了，去沙城天黑以前怎么赶得到？就是赶到了我的车夫也无法赶回来。”

“我是怎么到这里来的？”兰馨低头看着自己的手问道。

“是我的车夫把你救起来的，你昏倒了。”吉先生看看一旁的

* 吉先生的智慧和形象都不觉引起读者兴味。

** 兰馨走出沙城，也是走出旧时代的象征，这点对吉先生来说，不仅是地理上感到惊奇，心理上也难以置信。

刘春根。

兰馨想起了昨夜，想起了白龙潭。兰馨禁不住流下了泪，泪水一滴一滴落到她的僧衣上。吉先生不再问，他猜出了这个年轻貌美头上戴着很古怪的僧帽的尼姑肯定有事。

“她不会对我说的，”吉先生出去对刘春根说，“她想说的话你不问她她也会对你讲，她不想讲的话你问出来又有什么意思？”

吉先生让夫人给兰馨送点冰镇绿豆汤喝，绿豆汤就搁在一进屋左手的冰桶的冰块儿上。

“你明天把她送到沙城吧。”吉先生又对刘春根说，“你做了一件好事，救了一条人命。”*

吉先生这天在古董铺里买了一块古砖，砖上有阳文篆字“凤凰”二字。吉先生要把这块古砖放到自己的案头，他用井水把这块砖洗了又洗放在窗台下晾干。然后拿进去压在不久前买来的旧书上。这天晚上吉先生不再写他那篇关于疯子的文章，他把买来的旧线装书用那块古砖紧紧压住，然后用一块澡堂里常见的浮石打磨旧书的书页，直到把书页上的脏黑全部磨去。吉先生是位随便而又爱清洁的人，吉先生最怕看见别人把书弄脏。**

这天晚上兰馨就睡在吉先生的夫人的床上。吉先生的夫人过去和吉先生睡在一处。

第二天吉先生的夫人起得很早，她轻轻打开自己的屋门，她想看看那个年轻尼姑醒来没有，却发现床上早已没了人，只见被褥叠得整整齐齐，兰馨人不见了。

吉先生的夫人走进自己的屋子，马上发现了自己绣架上绷着的那块绣活儿上多出了两朵不是自己绣的花。花绣得十分漂亮，颜色搭配得十分娇。

“大先生，大先生！”吉夫人忙喊吉先生过来。

吉先生断定那个尼姑很可能一夜没睡，吉先生仔细看了看兰馨绣的那两朵花，然后对他的夫人说：“依此看这个尼姑不会有什

* 让读者如闻其声的语调令人感受吉先生不无胸襟的处事方式。

** 吉先生的严谨性格体现。一个看不得书脏的人，内心会有某种旁人看不见、也理解不了的东西。这些东西恰恰成为吉先生的精神源头。

么大事，要不她怎么可能绣得这么一丝不苟呢？”

“这是个很离奇的尼姑。”吉先生这天坐在黄包车里说，吉先生一边说话一边把落在车篷上的苍蝇赶走。*

这是阴历五月初的事，没过多久京城各家长舌妇式的报纸都纷纷披露了雨花庵尼太逼尼姑卖淫的事，吉先生看了报纸便断定了那个被刘春根救起的尼姑肯定与此事有关，吉先生的眼前便又浮现出那两朵绣好的花。“如果真是那样，那个尼姑和别人不一样。”吉先生说，“出了那么大的事还能沉沉稳稳绣两朵花，女人真是不可思议。”**

和秀芝生下儿子相差一个多月，兰馨也生下了一个小女孩儿。

兰馨在此期间又长出了一头乌油油的头发，但头发也只有一尺多长，兰馨把头发用青丝绳扎成一左一右的双垂髻以遮住自己的耳际。

兰馨用家织土蓝布给自己做了一身普通女人穿的衣服。

从吉先生那里悄悄跑出来，兰馨竟徒步走到了沙城，兰馨深信那个突然从自己脑子里冒出来的地名与自己有缘，她想自己应该去沙城，在那里待一段时间再作打算。兰馨在沙城一次次想到死，但奇怪自己竟然不敢死！*** 她在头发没有长出来的时候一直住在沙城北边的一家小客栈里，她待在自己的客房里把戒指从门缝握出去请客栈老板去卖掉以充衣食之资。

就在那时她发现自己有了身孕。

头发长出来之后，兰馨脱掉了僧装，她把淡灰的僧衣整整齐齐叠好，然后用一块包袱皮包好拿到客栈后的一片空地上烧掉了。

小客栈的店主姓金，叫金喜来，年岁不到四十。金喜来的女人是个勤快善良的女人，有一只眼有点毛病，但猛看看不出来。兰馨住进金家客栈没几天，金喜来的女人就猜出了兰馨正是外面

* 总是这些细节，将读者带到现场。

** 吉先生的判断力远超常人。

*** 兰馨不是不敢死，而是生活教会了她活下去。她自己也许未能在此时意识，她已不再是在杜府中的兰馨了。

纷纷传言从京城雨花庵逃出来的那个尼姑。*

这天夜里吃过晚饭，金喜来的女人便悄悄来到兰馨的房间。金喜来的女人还穿着长可及膝缘大花绦的宽袖大袄，袄袖口上的花绦足有两寸宽，上面绣着石榴花，色彩已经暗淡莫辨。

“我对你说件事你不要见怪好吗？”金喜来的女人说。她望着兰馨由于闭门不出而显得血色全无的脸，就是在这天金喜来女人看到兰馨脸上浮现出的恍若阴云的蝴蝶斑。

“你不如就留在客栈侍候我的婆婆好吗？”金喜来的女人在屋子幽暗的光线里摸了摸自己的脸，“这样你也好有个可以安身的地方。”**

“外边兵荒马乱的，到处没个安宁，你不如留在这里好。”金喜来的女人又说，微笑地看着兰馨。

金喜来的母亲瘫在床上已经有一年多，金喜来是个孝子，他接连找了好几个人来伺候他母亲，都不合老太太的心意。

金喜来的女人觉得兰馨正好趁着头发没长出来这段时间来做做这事。

“我愿意。”兰馨说。

“那就委屈你了。”金喜来的女人很高兴，高兴既能有人伺候婆婆又能帮助这个可怜的尼姑。

“你们能收留我我就感激不尽。”兰馨说，兰馨似乎能听到自己纷乱的心声和泪滴滴落在心头的怦然回响。她用手抚平自己的灰色僧袍上的褶痕，那只白皙瘦削的小手滑过僧袍时在微微颤抖。兰馨在头发长出来前一直穿着僧衣。***

金喜来的女人已经把兰馨的事情悄悄告诉了金老太太，瘫在床上的金老太太大动悲恸。当兰馨轻轻来到金老太太的床边，金老太太慢慢伸出那只还算灵活的手把兰馨一把拉住流下泪来，流了一会儿泪，金老太太又自言自语地说：“你看看，我哭什么呢。”金老太太的话音十分好听。闭上眼睛，简直让人难以相信这是卧

* 女人的精细。

** 金喜来的女人希望兰馨留下与秀芝希望斯琴留下有异曲同工之妙，给读者的内心感受却又完全不同。

*** 兰馨的改变让她在命运的跌宕中开始能从容面对。人在生活中要学会的就是从容。

病在床的人在说话，而且是位老太太。

金老太太让兰馨把自己的事情一件一件说给她听，只要兰馨愿意的话。金老太太也把自己的事情讲给兰馨：金老太太原来是个破落户人家的女儿，大户人家的落难千金，见过世面也懂得事情。她还没老到或病到糊涂的那个份儿上，她虽然很想看看兰馨割掉耳朵留下了什么样的疤痕，但金老太太还是没说。* 金老太太就是话多，这是长期卧床病人的通病。

金家老少都是善良的百姓小民，他们无论是谁都没有把兰馨的事情张扬出去。一开始兰馨是在自己的客房里吃饭，后来就搬过去和金老太太一起住。金喜来这个孝子给他的母亲请木匠做了一张十分特殊的饭桌，桌子正好能架到金老太太的身上，这样金老太太就可以用自己那只好手哆哆嗦嗦地吃饭，但常常不免洒汤扣饭。

“我来喂您好了。”兰馨说，兰馨开始伺候金老太太的第一天就把那个怪模怪样的桌子放到了一边，她亲自一匙一匙喂金老太太。

兰馨发现了自己已有身孕偷偷地哭了无数回。她想出种种的法子想把肚子里的孩子弄掉，她不知听了谁的话那夜突然想起去吃绣花线，便把一大团绣花线和着水咽到肚里，后来她又把肚子放在金家厨房的缸沿儿上挤，但这些都丝毫不影响肚子一天天隆起来，直到她终于把那个孩子生下来。兰馨生下孩子的时候，柿子叶已经落了。**

“你不要把这个孩子扔掉。”金喜来的女人帮助兰馨生下了那个苦命的孩子，她把瘦小紫红的婴儿抱给兰馨看，告诉兰馨是个女儿。

兰馨紧紧闭着眼睛，她不要看这个孩子，她拿定了主意，她要把这个孩子饿死，兰馨把奶水挤到地上，她拒绝喂这个孩子。

但是心地纯善的金喜来的女人居然还有奶，她最小的孩子才

*经历过世事的人必然如此，即便看见令自己好奇的人与事，知道如何克制自己，不必要为满足自我的一时好奇，而去揭开对方不一定愿意揭开的自我。

**不写到了什么季节，而用柿子叶落了作说明，看似平淡，实则见出作者功底，知道如何写更使语言具有感染的汁水。

三岁，一直没断奶，金喜来的女人就当着兰馨的面奶着兰馨的孩子，这不禁勾起了兰馨想看一看这个孩子的念头。

金喜来的女人把孩子抱给兰馨，说来也怪，这孩子突然哇哇哭起来，仿佛有说不完的委屈，兰馨突然看到小孩腰上的那块地方有一块儿记。兰馨不禁大吃一惊，想起了那只被割掉耳朵又死掉的小猫，那猫的腰上正有块白花斑！*兰馨抬头看看金喜来的女人，金喜来的女人转过身，用手轻轻捏自己的肩，说："你女儿饿了，你难道真不喂喂她吗？"

兰馨的冲动如决堤之水不可遏止，虽充满了伤心和绝望，但她还是把奶头送给了那张小嘴，当那张有力的小嘴一下子噙住兰馨的奶头时，兰馨觉得自己身体内部像有水样的东西急速往奶头那个地方涌流。

兰馨自己也不知道为什么想起要看看孩子的耳朵，她把那两片小而又小的耳朵轻轻用手指拨了拨，突然发现耳根处各有一条明显的红色的痕迹。

兰馨马上让金喜来的女人来看，金喜来的女人也大吃一惊，**因为她也已经知道了关于那只剪掉耳朵的猫的故事。

金喜来的女人把这怪异之事告诉了金喜来，金喜来觉得不可思议。他把这件事又告诉了金老太太，金老太太说这种事她年轻时听过。

兰馨从来没想过自己会有一个女儿。一个月很快过去，过满月那天金家夫妇特意给兰馨的孩子炸了糕团，说这孩子高升旺长。兰馨这一天话特别少，她仔仔细细想了想自己往后的日子，她明白自己不可能这么长期在沙城待下去。

兰馨是个说做就做的女人，她决定远远离开沙城也远离她心头的伤心之地——京城。

"你到什么地方去？"金喜来的女人问兰馨。

兰馨想到千里之外的老家徐州，兰馨当初与夏禄的婚事是马

*一部好的小说，绝妙之处就是当巧合出现之时，读者不会觉得是作者虚构，而是的确如此。

**金喜来的女人吃惊，是身在局中，读者吃惊，是在局外看见了命运。

姨娘给撮合的，兰馨想起家里那破敝的房子和扣在屋顶上的那只大木盆，还有屋顶的瓦松。她不知道那房子还在不在，妹妹和弟弟都在做什么？

“我会绣花，我绣花好歹能养活我们母女俩。”兰馨说，“我只能靠绣花养活自己了。”

“现在是天下大乱，谁会要你绣的花？”金喜来的女人说，“你别离开沙城最好，你可以在这里绣花然后送到城里绣庄不好吗？”

兰馨想了想还是执意要走。

金老太太这天把兰馨叫到自己的床边，从床头的小首饰盒里摸出一对儿小孩的银手镯递给兰馨，让兰馨给“宝妹”戴上。

宝妹是金老太太给兰馨女儿起的名字。

兰馨想不出该让宝妹姓什么，姓杜吗？兰馨觉得很害怕，觉得死去的夏禄不会答应自己。*

“倒不如让她姓金。”兰馨突然去对金老太太说，“叫金宝妹好吗？”

“好！”金老太太说，“起名字就得富富贵贵，金宝妹！”

金喜来也很高兴，他高兴兰馨的女儿随了自己金家的姓。他高兴自己今年种的鸡冠花开出扇子面大小的花来。金老太太看着儿子高兴就又乘兴而说：“你何不认宝妹做干女儿？那么我也就算是干奶奶了。”

金喜来说好啊，我正缺女儿呢！

兰馨也高兴，竟很认真地抱着宝妹给金老太太磕头，算是认了干亲。**

兰馨收拾好了东西，她把自己的一件实地纱旗袍送给了金喜来的女人，说留个念想。

金喜来夫妇有些舍不得兰馨，一想到兰馨母女要走那么远的路去徐州，就有些替兰馨害怕。

* 人之所以是人，是因为人知道什么是人伦。兰馨觉得害怕，是人伦始终在她的生命深处。

** 和菊雪一样，兰馨也在苦尽甘来，这更吸引读者猜想不知她们还会遭遇什么不测。小说在这里将起伏控制得极为精彩。

"你要是走不下去就回来。"金喜来的女人对兰馨说。

兰馨的心就莫名地提了起来，金喜来的女人也看出了她内心的忧虑和不安。她看见兰馨一下子调过脸去，两串泪珠从兰馨白皙的脸上弹落下来。

兰馨准备好了一切却没走成，原因是宝妹突然发起了烧，小喉咙里呼噜呼噜响个不停。金喜来让伙计马上去保生堂买来了"至宝锭"，可吃下去并不见效，并且烧得愈加厉害。

兰馨被宝妹粗浊的呼吸声和滚烫的体温吓得不知如何是好，她只有连连呼喊宝妹的份。

金喜来看宝妹的症状明白宝妹可能是得了小儿肺炎，因为他自己的孩子得过这病，是到京城请东洋大夫打了几天针才逐渐好的。

"耽搁不得，去京城吧。"金喜来站在屋门口对兰馨说。

金喜来的女人劝兰馨马上去京城，也许在那里才能救宝妹一命。

兰馨于是请金喜来赶快去雇车，为了宝妹，她现在是什么都肯做。兰馨就这么又到了京城。

兰馨坐在车里一路呼唤宝妹，泪水像珠子从断线上纷纷坠落，滴滴都落在宝妹滚烫的小脸儿上。宝妹喉咙里的痰响愈来愈急促混浊，兰馨忽然无师自通地去嘴对嘴从宝妹小嘴里吸出了一口痰，宝妹的呼吸就像好了一些，快进京城时，她又嘴对嘴给宝妹吸了一口痰。*

宝妹忽然睁开了眼睛。

兰馨松了一口气，在心里默默地念佛，兰馨以无限的柔情看着宝妹，却发现宝妹的眼睛突然朝上翻去。

兰馨从来没见过小孩儿抽风，就突然大哭起来。车夫被兰馨突然爆发的哭声吓得把车停下来。

"快啊，快啊，"兰馨急得用脚直跺车板，一边大声叫着，

* 说母爱如何伟大，不如用一桩桩事情让读者体会。

“宝妹，宝妹——”

二

斯琴觉得整个杜府脑子最清醒的还是要数秀芝。事情的发展证实了秀芝关于分家的想法是对的。地方审判厅已经派下人来杜家勘验杜家的财产，并且去了杜家在京城开的几处店铺做了初步勘验。

因为吃官司，冬禄的心情一如秋风落叶一样难以振作，连每年必玩的蛐蛐都不再去张罗，伙计从永定门西边捉来了几只首肥、项肥、胫长、背阔的“油利达”和“蟹壳青”让冬禄过目，冬禄哪有这个闲心！他也不再去街头巷尾寻找“秋色可观”的红纸招贴。一入秋，京城里凡是张贴“秋色可观”纸条的地方，必是斗蛐蛐的所在。没错。最早还是在冬禄八九岁时，老爷就常带冬禄出入斗蛐蛐的场所，冬禄总奇怪为什么斗蛐蛐非要写“秋色可观”呢？冬禄问老爷，老爷也说不上来。老爷是过了五十岁的生日后才没了斗蛐蛐的兴致，* 老爷说斗蛐蛐太累，胖人受不了。老爷把自己最心爱的蛐蛐罐也给了冬禄，其中有一只罐竟然是姑苏彩山窑常德盛制的明罐，还有一只外青内紫的淡园主人所制的小罐，而冬禄最喜欢的一只蛐蛐罐是“秋雨梧桐夜读轩”所制的黑亮如铁的那只。

事情的发展不允许冬禄再有心情去像往年那样斗蛐蛐，老爷前前后后又被地方审判厅传去三次。

老爷被地方审判厅的一次次传唤弄得万念俱灰，老爷真想躲到谁也找不到的地方去，那些长舌妇式的小报更加使老爷感到愤怒而恐惧，一种深深的愤怒之情使老爷不是火冒三丈就是垂首无语，** 杜府上上下下都变得像一只只敛口鸟，只要老爷在，谁都不敢大声说话随便走动。老爷又嫌大家不说话，“都死了吗？”老爷说。

* 五十岁是知天命之年，人过了这个年龄，必然有些改变。只是当事人未必会真切地被年龄捆绑，变化是不知不觉的也是终究要来临的。

** 人的情感到了极点，对应的选择也是非此即彼的极点。

现在整个杜府敢于和老爷说话的似乎只有马姨娘，反正马姨娘已经摸透了老爷的脾气，老爷现在已经不怎么骂远在日本的春禄，口口声声被老爷唾骂的是孙文和袁世凯，老爷认为如果不是这两个乱世枭雄，杜家的事情也不会这么糟。

“老爷，”马姨娘说，“你骂孙文和袁世凯又有什么用呢？还是赶快想法子的好。”

“有什么法子，皇上一倒什么都完了。”老爷是无可奈何。*

地方审判厅来人勘验杜家财产之后马姨娘也明白事情不妙。她仔细地想过了，眼下最好的办法是把家产马上分开，这样倒也许会好一些，地方审判厅总不会把冬禄把老爷把自己的那份要了去吧？那么，菊雪只好去和春禄分春禄的那一份儿。

“老爷，”马姨娘又说，“我昨天用头簪算了一卦，三次倒有两次簪尖朝着北面，我说话您也别气，事到如今还是赶快把家分了好。”

老爷听了这话竟然没发火，老爷也想过了，这似乎是唯一可走的路了，老爷一想到要把家产像宰猪割肉一样零零碎碎分开就禁不住悲从中来。**

“除此也没别的法子啦，”老爷把眼睛微微闭起来，“那就分吧。”

“老爷，那么，”马姨娘激动起来，“要是真分分给我什么呢？”马姨娘看着老爷微闭着眼睛的样子大着胆子问。老爷奇怪的是竟然没生气，慢慢睁开眼睛看着马姨娘，慢悠悠地说：“我自有主张，你好歹跟了我二十多年，我怎么能不为你想。”

马姨娘注视着老爷，她的心里涌出了对老爷的感激之情，一想到将有一份财产归到自己名下，她又兴奋得不行。“那么，老爷您打算怎么分呢？”

“当然是每房一份儿。”

“那么兰馨呢？”马姨娘试探着问。

* 老爷说出的是根由，但终究说不出造成这一根由的深层原因，这反应使小说有了读者的不自觉参与。

** 表面上看是家产的分割，内在却是属于老爷那个时代的伦理观和价值观的崩溃，如何不令老爷悲从中来？

“当然有她一份，我看不到她的尸首就不能没有她的。”老爷想想又说，“我只有一个孙子，所以淳文也要有一份。”老爷看着马姨娘，心情悲凉一如秋水，“我给你两万好吗，把钱放到钱庄里，七厘的利钱，一年一千五，怎么你也够。你这几年也该攒了些私房，你攒多少是你的，我也不想知道。”

马姨娘攒了多少钱确实也不会有人知道，关于她在扬州的老家盘下了“陆鸿春茅记”茶叶店的事就更没人知道。马姨娘也不知道自己为什么喜欢茶庄，为什么爱做茶叶买卖，她用四千多块银元盘下了那片茶庄，让她的亲侄儿在那边替她经营已非一年半载。

“那么，春禄他们得多少呢？”马姨娘又小心翼翼地问。

“你操那么多心做什么！”老爷突然有些烦。老爷和马姨娘说话从来都是一阵好一阵坏。

“那么兰馨呢？”马姨娘知道老爷的脾气，知道他这会儿想说话。

“我不能亏了兰馨，”老爷想想说，“我也要给她两万！再给她两份股，一份南药店的，一份粮栈的。”

“老爷！”马姨娘突然觉得自己吃了亏，她把自己晾在窗台上的紫色手帕走过去收了起来，她没有像往常那样把它叠起来，而是一把把它攥在手里，“老爷，我伺候你二十多年还不如兰馨吗？”

“兰馨有院子吗？”老爷冷冷地瞪了一眼以抓手帕向自己示威的马姨娘。

马姨娘抓手帕的手又松开，她想知道老爷说的是什么院子，她又走近老爷：“院子也要分吗？”

“分！”老爷突然很粗暴地推了一下马姨娘，“我总不能看着你以后没地方住！”

“老爷！”马姨娘靠着桌子站稳，“按时下的价咱们这处院子可最少要值七八万！”

“我想好了，前院给春禄，中院给冬禄，后园就留给你！雇几个工人种种花，够你一辈子享用了！”老爷又往后一靠瘫坐在椅子上，杜府的前景在老爷眼前真像是一张模糊发白的照片！*

马姨娘突然很伤感，遥想当年初进杜府时奴婢穿梭、人来客往、致美楼月盛斋天天往府上送食盒，过节是过节样，过年是过年样！马姨娘觉得鼻子发酸。她从来没听过老爷像今天这么对她讲过话，马姨娘突然止不住自己的泪水，她又想起那首童谣：

有福不用忙，
去嫁蝴蝶王。**

“老爷！”马姨娘把身子朝老爷靠过去，她真不知今后等待自己的是什么样的怪梦！

老爷把身子朝后仰靠着椅子，微微闭着眼睛说：“分吧。”

分吧！

冬禄和秀芝也知道了老爷要把家分开的意思。这事只瞒着杜家的一切下人，知道杜家将有巨大变化的下人只有斯琴一个人。斯琴当然不会为此激动或不激动。她想好了，自己最好能跟秀芝，帮秀芝把孩子拉扯大，她想做一个说话比主子还粗还硬的老妈子。有了这种念头，斯琴给秀芝做事就十分上心，样样事情都做得让秀芝很满意。*** 她抱小淳文的时候比秀芝要多得多。小淳文第一个认识的人就是斯琴，斯琴朝他伸出手时，他会手舞足蹈又是动胳膊又是动腿，浑身的小肉没一块儿不活！斯琴只恨自己没奶！幸亏秀芝也不准备雇奶妈。

“杜家分了以后，你想跟谁？”这天秀芝把斯琴叫过去这么问她。斯琴在杜家待得白了、胖了也显得年轻了。

“当然是跟少奶奶你，”斯琴说，“只要少奶奶不嫌弃我。”

* 分家产，也是知道自己来日无多，旁人未必能了解老爷行将就木的内心。这里照片的比喻令人内心揪紧。

** 往日的欢歌在此刻想起，真还有番无可奈何花落去的味道，令读者唏嘘。

*** 生活会教会每个人找准自己的位置以及该如何到达这个位置。

"我会嫌弃你吗？"秀芝说，"那么，我搬出去后你跟着我好啦。"秀芝的目光从头到脚掠过斯琴的全身。

斯琴吃了一惊，她想不到秀芝有搬家的念头。

秀芝早想好了，一旦分了家她就要到外边去买一处院子，要在屋里安上大铜床、电话，还要铺红木地板，让下人跪在上边擦，如果能便宜买到两进的院子就更好，后院就养一院子花。秀芝最喜欢凤仙花，她爱凤仙几近成癖，她每年几乎要把杜家后园的凤仙花全采到自己的屋子里来，她屋里不少瓶瓶罐罐都贮满了用白矾捣过的凤仙花膏，她用凤仙花膏来染指甲和眼窝。

"到时候，就让你男人来给我看门好了，你两口子也不用分开。"* 秀芝又对斯琴说。

* 秀芝与斯琴，看起来是主仆，却真还是彼此需要。秀芝的话，也是因为自己需要。

斯琴听了很高兴。

"另外，"秀芝忽然把声音放低，"你让你男人没事多出去走走看看，看看哪里有吉屋招租和出卖。"

"好，"斯琴微笑着说，"我让他去。"

"去板厂胡同，太晏候胡同，板桥南那边去瞅瞅，听说那边房子多有要卖的。"秀芝说，"让你男人多留心，院子要上台阶不要下台阶，一进院子就下台阶日子就要过得倒运！"

"我这就去。"斯琴点点头，接着她就闪身去了前院，悄悄把二少奶奶的话告诉了她男人。斯琴的男人整天也没什么事，就答应去。斯琴想想，又告诉他院子最好是两进，东厢房和西厢房一定要好，斯琴迅速地完成了自己的想象，如果真的搬走，那自己不是住东房就是住西房，所以东西房一定要好。

斯琴是个很精明的女人，她吃过各种的苦，受过各种的凌辱。她知道怎么讨别人的欢心，她也知道怎么把握自己的命运，她一直想有一间属于自己的房子。她这时还不会有别的奢望，她只希望数九寒天下雪的日子里可以待在自己的屋子里不至于受冻，下雨的傍晚也不至于缩在别人的檐下。她还希望自己的男人不再抽洋烟，因为她以前的家就是被现在这个男人抽垮的，那两间房子，硬是让她男人给抽掉了。

斯琴在想象中已经看到了自己往后的日子，她想她应该跟定了秀芝。

但是斯琴和杜家所有的人都没想到灾难的突然降临。*

“少爷！少爷！”周正这天从外边跑回府来声紧气促地喊冬禄。

周正这天原是随老爷去了地方审判厅的，结果是老爷给扣了下来。周正只好一个人跑回来报信。

“为什么？”冬禄说，“什么理由？”

“罪名判下来了，说老爷是压良为贱！”周正说。

冬禄大吃一惊，他也没想到离婚案件会一下子变成“压良为贱”。

“那老爷呢？”

“老爷给押到‘黄花场’监狱去了。”

“黄花场监狱！”冬禄这一惊又不小！

老爷自己也想不到会给突然定罪收监，更想不到打官司的由头会从离婚一下子变成“压良为贱”，老爷情急之中把随身带着的一张数目不算小的银票给了地方审判厅的一个警察，才总算把话传给在外边久等无获的周正。**

民国四年十月二十九日无疑是杜家最慌乱不知所措的一天。秀芝也急得咬牙骂地方审判厅。她没想到事情变化会这么突然，家还没分呢，老爷倒被拘捕进去，“贱货！”秀芝突然骂出了这两个字，她是在骂菊雪，因为这一切都是菊雪引起的。她突然恨菊雪：“兔子还不吃窝边草，她怎么可以算计起……”秀芝停住嘴，她望着窗外，突然觉得心酸：“冤有头债有主，你怎么可以让杜家所有人跟上倒霉！”

* 小说能步步推进，是因为命运环环相扣。

** 无论什么时代，钱终究是能发生作用的。

秀芝的话传到院子里，当然也被马姨娘听了去。

“你听听秀芝这时候还说这话！”马姨娘在自己的屋子里对冬禄说，杜家无论大事小事总是集中在马姨娘的屋子里商议。

“她说她的，这时候还管她说什么！”冬禄急得一时没了主意，鼻子尖儿上沁出了细碎的汗珠。

“快去找人吧，”马姨娘说，“事不宜迟！”

“找谁？”冬禄说，冬禄真想不出该找谁？冬禄只知道北洋军阀你上来我下去，都趁着清朝倒台乱哄哄地浑水摸鱼大饱私囊。

“人一送进去就麻烦了。”周正在一边说。周正是被收过监的，那年周正踢死了药材商巴积清的一头驴，给抓进去关了七八天，“所以姨娘说得对，得赶快找人。”

“那是明天的事，眼下最要紧的是见老爷一面！”冬禄决定先去黄花场监狱看人。冬禄让马姨娘准备好贿赂监狱里看守的大洋，他自己去换衣服。“冬禄你最好穿最好的衣服去，那些人是看衣服不看人的，你穿得越阔，他们才越不敢怠慢老爷。”周正跟在冬禄后边说。*

“你也去，你难道不去吗？”冬禄回头对周正说，“你去给老爷拿衣服别忘了再带条狼皮褥子。”

“这事最好去找菊雪，”冬禄一进自己的屋子秀芝就对他说，“解铃还得系铃人。”

“那也是明天的事。”冬禄说。冬禄很快换好了衣服。他顾不上和任何人啰唆，临出门时，马姨娘又追出来说：“要给老爷带些茶吗，还有紫砂壶，还有《玉匣记》，老爷离不开《玉匣记》。”

“带上，带上，”冬禄说，“还有老爷的水烟袋，要那个银的。”

冬禄很快就赶到了城北的黄花场，这块地方原是种黄花的所在，所以叫“黄花场”，现在早不种黄花了，做了民国的临时监狱。

* 俗话说，人看衣装，佛要金装。俗话能流传，就因为俗话是真理的一部分。

冬禄把随身带的银洋递给看守就很顺利地见到了老爷。所谓的监狱是原先的大库房，只不过用墙在仓库里隔成许多小间，里边阴暗潮湿。

“这些东西不能带进去。”看守把周正带来的东西翻了翻，不让周正把衣服茶壶茶叶筒什么的往里带。“这里是监狱不是茶馆你知道吗？这又不是大清朝，可以在里边抽大烟！”

好说歹说再加上银子，冬禄总算把那条狼皮褥子给老爷带了进去。

老爷从没受过这种惊吓，一时觉得自己马上要被砍头了，冬禄一进去，老爷扑过来抱住冬禄就哭，哭得像个孩子。冬禄也不由得掉泪。监狱里那种肮脏仄小黑暗以及地上腐烂的稻草褥的气味让冬禄觉得凄惨，冬禄想不到父亲会身陷囹圄，不觉地恨起春禄来。

“都是春禄做事荒唐！”冬禄说。

“现在说这还有什么用！”老爷擦了把泪说，“我都怕见不到你们了。”*

冬禄忍住泪调过脸去看周正给老爷铺狼皮褥子。周正把稻草慢慢翻开后吓得哇哇叫起来，他看到了一条小青蛇，在稻草下盘着。

看守听见叫喊走了过来。“怎么啦？”看守探过头问。这个看守是个酒糟鼻子，他的父亲是京城刑部属下有名的刽子手，砍得一手好头，凡是想图个痛快的，没有不贿赂他刀下留情的，因此大富。

“蛇！”周正说。

“那是‘狱大仙’！”看守低声说，“别惊动它。”这个看守已经五十多岁，他在大清朝手里也是一个看守，民国一成立，他换了衣服又成了民国监狱的看守，他极迷信。**

“你别惊动了它，你遇见‘狱大仙’就会交好运了。”这个看

* 老爷和冬禄的对话，就见出冬禄毕竟是没见过世面的子辈。人成熟与否就看关键时刻是不是还像冬禄一样只会说些埋怨的废话。

** 时代的大变，并不会改变每个人的身份，太多机构不会变，需要的人也就不会变。

守说。

周正不去动，看着那条小青蛇慢慢游开，钻进一道墙缝忽然不见了。

“这让我怎么办？！”老爷又哭了。

冬禄让周正把稻草彻底翻翻，周正硬着头皮翻稻草，没再发现什么，只是从稻草里抖出一枚快锈烂了的铜板。

冬禄给老爷宽心，说不会有什么事：“您看，您身上不是还穿着自己的衣服吗，重要犯人哪能这样呢？”

老爷却一口咬定自己是出不去了。“一个钱也不要给他们，我死在这里算了！”老爷哀叹地说，过不了一会儿，老爷又凄惨地看着冬禄，说：“不要在乎花钱，花万儿八千只要我出去就行，就当是我被绑了票。”

冬禄让老爷放心，答应马上出去活动。

冬禄从黄花场回来，他连夜去了老爷的拜把兄弟“陆远安镖局”陆远安那里活动了一些现银，冬禄准备天亮以后去找菊雪，把五万大洋现兑给她！

“菊雪这贱货真做得出来，我以前倒小瞧了她，以为她只会哭！”秀芝对冬禄说。

“现在说什么都无济于事。”冬禄说。

冬禄刚才在陆远安那里听说，前不久以刘思安为首的十个清华教授组织的“反筹安会”成员给抓了起来，其中有一个姓丁的和袁世凯的大公子有交往，就被悄悄脱释了出来，并做了保证从今隐居乡里再不过问政治。结果要斩这十个人时发现少了一个，监狱里的看守便把一个在街上偷了一个水桶的叫花子抓去凑足了十个之数给砍了头*。

冬禄越想越怕：“先让他们放人要紧，银子算不得什么。”冬禄突然叹了口气，“都怪老爷当初打错了算盘，怎么让她进了家门！”

* 没有谁觉得叫花子也是一条人命，思之不免令人感觉恐惧。

“你说她是不是世界上最狠毒的女人！”冬禄问秀芝。

秀芝倒没了话，她把淳文抱在怀里，心里一时不知浮生了多少念头。

冬禄这一夜几乎没睡，他没想到民国政府也会这么乱，社会上触目皆是让人气愤不平的事情，贪官污吏比清朝还多，都趁着大清帝国倒台而浑水摸鱼。冬禄睡不着，就点着灯坐在灯下想事，灯亮了又把小淳文弄醒了，小淳文哇哇地哭，秀芝又起来给孩子喂奶。

冬禄是好不容易挨到天亮，忙洗漱了，厨房里送来豆汁咸菜小麻花馃子，冬禄草草吃了几口。

“你真要去找菊雪吗？”秀芝把手巾绞热了给小淳文擦屁股，秀芝的给凤仙花膏染红的指甲摁在小淳文的屁股上像凋零的花瓣。

“斯琴，斯琴！”秀芝突然隔着窗喊从院心走过的斯琴。

“你今天上午帮我看着孩子，我和二少爷出去办事。”斯琴进来后秀芝这么说。

冬禄没想到秀芝也要去。“我是没办法不去，你去做什么？”冬禄不愿让秀芝去。

“我不去谁去？”秀芝说，“如果是别人也罢了，是菊雪我就要去。”秀芝让斯琴帮她换出门的衣服，秀芝生下孩子后又瘦了，穿那身芙蓉粉插花绦的衣服显得很漂亮。斯琴就站在秀芝身后给秀芝束带子。

“你真要去吗？”冬禄又问，“你去跟她说什么？”冬禄想不出秀芝心里到底都有些什么样纷繁如丝的想法。*

秀芝穿好了衣服，用手拂了一下窗台上的虎耳草，“你也去吧，”她突然对斯琴说，“你替我抱着孩子随我一道去。”

“你这是做什么？走亲戚吗？”冬禄不愿让秀芝抱孩子一起去，“街上兵荒马乱抱孩子做什么？”

* 在秀芝面前，冬禄总有没长大的感觉，比不上已做母亲的秀芝，对女人来说，成熟就是从为人母开始，会突然懂得人生的很多。

“你不懂！”秀芝说，“我们女人的事你能懂吗？”秀芝做事从来都是独断专行，一旦要做什么，别人是很难改变她的想法的。冬禄只好随她。冬禄让周正马上去雇两辆车，一辆秀芝和斯琴抱着孩子坐，一辆自己坐。

周正很快把车雇了来。

车路过“稻香村”时，秀芝想起了什么，忙让车停下，然后让斯琴下车去稻香村里买三样点心。秀芝知道菊雪最爱吃甜点心，稻香村的“萨其马”又做得最好。

斯琴下去买了萨其马、豌豆黄和十三块一盒的沙城什锦月饼，这些东西都是菊雪爱吃的。拿这样的点心送客似乎有些怪，但秀芝自有秀芝的道理。看着斯琴把三包点心提上车，秀芝的心里忽然沮丧起来，她想不到自己竟然落得个提上点心去求菊雪。

他们很快到了北城七道湾菊雪那处小院子前，院门口有两个小石狮子。

“你先下去敲门。”秀芝对斯琴说。

斯琴就下了车去敲门，门很快开了，斯琴不认识开门的姑娘，她忽然不知道该怎么问，是问黄太太在家吗？还是说三少奶奶在家吗？还是说黄菊雪女士在这院里住吗？

开门的是一位二十出头的姑娘，梳着两根大辫，刘海很长，站在那里腰板挺直，毛蓝大布褂子下边是毛蓝布的宽腿裤子，裤脚下是一双黑布鞋子。“你找谁？”这个开门的姑娘问。

这时秀芝也抱着孩子下了车，她发现开门的姑娘有些眼熟，再细看，竟是王府的草珠。

“你怎么会在这儿？”秀芝大声说。

草珠忙把门大打开。*

*问是脱口而出，回答倒确实不必。

冬禄也下了车。

菊雪正好在家，逗那条朱风娘前不久送给她的哈巴狗玩，菊雪轻轻伸出手指划哈巴狗的胡子就想起猫，这只哈巴狗经常把菊雪的袜子和手帕拖了到处跑，它拖手帕拖袜子的终极目的无人知晓，朱风娘说这可能是只母哈巴狗，要不它怎么会喜欢手帕？它不啃骨头叼手帕做什么？*

菊雪很爱用手指划哈巴狗的胡子，划一划哈巴狗就不停地打喷嚏。菊雪想不到冬禄和秀芝会来，她听到秀芝在门外的说话声就忙站起来。

菊雪请冬禄和秀芝到南房客厅坐，又喊草珠快去沏茶。菊雪想去把脚下的那双红绣花拖鞋换掉，秀芝就跟着菊雪到上房菊雪的卧室里来。秀芝忍不住好奇心想要看看菊雪的卧室，秀芝发现菊雪有微微发胖的迹象，看上去比在杜家丰腴了一些也白皙了许多。

“你看看我这里多窄多小。”菊雪说。她当着秀芝的面把一双日本纱袜套在脚上然后穿起了那双在民国四五年让不少京城时髦女士眼热的洋皮鞋。**

菊雪的卧室布置得很漂亮，墙上挂了两幅齐白石的画，一幅是喜鹊登梅，一幅是兔子。硬木明式椅不按习惯的摆法放在那两幅画下，而是摆在屋子里居中的地方，椅子上都铺着很厚的软垫。茶几竟一共放了三张，茶几上立着东洋暖瓶，床头茶几上有电话。屋子是零乱而有趣。

“你怎么弄了这么多的东洋货，外边不是在抵制日货吗？”秀芝说，她很喜欢菊雪屋里椅子上那种鹅黄色的软垫。

“他们抵制他们的，我用我的。”菊雪说。***

“你怎么把草珠给弄来了？”秀芝又问，秀芝也很兴奋，她不先急着说老爷的事，她忽然又看到菊雪床头挂着的那个茉莉大花球，茉莉花在这个季节像所有花卉一样都在走向凋零，秀芝不知道菊雪从哪儿弄的这么大一个茉莉花球，这个花球使屋子笼罩在一种淡淡如烟的清香之中。

* 与杜府的慌乱形成对比。

** 菊雪的反抗意识高于其他人，此中可见一斑。

*** 看透本质的人，才能说出内心真实的想法。

菊雪告诉秀芝说王府的下人都像大树倾倒之后的猢狲一样没了去处，王府的房子最近要给邮电部的一位长官占了。“我是那天在王府井看到草珠的，你猜她做什么？”

“做什么？”秀芝问。

“正要去给一家文明茶馆当女招待！”菊雪笑笑说，“皇上一倒什么都乱了。”

菊雪突然要看秀芝的孩子，秀芝便打开门把斯琴从客厅里喊过来，菊雪接过孩子把孩子放到床上去，慢慢把小被子打开。“这孩子像谁？”菊雪回头看看秀芝，“他怎么既不像你又不像冬禄倒是有些像老爷，你看他的鼻子他的嘴他的脑门儿。”

秀芝却突然垂下泪来。

“你怎么啦？”菊雪顺手从床头大茉莉花球上摘了一朵放在小淳文的鼻子下让他闻，这时她把茉莉花扔了，看着秀芝，“我可从来没见过你落泪。”

“你还能不知道！”秀芝的目光变得犀利起来，“你让朱团长把老爷放了吧！”

菊雪有些吃惊，她竟然不知道老爷被拘捕在黄花场监狱的事。“怎么会呢？朱风娘没对我说起过。”菊雪两眼直看着秀芝的脸，又说，“如果他这么做就太过分了。”*

*不因自己与朱团长的关系而护短，菊雪的形象越来越丰满。

菊雪似乎有些不信，她让斯琴和秀芝在上房坐着，她到南房客厅里去和冬禄说话，她要问清楚这是怎么回事。福官就是这会儿走进院子来的，他没想到二少爷和二少奶奶会到这里来。冬禄看见身穿军装的福官从外头进来也大吃了一惊。秀芝在上房也看到了福官，她的吃惊更甚于冬禄。秀芝马上让斯琴到窗前来看，并对斯琴说：“看，这就是杜家那个跑出去当兵的小厮，想不到在这儿！”

福官突然愣住了，脸一下子变得通红，脑门鼻子冒出了碎汗。

冬禄从客厅里出来，他盯着立在阶下的福官。“真想不到！”冬禄一字一字说，“你一直没离开过北京吗？”

福官不知该怎么说才好，他的表情看上去很古怪，有点像被当场抓住的撒谎的小孩儿。

“老爷被囚到狱里去了，你知道吗？”冬禄又对福官说，冬禄想福官是可能知道的，果然不出所料，福官点了点头。这简直让冬禄愤怒起来也很让菊雪吃惊。冬禄不禁勃然大怒：“老爷对你再不好你也是他从死人堆里救出来的，再说杜家对你也不错！”* 冬禄觉得福官要是事先知道而又肯把这个消息告诉杜家，事情也不至于闹到这个地步。

“你怎么不告诉我？”菊雪又细又黑的眉毛也颦蹙起来。

福官不吭声，把头垂着。

“你是怕朱风娘吗？”菊雪说，“我这就去问他，怎么能把老爷抓到黄花场去呢？这是怎么说！”菊雪突然动了气，“让别人怎么说我？你听见没听见？”菊雪在台阶上跺了跺脚。

菊雪是个聪明人，她明白事情这么弄下去不但会有损杜家也会有损自己。这是何苦呢，原想是出口气，让杜家的人有两天难过，其实菊雪去地方审判厅也去烦了，菊雪实际上也已经有了新的主意，她想学天津大富商高玉桥的儿媳的做法，在报纸上登启事，申明自己已经与杜家脱离关系。

菊雪这会儿真是有口难辩！冬禄怎么会相信连她都不知道老爷被拘入狱？冬禄便不冷不热地说：“如果老爷不入狱，你们能弄到更多的钱吗？”

“不是——”菊雪很沙哑地叫了一声，“我就那么喜欢钱吗？”菊雪的眉头剧烈地颤动起来。**

“银子是现成的，”冬禄打量了菊雪一眼，“你让朱团长放人吧。”

泪水从菊雪的眼里滴零下来，菊雪善良而没主见更没有决

* 提往日恩惠，只说明冬禄既看不清人，也看不清时代。

** 作者以眉头的剧烈颤动来写内心，极妙！

断。她突然觉得对不起老爷，尽管老爷打过她。

秀芝和斯琴这时也走了过来，斯琴抱着孩子，她们都站在冬禄身后。菊雪发现冬禄身旁的秀芝的目光里有无法掩饰的鄙夷和失望。

“你打算让我们怎么办？”冬禄又冷冷地说，“先去提银子还是先让朱团长放人？”

“你去叫朱团长回来！”菊雪对福官说，“让他马上来，马上来！”*

福官看看菊雪又看看冬禄，像是有什么话要说但没说，他接过草珠从一边递过来的手巾草草擦了一把汗。

“也不用我多说！”冬禄又对菊雪说，“你现在的身份和扮演的角色已经让报纸宣传得人人皆知。我不反对你这样做，只要你能快乐！但我想你的快乐不应该建立在别人的痛苦之上。”

“春禄的快乐建立在谁的痛苦之上！”菊雪几乎是喊叫了起来，一绺黑发从她的额头垂落下来。

冬禄看着菊雪的眼里又涌上了泪水，这一点倒是颇能打动冬禄的心，冬禄奇怪自己怎么会冲动起来。**“不管怎么说，”冬禄放缓了口气，“你想办法赶快叫他们放老爷出来，除了钱，我还要感谢你，如果老爷能平平安安出来。”

菊雪冷笑了一声：“我就那么坏吗？我是恨你们杜家，我的嗓子我的脸，哪一样不是你们杜家给我的恩典，可我犯得上去害老爷吗？”菊雪的眼神突然变得近似于悲哀，“我犯得上吗！”***

“福官，”菊雪又回身对福官说，“快去叫车来，我马上就去，我能背这个罪名吗？”菊雪又让草珠给自己去取那件黑绉纱斗篷。

黑斗篷似乎成了菊雪区别于他人的标志之一。

“我和你一起去吧。”冬禄说，他很想见一下京城有名的朱风娘。

“好啊。”菊雪说。

* 敢这么说，是因为菊雪内心有比受人包养更重要的性格力量。

** 心理活动，是性格的体现。

*** 人让人相信很难。

冬禄让周正护送秀芝和斯琴和孩子回去，他和菊雪一块儿去朱风娘那里。冬禄让福官也坐到马车上来，福官脸红红的执意不肯，只跟在后边快步疾走。*

三

兰馨抱着宝妹来到了日本人开的法普医院，这个医院在西城最有名的大书肆旁边的洋教堂里。医院里的杂役以及药房的小姐都是日本人。兰馨抱着宝妹一下车就急匆匆跑到里边去。

“要先挂号。”金喜来跟在后边说。

兰馨不懂得看病还要挂号。

待到去挂号，又听不懂挂号小窗口那个女护士叽里呱啦的日本话。

兰馨直急得想哭，指指怀里的小宝妹，那个日本女护士终于明白了。

“得找个翻译！”金喜来对兰馨说，“要不怎么给宝妹看病？”金喜来左左右右地看人，就发现有位先生也直往这边瞅。金喜来也只是扫了一眼那位先生，凭感觉他知道那位朝这边看的先生一定很穷，长袍是敝旧的，胳肢窝挟了一个蓝布包袱，他好像是在等药房那边取药的人。

那位先生还在朝这边看，金喜来看得出他是在看兰馨，金喜来一错神的工夫那位先生大步朝这边走了过来。

兰馨也看见这位先生了，但兰馨已经记不起这位先生是谁，只觉得他眼熟，像在什么地方见过。

来人是吉先生，吉先生日本话说得好，所以常常被朋友请来当翻译，这天他就是被一个熟人请来做翻译的。吉先生朝这边走过来，他已经认出了脱去僧衣的兰馨。吉先生感到很意外，因为他看到兰馨抱着孩子。

“你还认识我吗？”吉先生走到兰馨身边站下来。

*人很难一夜间摆脱往日的身份和心理，此处细节是对福官最为传神的描写。

兰馨为宝妹急得满头是汗，哪想得出来："我的孩子病了，可我们找不到懂日本话的。"

"病得厉害吗？"吉先生说，用手把包宝妹的小被轻轻撩开一角儿看了看，"那么，你跟我来吧。"*

金喜来想不到这位先生竟然会日语，并且讲得十分流利。

吉先生把兰馨带到了小儿科，小儿科的大夫叫吉冈，很年轻，头发很长、眉毛很黑、个头不算高，笑的样子很特殊，总是抿着嘴，因为他的牙齿长得不太好。

吉先生对吉冈大夫用日语讲话，吉冈大夫就打量了一下兰馨，然后做手势让兰馨把宝妹的衣服解开。吉冈大夫前前后后地给宝妹用听筒听了听，又用手指去敲宝妹的后背，吉冈先生做完了这些又去洗了洗手，然后用日语对吉先生说了什么。

"是小儿肺炎。"吉先生回头对兰馨说，"不要紧的，要输液打针，要住院。"

兰馨这时候还是想不起这位吉先生。金喜来这时则认为吉先生只不过是在医院里挣几个钱的穷教书先生。**

"谢谢你。"金喜来对吉先生说，吉先生打量了一下金喜来，认为金喜来一定是兰馨的丈夫无疑。

吉先生一直陪着兰馨办完了住院手续，医院里的日本女护士把兰馨领到一间窗子朝南的病房，窗外的树很高很大，但叶子已经一片金黄疏落。兰馨后来发现窗外的那棵树干上绑着一圈铁丝，已经被勒得长到了树干里。

日本女护士把宝妹从兰馨手中态度和蔼地接过去轻轻放到小摇篮似的钢架子床里去，并马上给注射了一针退烧针，然后就开始给宝妹输液。兰馨看到那么长的针往宝妹脑门儿上的细血管里扎突然忍不住捂住脸哭起来。日本女护士对兰馨说了句日本话，吉先生马上翻译过来给兰馨听："请你调过脸去看看窗外那棵树，一切都会好的。"

* 吉先生的从容比给孩子看病拿药更令人感到安稳。作者只一句话，让读者感到吉先生的气魄。

** 视野不宽的人往往不知道自己面对的究竟是谁。

兰馨坐到窗前的那把椅子上去，金喜来惦着家里先赶回去了，说好过几天来接兰馨，吉先生看着兰馨黯淡焦虑的样子也没再说什么。*

兰馨昏沉沉的，她很担心宝妹会有三长两短，所以连吉先生什么时候离开的都不知道。

病房里只剩下兰馨和宝妹，兰馨觉得自己像片叶子一样轻飘飘的在医院的古怪气味里飘浮。

兰馨想不到住院费要二百块大洋，她打算让金喜来去把自己的一只金镯当掉。兰馨这时只觉得头疼，小脚疼，但她一动不动地坐着，看着宝妹潮红的小脸，看着自己白得有点不真实的手，看着窗外无声坠落的黄色叶片。

这一夜兰馨没合眼，第二天她实在有些支持不住了，趴在宝妹的小病床栏上迷糊了一会儿。第二天晚上兰馨又没睡觉。

第三天吉先生来了，来之前京城上空有两架日本的飞机飞过，飞机的引擎声吸引了不少人仰首以望，** 这是京城的人们第一次看到飞机。

吉先生的身后跟着刘春根，刘春根提着一个黑漆食盒，里边是给兰馨带来的两碗馄饨和三只小火烧，还有一只小如鸽子的麻记烧鸡店的烧鸡。

兰馨想不到那天遇到的先生还会来，她还想不起这位先生是谁。直到她看到刘春根才突然记起了九个多月前的事情，她这才明白身边的这位先生是谁。她忙蹲下身子去万福。

“你快吃饭吧。”吉先生对兰馨说。*** 他让刘春根跟自己出去，让兰馨独自在屋子里用饭。吉先生已经从日本女护士那里听说了兰馨一连两天没吃一点东西。

第四天，宝妹醒了过来，睁开了眼睛，日本女护士在病房外听到了兰馨的哭泣，声音很低很闷，像用什么捂着嘴，日本女护士轻轻推开门，果然看见兰馨用那方淡黄的手帕捂着嘴，她怕自

* 再次领略吉先生的从容，妙笔！

** 新事物当然引人注目。

*** 吉先生的魅力不仅体现在从容上，还体现在细致上。

己的哭声惊动了别人。

自此，吉先生几乎天天派刘春根来给兰馨送饭。

“请不要再给我送饭来好吗？这让我心中不安。”兰馨这天对刘春根说，兰馨真是感到心中不安。

“吉先生说你如果别处不方便，可以暂时住到吉府里去。”刘春根说，刘春根最近也把辫子剪了，戴着一顶薄薄的小毡帽，脸红扑扑的。

兰馨突然想起了那个院子，那个绣架，绣架有些低，俯身在上边有些难受。“我在京城里不愿让任何人看到，”兰馨说，“宝妹好了后我就要走到远远的地方去。”

“好吧，我告诉吉先生。”刘春根说，“吉先生可真是个好人。”

这天，刘春根又给兰馨悄悄拿来了一份报纸，刘春根怎么也忍不住不把那张报纸拿给兰馨看，刘春根识字不多，但还能够看明白报纸上讲的事。

兰馨看了报大吃一惊，她在报上看到了老爷被囚入狱的消息。刘春根发现兰馨拿报的手在微微颤抖。

“你从今天开始每天给我买几张报纸好吗？”兰馨对刘春根说。

刘春根问兰馨还需要什么？刘春根想想又说吉先生写的那篇关于疯子的小说也在报纸上登载了，你也要看一看吗？

“如果方便的话，”兰馨说，“请拿给我看好了。”

从这天开始，刘春根不但给兰馨送饭而且天天还送一份报纸。忽然这天的报纸上又登了一篇很令人吃惊的文章，文章是指责杜家老爷的，文章中说，像这种压良为贱的坏人早应该处死！这种人活着天下还会好起来吗？文章还说，这都是时局纷乱的结果，如果袁世凯能够速登大宝，天下也许会一天一天好起来！

近一个时期的京城，到处纷传着袁世凯要当皇帝的消息，那些清廷的遗老遗少有骂袁世凯的，也有希望他登基的。

兰馨虽然不懂政治，但看了这篇文章后还是很为老爷担忧，她不明白菊雪到底在闹什么。*

吉先生的那篇题名为《荒诏》的写疯子的小说兰馨也看了，兰馨还落了泪。尤其是其中那个命运凄惨的女人的遭遇，后来那个女人疯了，但那些可恶的军阀比疯女人还疯！他们把疯女人枪毙了。这个小说在京城引起了很大的反响，据说卫戍司令看了还让手下去查是否有这种事。

宝妹的病一天一天好起来。

兰馨的心头却又添了一桩心病，宝妹安睡的时候，兰馨就总是静静坐到病房的窗口望着外边那株日见萧疏落叶纷纷的大树发呆，心里想着杜家的事，为老爷着急。**

宝妹住院期间，兰馨天天盼着那份专登人家隐私的长舌妇式的《白话晚报》，报纸一拿来兰馨就急忙忙查看上边有没有关于老爷的消息。

兰馨很想围上一条大围巾让谁也认不出自己，然后去到杜家门口看看。病房的寂静使兰馨沉溺于自己的幻想之中，她遏止自己一次次的冲动，用手握住宝妹的小手，只要一想到宝妹她就什么也不敢想了。

修利修利摩诃修利，
修修利，萨婆诃
唵娑波婆波苏驮，
娑波达摩，娑波婆波苏度汉。

日本女护士从病房外推门进来时正好碰上兰馨朝南跪在地上念《金刚经》，声音很低很弱。

* 同在屋檐下的人，遭际不同，距离也就随之拉开。兰馨的确不可能再理解菊雪。

** 这是兰馨和菊雪不一样的地方，也让读者看到兰馨与杜家或者说自己的过去无法断绝的地方。

四

民国四年的阴历九月二十九是阳历十一月二日。这一天是杜家子孙永难忘记的灾难忌日，哪怕再过一百年二百年。

这一天杜家接到了地方审判厅的通知，让杜家家属出厅参加对老爷的判决。这天冬禄和秀芝还有马姨娘都去了，把小淳文留给斯琴在家里看着。在此之前，冬禄已把十万元的现洋交付了朱风娘，菊雪虽然没有亲手收这笔银子，但也有些不好意思。双方都已经说好了，今天是最后一堂，然后当堂具结放人。把银子交给朱风娘之前，马姨娘气愤不过把半马桶秽气冲天的陈尿泼到装大洋的棕丝袋上，说谁花这银子谁不得好死，不得天花也要得砍头疮！秀芝在一边看了忍不住不冷不热地说：“早知这样何必当初！”

“当初怎么样？”马姨娘说，“当初又不是我把她弄到杜家来的，谁知道当初谁和她好得一个鼻孔出气！”

秀芝不再说话，说实在的，事到如今她的心里充满了对菊雪的埋怨。

黄中文大夫这天一大早到了杜府，是来替家中的一个内侄来要犀片的。黄中文大夫也得知了杜家花了十万现银打通关节，老爷今天就要从黄花场监狱回来。“千万不可把狱里的东西带回府，要就地烧了，什么都不能带回来。”黄中文以长辈的口吻叮咛冬禄，所以在去地方审判厅之前冬禄让周正给老爷带了一大包衣物，等老爷一出来就把身上的衣服换了以祛晦气。

冬禄和秀芝还有马姨娘进到地方审判厅的那间大屋子里坐好后，菊雪才姗姗而来，菊雪过早地穿了一袭很短的貂皮小褂，那貂皮小褂一眼就可以看出是用旧貂皮褂改的，马姨娘坐在那里冷眼打量菊雪，却觉得菊雪那貂皮褂是假的，只不过缘了一道貂皮的边儿。*人们都坐好后，才见两个看守把老爷带了上来，冬禄

*觉得貂皮是假的，反映马姨娘的内心，在她眼里，离开杜家的人不可能有好日子过。

觉得奇怪的是老爷身上的衣服给换了，以前的衣服被脱掉换上了囚衣。老爷朝冬禄他们这边看看，冬禄发现老爷脸色很好。冬禄还看见老爷的囚衣上挂着一根很小的稻草。*

朱风娘已经和地方审判厅通融好了，审判厅厅长让文书重新准备了一份报告，报告的措辞十分慎重而无纰漏，审判厅厅长甚至还让朱风娘看了那份报告，朱风娘当然不可能列席这次判决，所以他根本无法看到从门外走进来的审判长竟然是另外一个人！在此之前的礼拜二，朱风娘也已离开了京城，京城在暗中正发生着一些不为人知的变化。

进来的审判厅厅长是一个细高个儿，长得仪表堂堂，神情也十分严肃。

这很令冬禄吃惊，冬禄奇怪怎么突然换了审判厅厅长，那个张树桐又去了什么地方？冬禄一时连这位审判厅厅长姓什么都搞不清。

这个仪表堂堂的审判厅厅长行事很干脆，毫不拖拉。他站起、坐下、摇铃、又摇铃，老一套仪式过后，他就开始念判决书。冬禄后来回想这天的事情，始终觉得这一天从头到尾像是在梦中进行。

冬禄从没听到过这么令人动情的判决书，也从没这么吃惊过，判决文书大略如下：

“考察历史，国人有数千年之习惯，立君牧民，如沧海之捧日，江河之向海，故国不可一日无主，立国之道，不外二端，首日拨乱，次日求治，杜讳谟匪类，压良为贱，逼其儿媳抛头露面侧立街头，是可忍孰不可忍，此为乱之一斑，若不杀一儆百，以此正彼，庶几足以止乱？杜讳谟压良为贱一案在京城影响极大，众报纷纭议论，民情激愤如沸，不杀不足以平民愤，不杀不足以发扬数千年中华民族之清廉正气！”**

冬禄听至此，忽然从座位上立起来，这判决书对他来讲不啻

* 叙述从容，却令人感到风雨欲来。

** 出乎意料！不仅小说中人，大概读者也如此，小说的高潮总是来得不知不觉。

是晴天霹雳！冬禄的惊诧难以言喻，他以为自己听错了，他从后边看老爷，老爷的身子抖得像一段风中枯枝。

这个审判厅厅长见有人突然站起来便停了不念，皱着眉头朝这边看，说：“坐下！这是法庭！知道吗？”

冬禄马上说：“厅长先生，恐怕是错了吧，这本是我们家的家政，家里人吵几句然后出了一些小事。怎么可以说是压良为贱呢？怎么可以……”冬禄想起他已经看过的那份判决书的副本，与今天这个审判厅厅长念的完全不是一回事。冬禄突然很害怕，害怕朱风娘给自己看的那个副本是假的。冬禄不由得朝菊雪那边看去。

“难道社会舆论都会错了吗？”审判厅厅长突然有些愠怒，“那些报纸都在瞎说吗？难道没有割掉儿媳耳朵的事吗？”*

冬禄想不到这个审判厅厅长会突然提到兰馨。

菊雪也怕了，她没想到这个厅长会念出“不杀不足以平民愤”，那个副本她也看过，她奇怪厅长怎么念的和那个副本是两回事。她真恨不能马上从原告席上下来去找朱风娘，菊雪的两手直出汗。“我不告了！”她突然说出了一句十分可笑而毫无实际意义的话。**

“岂能由你，你以为审判厅是儿戏之地？”厅长义正词严地说，“你不要感情用事！”厅长看看菊雪。在此之前，这个厅长早已经知道了杜家的事情，不但菊雪的事情他知道，兰馨的事情他也知道，他是从报纸上看到的。他还为兰馨的遭遇落了泪，所以料理杜家这桩官司，他的感情倾向十分鲜明。

“听着！”厅长又严厉地说，然后接着往下念：

“为正乡俗民风，为平民愤，经大总统袁世凯核准，判处杜讳谟死刑，立即执行！”

“慢！”冬禄几乎是颤不成声，他站起来突然又坐下去，手颤得抓不住桌上的横挡搁手。

* 认真来看，老爷有点冤屈，但在『正义凛然』的声音下，老爷的所谓冤屈又荡然无存。

** 的确已无意义。法庭有法庭的规矩，菊雪当初的起诉并没想到什么结局，尤其是老爷判死刑的结局，但法庭永远是法庭，菊雪迈出了第一步后面的就不由自己控制了。

“慢什么！”厅长做了一个手势，站起来，“请行刑队马上执行，我宣布退堂！”

“怎么回事？”冬禄突然听见老爷声音微弱地说了这么一句，那两个看守已把老爷一左一右架起来。“怎么回事？”老爷被架出去的时候又说了一声，老爷还没来得及回过头来看冬禄和马姨娘一眼就被架了出去。

“等等，等等。”老爷还说。

冬禄忽然浑身软得站不起来，这一切来得太突然，太出人意料。秀芝也抖作一团，她在想老爷被拉出去是不是真会被毙掉？菊雪倒像是很冷静，但脸色突然变得煞白，也许是那件黑貂小褂在起作用，衬托得她面无人色。随她来的草珠朝她走过去，却看见菊雪身子猛地朝前一倾，哇哇地吐起来。

厅长一退堂，文书也跟上站起来，他们还有事要做，待行刑后去验明正身。其余的几个警察也都陆续出去。

杜家的人只有马姨娘一个人镇定异常，她站起来，她没朝左手那个门口走，却走到右手原告席的菊雪面前，留在审判厅还没走出去的人就都听到了一记又一记清脆响亮的打耳光的声音。“灾星灾星灾星灾星！”马姨娘扬手打一下嘴里骂一声，脸上已经是老泪纵横。“你这回满意了吗！老爷他饶不了你，他到阎王那里也饶不了你！”一个警察忙过来拉马姨娘，却被马姨娘推了一个趔趄，马姨娘开始放声大哭。

菊雪不动，任凭马姨娘打，她觉不出疼，希望马姨娘不停地打下去，马姨娘停下手后，菊雪又自己抬起双手“啪啪啪啪”不停地打自己的脸，直到昏死过去。*

这时又一个年轻和蔼的警察从外边进来，这个警察声音很柔和很中听，他对冬禄说：“你们杜家不准备收尸吗？”

站起来的冬禄一下子朝前栽出去，他的身子扑翻了前边的桌子，他没听到那两声枪响，只听见一阵桌椅被撞倒的声音。

* 场面激烈，但起不了什么作用。这部小说戏剧冲突强，但会给读者不是戏剧而是真实和现实之感。

马姨娘在审判厅里放声大哭，她清清楚楚听到了那两声枪响，秀芝也听到了，她们谁也想不到老爷会是这样的下场。秀芝很奇怪自己没哭，她想哭，但哭不出来，她很怕别人看到自己没哭，但还是哭不出来。她掏出手帕捂着脸，用手指在嘴边蘸了些口水，然后抹到眼皮上去。秀芝真的很奇怪自己怎么哭不出来。* 她看到周正从外边走进来，是满脸的泪水。

马姨娘突然不再哭，但她木呆呆的样子让人觉得害怕。没人知道她在想什么，更没人知道她内心深处绵长而博大的失望和悲哀一如无情的北方寒风，吹熄了她心头上最后的希望之火。

冬禄被抬回家才慢慢醒来，他睁开眼，发现自己躺在家里的床上。他摸摸自己的脸，突然坐起来：“我做了一个噩梦！梦见老爷给毙了！”

秀芝以为冬禄疯了。

冬禄在一刹那真以为自己是做了一场噩梦，及至看到秀芝腰上那一缕令人触目惊心的白孝带，他才扑通一声跪下。冬禄是从自己屋子里跪着挪出去一直跪爬到老爷的屋子里。老爷的屋子里连一个人也没有，冬禄五体投地呜呜哭起来，直到周正把他喊起来，周正低声说：“你能让老爷的尸首横摆在那里吗？”

冬禄听了这话吓得浑身抖起来：“去问马姨娘！”冬禄突然这么说。**

“马姨娘呢？”冬禄突然又说。

“马姨娘呢？”周正也说，他奇怪从地方审判厅回来怎么一直没看到马姨娘，“真是的，马姨娘呢？”

没人看到马姨娘一从外边回来就慢慢去了后园，后园的植物叶落枝残传达了一种无可奈何的死亡气息。杜家的宅院每一进院子都种着石榴，以象征杜家多子多孙。马姨娘先是来到后园那株石榴树下，石榴树上密密麻麻的果实状如千灯万盏，老爷从不许人们去摘树上的石榴，老爷只许石榴一只一只自行坠落。

* 这里让我们看到秀芝的潜意识。也许老爷的死，对她是另一种生活的开始。

** 冬禄始终长不大，才有事到临头总想让他人解决的念头。

马姨娘看着满树石榴突然害怕起来，她发现树上的石榴每一只都在这个下午呈现了干瘪死亡的状态，而杜家宅院在这个下午前前后后静得出奇，连秀芝的孩子也不哭。

冬禄这时已和周正急匆匆赶到城南的安国寺里去了。他们把老爷的尸首停在那里，他们在那里忙到天黑，天黑之后冬禄也没有回来，他坚持要为老爷守灵。老爷死后的样子并不像他想象的那么令人害怕，只不过从后脑打进两颗子弹，那两颗子弹又从老爷额头上穿出花生米那么大的两个洞。[*]

冬禄和周正还有寿生留在安国寺，杜家就显得更加空荡更加令人不安而恐惧。秀芝把斯琴叫到自己的屋子里来，下人们更是各个都不敢走出屋子，所以根本没人注意马姨娘在做什么。

第二天天亮后，斯琴到后园的厕所去，才发现马姨娘躺在凉亭里一动不动，斯琴给吓了大大的一跳。她不敢去惊动秀芝，秀芝天快亮才躺下。她跑去把陈妈喊了过来，陈妈吓了一跳。陈妈想不到马姨娘会随老爷去，陈妈老泪横流地走上凉亭，她俯下身去大放悲恸，却发现马姨娘并没死，马姨娘在陈妈的悲啼声中慢慢睁开了眼睛，马姨娘身上的露水很重。[**]

无论人们怎么劝，马姨娘也不离开后园凉亭，她不吃也不喝，就那么坐在凉亭里流泪。

但老爷的丧事还得办，杜府只能空设灵堂，老爷的尸首只能停在安国寺，冬禄只好白天在府里接待前来吊唁的亲朋好友，晚上再去安国寺守灵。冬禄给春禄去了信，却并不指望他能够回来，来杜府吊唁的人少得可怜，这更令冬禄伤心。

灵堂设在正厅里，冬禄让下人把院心石榴树上的石榴全部打了下来，然后在树枝上挂满白纸条。

办丧事没马姨娘怎么行？冬禄便去了后园，还没走到凉亭，远远看着兀坐在凉亭里的马姨娘，冬禄心里突然一酸，眼泪扑簌簌掉下来。冬禄在刹那间突然想起了马姨娘初来杜家的样子，记

* 这种冷静的运笔令人印象深刻，作者的功力深浅，也就在这些细节上体现出来。

** 马姨娘在前文中的脸谱化已在这里慢慢变得复杂化。老爷死后，马姨娘的悲伤可以预料，但在作者笔下，悲伤中见出马姨娘的另外一面。

起马姨娘教给厨房的下人把虾仁填到藕节里炸藕合吃的情景，冬禄心里愈加难过。冬禄穿一身重孝走到凉亭的台阶下，“扑通”一声给马姨娘跪下来，* 冬禄还从没给马姨娘跪过。

马姨娘的脸低垂着，深秋特有的明亮的阳光在她脸上制造出不少阴影，使她的面容看上去更加憔悴疲惫。

冬禄跪请马姨娘过到中院共同料理老爷的丧事：“您能让我父亲在九泉之下死难瞑目吗？”冬禄语调哀切地说。

只此一句话，马姨娘又大哭起来，马姨娘抖抖颤颤地站起来，其状一如瓦楞上的风中枯草，她让冬禄起来。

“我要穿裙子为老爷服丧！”马姨娘出乎冬禄意料说了这么一句话。

“好吧。”冬禄跪在那里说。

“老爷的事情办完后我要搬到后园来住，老爷活着时说过后园给我。”马姨娘又说。

“好吧。”冬禄又说，冬禄说这些话时觉得自己像是正在变成一张轻飘飘的纸片在慢慢悬浮起来。

“你答应我，冬禄。”马姨娘含着泪看着冬禄，“你从小心眼就好。”**

“我答应你，姨娘。”冬禄忽然又声泪俱下，他突然觉得马姨娘可怜，她毕竟是朝朝暮暮侍奉父亲的人。他抬头看着马姨娘。

马姨娘又放声大哭，把泪水倾泻在她那方紫色手帕上，然后，她立起身走下台阶随冬禄回了中院。

这一夜人们看到马姨娘在灵堂前给老爷烧纸，黑黑的纸灰飞起落下颇像翩翩飞舞的蝴蝶，有几片落在马姨娘瘦削的肩上便凝然不动。

马姨娘就那么跪在老爷灵前烧纸，对谁也不说话，杜家的人谁也料想不到第二天会出什么事。

“少爷、二少爷，不好了！”第二天早上周正赶到了安国寺，

* 这一跪惊心。

** 此时的马姨娘似乎看清了很多以前未必想看和能看的人与事。

冬禄在那里守灵，周正跑到灵棚里把一个惊人的消息告给了冬禄：马姨娘上吊了！

老爷殡天的第三天早上，人们发现马姨娘吊死在杜府后园的那株石榴树上，* 马姨娘穿着一条新做的紫色厚缎裙，舌头没有吐出来，面相有些怕人是因为她的眼睛没闭，茫然地望着园门口。她僵硬握紧的手里攥着一大串钥匙，后来人们发现后园的空屋不知什么时候都被上了锁，而马姨娘手中的钥匙正好把它们一一启开。马姨娘被人们从石榴树上放下来，人们发现她的头发梳得整整齐齐，插着点翠银簪和梅花金发扇。

人们都没想到马姨娘会去死，她的死给杜家笼罩了更加浓重的悲伤和绝望。杜家的飞来横祸让杜家上上下下的人都觉得可怕而突兀，都觉得无法一下子接受，周正忙又去棺材铺给马姨娘定做柏木棺材。而京城里热衷于杜家新闻的人们都觉得大快人心，他们在《白话晚报》上看到的杜家老爷完全是一个毫无人性残暴可恶的人，逼儿媳割耳朵，纵容儿子停妻另娶而且跑到了向中国提出“二十一条”的小日本去，后又压良为贱！而他们确确实实不知道杜家老爷是一个那么普通的善良之辈。至此，《白话晚报》的热闹也算告一段落，马姨娘的自缢身死为搬弄是非的《白话晚报》画了最后一个句号。**

“杜家姨娘是不是自缢身亡？”

《白话晚报》向公众提出了这样一个疑问，向杜家泼了最后一盆脏水。

秀芝也想不到马姨娘会去上吊，她一连几天心惊肉跳不敢走出自己的屋门。人们乱哄哄从后园树上往下放马姨娘时，秀芝突然觉得身上是那么软，她几乎不敢朝后窗看。

秀芝一连几天几乎见不到冬禄的面，当然她更不会知道冬禄看了最近的《白话晚报》心里会想什么。《白话晚报》上关于马姨娘死亡的报道中的那句“杜家姨娘是不是自缢身亡？”令冬禄

* 马姨娘的死，既意外，又有所预感，像一种令人透不过气的结局。

** 媒体为吸眼球，无所不用其极，大众关注的和得到的信息，未必就是真实。

* 为下文做铺垫。

** 索性交代冬禄的目的，营造出一个颇有戏剧性的收场。

的嘴唇突然开始不停地颤抖。*

这天黄昏冬禄穿着一身重孝离开家，人们还以为他又是去了安国寺。他走到街口喊了一辆黄包车，让车夫把他拉到了地方审判厅。

冬禄在地方审判厅门前下了车，守门的卫兵问他有什么事，并把他上上下下地打量一番，像看什么稀罕东西。

那两个守门的卫兵问冬禄要做什么："这么晚了你找谁？"

"我要见你们厅长！"冬禄很激动。

"你是什么人？"卫兵问。

"我是什么人有什么关系？我要见你们厅长。"冬禄的胆子突然变得很大。

卫兵看着冬禄的一身重孝没有为难他。中国的官僚与百姓都不会为难一个重孝在身的人，也不可能去说一个死人的坏话。卫兵说厅长不在，请他不要进去，说这几天厅长正准备阅兵的事。冬禄不明白卫兵说"阅兵"是怎么回事，他的怀里藏着一把老爷吃烤肉用的尖刀，如果卫兵这天要强行搜身的话，很可能会判冬禄一个身怀利刃图谋不轨行刺不遂之罪。**

卫兵不让冬禄进去，说话的口气又很和善，冬禄只好走开。冬禄离开了地方审判厅，又去了民团，民团在马家花园，院里有两株很大的西府海棠，冬禄照例又给把门的卫兵拦住。卫兵看见这么一个身穿重孝的人要往院子里闯觉得很奇怪，口气也是很和气的。

卫兵问冬禄找谁？

冬禄说要见朱风娘朱团长有要紧事。

"你是他什么人？"卫兵马上问。

"……亲戚。"冬禄迟疑了一下。

"那你就赶快走开，"卫兵放低了声音说，"你是他亲戚你还会不知道吗？他去了福建，袁大总统正要捉拿他。"

“他不在？”冬禄深感意外。

“走了六天了。”卫兵说。

冬禄忽然恍然大悟，忽然忍不住在民团门口掉下泪来。他明白了京城最近风传的时局变化的种种事情绝不会有假，蔡松坡的事这时已传遍了京城，还有别的一些事情。

天色向晚，那两个卫兵劝冬禄不要哭，又问冬禄出了什么事？

冬禄突然想起了报馆，冬禄这时是恨死了《白话晚报》报馆。* 冬禄明白自己对外边无论如何也说不清老爷的屈死了。《白话晚报》把杜家的事情说得完全变了样，像传奇故事一样，渲染得每一个有良知的人一说起杜府都会视杜府为仇敌。

冬禄又上了车，让车夫快把车赶到《白话晚报》的报馆。

结果是报馆里也没人，只有看门的老头在门前的炉子上烧开水，那老头对冬禄说报馆的人都到“大鸿记”女招待菜馆聚餐去了，老头在黑暗中发现冬禄身着重孝。

“你姓杜吧？”老头问冬禄。

冬禄摇摇头，在暮色苍茫中他离开了报馆，他把车钱给了车夫，他一个人慢慢朝安国寺走去，他一边走一边摸袖筒里的那把尖刀，后来他站住，把那把刀毫无目标地扔出去，刀在不远处落下来，他听到了刀落地的当啷声，也听到了自己内心悠长而绝望的呐喊。**

五

菊雪对朱风娘突然离开京城毫不知情，她更没想到老爷会被枪毙，会那么快被两个看上去斯斯文文的行刑警察拉出去真的枪毙了。菊雪认为自己上了朱风娘的圈套。

菊雪在草珠的陪伴下回到了自己的家。院子里热闹过一阵子的菊花已经开残了，呈现出七零八落的样子，*** 院子里飘满

* 报纸的力量在一开始就极为凸显。

** 用自己的方式解决仇恨而不成，最令人绝望。

*** 双关语的修辞，使用得不露痕迹。

了枯黄而纷纷坠落的菊叶。菊雪没进屋子，她在院心那个石桌旁的石凳上坐下来，她慢慢抬起双手捂住自己的脸，觉得身上是那么软。

菊雪一声不吭地在院子里坐着，她感觉到自己现在太像是一片从高楼之上一坠而下的碎瓦片，*碎得不能再碎。悲哀和愤怒像一团枯干的乱草一样充塞了她的心头，她只想大哭。

草珠没有劝菊雪，她明白什么该劝什么不该劝，但她似乎又不便无动于衷地坐在屋子里。草珠便开始小小心心地扫院子里的落叶，慢慢慢慢把落叶一片一片扫拢，动作充满了古典意味。

菊雪立起身进了屋子。

草珠便很快在院子里听到屋里玻璃落地而碎的脆响，她把扫帚放下来。

菊雪进屋把朱风娘的相片从墙上摘下来摔到了地上，那张一尺二大的相片挂在一进门的左手，朱风娘还在相片上写了“爱雪惠存”四个字，照片上的朱风娘戎装在身挺拔而英俊。

菊雪弯腰把照片从碎玻璃片里拎起来，然后坐到茶几边的藤椅里，她把朱风娘的照片放到藤椅的扶手上，然后慢慢从头上把一只玉瓜发卡摘了下来，发卡上的银刺又尖又利，于是她就开始一下一下地用银刺戳照片上朱风娘的那张脸，她先用银尖把朱风娘的眼睛戳成两个洞，然后是戳脑门，戳心口，然后是戳遍全身。草珠进来的时候，照片已被戳得百洞千孔。**菊雪脸上挂满了泪水，她看着那张照片。

“老爷变成鬼也饶不了我！”草珠听见菊雪这么说，菊雪说完这话便开始扯那张相片，菊雪一下一下把朱风娘的相片扯得很碎，然后把粉碎的相片投到了痰盂里。***菊雪突然觉得这个院子、朱风娘还有朱先生，一切一切都是一个大陷阱，为了骗十万银元，要了老爷的一条命！

菊雪看着相片的碎屑慢慢沉到浊黄的痰盂水里，然后拉开

* 好比喻！

** 恨到极点，读得心惊。

*** 敢爱敢恨，可取！

了她那新式的大圆镜梳妆台边的抽屉，把一把剪子从里边摸了出来，把剪刀尖对着自己。菊雪凝视着剪刀尖。

“二少奶奶！”草珠觉得很害怕，但她还是抓住菊雪的手，“你要做什么？”

“你怕我自杀吗？”菊雪看着草珠，慢慢慢慢把草珠的手推开，眼里的泪水扑簌而落。菊雪已经在心里想好，她要让朱风娘把十万银元退还给杜家，然后再做别的计算，做别的什么呢？回扬州吗？菊雪突然浑身一抖打了个寒战。菊雪突然觉得自己可能是世界上最可恶的女人、一个十恶不赦的女人！*

菊雪拿着剪子慢慢走出屋子，她慢慢走下门口那三级台阶，她就那么把剪子慢慢地一张一合，然后又走到了石桌旁。

草珠在后边紧跟着菊雪，看着菊雪。看着菊雪突然开始剪她身边最后那几朵行将凋零的菊花，菊雪一边剪一边掏出手帕擦脸上的泪水，一边忍不住痛哭出声。**

朱先生就是这个时候把院门轻轻拍了几下进来的，这也真是凑巧。

朱先生虽然看上去文质彬彬风流倜傥，但朱先生的生活经验之丰富不是一般人可比，不久前朱风娘离开京城的时候曾悄悄去找过他，那天朱风娘为避人耳目化了装，穿了一件商人的华葛纱长袍，一手拎着文明棍一手拎着一盒点心。他这一身打扮，让敏感的朱先生一眼就明白出了事。朱风娘告诉朱先生他马上要赶回福建，去到那里进行倒袁活动以呼应蔡松坡先生。朱风娘还说他要绕道日本去那里取一批枪支，在这期间，他要挪用那十万银元，但是他还是托朱先生把一张“万同发”钱庄的一个数目不算小的银票转给菊雪，还有一支玉箫。***

朱先生的妻子已经从宁波回来了，为了安全考虑，朱先生把妻子和女儿都安顿在浙江县馆，朱先生和那里的一个长随沾点亲，那个长随姓马。

* 面对自己以为的真相，让读者一步步看见菊雪的内心。

** 人在面对身边事物时，往往看见自己的对应。菊雪的剪菊花，未尝不是想剪碎自己的命运。

*** 菊雪以为的未必是真相，但真相来临时，人心却已变化了，小说描写命运的笔法令人赞叹。

*面对同样的事，男儿的感受及判断与女人有非常大的不同，小说就用这种不同，造成男女之间的巨大冲突。

朱先生进来的时候就发现菊雪的神情不对，但他没注意菊雪手里拿着剪子，更没想到菊雪会用剪子戳自己。朱先生坐下来，还没来得及说话，菊雪就一下子站起来把手里的剪子直朝他刺过来，朱先生敏捷地闪了一下，那剪刀就飘然滑过朱先生的前胸扎在朱先生的左膀上。扑过来想阻拦菊雪的草珠被菊雪猛地一推，倒在花枯叶残行将死亡的菊花盆上。

吃惊的是朱先生，他不明白到底发生了什么事情。朱先生此时还不知道杜家老爷被枪毙的事，他跳起来。

朱先生没费什么劲就把菊雪手中的剪子夺了下来，并一扬手把剪子扔到了房顶上，剪子在瓦楞上滑落了一下就卡在了瓦缝间。

“怎么回事？”朱先生用手捂着膀子问草珠。

草珠吓坏了，她看到朱先生肩膀上洇出来的血，血珠从朱先生的指缝滴出来。这时菊雪又发作起来，搬起了一个花盆举起来要砸朱先生。草珠忙从后边抱住菊雪，朱先生把菊雪手里的花盆夺了下来。

“到底什么事！”朱先生大声说。朱先生突然火了，“莫名其妙！”

“杜家老爷被枪毙了。”草珠声音有些颤抖，“朱团长不该拿了老爷的钱又让审判厅把老爷给毙了。”

朱先生大吃了一惊：“多会儿的事情，是今天吗？怎么会有这事！朱风娘走了不是一天两天了，京城的时局变化你们不知道吗？他要是不走就要被抓起来！”*

菊雪怎么会相信朱先生的话！“你出去！马上出去！”菊雪对朱先生说，“我谁也不要看到！”菊雪的嗓子突然哑得几乎发不出声音，她指着院门，声泪俱下，“你出去！”

朱先生一手捂着肩膀，感觉到血还在渗出来，血已经把外边的布袍染红了一大块。草珠忙进屋去给朱先生取了一件朱风娘的衣服套在外边。

朱先生想了想，对草珠说不如晚上再来吧，反正这会儿什么也说不清，等她气消了再说。

朱先生临走没忘了把朱风娘让他转交的银票交给草珠，这时已是天色向晚。

菊雪又在院子里站了一会儿，随着渐起的暮色，一个想法突然在菊雪心里清晰起来：她决定马上离开这个院子！

菊雪转过身回到了自己的屋子，她把洒金朱漆皮箱打开，把自己过去穿用的衣服取了出来。她挑了一件不惹人注目的厚蓝缎子做的旗袍，那块料子还是老爷给的，给了她和秀芝还有兰馨每人各一块儿。菊雪用它做了一件旗袍。

菊雪换好了衣服，她没穿那双皮鞋，她把皮鞋扔到一边，找了双黑布鞋穿上。换好衣服，她又去收拾自己的首饰，把散放在一个红雕花漆盒和一个填漆漆盒里的首饰都包在一个绸包里，那些首饰是：

一只羊脂玉蝉形扇坠子

一只绿玉的双鱼坠子

一对红玉双石榴坠子

一副镶八块大翡翠的金镯子

一副古银绞丝镯

一副八棱空心金镯

一副翠扣并翠面戒指

一支蚕豆大独粒珍珠头簪

两支端午节戴的小珍珠蜈蚣头簪

菊雪把这些东西包好，她把朱风娘给她买的东西扔到抽屉里。她很喜欢墙上挂的齐白石画的《荷塘双鸭》和《大富贵牡丹》，她朝墙上看了看。低下头来，她忽然看到自己给朱风娘买的缅甸玉烟灰缸，她突然把它拿起来摔到地上，缅甸玉烟灰缸摔到地上竟然没碎，滚了几滚。*

草珠这时从外边走了进来，她看到菊雪换了衣服，胳膊上挎着包儿:“您要去什么地方？”草珠说，她突然很怕菊雪离开，把自己一个人留在这个院子里。

“我活着有什么意思！”菊雪的眼里突然又涌上了泪水，“老爷在地下变成鬼也不会饶过我！”**

“那也不能怨你。”草珠说。

“不怨我吗？”菊雪的嗓子哽咽沙哑得更厉害，“你是杜家人吗？杜家的人不会饶了我！”菊雪把披在身上的黑斗篷拢拢紧，脸上突然浮现了凄凉无助的惨笑。

草珠没再说什么，也没再拦菊雪，她清楚菊雪的脾气，她知道拦是没用的，她看着菊雪慢慢走出去。

“你去什么地方你不告诉我我怎么找你？”草珠突然追出去。

菊雪木然地回过头来，眉宇之间是一种亢奋怕人的神色，她什么也没说，停了一会儿，还是什么也没说。她又调过脸朝外走去，很快消失在巷口的夜色之中。

“菊雪！”草珠喊了一声，听得见自己怦怦怦怦的心跳，草珠突然抱紧了自己的肩头哭起来。***

草珠把院门闩上回到了自己的屋子，她也不明白自己为什么也开始收拾衣服，她把衣服慢慢包在一个包袱皮里。她突然觉得害怕，便又出去看看院门是否闩好，然后她又回到屋里坐着。后来她又把自己的屋门闩上，把菊雪留下的那只哈巴狗也关到自己的屋子里来。院子里那么静，她一想到这么大个院子就只有自己就更加害怕。

草珠就这么过了一夜，天亮的时候她才敢小睡了一会儿。到了中午的时候，她去厨房找了点吃的，她慢慢吃着，突然听到了敲门声。草珠猜不出是什么人敲门，但她还是走到门边。

“谁？”

* 总有这样的不经意的神奇细节。

** 老爷死了，杜家的一切又开始在菊雪脑海萦绕。

*** 同是女人，像草珠这样脆弱的终究占多数。

"是我。"*

草珠听出了是朱先生的声音，便马上把门打开。朱先生一进来就问菊雪。

"她走了。"草珠说，突然哭起来。

朱先生皱了皱眉："她去哪儿了，怎么也不听别人解释？那你呢？"

"我没地方去，王府的人都走光了，我只能待在这里。"草珠哀怨地说。她很怕一个人独处一室，但一想到离开这个院子就更可怕，草珠仔细想过了，她想把王府的李嬷嬷找过来和她做伴，眼下许多的旗人和许多在大府里当用人的都找不到活儿做。

"我想把王府的李嬷嬷找来做伴儿。"草珠说，掏出手帕擦着泪。

朱先生说好，又说："你想菊雪她会去哪里呢？"

草珠说不上来。

"会不会去杜家？"朱先生说。

"怎么会！"草珠看着朱先生，"我说不上她去了什么地方，但我知道她不会去杜家！"**

朱先生觉得说不定，所以朱先生去了杜家，朱先生去的时候正赶上杜府下人用竹竿打院心石榴树上的红石榴，然后把冻粉条儿样的纸条装饰到树上去。朱先生悄悄把杜家的一个下人叫到一边问菊雪的消息。

这个下人正是陈妈，她的眼睛哭得红肿不堪，陈妈连连往地上吐几口唾沫："她吗，她怎么不一头撞死！她还不如一条狗！"

"那么，你猜她去了什么地方？"朱先生问陈妈。

"我不知道！"陈妈说，说菊雪最好被车轧死！

六

杜家料理完老爷的丧事，已经过了七七四十九天，冬天快

* 高明的戏剧手法是让人看不出戏剧性的时起时伏。

** 草珠了解菊雪，朱先生未必了解。在这点上，朱先生还不太了解菊雪，也从未进入过菊雪的内心，尽管他在这个时代是非常出众的一个人，但出众的人不等于了解女人。

来了。

冬禄把老爷的灵柩埋在离京城不远的香山南侧的一块前边是松林后边是黄栌的地方。冬禄的母亲也埋在那里，老爷活着的时候曾说过回不回东北老家没多少意思：“因为我生在京城长在京城我回东北做什么！”

马姨娘的灵柩埋在老爷坟头的下边，老爷的坟则和冬禄他们的母亲的坟并排。老爷坟的上边是冬禄祖父的坟，杜家的坟谱是“父踩子肩”式。

人们谁也想不到春禄会赶回来，可春禄却突然回来了。* 春禄竟然接到了冬禄发给他的报丧信，说来也怪，日本那么远，信居然走了不到二十天。

春禄瘦削得怕人，头发很长，颧骨很高，脸色苍白得怕人，他在路上一连几天没休息好，原来清澈明亮的眼睛这会儿布满了血丝。

春禄是老爷下葬前一天赶回来的。他走进前院竟然没人看到他，他扑到正厅停的棺材前还没人看到他。他奇怪自己怎么会哭不出来？他跪了好一会儿才听到陈妈走过来的脚步声。陈妈发现有人跪在灵堂棺材前，还以为是马姨娘的亲侄儿从徐州赶来了，走近一看才看清竟是春禄。春禄这才知道这口棺材里装殓的是马姨娘，老爷的棺材在安国寺。

陈妈忙把周正喊了来，让他帮春禄从头到脚换了一白到底的重孝，然后陪春禄坐车去了安国寺。

安国寺前边有一片水，水里居然有鸭子在游。但水边的芦草可是全黄了。**

春禄在安国寺看到了父亲又厚又重的棺木，棺木是九寸厚的柏木板。春禄从安国寺门口一直跪行到棺木旁边，眼泪像泉涌一样。冬禄看见春禄也忍不住大哭，停停，互相看看，又大哭。漫长的服孝使冬禄形销骨立，冬禄发现自己的内心寒冷而空洞，一

* 不断的人物出场、退场又出场，是小说推进的手段，也是对人物一次次丰满的塑造。

** 突然写风景，乃大家手笔！

如隆冬山谷毫无生机可言。

春禄请求冬禄把棺木开启一下再看一眼父亲。

“不必了。”冬禄说，“都快五十天了。”冬禄知道老爷的面部现在会更加惨不忍睹。

春禄坚持要看，“我的父亲……”春禄突然哽咽得说不下去，好一会儿才又说，说赶这么远的路难道不让看一眼吗？*

冬禄让别人都躲开，只有冬禄和春禄两个人站在棺材旁边看着木匠把棺盖慢慢启开，冬禄和春禄还有启棺盖的木匠每人嘴上都捂了一块浸过酒的手巾。

“爸爸——”棺盖打开，春禄大叫一声，双膝扑通一声跪下，昏死了过去。

棺材里的老爷的脸已是一摊青紫的脓血了，脸有铜盆那么大。冬禄吓坏了，那股强烈的腐臭味很快在安国寺里播散开，这时正是快到中午的时候，在膳堂用膳的和尚都突然哇哇吐起来。

春禄很快醒了过来，他又俯在棺材边端详起自己的父亲，眼泪啪啪啪啪往下掉，他似乎闻不到那种臭味，他甚至把手伸到棺材里摸了摸父亲冰凉的手，忍不住又大声哭起来。春禄没忘了把从日本带回来的一只德国小闹钟放在老爷的手边，春禄看见老爷生前买好的一根茶条杖也在棺材里搁着。老爷很喜欢这根茶条杖，说过了六十要用的。**

“都怨我，爸爸——”春禄声泪俱下地说。冬禄要往起搀春禄，才发现春禄体重竟然那么轻。春禄用手扳着棺材不走，他坚持要从父亲的头上取一绺头发以做永久的留念，否则，他不会让棺材盖上。冬禄只好让他那么办了，春禄剪了一绺老爷很黑的头发。

棺材盖重新砰砰砰砰封起来时，春禄停止了哭泣，他长跪在那里，拒绝喝水吃饭，他就那么长跪了一个下午又长跪了一个夜晚。他偶尔站起来去烧几张纸，他听见棺材下有只蛐蛐在叫，他

* 春禄对菊雪冷漠，并非没有自己的情感世界，人的立体感是在复杂中呈现的。

** 女人总害怕失去一段情感，男人则永远痛苦于死亡带来的永失。春禄从日本带回闹钟，就充分反映了春禄对父亲死去的痛苦与无法弥补的自我深责。

奇怪这时候怎么还会有蛐蛐。

第二天，春禄是被人搀起来的，他自己已经站不起来了，他被人搀起来时眼里已经没有泪水，他咬牙切齿地说了一句："这帮猪狗不如的军阀！"

杜家的人都惊异春禄的言谈举止大不似以前，但无人理解他内心深处深不可测的悲哀和愤怒。

第二天落葬，棺材从安国寺的灵棚一抬出来，天突然下开了冷雨，这是民国四年最后的一场雨，雨不大，一直淅淅沥沥若有若无似烟如雾。

杜府的送葬车一共十八辆，但由于下起了这一年的最后一场冷雨而没有引起京城市民的注意。灵车到了香山，雨突然住了，秋末冬初的香山依然令人陶醉，红得有些暗淡的红叶经这一阵雨一淋，突然像回光返照一样又美丽起来。

下完葬，春禄和冬禄让别的人先慢慢下去，他们兄弟俩想单独在父亲的坟前待一会儿。春禄突然看到了两只蝴蝶，在不远的树下飞，仔细一看，才明白是落叶。春禄突然又遏止不住自己的泪水，春禄哭了几声又突然停止了哭，说："父亲要是在日本是可以去做昆虫学家的。"

冬禄擦擦泪，说："玉贞怎么没回来？"

春禄告诉冬禄玉贞正在怀孕，行动不便，快生了。"也许，"春禄说，"也许我回去她已经生了。"

"你还走吗？"冬禄觉得自己再也无法抵制的那可怕的孤寂和哀伤再次向自己袭来。

"玉贞还在那边我能不回去吗？"春禄又告诉冬禄说他现在改学电气，"中国要是多办几个电厂日本还敢提'二十一'条吗？"*

冬禄对这些都十分的淡漠，他默然无语地看着春禄，看着附近那几株树，看着那翩翩飞旋的落叶。

* 人在原来的局限内出去后，见识果然不同了。

办完老爷的丧事，冬禄一连几夜都无法入睡，酣然入睡的是春禄，他实在是太疲劳了。服丧日久，冬禄怕自己阴气太重便听从陈妈的话先歇息在马姨娘的屋子里，他要春禄也歇在这间屋子里。春禄睡觉的时候，冬禄就静静地想事。他开始想古代那些隐士的故事，还有高僧，还有庄子，陶渊明。冬禄突然很想像他们一样远离城市，到山林或僻远的地方去过自己平静的生活。有一块地，种些菜，种些菊花，还要有一口井，可以汲干净而清澈的水，有两三间屋，可以在冬天飞雪的日子里去拥炉而坐。此外还需要什么呢？不求名、不求利，如果没有家室之累，冬禄更可能会去出家，因为眼下出家的人太多了，民国四五六年不知有多少政客、显要、平民、文人纷纷出家。人活着有什么意思？达官显贵与平民百姓在死亡面前有何不同？腰缠万贯与身无分文面临死亡又有何不同？这么一想，冬禄觉得自己的一切思绪都散若云霞！人活着不过是一个过程，人与人不同的只不过是过程不一样，你争什么？你求什么？真正能够存在的是什么？* 冬禄突然为自己身怀利刃去地方审判厅去民团去报馆而感到好笑。**

春禄醒来的时候，兄弟两个就每人围一条膝褥大发人生之感慨。“我真想出家或到谁也找不到的地方去。”冬禄对春禄说。“穷人就没有你这种想法，”春禄说，“因为穷人连饭都吃不饱。”

“等淳文长大吧，他长大了我一定出家，我要自己种地种菜过清淡的日子，这里的清淡。”冬禄指指心口，“这个社会太丑恶了！”

“你就不想要改变它吗？”春禄说。

“孙文不是想改变它吗？”冬禄说，“把大清国推翻了可结果是什么样呢？更坏更糟！袁世凯更不是东西，培养更多的贪官污吏！更多的蛆虫！”

春禄已经在日本听到了袁世凯想当皇帝的消息：“你知道不知道袁世凯向日本暗送秋波卖国求荣，就为的是当皇帝？”

* 自问得好，死亡给予活的深度。

** 冲动是不成熟的表现，能反思曾经的不成熟说明冬禄终于开始成熟起来了。

“都一样！”冬禄漠然地说，“共和与皇帝有什么不同？”* 冬禄突然把朱风娘潜回福建进行倒袁活动的事告诉了春禄。

“那么，菊雪呢？”春禄用一种近似于羞怯的眼神询问冬禄，他很想知道菊雪的消息。

冬禄不想谈及菊雪的事，虽然地方审判厅突然换了厅长判了老爷死刑的内幕大白之后他已经不是那么恨朱风娘，但冬禄觉得自己不能原谅菊雪，不是她，老爷能命赴阴曹吗？

冬禄只把菊雪的地址告诉了春禄。

“我觉得我对不住菊雪！”春禄苦笑着说，“我去了日本才真正明白爱情无所谓也不能强求！爱情是什么？是一场梦！”

春禄把从日本带回来的东西给冬禄一样样拿出来看，其中有一件东西是他带给菊雪的，是一件日本艺伎下雪天穿的大斗篷，斗篷的颜色从下边到上边慢慢地深浓起来。“我希望她喜欢。”**

春禄送给冬禄的是一只口琴，冬禄从小很喜爱音乐，箫吹得很好。

冬禄还没见过口琴，他试着低声吹了吹并很快学会了，往后的日子里冬禄常常一个人去后园吹口琴，前院的人便隐隐约约能听到那微弱但不能令人忽视的口琴声。

春禄去了菊雪的那所小四合院，举手敲门的时候他很难抑制自己的激动。他不知如何面对菊雪，如何才能消释自己内心的愧疚之情。

敲开了院门，春禄意外地看到了草珠。草珠当然更想不到春禄会突然出现，草珠急切地问起玉贞的事并告诉春禄菊雪已经出走近两个月了。

“她就是这种女人！她怎么不听别人把话说清楚！”春禄说，他环视屋子，想找出菊雪的痕迹，他看到那双西式皮鞋，“这是菊雪的吗？”

* 问得好！

** 这段话读来心酸，却也应和了一句俗话『情感不能强求』。春禄对菊雪只有愧疚，买斗篷也只是弥补自己的愧疚，并非对菊雪能产生菊雪曾经渴望的情感。

春禄突然又想起问草珠愿不愿意去日本，“玉贞小姐要生了。”

草珠的脸突然红起来，她不愿去，她和福官的事还没人知道，她要等着福官，福官和春禄的关系怎么怎么好她都知道，福官告诉她的。

草珠脸红红地看着春禄，突然把要等着福官的话讲了出来。

春禄想不到会在这里听到福官的这种事，冬禄只告诉他福官在朱风娘手下当兵，可没告诉他福官和草珠的事。春禄长这么大从没和其他大男人同床合被地共眠过，福官是一个例外。他和福官虽说是主仆关系，但感情似乎可以胜过兄弟。“他回来你让他给我写信。”春禄说。他又给草珠留了一个地址，春禄又取出早写好的信留给草珠，让她交给菊雪。春禄临走看到了正房屋里一大溜的茉莉，花是连一朵也没了，叶子也有些枯黄。“菊雪还是那么喜欢茉莉吗？”春禄说。

春禄送给秀芝的礼物是一对日本彩玻璃球，每一只都有拳头大，里边各有一朵花，秀芝很喜欢，她惊异那花是怎么做的。春禄发现秀芝变了，变得沉静而少言寡语。

秀芝也确实变了，她骨子里变得疑神疑鬼*。这一点从她生下小淳文后有增无减。她到了夜里就不敢出门。白天冬禄不在家的时候她要求斯琴陪着她，给她讲天南地北的事解闷。

春禄在家的日子里，也认识了斯琴，也知道了斯琴以前是唱小曲的。春禄想起日本的艺伎，脸那么白，眉那么黑，唇那么红。他对斯琴讲日本艺伎怎么化妆穿什么衣服。

斯琴只是以笑相对，她缄口不提自己以前的事。

“如果不是老爷的忌日还不到一百天的话，我真想听你唱几支曲子。”春禄说。

斯琴很吃惊地望着春禄，奇怪他怎么敢在老爷忌日百天之内说这种话。在她的眼里，春禄怎么看都像个日本人。

春禄的另一举动也很令斯琴和秀芝吃惊，春禄竟然在老爷忌

* 时代变了，老爷死了，都是震动人心的大事，秀芝如何会不变？只是有些人在变化中变得坚强，有些人变得懦弱，秀芝变得疑神疑鬼，恰好吻合她性格的发展。

日的百天之内天天洗头发和洗澡。春禄躺在府里的那只古旧的大扬州澡盆里总是说日本澡堂子不卫生，男人女人一起洗。“是男人先洗还是女人先洗？”冬禄在澡盆边看着春禄洗澡，看着春禄虽然瘦但结实的身体。

“男人先洗女人后洗。”春禄说。

秀芝和斯琴在屋里把冬禄和春禄的话句句听到耳中。“三少爷怎么敢洗头发洗澡呢？这样的话，老爷会在地下疼得脱一层皮！”斯琴认真地说。

“别瞎说。”秀芝说，她也觉得很可怕，老爷和马姨娘去世后，秀芝变得十分迷信起来，天天要烧香上供。逢七的日子，秀芝还要给马姨娘烧纸，她让斯琴去南糖店买来马姨娘最爱吃的蜜渍草莓，把它供在马姨娘的灵牌前。她希望马姨娘的阴魂不要记恨她，她也忘不了给兰馨的灵牌前烧香上供。每天必供的还有一碗清水，很清的水。

秀芝有时在夜里会突然大叫起来，并把冬禄也推醒，说院子里有不少人在窃窃私语，冬禄是什么也听不到。秀芝夜里总睡不好，黄中文大夫过来给她诊了脉，给她开了梧桐子大的“安神补血丸”。黄中文大夫在京城突然走了红运，出来进去有小汽车坐。民国初年京城的小汽车简直是屈指可数，而且黄中文要的诊金也贵得怕人，把一把脉动辄是五十或一百现大洋，诊金虽然贵，但找他看病的人却更多，但他对杜家是例外，既不收诊金又愿登门送医。*

*细节总是表现出人，简单一句话，就让读者看见黄中文的内心，说明作者的笔力往往一针见血，令人赞叹。

冬禄在办完老爷的丧事后，养成了大睡的习惯，他的养生之道基本和老爷相同，认为睡觉可治一切病。他不让别人吵他，皮货庄的事他让寿生一个人跑来跑去。

春禄在家待了不到一个月，要提一句的是春禄走的时候特意做了一面绸质的国旗带到日本去，还带了一具景泰兰的香炉和一些檀香木，春禄说要去日本做一个典型的中国人，穿中国衣服，烧香静坐写颜体大字。

冬禄去送春禄，看着火车慢慢启动，冬禄流下了泪水。

七

兰馨在医院里知道了杜家的巨变，她吃惊得差点晕了过去。她在病房里背着日本护士用三个小碟和半盏黄酒供了供老爷。这之间，宝妹的病一直是好好坏坏，一拖再拖不能出院。后来兰馨又在报纸上看到了马姨娘自缢身亡的消息，她又让刘春根悄悄去买供品和纸，她在病房里悄悄祭奠了马姨娘。[*]

这之间，吉先生几乎成了医院的常客，说常客倒不如说几乎成了兰馨的朋友，如果可以这么说的话。兰馨发现吉先生真是个好人。

吉先生劝兰馨不要为杜家的事太伤心：“这些军阀真是杀人如麻，人命在他们眼里不如一株草！”

吉先生坐在病房里把自己的事情讲给兰馨听。吉先生说话时头总是微微扬着，两眼像是在看天花板，说一会儿话吉先生就要到走廊去抽一支烟，他的烟瘾太大，可他又不便在宝妹旁边抽。[**]

“先生你就在屋里抽吧。”兰馨说。

“那怎么可以！”吉先生有些吃惊。

兰馨很爱听吉先生讲他写文章写书的事，兰馨就想起自己英年早逝的父亲，想起父亲的书，想起自己常看的那些父亲留给自己的书，想起自己偷写的那些诗。兰馨有一本《随园女弟子诗》，她很喜欢这本诗集，曾偷偷学着写了不少。她很喜欢金逸的那首《过朱家园有作》，每一读及，总忍不住泪水，这首诗让她想起徐州老家。诗是这样的：

小桥楼阁接烟霞，

* 兰馨的善良总是超越经历和苦痛。

** 又是细节见出人的性格。作者对细节的敏感也是小说对细节的需要。

败壁颓廊换物华，

何似当年秋水上，

一亭回合万荷花。

兰馨真是喜欢荷花，一想到老家徐州那一池塘荷花，心里总是惆怅万分。

兰馨这天把自己写的诗抄了几首给吉先生看，吉先生从没想到过兰馨会写诗！兰馨会写诗可能也只有吉先生一个人知道，杜家是没人知道的。就像他们永远无法知道兰馨的痛苦有多深一样。

兰馨的诗都写在一本锦面册页上。她离开杜家时也偷偷把它带了出来，一直带在身边，而她喜欢的那些各种小盒子却连一只也没带出来。她大着胆子把自己的诗作呈给吉先生，但又被自己的这种举动吓了一跳，脸不由得红起来：“您别笑话我好吗？”

“女人写诗都不会有什么好结局的。”吉先生说，他看着兰馨。*

* 吉先生的话在兰馨那里有什么反响，作者没有去写，在读者这里却是一震，兰馨的回应的确不需要写出来，留白很重要，这里的留白不动声色，体现了作者对小说的把握和理解。

隔了一天，吉先生把兰馨的诗还给了兰馨：“你的诗有禅味。”

“也许是我常读佛经的缘故。”兰馨说，只此一点，她很佩服吉先生。兰馨注视着手里被吉先生看过的诗，心里起伏如水不能平静。

兰馨知道了吉先生在写一篇新小说，小说的主人公是一个可怜可笑的无赖。吉先生告诉兰馨说这个无赖这么走路，吉先生还站起来学了学，逗得兰馨笑起来。吉先生学得怪模怪样。

吉先生今年才三十六岁，但看上去像是老得多，这多半儿与他不刮胡子不修饰有关。

“我老喽。”吉先生摸着自己浓黑的胡子笑眯眯说，他不看兰馨，两眼看着窗外光秃秃的老树乱枝说，“那么你多大了？”

兰馨告诉吉先生自己过了七月十六就已经整整二十二岁了。

吉先生显然是吃了一惊。“这个岁数是应该去上学的！你还是青年呐！”吉先生又说，“你不要光读古诗，我要给你介绍一本好书读读，上海陈独秀先生编的《青年杂志》，很快就会寄来的，你还是青年呐！”

兰馨的脸红起来：“我这样还能上学？”兰馨抬起双手放在自己的耳际。

“怎么不能？”吉先生回避兰馨暗示的话题。吉先生只是说，有岁数比你大的还在女高师上学求知呢。“可你是怎么受的教育呢？”吉先生问兰馨。

兰馨突然很伤感，她想起自己的父亲，一个曾做过河北沁县县官的人，一个体育爱好者。他在夏天的一个中午到沁县河里去游泳，正好被沁县的一个乡绅看到报告了知府，竟被参掉了县官的乌纱帽。因游泳被参掉官！

兰馨的父亲在兰馨七岁时就给兰馨请了一位私塾老师。后来，做父亲的干脆亲自教女儿读各种他所喜欢的诗词歌赋。兰馨常常能记起父亲背诵李太白“明月出天山，苍茫云海间”这首诗的样子。只可惜兰馨的父亲英年早逝，兰馨那时才十四岁。后来兰馨就跟上继母过活，再后来兰馨就嫁到了杜家。

兰馨常常想起父亲，她要求继母允许她把父亲读过的书带走，那可以说是她的嫁妆，最好的嫁妆。

兰馨一想到父亲便不由自主地垂泪，她把关于她父亲的事讲给吉先生听。吉先生也很伤感。吉先生看着兰馨伤心的样子就开玩笑说要写一部小说，就用兰馨做主人公。“这个主人公最爱吃甘蔗，还爱哭，还会写诗。”吉先生笑起来。

“您不要写我好吗？”兰馨看着吉先生说。*

“你怕什么，中国像你这样遭遇的女人太多了，我改用一个名字好吗，就不用兰馨。”

兰馨知道吉先生即使不用自己的真名，写出来也一定会让人

* 兰馨的单纯体现在她的聪颖之上，越发令人怜惜。

认出来的。像自己这么苦的天底下还会有第二个人吗？十六岁嫁给死男人，然后割掉耳朵，然后出家为尼，然后遭到凌辱，然后生下一个孩子无家可归。兰馨忍不住悲恸起来，她用她那条绣着蝴蝶的手帕捂住嘴，不让自己抽泣出声。

“我不写你好啦！你何必哭。”吉先生忙说，“你看宝妹醒了。”

宝妹果真醒了，睁开眼四处看，看到兰馨就不动了，她已经会认人。兰馨把她抱起来，转过身轻轻解开衣襟给宝妹喂奶，吉先生就站起来告辞。

吉先生不来的时候，兰馨就总在想杜家的事，她在老爷停灵的日子里很想去杜家看一看，这种念头弄得兰馨心里忐忑不安，她闭上眼睛就看见老爷和马姨娘双双朝自己走过来，她又看见杜家院心的石榴树，朱红的石榴一个个美丽非凡像灯笼又像漆器。*

* 能否刻画好女性，是一位小说家是否称职的衡量，这部小说以数位女性为主角，已经体现了作者的胸有成竹。在文本的彰显中，作者也时时做到这点，此处对兰馨的心理描写就是一个明证。

这天金喜来雇着车来了，兰馨就求他去安国寺看看，告诉他去了不要声张，她请求金喜来替自己给老爷烧几张纸。“如果有人问你是谁，你就说是永定门那边的。”兰馨知道早几年老爷年年要去门头沟捉蛐蛐，和当地不少人交了朋友，还在一起用一个葫芦喝酒，一口一口喝，吃烧山鸡子。有一次从永定门那里来了两个乡下人，给老爷送来大甜萝卜和鲜藕还有碧绿的大白根蕨菜，杜府上下竟然没有认识那俩人的。

金喜来想了想还真去了，他胆子很大，也想见识一下兰馨过去那个家的家人。他径直走到老爷的灵前一条腿跪下来去烧纸，冬禄就在一边磕头还礼，烧完纸，金喜来突然要求最后看一眼老爷：“可以吗？”

冬禄不认识这个来人，但他没问，他知道这都是老爷在外的熟人。

金喜来回来告诉了兰馨老爷被枪子儿打的样子。“倒不怕人，花生米那么大两个洞。从这儿打出一颗，从那儿打出一颗。”

兰馨忍不住自己的泪水，病房的日本护士小姐不得不过来劝她不要哭。

兰馨告诉金喜来让他过三四天再来接她们娘俩儿，因为宝妹肺炎好了可又染上了疹子。

“要我带一些新米来吗？”金喜来说，说佃户把今年的新粮食送来了，小米特别的黄特别的好，“你可以请这里的人给你熬点粥喝。”

兰馨感谢金喜来的好意，“但这里是自己家吗？再说宝妹用不了几天就要出院了。”兰馨把金喜来送出医院的大门，看着车走远。

吉先生差不多天天都来，他的工作最近有了变动，教育部让他去了“谣曲部”工作。他每天上午工作，下午就空闲下来，他也不再抄碑，也不愿回家待着，兰馨问他为什么。“这很简单，”吉先生说，“抄碑的兴趣完全没了，回家去又没有人可以说话。”

吉先生说他那个家太像是千篇一律被太阳晒得发了白的门神画！

兰馨在心里也希望吉先生来，吉先生不来的时候兰馨就觉得内心空洞而惆怅，她为自己有这种情绪而感到惶惑不安。“这也许是缘分！”兰馨不敢往深处想，她只这么在心里说。为了排解心中的惶惑和不安，兰馨开始织一件毛衣，她想给宝妹织一件对开襟小毛衣，结果起头却一下子起了一百多针。兰馨现在做事开始心不在焉，拿东忘西。*

吉先生也把自己的事情讲给兰馨听。比如说吉先生的妻子，吉先生告诉兰馨说自己无法和自己的妻子沟通，因为那个妻子是他在日本时父母强塞给他的。吉先生的妻子姓文，叫文兰，是盐商家的女儿，她识字不多而又有些骄横。“她什么也不懂！”吉先生说，“就懂得哪种水烟丝好！”

“你这样对她她不痛苦吗？”兰馨说。

* 将兰馨的心理刻画得惟妙惟肖。

“你怎么不说我，”[*]吉先生突然激动起来，“我比她还痛苦，因为我还懂得什么是人生，从这一点上讲，一个人越懂得多越痛苦。庄子说得对，无知无能无悟最幸福。”

“那先生你怎么办？”兰馨的心突然咚咚咚咚跳起来。

“我只有咽下这个苦果。她呢，她要从一而终，所以也要苦！但我不会离婚，她活一天我养活她一天！”吉先生扬着头，望着窗外，额头上的血管猛烈地跳动了一下。

“她上过学吗？”兰馨小心翼翼地问。

“没有，”吉先生说，“我怎么对你说呢？她们家还开着药铺，她全部本事就是能背上不少药材的名字，这又有什么用呢？”

“你没想过要改造她吗？”兰馨从吉先生这里学会了“改造”二字。[**]

“改造？”吉先生苦笑了一下，“让我改造她什么？我想让她上学，她说上学是伤风败俗！最让我反感的是，”吉先生告诉兰馨一件事，“她问我最喜欢吃什么，我告诉她我喜欢日本的生鱼片，你猜她说什么？她说她吃过！没去过日本会吃过生鱼片吗？笑谈！”

“那您也不该因此而不喜欢她！”兰馨说，“她内心不苦吗？”[***]

吉先生站起来，他把一只苍蝇赶来赶去最后把它从窗子赶出去，然后又坐下，又微扬着头望着窗外说：“这些话我从不对别人讲。”

“可我对你讲了。”吉先生调过脸来，“因为我觉得你和所有的女性都不一样，你记得你那天晚上绣的那两朵花吗？一般女人在那种情况下会绣花吗？”

兰馨摸摸自己滚烫的脸颊说想不起来了。兰馨没对吉先生说，多少年来，她就是借绣花来排解自己心底无边的痛苦！只要一坐在绣架前，兰馨就感觉到自己逃遁到了另一个世界里去。

* 人都是自私的。

** 能写诗的人都善学。

*** 推己及人，兰馨的确令人忍不住心生怜爱。

“我一绣花就忘掉了别的。”兰馨说。

“我也一样，一写小说就忘掉了一切。”吉先生也说。

兰馨像是和吉先生总有说不完的话，吉先生不来的时候，兰馨就总侧耳听着走廊里的脚步声。

这天兰馨告诉吉先生，说她马上就要回沙城。“那我送你几本新书看好了。”吉先生说，“我明天带给你好吗？”

想不到第二天吉先生又带来了一个人，吉先生把带来的人介绍给兰馨，说是在日本时的同学。

“说出他的名字你别笑，他的名字叫朱水娘。”*

兰馨一下子记下了这个名字，这个名字放到一个男人身上可是太特殊了！“朱水娘”，兰馨很想笑。

天底下居然有这么巧的事？而朱先生也突然明白了面前的这位少妇就是菊雪提到过的已经死去的杜家长媳兰馨——那个令京城人伤心落泪的新闻人物。大家都认为她死了。

“你是杜家的大少奶奶兰馨？”朱先生说。他打量着兰馨两鬓的头发。

兰馨很吃惊，她转过脸看定了吉先生。

在此之前，吉先生并没有对朱先生说过兰馨的事，因为他也不知道朱先生和菊雪的关系。

朱先生便把菊雪前前后后的事情讲给了兰馨。

“真想不到！真想不到！”吉先生连连说，他看着兰馨。兰馨也觉得真不可思议，竟然在这种场合知道了菊雪的消息。**

“我这么说你不见怪吧？”朱先生对兰馨说，“现在提倡男女平等，杜春禄可以和那个格格去日本结婚，菊雪为什么不能和朱风娘结合呢？”

“这也是缘分！”兰馨在心里说。她请朱先生说下去，朱先生又把菊雪失踪的事告诉了兰馨。兰馨这才知道菊雪已经失踪了近两个月！

* 生活不缺这样的意外，也构成小说的力度。

** 小说需要的张力处处体现。

“她能去哪儿呢？”兰馨不由得为菊雪担心。她清楚菊雪的性格：办事太欠考虑。“她莽撞而没有主意，只知道哭。”*

“真是太巧了！”朱先生对吉先生说，“或许可以说世界太小了。”

“朱先生现在也在写文章。”吉先生对兰馨说，“朱先生的文章很漂亮！”

这话兰馨似乎没有听进去，她心里想着菊雪，想到了菊雪喜欢的茉莉，想到了说要绣一幅大窗帘的那回事。

“医院怎么能够长住呢？”朱先生突然说，“你不如先住到菊雪那里去，她那里现在没什么人，只有两个下人。这样你也可以给医生提供一个观察的机会。”

“那怎么可以？”兰馨直视着朱先生。她很怕让京城的人知道自己，更何况她现在有了一个女儿！她回头看看小病床上的宝妹。

“那怎么能怪你呢？”敏感的朱先生心直口快，“如果把这个社会的肮脏犯罪也算在妇女的头上，那这个世界可真是没有一丝光明了。”**

兰馨的脸陡地红起来，她抓住那一团正在编织的暗红的毛线，一时不知道说什么话。

吉先生也劝兰馨去：“借此你还可以好好休养一段，这么多天你一直守着你的孩子，人也快要垮了。”

“让我想想。”兰馨说，她不好一下子拂逆朱先生和吉先生的好意，她这么说也不过是推诿。她拿定了主意，只等金喜来雇车来，她要从京城消失，不让任何人知道自己的存在，也许只有这样自己才能平静下来，把宝妹抚养成人。兰馨现在是什么也不希求，只求平平安安宁宁静静，她一次又一次地要让自己忘掉吉先生，但吉先生总是一次又一次浮现在自己的思绪之中，现在又凭空添了一桩心事：菊雪在哪里呢？

* 菊雪的变化不是兰馨能够体会。此处运笔，倒是让读者再次感觉菊雪的性格发展。

** 朱先生在大是大非上有鲜明的立场，因此这些话能令人动容，但他未必在细节上也有深刻的洞察，这也是朱先生被刻画得极为成功之处。

兰馨又怎么能够预料事情的发展呢？她怎么能够想到过不了多久，她会抛下宝妹一个人孤孤单单留在这个世界上呢？

第六卷

一

冬禄留起了胡子，老爷一去世，杜家就数他大了，所以，他必须留胡子，留起胡子的冬禄给人一种清新干净的感觉，因为他的皮肤很白皙。胡子长在他脸上似乎黑中透绿。他现在是思考多于行动，他什么地方也不愿去，只喜欢一个人躺着静静想事，他想什么，别人也很难知道。*他让周正给他焚上一炉好香，沏上一壶好茶，放在床边的茶几上，他就那么整天躺着，有时躺着躺着就睡着了。他现在是恨透了军阀，他幻想自己去写许多传单把它们散到大街上去，或者用白纸写一副大对联，上联是："草菅人命"，下联是："百姓无常"！他耽于想象，又常常觉得自己的想象可笑至极！他想象自己在夜里把对联贴到地方审判厅的大门口去。冬禄甚至想象由自己出钱买通几个黑道儿上的人物，去把那个审判长抓起来吊死在路边的树上。但这只不过是冬禄的闭目所想。他的行动却更趋向另一面，他开始十分关心自己的身体，一有不适便忙去黄中文大夫那里问病求药。问病、看病、看下人煎药；养花、看花，是最近冬禄的生活内容，躺着睡不着的时候他就想起一本又一本古书，或者是去对秀芝说前几天做的梦，或者把周正叫来让他往起轰鸽子，看鸽子在天上飞、往下栽、栽倒离房顶不远时又一下子飞起来，又忽然想起请和尚来家里给老爷念

* 留胡子终究是外在，内在的变化却是很难被人看出的。

经超度。

那天冬禄竟然突然想起去逛窑子，但也只是想想而已，就是去玩女人，玩没开苞的姑娘，去花大钱点大红蜡烛又有什么意思呢？又有什么滋味？过后会有什么呢？什么也没有！想来想去，冬禄得出一个结论：这个世界是空的！空空荡荡！*

冬禄躺在那里胡思乱想，那炉香慢慢燃着，一会儿袅袅地冒成个直线，一会儿又袅袅地摇成个曲线。冬禄继续他的想象，他想象自己去贴对联给抓了起来，然后有人去营救自己，穿着黑色的夜行服一如《三岔口》的任堂惠，身轻如燕从监狱高墙跳进去声息全无！然后又身轻如燕地背起自己越出高墙，待到自己要跪下去谢那位大侠时，那位侠士把蒙在脸上的黑纱拉掉，说了一声：“别谢我，爸爸！”原来是淳文！**

想到这儿，冬禄突然睁开眼，他突然觉得有话要对秀芝说。

秀芝正在屋子里心情郁闷地染指甲，斯琴抱着淳文让他看插在窗外呼呼飞转的风葫芦。

陈妈对秀芝染指甲很反感：“老爷还没过百天呢！”她悄悄对李姐说，李姐现在是只在厨房做做事，很少到中院来。李姐说您管这么多事做什么，您也想染吗？李姐没好气。

冬禄走进秀芝屋子的时候，秀芝正奓着双手等着指甲上的凤仙花膏往干了耗。“秀芝，”冬禄说，“咱们去算一卦好吗？”

“算卦？”秀芝说，“什么意思？”

“算算咱们有几个儿子的命。”冬禄坐到她跟前。冬禄发现秀芝越来越瘦。秀芝突然站起来，凤仙花膏纷纷从她的指甲片上剥落：“我怎么从来没听过你说这话。”

“我要让咱们杜家这个院子热闹起来，你给我生八个孩子好吗？七郎八虎看谁还敢欺负杜家。”*** 冬禄看着秀芝，他发现秀芝穿的雪青色衣服很好看，雪青色在居丧期间也不犯忌。

秀芝把手指甲上的凤仙花膏纷纷抖落，她觉得是把那话说出

* 很多时候，人走向成熟的第一个标志就是被空虚侵扰。

** 这大概是人生最温暖的想象。

*** 家族垮掉了，想重整旗鼓的人总会有些令人心酸的念头。

来的时候了。“冬禄，”秀芝说，“我说件事你不要生气好吗？”

“我会动不动就生气吗？”冬禄笑笑说，“你不说我也猜得出来，你又要给你娘家钱吗？或者是镶金牙？”

“我想搬家，我不愿在这个院子里再住下去，在这个院子里我夜夜噩梦不断！”秀芝说，“我这个心不死！”

“你还想搬？这个院子差不多是你一个人的了，你还不满足吗？你要搬到月亮上去吗？”冬禄突然很伤感。一想到要远离这个杜家老宅就不由得伤感。*

* 离开老宅，就是割弃曾经的一切，如何不令人伤感？

“换换环境对你也好！”秀芝说，“你以为我不知道你，你怎么不学学春禄？”秀芝照照镜子，看了看自己的牙。

“你也让我去日本吗？那我让寿生去买船票好啦！”冬禄站起来说。

“谁让你去日本！你把这个院子留给春禄，咱们另买一处四合院不好吗？”秀芝轻轻抓住冬禄的手，“我让你答应我。”秀芝很柔情地说。秀芝的柔情使冬禄产生了一种很古怪的感觉。

斯琴的男人四处问讯，已经看了不少房子，但合意的没有，北城有几处吉屋招租或出卖的，都是大府第，也都不合适。秀芝甚至悄悄出去看过一回房子，那是雨儿胡同唐贝勒的房子，外边看着好，一进去就觉着有点阴气太重，果然后来听人说里边吊死过人。从那处看完房子回来，秀芝就一直觉得身上冷，浑身长了不少鬼疙瘩，夜里愈加地睡不着觉。

秀芝烦死了吃药，自从生下小淳文以来她身体一直不好，夜半睡不着的时候她又痛苦又害怕，她也学会了敲木鱼，夜深睡不着时便在木鱼上蒙一块布，然后轻轻敲击，敲一声念句佛号，她这完全是跟兰馨学的。**

** 学兰馨终究成不了第二个兰馨，既是命运，也是性格。

秀芝吃药又不放心让下人给她煎，她把一个小白泥炉子放在自己的屋子里亲自煎，凡是入口的东西她都疑神疑鬼。她怀疑一切吃的东西里都有毒。

前几天秀芝又让斯琴的男人去看烧酒胡同的一处房子。秀芝不知听谁说那里的房子要卖掉，斯琴的男人看完房子回来对秀芝说那房子不错，格格局局又宽畅又干净，“不过就是太大了，是瀛贝勒府！”秀芝不管什么府不府的，听说好她就去看，去了一看果真漂亮气派，秀芝很满意。

秀芝充满了柔情把想买下烧酒胡同房子的事对冬禄说了：“你先去看看？”

“你能买得起吗？”冬禄有些吃惊，他知道按房子的格局讲，那个贝勒府的规模远远要比杜府大得多！

“你不是要八个儿子吗？你要八个儿子你不买一处大宅院行吗？”秀芝说，秀芝还想说什么，却被急匆匆走进来的周正打断了话头，冬禄和秀芝都看见了跟在周正身后的那个姑娘，那姑娘也跟着进来，冬禄看清了跟在周正身后的姑娘原来是王府的丫头草珠。草珠的神情慌张不安，像出了事。

“不好了，二少爷！”草珠进来就说，她刚刚得知了菊雪被关进监狱大牢的消息，她慌得没了主意，就来杜府找冬禄。“想不到菊雪会被关进监狱！”

“你别慌，你慢慢说，到底怎么回事？”冬禄对草珠说，“菊雪怎么会给关进大牢？”冬禄让草珠坐下。*

“都快四十天了。”草珠说，草珠告诉冬禄是今天早上监狱里的一个看守把消息传过来的，那个看守看见菊雪可怜才发了善心把消息传出来，那个看守还关照草珠尽快给菊雪找个大夫。“说人病得快不行了！”

“怎么？都快四十天了？”冬禄感到意外。他转过脸看看秀芝。

“看守说她快死了，嘴里大口大口地吐脓，一句话也说不上来！”草珠快要哭的样子，“都怪我那天没拦着她。”

“她犯了什么罪？”冬禄又问。

*菊雪的出场看起来突然，体现的是作者的匠心，又掩盖得毫无痕迹。

"她怀里藏着把刀去刺杀那个厅长大人！"草珠说。

冬禄吃了一惊，他没想到。*

"菊雪怎么会有这个胆量？"秀芝觉得好像不能相信。她看看冬禄。

"快想办法吧，"草珠说，"眼下能给她想法子救她的也只有你们。"

"贱人有贱报！"周正在一边说。

"你怎么能这么说话！"冬禄皱皱眉，他对周正的话很不满。

"不过少爷你还是小心为好，如果是圈套呢？"周正又说，自从老爷去世以后，周正处处以老家人的姿态说话，这个院子里，跟随老爷最久的也只有老周正，他从十七岁跟随老爷，眼下他已经五十七岁，整整四十年！

"我看不会！"秀芝说。

草珠却在一边误会了周正的意思，差点急出泪来，她直看周正。**

"不是说姑娘你，"周正马上说，"我是说监狱那边。"

秀芝觉得周正的话也有道理，凡事不防着吃亏的不是自己又是谁？"那依你呢？"秀芝看着周正。

周正突然想起了那个和自己在前院一起喝过酒的小兵，周正知道那个小兵在临时监狱："我先去找找他好吗？"

"那好，"冬禄认为这么办最好，"如果能见到菊雪最好不过。"

京城关押女犯的临时监狱在西水井，在京城的西头。没用多长时间周正就回来了，他满头是汗地来给冬禄回话，他还真的找到了那个小兵，事情办得也顺利，因为中午正是吃饭的时候，那个小兵就偷偷领周正到女监去看了菊雪。女监里很臭！

"可怜啊。"周正说，"她连一句话也说不出来！"周正说菊

* 冬禄的想法被菊雪实施，是小说的妙笔，也是造成结构复杂，人物情感激烈的有效手段。

** 所有人的内心起伏都一笔体现，委实高明。

雪的衣裳是又脏又烂，头发也不梳，嗓子是完全坏了，只能用手指指自己的嗓子，啊啊啊啊像个哑巴。周正问菊雪到底是怎么回事，怎么去行刺厅长？菊雪都说不出来，只有比画、流泪！

秀芝的眼圈慢慢红起来，她慢慢转过身子，很快擦了一下眼睛。冬禄看看秀芝，他没说什么，他让周正马上去备车。“快点儿！马上！”冬禄说。

“去看菊雪吗？”秀芝问冬禄。冬禄点点头：“她总归还算是从这个门里走出去的！”

“那我也去好吗？”秀芝说。

“好啊，你去看她也好，省得让她说杜家的人没情没义。”冬禄说。*

冬禄很怕再走进监狱，他一想到监狱心就要碎，他难以想象天生丽质的菊雪已经在里边被关了四十多天！

冬禄、秀芝、周正、草珠都去了西水井监狱。他们坐了一辆马车。

到了地方，周正依旧去找那个小兵。小兵说这个时候探监不合适，“你们最好晚上来。”

秀芝无端地吓了一跳，她疑神疑鬼：“晚上来，把二少爷抓进去怎么办？”秀芝对周正说，周正说哪会呢？他们又不是疯狗，乱抓人做什么？

因为是晚上去，秀芝又有些不愿去了，结果是冬禄、周正、草珠三个人天黑以后去了监狱。

去的时候周正给那个小兵带了一黑瓷坛的汾酒，还有几样菜，一只烧鸡。

冬禄他们很顺利地见到了形容憔悴得可怕的菊雪。菊雪一见冬禄他们便泣不成声地痛哭起来，把脸捂住。

事情是这样的，那天菊雪离开了她那个小四合院先是去了离胭脂巷不远的车行，在车行里待了一夜。第二天她径直去了地方

* 这句话说明冬禄已经将自己视为今日的代表了。

审判厅，她对门外的卫兵说要求见厅长。卫兵们差不多都认识菊雪，便带她进去，谁也想不到她带着刀。她进去的时候厅长正在看案卷。仪表堂堂的厅长是个严肃认真的人，这种人在那个时代还不少见，以己任为天任；努力想秉公执法，愤世嫉俗，努力想拯救日渐腐烂的社会。*

“你有什么事？”厅长一眼就认出了进门就跪下叩头的菊雪。

“朱风娘是真去了福建了吗？”菊雪站起来声音喑哑地说，这时屋子里只有她和厅长，那个卫兵已经退出去。

“这是法厅，不管那些事！”厅长皱了皱眉。但也许是菊雪沙哑疲惫的嗓音打动了他，他从桌子后边走出来放低声音说：“这是政府的事，你一个女人问这些做什么？”厅长想想，把话头一转说，“你没事可以走了，你最好不要来这里问朱风娘的事。”

菊雪就是这会儿突然抽出袖子里的那把刀猛地朝厅长刺去。**厅长没想到菊雪会行刺，但他毕竟是军人出身，他毕竟能临危不乱，他往旁边闪了一下，菊雪手里的刀不偏不倚扎在他的右胳膊上。厅长用力一推菊雪，把菊雪推倒在茶几上，菊雪用刀朝自己的喉咙扎的时候，被厅长一把把刀夺了下来。夺刀的时候厅长又把手割破了。

事情的经过就是这样。

冬禄准备去为菊雪求情，去亲自见那个厅长，周正认识的那个小兵说厅长的伤口很小，早已长好了。

冬禄他们只在女监里待了一小会儿。草珠决定明天再来，给菊雪带几件换洗的衣服，再带把梳子来给菊雪梳梳头。冬禄想起了黄中文大夫。“明天让黄大夫来给你看看。”冬禄对菊雪说。菊雪真的是完全说不出话来，只有流泪和比画手势的份儿。

冬禄他们离开的时候，听到了菊雪的怪叫，那声音是很怕人的，女监的看守说菊雪有时使出很大的劲儿会突然喊出几个字，比如她常喊的“陈——露——”

* 回头倒叙，笔力从容，这是作者对全书复杂性全然于胸的体现。

** 冬禄最终把刀扔掉，菊雪却不会，此处的菊雪形象到达顶峰，却又不是作者刻意为之，是人物发展使然。

"谁是陈露？"那个看守说。

冬禄突然眼圈一红，他忍不住自己的泪水，但在夜色里没人能看到冬禄的泪水。冬禄明白菊雪是在喊谁，是在喊春禄！*

"麻烦你多给她送几次开水好吗？"冬禄对那个看守说，在暗中他把五块大洋悄悄塞到看守的手中。

冬禄他们从监狱回到了家，秀芝不让冬禄先进自己的屋子，怕他把晦气带进来，让他先去下人屋里转一圈儿再回来，这样就不会把监狱里的晦气和屈死的冤魂带进屋里来。冬禄觉得好笑，又觉得背后发冷，就真的去下人的屋里和周正说了一会儿话，吩咐他明天一大早去请黄大夫。

冬禄去见了地方审判厅的厅长，结果是那个仪表堂堂的厅长大怒，没容冬禄说几句话就让人把冬禄赶出去，厅长说："她是谁的牺牲品，还不是你们那个封建家庭！"**

冬禄只好又去找人疏通，托和厅长相熟的邮电局局长给厅长送去一幅仇十洲的《寒山碧梧美人清凉无汗图》，结果是图又给那个厅长退了回来。看到被地方审判厅厅长退回来的仇十洲的画儿，冬禄突然对那个厅长产生了好感。冬禄决定第二次再去，去为菊雪求情。这天他又去了。

卫兵不让冬禄进去，说厅长有令。

冬禄就在地方审判厅的门口等，一直等到中午才把那个厅长给等出来。冬禄这时什么也不顾了，他急走几步扑通一声给厅长跪下，倒把那个厅长给吓了一跳，厅长只好站住。

"你有什么要说的？"厅长问他。

"关于菊雪的事，黄菊雪。"

"你想让她怎么样？"

"求厅长天恩放了她。"

"放她？"厅长深觉意外。

* 菊雪恨得最深的便是春禄了，在来日无多时，却又呼喊春禄，既可以说恨之深就爱之切，也可以说菊雪终于在最后的时刻面对了自己。

** 委实一针见血。

"求厅长从轻处置她。"冬禄又说。

厅长想不到杜家的人会来为菊雪求情。他原想杜家的人前来纠缠是为了要重判菊雪的。厅长挥挥手让冬禄起来，然后让卫兵把冬禄带进自己办公的屋子。

在厅长办公的屋子里卫兵搜了搜冬禄，搜完了冬禄卫兵没走开，他站到冬禄的身后以防不测。

"你送来仇十洲的画儿想让我声名扫地吗？"厅长突然说。*

冬禄的脸突然红起来，他打量着这位仪表堂堂的厅长，一时弄不清他到底是哪种人。冬禄很尴尬。

这个厅长叫葛德浩，是山东曲阜人。他的父亲葛蔼来是当地十分有名的读书人，曾写过几部很有价值的关于汉语音韵方面的书，影响最大的是《拍手音律训诂大成》。葛厅长从小有很好的家教，长大后去日本学了法律。他的人生格言是"无悔无愧于生"。他的父亲从小训诫他做人要清白干净，人的最好品德倒不在于"孝悌忠信"，倒在"净洁"二字上。人生难保洁净！

葛厅长信奉一个"洁"字，他常感叹自己厕身官场倒不如去教书，他的居室有一个十分有意思的斋名："厕身粪区而求洁斋"。这个斋名在中国可以说是独一无二，也可以看出斋主的情操。

葛厅长认为自己上任做地方审判厅厅长之后办的第一件高兴事就是杜家一案。葛厅长是一位感情色彩很浓的人，他的法制思想却近乎残酷，只有一个字："杀"！**

"多杀不善必大善。"葛厅长对别人这么说。

但葛厅长哪里会知道杜家的真实情况。事实上法是法，情是情，一个家庭的感情纠纷最难以厘清，更何况那些渲染过度的小报文章几乎成了葛厅长定杜家老爷之罪的依据。

冬禄不便多说什么也没必要多说什么，他又给厅长跪下去，只求厅长宽宥菊雪。

"为什么？"葛厅长说，"你说明白为什么？"他把桌上的一

* 当上厅长的人，自然有当上厅长的理由，眼光与判断，真还不是冬禄事先能料想到的。

** 这种极端思想倒最能反映那个时代。

本书拿起来放到抽屉里，那是一本他最欣赏的书，金圣叹批注的《西厢记》。《西厢记》里的人物他喜欢的不是张生也不是莺莺而是那个惠明，其《寺警》一折里的“叨叨令”他尤其喜欢：

> ……你们的浮沙羹、宽片粉添杂糁，酸黄齑、烂豆腐休调淡。万馀斤黑面从教暗，我将五千人做一顿馒头馅，是必休误了也么哥，休误了也么哥，包残馀肉把青盐蘸。*

“你起来吧，”葛厅长又对冬禄说，“你说什么也晚了，她行刺我是小事，我早就想开脱她，可现在很难办到了。”

“求厅长开恩！”冬禄站了起来。

“你能把朱风娘从福建召回来吗？”葛厅长突然压低声音说。看着冬禄。

冬禄突然忍不住了，盯着厅长，说：“你们是执法还是拿人做钓饵？”

葛厅长有些愕然，“出去！”他说，“你出去吧！”葛厅长不愿再多说什么。**

那个卫兵马上拉住冬禄的胳膊把冬禄往外推，卫兵用的劲太大，差点把冬禄推倒。“不要难为他。”葛厅长说。他突然觉得有些惭愧。

这天晚上，草珠带着黄中文大夫去了监狱。黄中文大夫很不情愿去监狱但又想去，他平生还没去过监狱，很想去看看里边是什么样。他对杜家的三少奶奶菊雪没有好感，他喜欢温柔谦让寡言少语有委屈也能咽下的女性，他对一切敢抗言动容大声说话的女性都没好感。

但当他走进腐臭难闻的女监时，怜悯之心却突然从心底油然而生。他看着憔悴令人不忍目睹的菊雪突然叹了口气。他弯下身子让菊雪张开嘴，因为光线晦暗，不可能看出什么，但他闻到了

* 葛厅长学问较深，这段引文在这里贴切自如。

** 几句对话令人感觉风云激荡，也见出人物微妙的心理活动和冲突，有如神来之笔，却又是作者对人性的深刻洞察。

菊雪的呼气恶臭难当，这说明她的喉咙已经有脓症。他又给菊雪仔细地号了号脉，脉象忽而洪数忽而细滑，然后他坐到女监外看守的桌子上去给菊雪开药方。

草珠在女监暗淡的灯光下给菊雪梳头，梳子扎下去却怎么也梳不动，头发早板结在一起，好在冬禄已经贿赂了监狱里的看守，草珠便请他们去用木桶给打一些温水来。水打来，草珠先是给菊雪擦脸，然后给她擦手擦胳膊，水很快脏了，草珠只好求看守再去提一桶，然后给菊雪把头发洗了。草珠没忘了给菊雪带来一小瓶茉莉花精，闻着茉莉花精的香味，菊雪突然沙哑怕人地哭起来，一边哭一边拍腿。*

* 菊雪堪怜，作者描写越是细致，越见出作者悲伤之情。

草珠给菊雪洗好头，给她把头梳成个垂髻，看看不好看，就依旧把头发打散梳成剪发头，不过头发实在是太长了。梳好头，草珠又帮菊雪换衣服。草珠考虑到狱里卫生条件不好，便给菊雪带了一条黑哔叽布裤和毛蓝布大褂，还给她带了两双彰绒袜子。经这么一梳洗一换衣服，菊雪又像个人样，虽然重病在身，菊雪还是那么漂亮，囚禁日久，肤色苍白的菊雪显出一种光彩夺目的病态美，皮肤透明如玉。

菊雪说不出话来，她做手势让草珠拿纸笔来，看守不允许，草珠便把准备好的一块大洋递给她。

菊雪颤抖抖地执笔在纸上写道：

“我的首饰被他们拿掉了。
羊脂玉蝉耳坠子
绿金鱼坠子
孔玉石榴坠子
翠扣九只
银绞丝镯子一副
金镯一副

大珍珠朝天一品簪

蜈蚣簪

小金吉字两对

金戒指五只

他们不能白拿我的东西，平白拿去像什么话，这些东西拿回来给我买一块坟地。”

字写得清清楚楚，菊雪停停，想想又写：“余下的钱给老爷灵牌前制（置）一个香炉。”

写到这里，菊雪泪如雨落。*

草珠也忍不住，想说什么已经说不下去，她把那冰凉的纸片叠了叠揣到怀里，她想对菊雪说什么，却见菊雪拿起那一小瓶茉莉花香精左一下右一下地洒在身周围，后来又往身上洒，腐臭莫名的女监里便古怪地弥漫了茉莉的若有若无的清香。菊雪把茉莉香精倾瓶而出，后来菊雪把小瓶举到自己头上，让最后的一些茉莉香精点点滴滴洒落在自己的头发里。

草珠从西水井监狱回来的第二天去了杜家，她把菊雪写的单子呈给了冬禄，冬禄看了很生气。

冬禄又去求见葛厅长，并把这个单子送呈了葛厅长，葛厅长看了单子勃然大怒，他下令马上把犯人的随身之物查清，封好交还其家属。“还有这种事！”葛厅长说。**

但那些贵重首饰早已荡然无存。

葛厅长下令严查，下面打上报告说收审案犯时并没见她随身带什么东西，如果说有，就是那把用来行刺的刀。

西水井监狱这边对菊雪的看管严起来，不允许任何人前去探监和往里边送东西，作为一种报复。

周正又去求那个小兵，遭到了回绝。“想早死还不好办吗？”小兵这么说，“你们杜府怎么倒希望人早死！”

*读到这里，读者也忍不住怆然。

**葛厅长是洁身自好之人，却管不住其他人的巧取豪夺。在任何时代面前，如葛厅长这样的人只可能独善其身，改变不了时代的颜色。

“怎么能这么办事！”秀芝埋怨冬禄，“你想从狗嘴里往出抢骨头，狗还能不咬你吗？那才有多少东西！”

“东西多少不说，那是菊雪的意思。”冬禄说。冬禄这天开始穿起了灰鼠皮褂，显得有些臃肿，好像一下子老了许多，* 他缩在太师椅里看着秀芝。

“菊雪是什么意思，她难道不想出来吗？她在里边头脑不清楚你在外边也不清楚吗？”秀芝责怪冬禄。

“你清楚？”冬禄说，“你甚至都想把留声机拿进去给她解闷儿，这就是你的清楚。”冬禄苦笑了一下。

秀芝忍不住也笑了一下，她是那么想过，但她现在知道现实残酷无情一如锯齿刀刃！秀芝现在已经没有心情去听留声机，倒是斯琴对留声机的兴趣有增无减，她把留声机拿到前院下人的房子里去听，留声机咿咿呀呀唱开的时候，招来了陈妈很大的不满。陈妈隔着窗子说：这倒好，老爷一死不是猫叫就是狗咬。**

冬禄想不出解救菊雪的法子，只有和秀芝面面相觑，秀芝说你不如就给菊雪卜一卦，看看卦上有多少凶吉。

冬禄取出老爷经常用来卜卦的那三枚“康熙通宝”，双手合十地静默了一会儿，然后一次又一次把制钱抛到凉幽幽的大理石桌面上，扬了六次后得了一个“坎上坎下”。“完啦！”冬禄悲凉地在心底喊了一声，把三枚制钱一枚一枚绝望地丢回到青花瓷盒里。

这天下午，草珠突然兴冲冲地来了，她带来一个令冬禄大吃一惊的消息。“有一个女人为菊雪的事去求厅长开恩。你猜是谁？”草珠看着冬禄，冬禄迅速地把陈妈、李姐、斯琴都想了一个过儿，觉得都不可能，还会有谁呢？

“是兰馨——”草珠说。

“怎么会！”冬禄愣了一下，“你再说！”冬禄立起身，秀芝也跟着站起来。

* 冬禄也许是真的一下子老了许多，杜家的大起大落，没有人像他那样有最痛苦的扛负。

** 一部留声机，已经刻画出众人对杜家遭际的面对态度，再一次见出作者手法的高超，每一个细节都不可忽视，因为都能在小说中发生作用，尤其对人心发生作用。

“是兰馨！”草珠大声说。

秀芝也很激动，她的激动是双份的，她在屋子里昏淡的光线下看到草珠脸上脂粉也无法遮盖的蝴蝶斑！

“兰馨还活着？”冬禄又说，他简直有些接受不了命运的这种神秘莫测的安排。“她还活着？”冬禄忽然有些失态。

二

兰馨没能走成，这也许就是天意，* 沙城通往京城的那条路让这一年最后的一次大水冲坏了。所以兰馨只好再住下去。但医院怎么能够住得起，兰馨想在医院附近租一间小屋临时住住，结果却住到了吉先生家开的“吉源茂”布庄后院的小楼里去。她在那里听到了菊雪被抓到监狱里的消息，这个消息像一股冰水一样流进她的心里，让她不寒而栗。

吉源茂布庄的后院种着几株北方少见的桂花，这几株桂花能活下来并且开花向人们倾吐芬芳，确实是一个奇迹。桂花树在小楼的前面，小楼在后院的西北角，这就正好挡住冬天的寒风袭击。

吉先生告诉兰馨这布庄的院子原是军机处的一个小官的，他靠外边孝敬的银子盖起了这个小院，那小楼上还有个小平台，完全是西洋式的。一进去就是木板地，然后木楼梯直达二层。这座小楼上下各三间，兰馨住在二层，底下那一层原是放些卖不出去的陈年布料，现在扫出来做客厅。放了几只大书架，架上是吉先生的书和各种怪石。吉先生有时候到这里来写作，但很少来住。

吉先生让草珠搬过来陪兰馨。

草珠从朱先生那里听到了兰馨的消息，她又兴奋又急于见到兰馨，虽然有菊雪的事在那边搁着，但草珠还是答应过来陪兰馨。

草珠是京城一带的人，还没见过桂花，她一进后院就看到

* 有时候，所谓天意，就意味很多变化来临，有些可以预料，有些却不可预料，正是那些不可预料的被称作天意。

那几株桂花树，可惜桂花早已开过，别说是花，连叶子也荡然无存。兰馨手抚桂花树干告诉草珠在南方桂花树又叫木樨。

草珠对桂花树不感兴趣，她很吃惊兰馨有了孩子，而且是个小千金。但她没多问，草珠知道什么该问什么不该问*：“宝宝叫什么名字？”

“宝妹。”兰馨告诉草珠。

草珠坚持要住楼下，让兰馨住到楼上去，兰馨却怕抱着宝妹上上下下不方便坚持要住楼下。其实这不是兰馨非要住楼下的主要原因，兰馨坚持要住楼下的想法是秘不示人的。她喜欢吉先生的书，更喜欢那些书是吉先生的。吉先生在楼下的那张床没有帐子，床上铺着的还是绿白相间的草席，“这草席是从日本带回来的。”吉先生告诉兰馨，“我留学时一直用它，所以不舍得扔掉。”吉先生还告诉她书架上大大小小奇形怪状的石头，也是在日本留学期间外出游玩时捡的，其中有一颗蛇纹石，椭圆的石头上有着像是用笔画上去的一样一圈儿又一圈儿的暗红的道道儿。

兰馨对吉先生屋子里的一切都觉得新鲜。她还在书架上发现了佛经，佛经按规矩放在书架的最上层，有《金刚经》《阿弥陀佛经》《莲华经》《维摩诘所说经》，书架上还有小小的香炉，是宣德年间的，香炉里没有香灰却有一串制钱，还有其他一些东西比如贝壳，大大小小的贝壳差不多有几百个，有珠光宝气的虎皮玛瑙贝，有头盔那么大颜色淡黄的瓢贝。但兰馨最喜欢的还是吉先生的一只丁石山刻的白铜墨盒，墨盒上刻的是一枝梅花和一首诗。诗是这样的：

奇香异色著林编，
百十年来忽兴阑。
尽将精华收拾去，
止留骨骼与人看。

* 这句话让读者也不免心头一震，草珠的形象一直有些懦弱，这里让读者明白人即便懦弱，也不等于人就没有自己不为人知的感悟。任何人都有颗隐秘的内心，草珠也不例外，就这句话来看，草珠也在起伏的生活中有了自己对人生的看法。

最令兰馨高兴的是她在吉先生这里看到了吉先生多次说到的陈独秀主编的《新青年》。* 兰馨看看白铜墨盒翻翻《新青年》，突然发现那个白铜墨盒特别的大，几乎比两本书都大。兰馨又发现白铜墨盒上的梅花是一个叫尺新夺的人画的，丁石山兰馨是知道的，是很有名的刻铜高手，“那么，谁是尺新夺呢？”兰馨问吉先生。

“你听过那首青年们爱唱的‘离歌’吗？”吉先生告诉兰馨，“他是我的一位老师。”

兰馨没听过有姓尺的，吉先生笑笑说也许是我的老师自己起的吧。

“墨盒为什么这么大呢？”兰馨几乎拿不起那个大铜墨盒。

“紧急的时候，”吉先生说，“我拿起它来就能当武器。”吉先生双手拿起铜墨盒，做了一个投的动作。

“你怎么不带夫人住到这里？”兰馨突然这么问，心里一阵乱跳。**

“你以后不要提这些问题好不好？”吉先生眼里闪烁着灼热而痛苦的光芒，他从书架最高层取下一块小匾，有一尺多宽二尺多长，上边镌着两个字：“苦庵”，他让兰馨看这个匾。

“这字是尺先生给写的。”

吉先生又让兰馨看一只荷兰的木鞋和两块小藏毯。

兰馨真是眼花缭乱，但更乱的是她心里的思绪，她从没接触过这么丰富多彩的男人。

兰馨突然决定不住楼下，她要和草珠住到楼上去。她突然很怕躺到吉先生的那张床上去。她请草珠帮她上街去买两只盆子，她不好意思用吉先生的盆子洗脸洗脚。

草珠没有马上出去买盆子，而是把菊雪的事告诉了兰馨。

“你说什么？”兰馨突然觉得很冷，她看着草珠，似乎不大相

* 兰馨和菊雪的相同之处，是她们都在离开杜家后接触了新的人物和事物，两人面对的态度却截然不同，所以，她们感受会不同，处理的方式会不同，激起的情感会不同，最后命运也会不同。

** 在自己真正心仪的人面前，兰馨的少女情怀流露得自然而又天然。

信菊雪会被关在监狱里，会病得说不出话来。

“我要去看看菊雪。”兰馨突然对草珠说，“你替我照看宝妹。”

“你怎么进得去？”草珠说。

“我去求他们。”兰馨也说不清自己为什么突然想去看菊雪，* “我不能看着菊雪给他们囚死在监狱里！菊雪为什么？”

兰馨的主意已定是很难更改的，吉先生也听说她要去看菊雪，吉先生想想说：“应该去。”

第二天，兰馨去看菊雪，她坚持要一个人去。这天她穿了最朴素的衣服，粗毛蓝布大袄，下边依旧是一条旧式暖裙，青莲色的暖裙上绣着一小朵一小朵蜡梅花。与别人不同的是她围了一条骆驼绒色的围巾。她把头发梳得很低，低得遮住耳际。**

她先去南糖店买了一些薄荷糖片，然后又去日本人开的药店买了十小包仁丹，她就提着这两样东西去看菊雪，这两样东西在这时候很少有人买。

兰馨很激动，一路想象着见到菊雪的情景心里就无法平静。她是坐着车去的，她在西水井监狱门口下了车，她低声吩咐车夫等着，然后朝监狱那扇黑大门走去。

这天天气很好，满地落叶无人去扫，踩上去哗哗啦啦响。

看门的卫兵离老远就让兰馨站住，兰馨还是朝里走，她看到黑大门上的小门开着，从小门可以看到里边的树。

“站住！”那两个卫兵从岗楼里出来。

“你乱闯什么，这里是监狱！”一个卫兵说。

“我要看黄菊雪。”兰馨很沉静地说。兰馨的脸色很白，白白的脸被毛蓝大褂衬着显出一种凄清的美。

“监狱是随便进的吗？”卫兵放低了声音，奇怪地看着兰馨。

“请让我进去好吗？”兰馨说。

“不行！”那两个卫兵说。

* 兰馨想看的，或许是原本应和自己命运一样的人究竟经历了什么变化。

** 读者差点忘掉的细节，在作者那里始终深刻。

这些兰馨已经想到了，她就慢慢跪下去，手里托着薄荷糖和仁丹，腰板挺直地跪在那里：“请让我进去好吗？”*

那两个卫兵面面相觑。

“你是她什么人？”一个卫兵问。

“嫂子。”兰馨低声说。

杜家的事情已经在京城闹得沸沸扬扬，人们不但知道菊雪的事兰馨的事而且知道她们妯娌三个谁是大少奶奶谁是二少奶奶。其中的一个卫兵就好奇地问道：“你是她几嫂？”

兰馨迟疑了一会儿，她没做回答。**

两个卫兵就又走回了岗楼，他们认为碰到了疯子。

兰馨一直在冰凉的地上跪着。

那两个卫兵后来看不下去了，其中一个就又走出来说：“我们当兵的说了也不算，你跪到明天我们也不敢放你进去，我们一家老小还要吃饭。”

兰馨慢慢抬起脸来，她觉得自己要哭！“你们的心难道是石头做的吗？”说完这话，兰馨站了起来。

“你最好去找审判厅！”那个卫兵毫不掩饰地笑起来。

兰馨不知这个卫兵笑什么，她转回身去，又上了车，她对车夫说请把我拉到地方审判厅好吗，在大白楼洋教堂。兰馨突然觉得应该去地方审判厅。

车夫把车赶到了地方审判厅的大门前，兰馨看到了教堂尖尖的顶子，还看到了那个乌黑的铁十字架。下了车，兰馨突然感到害怕，她想起老爷就是在这里被判决的，兰馨突然又转身上了车，她让车夫把车赶回到吉源茂布庄。

兰馨去地方审判厅去见葛厅长是两天后的事情，这天兰馨在怀里揣了一本《金刚经》，她隔着衣服用手摸着那本经卷，***然后慢慢走进了葛厅长办公的那间屋子。

相比之下，显得激动的倒是葛厅长，他不相信那个报纸上喋

* 下跪后腰板挺直，而不是伏地哀求，可见兰馨内心的某种坚决和尊严。

** 这里能再次见到兰馨的性格，虽然柔弱，却不失坚定。

*** 怀揣经书，也就是怀揣信念，经书的存在可以使信念更为坚定，所以她始终摸着经书，是强烈的坚定。

喋不休为之报道的杜家大儿媳还活着，他认为这也许是杜家又玩的什么花招。

兰馨捂着怀里的那本《金刚经》，一颗心怦怦乱跳着进来就给葛厅长跪下磕头。葛厅长马上让兰馨起来，他仔细打量面前这个女子，马上被兰馨冰清若兰的气质所感动，兰馨穿着的粗布毛蓝大褂给葛厅长留下很好的印象。

“你叫什么名字？”厅长问。

“兰馨。”兰馨很沉着地回答，那只纤细白皙的手还捂着怀里的《金刚经》。

“你把手放下来。”葛厅长说。

“不能放。”兰馨说。

“为什么？”葛厅长站起来，“你也揣着一把刀吗？”

“不是，”兰馨说，“是一本《金刚经》。”

“《金刚经》？”葛厅长觉得意外，“你怀揣《金刚经》做什么？”

“不为什么。”兰馨不想解释。*

“如果真是《金刚经》的话，请你拿出手吧。”葛厅长看着兰馨，又坐下来。

兰馨把手慢慢伸进怀里，取出那本《金刚经》。

葛厅长觉得自己有些感动，他的母亲也读《金刚经》，而且能背下来。他的父亲曾对他说过读《金刚经》令人坚定的话。

“你带着它是为了使自己坚定吗？”葛厅长又问。**

“是的。”兰馨说。

“如果你真是杜家的大儿媳妇，那么……”葛厅长停了停，“请你把头发撩起来让我看看好吗？”***

兰馨一怔，然后把身子慢慢俯下去又跪了下去，葛厅长突然看到几滴泪水扑簌簌从兰馨的脸上落下去。

“那就不必了。”葛厅长马上说，“你抬起头来，不，你站起

* 的确不需要解释，兰馨的目的不是让对方了解自己，而是为了让对方答应自己。

** 善解人意的一问，使气氛不压抑。

*** 越是好人，越让人产生希望，但又会觉得，好人对原则的遵守会更为坚决，更让读者揪心。

来，现在是民国了，不用下跪，你把你的事从头讲给我听好吗？”

兰馨提着那包薄荷糖和仁丹开始讲述自己的事情，兰馨的讲述和薄荷糖、仁丹的清凉气息混杂在一起，给葛厅长留下一个清凉鲜明的印象。* 兰馨先从她的父亲讲起，一直讲到怎样进了杜家，又讲到进杜家的第三天她的丈夫夏禄去世。兰馨讲得很动情，厅长明显是受了感动，眼睛慢慢湿润起来。

兰馨又讲到菊雪，顺便把菊雪的脾气和为人讲了讲，又讲了菊雪和春禄感情的不和。葛厅长听得直皱眉头。兰馨讲了老爷是怎样不愿让春禄老和玉贞格格在一块儿，春禄又是在何种情况下带上玉贞去了日本，又讲了菊雪是怎样气老爷，怎样要在除夕夜里去上吊。兰馨讲得不偏不倚而合情顺理，既不向着老爷又不向着菊雪，就像对着长辈讲家里事一样，一是一二是二。讲到老爷和马姨娘的死，兰馨忍不住自己的泪水。

“快起来，快起来。”葛厅长忙又说，他让兰馨起来。他亲自给兰馨搬过一张椅子让她坐下来讲。

“厅长大人，你若是真信报馆的话这天下还会有好人吗？”** 兰馨说，“最清楚杜家事情的请您相信除了杜家的人不会再有别人。”

“那么你对你们杜家的春禄和玉贞去日本结婚有什么看法？”葛厅长觉得脸颊发烧，他转一下话题问兰馨。

兰馨无法回答这个问题，她看着自己纤细的手指。葛厅长也不再问。

“依您看呢？”兰馨突然反问厅长。

厅长也无言可答，他已经完全被兰馨真切的讲述感动了。他突然决定同意让兰馨去探监，他要亲自给兰馨写一张许可证，他想做一件好事。***

葛厅长说写就写，他打开他桌上那只椭圆形的铜墨盒，抽开笔很快就把许可证写好了。

* 以气味与声音结合，强化了表达效果。

** 报纸的信服度太大，但真不一定就是真相。

*** 愿意倾听兰馨的诉说，已经是在做好事了。

“你去看菊雪吧。”厅长从桌子后边走到兰馨面前把许可证递给了兰馨，兰馨却没马上接，她又一次跪下去，抬头看着仪表堂堂的葛厅长。

“求厅长赦免菊雪！”

“你现在在何处栖身？”葛厅长却突然想到这个问题。*

兰馨告诉葛厅长说自己很快要永远离开京城，所以没有说出地址的必要。

厅长突然又想起兰馨说她是两个多月前回到京城的：“那么，你回来做什么？”

“给我的女儿看病。”兰馨突然把这话说了出来，她一不做二不休地把话讲了出来，她不再觉得压抑。

“那么，你嫁人了吗？”

兰馨忍不住大哭起来，用手捂住脸。

葛厅长马上明白了是怎么回事，葛厅长呆呆望着兰馨不知说什么好。隔了一会儿葛厅长站起来走到兰馨身边激动地说：“菊雪应该感谢你，我答应你的请求好吗，你起来。”

兰馨抬起脸慢慢站起来，她有点不相信自己的耳朵：“您同意啦？”

“请你相信我，我愿尽我的力量。”葛厅长说，把许可证递给兰馨，“你去看菊雪吧。”

兰馨急匆匆往外走的时候，葛厅长又在她身后喊住了她：“请把你的《金刚经》拿走。”**

“谢谢。”兰馨的嘴里说出两个字。

“谢谢！”

兰馨一刻不敢停地赶到了西水井监狱，她拿出了葛厅长的许可证，卫兵就把她带了进去。她在女监里看到了菊雪，菊雪双目紧闭躺在一块木板上。***

但遗憾的是菊雪没有看到她，菊雪处在昏迷状态中，看守告

* 此处见出葛厅长的思绪缜密。

** 葛厅长细致的处事和性格一语可见。

*** 菊雪的命运令人揪心，其身上起伏跌宕的戏剧化经历未尝不是那一代女性的共同经历。

诉兰馨说菊雪时而昏迷时而醒来，已有三天之久。醒来的时候她就沙哑着嗓子大声喊“陈露——”

“陈露？”兰馨重复地念这个名字，突然明白了，明白菊雪是在喊谁。

兰馨无法跟菊雪说话，她无法把菊雪从昏迷中唤醒，但她想让菊雪知道自己来过，兰馨便把自己那块绣着一只蝴蝶的手帕掖到菊雪的衣襟上，菊雪醒来不难看到这块手帕。兰馨又把给菊雪买的薄荷糖和日本仁丹给菊雪放在身旁，让她醒来吃。

兰馨就这么离开了监狱，她准备第二天或第三天再去求葛厅长，求他赦免菊雪。

出乎兰馨意料的是兰馨第二天早上接到了菊雪的噩耗。* 噩耗是草珠带回来的，她去给菊雪送一双鞋。

听到噩耗兰馨突然愣住，她昨夜恰好梦见了菊雪，菊雪在梦里对她说要去很远的地方，说完兰馨就醒了。

草珠又去通知了冬禄。冬禄忙去“富泰来”杠房找人来料理菊雪后事。菊雪的灵柩在城南太监坟儿旁的吉祥所里整整停了七天，七天后便埋在了太监坟儿旁边。那是一些无主坟。

冬禄半跪着一条腿给菊雪烧了一些纸钱，他看着立在菊雪坟前的小木牌，不由得悲从中来，木牌上的字简单得不能再简单：

黄菊雪之墓

不过那片坟地的墓牌大多都这么写。有的坟前连木牌都没有。

二七那天，草珠带了四碟小菜一束香烛去祭奠了菊雪，还烧了纸。

菊雪的死像天上飘来一大朵乌云，给杜家投下了好大一片阴影。秀芝这天看着菊雪留下的那盆虎耳草突然大叫起来，她看见虎耳草的叶子忽然抖动了一下，她让寿生把虎耳草端走，端离她的房间，她又想起要卖而又没卖的那几个菊雪留下来的包袱，她

* 死是最惊心的一幕，作者偏生避开直接描写，以如此冷静的笔力和角度来写，更使人感觉死的沉重和行文张力。

把斯琴喊了过来，把包袱都赏了她，“怎么赏我这么多衣服呢，我能穿得了吗？”* 斯琴喜形于色地把包袱抱走。回到下人的屋子，斯琴把包袱打开，里边有好几件衣服已被老鼠啮咬得千孔百洞，再把衣服抖开看的时候，竟发现衣服里有一窝小老鼠。

“我要去看兰馨！”这天晚上冬禄对秀芝说。秀芝警惕地打量了冬禄一眼，说：“我的身体一天不如一天，我要搬离这个院子，一天不搬我就要多吃一天的药。你去看兰馨我不拦你，你要答应我搬家。”

“我觉得我突然老了。”冬禄说，他不准备多说搬家的事。

“我也是，”秀芝说，“早知如此，还怄什么气！”秀芝倒说的是心里话。

“我也要去看兰馨。”秀芝突然说。

“那好啊。”冬禄说。他把秀芝温软的手抓在自己手里，“我何尝不想搬家呢，但这事要听听春禄怎么说。”

冬禄突然也想离开这个杜家老宅。**

这天夜里冬禄给春禄写了一封信：

春禄吾弟：

菊雪已于本月十六日不幸离开人世，家中千方百计营救她出狱不获结果！人生一世真如草木一秋，悲夫？

告诉你一个消息，兰馨还活在人世，且生育一女，她没有嫁人，受孕于被强人凌辱之时！我准备把她接回家中。家中一切安好，万望爱弟早日学成归家以释兄之倚门念远之怀。

顺颂

曼福

兄冬禄顿首

附：随信寄上广檀香一匣。

* 只以事件的呈现来反衬秀芝的心理，比直接写心理更为高明。

** 未必是突然，而是累积的过程连自己也不知道而已。

蛏干口蘑各一匣。

信写好，冬禄自己看了看觉得不满意，觉得信里流露出的是一派凄凉难耐的心绪，他就又重新写，* 但是他毫无办法把信写得宁馨而温情。

三

吉先生准备去杭州。

吉先生最近才知道他的老师尺新夺先生在灵隐出了家。尺新夺先生是上海嘉定那边的人，在日本留学生中是位颇有影响的人物，他对外界的影响是由他的多才多艺造成的。他在日本排演过话剧《舞娘》，他那时二十多岁，亲自上台去扮演舞娘这个十七八岁的妙龄女子。他精通音律，回国后教授过音乐课，写下了几乎是家喻户晓的《离歌》，《离歌》是一首很优美的歌曲，兰馨也会唱，歌词是这样的：

春风浩荡百草绿，
转眼百花稀，
莫折柳枝且徘徊，
青春从此去，
月明人独倚，**
月明人独倚。

尺新夺先生还精通绘画，他的画在京城一般很难看到，尤其是他离开京城去了南边之后，他的画全是兴之所至的结果，从来不卖的。但他喜欢去给朋友画壶画碗画扇面什么的，他的生活很放荡不羁。***

他的突然出家为僧令许多人吃惊，社会上有种种的猜测，但

* 料想也是重抄一遍，此时能提笔写信，已经不易。

** 兰馨唱这样的歌，也是唱自己内心。

*** 名士的放荡，往往是为了掩埋自己最真实的部分。

都说不到根源上，吉先生的吃惊是可想而知的。

“尺先生的出家与袁世凯称帝分不开！”吉先生对兰馨这么说。*

吉先生准备马上去杭州，去见一见他一直敬仰的老师，他也确实想不出老师为什么要出家，是否家庭方面有了什么变故？尺先生已经有一子一女。

吉先生来告诉兰馨他要去杭州的事：“可能的话，我也想在杭州住下去。”吉先生让兰馨帮助他收拾行囊。

“您的老师，”兰馨说，“他要是没有大痛苦一定是不会出家的。”

吉先生相信兰馨的话，因为兰馨也出过家，那种要弃家而走的感情经历，兰馨一定会体会得比别人更深切。**

“人们对政府都厌倦了。”吉先生说，“厌倦加上失望！”

吉先生要兰馨在这里好好住下去，“我不久就会回来的，有草珠陪着你。你千万不要在我回来之前就走。”

兰馨问吉先生为什么说也要去杭州住下去。“是喜欢西湖吗？”

“我想在杭州办所学校，”吉先生告诉兰馨，他把头微微抬起，望着窗外的桂树树枝，把心里的话讲给她听，“我上学、出国，又从日本回来，我看着小皇帝登基，看着大清帝国给推翻，又看着孙中山先生当临时大总统，又看着袁世凯当大总统，这会儿他又想要当皇帝。我看得多了，我觉得中国的民性太差，真是奴才国度，别的不说，就说出国，中国人到外国去就要置西装，外国人到中国来为什么就不置中装？我写小说，以为小说能移风易俗改造社会，我错了！真正重要的是教育，从更年轻的一代做起，教给他们什么是共和什么是平等，所以我要办一所学校！”***

“你一个人办吗？”兰馨紧紧抓着自己的手，看着吉先生。

* 当放荡也解救不了内心的沉郁，出家就成为最后的，也是最无奈的选择了。

** 吉先生太懂兰馨。

*** 吉先生胸怀大志，却不知乱世书生，能不能终成一番大业？

“还有几个从日本回来的同学，我们要自己编教材，各科全开，音乐、美术、体育、国文、地理、历史，要让孩子们从小敢大声唱歌、敢跳舞、敢踢球甚至于格斗。”

“教孩子们格斗？”兰馨有些吃惊。她第一次听说要教孩子们格斗，觉得新鲜。

吉先生没笑：“中国太温文尔雅了，如果每一个中国人都有格斗精神，日本还敢提‘二十一’条吗？”

“那不是天下大乱了吗？”兰馨注视着吉先生，“我希望的生活是宁静，是安安生生。”

“恐怕永远实现不了。”吉先生说，“我也想过，但恐怕实现不了。”吉先生转过脸看着兰馨：“我们办学校到时候也许还要请你去。”

“请我，我会做什么？”兰馨说。

“教绣工课啊。”吉先生很认真地说。他从架子上往下抽书，塞到包里。

“那可不成！”兰馨说，“我会讲吗？”

“为什么？”吉先生用书有节奏地拍打着椅子扶手，“你不愿走一条别人没走过的路吗？”

“我只想平平静静。”

“那可能吗？”吉先生一拍扶手站起来，“这个社会太像是一只激流中的破船。我们要是不使劲划，这只破船说不定真要沉了。”*

吉先生又把那本《新青年》放到包里，他说要带给尺先生一读。

“尺先生既然出家还会读这种书吗？”兰馨说，“我想他不会！”

“身在佛门不见得心也在佛门！”吉先生说，“我想他会。”

吉先生收拾好了行囊，他带了不少书要在路上看，还把一只

* 令人肃然起敬的人，也就是想法完整，并将其付诸实行的人。

口琴塞到行囊里，行囊里还有吉先生从日本带回来的刮胡刀。临出门时，吉先生忽然在门口对兰馨念了一句古文：“天地者万物之逆旅，光阴者百代之过客，浮生若梦，为欢几何？人不要白白地度过一生。”

吉先生的这句话对兰馨的影响很大，兰馨已把自己过去的日子仔仔细细想过，明白自己过去的日子真像是一场黑暗的噩梦。一个人既然从噩梦中醒来，难道还要再一次走进噩梦吗？* 兰馨这样问自己。兰馨也不敢想往后的日子，一想到宝妹长大成人，兰馨就有一种莫可名状的恐惧，怎样向宝妹讲她的身世呢？倒不如现在把宝妹送人！但兰馨又明白自己之所以能够活下去，宝妹是她唯一的支柱。

兰馨心里很乱，觉得自己真像一个掉到水里的人，希望抓到漂浮在水面上的东西。“你该怎么办？”兰馨问自己。

兰馨在心里希望吉先生不要走得太久，忽而又希望再也不要见到吉先生，兰馨在吉先生去杭州的那天夜里，突然明白吉先生就是漂浮于水面上自己想抓到的东西，不是木板不是浮桶不是木盆，而是一只出现在兰馨眼前的大船！**

在此之间，兰馨和草珠几乎成了无所不谈的好朋友。草珠很喜欢兰馨，喜欢她的温柔平和自然，兰馨让人想到洗得干干净净的家织布，那么柔软那么干净，晾晒在太阳之下被清风款款吹动。而有的人则让人想到华丽的丝绸，轻薄而眩目！比如菊雪，就更像是一块闪闪烁烁的丝绸，可惜这块丝绸被命运团成一团擦了秽物，最终被抛掉。***

草珠把春禄和玉贞的事情在夜里一件一件讲给兰馨听，告诉兰馨春禄和玉贞怎样在王府吉祥所西边的假山后幽会，玉贞怎样学习打毛线给春禄打了一条围巾。“他们是天生的一对儿。”草珠这么说。

“你觉得玉贞格格讨厌吗？”草珠问兰馨，因为不少人都讨厌

* 每个人的一生总会遇上对自己施加影响的人，兰馨的心灵被吉先生影响，不论结果如何，都会是一生的影响。

** 彻悟的瞬间，既丰满了人物，也推进了发展。

*** 太形象的比喻。

玉贞的张扬。草珠看着兰馨的脸。

兰馨没有回答，她和草珠隔着火盆对坐着。兰馨穿着鸽子灰缘两道窄黑边的高领儿苏式上衣和同样颜色的暖裙。草珠穿着宝蓝地黑竖条儿亮丽绸的衣裤。两个人对坐在火盆边喋喋夜话，像一幅古典意味的图画。

兰馨想起了玉贞格格那次来看自己，大声问自己为什么割掉耳朵的事。“她是格格，她不那样谁能那样？”兰馨说，“不过她太像个男人。”

“玉贞的心胸不像女人倒真是像个男人。”草珠说，“女人像男人不好吗？”*

“如果咱们都能像她那样就好了。”兰馨说，她回头看看床上的宝妹，又看看草珠，“可惜能去日本的只有她一个人，你想去日本可你能去吗？”兰馨把自己的小脚从暖裙下伸出来。草珠也把脚抬起来轻轻搁到火盆的边上，草珠的脚大一些，是缠了一半又放开的脚。“我的命太不好。”草珠看着自己的脚说，“要不我的脚也不会这么大，如果我九岁上不丢的话。”

草珠就把自己的身世告诉兰馨。她告诉兰馨她以前的家好像是一个风筝铺，家里墙上挂满了五颜六色的风筝，家中好像有爷爷还有奶奶，她记着家里人总是在忙忙碌碌扎风筝的情景。

“你怎么丢的？”兰馨问她。

“母亲领我去逛庙会，人太多了，我就记得这些。”草珠的眼里突然有了泪水。

兰馨问草珠是什么庙？草珠想不起来了，草珠说她在那之后去过许多寺庙，但觉得所有的庙都像她小时候去过的那个庙，一个庙门两个旗杆，两头石狮子，大香炉，菩萨金刚，确实怎么也想不起是不是小时候那座庙了。

“中国的寺庙几乎都一样。”兰馨说。兰馨看着草珠流泪真是不知说什么好。“你不要伤心，人的命运是公平的，不是先苦后

* 感觉自己脆弱的女人会不自觉希望自己是个男人，殊不知男人中也有比女人更脆弱的。

* 体会了才能真的明白。

甜就是先甜后苦，老天爷注定是要人把酸甜苦辣尝遍的，只不过是先后不同罢了。”* 兰馨这么劝草珠，又对草珠说起自己英年早逝的父亲。“我比你也强不了多少，也许还不如你。”兰馨的母亲去世更早。

两个人突然都沉默下来，火盆里的炭火一闪一闪照着她俩的脸。

“你说怪不怪，人怎么就永远也忘不掉生身父母的样子呢？”兰馨摸摸自己的脸，“我白天想不起父亲的样子，可夜里在梦里有时候突然会看到他，看得清清楚楚：眉毛、眼睛、鼻子。”

“我也是这样！”草珠激动地大声说，“我在梦里清清楚楚看见我父亲！头发全白了！”

“那你就记住，白天好把他认出来。”兰馨也十分激动。

“一到白天我就什么也想不起了！”草珠十分沮丧，“我想记住，但我记不住！”

** 读得内心发颤。

“你说我如果现在把宝妹给了人，她长大后会梦见我吗？”兰馨突然看看一旁睡着的宝妹。**

“你为什么这么说？”草珠吃惊地看着兰馨。

“你说我以后怎么对宝妹说她的事？她要问到她的出生我该怎么说？”兰馨突然把心底的担忧对草珠说了出来。

草珠说不上来，她没这方面的感受，她望着兰馨，火盆的氤氲热气使兰馨的脸变得红润起来。“你就说他死了。”草珠突然说，她认为这么说最合理。

兰馨知道世间的事情没这么简单，也明白草珠不可能清楚自己的苦楚。

“你怎么倒让宝妹去姓金呢？让她姓杜不好吗？”草珠问。

“我怎么会让她姓杜呢？”兰馨说，“难道杜家祖宗在地下会让她姓杜吗？”

“那么，怎么连福官都姓杜呢？”

“福官是老爷从逃荒的人堆里带回来的，老爷说他成家后还可以改回原来的姓。”

“他原来姓什么？”草珠马上问。

“姓王。”兰馨说，她奇怪草珠怎么这么关心福官的事。*

草珠常常忍不住要和兰馨说福官的事，兰馨也已经注意到了这一点。但草珠还是不敢把心里的话对兰馨说，她不好意思。她那几天在做一双礼服呢面儿的鞋，她不知道福官的脚有多大，她照着王府下夜的刘喜的鞋做，刘喜的个头儿和福官差不多。她做了远不是一双，而是三双！都包在一块蓝布包袱皮里。她要等福官随朱风娘回来时亲自交给福官。她不敢给兰馨看那三双鞋，但那天她找黑线时还是让兰馨看到了。

“给谁做的？”兰馨说。

草珠的脸突然一片绯红。

“你比我命好！”兰馨不再问，兰馨用手摸摸那鞋，“你是给活人做，我是给死人做。”兰馨明白这是怎么回事。

“人死了也不错！”草珠把鞋又包起来，伤感地说。

“你这话什么意思？”兰馨有些吃惊。

“人要是死了就不会变了。”草珠禁不住自己的泪水，“人活着就保不住。”**

“你告诉我，你这鞋做给谁？”兰馨禁不住想问。

草珠看看兰馨，但还是没说。

草珠一往情深地等着福官，她向朱先生打听福官的消息，朱先生也不知道福建那边的消息，朱先生注意到了草珠脸上的蝴蝶斑。

草珠内心很苦，但她无处去诉说，她甚至打定了主意要去福建找福官。她不明白福建离京城有多遥远！她去问以前在镖局做过事的刘喜，刘喜告诉她说大约要走半年多。她听了大大吓了一跳！想不到会有这么远，她不禁泪落潸潸。

* 不动声色地交代次要人物的来历，使全书人物逐个丰满起来。

** 酸痛之句。

草珠有时候一边做鞋一边落泪，这一切当然被兰馨看在眼里。

“你是给福官做鞋吗？”这天兰馨终于忍不住了。

草珠猛地忍不住就哭出声：“我们女人为什么都这么苦！”*

“福官人性很好，你等着他。”兰馨为自己猜测的准确而高兴。

“福官去了福建……”

“他就是去天涯海角你也是幸福的。”兰馨说，“被人想念或想念别人都是幸福的！”

“你也是幸福的！”草珠擦擦泪突然说，“你没看出吉先生喜欢你吗！”

“不要说他！”兰馨满脸通红地看着草珠。

“我要是你就跟吉先生去杭州。”草珠继续说个不停，“天涯海角也跟定他，吉先生是个好人！”

“你不知道他家里还有一个妻子吗？”兰馨突然很大声地说。

“所以吉先生才要你去杭州。”草珠说，“你难道听不出来吗？”

“不会的！”兰馨说，用纤细的手指捧住自己的脸。

“你应该学学玉贞格格。”**

兰馨无可奈何地笑了笑，她突然想起了吉先生吹口琴的样子。那天兰馨正用小绷子给宝妹绣围嘴儿，吉先生突然说我吹口琴给你听好吗？吉先生吹了一支曲子突然又不吹了，要看兰馨绣花，兰馨那天绣的是粉尖红底的荷花，吉先生说你们女人怎么就喜欢绣花？“绣花不如绣海绣雪山！”

“雪山？白白的怎么绣？”兰馨说。

“那就不如去绣海，绣大海。”

“海上有一个红红的太阳吗？”兰馨说。

“对！”吉先生说，他激动起来，“什么也没大海壮阔！”

* 人在乱世，乱世人皆苦。

** 用对话点明人与人之间的关联，看似随心，实则匠心。

兰馨没见过海，但从那时起她很想给吉先生绣一幅大海，海上要有一轮红日，她不为别人，只为吉先生绣那么一幅大海红日图，既然吉先生那么喜欢海。

“你去给我上绒线铺买些丝线好吗？”兰馨对草珠说，她突然决定在吉先生回来之前绣好那幅大海红日图。

“好的。”草珠说，她也很想看兰馨绣花，看那一朵又一朵娇娜的花出现在细白的绸布上。

“我要给吉先生绣一幅大海，大海上有太阳！”兰馨发现自己无从把握自己的情绪了，她原想保密，但她忍不住不说。*

“好啊！”草珠兴奋地说，“我马上去给你买好吗？”

“我要给吉先生绣一幅大海！”兰馨又说，“可是我只见过太阳没见过大海我能绣好吗？”

“你没见过佛你不是也绣得很好吗？”草珠笑着说。

兰馨也笑了：“你给我保密好吗？”她伸出手抓住草珠的手。

“你要做什么？我都忘了。”草珠笑起来。

四

冬禄并没想把兰馨再接回杜家，他知道那是不可能的，因为他了解兰馨的性格和为人。如果真要把兰馨接回来，那只能使她更加痛苦。** 冬禄只是想看看兰馨，和她说说话。父亲和马姨娘去世后，冬禄突然觉得内心空旷一如荒野。

冬禄想起兰馨初来杜家的情景，兰馨进杜家时才十六岁，院子里那棵石榴树正在开花。那年冬禄十八，他长兰馨两岁，他看着难支病体的哥哥夏禄穿着簇新的衣服在人扶持下和兰馨拜堂，兰馨当时蒙着红盖头当然无法让人看到她的容颜。但当红盖头被挑开后，冬禄才看到兰馨长得那么漂亮，淡淡修长的眉毛，黑眼睛，白皙的皮肤。他那会儿还想不到兰馨竟然识字，还写得一手那么娟秀可爱的小楷，写小楷要有多么大的耐性和沉稳的心气。

* 读者会心，也心酸。兰馨的情感世界在此陡然打开。

** 冬禄最大的变化就是开始理解他人。这其实是生活给予的教诲。

"可惜了。"冬禄听老爷这么悄悄地说了一声。

冬禄和春禄都喜欢这个嫂子，兰馨有什么事，只要一叫他俩，他俩就立刻会去，谁也不会知道冬禄喜爱兰馨——其程度几乎到了可以说是迷恋。秀芝进了杜家门之后，兰馨便开始和冬禄疏远，女人在这方面的敏感不亚于灵猫灵狗，秀芝感觉到了冬禄对兰馨有一片春水般的暗恋。*

"她是你嫂子你明白吗？"秀芝不止一次对冬禄说，另一面却对兰馨冷嘲热讽："冬禄是你小叔子你清楚不清楚？"有一段时间，兰馨见了冬禄就远远躲开。**

冬禄和春禄从心里讨厌马姨娘，其原因与马姨娘主张让兰馨给夏禄冲喜分不开。马姨娘那时候已经知道了夏禄的病没指望了，夏禄得的是败血症。

冬禄一想到兰馨是被自己家这么娶过来的就觉得非常难过，他不明白兰馨为什么会这么命苦，他觉得兰馨太像是一朵美丽的花还没开就被人掐了下来，掐花之人不是马姨娘又是谁？

还是兰馨进杜家门后不久的一天，冬禄突然跑到马姨娘的面前对她说："你以为你干了一件好事吗？你就是刽子手，你害了兰馨！"

这件事惊动了杜府上上下下。

马姨娘突然大哭起来，她一边哭一边请求老爷不让他责备冬禄。"女人能吃饱一碗饭就不容易了。"马姨娘对冬禄说，说兰馨的父亲死后她一直孤单无依，连一天快活日子也没有。"我也是为她好，她来到杜家怎么说也是长门媳妇，吃喝是不用愁的，老爷迟早要分给她一份属于她的家产的。"

"你知道不知道，家产万贯还不如万事遂心呢！"冬禄想起了这句话。

马姨娘又哭起来，她想起了自己，她觉得自己还不如兰馨。"一个姨娘，连穿裙子的份儿都没有！"

* 一些看起来荒谬的情感，在作者笔下如此自然，因为生活中的情感就是如此自然和无须解释，更无须辩解。

** 秀芝的敏感倒并不令人惊讶，女性的本能使她能感觉丈夫的情感所在。

冬禄静下心来仔细想一想，觉得自己还是不去见兰馨的好，见了兰馨说什么，伤感之上徒增伤感罢了。冬禄倒很想见见草珠说的那位吉先生，看看是个什么样的人，他向草珠打听吉先生的情况，知道吉先生是个留日学生。

“你去看看兰馨吧。”冬禄对秀芝说，“你难道不想去吗？”

“你怎么不去？”秀芝觉得奇怪。她用银调羹喂小淳文蛋羹吃，一小点一小点往小淳文嘴里送。支了一夏天的上窗这会儿全放下来了，屋子里再不像夏天那么豁亮，一切都显得暗暗的很柔和。

“还是你去得好。”冬禄说，他身边桌上刚栽下的旱水仙还没抽叶子，拳拳如石的样子。

“说正经话，以前我也不知道为什么要那样对她，你要我去我就去一趟好啦。”*

冬禄很高兴。

“她以后怎么过日子？”秀芝说。她让斯琴把孩子抱过去，没事的时候斯琴就坐在火盆边给秀芝剥栗子。

“她最好去什么地方盘下一片小店，再雇两个伙计，”冬禄这么想，“碰上机会我也会为她跑跑的。”

“开什么店？”秀芝站起来把暖裙抖抖，“布庄？茶庄？药铺？南纸店？或者是当铺？”

冬禄说不上来。

“不如开粥铺。”秀芝把暖裙抖平，弯腰从斯琴剥好的栗子里拿起一粒栗子送到嘴里。生孩子后，秀芝喜爱吃零嘴的习惯不改如初，“只要雇两个伙计就行了，早上卖各种粥：豆粥、枣粥、肉粥、杂米粥，要几口大锅就可以，中午就包粽子卖。兰馨不会包肉粽子谁会！”**

冬禄说这个主意好，是女人开的店，亏你想得出。斯琴在一边也说好。

* 人经历变故，最大的好处是开始认识自己。

** 结束了一种生活，人都会对另一种生活产生向往。

“那你去看兰馨吧。”冬禄说。

“去就去，反正现在杜家只剩下我们两个了。”秀芝说。

秀芝准备好了要去看兰馨，她给兰馨的宝妹准备了尺头很宽的粉地金花缎和一大块葱绿银花亮丽绸，说好了第二天要去，谁想到第二天又改变了主意。原因是那天傍黑草珠来了，来送给淳文做的“卍”字不断头的大红斗篷。秀芝向草珠问兰馨的事，问宝妹的事，草珠就把宝妹的怪异之处告诉秀芝。

“宝妹这里。”草珠指指自己的腰，“这里有两块黑记，耳朵后呢，各有一条红红的线像是被割掉又长住的样子，活活是猫投胎！”*

秀芝登时给吓出一身汗，秀芝现在是一受惊吓就出汗：“你说什么？你再说一遍，这里有黑记耳后有红线？”

草珠又说了一遍，秀芝的脸色都变了，她现在最相信这个。

这天夜里，秀芝做了噩梦，她大喊一声从梦中挣脱，却没敢对冬禄说她做了什么梦。

她在梦中看到了那只可怜的小猫。秀芝眼看着它突然长大到像一只老虎，然后突然跳上床来，上了床它并不张开大嘴咬自己，而是一口叼住了小淳文朝外就走。

这个梦令秀芝觉得恐怖极了，** 秀芝觉得自己必须要为兰馨的女儿做一些什么才可以安心。她让周正去银楼给宝妹定做了一副一两重的金镯子，一只上边镌着“百事如意”，另一只上边镌着“长命百岁”。她改变了主意，她不愿去看兰馨，她让冬禄把那副金镯给兰馨送去。

“我不舒服，我出一次门回来再吃药我为什么，还是你去得好。”秀芝说。

冬禄很纳闷，他弄不懂秀芝为什么突然改了主意，为什么要给兰馨这么重的礼。

秀芝在做噩梦的第二天去了大华严寺。她让斯琴抱着包得严

* 现实中未必有的，在小说中可以有，小说中肯定有的，又让读者感觉是现实中有的。

** 读者也跟着感到恐怖。

严实实的小淳文和自己一道去。

大华严寺的三怡长老前不久已经圆寂了，现在的住持是藏宝，藏宝是内蒙古呼市人，个子很高，眉毛很浓，皮肤很黑，目光很漠然。他满脸带笑地接待秀芝和斯琴，他让小和尚把几个等着接见的善人马上打发走，因为杜府和大华严寺的关系太不一般，现在大华严寺大殿一进门香案上供的三尺高的镀金大香炉就是杜家布施的。

藏宝师父把供在佛前的葡萄取下来孝敬给秀芝和斯琴吃，秀芝说不喜欢凉的东西，因为天太凉了。

“供过佛的怎么能不吃呢？”藏宝双手合十地说。秀芝就接过葡萄，还给小淳文喂了一颗。

藏宝师父也已经举步艰难，他穿着棉套裤，看上去蠢笨不堪。藏宝又让他的徒弟妙觉到藏经阁给秀芝取新印的《印光大师文钞菁华录》和《六祖坛经》，用一张黄纸包了让秀芝带回去。

秀芝对藏宝师父说明了来意：为了长命，能否让小淳文在庙里寄名。

“那好说，”藏宝师父突然笑出了声，“请把小少爷戴的锁儿取下来放到阿闳佛的手里供七天七夜就可以消灾弥难。”*

斯琴便把小淳文戴的那挂尺、斗、印、书、册、黑锭、算盘、印旗的小金锁给藏宝师父哗哗啦啦取下来。

藏宝师父亲自踩着凳子把小淳文的锁儿放到佛阁里阿闳佛的手里。

临走，藏宝师父又给了秀芝一串刚从南洋送来的“星月菩提”佛串。

“可以不可以给猫念经超生呢？”秀芝站起身临走之前突然放低声音问藏宝师父。**

“一切卵生胎生湿生化生均可超度。”藏宝师父分明有些吃惊

* 作者笔下的细节和对话无不是要唤起读者的某种感同身受，读者也就从这些细节中进入人物的内心。

** 一个人物塑造得成功与否，就看人物是否始终扣住自己的经历和感受，并时时在内心被这些经历和感受所控制。

于秀芝的问话。这时有位男善人提着点心进来，藏宝很不耐烦地先让他出去，说现在顾不上有客人，请待会再来好吗！

“那么就请给一只猫念念经超度一下让它远离苦海好吗？”秀芝突然于虚天之中听到了一声两声纤细若丝的猫叫。*

“这只猫死了吗？”藏宝师父问。

“它死了不要紧，它老在我的梦里变成一头老虎来咬我的儿子！”

“它叫什么名字？”

秀芝说不上来。

“必须要知道它叫什么名字，畜生和人一样。”

“那我过一两天告诉师父好了。”秀芝说，秀芝真的想做一堂别开生面的法事，“到时候要我来吗？”

“施主是要来的，要和人一样供牌位的，一切生命都一样。”藏宝说前不久曾给一个军长的爱犬做过法事。

“要斋僧吗？”秀芝又问。

“要的。”

“要分傢吗？”

“那就随施主的便。”

秀芝很兴奋，她看看斯琴，斯琴觉得又滑稽又兴奋又不便表露。斯琴也很想看给猫做法事的场面。**

“你不要对任何人讲。”秀芝对斯琴说。

秀芝和斯琴从大华严寺出来之后，发现等在寺门之外的周正不在了，等了好半天才发现周正就在不远处的算命摊子前和一个当兵的说话。

周正过来时眼红红的，秀芝问他他什么也不说。

回到杜府后，秀芝没有把去大华严寺的事对冬禄叙说。吃过晚饭，周正却突然上来找冬禄，他在灯下对冬禄说要去找他的儿子小鱼儿。

* 以听觉描写心理，更能渲染氛围，造成读者的紧张。

** 斯琴事不关己，自然觉得滑稽，此处的心理对比同时反映两人的真实心理。

"你要去什么地方找？"冬禄说，"中国现在的军队比牛毛还多几百倍你怎么找？你用梳子梳吗？"

"有人说他们的部队可能就在沙城。"周正说，他精神有些亢奋。

"就是在，你能把他从部队召回来吗？那样太危险，部队没别的，有的只是不长眼的枪子儿，你不知道他们怎么处置逃兵吗？"

"我只要去看看，我并不想要他回来。"周正说，"我去几天就回来，要不我的心永远不会安宁！"*

"那么好吧。"冬禄答应了周正的请求，给了他五块银洋，让他给小鱼儿买些吃的。秀芝转身给周正取出了一双冬禄尚未上过脚的鞋，让周正带给小鱼儿。

小鱼儿原名"禄官"，老爷喜欢他机灵，说他机灵得像条小鱼儿，所以到后来人们都叫他"小鱼儿"。

"他在部队怎么能穿这么好的鞋？"周正把鞋接过来说。

"怎么不能！"秀芝说，说在部队穿上这么一双鞋谁也不敢小瞧他。

秀芝现在是很想多做一些善事。**

秀芝惦记着给猫做法事的事，她让斯琴去问一下那猫叫什么名字。斯琴突然笑了一下。

秀芝又找出了那把铰猫耳朵的剪子，把它扔到了厕所里，以免看到它。这把剪子恰好给来杜府淘粪的乡下人捞了上来，他把剪子洗了洗，冲了冲，让他老婆用来铰布，这是一把很好的王麻子剪刀。

斯琴去找草珠，她心里暗觉好笑，倒不知该怎么张嘴问那事。但斯琴很会办事，她事先在街上买了几包耗子药，她和草珠说话的时候就把耗子药放在桌上，草珠问是什么，斯琴就告诉她是耗子药。"杜家现在耗子真成了精！"斯琴说，她们是在楼下

* 最朴素的语言表达最深沉的父爱。

** 心藏愧疚的人总会不知不觉地有些或想要有些善举，以减轻心里的沉重。

说话。

“那你不如养只猫。”草珠说。

“二少爷也想养猫，可二少奶奶不同意，她怕猫把小淳文的耳朵咬了。”*

“猫会咬耳朵吗？”草珠说。

斯琴就说听说大少奶奶养过一只猫，这儿是一块记，后来耳朵让给铰了，后来听说又投胎做了大少奶奶的女儿。斯琴逐渐把声音放低，她怕楼上的兰馨把话听去。“这种事可有个忌讳，就是任何人都不能叫那只猫的名字，如果叫了，保不住大少奶奶的小千金就要去了，因为有人在叫。”**

“那猫叫什么名字？”斯琴又说，“等杜家再养猫也好不再叫那个名字。”

草珠马上上楼去问兰馨，然后又“扑通”“扑通”从楼上下来。

“叫黑玉。”草珠说，“猫是黑的。”

斯琴笑了，她还没听过猫叫什么玉！

草珠也托斯琴给自己办件事，她已经知道了斯琴的男人四处为秀芝看房子。“能帮我留意一处小院儿吗？”草珠说。

“你？”斯琴大大吃一惊，“你也要买房吗？”

草珠点点头，“我要买一处小院儿，现在乱糟糟的不买等什么时候买。”

斯琴想不到草珠会有这个钱！“一处院子少说也得一千银元！”斯琴说。

草珠就又上楼去，不一会拿下一个长方的锦盒儿，她把锦盒打开，从里边拿出一件东西给斯琴看，那是一只雕刻得十分精美的蝈蝈葫芦，葫芦上雕刻着山水人物，葫芦盖子是象牙镂空的。“是玉贞格格临去日本前给的。”草珠告诉斯琴，说玉贞给她的时候交代过，最少要换一处小四合院！

“就这么个蝈蝈葫芦？”斯琴有些不信，她深深叹了口气。***“信

* 毕竟是走江湖出身的，斯琴总有办法知道自己想知道的事。

** 倒令人想起鲁迅笔下长妈妈说的故事。

*** 斯琴对江湖之外的终究太过陌生。这里几乎不动声色地写出了人的局限。

不信由你！”草珠说，“这还不是王爷最好的，换一处小四合院算什么？”草珠已经想好了，她要拿这个宝贝葫芦换一处小院儿住，让福官一回来就有个去处。草珠是个喜欢想象的姑娘，她想象玉贞格格突然落魄了，沿街敲门乞讨，突然走到一处院子，院门开了，出来的是草珠，草珠马上请她进去，把院子里最好的上房让给她住！*

草珠拿着那个蝈蝈葫芦悄悄去过古玩店，那个姓郭的朝奉把葫芦搁在放大镜下看了又看，用食指弹弹：“货还是不错，可时下谁还养蝈蝈？所以这东西也不值几个钱了！”但郭朝奉还是给开价五百银元。这真让草珠吃惊，草珠没卖，她知道这蝈蝈葫芦还会卖更大的价钱！她真想不到一只小蝈蝈会住一个四合院！王爷的一只蝈蝈葫芦住得下四五户穷人！**

五

吉先生从杭州回来了，他是带刘春根一起去的杭州，刘春根晒得黑多了。吉先生从杭州给他的父亲带回一块拙政园旧藏的名叫“逗云”的小太湖石和几瓶莼菜，吉老先生十分喜欢那块石头。吉府的正厅匾额并非什么“德寿堂”“隆庆斋”之类，而是四个字：“拜石山房”。地处京城而名之曰山房，山房之前又冠之以拜石，可见吉家爱石之癖。吉先生的父亲是京城有名的大藏书家吉观虎的弟弟，大名吉观龙。

但吉先生带给他父亲的另一个“礼物”很令吉老太爷伤心和吃惊。吉先生主意已定，他要卸掉教育部一月三百银元的美差去杭州办小学！三百银元不是个小数字，合六两黄金！吉老太爷说儿子八成是疯了。*** 吉老先生今年六十有七，平时除了读读书写写字很少出门，只以养鸽子自娱，每天站在院子里看鸽子飞听鸽哨响。夏天不离手的是“戴白鹇”羽扇，冬天不离手的是一对缅甸玉手球。早晨是写蝇头小楷，晚上是写斗方大字，中午是行行

* 这想象令人感觉草珠的善良。

** 王爷拥有的是他人不可想象的。

*** 父与子的冲突永远是两代人价值观的冲突。

草草不拘一格。吉老太爷的日子过得还算悠闲自得。

吉先生从杭州回来的第二天上午就来吉源茂布庄看兰馨。他已经打定了主意，要说动兰馨跟他一起去杭州，“说什么也要离开这臭烘烘的京城，怎么能和袁大头在一片天空下呼吸生存？”吉先生去杭州见了他的老师以后这种想法变得更加坚定。*

吉先生和他的老师尺新夺先生在灵隐的一间禅堂里有一段很有趣的谈话。吉先生管他的老师叫“印心师父”。因为尺新夺现在的法名叫“印心”。吉先生真想不到西装革履的尺先生会一下子变得身着浅灰僧衣脚踏粗麻草鞋。

“你明白你自己的心吗？”尺先生问他的俗家弟子。

“明白。”吉先生说。

“清纯如一吗？”尺新夺先生又问。

吉先生突然无法回答。

“那么先生您是为什么要出家呢？”吉先生反过来问他的先生。

尺先生的回答令吉先生大吃一惊！

“我是在尝试，我想找最合理的生活方式，这包括寺院生活。”

“连出家都可以尝试，先生你就不怕得罪佛祖吗？”吉先生看着尺先生禅房里挂的那轴梅花图轴，心里奇怪禅房怎么可以挂花花草草。

“我也许在寺院待一段就剃度，也许就再回去。”尺先生又说，“你觉得奇怪吗？路在眼前我不选择谁选择。”**

“您这么说不怕玷污佛家圣地吗？”

“心口不一才是对佛最坏的玷污！”尺先生说，“我要做到心口如一，这都是我心里所想，如果经过选择而最终皈依佛门那才是对佛的最高礼赞！”

吉先生突然很受感动，但又说不清到底是什么感动了

* 越是特殊的年代，一个人反抗的意识就越是可贵。吉先生肯定不是那个时代的多数，便更为珍贵。

** 领悟人生就是领悟禅机。

自己。***

吉先生就是怀着这种莫名的感动来看兰馨的。

兰馨请草珠把宝妹抱到楼上去，以免宝妹咿咿呀呀的打扰吉先生的说话。

吉先生给兰馨带来了一小竹筒龙井茶，兰馨接过来打开一闻，又用手指拈着试，很韧，不燥。兰馨很高兴地把茶收起来，忙又给吉先生泡了一杯自己去茶庄买的秋茶，味道深浓大苦，饮后却渐渐觉一丝甘甜从咽喉传来。“您请喝。”兰馨端茶的手有些抖。

“我的主意已定，”吉先生很兴奋地对兰馨说，“我要彻底实现我的夙愿。”*

兰馨望着吉先生，吉先生真像是冬日的阳光，给屋子里带来浓浓的暖意。兰馨不懂吉先生所说的彻底是什么意思。兰馨把火盆拖到吉先生跟前。

“我准备去杭州，我现在的想法和我所处的环境极不协调。”吉先生说。吉先生这天穿了立领的学生装，就显得年轻得多，胡子也修短了，就显得眉毛更淡眼珠更黑，“你想想，我向往新的生活却住在那么一个死气沉沉的地方，我不走开怎么实现我的想法。”

“这么说，您是要去杭州了？”

“你也最好去！”吉先生突然就把这话说了出来，“我也替你想好了，你离开京城最好，到那边去开拓新生活。”

兰馨早就想听到吉先生说这话，但她却突然违心地说了句，“我不去，我为什么要去杭州呢？”说完这话兰馨的脸蓦地红了，因为自己的心口不一，神不守舍，两眼里突然有了泪水。**

吉先生满脸的愕然，嘴上也突然有些慌乱：“这不要紧，你再想想。”

吉先生奇怪自己为什么这么迫切希望兰馨去杭州，奇怪自己

* 有理想易，有行动难。吉先生令人敬佩，就在于他不将理想停留口头，而是一步步付诸实行。

** 描写女性，此处见功底。读者也随之感动，是因为遇见了一种珍贵的信念。

为什么慌乱，这难道是男女之情吗？吉先生的脸不由得红起来，屋子里顿时沉寂下来。

“我愿再想想。”出乎吉先生意料地兰馨突然说了这么一句。

“那么你就想想，杭州比京城好得多，再说你教绣工课又不难，我可以帮你编一本教材。”

兰馨松了口气。

“去杭州吧。”吉先生又说。

“吉先生您是可怜我吗？”兰馨把头低下去看着自己的纤纤十指。

“你活着是演戏吗？你还是在走自己的路！”吉先生马上说。

吉先生接着便把尺新夺先生的事讲给兰馨听，兰馨突然很想见到这位现在法号“印心”的先生，心里突然又愉快起来。*

“你不妨多走出去看看。”吉先生又说，“中国女人只会在鞋子上绣花可太可怜了，你关在鸟笼样的屋子里怎么会知道外边的天地！你离北海这么近你去过吗？香山你也没去过，我想更不用说去看洋电影！”

“还有跳舞！”吉先生又说。

“跳舞！”关于跳舞的事兰馨听春禄讲过，她一想一男一女搂抱在一起就耳热心跳。

“我倒愿去香山看看。”兰馨说，“我喜欢红叶一片片又红又亮。”**

“好哇，”吉先生马上说，“那咱们就去看红叶好喽，不过现在去有些晚了，把草珠也叫上，如果你愿意还可以叫一些人。”吉先生用手摸摸他那撮又黑又浓修整过的小胡子。

“不！”兰馨忙说，但她也奇怪自己说“不”是什么意思，她笑起来。吉先生也笑：“那我再叫几个学生好啦，”吉先生说，“咱们在香山上野餐！”

兰馨还没野餐过，当然觉得新鲜，她想这样会不会太出

* 不论是吉先生，还是『印心』，都是兰馨生活中从未预想过的窗口，如何不令兰馨兴奋而向往？

** 兰馨坦露的情感世界真是又简单又丰富。

格了。

“你妨碍别人了吗？”吉先生说，“你不妨碍别人就是不出格！不妨碍别人你尽管去做！”

兰馨觉得这话很有道理，吉先生的话像一道阳光照亮兰馨的心，但没人能够看到兰馨内心在刹那间开放出许多花朵。

吉先生说还要去部里一下，临走时，吉先生捂了一下自己的双颊：“就这么定了好不好，香山不等别人就等着我们。”

“好！”兰馨说，很坚定。

吉先生很高兴，如果兰馨没有那么一段凄苦万端的经历，兰馨的这个应允绝对是无足为奇，这真是兰馨的一个春光明媚的新开端。

这天夜里兰馨睡得很迟，她很兴奋，她和草珠讨论到了那天穿什么衣服合适，兰馨一想到满山红叶便打定主意穿那身绿华葛缎的衣服，她想象自己穿着这样一身衣服站在红红的树林里的情景。“天这么冷了，穿华葛缎会让人笑话的。”兰馨突然又打消了穿华葛缎的念头，她又打定了主意要穿得朴朴素素，就那身毛蓝布衣裳。[*]

“你那天最好穿裤子，就穿那条竖条黑裤子。”草珠突然说，“上衣、裤子，鸭蛋青上衣配竖条黑裤子。”

兰馨被草珠的提议吓了一跳，她还从没穿着裤子出去过，她嘴上说不好，但心里真愿意去试试。

“眼下外边正时兴女人穿裤子。”草珠又说，“你上街去看看。”

“不，”兰馨说，“我宁愿所有人都不注意我！”[**]

“那么穿旗袍好了，鸭蛋青黑竖道更能显示一个人的身材，再说现在上穿袄下穿裙的人也不多了。”

“太老派了。”草珠又说。

“那么我算什么派？”兰馨笑着问草珠。

* 原本就朴素的情感，最终只会导致朴素的选择。

** 这样的人其实内心很丰富，或者说知道自己内心有些什么。

草珠一时说不上来，草珠在灯下把兰馨上上下下地打量：“我想你应该是个不新不旧派。”

兰馨笑起来：“那么让裁缝来给咱们一人做一条旗袍好吗？”兰馨想起老爷给的那一大块很厚的蓝缎子。

“好啊！”草珠说。

“蓝缎子掐这么宽的淡灰边儿好吗？”兰馨说，“如果是玫瑰紫的就掐大红的边儿。这道边儿要一直从领口缘到下边，下摆要圆的好吗？”兰馨兴奋地比画着。

“那一定好看！”

“但是这是你穿的，我只要一蓝到底。”兰馨说。

兰馨突然郁郁不乐起来，她慢慢坐下来，她突然担心那天刮风，京城的初冬就是风多，她怕一阵风把自己的头发吹乱，这种担心几乎近于病态，这种担心最令兰馨痛苦！*

草珠是个聪明的姑娘：“横竖是冬天了，你到了那天围条俄罗斯大披肩好了，从头围到肩。”草珠说着把床帐拉过来围给兰馨看。“这样好吗？”

兰馨愈加抑郁起来。

“其实我只有死了才好！”兰馨说。但兰馨很快又高兴起来，她对草珠说要带一本书去采集一些红叶。

“你想好要跟吉先生去杭州了吗？”临睡觉时草珠问兰馨。兰馨在黑暗中没回答，好久才说：“我们女人到底靠什么活呢？”**

“要是玉贞格格她一定会去。”草珠说，她看看地下的火盆，火盆快熄灭了。

“我也去！”兰馨在暗中说，黑暗中，草珠看不到兰馨的脸涨得通红，兰馨感到很害羞。

六

中国近代史上最可耻的丑角袁世凯于民国四年十一月六日在

* 真是只为风吹乱头发担心吗？当然不是。作者越是强调，反而让读者感觉更深入的女儿心态。

** 问得好！说明时代真的变了，才会让兰馨在很多经历和自己内心的打开之后看见最本质的问题。

中国这块土地上又恢复了帝制，把国号改为“中华帝国”，他准备过了年把年号改为“洪宪”。袁世凯的公然称帝让全国上下都感到震惊，他称帝后的第九天就有一个热血青年在皇城根自焚身亡。这个热血青年叫耿顺凡，字大器，宁波人，奇怪的是他不是学生，而是一家商店的伙计。* 他先是架好了木柴，然后在自己身上浇上了煤油，他站在木柴堆上大喊“国人起来讨逆贼”！然后从容地把自己点着。在此之前，各省纷纷宣布独立，蔡松坡在云南第一个喊出“讨袁护国”的口号，相比较，京城似乎要比外地平静一些。

是那个自焚的热血青年点燃了京城人们讨袁的怒火！而京城的形势也因此变得紧张起来。袁世凯下令把敢于反对他的人都抓起来，监狱里放不下就都投到临时的空旷的破房子里。

由于抓的人太多，不少人就冻饿相加地死在里边。

兰馨和草珠对外边的事情知道的不太多，但她俩也听到了那个青年自焚的事。

这天吉先生又兴冲冲地来了，吉先生依然穿着学生装，脖子上围着一条大围脖，围脖儿的一头几乎要垂到地上。兰馨发现吉先生把那一小撮胡子也彻底刮了，显得就更年轻。他一进来的时候，兰馨差点儿没认出他来。

吉先生很兴奋，他问兰馨知道京城最近发生的事情吗。“那个伟大的青年以他的死唤醒京城这些愚昧的民众，唤醒国人！”

兰馨奇怪《白话晚报》怎么没登这个消息。自从杜家出事后，兰馨养成了看《白话晚报》的习惯。“《白话晚报》怎么只字未登？”

“狗屁报纸！”吉先生大声说，“还不明白吗？他们是拥护袁世凯的，起码是惧怕！** 这真是‘疾风知劲草’！”

兰馨瞪大了眼睛看着吉先生。

“你怎么这样看我？”吉先生说。

* 伙计的身份，更令人吃惊，可见袁世凯不得人心到了何种程度。

** 独裁的手段无非就是唤起人的恐惧心理。

兰馨脸红起来：“我没什么。”*

“吉先生您变年轻了。”草珠在一边抱着宝妹笑着说，宝妹穿着一件大红薄斗篷，艳红一如花朵。

吉先生笑了，他从衣袋里取出了那张十二月十一日的《华众报》，让兰馨看上边的一篇题名为《猿人猿》的文章。兰馨看了作者的署名差点叫起来：吉醒群。

“这不是先生您吗？”

兰馨知道吉先生的笔名叫“吉醒群”。

吉先生的这篇文章写得犀利一如刀锋，让看的人振奋，也让人为吉先生担心。人们可以想象袁世凯如果看了这篇文章会是什么样子。文章旁边还有两张漫画，一张画着国人牵着一只猿正准备把它吊死，一张画着一只猿站在城楼上在舞大刀，刀上写着“专制”二字。题目是“刀大杀人多！”**

兰馨看懂了，她也很兴奋，她要求吉先生把报纸给她留下，她要好好看。草珠抢过报看了也轻轻叫起来，她也明白了那只猿是暗指谁。

“还要去香山看红叶野餐吗？”吉先生轻声问兰馨。还不容兰馨回答吉先生马上又说，“这种时候我们是不能游山玩水的！”

兰馨眨了眨眼睛，她突然为吉先生这句话而感动，虽然兰馨不懂得外头的许多事，但她像每一个正直的中国国民一样有着十分朴素和正确的好恶观。兰馨突然想起了老爷和春禄往手纸上写“袁世凯狗才”的事。她忍不住就把这事对吉先生说了出来。

“那怎么能一样！”吉先生笑眯眯地说，“杜家老爷反对袁世凯是因为袁不忠于皇上！”吉先生告诉兰馨杜家老爷和眼下人们反对袁世凯不一样，一个是保皇、一个是反对帝制。***

“那先生您还去杭州吗？”兰馨又想起这件事。

“我要等等看看，”吉先生把椅子往后挪挪，躲开从外边射进来的刺眼的阳光，“既然京城震动起来了，怎么能就走掉呢？”

* 吉先生的人格魅力对兰馨的吸引力着实巨大。

** 漫画是极考验作者思想的，这只『猿』的漫画让读者有如亲见，也说明了袁世凯受人唾弃的嘴脸有着怎样的狰狞。

*** 这是必须分清的。

兰馨现在不羞于注视吉先生了，她就那么看着吉先生，有些出神，她感觉到吉先生身上有一种冬禄和春禄身上从来都不会有的东西。

吉先生突然大笑起来，兰馨忙问吉先生笑什么。

“我想起了我的小时候。”吉先生把椅子又挪到书架旁边，讲他小时候的事。说他小时候爱打抱不平，提了黄蜂去螫大蜘蛛，“因为我认为蜘蛛太坏了，张开网捕捉一切可以撞到网上的生命，然后把它们吃掉，于是我就捉了黄蜂去螫蜘蛛，结果你猜怎么样？”

兰馨想不出来。*

“结果挨螫的是我自己。”吉先生又笑起来，“把脑门儿螫了这么大个包！”

“袁世凯就是一只讨厌的大蜘蛛！”吉先生说。吉先生又说那张漫画，说拿猿猴比袁世凯倒便宜了他，袁世凯更应该像是一堆臭狗屎。

吉先生这天上午待了没多久，他说他正在赶写一篇文章。他把那条长围脖围好然后告辞出来，兰馨一直把吉先生送出布庄。

兰馨忽然很为吉先生担心，因为那篇文章。她回了屋子，又把那张报看了看，她突然觉得心里很不安。**

草珠抱上宝妹上楼去了，去哄宝妹睡觉。

一种深深的不安引导着兰馨把放在书架最高处的那本《金刚经》取了下来，兰馨从来都不把《金刚经》随便搁置，她总是把这本薄薄的佛家经典搁在屋子里的最高处。她把《金刚经》取下来，把它放到床边的硬木几上，高几上原来养了盆爪叶菊，不知什么缘故突然死掉了。兰馨收集了爪叶菊的毛茸茸的小种子，她想这是吉先生屋里的花，所以她想明年试着种种。

兰馨慢慢慢慢对着那本《金刚经》跪了下去，她在心里祈祷。***

* 兰馨想不出来尚是其次，最主要的是兰馨渴望和吉先生的对话能无穷尽地持续下去。

** 关心则乱，尤其是关心自己的心仪之人。

*** 体会得到，这是兰馨迄今为止，祈祷得最虔诚的一次。

这天下午金喜来来了，他已经好长时间没来。他敲门进来的时候把兰馨吓了一跳。金喜来带着重孝，兰馨明白是金老太太过世了。

兰馨落下了泪，她忽然觉得自己对不住金老太太，在她病危的时候没有去看她。

金老太太去世已经整整七七四十九天，过了热丧，金喜来才从家里出来。

金老太太临终时还对金喜来说不要忘了照顾兰馨。

兰馨听了这话忍不住哭起来，哭的时候她又想起了马姨娘和菊雪还有老爷。想不到短短的时间内，这么多人都纷纷离去一如秋叶飘零。*

* 人世间事事莫不如此。

金喜来请求兰馨回去：“因为，”金喜来的口齿突然变得笨笨的，“因为我的女人也病了。”

兰馨无法回绝金喜来的请求，她准备马上随他回沙城去，金喜来告诉兰馨沙城那边下了雪：“京城怎么没下呢？”

兰馨想让草珠随自己一起去沙城住一段日子，帮助自己照看孩子，好让自己腾出身子照顾金喜来的女人和那几个孩子，照顾那个在自己最困难的时候给予自己帮助的人。

“咱们马上走。”兰馨对金喜来说。

金喜来很高兴，脸上露出了喜色。

“也得去通知一下吉先生。”兰馨对草珠说，草珠说让布庄伙计去一趟好了。草珠一想到要去沙城住几天就激动起来，除了小时候记忆中的那个家和王府之外，她还什么地方也没去过。她像所有的人一样很想去陌生的地方看看。

“可朱风娘那边呢？”兰馨说，她说的是菊雪的那个院子。

“有李嬷嬷她们在，院子还会长翅膀飞了吗？”草珠说。

兰馨和草珠就这么跟着金喜来回到了沙城。

天气是已经冷了，金喜来已经戴上了狗皮帽子，宝妹戴着草珠用红黄二色毛线织的小帽子。这一阵子，京城里十分时兴各种毛线编织的东西，竟然有人说毛线织的东西要比貂皮还暖和！*

金喜来接兰馨回沙城这一天，京城里出了一件大快人心的事。不少人都看到了京城上空突然飘起了三个怪模怪样的风筝，仔细看上去是三个猿，都头冲下飘着。这天的天气也作美，风不紧不慢不疾不徐，等到卫戍司令部的人懒洋洋地顺风筝摸线去抓人时才发现风筝给拴在高高的同文馆前院的旗杆上。去抓风筝的人回说旗杆太高一时无法摘取，竟让那风筝在京城上空飘了一天一夜。

这件事兰馨不知道，她当时在路上，怀里抱着宝妹默然不语，惦念着吉先生，奇怪吉先生刮了胡子竟然那么年轻！奇怪吉先生为什么精神总是那么矍铄！

第二天京城的各家报纸都登了不少赋风筝的诗，其中最妙的一首是这样写的：

何故老猿倒栽葱，
飘飘忽忽上太空，
只待一夜堙风起，
猿也无踪猴也无踪！

从这天开始京城又大兴吃元宵，本来京城的习惯是只在元宵节那几天才吃元宵的。报纸上遂又有赋元宵的诗文纷纷刊出，一时十分热闹。**

最激动的是吉先生这样的知识分子，他们纷纷撰写文章四处讲演，慷慨激昂，有时讲演得声泪俱下，下边的人也跟上落泪怒骂！

秀芝的失眠愈来愈厉害，睡不好觉而又常常伴着怕人的噩

*每个时代有每个时代的细节，时代的特征往往在细节中体现出来，本书这样的细节繁多，才使人感觉既是读小说，也是读曾经的时代，作者不经意将这样的细节一笔写出，似无心，实有意，增强了小说的历史感和现场感。

**民心所指，自然有民心的独特反映。作者始终紧扣报纸，这一媒体在当时迸发的力量从中可见一斑。

梦。* 秀芝把老爷生前爱翻的《玉匣记》拿到自己的屋子里来。借着冬日暗淡的天光，秀芝呆呆凝视着《玉匣记》蓝布封皮，封皮上有老爷的亲笔题签儿。那几个字因为年深日久显得十分模糊，像要从纸里浮现出来又像是要消失在纸里。

失眠以来，秀芝又瘦了许多，她常常神经兮兮地望后窗，她总觉着后窗是虚掩着，恍惚像是看见那只无耳之猫跳了进来。虽然是大白天的事，但秀芝有时恍恍惚惚觉得是在做梦，她翻遍了《玉匣记》也找不到猫猫狗狗的事！**

秀芝让斯琴去大华严寺取回了供在佛手里的那个金锁，她发现金锁上的黄丝穗暗淡了，便让斯琴重新打了一个丝穗。斯琴又打了一个黄颜色的，秀芝突然觉得红的好，便又让斯琴重新打。没过多久，秀芝就迷上了红颜色，她认为红颜色可以避邪，可以给自己带来好运，便让斯琴把屋里的帐幔帷帘都换成红的，到了晚上还点一盏大红纱灯。

到了晚上点上灯，秀芝突然说一盏灯算什么事，又让斯琴再点一盏。

“你把屋子弄得像洞房了！”冬禄这天回来大为惊诧，“你这是什么意思？我可不喜欢到处都是红彤彤的。”

秀芝身上的衣服也变成红色，她别出心裁让裁缝给自己做了一件大红色的斗篷，*** 斗篷的样式可以说和菊雪的毫无二致，就是颜色不同。因为她越来越瘦，无论什么衣服穿在身上都显得宽肥拖沓，这件斗篷穿在身上倒意想不到地令秀芝满意。她穿上这件大红斗篷在屋子里的大镜子前徘徊不定，她把大红斗篷的下摆用双手提起来一扇一合觉得自己真像是一只大蝴蝶。就是这么穿穿衣服照照镜子，不一会儿秀芝就累了，她喘息着在床上坐下来。

为了讨吉利，秀芝在家也常常穿着那件大红斗篷，脚上是一双红大绒骆驼鞍棉鞋。她记着冬禄说的那句“独秀一枝”的签

* 几个女人，一个接一个交叉来写，笔力从容，显示出作者对所有人所有命运的全然于胸。

** 人的心理委实奇妙！秀芝想在书中找到对内心痛苦的疏解，自然是找不到的。

*** 表现秀芝的内心，这种固执的心态更富生活气息。

语，她认为这独秀一枝的“一枝”就是小淳文。说来也怪，自从在大华严寺给兰馨那只小猫做了超度后，秀芝果真不再梦到那只变虎作怪的小猫，所以秀芝愈加地相信那神神秘秘的东西。

“真是胜者无所得。”这天秀芝对冬禄说。冬禄正看着斯琴在院子里把这个冬初最后一批落叶扫起来烧掉，石榴的叶子细长如眉，扫起来又被风吹散，斯琴就又去扫。

冬禄转过身看着秀芝，他发现秀芝在这个冬天变多了。

“菊雪、兰馨、马姨娘都不在了，又能怎样呢？可见人活一辈子没多少意思！”

“兰馨怎么能说不在呢？”冬禄说。

“反正她不在这个院子就是了。”秀芝说，“你说我以前怎么那么恨兰馨？”

冬禄没说话，看着她。冬禄最近心情不佳，皮货庄的生意一天比一天难做，一件貂皮五百大洋都卖不出去，但这不是主要原因，即使生意好，冬禄的心情也不会好到哪里去，他只觉得烦。

冬禄没回答秀芝，秀芝却自己说了：“全是为了你。”秀芝把自己内心的嫉妒讲给冬禄听，冬禄看着秀芝抹过淡淡的胭脂的嘴唇在一开一合地动，从那里流泻出的再不是以往刻薄的责难和难听话，而是令人感动的温馨的心曲。冬禄突然真的很受感动，他明白，一个不爱他的女人，是不会嫉妒的。*

秀芝把小淳文抱在怀里，她身体虽然愈来愈不好，奇怪的是奶水却一直充足。为了小淳文，她特意给自己设计了一种内衣，在乳房的地方各开了一个口。她经常换内衣，几乎是一天一换，入冬以来，她不再穿绸缎，她更喜欢洗得很软的布料，她的奶罩也是细白布做的。

斯琴还没见过奶罩，但奶罩戴在胸上太紧，把乳房勒得慌，秀芝后来就干脆不戴。斯琴仿照秀芝给自己设计的内衣给她织了一件胸前开了两个口儿的毛衣，这样秀芝奶孩子就更方便。毛衣

* 看起来很浅的道理咀嚼起来却很深。

的那两个口儿上还安了当时京城绝少见的日本国产的拉链。

“要是菊雪活着该多好！”秀芝常常说起菊雪，她把和菊雪一起偷偷在夜里去窥视春禄的事对冬禄说了。

冬禄忍不住哈哈大笑起来，他想象秀芝和菊雪两个女人鬼鬼祟祟潜行于夜色之中去偷窥的情景就忍不住想笑。冬禄也想起了自己看到春禄和福官在一起的情景。*

“春禄和福官两个男人那么好真是莫名其妙！”冬禄说，“他们做什么只有他们知道，只可惜福官这会儿不知在什么地方在做什么！”

“草珠好像有了。”秀芝突然把自己的猜测告诉冬禄，“她这里一块那里一块的斑，如果肚子里没孩子，脸上会有斑吗？”

冬禄有点不相信，他很难注意到女人的脸。“我怎么会盯着女人的脸看，我有些近视你又不是不知道。”

“你配副眼镜，我镶两颗金牙好吗？”秀芝突然来了兴趣。

秀芝一直很想镶金牙。

“你要镶就镶吧，就怕你镶上吃猪蹄膀没滋味。”冬禄说。

“那么我过几天就真去镶！”秀芝很高兴。秀芝很向往镶金牙、戴金表，下雨不下雨都打那种绸布小阳伞。秀芝“啊呀”了一声，她想起了老爷的那些小洋表。**

冬禄也觉得奇怪，他马上去老爷的屋子里去找，他突然想起有好长时间没看到老爷的嘀嘀嗒嗒的表了。冬禄把老爷的箱柜抽屉都翻了翻，结果什么也没有。

秀芝也过来：“会不会被马姨娘藏到什么地方了？”

“只能怪老爷子去得太突然。”冬禄说，他不想再找。

确实这只能怪老爷去得太仓促没来得及告诉冬禄，在一个月亮很亮的夜晚，老爷和马姨娘把那些小洋表装在一只密封的箱子里埋到了后园的石榴树下，每块表上都涂了厚厚一层黄油。它们安睡在杜家花园的地下，像婴儿一样甜睡不醒，*** 不知外界草长

* 此处笔锋回转到过去，不论对书中人还是读者，都已恍如隔世。小说的时间张力便是不知不觉而来。

** 秀芝的向往是又一处时代变迁的证明。

*** 又一个新鲜而令人难忘的比喻，细品之下，喻义无穷，新时代总是从旧时代的混沌中逐渐清晰的。

花开叶生叶落。

秀芝怀疑是马姨娘把表放到了什么地方，她忽然想到了老爷屋子里的那几只大花盆。她让冬禄把花盆里的蜡梅倾出来看看是不是表藏在那里，冬禄很吃惊。

那株蜡梅在老爷去世之后也突然枯死了，* 干脆的枝干虬曲伸展真堪入画，冬禄不愿拔："春天它要是再活了呢？"

"我为什么，我想挂那些表吗？"秀芝说，"我是怕春禄回来问起这事说不清。"

"他还问什么？"冬禄看着老爷冷清而毫无生气的房间陈设突然悲从中来，"他还能说什么！"

"这个世界上什么事情都有定数，是他春禄的也跑不了，不是他的他也得不到。你还记得那个算卦的说兰馨会有一个孩子吗？"

秀芝当然记得，她浑身抖了一下，她拉着冬禄离开了老爷的屋子，她很怕在那个屋子里停留。

"所以老爷的那些表去了什么地方不用咱们去操心，物聚物散都有定数！"冬禄又说菊雪的那些贵重首饰，"谁知道现在谁戴着呢，谁又能知道在菊雪之前是谁戴的！" **

秀芝坐在了自己的床上，她捂住自己的胸口，只一会儿工夫，她就生了一身汗。

"你现在脾气变了也是因为她们都不在了，没人跟你争了。"冬禄盯着秀芝突然微笑了一下，"你们女人太像是斗鸡，只要关在一个笼子里就你死我活。"

秀芝却不认为自己是这样。"如果她们再回来，老爷再活转过来。我会吗？"秀芝的眼里突然垂下泪来，她突然很怀念昔日的热闹包括斗嘴争吵。杜家眼下的冷冷清清一如冰水让谁也受不了！ *** 秀芝的眼泪不停地滴落下来，她抱住自己瘦削的肩膀，觉得自己真像是寒冬枯枝上的一只伶仃的小鸟。

* 同样喻示老爷那个时代的死亡。

** 人迟早要看透很多东西，冬禄这番话说出来，既是安慰秀芝，也是他长大成人的标志。

*** 对杜家所有人来说，老爷去世就是一道分水岭，没有人回得去曾经，只能忍受现在。

“你想镶金牙想戴金表你就镶你就戴吧，只要你高兴！”冬禄对秀芝说。

秀芝后来就总想起冬禄的这句话，这句话像一缕阳光给秀芝的心上带来一些暖意。

冬禄这天突然十分兴奋地坐车回到了家里，他一进前院就“好哇好哇”地喊起来。

“二少爷，你是怎么了，高榜得中了吗？”陈妈从前院随冬禄到了中院，自从老爷去世以后，她很少看到冬禄这么高兴过，她想跑到冬禄前边去给少爷打暖帘，可她毕竟老了，冬禄早挑开暖帘进了屋。

“秀芝，好哇！”冬禄兴奋得两眼放光。

“什么事？”秀芝把一把栗子壳扔掉，看着冬禄，“貂皮袍出手了吗？”

“你信命运不？”冬禄用双手握住秀芝的手。

“什么事你这么高兴？”

“我不高兴谁高兴！”

陈妈也从外边进来，她的脑门上已戴上了棉暖额，上边缀着一块假玉。

“那家《白话晚报》让人给砸了！”

整个杜府的人都明白《白话晚报》坑害了杜家，都很痛恨《白话晚报》，秀芝当然不在其外。“哪天的事！”秀芝说，忙站起来。*

*小说家的过人之处就是在叙述中懂得什么时候该奇峰突起，什么时候该峰回路转。报社屡次抨击时弊，迟早要出事，这也给小说提供了发展的线索。

事情是这样的，早上寿生去大佛寺取灯胡同多公府收皮货，看到了围在多公府西头街口《白话晚报》报社门口的学生，学生们把报社的牌子摘下来砸了，并且要砸开报馆的门冲进去。寿生忙回到皮货庄把报馆前闹事的情景告诉了冬禄。

冬禄赶去的时候正好看到那些愤怒的学生冲进了报馆里，报馆的人看势头不好都从后门溜了，愤怒的学生和一些知识阶层的人群把报馆里边的东西拉出来放到街上烧，不一会儿那大火便把那座小楼也给引着了。警察跑来时人们早散光了，那些警察也不救火，警察也恨透了这家《白话晚报》，警察看着大火慢慢燃烧。

《白话晚报》真是臭名远扬了。

冬禄的兴奋与高兴可以想象，这真是等于给老爷报了仇。

“都烧了！”秀芝也很兴奋。

“火冒起那么老高，纸灰飞出那么一大片。”冬禄兴奋得手舞足蹈。*

站在冬禄身后的陈妈忽然“哦”了一声，冬禄没有感觉到陈妈在自己身后有什么变化，秀芝看到了，秀芝看到陈妈的半个脸突然抽搐到眼角上去，人也慢慢斜靠着门倒下去。

秀芝近来和陈妈相处得很好，她前不久刚给了陈妈一个纯正的茧丝棉袄里，陈妈很高兴，她半开玩笑地对秀芝说：“正好给我装老。”

这话不幸让陈妈自己说中了。

陈妈这天晚上像睡觉一样合了眼。她没有亲戚，她以前是王府里的“水妈”，专管洗衣服。她年轻时有几分姿色，后来突然怀了孕，那男的是给王爷抬银顶子官轿的精壮轿夫。她在王府吉祥所生下了孩子，然后被赶出来，老爷收留了陈妈，后来那轿夫得伤寒死掉了。**

陈妈从不提她那个孩子，那孩子要活着也三十六七了。

冬禄把陈妈的棺木停在前院，停了七天，然后埋在了杜家家坟的边角上，和老爷的奶妈埋在一处，那里埋了一溜儿下人。

民国四年，杜家死了四口人。

料理完了陈妈的事，周正也从沙城回来了，他走了那么长时间，以至冬禄都认为他失踪了。

秀芝敏锐地发现了周正眼里压抑不住的喜悦。他看到了他的儿子小鱼儿，“小鱼儿胖了，当上了班长。”周正对冬禄说。周正

* 动作和语言，勾勒出活灵活现的画面。三言两语，尽在其中。

** 王爷和下人，都有属于自己的故事。

还告诉秀芝说那双鞋小鱼儿穿着正合适。*

周正带回来一把一尺多长的刺刀，是小鱼儿让带回来的，说这把刺刀刺杀过人，是能够避邪的。“杜家出了这么多事，一定是有邪！”这是周正的看法，他向儿子要这种东西，小鱼儿就让他老子把这把刺刀拎回来。

秀芝很怕那把刀，她让周正把那刺刀埋在门槛里边的那块砖下。

冬禄在《白话晚报》报馆被烧之后做了件很滑稽的事，他给父亲的在天之灵写了一封信，向老爷汇报《白话晚报》被烧被砸的情形，这封信写得很长，他让周正陪自己去了一趟父亲的坟地，父亲的坟头卧着一片尚未化掉的残雪。他在父亲的坟前把那封信烧了。

《白话晚报》报馆被烧被砸让冬禄感到那么快慰，但冬禄不了解人们为什么那么愤怒，更不了解人们烧砸报馆是冲着袁世凯的帝制。冬禄在写给老爷的长信的最后写道：

“善有善报，

恶有恶报。”**

春禄从日本寄来了长信，信上说他准备回国参加讨袁，而且不是他一个人回来，而是一大批留日的学生，信的末尾一句话是：为了中华，甘洒热血抛却头颅。***

冬禄马上给春禄写了回信，他在信上写道：“凡事都有定数，只要耐心等待，总会看到满意的结局。”冬禄不主张春禄马上回来，“你在东洋日本国，不正像在台下看戏一样看着这边的国事变化吗？”冬禄还在信上这样写道。冬禄不赞成人们像那个金店伙计一样献身，理由是肤发受之父母岂敢毁伤！冬禄依旧不同意春禄学电气，还在信里劝春禄最好去学办报纸，学成回国办一张有良心良知的好报！

* 从杜家死了四口人迅速转到新一代的成长，简练紧凑，无一赘笔。

** 人的行事处世，无不从自我出发。冬禄不了解他人的愤怒，读者却是了解冬禄。

*** 很少出场的人，更容易让人信服其思想的变化。变化在时间中出现，人的空白期恰恰是经受时间的塑造期。

冬禄把信交到城西一家日本人开的照相馆去投寄，这家日本人很守信义，不少人都托他们转捎书信，作为酬谢，冬禄把一条貂皮围领送给这家照相馆的老板。这个日本老板起了个中国名字：刘丽川。虽然那条貂皮围领有些敝旧了，但日本老板的太太还是十分高兴，她送给冬禄一盒日本点心，点心盛在四四方方的赛璐珞盒子里。冬禄在日本人开的照相馆里看到了一窝满月不久的巴儿狗，他心里一动，给秀芝讨回来一只。

秀芝倒不怎么喜欢那只小狗，她倒是很喜欢那只装点心的赛璐珞盒。当点心吃完后，秀芝用它来装自己的首饰，她把自己的首饰从镶螺钿的紫檀首饰盒里取出来放到这只又轻又薄又透明的赛璐珞小盒里去，里边垫着一大块红绸。

民国四年，也就是一九一五年，京城曾出过一个大笑话，一位十分著名的古玩商竟然考证出日本的赛璐珞盒子是一种软玛瑙。那种盒子在那时确实是十分漂亮的时髦货，人们抵抗日货的同时也往往在心里赞叹着。那个著名的古玩商闹的笑话很让留日学生觉得丢脸和伤心，不少人的爱国强国富国之心往往是这么被激励起来的。其中包括春禄和玉贞。

七

兰馨在沙城过了一段平静宁馨的日子，这段日子她过得充实而幸福。草珠帮她照看宝妹，她则一心一意照看金喜来的女人。*

金喜来的女人浑身都疼，手指的骨节又肿又大，连端饭碗都困难，兰馨觉得这症状很像鹤膝风。兰馨让金太太把脚伸出来给自己看，兰馨看到她的脚趾关节也是肿而大。

金太太是个意志坚强的女人，她从不哼一声，疼劲儿上来时就用手死死攥住给孩子们玩的兔儿爷。金太太从早到晚穿着棉裤棉袄棉坎肩，到了晚上睡觉也不脱。

兰馨从来没这么侍候过人，她在杜府，顶多是给老爷装装烟

* 以闲笔交代，转折自然，读者便能及时跟上。

端端茶，可她这会要给金太太洗手洗脚换衣服，天气冷了，兰馨不敢给金太太擦身子，但坚持每礼拜给她洗一次头，给她细细地用篦子篦头发，篦一篦，就把篦子在盆里涮一涮。*

金太太头上没虱子，这很让兰馨高兴，因为她极怕虱子。

“你让我怎么谢你？”金太太说，“我想给宝妹做双虎头鞋，都做一半儿了，你看我这怎么能够做完？”金太太艰难地从枕边的躺柜里把那双没做完的虎头鞋取出来让兰馨看。

“那我就来做下一半儿。”兰馨说。

“我很怕死，”金太太说，“我死了留下四个孩子怎么办？”

“你不会死。”兰馨宽慰她，把她的手握在自己的手里，但是兰馨知道这种病活着还不如死了好。

“如果我死了，老四他怎么办？”金喜来排行老四，金太太总叫她丈夫老四。

兰馨问金太太想吃什么？金太太在这方面没什么想法，她就是怕死，她把四个孩子叫过来一个一个摸着，忍不住落下泪来。她不许她的丈夫把四个孩子管得太严。金喜来觉得很奇怪，因为他的太太以前不是这样，金太太一向待孩子十分严厉。**

兰馨一边侍候金太太，心里却常常想着吉先生，说来也怪，不知从什么时候起，吉先生就好像总随着她。兰馨好像知道吉先生每时每刻都在做什么，她睡觉的时候就想，吉先生可能也已写完了文章正洗了脚要睡。她吃饭的时候就想着吉先生可能也在用饭。她远远地想象着吉先生的生活起居，关心着京城的雨雪阴晴。沙城刮大风的时候她想象吉先生可能穿了棉长袍。

吉先生送给她的茶叶她也不舍得喝，而常常要拿出来看看闻闻，要喝也是一点点，倒好像那是生命而不是茶，一旦喝完了生命也要结束一样。兰馨品尝到了一种从没有过的苦甜莫辨的感情滋味。

兰馨忽然想起那次菊雪对自己说的话，她忘不了菊雪那次看

* 褪掉曾经的身份，才能成为自然而然的人，能体会自己，更能体谅他人。兰馨的本性令人心生暖意和怜惜。

** 面对死亡的金太太懂得了什么是生命，金喜来的思想达不到这一层，也就无法理解金太太的变化。

自己的绣样，然后把那张自己不注意订到绣样里的白纸扯掉，然后说女人靠什么活？女人不是靠粮食活的，女人靠什么活我们女人不知道谁知道？兰馨这时才真正想明白了这句话的意思。*

金太太忍不住喊疼的时候是一早一晚，兰馨就抽空给金太太用旧布做了一个棉手筒，里边絮了好多丝棉，让金太太一早一晚把手揣在里边，这样似乎好了些。

天一天比一天冷了，金太太这天不知怎么想起一冬的煤球还没摇出来就急了，每年一到这会儿，煤球早摇好了。她一急就发脾气，再骂金喜来，金喜来马上答应请煤黑子来摇煤球。

兰馨想不到沙城也有摇煤球的煤黑子。这天一共来了三个，都是精壮后生，带着筛子、耙子、铲子、三爪钩子，每人头上包着块黑不黑灰不灰的蓝布。把拉来的煤末子摊在院心的地上，又把黄土掺和进去搅拌一气，然后是拍饼子，拍好了，这三个煤黑子就坐在那儿抽烟，兰馨忽然想起应该给他们倒点水。

兰馨出去给他们送水，那三个煤黑子连声道谢。

兰馨不由得想起杜家摇煤球的情景。兰馨想起春禄一边看摇煤球一边唱的那首儿歌：

煤黑子
打算盘
你妈洗脚我看见
你的脸黑
你妈脚丫子白
你说这事怎么算

兰馨忍不住笑了，她忙把壶又提进来。金太太看着兰馨笑着从外边慢慢走进来就问兰馨笑什么。兰馨就坐到金太太身边给她念那首儿歌，兰馨还没念完，金太太就已经把下边接着念完了，

*草蛇灰线之感！

念完了两人都笑，然后金太太默然不语了。*

“人怎么老得这么快！”金太太说，“我念这首儿歌好像就在昨天！”金太太突然变得十分伤感。她闭上眼睛。

“我想我妈！”金太太忽然又睁开眼。

“就是您母亲活着她也老了，能侍候您吗？”兰馨说。

“那也有个妈好。”金太太眼圈红红地说。

兰馨突然也很伤感。马姨娘突然滑过她的心头，兰馨很奇怪自己怎么会常常想起马姨娘。**

金太太把自己的身世在这天下午告诉了兰馨。***

金太太的父亲是个教员，教中学，他主张学生可以自由听课，老师讲得不好学生可以不听，他上课时爱抽水烟，一边抽一边讲。家里的日子过得还可以，金太太讲自己的母亲是手艺人家的女儿，手很巧。“我姥爷是扎风筝的，小的风筝有火烧那么大，大的是蜈蚣风筝。我母亲的风筝也扎得很好，肥沙雁、瘦沙雁、龙睛鱼、蜻蜓、白菜、美人儿、蛤蟆，蝴蝶和蜻蜓的翅膀都是软的。可她后来病死了，”金太太停停才悄悄告诉兰馨，“是疯了，光用线桃子打自己的头。”

“疯了？”兰馨很吃惊。

“因为我的一个小妹妹丢了，我妈想她想疯了。”

兰馨心里突然一动：“您妹妹是怎么丢的？”

“我母亲带她去赶庙会，给挤丢了！”

兰馨一下子从床边站起来，她更吃惊了。

“你怎么了？”金太太说。

“您姓什么？”兰馨问。

“我也姓金。”金太太说。

“您等等。”兰馨说。她抽身走了出去，她到旁边的屋子去喊草珠，她不知怎么对草珠说自己心里的想法，世界上难道真有这么巧的事？

* 到了一定年龄，人会慢慢懂得浅显中的深意，也会发现岁月蕴含最深的，便是引人伤感的本质体现。

** 人世沧桑在经历，也在内心。如何脱得开自己的曾经？

*** 看似自然而然的事件，蕴含了对情节的巨大的推进。

草珠正在做金太太没有做完的虎头鞋，兰馨把鞋从草珠手里夺下来，让草珠把自己的身世再讲一遍。

草珠有点儿发愣，她不知发生了什么事。

“金太太可能是你亲姐！”兰馨说。*

草珠更愣了，她思想上一点准备也没有，她从来没想过金太太会是她姐姐。兰馨把金太太刚才对自己讲的话对草珠讲了一遍：“你不是说记得你小时候姓金叫金珠吗？金太太也姓金。”

草珠一下子激动起来，浑身有点抖，兰馨抱着宝妹陪她走进金太太的房间。

“您看看她像不像您妹妹！”兰馨对金太太说，又把草珠的身世给金太太讲了一遍。

金太太也愣了，忽然身上抖得像筛糠：“你今年多大？”

“我光绪二十年六月生，今年二十二。”

“你记得家里扎风筝？”

“是。”草珠眼睛直了，她盯着金太太看，她突然觉得金太太很像自己在梦中梦见的母亲。

“你长得像——妈？”草珠说。

“是！”金太太说。

“姐——”草珠大叫一声。

这真是一件天大的喜事，仿佛老天有意让她们分开又有意让她们相逢，金太太忍不住大哭，告诉草珠母亲已经去世，父亲还活着。“咱们家就在沙城西头。”金太太马上喊金喜来过来。

金喜来看着草珠，觉得十分稀奇，他一个劲儿看草珠，像是看不够！

“去接爸爸来！”金太太说。

傍黑的时候，金太太的父亲，一个矮老头儿，还有金太太的两个兄弟——草珠的兄长都来了。草珠九岁上丢失，但奇怪的是当她的父亲一走进屋子，草珠马上明白这就是父亲，因为她在

*无巧不成书，就看作者是否写得自然和令人信服，不为巧而巧，才是创作与生活的合二为一。

梦里看到的正是这模样！父女自然是抱头痛哭，草珠的两个哥哥也哭，“妹妹”“妹妹”地叫着。草珠的二哥和草珠靠得最近，只比草珠大两岁，二十四，才结过婚，长得高大漂亮，淡眉毛，黑眼珠，高鼻梁，左眉上有一颗不大不小的黑痣，完全不像他的父亲。他从口袋儿里慢慢掏出一只古玉蝉儿，玉蝉儿的头部残破了一点儿，他把玉蝉儿拿给草珠看，草珠一下子想起了这是自己小时候心爱的玩物。*

“你记得吗？”草珠的二哥满眼是泪地问草珠。

草珠记起来了，那是在老爷家，在捣纸浆的石臼上抢着拴在线绳上的玉蝉儿，不小心就磕在石臼上了，所以就留下个小缺口，草珠把这事说了出来。

草珠的二哥一把把草珠抱住，眼泪唰唰地往下掉，他哭得比草珠都厉害，他想不到十三年后的重逢。

金太太哭得自然更加厉害。

兰馨抱着宝妹躲到自己的屋子里去，她忍不住自己的泪水，紧紧抱着宝妹，一遍遍地亲吻她的小脸。泪水把宝妹的小脸儿濡湿了。**

后来草珠的一家人都过来谢兰馨。草珠竟跪下给兰馨磕了头，说：“我这辈子怎么报答你。”

金太太高兴得竟然突然能站起来，她站起来走到饭桌边，给她的父亲、兄弟、妹妹布菜，令金喜来吃惊得大张着嘴。这真是奇迹。

吃饭的时候，草珠的二哥一次次地给草珠夹菜，突然又哽咽住。

草珠的二哥是极重感情的人。

兰馨的眼泪又一次落下来，她想起自己远在徐州的兄弟，她离开饭桌，离开这一家人，躲在自己的屋子里哭得死去活来。

“金珠、金珠。”兰馨听见金家的人喊草珠。

* 亲人团聚，有大团圆之感。作者却绝非为大团圆而刻意设置，本书的所有人物，都在跳出通俗框架，指向和呈现的无不是命运，这才使读者在通俗的表面下，体会来自命运的沉重。

** 写哭泣最怕措辞矫情过分，此处的几处描写恰如其分，体现了作者对情感的拿捏，也是对语言的拿捏。

草珠却过到兰馨这边来，她拉起兰馨纤细的小手：“以后你就做我的姐姐好吗？”*

*短短一句话，将草珠的全部情感表达得淋漓尽致。

* 吉先生风骨昭然。

第七卷

一

吉先生出事了。

吉先生以他的入木三分的讽刺文章而上了黑名单。他这天去教育部上班，办公室里早有三个人在等着，他一进去，那三个人就说请先生跟我们走一趟好吗？吉先生以为这三个人是报馆的人，想不到这三个人把铐子亮了出来。

那三个人还算给吉先生面子，他们给吉先生戴上铐子后便把吉先生的长围脖夺下来把铐子遮住。

“我为什么跟你们走！”吉先生大声地说话，他在日本留学时听过不少关于日本特高科残忍的事。

“不许大声说话。”那三个人把吉先生往外推，“不关我们的事！”

吉先生还是大声地嚷。

“大总统点你的名要你，与我们有什么关系。”那三个人又说。

吉先生明白了，他看着那三个人说：“中国有总统吗？他现在不是皇帝了吗！”*

“什么不一样！”那三个人中的一个低声说，“蛤蟆青蛙一个叫法儿！”

“我们是奉命行事，吉先生，只好委屈您了，您的文章我们也喜欢看。”*

吉先生被带到教育部门口那株大楝树下的马车里，吉先生发现被捕的不止他一个，车里还有三位。

教育部里知道吉先生被抓走的人并不多，但有人马上通知了吉家，因为吉宅安有电话，很方便。吉先生被抓是上午九点多的事，十一点的时候就传出了吉先生和另外八个同时被捕的知识分子被枪毙了的消息。**

这对京城所有的人来说都是一个晴天霹雳！

这可太像是谣传或是在开玩笑，许多人都不相信，从抓到毙只用了两个小时，但这是真的。

吉老太爷正在他自己的家里吃早饭，是一份牛乳和一份面包。吉老太爷银须飘逸，穿着大团花的蓝缎棉袍，他喝完了牛乳吃完了那份面包就去放他的鸽子，当鸽子飞起来时，家里的下人把那惊人的消息告诉了他。

“瞎说，碰到土匪了吗！”吉老太爷不信，即便在大清朝，审犯人还要三审三决，先衙门后大理寺，哪有这么快就把人毙了的道理，吉老太爷让下人备车，他要坐车去。

“去什么地方？”吉先生的哥哥对他父亲说。

“是啊，去什么地方？”吉老太爷也有些茫然，“去警察署！”

吉家的人去了，结果他们知道了那不是传闻而是血的事实！但有一点是误传，吉先生他们九个人不是被枪毙的，而是斩立决，被砍了头。为了怕弄错了尸首，刽子手把人头像摆瓜搁菜一样放在每具尸首的尸身上。吉先生仆身横陈在地上，衣服被自己的血染红了一大片。***

吉老太爷当即破口大骂，他没有晕倒，也没有气疯，他骂袁世凯，吉老太爷准备豁出去，他不在乎自己的一条老命，但骂来骂去也只有两个字：“土匪——”

* 奉命行事是一回事，个人的内心又是另一回事，如此次要人物，也未脸谱化，给读者最大的真实之感。

** 叙述说得越冷静，越见出作者的掌控力，也越见出语言的表述张力，令读者措手不及地感到意外。

*** 真正的悲剧不需要作者煽情，只需要坚决和冷静地呈现，更让读者生发内心波澜。

“我如果同意他去杭州就好了！”吉老太爷后悔地说，接着又大骂“土匪”“土匪”，接着捶胸顿足以手打自己的脸。

吉先生的哥哥也大骂不休，吉家请了杠房的大板车，把吉先生的尸首放在了车上，尸身上盖着吉老太爷的蓝缎棉袍，吉老太爷和吉先生的哥哥坐在尸身的两旁，车从京城最热闹的大街驰过，他们的眼泪和大骂引起了路人的共鸣。街市上的人们乱起来，都跟上车走。吉老太爷不让车夫把车往吉府赶，让他把车赶到警察署对过儿去。*

这是民国四年己卯年的腊月二十八，差两天就要过年，离袁世凯被迫取消帝制只有两个多月。国内的形势出乎袁世凯的预料，众多的往日和他关系亲密的人现在都纷纷离他而去。

奇怪的是警察署的人没有为难吉家的人。吉先生的尸首在警察署门首前停了约半天，然后被弄到南兵马司的那个临街的院子里去。吉老太爷要在这里给他的儿子停灵、发丧。

作为在那里停灵的交换条件是一部宋版的《昌黎先生集》，那处院子的主人姓陈名子善，也是一位藏书家。那处院子是北京有名的凶宅，后园的草有一尺多高，在北京是没人敢买这处院子的，但用来停灵正好。

“土匪！土匪！”吉老太爷的嗓子都喊哑了，他端坐在儿子的尸首旁接待一批批的人，他大声喊，喊给每一个人听，人们忘了办年货，都聚到这里。夜深人静的时候，吉老太爷又大骂儿子不孝，大骂死去的吉先生，他亲手给儿子沏了一杯浓香的双窨，供在吉先生的灵案上，忍不住老泪滂沱。**

吉先生生前最喜喝东鸿记的双窨。

这天晚上吉老太爷的兄长大名鼎鼎的藏书家吉观虎来了，这位国内驰名的大藏书家穿着布袍拄着竹杖，下边是黑布白底的棉鞋，他的大拇指上戴着那只著名的陆子冈镌的扳指，当时社会上颇以吉观虎戴扳指为怪。“处身文津，不忘武备也。”吉观虎老先

* 令读者关切，自身也素质出众的吉先生就这样无声无息地退场，其实加重了读者内心的沉重感，也加深了乱世无情的命运感。吉先生之死固然令人痛惜，却让读者更清楚地看到时代最无情的存在。

** 作者书中写到的悲伤都令人心恻，作者的行文却始终保持在冷静的范围之内，给读者更强烈的阅读体会。

生这么说。吉观虎老先生还有一怪癖，就是身上总带着一只大鸡毛毽儿，没事就踢起来，所以他身体一直很好。

吉观虎老先生不相信侄儿被害，至此，他才知道这个坏消息不是误传，他吃惊得头晕。吉观虎很喜欢自己的这个侄儿，吉先生的名字还是他给起的，吉先生的名字是：吉轴，字驰远。

起名字的时候，吉老太爷还对他哥哥说："怎么以轴为名呢？"

"苏东坡的名字不是'轼'吗？轴比轼重要，可比屋之栋梁。"

吉先生等九个人的被杀引起的震惊可想而知，有几家报纸当天出了号外。满城人争看这张报纸。

这天晚上，吉老太爷和他的兄长吉观虎给吉先生守灵，吉老太爷让下人把白花花的灯笼从棺材边点起一直点到大门外，明晃晃的就那么亮了一夜。人们顺着灯就能一眼看见灵堂，看见吉先生黑沉沉的棺木，看见为儿辈守灵的两位白发老人。

吉老太爷这一夜想了很多，他突然想起带着儿子去致美楼吃鱼，鱼把自己的嗓子卡住了，儿子急得大哭，那时吉先生才八岁！*

*这一记忆谈不上惊天动地，却正是在平凡中才见出吉老太爷对儿子的情感深度。

吉老太爷突然放声大哭，泪水滚落在雪白的胡子上又由胡子滚落在衣襟上。

客栈太像一汪子活水，什么鱼都会游来，所以，吉先生遇难的第二天，兰馨就得知了这个坏消息。一个从京城那边过来的卖姜的山东小商贩抄了九位遇难者的名字，这个名单在客栈里传来传去，一直传到天色向晚。

兰馨听到消息后脸色突然变得像一张白纸，她长这么大哪里受过这么大的打击，她正给金太太在小泥炉上煎药，她站起来，筷子从手中滑落，她马上返身走进了自己的屋子。

过了没多久，兰馨从屋里走出来，但她又走回去，身子颤抖得像瓦楞上的枯草。金太太把这一切都看在眼里，金太太不知说什么好，她让金喜来去把草珠找回来，草珠已经回家住了好几天，帮助失散十三年的父亲准备过年的事。金太太让金喜来快去。

“你快去，没有什么事比这更重要！”金太太只恨自己下不了地。这时天已经黑了下来，沙城教堂的钟声在响。

金太太不知兰馨把自己关在屋子里做什么，她很为兰馨担心。她把自己的大小子“蚂蚱”喊过来，她让蚂蚱去看看兰馨在做什么，金太太突然很害怕。*

* 金太太经历过的人生太多，知道人在这种情况下有可能出现的状况。『害怕』二字，写尽金太太心理。

蚂蚱今年已经九岁，他轻轻轻轻推开兰馨的屋门，看到兰馨在油灯前兀坐着。桌上是纸，兰馨手上也是纸，桌上炕上地下都是纸屑，兰馨在铰纸钱。她看着自己的手抓着剪子在纸上铰来铰去如同梦寐！她看着满桌子白白的纸钱如同梦寐！

金太太又让蚂蚱给兰馨送碗水去，蚂蚱把水端过去，看见兰馨还在铰纸钱。兰馨这次看到了蚂蚱，看到了蚂蚱端过来的水，兰馨站起来，随着蚂蚱摇摇晃晃走进金太太的屋里。“我没事……”兰馨走进来，倚着门说，人却慢慢顺着门倒下去。她没晕过去，她控制不住自己的颤抖，她站不起来，浑身颤抖得怎么也站不起来。第二天，兰馨还是站不起来。第三天，她站起来了，她要去京城。

兰馨在草珠的陪伴下去了京城。她这次依从了草珠没有去吉源茂布庄，而是随草珠去了菊雪住过的那个小四合院，一开门，那只小哈巴狗摇着尾巴跑过来。李嬷嬷在屋子里拔火罐，脑门儿上耸着一个小瓷罐。

“你把宝妹留下，”草珠说，“你放心地走。”草珠已经替兰馨打听到了吉先生停灵的地点，她让姐夫——她这会儿这么叫金喜来，她让他把兰馨送到南兵马司那个大院。

兰馨穿了那身她母亲留下的黑缎裙袄，衣服的样式很老，裙脚绣着蛋白色碎花，她穿好这身衣服，临出门却又改变了主意，又在黑袄外罩了一件青莲色的长袄。她怕别人笑话。*

金喜来赶着车把兰馨送到了南兵马司，兰馨还没下车就看到南兵马司对过斜靠西的大门院的门口有不少人出出进进。她慢慢下了车，心怦怦乱跳，怎么也忍不住不让眼泪往下掉。但她又不敢过去，她就那么站在街口的那株合欢树下，这天的北风很尖，** 她觉得自己快要被风吹倒，她很想看吉先生最后一眼，可她怎么也不敢过去，就那么站着，泪水在襟前洒落。

有人注意到了她，回头看她，因为她一直在流泪，但没人过来问她什么，直到那一阵子马蹄声“咯嗒咯嗒”响起来时金喜来才把她拉上了车。

二十多个骑马的警察不知什么时候从什么地方一下子冒了出来，马蹄声响过，胡同里的人还没反应过来就听见了枪声，枪子儿先是扫了几下，然后就朝天开，但就是那几梭子横扫的子弹，当场就要了三个人的命。

兰馨被金喜来拉上了车，但她突然又冲下去，冲下车时正好迎面来了两个骑马的警察，其中一个警察很年轻很好看，他奇怪怎么会有个年轻女子突然从车上跳下来，也许是兰馨满脸凄容打动了他，他拽了拽马缰绳让马朝胡同里“嗒嗒嗒嗒”驰去。***

兰馨突然看到了血，血是从胡同口里两个交叠的人身下流过来的，又黑又红又亮，像爬得很快的虫子，马上在兰馨前边汪了一大片。兰馨突然有些作呕，她调过脸去，看到另一边有一个人在地上爬，那个人的腿在身后拖着，他想爬到离他不远的车上去，这个人的腿显然是被枪子儿打断了。

“太太，救救我！”那个人突然看到了兰馨，兰馨很害怕，根本不敢走过去。金喜来又把她拉上了车。

这时，那二十多个骑马的警察已经从胡同北边穿了出去。被打死的人躺在胡同口，周围突然连一个人也没了，只有血还在慢

* 主意一改，看见兰馨隐秘的思绪。

** 好一个『尖』字！

*** 这段文字在读者的紧张中细致展开，『嗒嗒嗒嗒』的马蹄声渲染了气氛，使人如闻其声，如见其人。

慢流淌，刚才人来人往的胡同口一下子空旷如野。

天黑以后，才有人出来把尸首抬走。

有了白天的经历，兰馨好像突然不再怕什么，她明白了这个世界上最了不得的事情就是死！大不过一死！*

第二天，她独自步行去了南兵马司大街。她走到那个胡同口，发现胡同口几乎没有人，她慢慢走进胡同，发现胡同里的大院里有不少人，她猛然就看到了吉先生的棺材。她头一晕。

兰馨不知道自己怎么就穿越了满院子的人来到吉先生的棺材前，她跪下来，把头低下去，她不看旁边。

她已经脱去了昨天套在黑衣服外的青莲色长袄。她现在是一身黑，所以十分引人注目。** 人们以为她是吉先生的女弟子，所以也不怎么注意她。兰馨跪在那里，慢慢把带来的纸钱一片一片烧完，眼泪掉到烧纸的盆里“扑扑”作响，然后她慢慢站起来，因为后边还有人等着烧纸祭奠，她的视线越过了棺材前的供品和花圈，也越过了自己的泪水，一下子看到了摆在灵前的吉先生的照片。

兰馨身子朝前倾去，晕死过去。

吃惊而愤怒的是吉先生的那位原配夫人，她想不到会有年轻轻的少妇晕倒在吉先生的灵前。她没看那昏倒在地的少妇，她马上站起来走出灵堂，她两眼也涌满了泪水，她想不到丈夫会对自己不“忠”！她走出院子让刘春根马上送自己回府。回到吉府，她在自己的屋里大哭不止，她伤心极了。

兰馨至少被那天在场的人认为不贞！不少人看着她窃窃私语。

吉老太爷觉得很丢脸，他让人把这个来路不明的女人马上拉出去。***

兰馨对这些都似乎看不到也听不到，她显得很迟钝很麻木，她的晕厥是短暂的，她醒来后又看了看吉先生的照片，然后俯下

* 亲眼见到死亡，人终究会有彻悟。

** 此时才令人发现兰馨加上长袄的真意，反映的是兰馨对吉先生极深的情感。

*** 老一辈的人毕竟走不出他所在的时代。

身去给吉先生又磕了头，然后才转过身慢慢慢慢走出去。

兰馨走出胡同的时候，听到了不远处叫卖年货的喊声，虽然出了这样和那样的事，京城里的人们也并不因此而放松置办年货，都忙忙碌碌准备过年了。

二

秀芝很怕除夕的到来，民国四年的除夕在秀芝看来真像是一片不祥的黑云，秀芝真不知该怎样过这个除夕。无论想过不想过，再过两天除夕就要姗姗而至。

杜府眼下颇像是一幅挂旧了的画儿，怎么看也无精打采，*下人们也感觉到这是杜家几十年来最令人伤心的一段时期，杜府里的人，无论是谁，一想到不出一年杜家出了那么多事，没了那么多人就不能高兴。**相比较，兴奋的是斯琴和她的男人，因为他们毕竟过上了正常人的正常日子，该睡就睡，该起就起，八月十五吃月饼，端午节吃粽子，他们已经许多年没过过这种日子，斯琴也胖起来。

秀芝已经对卖房子买房子没了兴趣。因为眼下时局大乱，人们的一切兴趣和愿望都会打折扣，眼下也找不出可以买下杜府这一处大宅院儿的主儿，京城这会儿是成座成座大宅院等着出让，金价低得怕人，四十元大洋一两金子！房价跌得令人心寒。秀芝也不再询问关于房子的事。***

贴近年根儿的时候，马姨娘的侄子来了，他很长时间没有收到他姑姑的信，他想不出会出什么事，便把茶庄的事交给手下的伙计来了京城。他给马姨娘带来了茶庄这一年收入中该拨到马姨娘名下的银子，却想不到杜家有这么大的变化，自己的姑姑已经死了。马姨娘的侄子是个厚道人，脸红红的问冬禄该怎么处置那爿小店。至此，冬禄才知道马姨娘在外边置有产业！冬禄把这事对秀芝说了。“真想不到。”秀芝说，想想又说，“这茶庄应该归

* 妙喻！

** 出再多的事，也不是谁可以控制。局中人只能面对结果，未必懂得原因。

*** 身在乱世，人与物的关系相辅相成，互相关联。

他，让他看着办吧，再说徐州和京城隔千山万水，杜家想管也管不了那许多！”*

“那就听你的。”冬禄说，“马姨娘在地下有知也会笑三天三夜，这比你烧香敲木鱼好多了，你现在真是明白了往自己的箩筐里积福积德。”

“一爿茶庄再大也不过四五千大洋，我现在只想安安生生过日子。”秀芝又说。**

冬禄想留马姨娘的侄儿过了年再回南边，马姨娘的侄儿哪有心待下去，匆匆地走了。走的时候他留下了那笔钱，说什么也不往回带。

冬禄准备用那笔钱给马姨娘好好儿做一场法事。这事要过完年再说。

秀芝养的那两只大绿鹦鹉已经学会了说“看茶”“吃点心”，但这只笨鹦鹉怎么也学不会叫斯琴，只会叫出一个单字“斯——”。“斯”的发音又和“死”差不远，秀芝觉得很不吉利，便让斯琴把鹦鹉拿到前院去。鹦鹉拿走，秀芝又嫌寂寞得慌，她让周正去鸟市买来一对红嘴白羽的“珍珠”。一对雪白的珍珠买来，当天就突然死掉了一只，秀芝让周正马上把那一只也放掉，把鸟笼拿开。她觉得晦气，越挨近年根儿她越怕不吉不祥晦气的事。***

但杜府毕竟是杜府而不是篷户小院，该着做什么还在做什么，进全猪全羊，做大盆的芥末墩儿、鱼冻儿、猪皮冻儿，做肉皮辣酱，定糖供，请门神，栽水仙，生豆青，到金店定小花生米大的金锞子银锞子。但由于老爷去世，杜府不再像往年那样买小红绒花、小红绒金鱼、大红的喜字，也不像往年那样张挂红灯，而是要挂一色的白灯。

京城里的商人都很恐慌，因为现在已不是民国，而是洪宪年！是袁世凯当皇帝，不少商民都忘不了民国元年正月十二袁世

* 这里的补叙既丰满了马姨娘的行事，也点明了杜家风流云散的实质。

** 人想选择安稳，往往是再不可有其他的选择。

*** 作者对心理的刻画从来不是空穴来风，总是用细节说话，这样得出的结论才令读者信服。

凯是怎样唳使北洋军第三镇曹锟掠劫平津商民的事儿，他如今当了皇帝谁能保他不再来这一手？所以商号的掌柜个个提心吊胆。冬禄的皮货庄从遗老大员们那里收购了不少高档皮货，秀芝让冬禄派伙计寿生把顶值钱的貂皮狐皮猞猁皮装好十多箱在夜里偷偷拉回到杜府以防不测。伙计是能回家的回家过年，不能回家的就都到杜府里来过年。

“我真怕挂一院子白灯。”秀芝这天突然对冬禄说。秀芝站在窗口朝院子里望，“这儿一盏，那儿一盏，门口两盏，正厅两盏，白花花怕不怕人。”

“那有什么办法？谁让咱们杜家今年这么倒霉，你想挂满院红灯吗？”冬禄走到秀芝身后，用胳膊慢慢揽住秀芝的腰，“你再给我生儿子吧，生了儿子我给你挂九九八十一盏红灯好吗？”*

“九九八十一盏吗？”秀芝依旧望着窗外，“就怕你有那么多的灯也没地方挂。”秀芝说着慢慢转过身子来，脸对着冬禄的脸，秀芝突然微笑了一下，说：“你摸我这儿。”秀芝让冬禄摸自己的肚子。

“我又有了。”秀芝的语调突然变得十分温柔，“不过，在老爷服丧的时候有了孩子怎么对别人说。”

“我要儿子，我管得了那么许多吗！”冬禄兴奋地说，他没想到秀芝又有了。“你既然不喜欢白灯那么就挂绿灯黄灯好吗？”冬禄突然说，“只要不挂红灯就行。只要你高兴就行！”

“我要在石榴树上挂七八盏绿灯。”秀芝说，“梅树上挂黄灯！”

“再挂几盏粉色的灯好吗？”秀芝突然说，脸对脸看着冬禄，看着冬禄挺拔的鼻子和唇线分明的嘴唇，秀芝突然慢慢凑过去在冬禄嘴上亲了一下，然后肩膀一抽一抽哭起来。**

“我真怕。”秀芝说。

“你怕什么？我在这里你还怕吗？”冬禄说，冬禄是明知故

* 以红灯对应秀芝的心理，勾画出乱世中的人的普遍心理，使红灯越来越染上一层悲伤色彩，构成一种可视可见的表达意境。

** 大喜大悲，无不对应时代的无情，秀芝的哭泣缘由不必言明，复杂的心理已跃然纸上。

问，冬禄知道秀芝怕什么，冬禄的心情更加凄清，令冬禄倍受打击的是《白话晚报》又复了刊，冬禄突然觉得这个世界那么丑陋那么黑暗。吉先生的死讯更是令他吃惊，所以冬禄现在宁愿做个瞎子做个聋子，平平安安待在自己家里，吃一顿哪怕是滋味平淡的饭，读一本哪怕是没多少意思的书，只要平安就好。他突然那么向往宁静、悠然的生活，* 冬禄现在是仇视一切政府官员，但他仇视的方法也只限于在心中把他们视若猪狗。

腊月二十九这天冬禄坐在屋子里写蓝对子，写得心里很伤感。写完对子，他又写了这么一幅字：

一卷书、一麈尾、一壶茶、一盆果、一重裘、一单绮、一奚奴、一骏马、一溪云、一潭水、一庭花、一林雪、一曲房、一竹榻、一枕梦、一爱妾、一片石、一轮月、一斗室、一竹杖、一破衲，转眼全空！**

冬禄可是寂寞消极到了极点。

但除夕还是来了，除夕这天天有些阴，像要落雪的样子，天快黑的时候，杜府里里外外已经亮亮地点了不少黄灯绿灯粉灯。周正突然在前院喊起来，他看见两个人，是一男一女，从门外走进来，不仔细看几乎认不出是春禄和玉贞，他们都穿着洋鬼子的衣服！春禄提着大皮箱。

春禄和玉贞简直是从天而降！***

杜家上上下下都为春禄和玉贞能赶回来过年而兴奋起来。

春禄精瘦精瘦的，但气色比上次回来时好得多，身上穿着小格子西服，里边是白立领衬衣，领口打着一条火红的领带，显得很精神，可能在路上没工夫刮脸，稍微有些胡子。

玉贞的衣服很特别，首先是头上那顶檐儿特别宽阔的帽子，帽子上装饰着绢制的雪青色的花，衣服很短，是蓝丝绒的，袖口奇瘦，肩上是一块三角形的披肩从后边挽过来在胸前挽了一个漂亮的结，蓝丝绒上衣白披肩，蓝白分明，显得又鲜明又漂亮。玉

* 杜家的风流云散，已经使人无法也无力去对抗什么，剩下的只是最卑微也最现实的渴望。

** 人如此，心如此。

*** 又一个转折突如其来，带动所有人的情绪。

贞下边穿的是一条古铜色的法兰绒裙。她的手里，是一只古铜色长方形的提包。提包鼓鼓的，好像在动。

春禄还戴着一副金丝眼镜，只不过进门时摘了下来。*

秀芝也很兴奋，她想都没想过春禄和玉贞会回来，她抱着小淳文立起身迎接春禄和玉贞。玉贞一进来，秀芝吃惊地睁大了眼，她更想不到玉贞会穿得那么漂亮，女人的天性使秀芝对衣饰有着十分特殊的敏感。秀芝低头看看自己身上的大红裙袄觉得真是有些太古旧了。

“回来啦？”秀芝对玉贞说，突然想到玉贞的孩子，她怎么没抱孩子？春禄也没抱。秀芝很纳闷。**

玉贞走进正厅，她先把帽子摘了，然后把手里的大皮提包放到桌旁的椅子上。斯琴把玉贞的帽子接过来挂到衣架上去。

“你的孩子呢？”秀芝忍不住问，难道孩子可以留在日本国做父母的回国过年吗？

“流产了。”玉贞说。她微微皱了一下眉头，“还是个男孩儿，我骑马摔了下来就流产了。”玉贞似乎无所谓，她笑笑，弯腰去打开搁在椅子上的提包。秀芝以为她要从里边取什么见面礼，没想到提包打开却从里边“扑通”跳出来一只尾巴奇短的猫，猫是白的，身上有淡黄花斑。***

“快给它点吃的，它饿坏了。”玉贞对站在一边的斯琴说，她还不认识斯琴。“我在日本养了它一年多了，这只猫现在不简单，它这也算是出国，出国留学！”玉贞突然大声地笑了，她还是那么活泼。她继续说，“它来中国学什么？学捉老鼠吗？”她突然又对斯琴说，“站着干什么？快去给它拿条鱼吃，它不吃肉光爱吃鱼。”

玉贞的脾气还是格格的脾气，秀芝马上感觉到玉贞的变化不大。

“出来，出来。”玉贞又用手拍拍提包，结果又从提包里跳出

* 非常妙的细节，说明春禄回到杜家时，往日的一切又在不知不觉地向他袭来，直接指导了他的行为。

** 此时对孩子最为敏感的便是秀芝了。

*** 玉贞的言行能见，果然非简单之人。

一只猫。

秀芝忍不住笑了，玉贞的行事言谈突然改变了屋子里的气氛，正厅里的人都笑了，谁也想不到玉贞的提包里会千里迢迢藏匿着两只日本国的猫。

“这猫的尾巴给截了吗？怎么这么短？”秀芝好奇地看着这两只猫说。这两只猫的皮色很让秀芝喜欢。

“就这么短，”玉贞说，“天生的。”

“这是日本国的短尾巴猫，送你一只好吗？”春禄对秀芝说。春禄点了一支烟，猛吸了几口，他用另一只手摸摸秀芝怀里的小淳文的脸蛋儿。*

“陈妈呢？”春禄看着满屋子的人，他没看到陈妈，他还不知道陈妈去世的消息，春禄几乎是给陈妈抱大的。他这次回来特意给陈妈带回一副贝壳做的麻将牌，陈妈很喜欢玩麻将。

冬禄看看秀芝，没把陈妈去世的消息告诉春禄，怕他伤感。

“福官有消息吗？”春禄又问。

冬禄告诉春禄福官有可能还在福建：“福官在福建正好做福建的官儿！”

春禄突然看到正厅条案上那十几盆水仙，最能让人感觉到过年的也许是水仙了。** 斯琴已经给每一盆水仙拦腰粘了一圈红纸。

“我以前怎么会和马姨娘怄气说水仙不香呢！”春禄过去闻闻水仙，回过头来对冬禄说，“你猜我对马姨娘说什么，说水仙好臭！”

“你现在变多了！”冬禄说，“你见识大了。”

“最小的是个人，再大一点儿是个家，再大一点是个城，再再大一点是一个国家，最大的是世界。”春禄从条案边又走过来，“一个人要是总在四堵墙里待着渐渐就会越来越小。”***

冬禄不同意春禄的看法：“什么最大？不数心大数什么大！你要是闭上眼就什么也不存在，但存在的是心，心可纳万物，所以

* 摸淳文的脸蛋，反映出春禄对玉贞流产的惋惜，也许会有一刹那的伤心吧？

** 睹物便思人，此处为伏笔。

*** 见识不一样的人说话自然不一样。

最大的是心，四堵墙能关住人心吗？”

春禄笑起来。春禄笑得很好看，瘦瘦的白白的净净的眉毛黑黑的春禄在正厅的灯下显得光彩夺目！春禄不同意冬禄的看法：“你要人去想，我要人去行，我不去日本能知道世界上有那么多的事吗？”

“世界上最伟大的人都是活在自己心的世界里的人。”冬禄坚持己见。

“心是什么？”春禄说。

“心是世上唯一存在的东西！”

“是吗？”春禄又说。

“所以心最大，要是靠车船，你去日本要走半个月一个月，要是靠心，须臾即到！”

春禄突然又哈哈大笑起来。“照你这么说，除了心什么也不重要？”

“对。”冬禄说。

“那你应该去做艺术家。”春禄说。[*]

“心也好，世界也好，日子过得安安生生最好。不是吗？”秀芝把话插进来，她看看冬禄，又说，“随你怎么想，你爱怎么想就怎么想，就是不要学春禄去日本。”秀芝笑起来。她看看玉贞。

玉贞的脸却微微红起来，她好像觉得话里暗藏机锋，但玉贞不是那种小肚鸡肠的女人，她没往心上去。

冬禄和春禄在吃饭的时候还没有停止他们的争论，又是说又是笑。

秀芝真希望这顿年饭一直就这么吃下去，永远不散。[**]

民国四年的除夕年饭在杜家是值得纪念的。虽然精于美馔的老爷不在了，但饭菜之精美不下于往年，有神仙鸭子，有清炖活鲤（杜家后园花窖里有三只一人高的大缸，缸里有专为年节养的活鱼），有麻辣腰片、葱油鸡块、红烧鱼肚、干蒸鲍鱼、素烩七

* 两兄弟各自成长后的心灵变化及价值取向从这些对话中可见。

** 令人最感心酸的愿望。

珍、鱼翅汆冬瓜、口蘑烩香菇，还有春禄最爱吃的蒜泥白肉，冬禄最爱吃的软炸明虾。老爷爱吃的鱼香烘蛋和豆豉蒸黄花鱼没做，怕端上来让人们伤感。杜府上上下下最爱吃的一道菜是腐乳肉自然少不了。最后给伙计们那一席上的是一大盘二十八只烂熟通红油亮的清蒸猪蹄。一上这个菜，年夜饭就算告了尾声，人们可以自由散去。* 往年的习惯是一上这个菜老爷和马姨娘就离席，任下人们继续喝继续猜拳闹着玩。杜府的年饭从不上丸子，老爷最不喜欢丸子，“丸子完也，”老爷说过，“杜家的酒席宴从来没完！”

这次的年夜饭自然也不上丸子。**

吃完饭，冬禄突然想起那本年夜菜谱来。那本菜谱已经有年头了，他让周正去取来，他要把今年的年夜饭的菜名一一记在上边，往年这事都是老爷亲自来做。这本菜谱是从道光二年记起，只记每年除夕这一夜的菜谱。吃什么菜、喝什么汤、饮什么酒、用什么点心，以至吃了几种饺子，荤素各是什么馅儿。

冬禄很爱翻看这本《除夕菜谱》，每一翻及总像是看到了祖父、曾祖父、曾祖父的曾祖父。冬禄发现曾祖父的毛笔字最好。老爷的字也很漂亮。***

冬禄让秀芝把这天夜里的菜名一一念给他听，他一边听一边记。

玉贞喝了好几盅汾酒，脸大红起来，她调过脸向秀芝问起草珠。秀芝告诉她草珠还跟着兰馨。

“我要她来看我，”玉贞说，“她不来看我让我去看她吗？叫周正去告诉她。就说我回来了。”

“你还要去日本吗？”秀芝问玉贞。

“我现在是嫁鸡随鸡嫁狗随狗。”玉贞抬起脸望着春禄，笑眯眯的。

“袁世凯不倒我们是不走的。”春禄说，他告诉秀芝说他们这

* 一道一道菜写下来，给读者的感觉仿佛又回到当年，只是当年早已不在，更给人今夕何夕之感。

** 老爷在世时不上丸子，人人相信老爷之言，今年依然不上丸子，只怕人人俱知，只是取个吉利了。

*** 让读者看到老爷的不同侧面，老爷的形象也较之前丰满起来。

回回来的统共有二百多留日学生。还有一个跳海自杀的同学，那个同学一听说袁世凯称帝便投了海！被抬了回来。

“他为什么要死！”冬禄说，“性命肤发受之父母，可以这么随便抛掷吗？”

“人如果能用自己的死燃起一把火也值得。”春禄说。他朝冬禄看了一眼又说，“山西的留日学生也回来了，有五百多人，他们还打着一面护国讨袁的大旗。护国不成，宁愿去死！”*

冬禄皱皱眉头：“今天咱们谁也不许说死说活，你累了，”冬禄对春禄说，“先去歇着吧。”冬禄又看看玉贞，他不知该如何称呼她。冬禄已经有点醉了，就那么看着玉贞，玉贞还是十一二岁的小姑娘时，他们就认识了，还悄悄在一起踢毽儿。

“你怎么这么看我？”玉贞笑着问冬禄。冬禄就笑了：“真好像是做梦！”**

斯琴这时把榲桲拌梨丝给端了上来。“我就爱吃这！”玉贞马上说，“我在日本吃完饭就想这一口！”

“那你就吃，”春禄说，“好容易回到家了。”

春禄不愿去睡，玉贞更是不愿去睡。春禄和玉贞都愿像孩子一样守岁，吃完榲桲拌梨丝，玉贞立起身走到大条案前摘了一朵水仙放在鼻子下边闻闻，然后插在自己的头上，她看看秀芝就又摘了一朵。她走到秀芝身边，把这朵水仙插到秀芝的发髻上。

秀芝很忌讳水仙的白色，但她奇怪自己怎么竟然没表示。***

“好不好？”玉贞问。

“好。”秀芝说，秀芝确实是变多了，她不愿违背别人的心情。

“咱们打牌吧？”春禄说，“今儿晚谁也不许睡！”

冬禄、春禄、秀芝、玉贞就围着那张大花梨木镶大理石面儿的桌子打牌，桌子上铺了一条俄罗斯毛毯。斯琴在一边抱着小淳文，看他们怎么出牌。

* 梁启超说少年强则国家强。从春禄这些话里总让人看到希望和信仰，这也是全书的亮点。

** 想起往事，确如一场梦境。

*** 此处说明玉贞的强势以及秀芝的软弱性终究无法克服。

“你别走了吧，”冬禄打牌的时候一次次对春禄说，“这么大个家剩我一个人算什么事。”

春禄却劝冬禄安电话：“家里没电话怎么行，嫂子刚才说了，连怡王府、庄王府、汉王府、齐王府这些老古董都有电话了。”*

“电话能打到日本吗？”冬禄开玩笑说，“能打到日本我就安。”

“你哥怕电话会爆炸！”秀芝斜睃一眼冬禄，笑起来。

春禄和玉贞也忍不住大笑。

“我烦了，多一事不如少一事好。”冬禄说，“我只想安安静静过日子，安电话做什么！”

“袁世凯不倒能安安生生过日子吗？”春禄“啪”地打一张三筒，秀芝马上说“和了”。她单调三筒，她推倒牌时冬禄也把牌推了，冬禄截了她的和，冬禄是“砍”三筒。秀芝很愿意看冬禄高兴。

冬禄这一夜确实玩得很高兴。

“春禄，”冬禄对春禄说，“我真该感谢你。”

“什么话？”春禄说，“你感谢我什么？”

“你要是不回来我真不知道这个年该怎么过！”**

春禄笑起来，露出好看的虎牙。

后半夜，玉贞实在困得撑不住了，她抱起那两只日本短尾猫去睡觉，那两只日本猫很乖，不乱跑，总是一动不动地卧着。天快亮的时候，春禄也撑不住了，直打哈欠，他也要去睡觉，他和玉贞睡在过去马姨娘的屋子里。屋子里的床换了，原来的雕花大床换了一只铜床。屋子里生了两只白铜小号火盆。

“她怎么会流产？”秀芝在春禄走后说，“她骑的什么马？这不是应了‘独秀一枝’吗？”***

“别说这个好不好，咱们今天过得多高兴。”冬禄说，一边把秀芝拥到了怀里，天太晚了，再过不久就要亮了，斯琴已经抱

* 对话间将新生事物不经意道出，自然无斧痕。

** 明写喜悦、实写悲伤，增强了杜家的悲剧气氛。

*** 秀芝看似突然问话，实则问题始终就在萦绕。

着小淳文去前院睡了。秀芝突然觉得奶涨得难受，她一手捂着乳房，一手慢慢把头上那朵水仙花取下来。“你给我吸吸奶好吗，我要涨死了。”秀芝突然对冬禄说。

“我吸算什么，我算你儿子吗？”冬禄笑眯眯说，他慢慢弯下腰，另一只手扶着秀芝的腰，很快地一下噙住秀芝的奶头，秀芝觉得有一种很奇怪的感觉慢慢传遍全身。她把头往后仰，用手抓住冬禄的头。

冬禄突然停止了为秀芝吮吸，他直起腰："你不是说你有了吗，你有了还会有奶水吗？"

秀芝笑起来："和你开玩笑难道你也不明白吗？"秀芝慢慢用胳膊拥住冬禄，看着冬禄的脸。

“你让我白高兴吗？”冬禄看着秀芝的眼睛。

“高兴也罢，不高兴也罢，到最后不是什么也没有吗？”* 秀芝又说，笑眯眯的。

冬禄听了这话也笑起来："那么好吧，让我们现在就开始做孩子，男孩女孩我都要。"

冬禄拥着秀芝朝床那边走，床帐无声垂落时，天色渐渐亮了起来。

玉贞回来之后一直没有过王府那边去。王府的大半个院子都被别人占了，那些下人都住到后边去。但王府的那些下人都知道了玉贞回来的消息，他们纷纷过来给玉贞磕头拜年，玉贞拦着他们不让磕头："你们不烦我都烦了，现在是民国！你们不知道吗！"** 玉贞特意把“民国”二字说得很重。玉贞现在张口闭口不提“洪宪”，偏要说“民国五年”！春禄也这么说，后来冬禄也跟上这么说，好像挺解气挺过瘾似的。

初二这天吃过午饭，玉贞抱着那两只日本短尾猫去了后园，她一左一右抱着两只老实而不爱动的猫真像是抱着两个孩子。那

* 失去太多的人，对失去的体会超出了一事一物。

** 要每个人从自己的习惯中摆脱出来不是一朝一夕能做到的。

两只猫很怪，放下地后也不乱跑，总是不离左右地跟着玉贞。玉贞到后园是想看看那北边的花窖，她慢慢朝花窖走去，脚下的落叶发出沙沙的脆响。她想起自己和春禄偷偷来花窖看蝴蝶的情景，想起给花神像画了两只大耳朵，但她不知道自己给花神像画耳朵引起了杜家的灾变，杜家的一连串灾变实际上都是由她给花神像画耳朵引起的。*

* 恍如隔世了。

玉贞慢慢推开花窖门，她看到花窖里边的墙上结满了闪闪的冰霜。她慢慢进去，对满墙闪闪的冰霜发生了兴趣，她伸出手指在墙上慢慢划了一道，干燥苏松的霜晶便簌簌而落，她于是慢慢慢慢在墙上写了两个很大的字：花神。

她慢慢往粗了描墙上的字画时感到了手指的刺疼。**

** 玉贞在书中的形象总是隐约难明，此处一个细节让读者看见玉贞的内心。

后来她又领着那两只日本短尾猫回到了中院。

秀芝在屋里看到了玉贞。“那两只猫多像狗！”她对冬禄说，“猫怎么会这么听话呢，奇怪！”

“这个世界上奇怪的事可是太多了！”冬禄说，因为有丧事，按规矩杜家的人不能去给别人登门拜年，但来给杜家拜年的人还是不少。冬禄的一个在邮电部工作的朋友来告诉了冬禄一件意想不到的事，黄中文大夫被召进袁世凯的内宫当了御医头儿：“他居然会去！”冬禄的那个朋友说，“会去侍候袁世凯！”

冬禄也不清楚黄中文大夫会被召进宫。但他不感到吃惊：“这有什么可吃惊的。”***

*** 的确没什么可吃惊的，侍候袁世凯的人不计其数，多一个大夫实在是很正常的事。

冬禄的朋友又说起吉先生停灵不发的事。“有好看的，这件事要闹大！”

这话不幸让他言中了。

初三的上午，草珠来了，她不知从什么地方得知了玉贞回来的消息，急匆匆地赶了来。玉贞已经和草珠有一年光景没见面了。

玉贞发现草珠的衣着打扮突然像起女学生来，上身是毛蓝宽袖短袄，下身是一条大黑棉裙，裙子里絮的是丝棉，又薄又轻，针脚是从里边引，外边根本看不出行针走线的地方，裙子的形状像喇叭花，下摆很宽很阔。但草珠背后还拖着一条油松的大辫子。

“你应该把辫子剪掉！”玉贞左左右右前前后后地看看草珠。

“那多不好看。”草珠摸着自己的辫子说。

“我给你铰好吗？”玉贞来了兴致，她喊斯琴取剪子来。玉贞是急性子，她要马上给草珠铰，让草珠变成一个彻头彻尾的女学生。*

玉贞嚓嚓嚓嚓给草珠把辫子毫不犹豫地剪掉了。玉贞把剪掉的又粗又大的辫子塞到草珠手里，草珠看着辫子突然有些难过，但她没有表露出来，她照照镜子说很好。**

草珠把自己找到家人的消息告诉了玉贞，告诉玉贞现在自己有两个哥哥两个嫂子还有姐姐和老父亲。玉贞听了很兴奋。“你可以写出来登在报上。”玉贞说。

当然，草珠也说到了兰馨。

“兰馨回了沙城，病得很厉害。”她把那天发生的事讲给玉贞和杜家的人听。讲兰馨怎么得知吉先生的死讯，怎么看到南兵马司胡同口杀人，怎么晕倒在吉先生的灵柩前，又怎么被人扶起，吉家的吉老太爷又是怎样对待兰馨。吉观龙老先生那天可是气坏了，他认为兰馨晕倒在儿子的棺材前是有辱门风。

他皱着眉过来问苏醒了的兰馨：“你是什么人？”

兰馨没说话，直直的目光看着吉先生的大照片。

“你是他的学生吗？”吉观龙老先生又问。

兰馨还是不说话，眼里的泪水不断。

“你有什么事？”吉观龙老先生又问。

兰馨还是不说话。

吉观龙老先生挥挥手，愤怒地让下人把兰馨弄出去。“把她

* 再次以言行描写玉贞，读者能体会玉贞终究是留洋之人，很多想法和做法在旁人那里意外，在她自己那里则再正常不过。

** 复杂的心理总是用最简洁的语言表达，反而令读者印象深刻。

五年十年種法奇白石清泉
自一家莫訝菖蒲花罕見不逢
知己不開花 冬心先生詩 珊瑚生

给我弄出去！”*

“兰馨好可怜！”草珠说，“所以我不能多待，我要马上赶回去照顾她。沙城躺着两个病人：兰馨，还有我姐姐。”

“你姐姐？”玉贞一下子没听懂。

草珠笑了，告诉她，那个当初收留兰馨的金太太就是她姐姐。“世界上居然会有这么巧的事！”

“这多像小说！”玉贞很受感动，她拉住春禄的手说。她坐着，别人都站着。“你们站着干什么，怎么都不坐？”屋里人就都笑，都坐下来。

“咱们去沙城好不好？”玉贞突然说，她把脸转向冬禄，发现冬禄的眼睛猛地一亮：“好！”**

冬禄也正想提议去沙城。冬禄又调过脸看秀芝，出乎他的意料之外，秀芝说：“好啊，咱们马上就去。”

这天是初三，冬禄马上让周正去备车，斯琴和草珠坐一辆，玉贞和秀芝坐一辆，冬禄和春禄坐一辆。临上车，秀芝又改了主意，她觉得和玉贞坐在一起没什么话，就又让斯琴过来，让玉贞和草珠坐一辆。冬禄和春禄坐在最后的一辆车上，都上了车，然后又把车里的蒙古毡立起来挡住风，秀芝临上车时还让斯琴多拿几条灰鼠膝褥，给自己和玉贞每人在腿上搭一条。

秀芝没忘了让斯琴把后园花窖里大缸中养的活鲤鱼给兰馨带两条，这时候，京城附近几乎买不到活鲤鱼。斯琴把两条一尺长的活鲤鱼放在一只木桶里，在缸里养了一阵子的活鲤鱼颜色深得发黑。***

冬禄这天穿着荸荠紫的绸长袍，外头再套一件黑马褂儿。春禄穿西服，脚下是皮鞋，围着玉贞给他织的大围脖，头上戴着一顶毛茸茸的貂皮帽子。

车走出好远好远，玉贞突然记起了她的两只短尾猫：“关起来没？”她让车停下，她从车里探出头问斯琴，斯琴想不起来了，

* 时代的碰撞也是伦理的碰撞，吉老先生的一切观点都来自他的时代，也就不可能会理解兰馨和儿子间的感情。

** 以玉贞来提议，既揭示了玉贞的人物性格，又增加情节的生动，还推动小说的发展。

*** 作者的笔法越客观，越使读者身临其境，有所感，有所见。

玉贞又问后边的春禄，“我怎么能够知道？”春禄说。

“算了！”玉贞想想说，“总算也出了一回国，猫出国！”

三

兰馨病得很厉害，她从腊月二十八一直躺到现在。她从吉先生那里一回来就病倒了，她恍恍惚惚觉得自己很轻，像一片哀伤的鹅毛一样漂浮在悲哀之上。六天里，她除了喝点糖水几乎什么也吃不进去，她自己也很急，她用一只手抓住宝妹的被窝儿里的小脚，宝妹的小脚很凉。宝妹不习惯牛奶，不停地哭。而兰馨是连一点奶水也没了。金喜来每天到沙城东头纸铺张来明那里买牛奶，张纸铺养着两头奶牛，吃不了的奶就都卖出去。

金太太已经知道了发生在吉先生灵前的事，金太太对吉老太爷很不满，“怎么不问青红皂白呢！”

“老四！”金太太对丈夫说，“你去一趟京城，你去对那个吉老太爷说说清楚。他怎么就把兰馨看成是那种人，他也不想想他自己的儿子是那种人吗？”

“你怎么知道他儿子不是那种人？”金喜来对金太太说，声音很低，怕兰馨听到，金喜来没去。*

金太太恳求兰馨吃点东西，她的声音非常温柔好听：“你来吃口饭吧，就算是为我吃好吗？”

“我没事。”兰馨身体非常虚弱，但她还说自己没事，说只要好好儿躺躺就会好的。

“你想什么？”金太太让兰馨在自己身边靠着，金太太很吃力地给兰馨拉条毯子，“你想什么可以告诉我吗？”

“我什么也不想，”兰馨说，“我能想什么呢？”

“你相信命吧。”金太太说。

“我不下地狱谁下地狱！”兰馨说。

金太太的眼圈红起来，她让蚂蚱到兰馨的屋里把放在桌上的

*补叙一笔，既让读者看到金太太和金喜来对事件的看法，也使读者的目光再次聚焦在兰馨身上。

《金刚经》取过来。兰馨怀揣着《金刚经》在法庭为菊雪求情的事她已经知道了。

“我给你念念《金刚经》好吗？”金太太说。金太太认为《金刚经》可以给兰馨以莫大的安慰。

兰馨摇摇手，她让金太太把《金刚经》拿开，她不要看它。*

金太太吃了一惊。

兰馨觉得自己真是万念俱灰，只欠一死而又不能死，她看看睡在一边的宝妹，止不住的泪水潸然而下。“我不下地狱谁下地狱。”兰馨反复说这句话。**

兰馨让蚂蚱把自己抽屉里的那个小小的包袱给取过来压在枕头下。金太太很奇怪那个包袱里会有什么？金太太猜想是首饰，或者是别的什么？草珠已经把自己那个蝈蝈葫芦拿给金太太看了，金太太一听那个小蝈蝈葫芦能换一座小四合院就吓了一跳。金太太弄不明白那蝈蝈葫芦到底贵在哪里：“有钱人真作孽！”金太太说。

金太太躺在床上渐渐有一些古怪的想法油然而生，她突然很害怕，怕兰馨枕头下包袱里是毒药！这天她趁兰馨摇摇晃晃去厕所便把兰馨枕头下的包袱抽出来看了看，她想不到包袱里包的是一只茶叶筒，筒里没有别的只有茶叶。金太太以为茶叶里埋着什么，她把茶叶倾倒出来结果里边除了茶叶还是茶叶。金太太不明白兰馨为什么要把一筒茶叶压在枕头下。

兰馨病倒后一直和金太太睡在一起，金太太那只床又大又深又阔，宝妹就睡在金太太和兰馨之间。

金太太真不知对兰馨说什么才好，兰馨拉住金太太的手对金太太说：“想不到倒让你替我担心！你不要怕，我不会死，我不想死，我倒是怕死。”兰馨看看宝妹，“我要为宝妹活下去。”停停，兰馨又对金太太说，“明天就是吉先生的头七，我要给他烧纸。”***

* 素来以经书求得安慰的兰馨终于拒绝了经书，让读者想到俗话所说的，哀莫大于心死。

** 越反复，越让读者看到兰馨的哀伤，同时妙在浓缩了兰馨的全部情感，渲染出兰馨的悲伤情境。

*** 行文朴素。非常简单的对白毫不煽情，读者却感到情感的猛烈冲击。

“你喝点牛奶，”金太太让金喜来去给兰馨热牛奶喝，“你不吃不喝可不行！”

杜家的人出现在金家小客栈引起了金家的兴奋和骚动。金太太和金喜来都想不到杜家的人会来看兰馨，而且这里边还有玉贞。

草珠先跑到金太太的屋里告诉金太太：“杜家的人要在这里住两天！”

金太太马上让金喜来去收拾房间。玉贞告诉草珠她要睡客栈楼下的土炕，金喜来就忙去生炕火。客栈伙计要过了破五才回客栈，所以，这一切只有金喜来一个人忙。

秀芝很喜欢小客栈那老式小楼的二层，年节前新糊的白窗纸上贴着金太太躺在床上剪的红窗花。秀芝又很喜欢那种在京城已经很少见的宽沿儿大厚铜盆。

秀芝要住楼上：“我还要一只小泥火炉。”她想象夜里自己在炉上烤红薯。

草珠就帮斯琴把一只小泥炉搬到楼上去。秀芝让草珠把那两条活鱼拿给金太太，还有从京城带来的点心。

等他们全部收拾停当了，然后才一齐到金太太的屋里去看兰馨。

兰馨很激动很兴奋又很紧张，她根本想象不到杜家的人从天而降一般来到沙城，她慌了手脚。她身子虚弱得有点颤抖，但她还是换了衣服，把头发重新梳了梳，她坚持要穿那身鸽子灰的裙袄，这身衣服素净、大方，颜色也很雅致。她不知怎么弄宝妹才好，又不能藏，又不能不让杜家人看到。*金太太也靠着床栏坐起来，她艰难地把宝妹抱在自己怀里，她和兰馨一样既紧张又兴奋地听着屋外的一阵脚步响。她又担心兰馨。

秀芝走在玉贞身后，她很激动，她想起以往的岁月自己和兰

* 兰馨的反应激烈，作者写得始终有条不紊，连动作带心理都在语言的掌控之下。

馨之间的龃龃龉龉。她多少有点别扭或者是尴尬。冬禄和春禄随在玉贞和秀芝的后边，再后头是抱着小淳文的斯琴。斯琴穿着黑道缘边儿烟色袄裤，虽然布料的颜色很老，但由于裁剪得很俏，看上去还很漂亮。

门帘被挑开时，兰馨的眼泪唰地淌下来，她忙调过脸去把泪擦掉。*

金太太忙在床上请杜家的人坐，并且说明自己的病情为自己不能下地抱歉。金太太请杜家的人随便吃点什么或喝点什么，这是过年随处可见的惯例，桌上摆满了蜜供、花生、核桃、瓜子、南糖、柿饼、苹果、橘子、黑枣、红枣，草珠这时又沏上茶来。兰馨坚持要由她来倒茶。

秀芝注意到了兰馨的手有几分抖，她一一把茶盅倒满，她先给玉贞端过去一碗，玉贞注意到了兰馨的眼睛湿漉漉的。**

“嫂子你坐下，自己家人还要你来端吗？”冬禄在一边说，他说话的时候，秀芝已抢先把一盅茶端给了金太太，又端一盅茶给随着进来笑眯眯但没什么话说的金喜来。屋子里这会儿已经是满满当当。

金喜来安顿自己的孩子过来给杜家的人拜年，老大蚂蚱搬来了三个拜垫，老大老二老三便跪下给冬禄春禄秀芝玉贞磕头。这一层秀芝早想到了，她没离开杜府时就已经包好了五个红包，现在就拿出三个红包来，每一个红包里包着三块大洋。

金太太又忙给秀芝的小淳文压岁钱，秀芝又把一个红包放在宝妹的怀里。宝妹睡着了。

冬禄和春禄这时突然有些冲动，他俩执意要给兰馨正式地拜拜年。以小叔子给长嫂拜年的规矩，他俩要下跪磕头，他俩一跪秀芝和玉贞也得跪，屋子里又一阵乱，金喜来忙去取拜垫。***

冬禄和春禄跪下时，眼里都突然有些湿润，往年他们是这样给老爷和马姨娘跪拜的。

* 读到此处，连读者也想落泪，何况兰馨。委实千言万语，凝成一泪。

** 几个人的观察都足够细致，且以女性角度来写，更有感染力。

*** 这一拜年场景令人读来心动，手法看似喜剧，却冲不淡字里行间的悲伤色彩。

秀芝抱着小淳文跪下时斜睨了一眼玉贞，按理说，玉贞也要给自己跪拜的。

兰馨脸上突然有了血色，她很窘，她没想到杜家人会来，她没准备给小淳文的压岁钱，白晃晃的大洋在过年时是不可以直接拿出去给晚辈的，她直急出汗来。

倒是金太太想得周到，她马上把蚂蚱刚得到的红包儿压岁钱悄悄要过来塞给兰馨。*

磕完头，大家又落了座，春禄调过脸去看八仙桌上的水仙，水仙开得有些过了头，叶子耷拉下来又给用红线绳捆扎好。金太太就在床上说："我今年手脚不利索，不能总搬着它找日头，所以长疯了。"

秀芝和玉贞坐到兰馨身边去，兰馨憔悴瘦弱的样子让秀芝和玉贞心里很难过。秀芝把围脖摘下来递给斯琴，玉贞把那顶洋式宽檐帽摘下来随便放到条案上。她俩伸出手去各拉住兰馨一只手，都一时不知该说什么。秀芝忽然从自己大襟上摘下手帕给兰馨擦泪，秀芝从来没有过这种举动，她现在是很自然地这么做了。**

秀芝不知该说什么好，她突然想看看兰馨的孩子，但又怕一提孩子伤了兰馨的心，倒显得自己居心叵测。

"我给你梳梳头吧。"秀芝突然对兰馨说，她发现兰馨的头发有些乱。

"早上金太太给我梳过了。"兰馨说，她看看床上的金太太。

"我梳得不好，我手不利索，平常都是金珠给她梳。"金太太马上说。金太太叫的是草珠的原名儿。

"你这次回来还走吗？"兰馨问春禄。春禄站起来，走近兰馨。

"我们要在这里待三天。"春禄说，"或者你随我们回去住一段。"

* 细节温馨、感人，偏生运笔如此冷静。

** 与其说时代变了，不如说人变了，二者始终相辅相成。

“我在这里很好。”兰馨马上说，“金太太一家待我很好。”

金太太很得体地笑笑。

“可金太太也是病人啊。”春禄已经知道了金太太的病情。

“我们处得很好，”金太太马上说，“我想她在这里也待得很高兴。”金太太注视着春禄，看他穿的西装，金太太还没见过西装。*

春禄就不再说什么，他退回去，坐到椅子上，椅子上铺着整张的狗皮。

秀芝也不再说什么，她实在不知该说什么。草珠又端上茶来，漆盘里的小茶盅一共八只，凑八仙之数，每只茶盅里都泡着两枚焦枣，黄黄的茶水、红红的大枣很好看。

人们忽然说起了天气，说今年正月的天气可真好，没风，下了点雪很快就化掉了。金太太说这是四九天，再过两天就进五九了。“到了五九就可以开门大吉了。”

人们又说京城里的事，说袁世凯、说衣服、说皮货、说饮食、说西山的煤涨价了……

草珠没参加这种交谈，她忙着去拌饺子馅儿。她不一会儿把饺子馅儿拌好了，端了过来：“咱们一起包饺子好吗？”

“好啊！”玉贞说。**

在中国，过年这几天几乎人人平等，主子和奴仆一齐包饺子被认为是正常的事，但也有一定规矩，比如说，必须是草珠擀饺皮玉贞包，斯琴擀饺皮秀芝包。金太太很高兴，她虽然下不了地，但她坚持让人们就在她的屋子里包。金家过年以来还从没这么热闹过。春禄和冬禄还有金喜来就把地方让给女眷们去包饺子，他们坐到条案前的椅子上去说话。秀芝让斯琴把水仙挪到条案上。说怕羊肉馅儿的味儿冲了水仙的香气。

冬禄和金喜来说沙城一带的狐狸和兔子。春禄也插进嘴来问，说沙城这一带狐狸多吗？春禄已经从日本买了一支猎枪：“我

* 这些对白在本色中见文采。句句吻合人物性格。

** 人的生活终究高出一切，哪怕只是包顿饺子，就将所有的话题接回到现实。

回来没事就打打猎。”

“往西边走，”金喜来说，“过了林子是一趟荒沟，那沟里住了一只火狐，我在秋天看见它在沟沿儿上拍蚂蚱吃。”

“这么拍。”金喜来站起来用手在条案上一拍一拍地学。[*]

秀芝和玉贞就朝这边看。

这时宝妹又醒了，宝妹的觉是醒醒睡睡，完全像一只猫儿。宝妹睁开大眼睛看满屋子的人，秀芝就把手上的面粉拍拍把她抱起来。秀芝把宝妹抱起来的时候就突然想起了宝妹耳朵的事，她背过身，轻轻把宝妹的小耳朵按着看了看，差点儿叫出声。她果真看到了那两道红色的肉线，真像是割掉又长上的样子。秀芝脸色突然有些变，她忙把宝妹又轻轻放下，心里乱跳起来。

结果是到了下午秀芝突然执意要回京城。[**] 冬禄觉得很奇怪，奇怪秀芝怎么突然变了主意。冬禄劝秀芝最好在这里住一两天：“总住在京城有什么意思，出来走走看看不好吗？”“沙城初五要出高跷，”金太太说，“五尺高的腿子呢！”

秀芝还是执意要回，她觉得害怕，一想到在这里过一夜就更怕，谁劝也不听，兰馨劝也没用。

冬禄没有办法，只好陪秀芝一起回京城，他觉得很扫兴。春禄和玉贞不回，他俩要在这里住两天，斯琴自然是跟着秀芝回京城。

冬禄临走把一件东西交给了兰馨，是兰馨的那条绣着一只孤孤单单的蝴蝶的手帕。冬禄从菊雪那里取回的遗物。兰馨把它掖在菊雪的大襟上想让菊雪醒来时看到，结果菊雪没有看到。[***]

金太太很想留秀芝住下来，但她也没有办法，金太太觉得自己更喜欢玉贞，喜欢玉贞的爽快乐观天真。

玉贞听了兰馨在南兵马司胡同的事很为兰馨抱不平。“他叫吉观龙，吉观龙又有什么了不起！”

夜里玉贞和春禄回到自己在金家的临时住房，房子里生了火

* 描写得形象曲尽描摹之妙！

** 这样的突转，极大地彰显了人物性格，使小说合情合理地推动起来。

*** 此处忽然提到菊雪，既展现了冬禄的内心，也再次表明作者对菊雪的命运烘托，使读者难以忘怀。

盆摆了水仙温馨如春。“我要亲自去找一趟那位吉老先生！”玉贞说。因为吉观虎、吉观龙对玉贞来说并不是陌生人，他们兄弟二人以前常常在王府里走动。

“我要去问问他！”玉贞说。

“算啦，”春禄说，“兰馨的心境已经很糟，你再去掺和一下有什么好处？再说吉家也是死了人，你去不合适。”春禄主张带兰馨出去走走，也许派一个下人陪她回一趟徐州更好。

“正月天去什么地方？除非去日本！”玉贞说，“再说她有那么小的孩子，根本不宜走动！”

春禄想想，情况也确实如此。

春禄和玉贞在金家一共待了三天，他俩在沙城街里闲溜了小半天，沙城的人追着玉贞看，看她的衣裳，看她的帽子，又看春禄的西服和帽子，都不知这是从哪儿掉下的一对儿。这一天他们又一直走到了金喜来说过的那条荒沟，荒沟对过儿有红色的沙柳林子，荒沟里有积雪有落叶，有兔子的脚印，有沙鸡“个”字形的爪痕。

这三天之中，兰馨的心情始终没有变得好起来，但睡觉似乎好了一点。兰馨开始自己洗脸梳头，她梳头的时候躲在自己的屋子里，她怕别人看到自己的耳际，她现在梳的发型很巧妙，能很好地遮住耳际使不熟悉她的人察觉不出她没耳朵。

春禄和玉贞走的这天，金喜来特意去买了一对儿活野鸡，要给春禄和玉贞吃一顿野鸡肉馅的饺子。金喜来把野鸡拿给玉贞看，玉贞看到活蹦乱跳的野鸡高兴得叫起来。她想起往年在王府里所能见到的野鸡都是死的，她曾让王府厨房的下人把野鸡尾羽给自己扎了一只美丽而没用处的掸子。她拿着那美丽的掸子甩来甩去地在王府后花园里玩，觉得自己是个仙女，那是她十二三岁时的事。

玉贞执意不让金喜来把野鸡杀掉。

“养不活的。”金喜来笑着对玉贞说，“你喂它什么？”

“那也不要杀它，它多漂亮！”玉贞真喜欢野鸡的长羽、闪亮的翎毛。*

结果这天他们改吃羊肉胡萝卜馅儿的饺子。兰馨也坐过来包饺子。

第三天，春禄和玉贞走的时候，金喜来把那一对儿野鸡用一个铁丝笼子装上给春禄带走，玉贞喜欢得不得了。她很担心它们死掉。

道别的时候玉贞突然管金喜来叫“金大哥”，金喜来听了惶恐不安，他脸都红了。“这怎么可以！这怎么可以！”

春禄和玉贞走后的第二天傍晚，天都快要黑了，突然有位老先生来到金家小客栈要见兰馨。

四

“他是谁？”兰馨问金喜来。她想不出会有谁来沙城找自己。金喜来把那个老先生的模样告诉兰馨，说来人有六十多岁，穿绸面儿皮袄没戴护耳，不像商人又不像老板。“样子很体面。”

兰馨更不明白来人会是谁？会是徐州的族人吗？兰馨突然想起父亲的表兄，那么他千里迢迢来这里做什么呢？父亲的表兄叫兰会泳。

兰馨万万没想到来人会是吉老太爷吉观龙。**

原来玉贞一回京城就去了吉府，她把兰馨的事对吉老太爷讲了，吉老太爷才明白那天倒在儿子棺材前的女子是个正直可怜的弱女子。吉老太爷早就知道“兰馨”的名字，因为那些报纸他也看了，他十分同情兰馨的遭遇，他万万没想到那个女子竟会是兰馨。吉老太爷很开明，他深为自己那天的举动感到不安，他便马上坐车来到了沙城，要来当面向兰馨道歉。***

在暗淡的薄暮光线里，兰馨发现吉老太爷的变化真大，他已

* 玉贞的教养、个性步步完善，隐含着春禄被她吸引的原因。

** 好小说的标志就是无处不意料之外，又情理之中。同时回应前文不是伏笔的伏笔。

*** 令人意外的情景，却让读者看到吉老太爷的另一面。

不是那天她看到的精神矍铄的老人，而显得神情委顿木然，双目茫然而毫无神采。他坐在金家的客厅里，兰馨进去的时候吉老太爷马上站起来，他不是自己站起来的，而是被身旁的一个人搀扶起来，那个人不是别人，正是刘春根。吉老太爷怕找不到兰馨，便把刘春根带来了。

兰馨很吃惊，她不知道吉老太爷的来意。吉老太爷的话在兰馨听来模糊而遥远。“我实在是年老昏聩了，还请兰女士宽宥。”吉老太爷突然说不下去，老人有些哽咽。吉老太爷又坐下来，他站不稳，走路都要人搀，儿子的死对他打击太大。

兰馨这才知道吉先生的灵柩还没发丧，那些从日本赶回来的留学生知道了吉先生和其他八位因反对袁世凯称帝独裁被杀的事，他们请求吉家不要马上发丧，他们要抬上吉先生的灵柩游行，那个跳海自杀的留日学生的棺材也被移到南兵马司这边来。留学生在南兵马司胡同聚集形成了很大的声势。山西那边的留日学生也闻风而动，不少人已从山西盂县太原一带赶了过来。吉老先生被留学生们的慷慨激昂所感动，他准备同意留学生的意见，正月十四元宵节前一天给儿子发丧。但他还要执着问易。

春禄和玉贞自然也参加了留学生们的行动。

吉老太爷只待了一会儿就告辞了。吉老太爷临走给兰馨留下了三百银元，兰馨说什么也不收，吉老太爷一定要留。结果是吉老太爷忽然又落了泪，他挥挥手，让刘春根扶他上车。*

* 作者的笔力总是在看似喜悦的时分让读者感觉悲伤，此处恰好相反，在吉老太爷的落泪中反而让读者感到一丝喜悦的安慰。

吉老太爷的这一行动很使金太太感动，金太太埋怨金喜来怎么不留住老人，让老人在这里吃了饭再走。

兰馨这一夜又是没睡，天亮后，她把吉先生要在正月十四发丧的消息告诉了草珠。“我要去京城。”兰馨说，“一是把银元还给吉家，二是为吉先生送丧。”

“你能去吗？”草珠真为兰馨担心，“你还是别去的好。”

“我要去。”兰馨说，“那么多不认识吉先生的人都要去，我怎么能不去。”

“让她去。”金太太说，“这事对她来说比什么都重要。”

兰馨从心里感谢金太太，她慢慢走出屋子，这天沙城刮着风，室外的空气新鲜清冷，兰馨用手按着耳际的头发，把身子慢慢背着风转过来，一个模糊而遥远的声音远远地远远地传入兰馨的耳际：兰馨，你跟我去杭州吗？*

五

初八这天下午，春禄到中院和冬禄来商量一件事。冬禄正让李姐把那一百零八盏酒盅样的小灯盏从放杂物的房子里取出来拿去擦，准备祭星用。冬禄和秀芝早就忘了祭星的事，还是李姐提醒二少爷，冬禄才记起这事，他对这种事历来就没多大兴致，但秀芝突然想到为小淳文祭祭星。

李姐就和另外几个下人到院心去擦铜灯盏，这几个下人发现那株梅树在这个冬天枯死了。那株梅树原来是养在花窖里的，年年开花，后来老爷一时来了兴致就把它连盆埋在院心，谁想它倒没有冻死，走遍京城是很难找到几株种在院子里的梅树的，老爷对它倍加护惜。**

下人要冬禄把死梅树砍掉，以免它带走杜家风水，“春天还没来你们怎么就说它死了呢？”冬禄不让下人砍它。

春禄找冬禄商量一件事，他想留十位山西籍留日学生在家里住宿。“因为，”春禄说，“山西会馆里已经住满了人，再说他们也住不长，只不过三四天。”

“那好吧，就请他们住到前院去。”冬禄皱着眉说，他吩咐周正马上收拾出三间房。“前院西房那三间，把里边的旧东西全弄出来。”

“要厨房给他们准备饭吗？”冬禄又问春禄。

“我想不如就让他们在这里吃吧。”春禄想想说。

* 死者是不会对生者说话的，但生者却永远有着来自自己至爱之人的幻听。又玄妙又现实。

** 每次再提起老爷，让人不觉怆然。此处的梅树已不单纯是棵梅树，它的生死对应着杜家的兴衰。

“但别让他们在前院大呼小叫地唱歌。”冬禄不知怎么在印象中总认为留学生爱唱歌，唱那首：

旗呀，

旗呀，

红、黄、蓝、白、黑的旗呀。

那算是什么歌呢？冬禄突然微微笑了一下。

“也不许他们从这里出去逛窑子。”冬禄又说，他不知怎么想起这话。*

*冬禄不许的地方很多，却不问春禄他们会干什么，可见冬禄对春禄有种异常的感受，却不肯说出来。

春禄笑了，去了日本以后，春禄也有了逛妓院的经验，但他只去了七八次，然后他和许多同学就都不去了，原因是一个叫胡芝麟的学生特好此道，而且提出一个荒唐的口号是：“为了振扬国威，去嫖日本女人吧，去狠狠刺穿她们！”这叫什么话！扬国威难道要这样吗？春禄和不少留学生对此十分反感。这次这个胡芝麟也回来了。

这天晚上，很晚了，春禄带着那十个留学生回来，他们是从山西会馆来的。冬禄在中院听到了他们在前院说话，他们一会儿日语一会中国话，后来忽然沉静了。过一会儿又大声争论起来，声音很大，在中院都听得一清二楚，却没唱歌。

冬禄从自己的屋里走出来，他站在通向前院的二门听这些留学生说话，这些留学生在争论怎么示威游行，由谁来抬他们的那位投海自杀的同学，因为，那具尸体已经腐烂发臭了。他们讨论的焦点是放在棺材里抬上游行还是不放在棺材里抬上游行。

冬禄去找周正，让他把大门关严。“你再去把三少爷叫过来一下。”

春禄马上来了，冬禄把他领到中院说话：“你让他们小点声，何至于大呼小叫，这样太招人耳目。”

玉贞也随着春禄过来，玉贞准备回她的房子去睡觉。“说得很对，”玉贞说，“正月十四还没到呢，别事先把事弄败了。”玉贞这一阵子衣着又朴素了，她忽然又喜欢上了毛蓝布大褂。但她别出心裁，在毛蓝布大褂的袖口领口下摆都缘了一道很宽的玫瑰紫的缎子，看上去既朴素又漂亮又特殊，真是不同于一般。*

“你也算留学生吗？”冬禄突然笑着问春禄，冬禄想起春禄去日本一会学医一会学电气总觉得好笑，“他们学什么，也有学电气的吗？”

“怎么没有，看怎么说！凡是出国学习的不都是留学吗？”春禄冲冬禄一笑。

“好大的架子！”玉贞岔开了冬禄和春禄的谈话，她说起她去吉府的事。她说吉老太爷躺在木榻上见客，好大的架子。“榻上还铺着虎皮，他配铺虎皮吗？”**

“你要他怎样见你？”春禄笑着说，“给你下跪磕头？”

“我稀罕别人给我磕头吗？”玉贞不悦地说，“我对他说你就这样四仰八叉地见客吗？你就这样见一位女士！”

后来吉老太爷被人扶起来，他对玉贞说他的病犯了，站不起来，走路都得要人扶，他问玉贞有什么事，玉贞就把兰馨的事讲了。

“想不到，想不到！”吉老太爷连连说。

玉贞离开吉府的时候，吉老太爷的兄长吉观虎从里边快步出来，他请玉贞留步，他没认出面前这位女士是王府的三格格，但他从玉贞的口气里听出她是杜家的儿媳。

吉观虎老先生对玉贞说起杜家的那本《除夕菜谱》，说愿借一观，如果愿出让的话，他可以出可观的价钱。

玉贞很奇怪吉观虎老先生怎么会知道杜家有那么一本菜谱，而且知道那本菜谱从道光二年起一直记到现在。

“虽非宋刊也是国内奇书，虽非经学大著也足可以观历代兴

* 详细写玉贞的衣着，也是写玉贞的心情和感受。

** 玉贞的形象日渐丰满，从中可见其性格不无泼辣之处。

衰，老朽早想一睹此书。”

吉观虎愿出三百大洋收购这本菜谱。

“岂有此理！”冬禄说，“他家的坟谱也可卖给人吗！”

“这老头子，奇哩古怪！”春禄说。

“你们早点歇着吧。”冬禄对春禄和玉贞说。

春禄突然又想起两件事来：一是十五不要挂灯，因为袁世凯的礼制署已经下令让京城臣民于正月十五必须户户张灯结彩；二就是要大吃元宵，可以多买些在府门口施给穷人。

冬禄突然想起老爷往手纸上大写特写“孙文”“袁世凯”的事来，春禄的行事派头很像老爷。冬禄笑了笑：“那有什么用！”*

“休息吧。”冬禄现在缺乏这方面的激情，他要回屋去睡觉。

春禄让玉贞先去睡，他又去了前院。不一会儿春禄又到中院来找玉贞，他对玉贞说前院的留学生要做一面大旗，“你能帮着做做吗？”

“做什么旗，要打上大旗去游行吗？”玉贞说。

“不是打着旗游行！”春禄很兴奋地说，“要在旗上画一只戴枷的猿猴，然后他们要把这面旗悄悄在夜里挂到最热闹的地方去。”**

“这是老一套！”玉贞说。她告诉春禄年前京城上空猿猴风筝的事。

玉贞对这种事不感兴趣，她主张派人去刺杀袁世凯，她一想这事就很兴奋，她都想象过自己化装成一个男人，怀揣着一把利刃，但怎么接近袁世凯呢？她这么问自己，不免又很丧气。***

“应该组织一个暗杀团。”玉贞说，“要不就去雇一个日本浪人，但这人必须会说流利的中国话，让他化装成近侍或下人去刺杀袁世凯！”

春禄听了玉贞的话又兴奋又泄气。他把玉贞的话对前院的留学生说了说，那些留学生也觉得兴味大减，又都说起行刺，有个

* 从奇闻奇事中走过的人，已经知道只求心理安慰的举止从来无用。

** 春禄的良知与纯粹均在此可见一斑。令人心酸的是，春禄的一腔热血并不能如愿以偿。

*** 玉贞和春禄一般，徒有一腔热血。

同学当即说有把十分锋利的东洋小剑，说比鱼肠剑还好。说这话的同学马上遭到嘲笑，其他留学生一致认为现在要行刺需要的是手枪和炸弹。力主用炸弹的留学生叫乔吹玉，是山西祁县大户人家，他家在祁县有一处九进的大院子。“远远地扔过去什么都解决了！”他说。*

这些留学生就又说炸弹，又从炸弹说到投掷炸弹需要的膂力，又从膂力说到中国人的身体，他们说得很热闹，不知不觉一夜已经过去。周正起来扫院子时，他们刚睡着。

春禄没有回中院去和玉贞一起睡，他和那个叫乔吹玉的山西籍留日学生挤在一个被子里睡了一夜，他们互相搂着，睡得很香。

秀芝这一夜无论如何难以睡着，她从沙城回来差不多夜夜如此。冬禄睡着的时候她就很生气，尤其是冬禄近来睡觉添上了打鼾的毛病。虽然鼾声轻微而悠远；但秀芝听不得任何一点响动。冬禄打鼾厉害的时候，秀芝就猛地把他推醒，冬禄迷迷糊糊睁开眼，才看到秀芝披衣坐着还没睡，手里攥着一枚纯金戒指。

“再睡不着我就把它吞了！”秀芝说。

“你到底怎么了？”冬禄说。

“我跟上鬼了。”秀芝说，“我要让你搬家。”**

“睡吧，”冬禄说，“明天我让日本大夫来给你看看好吗？现在你不躺下谁躺下？你闭上眼想菊花想梅花，想菊花有多少片花瓣，一片一片数。”

冬禄坐起来，他让秀芝躺下：“你睡，我不睡守着你好吗，也许这样你能睡着。”

冬禄轻轻地下了床，他突然想起那本《除夕菜谱》。他把它从书架上抽了出来，他从前往后翻着看，他突然有些伤感。因为有些菜他不但没吃过也没看过，比如同治元年除夕夜吃的“鲜蘑扑鹿冲”“砂锅熊排骨”和光绪二年除夕夜吃的“滑溜鹿里脊”和“鲍王闹府”。***

* 青年的天真就在于以为刺杀一个袁世凯就可以改变世界，乃至重整乾坤。

** 秀芝的内心，冬禄并不理解，这里用一个细节反映出两人的不同性格。

*** 历史的变化，往往就从这些细节中体现。

冬禄翻看这本《除夕菜谱》直到天亮。他发现光绪元年那一页里夹着一个纸条，上边写着：

“回春堂药铺之周人槐，原为家奴周贵皮三子，排行老四，小名四官。”

冬禄想不出这纸条有什么名堂，他仔细想想，京城好像没有叫“回春堂”的这么一个药铺。

天亮后冬禄小睡了一会儿。

正月十四很快就到了。

兰馨正月十三进了京城。走之前，她想把宝妹交给草珠照看一两天，因为宝妹现在已经习惯了吃牛奶，可以离开了。金太太不放心兰馨一个人去京城，她为兰馨的身体担心，她执意要让草珠陪兰馨一起进城，草珠的二哥特意让他的太太过来照看金太太和宝妹。

兰馨准备十四晚上回来。所以她什么也没带，她穿着苏州织的细布做的“一裹穷”大下摆棉袄，下边还是那条青莲色的暖裙，她不想惹人耳目，她只想让谁也不注意自己。她临走又围了一条很长的黑围巾，双手揣在一个老蓝布的兔皮手闷子里，乍一看，她很像是一个贫家妇女。她怕风把围巾刮掉了，还在脖子下打了一个结。*

正月十三沙城的各家商号已经张挂起了各式的彩灯，有竹架纱灯、玻璃灯、羊角灯、牛角灯、明角灯、麦秸灯、绣球灯、荷花灯、狮子灯、兔子灯、牡丹灯、菊花灯。金家小客栈也挂起了灯，按规定在小客栈挂了门前的门灯、柱子上的柱灯、檐下的檐灯，连井台上都摆上了井台灯。沙城中心地带刘家布庄的对面摆了八卦阵般的九曲黄河灯，但看灯的人没多少，因为人们对今年的灯特别反感。到了正月十四这天晚上，已有不少灯给人戳烂。**

* 经历太多风雨和悲伤的人的确不想再惹人注意，兰馨如此打扮，令读者心生怜意。

** 这里再次看见时代如何令人反感。把灯戳烂的行为表现了人们对现实的愤懑宣泄。

到了京城，草珠劝兰馨不妨去杜家看看："既然他们已经来看过你。"

兰馨不愿去，为什么自己也一时说不清，很奇怪的是现在只要一闭眼她就总看到杜家庭院里的那株石榴树，石榴树上没有石榴也没有繁花，只有一只猫蹲踞在树杈之间虎视眈眈。

草珠只好陪兰馨去了菊雪住过的那个小院。草珠敲敲门，来开门的竟然是身穿洋服学生模样的人。

草珠很吃惊，难道房子被卖了吗？"你是什么人？"草珠问开门的人。

来开门的人很客气，他告诉草珠他们是来此暂住几天的。他们一共四个人，都是留日学生。*

"谁让你们来的？"草珠又问。

来开门的这个留学生也说不清。草珠就去找李嬷嬷。梳马尾髻穿大花绦旗装的李嬷嬷正在东耳房里煮白粥。李嬷嬷告诉草珠是玉贞格格带这些人来的。"朱先生前天也来过。"李嬷嬷还告诉草珠。

"有福官的消息吗？"草珠兴奋地问李嬷嬷。她想既然朱先生来过也许他会带来有关福官的消息，"朱先生说没说什么？"

"朱先生在这里寄了一个包袱。"

"包袱？"草珠突然很想看这个包袱，她想知道包袱里有什么。

李嬷嬷领草珠到上房去看那个包袱。草珠把包袱打开，发现里边是一大摞的"韨子"，绣着海水白鸟红日或麒麟白鹇之类。

草珠不明白朱先生弄这么多韨子做什么。她把包袱又系好，觉得很失望。她又过去问兰馨要不要喝一碗白粥。

兰馨不想喝粥，她想马上就去南兵马司那边。"怕迟了赶不上。"

"今天是十三啊，你以为是十四吗？"草珠大声说，兰馨才明

*简单的场景，反映了当时最现实的现状。

白明天才是十四。

兰馨在菊雪的那个屋子里过了一夜，她和草珠睡在一起。

第二天是正月十四，草珠到胡同口给兰馨雇了车，兰馨马上和草珠坐上车往南兵马司胡同那边赶。车子先是被十几匹驮煤的骆驼拦住，拉骆驼的汉子对草珠说前边的路已经堵住过不去了。草珠便让车夫把车从旁边的金钱胡同赶过去，结果胡同里也挤满了人。因为这里离南兵马司胡同儿不远，人们都等着看热闹，不少人还专程从很远的地方赶来，看吉先生的丧礼。其中有些人已经知道了留学生要游行的事，有些人还不知道。

在中国，正月十五以前人们大多闲散无聊，愉悦而盲目，人们在此期间吃饱了饭之后的任务就似乎只有看戏，捧角儿、品茗、搓麻将、赌博、看斗鸡、闲聊，或看手相、猜拳、喂鸽子、遛鸟儿，或者是干脆睡大觉！*

当然，看出殡也是其中的乐趣之一，看棺材的厚薄，看执仗的服饰罗伞，听吹鼓手的唢呐如何。但人们从没看到过那么多的留学生聚在一起，每人胳膊上带着一块毛边白布！而且要抬上吉先生和另一个投海自杀的学生游行！**

由于人多，车无法再往前走了。兰馨只好和草珠下了车，她们步行朝南兵马司胡同口走。兰馨想不到会有这么多人，她突然感到了一种从没有过的兴奋，她又新奇又觉得温馨，又想哭又想让每一个人知道她是来为吉先生送丧。这时已不是草珠拉着她走，而是她拉着草珠，她比草珠走得快得多。***

六

冬天里有很多这样的日子，天色阴暗欲雪，天地之间灰蒙蒙的毫无生气。但正月十四这天天气却十分好，太阳光虽然淡淡的但却充满了暖意。

兰馨第二次又走进了南兵马司胡同里的那个院子。

* 对比春禄和玉贞的热血，国人几乎都还在随波逐流，作者笔下不哀，读者读半却哀。

** 普通人眼里的乐趣，在有热血的学生那里一点不感到乐趣，这里的对比极为强烈。

*** 兰馨走得快，是内心有情感的力量，令人动容。

兰馨和草珠走进院子的时候立刻引起了院子里人们的注意。兰馨在人群中一下子看到了春禄，春禄这天没穿西服，而是穿着颜色很淡的长袍，脖子上是那条长围巾，兰馨还看到他的胳膊上有一块白布箍。春禄正和几个留学生说话，没有看到兰馨进来。春禄旁边的留学生看到了兰馨，推了推春禄，春禄便马上朝兰馨走过来，他发现兰馨的脸色特别的苍白。

“你今天不应该来，人这么多。”春禄把声音放得很低。

兰馨望着自己的小叔子，她不知说什么好。她忽然有些羞怯：“玉贞来了吗？”兰馨突然这么问，她觉得自己紧张，有些颤抖。

“她还有别的事要做，”春禄低声说，停停又说，声音更低，几乎是耳语：“她有了，所以不方便来。”

“想不到会有这么多的人。”兰馨像是自言自语。

“这下有袁世凯的好看！他能当皇帝但他就是挡不住人们反对他的行动！”春禄很兴奋，声音大起来。*

*对未来的信心，在这句话中体现得淋漓尽致。

春禄突然伸过手拉住兰馨的手，把她往灵堂那边引，春禄对两个向他发问的学生说：“这是我的大嫂，她也来向吉先生告别。”

春禄把兰馨领到了吉先生的灵前，草珠没过去，但她远远看着吉老太爷马上从灵旁不知什么地方被人搀出来弯下腰和兰馨说话。又看着兰馨在吉先生的灵位之前慢慢跪下去，草珠就那么看着，像看一场戏，看一场从没看过的戏，她眼里的戏文的主角不是春禄也不是吉老太爷也不是那些留学生而是兰馨，她很怕兰馨晕倒在那里，很为她担心。但她看到兰馨很快从灵前站了起来并朝自己这边走来。兰馨远远地看着草珠，眼里有异样的光彩，兰馨觉得自己像是完成了一件什么大事，她觉得几乎是所有的眼睛都盯着自己。

她又转回头朝灵堂那边看了看，她看见春禄也朝这边看，春禄也很兴奋，他高兴沉默寡言的兰馨敢于走到这里来！如果说兰馨是演员，那么她今天的表演很出色，但这不是表演，这是真真实实的现实，兰馨敢于当着那么多人跪在吉先生的灵前。*

吉先生的灵柩和那个跳海自杀的学生的遗体被抬起来的时候，那长长的挽绳被学生们也牵着走了出去。棺材还没抬出院子，那挽绳已经走到了南兵马司胡同外古老的大街上。

兰馨突然在人群里拉住草珠的手。

“别到前边去，我们回去！”草珠说。

“这是最后一次为吉先生送行，”兰馨说，“现在不去送他就永远不可能再有机会！”

兰馨还不知道这些学生要抬着吉先生的灵柩游行。她被那么多的人那么长的挽绳感动了。

“他们是要抬着吉先生去游行！”草珠把这话告诉兰馨，因为草珠刚才向一个学生打听了，才知道这事。草珠看着兰馨，发现兰馨脸上的表情难以揣测。**

“我也要跟着去！”兰馨突然小声说，她像是怕她的话被旁边的人听了去。

“你别去，最好别去。”草珠说。

兰馨想想，然后很温和地对草珠说：“那么，你先回去好吗？”

草珠想起上次胡同口死去的那三个人，便又说：“你最好跟我回去。”***

这时棺材已经抬出了院子，院子里的人也开始朝外走，兰馨一反常态地不再说什么，她跟着朝外走。草珠毫无办法，也只好跟着朝外走，她不小心踩了一个人的脚，但她连道歉的话都来不及说，她紧跟着兰馨。“你慢点儿。”她对兰馨说，“我跟你一道去。”她拉住兰馨的手。

兰馨和草珠状如两片浮叶被无法遏止的人流推着朝前走。一出院子，人群起了一个小小的涌动，兰馨和草珠被冲开了，草珠想拨开前边那几个人拉住兰馨的手，但她却被人流推得离兰馨更

* 情感越明确，人就越勇敢。

** 兰馨的私人情感与一个时代的情感叠合一起，升华了全书的主题。

*** 草珠的直觉蕴含着悲剧的线索。

远，直到她和其他人同时听到了前边街上响起了“噼噼啪啪”的枪声。

“兰馨——”草珠大声喊起来。

往前行进的人突然朝后涌来，后边的人听见了前边的枪声却又急着朝前涌。草珠被突然涌动的人流推到了吉先生的棺材旁，抬棺材的学生便把棺材就地放下来。他们都站着，但他们马上都站不稳，前边的枪声像炒豆子一般密集，往后涌来的人流很快把抬棺材的学生冲倒。*

枪声响起来的时候，兰馨被后边的人推着朝前涌去，她听到了前边留学生的凄惨尖叫！但兰馨和所有后边的人一样都弄不清前边的情景。兰馨涌向前去时身子像是给抬起来，她感觉到自己像是悬浮在一条河里，她的脚突然落地时，挤在她前边的人突然朝左右分开，这时她已被推到胡同口，她这时就看到了人头之上的那几匹马和马上的军人。那些军人的手里竟然拿着大片刀，大清王朝杀人用的刀，兰馨眼睁睁看着那刀落下去，便马上响起一片凄惨的哀号。兰馨看到了飞溅起来的血，像泼水一样在人群里洒了一下，这时的情形是前边的人想散散不开，后边的人却不断把他们推向前去送死。

兰馨这时突然看到了已经冲到胡同外的春禄。

“春禄——”兰馨大声地喊，她看到那几匹马又冲到了春禄那边，刀扬起来挥下去扬起来挥下去，“春禄——”兰馨又尖声喊。

春禄在人群里听到了兰馨的喊声，这时候有一匹马被挽绳给绊倒，愤怒的学生便冲上去用脚用手用一切可以抓在手里的东西去踏去打那个倒在地上的军人，这就更加剧了人群的混乱。兰馨纤弱的身子再一次被悬浮起来拥向前去，她站立不稳，一下子就被冲到了那几匹疯了样的马与后边的人群之间。她倒身在地的时候，恰好那几匹马冲了过来，离兰馨最近的那匹马突然吃了惊扬

* 激烈的场景在作者笔下冷静非凡，无一字写情，却又无一字不是饱含作者的悲愤之情。

起了前蹄，马背上的军人便一下子被抛在地上，这个军人很快从地上爬起来，这时便有人从兰馨身上跨过去，但后边的人看不到她，她被踏了一脚，又被踏了一脚，踩住她的人便大声叫起来，但左左右右的人的叫喊淹没了这些人的叫喊。*

兰馨挣扎着往起站，她在那一刻又清清楚楚听到了一片枪响，人流往后涌动时，她恰好被推着站起来，这时她看见她的身前身后相叠着躺了不少人。她站起来，用双手护住耳际，这时又一阵枪响，但子弹没有打着她，而是“噗噗噗噗”射穿了她身后不远处的棺木，她调过脸清清楚楚看到了棺木上的子弹洞，这时又一阵子弹扫过来。

如果当时有人站在兰馨的身旁，那他一定会听到兰馨的那一声喊叫：“宝——妹——”**

七

冬禄听到了枪声，枪声远远传来很像隔壁在炒豆子。冬禄走出屋子，枪声又突然停下来，他忽然觉得那也许是在放鞭炮，便又走回屋子。***

这天他之所以没有出去是因为请了日本大夫佐佐郎来给秀芝看病。

他又在书桌边坐下来。

冬禄的书桌上放着一些书，还放着一套漆盒，一只龙泉笔筒，一只只有橘子大小的小铜闹钟，一只三棱状镶螺钿的红木镇纸。书桌的另一边还放着一只豆绿开片瓷水盂，水盂里前不久还种着水仙，现在已经空了。

正在接受日本大夫佐佐郎的检查的秀芝也被枪声吓了一跳，心便“怦怦怦怦”狂跳起来。

佐佐郎给秀芝检查得很仔细，查完又去洗了手。“哪里在打枪？”佐佐郎说，“恐怕不是放鞭炮吧？”

* 令人难以喘气的描写，波澜起伏、字字惊心。

** 兰馨的结局就如菊雪等人的结局一样，读来悲壮莫名，时代造就的热剧让人无法躲避。

*** 太残忍的事往往超出想象，冬禄决非粗心，而是像大多数人一样，不可能想到真相。

“中国现在是天下大乱！”冬禄说，“迟早中国要到处是枪声！”[*]

“袁世凯！”佐佐郎说，“中国要坏在他的手里！他不该接受我们日本国的‘二十一条’！”

佐佐郎是位很正直的日本青年，后来的岁月里证明了他对中国人的一片爱心。他是一位基督徒，他的外祖母是中国人，而且是旗人。所以他要来中国行医，民国八年的时候，他娶了一位中国太太，名叫王顺贞。佐佐郎有一个中国名字，叫“金日来”。

枪声再起的时候，冬禄已经把佐佐郎大夫送走了。冬禄让周正把大门关了，谁也不许出去，寿生准备出去抓药，冬禄也不让他出去。没过多一会儿，周正听见有人“咚咚咚咚”敲门，他把门打开，发现佐佐郎又返了回来，“街上太乱，过不去。”佐佐郎说。

佐佐郎一直在杜府待到下午才离去。

下午三点多，草珠才慌慌张张从外边回来，草珠被自己目睹到的惨状吓得面无人色，她缩在胡同口里的墙根下，一双鞋已被地上的血染红。[**]

“兰馨呢？”冬禄问她。

“兰馨被挤在人堆里，死了好多人好多人！”草珠慌得说不出话来，秀芝去给她找了一双鞋让她把那双血鞋换下来。

“春禄呢？”冬禄说，“你没见春禄？”

“春禄也在，但后来不见了。”[***]

冬禄急了，他让周正马上去把车弄好，他几乎没用多长时间就赶到了南兵马司胡同。

冬禄被眼前的惨状惊得目瞪口呆，他先是看到那么多的血，血从南兵马司胡同一直流到李家沟胡同口上！血都凝冻了，然后冬禄才看到相叠的一具又一具尸体。不少尸体都已经被翻过来

* 明知迟早如此，如何又不敢真的相信此时此刻？

** 描写越客观，越有张力。

*** 杜家人的遭遇，也是当时所有人家的遭遇。个人的命运逃不开历史，历史也不放过任何一个人。

摆正。*

天黑之前，冬禄在死人堆里既没找到春禄又没找到兰馨，他有些放心了，暗自在心里念佛，他和周正又回了家，但家里依然不见春禄和兰馨回来。

冬禄想夜里继续去找，但被秀芝拦住了。秀芝觉得十分害怕。

令冬禄喜出望外的是春禄晚上九点多从外边回来了，他身上沾了不少血，但他连一点儿伤也没有，他对冬禄说他也没看见兰馨。

“玉贞呢？”冬禄说，“她怎么没回来？”他让周正和草珠去胡同口张望。

这一夜京城静得如冰下之水！**

第二天，冬禄和春禄又去了南兵马司胡同，他们发现尸体少多了，而且街旁有棺材，他们依旧没发现兰馨。

中午的时候，有人敲门，周正忙去开门，发现敲门的是个年轻汉子，周正不认识他，当然就不知道他是吉府的车夫刘春根。

刘春根进来见冬禄，他告诉冬禄说兰馨的尸体已被吉家装殓在城西郊的观音堂，让杜家的人马上去。

至此，杜家才知道兰馨的噩耗。兰馨身上中了四颗子弹，两颗从腹部穿出，一颗从左胸射进去，一颗把手腕打断。血把兰馨的那条青莲色棉裙全部洇透，还有她那双小鞋。装殓她的时候，冬禄把那双蓝缎小鞋从兰馨的脚上脱下来时，里边灌满了血，那血竟然没有凝冻，哗地流出来。***

冬禄忍不住自己的泪水。

玉贞没事，出事的第三天她回到了杜家，原来春禄让她躲到了山西会馆，因为她已经怀孕在身。

冬禄守在兰馨的灵前伤感万分！秀芝当然不敢去灵堂祭奠兰馨，她到后园去给兰馨烧了纸，她慢慢蹲下去，在尚未解冻的

* 悲到极处，惨到极处，作者的运笔始终在客观地表达。

** 比喻精彩，回味无穷。

*** 大悲伤无须抒发，只需一笔一笔呈现。

地上画了一个大大的圆圈，她在圈中一笔一笔写了“兰馨”两个字，然后把纸钱在圈里慢慢烧掉。*

第二天，秀芝又派斯琴去西郊观音堂兰馨的灵前烧纸祭奠。她还吩咐斯琴去“纸扎铺”让铺里给兰馨扎两只耳朵。

斯琴回来对秀芝说：“纸扎铺真是忙得不可开交，那两只耳朵要隔一天才能送来。”

隔了一天，那纸扎的两只耳朵终于给斯琴的男人取了回来，耳朵扎得跟真的一样，就是大了一些。

秀芝又去了后园，她又在地上画了一个大圈并在里边写上了兰馨的名字，然后把那两只耳朵烧化掉。**

纸钱和纸耳朵烧完的时候，后园突然起了一阵风，纸灰被吹了起来，像无数的黑蝴蝶。

秀芝的身子突然抖起来，她慢慢抱住自己的身体，望着那状若蝴蝶的纸灰翩翩而起翩翩而落。***

秀芝在后园待了很久很久。

兰馨的死讯传到了沙城，金太太惊得说不出话来。她要她的丈夫把宝妹给她抱过来，她把宝妹紧紧抱在怀里。草珠的二哥闻讯也来了，他不相信消息是真的，因为他不相信京城会在正月十四一下子有二百四十一人被杀！人是草吗？但人和草又有何区别。

那几天，凡是知道兰馨身世的人无不为兰馨掉泪，那个地方审判厅的厅长葛德浩，他在民国五年元月愤然辞掉了厅长的职务，他把他的家眷送回了山东老家，他只身住在“麻五四眼井”胡同的一个院子里抄碑读经。

葛德浩穿了一身便服去了观音堂，在那里他忍不住抚棺落泪。冬禄认出了他。

葛德浩在兰馨的棺前大骂自己大骂袁世凯，冬禄劝他噤声，

* 看似奇特的祭奠，实则反映了秀芝对兰馨复杂的情感。

** 这个细节令人心酸，兰馨生前割去了耳朵，死后不该还带着生前的痛苦吧。

*** 再次点题，乱世中的杜家女人有谁不是这灰烬般的蝴蝶？无法掌握自己的命运。

葛德浩用脚顿着地说：“我还怕什么，我只欠一死！”

几年后，有人传出葛德浩出家为僧的消息，但消息传得有一字之差，葛德浩不是出家为僧，而是去做了道士。他在华山上种松树，在月下舞剑，在山顶上欣赏暴风雨，在松下的石头上睡觉，但他内心是悲是喜外人很难知道了。*

兰馨去世后的一个月零四天，袁世凯倒台了，他向天下人宣称不再称帝，他还想继续当他的大总统。但他在国人眼里已臭如狗屎！

秀芝又怀了孕，但顽固的失眠又让她很快流了产。她把一个初具人形的婴儿生在宽沿大铜盆里，这只铜盆是白铜的，宽宽的盆沿上遍刻着莲花。**

这天晚上，秀芝在斯琴和冬禄的相劝下喝了几口淡参汤早早睡下。冬禄准备睡的时候听到秀芝在说梦话：“海花海花你怎么又走了呢？”

海花是秀芝给尚未出世的女儿起的名字。她不愿自己的女儿叫什么“香”或叫什么“雪”或叫什么“馨”，她愿意她叫海花，海里的花，可是谁又见过海里的花呢？

冬禄以为秀芝是在说梦话，想不到秀芝大睁着眼睛。

“去把兰馨的女儿接回来吧。”秀芝突然说。

“养好了身子你还会有女儿的。”冬禄劝慰她。

“金家为什么不肯把宝妹交给杜家呢？”秀芝说，“是不是怕我？”

“你想到哪儿去啦？”冬禄靠着秀芝躺下来，“他们是喜欢宝妹罢了。”

“你把那只胆瓶里的东西都倒出来！”秀芝突然指着条案上的大胆瓶说。冬禄看看秀芝，不明白她想做什么。他坐起来，下了地去把那只大胆瓶在条案上轻轻放倒，再把里边的东西一股脑儿都倒了出来。里边是些零七八碎的东西：珠子，破碎的玉块儿，

* 本书人物繁多，却无一人多余。葛厅长出场不多，同样个性鲜明，其结局令人唏嘘，也许对他来说，这已经是最好的结局了。一个厅长终究选择遁世，也是一种极强的控诉方式。

** 只写刻着莲花，不写为何刻莲花，更不提莲花在此有何喻意，但作者的强调都陡增张力。

同仁堂的锦药盒子，盒子里是一只死蝴蝶，还有一个小纸包儿。

“你把它打开！”秀芝指着纸包儿。

冬禄把那个小纸包打开，看到里边包着两小片干缩如指甲的毛茸茸的东西。

“人到最后到底能做些什么？”秀芝大声说。*

冬禄突然明白那是什么东西！他看着秀芝，什么也没说，他走出去把那两片干缩的猫耳朵扔掉。

院子里的那株梅树竟然没死！又冒出了小小的小小的花骨朵。冬禄选了向阳的一枝狠狠心折了下来，他把它插在胆瓶里。

“我想好了，我们不如搬家吧。”冬禄看着胆瓶里的梅枝说。

秀芝却茫然无神地望着冬禄：“我也许只有搬到这下边才能睡着觉！”秀芝指指地下。**

春禄和玉贞又去了日本，他们是和朱先生一道走的。朱先生再次去日本，不知其意何在，朱先生带着他那一大包从旧官服上拆下来的辫子准备送给他的日本朋友。“日本人把这种东西镶在柜子里挂在墙上。”朱先生对春禄说。***

春禄临走时对冬禄说，他这次去日本不准备再学电气。“打一个电话办一个电厂，能阻止袁世凯杀人能阻止那些握军权的人杀人吗？”

“那你学什么？”冬禄说。

“我还想办报纸。”春禄说。

“你再回来我也可能不在京城了。”冬禄告诉春禄。

春禄一副愕然的样子。

“我不想再在京城待下去，也许去东北。”冬禄想想，又说，“也许去苏州，苏州有那么多美丽的园林。”

那天草珠也去送春禄和玉贞。草珠已经告诉了玉贞她是在等谁，但福官一直没有消息，福建是太遥远了。

* 秀芝也终于彻悟了，在面对死亡之后，会觉得所有的争斗和算计都不过是烟云般不值一提。

** 当一切恩恩怨怨结束，身边的人连生命也结束，留给秀芝的便是心死了。

*** 朱先生的心灰意冷就反映在这样的细节上了，不是他对辫子有兴趣，而是没什么事能提起他的兴趣了。

玉贞把那两只日本短尾猫又带回了日本：“人想念故园难道它不想念吗？” *

民国五年七月，冬禄终于搬了家，他没能去苏州也没能去东北，他搬到了白塔寺下边的一个幽静的院子里。这处院子里有抽水马桶，有厨房，有一株大西府海棠，有牡丹，有玉簪。秀芝没能因为迁居而身体好起来，她一天比一天衰弱，失眠使她几乎精神失常。她又生下一个儿子，她给自己的第二个儿子取名叫：宝文。

周正也随着冬禄搬家过到新房这边来。他的儿子小鱼儿回来过两趟。小鱼儿已经当上了连长，很神气，回来的时候还带着勤务兵。小鱼儿对杜家的人很客气，但他要他的父亲从杜家迁出去。因为他已经给他的父亲在张家口买了一处院子，周正不愿去，小鱼儿拿他也没有办法。“我习惯了，”周正说，“我离不开杜家，我要死在杜家！”

杜家的旧宅空着，像那么大的一处宅院一时半会儿很难找到买主。人们一听说杜家宅院一年内死了那么多人，便更没人敢来问津。杜家宅院在民国七年八年九年乃至到后来，一直被排到京城八大凶宅里边。

但秀芝每年还要回去一趟。在斯琴和老周正的陪同下，她到荒芜的后园去烧纸，她在地上画一个大大的圆圈儿，再在圈儿里写上“马姨娘”“菊雪”“兰馨”还有老爷的名字，然后她在斯琴的帮助下烧大量的纸钱。

大堆的纸钱烧成一片又一片的纸灰慢慢慢慢在风里飞舞起来，像是无数的黑蝴蝶。顺着风，这些“黑蝴蝶”又翩翩地飞出杜家的院子，给杜家宅院增添了神秘的色彩。**

“人到最后到底还能做什么？”秀芝望着飞飞扬扬的纸灰说。

秀芝死于民国二十八年，这年淳文二十三岁，宝文二十岁，

* 从杜家的一派繁荣写到最终的风流云散，各人会有各人的选择，只是这些选择已不再有当年的意气。几个人的几句对话，写尽一段历史的悲剧。

** 蝴蝶无根，杜家已连根垮掉，以蝴蝶喻人生，也是全书宗旨。

宝妹二十二岁。

秀芝去世的时候头脑很清醒，她把两个儿子和宝妹叫到自己的雕花大床边。当她卧病在床时她忽然不再想睡大铜床，便让人把旧宅里的雕花大床又搬了来。

“抓着我的手。”秀芝朝着儿子和宝妹伸出手。

淳文和宝文都已经长成了高大漂亮的小伙子，他们穿着黑礼服呢铜扣子的学生服十分出众，他俩一人抓住母亲的一只手，听她要说什么。

秀芝突然要坐起来，她坐起来后紧紧抓着两个儿子的手：“安安生生地过日子，吃什么穿什么都行，只要安安生生。”秀芝神志清朗地说，“人活一辈子最幸福就是安安生生，不要去和日本人争高低！虽然他们杀死了你们的父亲。”

秀芝又让宝妹过来，她把宝妹的手和淳文的手交叠在一起，苦笑了一下，淳文和宝妹已经订了婚。“答应我，你们不要去北边去和日本人打仗，安安生生过日子！”*

秀芝的声音越来越微弱，在她去世前的日子里，她一直受着淳文要和宝妹去北边这件事的折磨。

淳文和宝妹互相看看，他们双双跪下去的时候感觉到母亲的手慢慢从自己的手里滑出去。淳文、宝文、宝妹这时都突然哭起来，哭了几声，却听见秀芝用十分微弱的声音突然说了一句，“你们不要以为我死了，你们要安安生生过日子，我要到地下去见菊雪和兰馨还有你们的父亲！”

冬禄比秀芝早死一年，一九三八年夏天他和那个日本大夫佐佐郎往佐佐郎的医院抬一个受了伤的学生，给日本宪兵发现了，日本宪兵把冬禄和佐佐郎双双挑死在佐佐郎的私人诊所里。**

淳文很想对他的母亲说，日本人会让善良的中国百姓安安生生过日子吗？但他没说。他在办完了母亲的丧事的一个星期后和宝妹双双去了北边。

* 秀芝的死不同于菊雪的死，也不同于兰馨的死，她有足够的时间回味一生，也就比菊雪等人多一些认识的深入和体会的深度。

** 冬禄的惨死同样在反映那个时代必然蕴含的悲剧。

宝妹穿着深灰色的棉旗袍和同样颜色的棉裤。她总是走在那群年轻人的前边，她不愿让别人说她不如男的走得快！她的头发剪得短短的，在头上扎了一条淡蓝色的蝴蝶结。一路上同学们都说她活泼得就像一只从冬天飞过来的蝴蝶。她身上确实有一只蝴蝶，但不是活的，而是绣的，孤孤单单的一只绣在手帕上，是兰馨的遗物。*

把淳文和宝妹送到门头沟的是春禄，他的岁数在民国二十八年已接近五十，但他的头发没白，他的精力很好，在一家银行做事。

望着远去的淳文和宝妹还有那些他所不认识的年轻学生，他突然觉得无比的惆怅！“人到最后到底还能做什么？”他自言自语重复了秀芝的这句话。像是在问自己，又像是在问那些远去的青年。**

* 再次点题，也再次挑明全书主题，令读者不禁生出诸多感触。

** 对一些看似简单的问题，无人能够回答，这其实就是人生始终不能回答，生活只有过程，没有答案。只是一代一代，总有人想找到答案，这作为全书的结束句又使人不免产生新的希望。杜家人不再寻找的东西，总有其他人会继续寻找。

图书在版编目（CIP）数据

乱世蝴蝶 / 王祥夫著 ; 远人评点. -- 北京 : 中国工人出版社, 2020.7
（中国当代长篇小说·绘画评点本/野莽主编）
ISBN 978-7-5008-7409-6

Ⅰ.①乱… Ⅱ.①王… ②远… Ⅲ.①长篇小说–中国–当代 Ⅳ.①I247.5

中国版本图书馆CIP数据核字(2020)第082203号

乱世蝴蝶

出 版 人	王娇萍
责任编辑	姚　宁
责任印制	黄　丽
出版发行	中国工人出版社
地　　址	北京市东城区鼓楼外大街45号 邮编：100120
网　　址	http://www.wp-china.com
电　　话	（010）62005043（总编室）
	（010）62005039（印制管理中心）
	（010）62379038（社科文艺分社）
发行热线	（010）62005996　82029051
经　　销	各地书店
印　　刷	北京市密东印刷有限公司
开　　本	880毫米×1230毫米　1/32
印　　张	13
字　　数	386千字
版　　次	2020年9月第1版　2021年9月第2次印刷
定　　价	76.00元